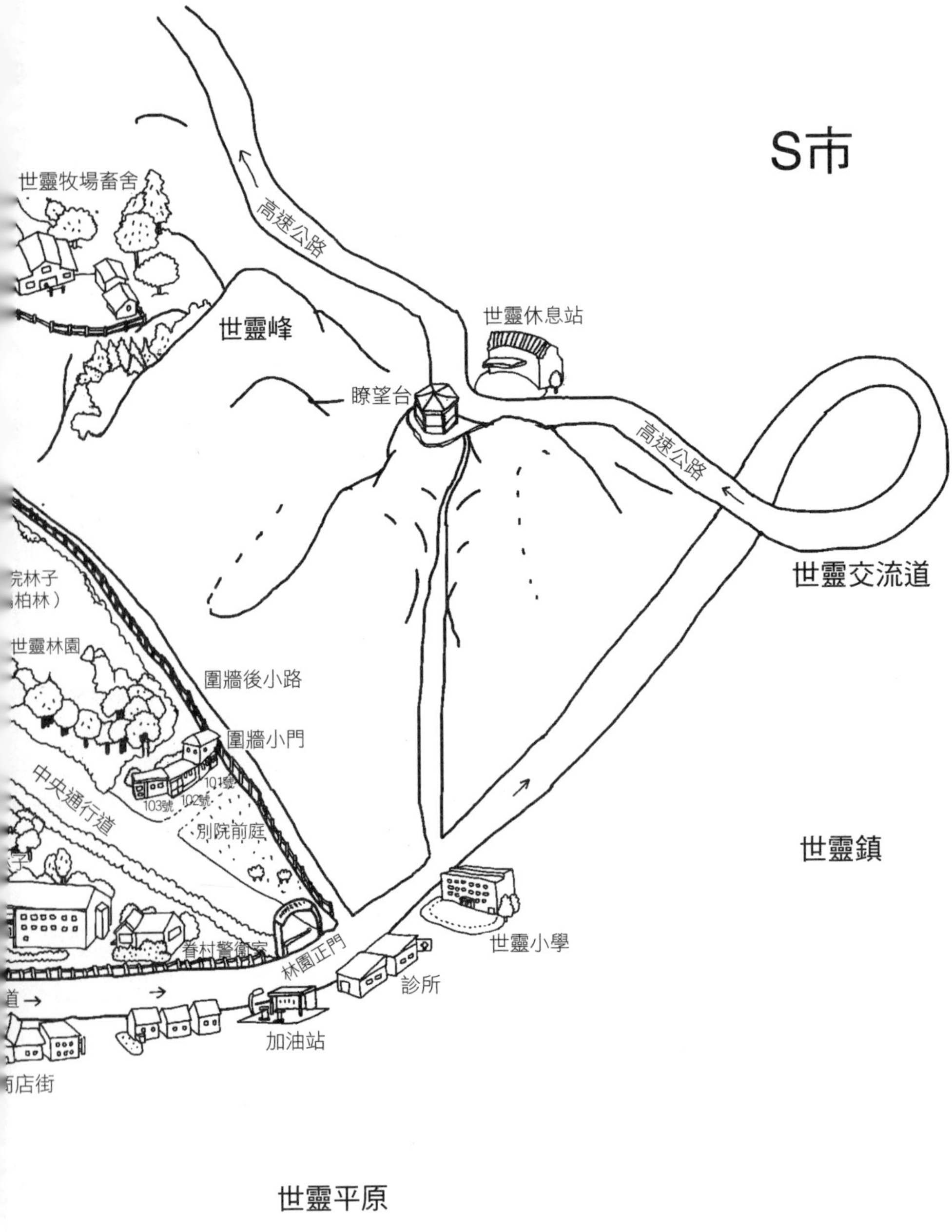
S市
世靈牧場畜舍
高速公路
世靈休息站
世靈峰
瞭望台
高速公路
世靈交流道
院林子
柏林）
世靈林園
圍牆後小路
圍牆小門
中央通行道
101號
103號
102號
別院前庭
眷村警衛室
林園正門
世靈小學
診所
道→
加油站
店街
世靈鎮
世靈平原

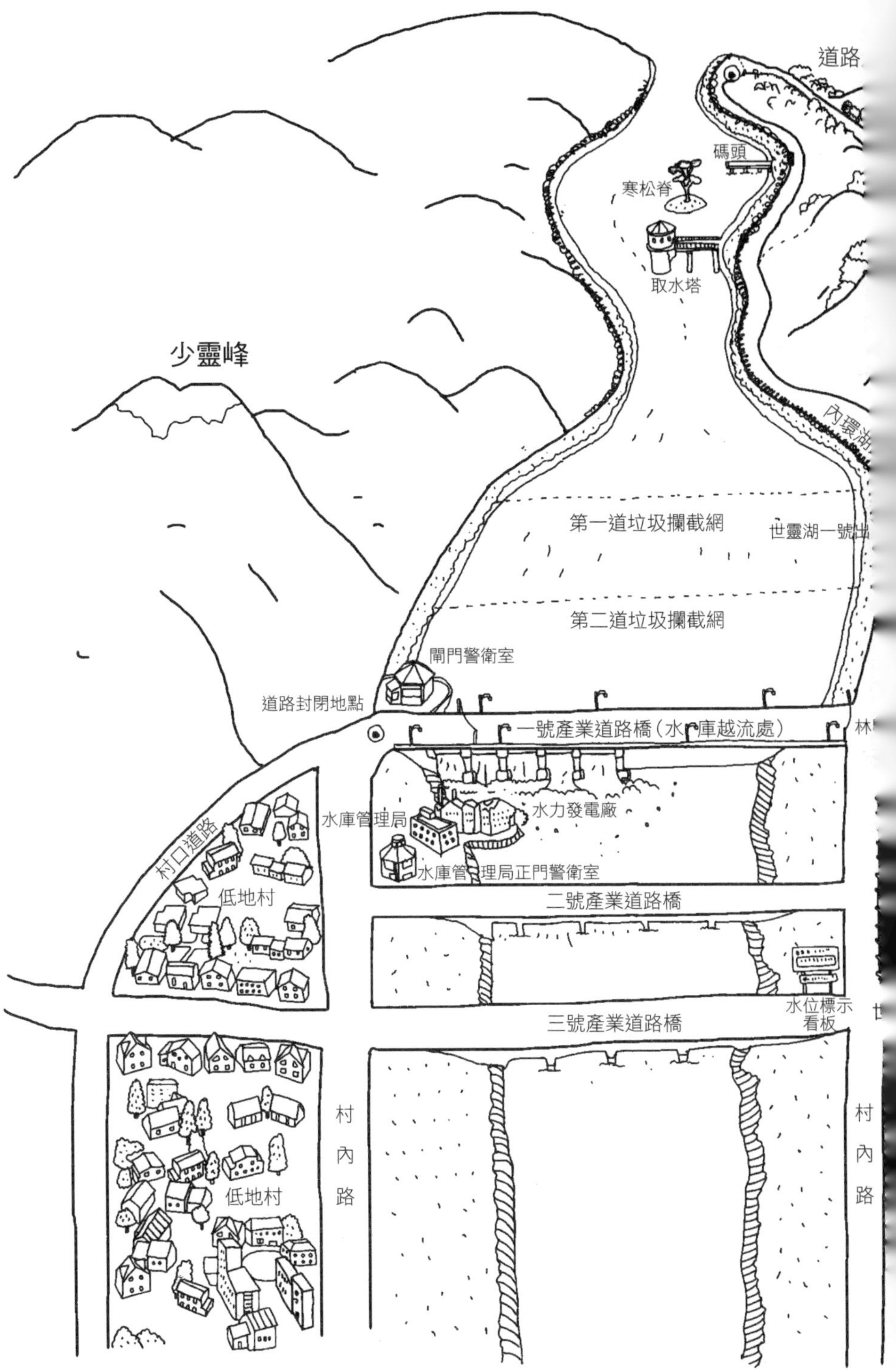
道路
碼頭
寒松脊
取水塔
少靈峰
內環湖
第一道垃圾攔截網
世靈湖一號出
第二道垃圾攔截網
閘門警衛室
道路封閉地點
一號產業道路橋（水庫越流處）
林
水庫管理局
水力發電廠
村口道路
水庫管理局正門警衛室
低地村
二號產業道路橋
三號產業道路橋
水位標示
看板
村
內
路
低地村
村
內
路

七年之夜

7년의 밤

정유정
丁柚井——著
游芯歆——譯

目次

七年之夜

序幕

父親遭判死刑，都是我一手造成的。

二〇〇四年九月十二日凌晨，是我最後一次站在父親身邊。那時，我什麼都不知道，連父親被捕，母親已死，當晚發生了什麼事情，全都一無所知。只是感覺一片茫然，還有些許淡淡的不安。我拉著叔叔[1]的手，在世靈牧場的畜舍裡躲了兩個小時，出來以後，我才確定，有什麼事情不對勁。

兩台警車擋住了牧場入口小徑。不停旋轉的紅藍警示燈光照得赤楊木林青一塊紫一塊。一隻隻飛蟲沿著光線衝向警示燈。天還沒亮，霧氣很濃，我在潮濕的清晨空氣裡，開始顫抖了起來。叔叔把手機塞進我手中，低聲交代我要好好保管。警察讓我們上了警車。

車窗外閃過一幕幕混亂的景象，被沖毀的橋梁，泡在水裡的道路，變成廢墟的街道，堵成一團的消防車、警車和救護車，在漆黑天空裡盤旋的直升機。還有曾被稱為世靈水庫低地的村莊，也是我們一家兩個禮拜以來居住的地方，現在也成了無底深淵。究竟發生了什麼事情？我無法開口詢問，甚至不敢望

1 譯注：本書中所指的叔叔並非有血緣關係，是一般對男性長輩的敬稱。

向叔叔，深怕聽到什麼可怕的話。

警車在S市的一所警察局前停了下來，警察把叔叔帶往走廊的盡頭。另外一名警察則將我帶往相反的方向。兩名刑警在狹窄的房間裡等著。

「只要把你遭遇的事情，照實說出來就可以了。」穿著藍襯衫的人說。

「不是從別人那裡聽來的，或是你自己想像出來的事情，聽懂了嗎？」

我不僅聽懂了，還意識到現在不能哭也不能怕，必須鎮定地說出昨天晚上的事。我知道如果想讓自己和叔叔被釋放，如果想見到父親，如果想確認母親平安無事，我就必須如此。他們靜靜地聽我說。

「我整理一下你說的話。你說，把你帶到湖邊的人，不是你父親，而是保全公司的職員？」

藍襯衫向我確認，我回答「是的」。

「在叔叔來救你之前，你和兩個禮拜前死去的小女孩一直在湖邊玩躲貓貓。」

「不是躲貓貓，是『一二三木頭人』。」

兩名刑警閉上了嘴，望著我。他們的眼神告訴我，他們根本不相信我說的話。

沒多久後，藍襯衫帶著我走出警察局大門，說叔父在停車場等我。從大門到停車場的通道上，擠滿了媒體記者。藍襯衫抓起我的手臂，往他們中間擠了進去。每踏一步，就有無數的閃光燈亮起。有人大喊：「抬起頭來！」「看這裡！」「見到爸爸了嗎？」「你之前都在哪裡？」

我感到一陣暈眩，噁心、想吐。藍襯衫的腳步變得越來越快。

不知不覺間，彷彿聽到叔叔喊我的聲音。我甩開藍襯衫的手，回頭張望。就在我於無數張臉孔中，找尋叔叔的瞬間，相機對著我同聲一氣地噴射出刺眼的閃光。我在光海裡，成了一座孤島。

叔父為我打開了後座的車門，我縮進後座的一角，打開了叔叔的手機，看見了待機畫面上顯示的照片。飄著霧氣的別院前小徑，亮起的路燈，並肩走過扁柏圍籬的高大男人與男孩。男人手上提著男孩的書包，男孩則是把手放進男人褲子後頭的口袋裡。那是父親和我，十天前的早晨，叔叔為我們拍下的背影。

我闔上手機，緊緊地握在掌心裡。低下頭，把額頭貼在膝蓋上，上半身趴了下來。使盡吃奶的力氣，不讓自己哭出來。

世人將昨晚的事記錄為「世靈湖的災難」，同時對父親冠上「瘋狂殺人魔」的頭銜，而我是「他的兒子」。那年，我十二歲。

燈塔村

一

黑色的休旅車奔馳而至，在藥局前停了下來。戴著雷朋太陽眼鏡的男人從駕駛座上下來，走進了藥局裡。這個時候是下午三點，我正要開始吃泡麵，算是遲來的午餐。才剛剛打掃完，肚子餓得很。可惜，我還是不得不站起來。

「同學，請問一下！」

雷朋男拿下雷朋眼鏡，眼光停留在我剃得短短的平頭上，彷彿問著「是學生沒錯吧？」我把筷子夾在鍋耳邊上，要問快問。

「到燈塔村走哪條路啊？都看不到路標。」

雷朋男拿著手裡的雷朋眼鏡對著藥局旁邊的十字路口指來指去。我的眼睛則不斷打量雷朋男的車，看起來既粗俗又有力，是雪佛蘭的那台Chevy van吧。

「同學，你不知道燈塔村嗎？」

我才不是什麼學生，只是一個藥局老闆喊「小崔啊！」的時候，我會回答一聲「喔！」的藥局店員罷了。但也不至於看到雪佛蘭等級的車就肅然起敬，也不會因為他對我用半語[1]，就氣得跳腳。只不過我也有點好奇他要幹嘛，加上藥局老闆剛好不在，我就隨口問了一句。

「您沒導航啊？」

「就是因為導航找不到，我才問的啊！」

他一副把「你這小子」的發語詞省略的表情，而我也省略了說「你這小子」。

「導航找不到的地方，您幹嘛跑到藥局來找？」

雪佛蘭沿著十字路口直行，一會兒就消失了蹤影。我繼續吃泡麵，等鍋子都清空了，我才想起來燈塔村在導航定位上用的地名——新城里。也連帶想起，要去那兒的話，得從藥局旁邊十字路口左轉才行。再附帶一句，其實我也是燈塔村的村民之一。

燈塔村是個連地圖上都沒有標示出來的小地方，或許在地圖繪製者看來，這個地方的存在根本就微不足道，連取名字的必要都沒有。但根據和我同住的叔叔說，這裡可是「海角一樂園」。而我的上司八八藥店的藥劑師老闆則把這裡稱為連慢車都不停靠的「窮鄉僻壤」。而按照燈塔村青年會長的形容，則是想買一雙拖鞋，還得走得「腳都快斷了」，才能到小鎮的天之涯海之角。這些話好像都沒錯，因為這裡是一個必須沿著人跡罕見的濱海公路，跑上三十公里，才能看得到坐落在層巖峭壁上的小村莊。燈塔就豎立在面向大海、形似鳥喙的峭壁邊緣上。村子前面聳立著大大小小的石島，後面則被又高又長的岩山包圍。

我曾經和叔叔一起爬上山頂，一眼就能俯瞰對面的內陸。那是一片如大海般光滑的陸地，連一棵樹也沒有的荒蕪地帶。那裡是國家為了興建觀光園區，特別買下來的土地。聽說，那塊高粱地現在已經消失，但在那塊地的邊邊上，還有一個小村莊。會把新城里叫作燈塔村，得由村裡消失的孩子開始講起。

燈塔村是一個即將消失的村莊，所謂的村民，包括幽靈人口「孩子們（叔叔和我）」在內，一共只有十二個人。村民平均年齡六十九歲，以種植番薯為生。此處雖然臨海，卻缺乏捕魚的人。但因為有海，多少還是會撈點什麼吃。每當沒什麼好煮湯，或少了些下酒菜的時候，便會推推「孩子們」跑跑腿。根據鄉公所的紀錄，燈塔村最後一名新生兒是在六十一年前誕生的。這個孩子不僅成了燈塔村的青年會長，也是村裡唯一一艘舢舨船的船主，也是我和叔叔租賃的燈塔民宿的老闆。民宿的住客大多是靠著口耳相傳才過來的潛水愛好者。村子前面的大海，一座石島上的水中峭壁，這小小方寸之地便是吸引他們前來的誘因。叔叔和我也如同他們一樣，被吸引過來之後，就住了下來。我猜，那群雪佛蘭車隊也是接收到了石島的召喚吧。不是的話最好，但事實似乎是如此。

七點鐘左右，藥局老闆回來，打開了保險箱，這是代表可以下班的信號。趁著他不注意，我偷偷在背包裡塞了一包漢方滋養強壯劑和鎮痛貼布。如果你問我，在這個神聖的聖誕夜裡，怎能做出如此齷齪的事情，我會給你以下的解釋。

叔叔才不過四十歲，腦袋上方就開始稀疏。眉毛裡也長出了白色的根毛。在我們之間常玩的石島比賽裡，一天天逐漸顯出力不從心的樣子。那是一種類似鐵人三項的比賽，規則十分簡單。

首先，我們划著青年會長的船，移動到比賽場石島西側定點處。在那裡繫好船後，開始第一回合繞島一圈的自由式競速。第二回合是從石島西側定點開始，沿著水中峭壁的欄杆，撿拾大貝、海參、海鞘之類的水產，看誰先拾滿自己的鐵魚簍。第三回合則是對著吊在石島松樹上的籃球框投籃，看誰先投進五球的雙人籃球賽。

叔叔最近的戰績是十戰九敗，上個禮拜妄想灌籃，結果把後頸給扭傷了。因此，叔叔每次看到我，

---

1 譯注：韓語分半語和敬語，半語用在平輩之間或對晚輩時，尤其是吵架的時候，用半語表示鄙視，容易激怒對方。

就咬牙切齒地說自己是被「某個」卑鄙無恥的傢伙，對著自己的頭拍巴掌蓋火鍋才傷到的。

「我先回去了！」

在門前大聲說完後，我便蹬上了腳踏車。出了十字路口之後，屁股就離開坐墊，開始用力地蹬起踏板，全速奔馳在延伸到峭壁的濱海公路上。雖然沒有月亮，但路上並不黑暗，這是個繁星滿天的夜晚。籠罩在星光下的大海，如夢似幻，看起來非常甜蜜。沖刷著峭壁的浪潮，悄無聲息出現在黑暗中的銀色海鳥，從海岩間隙裡滲透而出的海霧，影影綽綽成片陰影的石島群，如果能再加上「甜美的海風」如此文學性修飾詞的話，那就更完美了……可惜海風銳如刀鋒，刮著兩頰生疼。讓我感覺，等到家的時候，我八成只剩下一副骨骸。

圍牆下方，並列停放著叔叔的紫色箱形車，以及一台黑色的雪佛蘭休旅車。我把腳踏車停放在箱形車和雪佛蘭中間。叔叔的聲音從圍牆內傳了出來，用著每當叔叔說些不想說的話時，常用的朗讀國文課本似的語氣。

「石島周邊潮流湍急，而且變化多端。這裡屬於下行潮流出沒地區，海底地形也如迷宮般複雜。況且現在是漲潮的時候，又是夜裡，你們又都喝了酒……」

「夠了吧，大叔！」有人出聲截住了叔叔的話。

「你以為你是誰，只穿了件汗衫，就跳出來想教訓我們？」

叔叔國文課本朗讀語氣就此結束。

「酒醉的人該去的地方，不是大海，是棉被！」

我推開大門走了進去。院子裡，兩隊人馬對峙著。一隊是全副潛水裝備的雪佛蘭組，一隊是腳踩拖鞋、身穿汗衫的叔叔和青年會長組，人數是四對二。叔叔一臉睡眼惺忪，拚命想睜大半閉的雙眼。看來是睡到一半，被人叫了起來。把叔叔叫醒的青年會長，半縮在叔叔的肩膀後面。

「我看啊，該鑽進被窩的，應該是穿件汗衫、抖個不停的你吧！」和叔叔對峙的對方代表選手，是雷朋男。

「小子，你有過夜間跳崖潛水（從水中峭壁上順著潮流跳水）的經驗嗎？」

雷朋男笑了出來，一副你是在問羅納度[2]「會不會頂球？」的樣子。旁邊站著的其餘三人，也跟著笑了起來。叔叔雙手交叉在胸前，看了看地上。

「為首者有勇無謀，必出大事。」

「管閒事者，必會挨揍流鼻血。」

雷朋男還故意用大拇指揉了揉自己的鼻端，同行的人又爆出笑聲。

有個人乾脆一屁股在院子裡坐了下來，我猜他們不是喝了酒，而是嗑了藥。叔叔咬著嘴唇，瞪視雷朋男，眼光裡充滿了算計——如果我揍了這傢伙一拳，我自己會被揍幾拳？根據我的計算，四對一的算數答案是——「毫無勝算」。

「同學，你怎麼那樣說話啊？」把叔叔奉為「作家老師」的「忘年文藝青年」青年會長跳出來聲援。

「我們作家老師可不是沒事亂說話，是不想有大事發生，才這麼說的。他可是我們村裡最好的潛水專家，這人如果說自己第二，就沒人敢稱第一。天氣好的話，船出海個十次、二十次都沒問題，今天就算了吧……」

雷朋男一副盛氣凌人的樣子，一口口水「呸」地吐在院子裡，就差再加上一句「哼，他X的」。

「我看你耳朵有問題，沒聽懂是吧？合約上，我們是甲方。」

雷朋男的食指指著青年會長脹紅的臉。

---

2 譯注：世界知名的巴西足球選手。

「老頭你是乙方。我們既然已經付了錢，你就得出船，ＯＫ？」

我用腳往後一踢，用力地關上了大門。為了讓叔叔能順利退場回房，必須打破僵局才行，只不過青年會長是沒法救了。

「小子，你何時回來的啊？」

青年會長先回過頭來，叔叔才接著回頭。雪佛蘭隊的視線也如閱兵式般，一起轉過頭來。

「唷，看看，這是誰啊？不就是藥局店員小兄弟嘛！」

雷朋男一副好兄弟的樣子說。我對叔叔說：

「叔叔，我有話跟您說。」

雷朋男移步擋在叔叔前面。

「我們這位店員兄弟又是怎麼找回家的？不是說不知道燈塔村在哪兒嗎？」

他不僅嘴裡這麼說，甚至還知道我們的房間在哪裡。倒L型韓式傳統房屋的最前面第一間房，面街的方向有一扇大窗戶，可以一眼看見燈塔和大海。他轉身朝著那個方向又說：

「兄弟，你家老闆大概還不知道吧？竟然讓一個連自己家在哪裡都不知道的白痴當店員。不過這位說是作家、又是潛水專家的汗衫叔叔，和你這個藥局白痴之間，又是什麼關係啊？看起來不像父子，也不像叔姪，難道是什麼曖昧的關係？」

雷朋男輕佻地說，一票人嘎嘎大笑。我裝著沒聽到的樣子，邁開步子。僵局是打破了，但我可沒想要打破雷朋男的嘴巴。

「阿伯您決定吧，我沒什麼話要說了。」

叔叔做個了結後，就和我並肩走進房裡去。噓聲四起，從關著的門縫裡透進來。青年會長的高喊聲隨後傳來，接著是汽車發動引擎的聲音。看來，最後還是決定出海吧。然而，其實不然，至少當時不是。

不知道是雪佛蘭隊的笑聲，還是人猿泰山的聲音，有種奇怪的喊聲開始響起。喔囉囉囉囉……隨著聲音的響起，汽車大燈也開始閃爍，汽車音響裡爆發出大舌版〈聖誕鈴聲〉的歌聲[3]。

「雪發碎風飄，發露在奔跑，剩誕腦公公，駕嘖美麗雪橇……」

我拉上了窗簾，這是個自殺烏龍球，只是想向對方誇耀，自己隊得了一分。聲光的騷動馬上轉變成敲擊窗戶的攻擊性行為。窗框和窗玻璃都震動起來，大舌版聖誕頌的歌聲裡，參雜了雪佛蘭隊的合音，聖誕頌一點都不神聖。

叔叔在書桌前坐下，我脫下了襪子，雪佛蘭隊的人鬧了五分多鐘，才離開窗邊。

「那些是什麼人？」我問。聲音就如剛睡醒似的，十分低沉。叔叔回答的聲音，也是一樣。

「還能是什麼人，一群瘋子。」

「怎麼會接下那樣一群人呢？」

「現在這個情況，可沒得挑三揀四的，都差不多一個多月沒接到客人了。」

「那叔叔您怎麼被拖下水的？」

「那群人喝了酒，就鬧著要船出海，我是被叫出來攔著他們的。」

叔叔沉默了一下，似乎在想什麼，接著像是自言自語般，小聲地說。

「那群人不像是幹一場架，就能攔得住的人吧？」

螳螂就算抬高前肢，擋在路上，推土機難道就會停下來嗎？我從背包裡掏出滋養強壯劑，遞了過去。叔叔突然大發雷霆。

「你這小子，為什麼老偷拿這種東西回來？有了副作用，你要負責嗎？」

3　譯注：韓國知名丑角沈炯來以其大舌頭咬字不清的方式，唱出的另類聖誕頌。

「副作用頂多就是讓頭髮硬得像獅鬃一樣豎起來，如果您真想成為看起來像個好好先生，一副用腦過度的地中海模樣的話，那我喝好了。」

叔叔一把搶過藥喝，我就去洗腳了。

聽說，貓在打雷前，腦部會先受到刺激。人類的腦周邊系統上也有一個類似的感官，只要感受到災難的前兆時，就會啟動名為「不安」的時鐘。即使躺在床上，我也難以成眠。一面聽著秒針滴答滴答地移動，一面在記憶裡不停地回想。七年前那天，我和叔叔在警察局分手之後的事。

連葬禮都沒能舉行，母親就被草草火葬了。我則被交給叔父監護，也沒法去上學。從轉學的第一天起，我就察覺到我再也沒法上學了。班上同學比我自己更清楚我是什麼人，他們說，我是瘋狂殺人魔的兒子，這個人扭斷一個十二歲女孩的脖子，殺害了她，還用錘子擊殺女孩的父親，甚至還把自己的妻子也殺了，棄屍在世靈江。最後打開水庫的閘門，造成四名警察和一個村莊一半以上的居民都被淹死。而我，則是那個狂亂之夜裡，唯一毫髮無傷活下來的孩子。

我的堂妹在班上也受到和我差不多的對待，一天到晚哭哭啼啼的。曾經擔任私人醫院物理治療師的叔父也不得不辭去工作，甚至被房東要求搬家。一家人逃也似地搬遷到山本[4]的一棟公寓。連著陽台靠後的房間，就成了我的房間。嬸嬸戰戰兢兢地深怕被人知道我和他們同住，我的堂妹甚至不願意和我共用一間浴室。如果不小心在家裡碰上了，就馬上尖叫個不停。每當如此，我整個人動都不敢動。就算我遺傳了如卡薩諾瓦[5]的「魅力」，或足以吸引異性的外貌，面對兩個只要一看到我就拉警報的小丫頭，我還能做些什麼？只能把自己關在房間裡。

我只有在家裡空無一人，或所有人都入睡了的夜裡，才會從房間出來。有剩飯的話，就吃點飯，不然就餓肚子。順便上上忍了一整天的大號，再洗個澡。洗澡其實是一種儀式，也是一種程序，確認我不是一個會讓人害怕或憎惡的怪物。腿兩條，手臂兩條，確認我模樣的眼珠一雙，還有安心的靈魂一枚。

一旦回到房間，我總會縮在窗戶旁邊，任憑時間流逝。有時候睡覺，有時候看看窗外，有時候一面胡思亂想，一面懷念叔叔。我想知道叔叔是否曾和我聯絡。就算有過，也沒法聯絡上我，這讓我很鬱悶。叔叔的手機被叔父摔到牆上給摔爛了。叔父說，如果我不想被趕出去，就不要和父親身邊的人聯絡。

過了三個月，叔父把我送到大姑姑家。大姑姑又在三個月之後，把我送到二姑姑家……不管到哪裡，我的處境都一樣。唯一不同的是，哪怕是斷斷續續的，我還是可以上學。隨著時間的過去，世靈湖事件終於漸漸被世人所遺忘。認得出我的人，也越來越少。告別學校的日子，不是三個月到期的時候，就是有人認出了我的時候。還好，至少有一個人會對我表示憐憫之意，那就是母親的妹妹——英珠姨。我在她的家裡，比在別家多住了一個月。滿四個月的那一天，英珠姨把我送到舅舅家，對我說：「瑞元啊，姨……對不起你！」那時，英珠姨眼裡蓄滿的淚水，偶爾也會在我腦海中浮現。如果沒有姨丈的話，英珠姨會不會一直把我帶在身邊住下去呢？

姨丈對我深惡痛絕，只要喝醉了回來，就會把我死拖活拖地拖出來，像個瘋子一樣，對我拳打腳踢。好幾次還使勁猛推攔在前面的姨媽，大吼著：「給我帶著那傢伙滾出去！」離開英珠姨家的前一天夜裡，姨丈從臥室裡傳出來的話，讓我至今都忘不了。

「妳啊，好好看過那小子的眼睛嗎？妳看過那小子哭嗎？那雙眼睛，不管被人怎麼罵，被人怎麼揍，都是一樣的。一點表情也沒有，只是愣愣地看著，真的會讓人瘋掉。那不是孩子的眼睛，而是一雙幹了什麼大壞事的眼睛。我怕死了，不敢再讓他住下去，妳明天就把他送到小舅子家吧。」

大雪紛飛的一月第一天，我在舅舅家迎接滿三個月的早晨。對著提著包裹出來的我，舅舅掏出了兩

4 譯注：位於京畿道軍浦市。
5 譯注：十八世紀享譽歐洲的義大利情聖，風流才子。

張千元鈔[6]說：

「山本的叔父家，自己會去吧？」

我把地址都背下來了，不管怎樣，還是找得到吧。我點點頭，當作回答。舅舅說，不好意思，沒法送我過去。舅舅家剛好那天預備要搬家，卻沒有告訴我要搬到哪裡。我背著書包，提著衣箱，戴好帽子後，就走出來到下一個公寓社區。銳如刀刃的北風吹起，夜裡下的雪讓路面變得十分冰滑。我的手好冰，鼻端像被人打了一拳似地發疼。即使如此，我也沒有回頭多看一眼，也不想哀求讓我能繼續一起住下去。何況，從未有一個家讓我想一直住下去。我又想起了叔叔。

後來，我才知道，他們將我該得的遺產以撫養費的名義瓜分了，包括媽媽的存款存摺、保險理賠金，還有我們一家人連住都沒住過的一山[7]公寓房子。即便如此，仍連三個月以上的耐心都買不到，所以才會有這樣的事情發生。

因為迷路找不到的關係，從舅舅家到山本大概花了我將近五個小時的時間。剛按下門鈴，對講機裡就傳出陌生的女人聲音。

「哪位？」

我報出叔父的名字，卻聽到沒有這個人的回答。我怕找錯，又確認了一次門牌號碼，再走出公寓大樓，確認樓棟號。不是我找錯了人家，而是屋主換人了。我慌忙地跑向社區入口處的公共電話亭，但叔父的手機門號卻已經成為空號。舅舅的也一樣，手機門號、家裡電話全都停用了。一瞬間，我才恍然大悟，在第二輪到來之前，叔父一家已經偷偷地搬走了。我猜，舅舅明明知道這件事，卻還是把我丟到山本來。而舅舅一家很可能也已經搬完家了。我又輪番打了電話給英珠姨和另外兩個姑媽，卻無法聯絡上任何一個人。

眼前一片茫然，我極端地害怕。鵝毛大雪甚至飄進了公用電話亭裡，我只穿著秋天的外套而已。下身的牛仔褲短到露出腳踝，球鞋也太小，得踩著鞋後跟穿。一整天沒吃飯，肚子好餓。我身上全部財產只有百元銅板一枚，還沒打過的電話號碼只剩下一個——被叔父摔碎的叔叔的手機。但打電話到那裡去，實在沒什麼意義。手機都沒了，怎麼接電話。然而，我還是拿起聽筒，多少因為心裡還懷著小小的期待。如果叔叔買了新手機，如果還用著原來的號碼……

接通的信號響起，過了一會兒，一聲慢悠悠、卻十分清楚的「喂？」聲傳來。是叔叔！我一聽就聽出來了。我怎麼可能聽不出來呢？我一時一刻從沒忘記過這個聲音。喉嚨哽咽得說不出話來，有種喉頭被堵住的感覺。然而叔叔沒掛斷電話，仍不斷地問。

「喂，是哪位？」

「是我。」

好不容易，我才發出聲音來。這次換成電話另一端沉默了。我提起勇氣又加了一句。

「叔叔的室友。」

時間長得彷彿沒有盡頭，紫色箱形車穿過層層大雪停在我面前的時候，時間已過了一個小時。

叔叔住在安山，我有種回到過去我們一起生活在叔叔套房裡的錯覺。當初叔叔和我住一間房的情景又出現在我眼前。擺在小書桌上的筆記型電腦，散放在一旁的手冊、鑰匙圈、皮夾，還有草綠色的薄荷菸、啤酒罐、隨手亂貼的便條貼。叔叔一點都沒變，不管是少年白的頭髮或是要笑不笑的微翹嘴角，還有只要進了房間，就脫掉襪子的習慣。唯一改變的是職業，叔叔從小說家變成了代筆作家。

叔叔沒有問我過得怎麼樣，我的外表已經說明了我的處境。也沒問我手機的事情，只說他一直在

---

6 譯注：韓幣千元約為台幣二十五元，後文中出現的金額，皆為韓元。
7 譯注：首爾的衛星新都市。

等，總覺得我會打電話過來。我匆匆忙忙進了化妝室，不想讓叔叔看到我臉上的表情，也盼望叔叔不會看穿我的心情。我多麼慶幸叔叔獨自一個人住，也對叔叔還沒結婚的事實感到安心。我真的好怕叔叔帶著我過沒幾天，就打聽我的親戚家，又把我轉手送了過去。

冬天快結束的時候，叔叔終於完成了成為我的監護人所必須進行的法律程序。我成了叔叔二哥的養子，但我不知道這件事情是怎麼辦到的。我從來沒有見過養父，也從來沒問過，甚至連知道都不想知道。對我來說，唯一重要的是，我確信叔叔不會拋棄我。

我成了一名國中生，帶著一顆迫切的心埋頭苦讀。這是我唯一能做的事情，代表了「我會努力」的無聲誓言，也可以說是害怕會被拋棄的另一種面貌。叔叔很用心地成為了我的家教老師。

第二學期期中考結束，我已經達到了目標的八成，全班第一，全校第五。那天，叔叔帶我到附近的烤肉店，啤酒杯與可樂杯相碰，小小地慶祝這項成果。那時，掛在牆上的電視機裡傳出了父親的名字，新聞報導說，判決死刑定讞。可樂杯從我手中滑落。

直到那瞬間我才知道，原來我的心底某個角落一直潛藏著一股希望，希望父親不是真正的犯人，希望是哪裡搞錯了，希望真凶能出現，我和父親就能再相逢。我也憶起，為了那些希望，我做了些什麼。我不看電視新聞，不讀報紙，不上網路，也不向任何人詢問父親的消息，甚至連事件的全貌都不清楚。當然，難免還是會聽到些傳聞。以何種方式，殺害了某個人，有幾名受害者，會被判處什麼刑罰，這就是我僅知道的程度。

死刑定讞的消息，讓我原本如海市蜃樓的希望完全破滅。第二天下午，一封寄給我的信，更讓我最後的一點自尊心都成了碎片。寄件者為郵政信箱的褐色信封袋裝著一本《週日雜誌》。是那天早上發行的雜誌，一張照片占據了一整頁。照片上，是一個少年緊閉著嘴，回頭望著鏡頭。沒有打上馬賽克的關係，不用費力就能看出是誰。是我，在S市警察局前面，接受閃光燈洗禮，獨自站在那裡的十二歲的我。下一頁，是以「世靈湖的災難」為題的專題報導，占據了十頁的篇幅。後面又接著刊載了判決全文，以及世靈湖事件重組的紀錄。父親的童年、二十餘年來的棒球選手生涯、退休後的職場生涯全鉅細靡遺地被報導出來，堪稱是父親的評傳。同時還附帶精神科醫生的深層分析，所以也可視為是一篇心理學報告。這篇報導的中間不時夾雜著現場取證的照片，結尾的版面，便是一張父親在最終判決結果宣告之後被拍下的照片。父親沒有用帽子或口罩遮住臉孔，甚至連肩膀都沒有垂下來；回頭望著相機的空洞眼神，和第一頁照片裡的我，一模一樣。

是誰寄了這本雜誌給我？抬起頭來，卻發現叔叔就坐在我的面前。

「這不是真的吧？」我帶著絕望的心情，望著叔叔變得黯淡的眼神。

「這全都不是事實吧？」

過了好久之後，我才聽到回答。

「事實，不代表全部。」

「所以說，事實也可能是騙人的，對不對？」

沉默，有時也代表了最真切的承認。這個時候，流淌在我們之間的沉默，就是如此。我聽到從自己的胸腔裡傳出的真實吶喊。沒有哪裡搞錯，所有的一切都是事實。我感到眼眶開始濕潤，水氣浮了上來，叔叔的眼睛也慢慢變紅。

《週日雜誌》的出現，就如同蝗蟲一樣，跳進了我的生活。星期一早上，一打開教室的門，用肉眼就可以確認我的桌子上、每個同學的桌子上都放著一本《週日雜誌》。原本嘈雜的教室突然間靜了下來，在我走向位子的短暫時間裡，甚至聽不到一點呼吸聲。我在椅子上放下書包後，就拿起《週日雜誌》丟到教室後面的垃圾桶。回來打開書包，拿出參考書，在椅子上坐了下來。數十雙的眼睛黏在我後腦上，然後有人在我背後開始朗讀報導內容。

「判我死刑吧！」

參考書上面的鉛字，變得模糊一片。

「殺人魔崔賢洙直到最後都拒絕律師的辯護，即使在宣布死刑定讞的瞬間，仍舊是面無表情。」

轉頭往後看，是俊碩，曾經叫我去外面買麵包回來的傢伙，還喊我是「麵包軟蛋」的傢伙。當我們視線相接時，那傢伙拿著《週日雜誌》從位子上站了起來。

「在現場取證的二〇〇四年十一月十一日當時，崔賢洙泰然自若地重演了如何扭斷小女孩的頭，如何將妻子丟進河裡的場景，讓全國人民驚恐萬分……」

我闔上參考書，扯下書包站了起來，朝著教室門口走去。心臟裡有許許多多的蝴蝶在飛，那種有著黑色翅膀，能一飛沖天，名為腎上腺素的火蝴蝶。腳後跟用力地踏著地，同學的臉孔在倒吸一口氣中後退。俊碩仍繼續大聲讀著，擺明在我從教室裡滾出去之前，絕不停止的態勢。當然，我也打算從這裡滾出去，但得在我先讓那傢伙閉嘴之後。

「當時，崔賢洙十二歲的兒子就躲在世靈牧場廢棄的畜舍內……」

俊碩與我的肩膀終於成一直線，我一停下腳步，那傢伙就斜眼看了我一眼。夾雜著戲弄、輕蔑與憎惡的眼光。我避開那道眼光，低頭看著腳尖。那傢伙是個膂力強大的打架高手，個子、身材都比我要高大得多。想要撲上去收拾掉他，無異於自討苦吃。而且，我這邊連一個幫手都沒有，能用得上的武器只有爆發力。在同學充滿期待的眼光，與那傢伙面對「麵包軟蛋」所擁有的優越感，可說給了我一個機會。再走一步，我就要和那傢伙錯身而過了。那傢伙又再度將視線轉向雜誌報導。

「倖免於難的崔童……」

我流暢地轉過身，用手中緊抓著的書包，朝著那傢伙的臉揮了過去。裝滿了書的厚重書包正面擊中了他的臉。慘叫聲響起，那傢伙的後腦袋撞到後面桌子，整個人連同椅子一起滾落到地板上去。這是唯一的一次機會，我絕對不會錯過。我馬上飛身過去，用腳跟狠狠踩在那傢伙的胸口上。然而，我能得分的機會，也僅僅到此為止。不知道是誰從後面拿起椅子，朝我後腦揮了過來。我彎下腰來，俊碩打滾的樣子變得逐漸模糊，我的眼前一片漆黑。當我恢復意識的時候，我已經被同學壓在了下面。

俊碩送進了醫院，我則被捉到派出所，本來可以單純地以同學之間的打架，私下了結的。但當時的情況，卻把事情給搞大了。剛好在這個時候，因為死刑定讞判決的消息，快遭人們遺忘的崔賢洙再度浮出水面，而我，正是他的兒子。被他兒子狠狠踩在腳下的善良老百姓的兒子，鼻骨和肋骨斷了。善良的老百姓夫婦因此拒絕私下和解，警察並未阻攔聞風而至的記者，以致叔叔無法阻擋我被移交到少年觀護所。

四週後，法院做出觀護兩年的判決。從當時的輿論來看，這還算輕判了。叔叔的泣訴，與受害者和解的努力，才讓我免於被送進少年感化院。因為這件事情，叔叔的套房也沒了。我們的新家是在半地下的一個房間。叔叔一面把豆腐遞給我，一面說：

「沒事，現在都結束了！」

沒有結束，那只是一個開始而已。瞅準我從少年看守所出來的時機，《週日雜誌》又送到了房東手上。這次，還增加了四個禮拜前以我為主角的報導。房東要求我們馬上搬出去，學校也不願意再接受我，叔叔必須在轉學與休學之間做出抉擇。最終我沒能從國中畢業，經過十二次的轉學之後，我辦理了休學，以同等學力的方式進了高中。高中四學期，我又轉學了九次。身分被洩漏出來的方式都一樣，《週日雜誌》和關於我的報導影本同時分送到學校、學生家長會、同學們、房東，以及鄰居家。

我們輾轉遷徙，居住地多在港口都市。叔叔開始正式教我潛水，大海給了我真正的自由。每當我在海底黑漆漆的世界裡，縮起身子，整個世界就在一口氣裡消失了。那個地方隔絕了整個世界，誰的手都碰觸不到，誰的視線都看不到，誰的聲音也傳不進來。

我最後上的一所學校是東草的高中。一上學，我的桌上就放著一本《週日雜誌》，同學們一言不發地望著我。

世上有些事情是絕對無法習慣的，譬如遭排斥與故意挑釁，被群毆卻無法反抗。還有在一片靜默中行走，也是其中之一。從教室出來的時候，我全身上下纏繞著熊熊烈焰；我穿過操場，走出校門，抵達附近打工的便利商店為止，冰冷卻持續不斷的火苗毫無停歇地燃燒著。

便利商店裡，只有店長一個人在。客人進進出出的，結帳台上，擺著《週日雜誌》的影本。我催著要這一個月以來的打工費，店長刷著客人結帳的便當條碼，叫我等一下。我等著，三十分鐘，一個小時……那天不知道為什麼，客人特別多。店長埋怨我擋在客人結帳的通道上，礙手礙腳的。我從結帳台，轉到後門邊。又從後門邊，轉到倉庫門前面，又再度移到進門處，等了又等。我一點也沒有受侮辱的感覺，也一點不覺得臉紅。

從我十二歲站在閃光燈海中以來，就不再有慌亂的時候。從我走出了少年觀護所之後，連憤怒的情緒都沒有了，就算有人對我表示善意，我也不會對兩人之間的關係懷抱任何期待。因此，不管處在何種情況下，我都不會驚慌。遭到戲弄，慌亂是正常的；受到侮辱，憤怒才是健康的反應；得到他人的善意，應該有所表示，才是人性的道理。與我年紀相仿的同學大部分都是如此生活著。叔叔說，我也應該那樣生活。我回答，請將那句話裡的「應該那樣」去掉。

我也要生活，如果照著那樣的方式過日子的話，我就會感覺到驚慌，感覺到憤怒，感覺到羞恥。所以我不能讓任何人陪在我身旁。就算我必須像個乞丐一樣，站在進門處等上幾個小時，我也要拿到我的工資。那是我活在世上的力量，不，應該說是我不會走上自殺之路的祕訣。

兩個小時後，我拿到了工資。一拿到手，整個場面突然陷入相當詭異的狀態。把整個便利商店看了一圈之後，我把到手的工資全都拿來買了吃的東西。漢堡、飯捲、熱狗、三明治、便當……堆在結帳台一看，量多到足夠讓首爾火車站前的流浪漢都吃飽。接著我把錢丟到店長的臉上。

碼頭難得一片空蕩蕩的，我在船廠的一個角落，找了個位置坐下，一個人把買來的東西全吃光光。抬起手將溢出口外的碎屑用手指抹了，再塞進嘴裡吞下去。我的眼睛則數著數，計算朝著夕陽翻飛的海鷗數，數著待售的漁船數，數著像我一樣無所事事的野貓數。夜幕終於降臨，該回家了，回到叔叔與我的甜蜜小窩——船廠旁邊巷底的薔薇賓館，裡面的月租房。

那天，我第一次向叔叔表達了自己的意願——我要休學。我想，只要我不再去上學，搬離此處，我的行蹤就可以從這世上消失。叔叔搖了搖頭。

「我投降了！」

但叔叔叫我不要放棄，不管是對這個世界、人生、學校，還是所有的一切。

「上了大學以後，一切就會好起來的。」

我差點忍不住笑出來，什麼大學，痴人說夢話嗎？那種東西又有什麼意義？在走出世靈牧場的夜裡，我的人生已經結束了。我的額頭上，安著原罪的牛角，叔叔也因為我的關係，必須浪跡天涯。《週日雜誌》不會放過我的，不管怎樣做，情況不會有所改變，我的人生也不會變化。那麼，我還有什麼理由不投降？我的心願只有一個。

「如果能躲在杳無人跡的海邊過日子，該有多好。」

叔叔又搖了搖頭，叔叔的眼睛說著，就算過了億萬年，「你的心願」也不會受到尊重。我固執地對上他的眼睛。

「先休學一年，學校的問題等之後再解決也不遲。」

叔叔讓了一步，我也只好退讓，回答了一句「好吧」。

於是，我們沿著大海移動，從東往南，從南往西。叔叔開著箱形車，我則查看地圖。如果碰上民宿，就解開行李投宿。如果沒有的話，就睡在車上。想吃就吃，無聊就潛進海裡。一有人出現，馬上一溜煙上路。

來到燈塔村是在今年一月初，我們在這裡送走了四季。那期間，《週日雜誌》沒有再寄來。為什麼在此之前，都不知道該這樣做呢？我真後悔，早就該放棄學校才對。那麼一來，就不必像灰塵一樣開著紫色箱形車，在世上漂泊。

如今，似乎可以安心作點夢了。從創世以來，無數平凡的人所追求的平凡願望——我只想在這裡住下來。叔叔寫作，我到藥局打工，如果可以的話，希望能持續一輩子，長長久久。因此，最好不要發生讓世人眼光都集中到這塊土地的事情。我會對雪佛蘭車隊感到煩心，原因就在此。

叔叔輾轉反側，難以成眠。黑暗中，潮水聲清晰地傳來。青年會長家的掛鐘敲響了十次，雪佛蘭車隊的人還沒回來。我閉上眼睛，額頭中間的青筋猛跳，腦裡的時鐘發出越來越大的聲音。

不熟悉大海的人，看不起大海；看不起大海的人，必傷於大海。

二

房門旁邊的電話開始響了起來，我們同時起身，叔叔拿起了聽筒。

「作家老師，出事了，出大事了！」

青年會長喘息的聲音奔湧而出。叔叔只說了三句話。打電話給一一九和警察，你們在哪裡，我馬上過去。光是這幾句話，就足以猜出情況了。我直起身子，打開日光燈。

「出意外了！」

叔叔從塑膠衣櫥裡拿出內衣和乾式防寒衣[8]。

「找到了三個，拿相機的那個失蹤。」

我很想問：「叔叔你為什麼要去？」也很想把潛水裝備藏起來，希望叔叔什麼事都不要做，因為「做了什麼」，就等於「失去什麼」。好不容易才得到的東西，戰戰兢兢守護著的一切，還有我才剛開始的夢想。

「鄉一一九大隊裡沒有潛水隊員，必須等到木浦海警過來，才能開始援救。可是等到那時候，就太遲了。」

彷彿知道我腦子裡在想些什麼，叔叔解釋道。我也跟著穿上了內衣，再套上乾式防寒衣。叔叔突然停下正拉上防寒衣拉鍊的手，回頭看著我。臉上一副「你出來幹什麼？」的表情。

我一年前才開始練習深海潛水，叔叔是位嚴厲的教練，非常重視基本功。在潛水方面，從來沒有稱讚過我一次。對於作為潛水搭檔的評價也很低。再說，我也沒有應對這類情況的經驗。就算如此，也總比讓叔叔隻身前往來得好吧。再說石島的水中峭壁，我也略知一二。

「對吧？」我以詢問的眼光回望叔叔。他的眼中閃過掙扎，過了好一會兒之後，才聽到把搭檔連接索帶上的回答。我連攜帶用氧氣瓶和呼吸面罩都一起帶上，坐上箱形車，心裡暗想著或許會用得上吧。

我們只花了一分鐘的時間，就抵達燈塔。從車上一下來，就看到有人從峭壁下面，像犀牛一樣跑上來。然後像滑壘似地，跳進了雪佛蘭裡。是雷朋男。青年會長在峭壁下面大喊著。

「同學，你一個人跑掉了，剩下來的人怎麼辦？」

我和叔叔趕緊沿著路跑到峭壁下面。船停在岸邊上，青年會長正把繩索綁在繫纜樁上。有兩個男子

---

8 譯注：冬季潛水服。

倒在船裡，一個呈現昏迷的狀態，一個挺直了兩腿，口中不停大喊大叫。乍看之下，有點像是潛水夫病的症狀。但是從他的行為來看，又有點像是單純陷入恐慌的樣子。我們說什麼話，他一點都聽不懂，更別說走路了。

叔叔扛起昏迷的人，沿著峭壁路往上走。青年會長背扛起那些人的裝備，跟在後面。潛水夫病的那人則在我的背上。第一步都還沒邁出，態勢卻像已經變得像是要決一生死般。他像牛一樣嗚嗚地哭叫著，掙扎著，挺直了身體，死命勒緊他坐騎的脖子，搞得我好幾次都失去平衡，差點掉到峭壁下面。只要有人同意，我鐵定一把就將他丟進海裡，或者狠下心，往他的褲襠踹個幾腳。青年會長扛著沉重的裝備，氣喘吁吁地將事故發生的來龍去脈，很有效率地簡短說明。

雪佛蘭車隊下水之後，過了五十分鐘左右，雷朋男突然在船的附近冒出來。那時已經超過約定時間二十分鐘，他整個人呈現瘋瘋癲癲的樣子。青年會長問他，別的人怎麼樣了？雷朋男卻回以大喊大叫，要求馬上回燈塔。青年會長隨即意識到，雪佛蘭車隊在海裡失散，也知道自己必須一一找回來才行。第二名遇難者是在北邊定點處找到的，第三名男子則是在南邊暗礁地帶找到，一上船就失去了意識。拍照的男子，直到最後都沒能找到。青年會長只好把船開往燈塔方向。不是因為雷朋男一直慌亂地要求自己把船開到燈塔去的關係，而是認為必須將昏迷中的負傷者趕緊送上陸地的判斷。打電話呼叫一一九和警察則是和叔叔聯絡之後的事情。會長在忙亂之中，唯一想起來的人，竟然是叔叔。

我們回到燈塔前為止，不管是一一九還是警察，都沒有人出現。雷朋男一個人坐在雪佛蘭車裡，開著暖氣，用毛毯把頭都裹進去，整個人縮在椅子上，愣愣地看著我們進來。充滿恐懼的雙眼，表情凶狠，彷彿只要我們敢碰他一下，他就要張口咬人的樣子。沒開車掉頭就跑，算他厲害。

我讓潛水夫病男坐到椅子上，叔叔則將意識不明男放平在後座，給他罩上氧氣面罩之後，才靠近雷朋男坐下。

「到底是怎麼回事？」

「這不關我的事。」

回嘴的聲音，也如表情一般凶狠。叔叔用力地搖晃雷朋男的肩膀。

「我問你，到底在那個地方發生了什麼事情？」

「不要碰我！我頭痛，想吐，快死掉了！」雷朋男用力地推著叔叔的胸口。叔叔捉著他的領口，讓他面對自己。

「你給我好好地回答！」

「放開我，X你娘！」雷朋男扭動著身子，想要拉開叔叔的手，用力地喘著氣，不停地掙扎。

「大概在直壁中間的地方突然出現巨大的水柱，劈頭蓋了下來。我們想依靠浮力來緩解下沉的勢頭，就貼近岩壁去，沒想到卻突然彈到了上面去。這樣夠了吧？」

是，太夠了！石島西側定點處，水深九公尺的地方有一道峭壁欄杆。欄杆下面，有一處迷宮般複雜的峽谷。沿著峽谷往南移動的話，便到達四面如大樓高牆一樣平滑的地方，也就是雷朋男所說的直壁。這裡的水深是附近最深的地方，也是下行潮出沒的地點。這類潮流會在水面上形成長帶狀出現，因此用肉眼就能看得出來。劈頭蓋下的力量雖具壓倒性，但力量的範圍只能達到八十公分而已，所以只要緊貼著岩壁，水平移動，就能從這股潮流中脫身而出。叔叔之前所警告的就是這點。夜裡，很難區分表面帶與波濤，如果不清楚海底地形，就很難脫身。脫不了身，就代表搭上了往深淵裡灌注的水流升降梯。潮流的平息地點如果超過四十公尺的話，就有可能撞擊到海底岩石上，頭破血流。

他們大概是想藉著正浮力來抵抗下壓的力量，身體之所以會彈了上去，是因為他們在驚嚇之餘沒有調整好浮力吧。如果想要在浮力調整背心中注入空氣，以阻止下沉的話，就必須採取緊急警戒姿勢，先是拉下充氣活塞，以便在脫離垂直流向的瞬間，馬上排除空氣。如果做不到的話，就會如同火箭一樣，朝水面噴射而出。讓大家都搭了一趟火箭，就足以證明雷朋男是個怎樣的帶頭人。他甚至連一個可以向隊友發出警告的警報器都不如。

「救護車到之前，你就待著別動，別再給我闖禍。」

叔叔放開了雷朋男的領口，雷朋男抽吸著鼻子，狠狠瞪著叔叔。青年會長就留在雪佛蘭車裡，警察或一一九來的時候，總得有人說明情況。負傷的兩個人，也不可能交給魂不守舍的雷朋男照顧。

叔叔開著船，我卻對救援工作抱持懷疑的態度。相機男生存的可能性幾乎為零。如果潮流沒有讓他卡在海底，如果他沒有被氮氣麻醉，變得瘋瘋癲癲，把呼吸器送給了翻車魚，如果他還有些膽量和冷靜的話，或許情況還會有些不同。這是在災難中，唯一讓人期待的奇蹟。

船抵達了西側定點，海面一片寧靜，一點也看不出來之前曾經發生過事故。海風輕柔，水流似乎也靜止了。我們必須最大限度地利用此時潮流如熟睡般的靜潮期，等到潮水開始退潮的話，潮流就會再度變得凶猛。

叔叔下好錨，把綁在船尾的螢光色潛水浮標充好氣，作為返回時的標誌物。我把浮力調整背心裡的空氣盡量壓出來，以減少浮力。收拾好輔助氧氣瓶，確認呼吸器狀態後，便拉緊蛙鞋束帶，用連接索和叔叔連在一起，以站立姿勢跳入水中。

海水冰冷得讓人戰慄，有種腋窩下夾著冰塊的感覺。我一下水，就開始吞嚥口水，讓空氣進入耳膜，平衡內衣和外衣之間的壓力，再下沉到峭壁欄杆處。欄杆上面聚集了一堆海膽，彼此推擠著。欄杆下面則是一片黑暗的空間，能見度不到十公尺，叔叔對著那裡大拇指朝下，是下沉信號，我點頭表示知道。

我們調整浮力，控制下沉速度，慢慢滑到峭壁下面。水深十五公尺，二十公尺，二十五公尺……到了三十二公尺的時候，叔叔做了個停止的手勢。我把姿態從垂直換成水平，踏著海松林茂盛的峭壁，朝南邊游了過去，尋找發光的地方。大概過了三分鐘吧，叔叔指了指腳下，看到了一個由巨大的岩石重疊堆砌而成的拱門，燈光就是從那裡發出來的。

一通過石拱門，出現了一個如洞穴般的幽靜空間。水下頭夾燈就在正中央發著光，而把頭夾燈套在頭上，動也不動躺著的人，看起來已經是一具屍體了。如果還活著的話，就不會把海底當床睡大覺了。叔叔把食指和中指彎曲，抵在另一手的手掌上，叫我跪坐到屍體旁邊的意思。我按照叔叔的指示做了，屍體上的裝備呈現正常穿戴的狀態。手腕上纏著一條相機繩，大張的眼睛愣愣地瞪視著上方。叔叔用兩根手指頭在面罩前，做出交叉的動作，意思是叫我不要看屍體的眼睛。然而，這個信號來遲了一步，我已經和屍體的眼睛對上了。呼吸突然不順，就如很久以前，我闔上某個小女孩的眼睛時一樣，感到胸口氣悶起來。

那時，不是大海，而是湖水。拖著小女孩上岸的人，是一一九救援大隊的隊員。那是個有著一頭長髮的小女孩，破裂的嘴唇像在笑似的張開著，張得大大的眼睛似乎正凝視著我。那時我所感覺到的嘔吐感，現在又重新翻湧而上。視野彷彿進入了海底溜躍層似的，快速地晃動起來。頭頂一群發著紅光的夜行性魚群緩緩移動，天空上星星像在行軍的樣子，就如同和那小女孩一起度過的那天晚上。天空裡某個地方，響起了清亮的聲音。

「一二三木頭人！」

水中警報器的警笛聲打破了這陣幻覺。叔叔正望著我，我開始慢慢調整呼吸節奏，過了一會兒之後，我和叔叔抓著屍體兩腋下端，以潛水電腦表可容許的上升速度，緩緩浮上去。在水深六公尺處，叔叔打出了停止信號。全程潛水時間為十九分鐘。我們和屍體並排立著，進入安全減壓停止狀態。七分鐘之後，才冒出水面。確定了浮力調整背心的浮力之後，把呼吸器換成了水下呼吸管。突然間，燈塔的光芒從水面上一閃而過。遠處傳來救護車的警笛聲。

三

死亡人數增加為兩名，昏迷的那名男子最後還是死了。雷朋男和潛水夫病男被護送到擁有高壓氧室的木浦療養院，拖著相機男的屍體出現的我和叔叔、船主青年會長都上了警車，因為警察說他們需要證人的供詞。

雪佛蘭車隊的隊員都是世家子弟。雷朋男的父親是政府高層官員，潛水夫病男的父親是某企業的董事長。在雪佛蘭車裡死去的男子的父親，是陸軍將軍。相機男的父親是檢察官幹部。將軍和檢察官亮刀出現在我們面前，因為兒子們的屍檢報告，讓他們成了聽不進任何話的睜眼瞎子。或許是他們需要一個有手的生物吧，因為總不能替大海上手銬吧。

叔叔和我，以及青年會長都受到審問程度的調查。警察要求提供有關事故原委與救援過程的詳細供詞，嚴厲地追究在救援過程中是否存在著疏失。從傍晚在民宿家裡的爭吵開始，到撈起屍體為止，同樣的供詞反覆地叫我們說了不知多少次，而且，還是個別傳喚。死者們以超特級處理，抬上了驗屍台。

凌晨時分，我們各自被安上了不同的頭銜。叔叔是暴力嫌疑犯，因為他捉著雷朋男的領口。看來，多半是雷朋男辯稱，自己身上的瘀傷全為暴力所致吧。至於叔叔所說，潛水衣壓迫在皮膚上時，就會形成淤血這樣的解釋，則無人理會。

青年會長則成為了明知危險，卻因被金錢沖昏了頭，硬是開船出海，導致前途光明的兩名青年死亡的死要錢老頭。曾經的攔阻與攔阻不成所遭到的侮辱都被漠視了。怎麼說呢？也就是所謂的未必故意所造成的過失致死。

至於我是誰，不到一個小時就遭揭發出來。曾經進出少年觀護所，轉學二十一次，目前休學中。七年來到處漂泊的事情，以及一年來居住在民宿的這點，似乎散發著誘人的費洛蒙香氣，而刑警就像一群發情的狗一樣，尾隨在我身後。

中午的時候，屍體檢驗結果出爐。相機男的死因為心臟麻痺，這是水流升降梯送給他的禮物。恐懼致使他死亡。另外一名男子則死於肺部的壓力傷害，這就是搭乘火箭的代價。兩人的血液酒精濃度都超過〇點一五。叔叔的暴力嫌疑因此洗刷。潛水醫學專家與叔叔的看法如出一轍。病情逐漸復元的潛水夫病男，終於說出了事件的全貌。

他們抵達燈塔民宿的時間，是在前一天下午四點左右。因為馬上就到了日落時間，青年會長說明天一早再出船，就先收了住宿費和租船費。但他們在喝了酒之後，改變了心意。一切都是帶頭的雷朋男煽動的。他說，如果白天的大海是自行車，那麼晚上的大海就是哈雷重機。有酒、有了哈雷重機的誘惑，醉意之下生出的一股蠻勇，還有什麼事情不敢做？

潛水夫病男也承認了強拉青年會長上車的事實，或許是感到良心不安的緣故吧，我很好奇是不是有什麼內幕。難道是因為感到遭雷朋男背棄的關係？或許吧，如果他的視力不是太差的話，他應該也都看到了，那個帶頭的人以何種方式撇下隊員。

即使洗刷了嫌疑，我們卻沒能馬上被釋放。調查又朝著新的方向調整，例如叔叔真正的職業啦，帶著崔賢洙的兒子到處跑的理由啦，旅行經費的來源啦，長期投宿在民宿裡的原因啦之類的。

二十五日下午六點，我們走出了審訊室，大廳裡有十幾位記者鵠候著。熟悉的過程再度重演。我受到各式各樣的提問，潛水是何時學會的，學校為什麼休學……印象最深刻的提問是，「你對死刑制度有何看法？」我轉身看向丟出這個問題的方向，對上了一位年輕記者的視線。

什麼死刑制度，還不如問我有沒有讓某人被判死刑算了。那麼，我或許還能回答得出來。我的內心裡住著一名劊子手，主顧客就是我父親。但有時候，也可能會把繩圈套在他人脖子上。像是很久以前擔任我的導師的鬥雞眼男，還有每次看到我就尖叫的堂妹，以及發情公狗啦，檢察官啦，將軍之類的。所以，你也給我小心點。

叔叔兩度拍了拍我的肩頭。

「走吧！」

開回燈塔村的車子裡，一片沉默。叔叔開車，青年會長睡著了，我則又把父親送上了絞首台。

我還記得第一次行刑，那是我準備高中聯考的那年夏天。那時，我們住在群山市，我像平常一樣到圖書館，竟然在書架的一角發現一本《死刑制度的理論與實際》的書。我故意裝著沒看到，走過去好幾次，又忍不住回過頭。最後，我還是抽出了這本書，站在書架前面，翻開了第一頁。最後蹲坐在地上，闔上了最後一頁。把書放回原處後，拔腿就回家去了。不管看什麼書都好，我只想趕快忘掉剛才看到的行刑場照片。超過三十度的三伏天，我卻蓋著棉被趴在床上，深紅色的黑暗覆蓋住我整個背部。

我所掉落之處，是個老舊的木造建築前面。窗戶旁邊種了一棵柿子樹，越過房頂，可看到夕陽西下，黑沉沉的木板門橫亙在我面前。伸手推推門，咿啊一聲門開了，我走了進去，沒有日光燈，也沒有窗戶，室內卻很明亮。房間的前方地板如講台一樣高起，上面放著一張蓋了黑布的桌子。房間的後方垂著白色布簾隔間，從那裡傳來了一絲人氣。我穿過木地板，拉開布簾。鋪著草蓆的地板上，坐著一名戴了頭套的男人。男人的頭部上方，垂掛著一條粗如兒臂的繩索，他的頸圍上透著一圈汗。結實的肩膀不明顯地晃動著，頭套裡傳出一聲嗚咽的嘆息。我撈過繩圈，套在他的脖子上。張開嘴下達命令。

「執行！」

隨著一聲喀嚓，木地板凹陷下去，男人從地上消失了。我在棉被裡驚出了一身冷汗，猛然坐起身來。轉頭望向窗外，黑暗的天空裡掛著一顆紅豔豔的夕陽。這時，我才驚覺到，消失在木地板下面的男子，是我的父親。

「都結束了！」

叔叔的聲音傳了過來，我不懂他說的是什麼，只能眨眨眼睛。

「都忘了吧！」

我這才終於從過去的事情裡清醒了過來，對啊！我們這是從警察局出來，趕回家的路上。我朝叔叔點點頭，別擔心，我會忘掉一切的。遺忘是連乳牛都做得到的事情，不是嗎？如果說有什麼小問題的話，就是《週日雜誌》比乳牛更聰明。

一整夜我都翻來覆去睡不著覺，即使連著兩天晚上都沒闔眼，精神還是很亢奮。多虧如此，我今天難得一大早就去上班。這也是我最後一天上班，藥劑師老闆大概已經知道了我的來歷，而我也有必須接受的事情。我撿起丟在藥局玻璃門下方的早報。

新城里石島水中峭壁事故，挺身救援的潛水者，經證實就是殺人魔崔賢洙的兒子。

本月二十四日晚間，花園半島前海中，四名寒假回國的留美學生在夜間潛水時，發生了二名死亡、二名負傷的事故。據悉，他們應該是在石島西側的水中峭壁處遇上了下行潮，才會發生這起意外。事故後，投宿在民宿裡的兩名潛水者隨即挺身救援，但一名被發現溺死，一名在獲救後死亡。另有二名則被救護車送往木浦療養院。石島西側的水中峭壁是下行潮經常出沒的地點，有經驗的潛水者也不敢在此進行夜間潛水活動。另一方面，當天參與救援工作的崔某（十八歲），經證實是世靈湖事件已判決死刑定讞的犯人之子，引起了人們的注意。崔某在數年期間，一直過著居無定所的流浪生活，一年來都住宿在這間民宿裡，才會參與此次的救援行動。警察傳喚與崔某一起展開救援作業的安某（三十九歲），調查此次事故的詳細經過。

我在書桌前坐了下來，像貓頭鷹一樣，不停地眨著眼睛，挺直了背脊。額頭上不停地冒冷汗，一吸氣就感覺胸痛。新聞報導的頭條標題，不是鉛字的組合，而是刺入我肋骨下方，一把世人的利刃。

打開電腦連上網路，檢閱新聞，本末倒置的報導嘩啦啦出來一堆。比起那起事故，以「崔賢洙的兒子」為標題的報導占了大多數。打開第一條報導，回覆已高達數千條。我沒有看內容，反正絕不會是殺人魔的兒子做了好事、值得稱讚之類的話。

關上了新聞網頁之後，這才看到入口網站上端的搜尋關鍵詞排行，「崔賢洙的兒子」榮登榜首。這股力量真是太厲害了，即使過了七年，比起當時，世人對崔賢洙的興趣可以說不遑多讓。此時，網民搜查隊應該也出動了吧？那麼，對於崔賢洙兒子的「人肉搜索」應該正轟轟烈烈地進行中囉。少年觀護所時期理個大平頭的照片，八成也正到處轉發吧。最好一切都是我想得太多了……

打掃完的時候，藥劑師老闆也來上班了。他一言不發地坐在桌子前面，打開我擺放上去的報紙。我站在旁邊等他全部看完。三十分鐘之後，才與他隔著桌子，面對面坐下。

「我就做到今天。」

說完這句話，我忍不住打了一個寒顫。明天我要做什麼呢？不管做什麼，不管去哪裡，就算沒有《週日雜誌》，親愛的世人也會緊緊跟著我，不會放過我的。藥劑師蹺起二郎腿，抬頭看著我。我沒有避開他的視線，我不想低下頭來，因為我不是罪人。

「沒那個必要。」藥劑師說。

「過幾天，大家就會沒了興致。你去做你的事吧！」

太意外了！或許他覺得，哆哆嗦嗦地發著抖、把我趕走的方式，太失老闆風範了吧。還是這是對一年來在這裡打工的傢伙的一點情誼？我回答：

「感謝您過去的關照！」

說沒一點惋惜，那絕對是騙人的，我只是不想接受他的好意罷了。過去的經驗告訴了我，好意不值得相信。有效期任由付出的一方隨意決定，好意只維持一天的情況，不計其數。懷著感謝的心情推辭，才是對雙方都好的。不只能拿到一筆包括月薪和遣散費的橫財，還能聽到「有需要隨時過來」的客套道別。

下午四點，我收拾好一切之後，便下班了。圍牆下沒看到叔叔的箱形車，透過窗戶往房間裡瞧，也沒看到叔叔，大概到水產賣場去買菜了吧。嗯，我想了想，如果去大賣場的話，八八藥局就在旁邊，沒道理不過來看看啊！也不像是出去採訪的樣子，房門旁邊，叔叔的採訪包就掛在那裡。我剛把自行車在後面停放好，就聽到背後傳來青年會長的聲音。

「你什麼時候回來的啊？」

「您在家啊？家裡靜悄悄的，我還以為您出去了。」

「沒啦，我就在房間裡。」

青年會長遞給我一個紙箱，說是剛才快遞騎摩托車送過來的。是個比鞋盒要大一點的紙箱，上面卻沒有注明寄件人的姓名和地址，收信人的欄位裡也只寫了民宿的地址和我的名字。

「叔叔去哪裡了？」

「這個嘛，中午和我一起吃過飯，睡了個午覺起來，就沒看到他，車也不在了。」

我正想走進房間，卻以一種新奇的眼光回頭看了看青年會長。奇怪，這老先生怎麼沒有叫我們搬出去，好好的一間民宿說不定會因為我的關係關門大吉呢！

打開紙箱一看，難以理解的東西一層層排放著：叔叔的採訪手冊、叔叔每次出去採訪時戴在手上的錄音表、我在藥局打工時用第一個月的薪水買給叔叔的銅錢模樣的隨身碟、一整疊的信，以及用橡皮筋捆住的素描本，最下面則放了一疊厚厚的Ａ４紙。封面上什麼都沒寫，翻過封面，一個意想不到的標題出現在我眼前。

序幕——二〇〇四．八．二十七世靈湖

還來不及思考標題的意思，我的眼睛已經先往下看。

女孩站在學校前面的公車停靠站，背靠著站牌柱子，低著頭，用球鞋鞋尖噠噠踢著馬路，看不清長相。能看到的，只有白皙而圓潤的額頭和被風吹起的長髮。

一輛卡車轟轟地從女孩面前經過，女孩的身影消失在卡車之後，不久又再度現了出來。隨即一輛開往鎮裡方向的銀色箱形車停在女孩面前，是美術學習中心的接駁車。女孩再度被箱形車遮擋住，快活的聲音跳進沉重的大氣裡。

「叔叔，我今天沒法去上課，晚上要開生日派對，今天是我生日。」

箱形車掉轉車頭，往來時路消失。女孩穿過馬路，肩膀垂了下來，眼睛看著地上，啪噠啪噠走著。承煥站在對面休息站岔路的路口，注視著女孩漸行漸近。快要過完馬路的時候，女孩抬起頭來，彷彿這時才發現有人一直看著她。八月的太陽照耀著瀏海上的髮夾，閃閃發光。圓潤的額頭下面，滿臉受傷的表情一覽無遺。對望著承煥那一雙又黑又大的眼睛裡，晃動著不安。承煥差點忍不住要過去搭訕。

妳好，小美女，生日快樂！

女孩轉過身，往世靈林園的正門走去。承煥點起菸啣在嘴裡，注視著女孩的背影。想起了不過五分鐘前，在世靈休息站碰到的一群眷村[9]的小孩。那氣氛似乎是去參加某人生日派對的樣子。從每個人手上都提著一個禮品袋，走進休息站的麥當勞來看，那個「某人」應該不是這個女孩。

世靈湖方向傳來民俗鼓樂的聲音，告知著思鄉祭的開始。低地村的孩子都朝那裡湧了過去。

世靈村的居民可以分為原住民和眷村民。從世靈湖修建了水庫之後，被水淹沒的舊世靈村村民就歸屬到原住民的範圍，他們在水庫下面的平地上，開闢新的土地生活。因此，原住民和低地村民彼此合得來。眷村民則指水庫管理局的員工和眷屬，他們住在水庫西邊的世靈林園。稱為「眷村林子」的林園南邊樹林裡，有一片水庫管理局所租賃的員工眷村；稱為「別院林子」的林園北邊樹林中，則有三棟房子。一般將一〇一號、一〇二號、一〇三號三家合在一起，統稱「別院」。其中一〇二號、一〇三號是水庫管理局保全公司職員的宿舍。承煥住在一〇二號，女孩則住在隔壁，也就是最裡面的一〇一號。那是一棟看似帝王城堡的兩層樓建築，也是以湖名作為自己女兒名字的林園園主所住的地方。

承煥從來沒看過原住民孩子與眷村孩子玩在一起，女孩則與任何一邊都合不來。雖然出生在被水淹沒的舊世靈村裡，還以世靈為名，但因為住在林園裡，就被歸類為別院的人，不屬於真正的原住民，也不屬於眷村的孩子。這就是為什麼適逢自己十二歲生日的女孩，在別人都很忙碌的週五下午，卻得一個人站在公車停靠站的原因。

承煥把菸叼在嘴邊，望著天空。蔥白的雲朵，一團一團的，太陽正慢慢躲到白雲後面去，蟬鳴聲突然停止。這是個悶熱、黏膩、不愉快的下午。

我闔上原稿。「承煥」是叔叔的名字，這是叔叔寫的稿子。雖然以第三人稱來敘述，但毫無疑問的

---

9 譯注：水庫管理局員工和眷屬住的村子。

就是叔叔寫的。文體也是我所熟知的，甚至猜得出來，下一章會出現什麼樣的內容。要說這是什麼故事，我可是在數年前就已透過《週日雜誌》刻骨銘心地學習過了。儘管還是很好奇，我可不想再複習一次。叔叔為什麼會寫這個？寄件人是叔叔，對嗎？紙箱上所寫的字體很陌生，但會寄這種東西的人，除了叔叔，別無他人。

我走了出去，騎上自行車到燈塔去。一屁股坐在峭壁尾端，默默地望著大海，水平線如大火燎原似的一片火紅。二〇〇四年八月二十七日星期五，小女孩還活著的下午……我彷彿被捉住領口，拖回了七年前的夏天。

我們一家人，是在兩天之後，也就是二十九日星期天，才搬到世靈湖的。父親接到派令，過去那裡擔任世靈水庫保全組長。別院一〇二號裡只有兩個房間，一個房間住著叔叔，父親決定和母親一起住主臥房，我則成了叔叔的室友。

快搬完家的時候，叔叔帶我朝著那條岔路走下去。也就是序幕內容裡所提到，遇見名為「世靈」的那名少女時那條休息站旁邊的岔路。我們是出去找父親的，父親說去買東西，但是已經過了兩個小時都沒回來，母親發出逮捕令，要我們去找他。沿著岔路往上走，能抵達的地方就是我們過來世靈湖的路上，曾經進去過的高速公路休息站。我繞得昏了頭，完全失去方向感。離休息站有一段距離的地方，就是進入世靈鎮的交流道。開進交流道後，又駛了好一陣子，才抵達世靈湖，可說是「好一陣子」的二倍距離。叔叔看了一下我的表情，指著那條岔路說：

「那條路會變魔術喔！」

我差點信了他的話。當時我對空間的概念，除了魔術路之外，什麼都不知道。更別說是對開車得十分鐘才能抵達的休息站，其實走路五分鐘就能到的這回事。我不僅對此感到稀奇，而是對從休息站開始的一切經過，都感到很稀奇。這個對來來去去的人來說只是一座單純的休息站，但對世靈村的人而言，卻是生活的根據地。小吃店街是村民外食場所，便利商店是超市，麥當勞是附近孩子辦活動的主要據點。瞭望台上的遮陽傘下面，則是此地酒鬼們小酌的酒館。

叔叔把我帶到休息站的瞭望台，在那裡看到已經早一步成為此地酒鬼的父親。遮陽傘下面，放著兩支空酒瓶。我們在父親身邊坐下，望著腳下的世靈湖。低地村的位置是離世靈湖還有一大段距離、更低的地方。我對叔叔說：

「現在可以告訴我魔術的故事了吧。」

父親問：「什麼魔術？」

「岔路魔術。」我回答。

父親轉頭望向叔叔，叔叔呵呵地笑。

「瑞元啊，螺旋形是什麼，你知道吧？」

我用手指頭畫出漩渦。

「很好。世靈湖就是在世靈江築起水庫的時候，圍成的湖。世靈江是沿著世靈峰山腳流動的江，那麼山的下方當然就泡在水裡了，對吧？也就是說，把那裡鑿穿，在路口蓋了一個休息站。你可以想像，一樓是世靈湖，二樓是休息站，有個具體圖象了吧？高速公路就是連接一樓和二樓的螺旋梯。岔路就是直梯，爬上直梯馬上就可以上到二樓。」

我們完全忘了逮捕令的事情，坐在父親旁邊就不走了。我喝可樂，父親喝燒酒，叔叔喝啤酒。驕陽漸赤，影子拉得越來越長，從世靈湖那裡飄起了一層薄霧。叔叔指著遠方原野與天空交會的地方，說那遙遠的地平線後面，有一片名為「得糧灣」的大海。當南風吹起的夜裡，可以打開窗戶，深深吸一口氣，大海的味道就會被吸入身體裡。因此，我每天晚上都打開窗戶，等待南風吹起。然而，每天晚上吸入我身體裡的，卻是那孩子的聲音。一二三木頭人。

「孩子，你在那裡做什麼？天都黑了！」

背後傳來青年會長的聲音，我轉身看了看後面。

「叔叔回來了嗎？」

「還沒，不是作家老師，是摩托車又來了一趟。」

這次也是一只紙箱。不過這次箱子上寫了寄件人的姓名「朋友」。似乎不是叔叔寄的，字體不一樣，也和兩個小時前所收到「無名氏」的字體不同。或許「朋友」是叔叔難得用的稱號也說不定。

紙箱裡放著一本《週日雜誌》，和發黃的Nike籃球鞋，而且只有一隻，尺寸為二四五公釐。鞋舌上寫著名字，雖然字跡變得模糊，但還是足以認得出來——崔瑞元。

我只有一次擁有過Nike籃球鞋。那是在數學競賽獲勝的當天，父親送給我的禮物。在鞋舌上寫上名字的人，也是父親。那雙鞋在我們住在世靈湖的時候不見了，因此就是說，這是我十二歲時候的鞋子。

闔上紙箱，我踉蹌後退，跌坐在地上。我想問《週日雜誌》，你到底是誰？到底想要什麼？我還想告訴他，如果想報仇，去找在首爾監獄裡等待死刑的那個男人。

華燈初上，我已經鋪開被褥躺了下來。睡不著，時間也彷彿停滯了一般。腦子裡各式各樣的疑問喧鬧著，叔叔去哪裡了？到底去做什麼，這麼晚了還不回來？為什麼連個電話也不打回來？《週日雜誌》的本尊到底是什麼？叔叔的東西和Nike籃球鞋，同一天內都被快遞送了過來，是偶然的嗎？兩者之間有什麼關聯？

一直以來，我都認為《週日雜誌》是遭父親殺害的被害者家屬。如果不是的話，就沒必要那麼執著地追蹤我。但如果將在世靈湖遺失的Nike籃球鞋，和《週日雜誌》聯繫在一起的話，這個想法就有必要修正。這應該是和我有直接關係、同時也和世靈湖事件有關的人。

我打了叔叔的手機，但有個女聲說，您所撥的號碼目前關機。我也很想打電話到叔叔首爾的老家去，卻連電話號碼和地址都不知道。我的養父，也就是叔叔的二哥，四年前移民到澳洲了。

打開筆記型電腦，插上叔叔的USB。既然有印出來的紙張稿，就表示有原稿檔案存在。不看印出來的紙張稿，而想找到自己要的部分，就得從原稿檔案下手。名為「資料」與「世靈湖」兩個資料夾出現在眼前，打開「世靈湖」，出現十幾個word檔案。我用滑鼠點了點其中的「最終版」，和紙張稿完全一樣的小標題呈現眼中，第一段的內容也完全一樣。於是我點選「尋找」工具，在尋找目標欄位裡輸入關鍵字「Nike」，包含指定關鍵字的第一個句子出現。

今年五月，瑞元在數學競賽中獲勝，賢洙刷了祕密信用卡，買了一雙Nike籃球鞋。

和我的記憶不謀而合。再選「尋找下一筆」，跳過幾個段落，全都是以「賢洙」這個名字為主詞的句子。幾乎到了最末尾的部分，「尋找下一筆」才找出不是賢洙的另外一個名字。

英齊從塑膠袋裡拿出Nike籃球鞋。

「從尺寸來看，不是保全小組長您的東西，應該是令郎的吧？」

英齊……如雷擊般，一個男人的臉孔突然浮現在我腦中，又隨即消失。我重新輸入「英齊」，在無法確認是否是同一人的幾個句子過去後，就找到了下面的部分。

那期間，承煥又聽到了兩、三次世靈夾雜著「爸爸」的淒厲喊聲。就從他走出家門時，所看到打開窗戶的縫隙時。

那家一〇一號的門牌上，刻著他的名字——吳英齊。

寒毛都豎了起來，我的記憶沒錯，吳英齊就是那個小女孩世靈的父親。同時，也是《週日雜誌》。不過，這個推測存在著理論上的缺陷。那個男人已經在七年前死亡，而且還是死在父親的手裡，這是全世界都知道的事實。難受的混亂往全身擴散，不吉的預感如惡臭般襲來。

我瞪著對話框裡反白的名字：吳英齊。

世靈湖 I

承煥推開通往陽台的客廳落地玻璃門，南風吹起，黑暗中陣陣海風的味道撲面而來。別院前面的小徑埋沒在大霧裡，雨點一點一滴地撲上陽台的鋁門窗戶。林園裡安靜極了，沒有人跡，連車輛進出的喇叭聲都沒有。濃霧裡只聽到音樂盒子傳出的單調弦音，是耳熟能詳的一首歌。

Fly me to the moon. And let me play among the stars……

承煥打開手機，按下崔賢洙的號碼。手機裡傳來和十分鐘前一樣的女聲，您所撥的號碼目前關機……

崔賢洙是世靈水庫新任的保全組長，從下週一起，也將成為承煥的新任上司。預定週日搬過來，今後就和承煥住在一個屋簷下。從他打電話給承煥，表示在搬家前想先過來看看房子的意願來看，似乎會帶著家眷一起過來。約好過來的時間是晚上八點。中午才約定好的事情，該不會一下忘了吧。然而，已經快九點了，怎麼還不來？別說沒打電話過來了，連通簡訊都沒有，甚至還把自己的手機都關機了。

承煥關上客廳的門，拉上窗簾。雖然沒什麼理由阻止一個說半夜會過來的人，但自己也沒必要忍耐「被人放鴿子」。因此，他一點也不想等，實際上也沒有時間等了，還有事要做。於是，他給手機關機的新任組長傳了封簡訊。總會開機吧，不管怎樣，至少今天晚上總會的吧。

214365，大門電子鎖密碼。

承煥從玄關撈起球鞋，往自己的房間走去。他的房間，是這棟面向別院林子房屋的靠後房間。把手機丟在書桌上，開始換穿衣服。黑暗裡，如果不想出事，還是有必要穿戴好基本裝備：防寒衣[1]、浮力調整背心、配重帶……最後，在小腿上插入一把潛水用匕首。這時，桌上的手機響了起來。他猶豫了一下，如果是組長打來的，就難辦了。萬一對方說，快到了，請等一下的話，到底是要等，還是不等？會不會是父親打的？這個時間，是晚上九點喝了酒的父親，打電話過來嘮嘮叨叨的時候。

你到底要寫小說還是什麼的，到什麼時候？一天到晚在外面瘋跑，好好的工作不做，都三十三歲的人了，還去當什麼水庫保全員？你不打算討老婆啦？你以為我們這一家人就是為了看你現在這模樣，才辛辛苦苦地教你潛水的嗎？你哥說，你在寫像那個叫什麼錢德勒、還是希特勒的洋作家寫的那種東西，那怎麼都沒人因為我是作家的父親對我畢恭畢敬呢？

手機鈴聲停了，承煥穿上球鞋，跳到窗外去。把放著潛水相機和其他裝備的背包背在背上，他又回頭看了家裡一眼。透過半開的房門，俯瞰客廳。室內燈開著，客廳的落地玻璃門用窗簾遮掩得很好。新聞播報員在電視機裡用心地報著新聞。手機鈴聲又響了起來，他像掩上耳朵般，關上了窗戶。倒戴上裝了潛水燈的安全帽之後，就開始走向一〇一號後院的方向。

經過一〇一號後院，再走個二十多公尺，就到達以鐵絲網圍住的林園北端警戒線。那裡有一個狗洞大小的小門方便林園管理老頭穿來穿去。門上沒有掛鎖，只要打開門閂，就可以出去。而且，門的上方還很好心地裝了一盞燈。只要以燈光為指標，看著前方走去，就能到達狗洞這個目的地。

問題是，有人讓承煥沒法只看著前面走過去。走了沒十步，一〇一號後面房間的窗戶就吸引了他的注意力，這個房間是名叫「世靈」的小女孩的房間。窗戶打開了大概一半，不管是紗窗或窗簾，都是剛好開了一半左右的狀態，窗沿上還點著蚊香。承煥停下了腳步，房間裡的情況自動映入眼簾。

窗戶正對面的牆上掛著房間主人的照片，頭頂上紮成一把的頭髮，圓潤的額頭和凝視著正面的黑亮眼珠，修長的脖頸，照片中的世靈，彷彿在竇加畫作中登場的年幼芭蕾舞者一般。幾小時前在公車停靠站上，倚著站牌柱子，鞋尖踢著馬路的小女孩，像個陰影般，與照片上的人重疊在一起。

照片下方，裂開的白色書桌上放著一個玻璃杯，杯中點了幾根蠟燭。一根草綠色，兩根紅色。旁邊則坐著一個戴著尖帽子的動物玩偶，旁邊有一個摩天輪在轉動，最頂端掛著一個半月形的燈泡。前面則貼著一個對月伸手的飛天少女玩偶，這是一個音樂玩具，也是一整個傍晚，在濃霧中不停發出單調樂音的源頭。床上，世靈在睡覺。總是綁成馬尾的頭髮，長長地鋪散開來，臉頰半埋在棉被裡，淺淺地呼吸著。

或許是因為摩天輪單調的樂音吧，承煥這麼想。燭光映照下的世靈，奇妙地變得缺乏實感，看起來不過就像夢裡一個模糊的孩子影像，即使伸手可及……

承煥提了提背包，轉過身去，然而，卻無法爽快地離開窗前。房間裡的情景，讓他覺得哪裡怪怪的。看來雖然像是孩子在獨自慶生後，一個人睡著了的樣子。但如果她爸爸在家的話，怎麼可能讓蠟燭一直燒到半夜，至少，也應該關上窗戶才對。比起記憶，想像顯現出更明確的場景。在風中搖曳的燭火，依次延燒到玩偶頭上，玩偶在黃色的火焰中瞬間萎縮。

承煥眨眨眼睛，趕走了腦中的想像，馬上邁開腳步，離開了窗戶前面。不要被人誤會是隔壁叔叔在漂亮小女孩身邊晃蕩，這才是聰明的作法。隔壁叔叔該做的事情就是從狗洞門鑽出去，到世靈湖去才對。萬一有人問，大霧瀰漫中，穿著潛水服，背著潛水裝備，還一定要從狗洞鑽出去到世靈湖的原因，他一定會借用某位大師的話，如此回答：

---

1 譯注：濕式潛水服。

「貓總要抓破點什麼，狗總要咬爛點什麼，我也要寫點什麼。」

承煥之所以會申請世靈水庫的保全人員工作，是被工作條件所吸引，這個工作不僅提供位於山與湖附近的原木小屋作為宿舍，報酬也還不錯。這在他所從事過的行業中，稱得上是中等程度的了。雖然比起鐵路局職員的薪資少，卻比賽馬場馬糞清理員的要多，而且是一年的簽約制工作，也不會有又成了組織冗員的感覺。萬一運氣好的話，說不定還會碰上預料之外的人物。一隻能讓自己摘到暢銷小說作家的星星，身價也變得不凡的金絲貓，繆思女神！

難得，他選對了答案。第一次登上休息站瞭望台的那天，承煥就這麼想。這是夏天剛開始的六月第一天，不冷不熱的天氣，不晴不陰的下午，散發出珍珠光澤的天空裡，掛著一圈日暈，這是一個最適合觀賞世靈湖周遭風景的日子。

按照水庫的鳥瞰圖來看，世靈湖是攔住發源於北邊八影山、流往南海的一條江而形成的湖。湖的向陽處，延伸著兩座山稜陡峭、山勢筆直的山峰。位於休息站瞭望台這一側的山峰，名為世靈峰；對面的山峰，則稱為少靈峰。世靈峰山腳下，赤楊木蓊蓊鬱鬱，樹林裡有一棟廢棄的牧場畜舍，牧場入口的下方，是稱為「內環湖路」的環湖公路，一直延伸到水庫為止。世靈湖呈成熟女體的半身像形態，修長如頸的江水注入口，位於高聳胸部的碼頭，胸部的正中央像點了一顆痣似的，有一個名為寒松脊的小島。胸部下面蓋了一座取水塔，長而豐滿的下體則托住了一座水庫。

壩頂有一座名為一號產業道路橋的橋梁，而閘門警衛室和閘門則位於產業道路橋尾端的少靈峰一側。江水在閘門下形成支流，朝著南邊的平原地帶一分為二，再流往地平線彼端的大海去。世靈村則是以此支流為中心所形成的村落。閘門所在的少靈峰一側支流山坡上，有水庫管理局、水力發電廠，世靈峰稜線上則是世靈林園。連接支流兩岸的第二座橋，稱為二號產業道路橋。二號產業道路橋下方則有低地村。三號產業道路橋，因為和公路連接在一起，就形成了公家機關和商店街的聚集地。商店街往西大約四公里處，就是世靈鎮。

世靈林園始於世靈峰山腳，一直擴展到商店街地帶，是一片廣袤的私有林。後門在一號產業道路橋這邊，正門則開在商店街那頭。兩道門之間連接的一條中央通路，長達一公里。中央通路也是將林園分隔為上下兩邊的分隔線。被稱為別院林子的通路上段，連接到世靈峰山腳，為一片丘陵地帶，種滿了茂盛的扁柏。通路下段的眷村林子，則是一塊直接面對商店街的平坦低地。這片林園，當初造景時弄得很可愛，與其稱作園林，反而更像是庭園。裝置在各處的監視器都張大著眼睛盯著正門、後門、中央通路、眷村入口、兒童遊樂園、綠林圖書館……更誇張的是，整個林園都被一圈高高的鐵絲網圍住，與其說是林園，不如說這裡像是一片中世紀領主的領地。承煥踏入這片領地已有兩個月，只寫出如下三行耀眼的句子。

> 世靈是這一帶最有名的女孩，在這片上水源地的村莊裡，可說是無人不知，無人不曉。世靈休息站、世靈國民小學、世靈衛生所、世靈分局、世靈林園……

小說的時鐘，就停在了這裡。承煥的想像力也就此截止。為什麼世靈會在小說裡登場，誰知道！那孩子到底在小說裡會怎樣，也讓人摸不著頭緒。剛開始的時候，明明有種金絲貓的暗示，還以為這個故事的情節，就賭在這孩子的命運上。

承煥開始感到索然無味。保全小組的工作太過單調，酷暑也來得太快了。世靈湖就像個性感的女人一樣，微微地張開嘴，但承煥卻從來沒有下水過。別說下水了，連用手指頭戳都沒戳過一下，帶來的潛水裝備就掛在牆上發霉。這是來到這裡之後才知道的事情，世靈湖並非一個開放的水庫，而是供給附近四座城市、十個縣市用水的第一級上水源。湖水四周圍了厚厚的鐵絲網，處於嚴密保護的狀態，甚至也禁止入湖。湖邊的世靈峰也成了禁止進山的區域。在水庫動工之際，曾經養殖過山羊的世靈牧場就被封閉，牧場裡的畜舍就成了野獸的棲息地。因為這裡不管是蓋房子或拆房子，全被禁止。連內環湖路到世靈牧場入口處，也封閉起來。世靈湖等於就是一個掛著「禁止出入」牌子的巨井。

承煥打發時間的方法，就是研究馬糞坑和世靈湖之間有什麼差別。從沒法進去玩一玩這一方面來看，兩者在本質上是一樣的。從不需要夜裡巡察這方面來看，馬糞坑勝出。那口巨型水井必須日夜輪班，不停地看守。負責這項工作的保全小組組員只有區區六個人。其中四個住在一〇三號，一〇二號則只有承煥，以及現在該稱為前組長兩人一起住。前組長在門口，貼上了「信奉主耶穌基督之家」的標示後，就積極地投入傳教活動，算是虔誠的耶穌使徒。被傳道使徒日夜騷擾的承煥，眼睛底下掛著一圈比得上墨鏡的黑眼圈。寫了三行就寫不下去的小說，讓他夜夜失眠。剛躺下去，一股該寫些什麼的焦躁感就席捲而來。起身打開筆記型電腦，眼前卻又一片昏暗，頭暈目眩，讓承煥甚至開始害怕夜晚的到來。因此，承煥養成了一個習慣，只要睡不著，就會像夜貓子一樣，在別院樹林裡徘徊。就算在這裡晃上一整晚，眷村的警衛也不會跑來趕人。樹林很深，鮮有人跡，也沒裝監視器，不用擔心隱私外洩。有時候，也會碰上一些同樣具有夜行性的野生生物，譬如凌晨兩點，喝得醉醺醺在樹林裡逛的林園管理員老頭；或是每天晚上進進出出世靈房間的真正夜貓子「歐妮」。

有一次，承煥在世靈的窗戶前面碰巧遇上歐妮。那傢伙看到他，卻一點也不緊張，只用貓兒特有的冷冽眼睛望著他，一會兒就轉身往狗洞門的方向消失了。承煥也跟著過去，一出狗洞，就看到圍牆後面的小路，沿著小路走下去，就到了內環湖路，架設了垃圾攔截網的世靈湖一號出入口前面。也就是說，圍牆後面的小路，直接通往內環湖路三分之一的地點。在那裡，承煥又碰上了歐妮。那傢伙在濃霧裡時隱時現，悠閒地漫步著，最後抵達的地方是世靈牧場的廢棄畜舍。畜舍一角的地板上，凹陷下去的大洞裡，有個大大的木頭箱子，箱底墊著粉紅毯子。從裡面擺著水碗和飼料碗來看，應該有人時常過來。是世靈吧，他猜。

承煥把活動舞台擴大到狗洞外面。瞞著使徒組長，從自己房間的窗戶脫身而出，經過圍牆後面的小路和內環湖路，到歐妮家的這件事情，成為承煥在世靈湖無聊的日常生活中所釣上來的一條大魚。但僅憑一條大魚，是無法喚回變心的繆思女神。他仍舊寫不出東西來，焦躁和暈眩與日俱增，即使到昨天早上，使徒組長轉調忠州湖的派令下來，他也看不到能突破這種鬱悶情況的緊急出口。

使徒組長離開了以後，承煥才開始進行遲來的業務交接。夜間執勤者是住在一〇三號的朴主任和金主任。交接過程中，說起了思鄉祭的話題。思鄉祭是為了紀念舊世靈村被水淹沒的八月二十七日，所舉行的活動。低地村居民會在內環湖路，面向寒松脊島，舉行一場祭祀。思鄉祭也可說是村裡的重要慶典，從下午三點開始，一直要到傍晚七點才會結束。

「那值得去看嗎？」

承煥才這麼一說，朴主任就反問他。

「怎樣，你想去？」

「有得看，當然就去看，我從後天開始輪休。」

朴主任對著監視畫面看了好一陣子，自言自語般悠悠地說：

「我討厭那個湖。」

承煥也看了一眼監視畫面，為什麼會討厭呢？開始起霧的世靈湖，寒松脊島就像座墳墓似地浮在水中央。半圓形的島上，長著一株主幹分為兩支的高大松樹。承煥從很久以前就對此感到好奇，忍不住問：

「寒松脊是什麼意思？一株寒松孤立的背脊，是那個意思嗎？」

「這個我就不太清楚，不過有人說那是世靈村被淹沒的背脊。」

朴主任回答，承煥點點頭。

「那麼，您為什麼討厭世靈湖呢？」

「舊世靈村就原封不動地躺在湖水下面，聽說有些人家的門柱上還掛著門牌。」

承煥吞了吞口水，後脖子的寒毛都豎了起來。

「也就是說，附近的人都這麼相信的，聽起來，感覺是很荒唐的傳說，對吧？世靈水庫都完工十幾年了，聽說那時候沒有拆毀掉村子，就直接沉沒到水裡了，還是一個僅次於鎮所在地的大村莊呢！」

「難道沒有人實際去確認過那個村子？」

「應該沒有吧！去年秋天，電視台不知道從哪裡聽到這個傳說，就過來想查看這件事情。結果在村裡引起軒然大波，不僅搗毀電視台的車輛，批准攝影的水庫管理局局長還被低地村的村民暴打一頓，差點沒打死。我們也被下令嚴守管理局，累都累死了。」

「為什麼會這樣呢？」

「思鄉祭其實就是向水底村莊的龍神磕頭，那裡也算是一處聖地，怎能容許外人隨便進去亂來。村民傳說如果外人侵犯了水底村莊，吵醒沉睡中的龍神，就會引發災難。一開始聽到這樣的說法，我也感到很可笑，覺得是一群腦子浸水的人，沒事胡思亂想。」

「您現在想法改變了嗎？」

「承煥，你沒在日頭偏西的時候，看過那傢伙吧？」

朴主任好像把世靈湖當成活物似地稱呼。

「太陽下山後，你盯著監視畫面一、二分鐘看看，就算再怎麼模糊，到了那個時間點，也能看得清楚。當夜幕覆蓋住世靈湖水面的時候，從寒松脊底下，就開始有霧氣冒出來。從水底村的煙囪裡冒出的煙，一縷一縷的。有一次，我靜靜地看著畫面，突然從畫面裡傳出粗嘎的老太婆聲音說——孩子，進來吃晚飯。」

朴主任的視線從畫面上移開，轉頭問：

「像神經病說的話，對吧？」

「不，不是的……」

「等我工作期滿，一定頭也不回地離開這裡。」

承煥帶著懸在半空的心，回到家中。雖然躺在床上，卻一點也睡不著，甚至連疲倦的感覺都沒有。天花板上，出現了連見都沒見過的水底村景象。聽都沒聽過的老太婆聲音，在耳邊低語：「承煥啊，和婆婆一起吃飯！」

承煥腦袋裡，裝滿了和婆婆吃飯的念頭。念頭的另一端，則被奇怪的妄想給占據。不是自己選擇了世靈湖，而是世靈湖在呼喚我。不是繆思女神，而是亞特蘭提斯在等待我。想到那處地方，就得先進入碼頭。那麼自然需要碼頭大門的鑰匙，總不能背著潛水裝備翻牆吧。

今天早上，承煥結束了連值兩天的夜班，下班時口袋裡裝了一把複製好的碼頭大門鑰匙。各處鑰匙在換班時，也會同時交接，因此不可能偷偷借用，還不如偷偷到商店街的五金行去複製一把。夜班只有他一個人輪值，這期間就可能發生警衛室無人看守的問題，但承煥仍然果斷地忽視了這點。

到了下午，他走上了休息站的瞭望台，參考水庫鳥瞰圖，並參照以指南針粗略估算的角度後，草草描繪出世靈湖的內部。寒松脊、碼頭和取水塔，呈三角對峙位置。世靈村則背對著泡在水裡的寒松脊邊緣，占據了從碼頭附近到取水塔後面為止一長條的位置。果然不出所料，以碼頭浮橋為出發點，是最恰當的。確定了入水點之後，承煥便到休息站的路邊攤商，去買釣魚線、螢光塗料、浮標和鉛錘。會在公車停靠站看到世靈，是在他從休息站下來的路口。

等待夜晚到來的時間裡，沒必要的好奇心湧了上來。世靈和誰一起慶生？承煥一面好奇地想著，一面在鉛錘和浮標上塗滿螢光塗料。乾了之後，在釣魚線每隔五十公分處綁上一個，做成一條臨時變通的水深測量器。想要計算減壓時間，就得知道水深。以海水面為基點所製造的電子水深測量器，到了高地潭水裡，就一點用處也沒有。因為潭水裡的絕對水壓，只有海水面的一半。在世靈湖裡，這條粗製的水深測量器會比電子水深測量器要有用多了，而且還能當成里程表來用，一旦找到水底村，就能沿著這條線浮出水面返回。這一切，都是為了明天晚上所做的準備。

一直到承煥做完水深測量器，組長都沒有出現。承煥用在休息站買回來的啤酒，鎮定不安的神經。直到喝光了兩罐啤酒，才醒悟過來自己喝的其實是毒藥。一面做著伏地挺身，一面等到九點，中間需要一點酒精麻痺的時間。他一定要在今天晚上穿過狗洞，到世靈湖去。在低地村民或眷村居民不知道的情況下，偷偷潛入世靈湖。如果想要履行這項課題，將那處景觀完整收錄在相機裡的話，就必須在僅有的一人獨居、又是輪休的今明兩天期間裡，找到亞特蘭提斯才行。

從圍牆後面的小路出來之後，承煥打開頭夾燈。雖然已經調整到最大亮度，但照明視野還是不佳。霧氣太濃，這是如大雪侵襲的世靈湖特有的濃霧。雨勢開始大了起來，而從小路盡頭起，還得把燈關掉，因為世靈湖一號出入口下面，裝設了監視器。這下子在視野裡，是一片漆黑。

手指摸索著世靈湖邊上的鐵絲圍網，走了大概十分鐘，抵達碼頭大門前。碼頭是世靈湖出入口中唯一不是鐵絲網大門，而是使用鐵門的地方。鐵門的高度和鐵絲圍網差不多，門底部和路面之間有三十公分左右的空隙。這是道路與碼頭進出口之間的傾斜差異所造成的空隙。門把處纏著一條粗重的鐵鍊，上面掛著一把鐵鎖。承煥再度打開頭夾燈的照明，將亮度調到最低。要打開鐵鎖，需要一點燈光。等到承煥進到裡面之後，就把鐵鍊和鐵鎖反鎖在門內側，以便阻擋或許會冒出來礙手礙腳的程咬金。

下到碼頭的水泥傾斜路，約長二十公尺。沿著傾斜路兩旁，是一片樹木與刺蔓纏繞的湖坡地。傾斜路盡頭有一座浮橋。浮橋尾端，繫著一艘掛著「朝聖號」之名的船舶。這是負責清理水庫垃圾的勞務公司在進行定期清理作業時，用來作為引水船的船隻。

承煥在朝聖號船艙前，卸下了背包。取出釣魚線，綁在浮橋橋腳上，開始入水的準備。當他繫好潛水表，咬住呼吸器的時候，時針指著九點三十分。他以站立姿勢入水，將頭夾燈亮度調整到最大，讓釣魚線不至於纏住的情況下，一點一點放開，慢慢下降。通過第一個溫躍層之後，一條分隔兩車道的黃色中央分隔線出現在眼前。這是很久很久以前，車和人與耕耘機曾走過、稱為雙頭嶺的地方。山頂的暗流雖然很強，但在淡水裡，視野還算可以。儘管不是非常清楚，還是看得出道路下面有一條長長的溪谷。承煥把釣魚線鬆鬆地繞在樹幹上，免得釣魚線隨著水流漂走，接著繼續下沉。順著暗流的水勢，滑降得很快。

就在湖水冰冷到令人頭痛的程度時，承煥停止了下沉。他的腳碰觸到山谷谷底，四周漆黑一片，黑暗裡悄然無聲。所有的東西都失去了原來的色彩，只有頭夾燈照明的水泥道路閃耀著銀色光芒。黑暗的彼端，消失的舊村落幻影，時隱時現。承煥的心情很複雜，夾雜著害怕與悲傷，胸口起伏不定。順著道路，他游往黑暗深處。

「歡迎來到世靈村！」

矗立在村口的石碑，迎接承煥的到來。立石旁邊是公車停靠站，他在生鏽的站牌柱子上鬆鬆地繞了一圈釣魚線。又在玻璃都破掉、只剩下框架的候車室繞了一圈。也在高大的祠堂木樹幹上繞一圈。牆板脫落的碾米坊和穿透屋頂生長的水草之間，有許多大大小小的魚群梭巡。路面上，躺著一根電線桿，鏽得發紅的耕耘機體陷進了灌溉渠道內。他間隔地在這些東西之間繞上釣魚線，慢慢進入村子裡。傾頹的石牆，搖搖欲墜的屋簷，鋼筋外露的牆壁，破損的門柱，散落的屋瓦，倒地腐爛的大樹，一台掉了輪子的嬰兒車，還有蓋著白鐵皮蓋的水井……人類消失之後的世界就是如此的模樣嗎？他的亞特蘭提斯雖然荒涼，卻很美麗，雖然蕭條，卻深具魅力。甫相逢，就讓他失魂落魄。

承煥像條魚一樣，在道路、橋梁與石牆之間徘徊。在只剩下牆壁的房子裡，看著老夫妻悠閒地吃晚餐。坐在公車停靠站的長椅上，聽著等車的人閒聊。也聽了推著嬰兒車的年輕媽媽，說起自己的戀愛故事。幻想的片段一一存進了相機裡，承煥覺得自己似乎能從這些片段裡，編織起一個醉人的故事。一定可以的！

水底的時間如同潮流一般，充滿了變化。有時像三歲小孩的三輪車，有時又像暴走族的摩托車。亞特蘭提斯的時間是魔術師的手，在手輕輕一揮的瞬間，一個小時就撲通一聲消失在袖口裡。體溫已經降到臨界線，皮膚的知覺幾乎消失。視野也與水流無關，變得漸漸模糊起來。原本應該呈現無色彩的水底村景，開始被鮮明的色彩所覆蓋。情緒危險得浮躁起來，這是即將患上潛水夫病的警告信號。

想著到此為止，他把相機頂在門柱的門牌上。這是世靈村一處位置最高的孤零零房子。一按下快門，門牌的黑色字體上，閃出光芒。閃光的下面，門牌消失，只剩下字體如陽刻一般浮顯出來：吳英齊。

十點四十五分，空氣殘量只剩下一百二十巴（bar），承煥趕緊從村子裡出來。一面排出浮力調節器裡的空氣，一面開始上升。已經沒有時間循原路退出，只好從這處獨棟房子的上方直接浮升。以每分鐘九公尺的速度上升的同時，也向下俯瞰自己離開的那座村莊，慢慢地又回到黑白照片的景象。他的記憶停留在那棟孤零零房屋門柱上的門牌，想起了一個男人，還有那個美得令人顫抖的小女孩。

這是南下世靈湖之後，迎來的第一個週末夜晚。使徒組長回了首爾的家，承煥自己一個人在宿舍。子夜時分，就在要閉上迷濛雙眼的時候，承煥聽見了淒厲的尖叫。猛然睜開眼睛，四周一片寧靜。是作夢聽到的聲音吧？承煥心裡想著，又迷迷糊糊地閉上了眼睛。沒過多久，承煥又聽到壓低的嗚咽聲，整個人完全清醒過來。聲音雖然微弱，卻能找得到方向。在窗外。他拿起防水手電筒，打開了窗戶。就在兩株樹枝扭曲交錯的扁柏樹蔭下躲著一個小女孩，手電筒的映照下，看得到一個雙臂交叉、遮擋著胸部，全身只穿了一件內褲的女孩。女孩縮緊身子，嗚嗚地哭著。

「不要看，叔叔，不要看……」

孩子的聲音裡，流露出深深的羞恥。承煥聽從她的請求，雖然不知道發生了什麼事情，還是裝著不知道比較好。要不是少女突然昏了過去，他也不可能在一秒鐘內腦子一熱，跳出窗外去。少女一副在樹林裡碰上強盜似的慘狀，鼻子腫得像大饅頭，吸氣的時候，喉嚨裡發出卡痰的聲音。身上布滿明顯的鞭痕，有幾處皮膚甚至破裂出血。承煥用毛毯包裹住女孩身體，抱起她往大門跑去。他記得大門前面的商店街有一處醫療站。先治療再說，晚點再打聽這是誰家的女兒，又是受到了誰的暴行。

週末夜裡，還是有醫生在。照了X光確認之後，剃了個軍人平頭的年輕醫生說鼻梁骨塌陷，接著詢問一些承煥無法回答的問題。

「這是怎麼回事？」

「我也不知道！本來還躲在我房間的窗戶前面，突然一下子就昏了過去。」

接到報案過來的巡警，認得這名女孩。是林園園主的女兒，名叫世靈，今年十二歲。巡警還知道這孩子父親的聯絡電話，掏出手機，往那裡撥打電話過去。不久後，身穿鐵青色西裝、腳套閃亮皮鞋的男人出現。

「您不是從林園過來的吧。」巡警問。

「我從外面回來的路上，接到了您的電話。」

男人的眼睛連瞟都不瞟一眼女兒的方向，擋在門口看向承煥。黑漆漆的眼珠一下子睜大，宛如一雙沒有白眼球的眼睛。

「您哪位？」男人問。

承煥乾咳一聲回答：

「一〇二號住戶。」

「什麼時候住進去的？我沒見過你。」

承煥覺得呼吸有點不順，這是他一緊張就會出現的症狀。因為他在對方眼裡，看到令人不快的眼神。一般來說，就是所謂「挑釁」。

「好幾天了。」

承煥調整好呼吸，緩緩地回答：

「我不知道她是您的女兒。」

「請你解釋一下，我的女兒為什麼是你帶過來的。」

「這才是我想問的問題吧，你的女兒為什麼會昏倒在我房間的窗戶外面？」

男人轉頭去問醫生：

「有受到暴力的痕跡嗎？」

醫生把同樣的話又說了一次。

「鼻梁骨塌陷之外，還有些因為鞭痕造成的皮肉擦傷……」

「醫生的眼裡只看到那些嗎？我眼裡看到的，卻是我的女兒裸身躺在醫療站裡，以及大半夜把我女兒帶過來的男子。」

承煥愣愣地望著這個男人，真是一記意料之外的大鉤拳。醫生啪的一聲用力闔上醫療診斷簿，圓圓的臉上散發出濃濃的不快。

「先生你眼中，沒看到接到報案過來的警察吧？」

巡警垂眼望著世靈，世靈醒了過來，正斜眼偷看自己的父親。男人也發現女兒醒了。

「這男人對妳做了什麼事情？」男人用大拇指，指指承煥。

「打妳了嗎？碰妳了嗎？」

承煥深吸了一口氣。世靈小小聲地回答：

「沒有。」

巡警問：「那妳在哪裡受傷的？」

世靈的視線穿過巡警和醫生，在承煥身上停留了一下，又回到巡警臉上，似乎盡量避免和自己的父親對上眼光。貓眼似的大眼睛，眼角微微上揚的眼睛裡，閃爍著一絲水氣。雖然看起來像是眼淚，但那不是淚。承煥敢拿自己一個月的薪水打賭，那是「恐怖」。

「是安承煥先生，對吧？請出去一下。」巡警說。

承煥當然不願意。女孩小小的一張嘴決定著自己的清白，怎麼可能就此出去。

「吳園長也請出去。」

被稱為「吳園長」的男人，把視線定在自己女兒身上，一動也不動。

「兩位沒聽到我說的話嗎？」

巡警催促他們退場。承煥和男人彼此對視一眼，同時轉身朝門的方向走去。

「不要走得太遠，這裡很快就結束。」

男人在門外的候診長椅上坐了下來，身體靠著扶手，頭向後仰，透過顴骨，面無表情地垂眼看著承煥。放大的黑色瞳孔、肌肉賁張的寬闊肩膀，男人就像頭隨時會撲向獵物的猛獸一般。承煥在對面的椅子上坐下，拚命讓自己看起來很鎮定，努力地消除緊張，保持無表情的面孔。但似乎沒什麼用，腦子裡老是走神，於是憤怒、侮辱與不安便乘虛而入，連他的呼吸也便得不順起來，很想抽菸，卻沒法從位子上起身。他怕自己離開的短暫時間裡，不知道別人會不會趁機串通。診療室裡什麼聲音都沒有傳出來，才二十分鐘，卻彷彿過了兩小時一樣長。診療室的門打開，巡警出來的時候，承煥覺得自己都快沒法呼吸了。

「她說，自己和在樹林裡遇上的貓玩『一二三木頭人』的時候，不小心撞到樹。」

巡警站在男人和承煥的中間。

「她正要回家的時候，因為天太黑看不清楚，一不小心就走到隔壁家去。流鼻血的關係，頭昏昏的，就暈倒了。她說，隔壁的叔叔雖然今天才第一次看到，但還是把她抱到診所來，她要謝謝這位好心的叔叔，也要我一定跟她爸爸說，叔叔沒有打她或碰她。」

承煥從椅子上站了起來，憤怒如滾水般，沿著食道流下去。

「半夜，才十二歲的小女孩，而且還只穿著內褲，和貓玩『一二三木頭人』，這種話誰會相信？」

「那貓叫什麼名字啊？忘了。反正她說，那個遊戲是她最喜歡的遊戲。」

「那她怎麼解釋身上的鞭痕？肩頭都破皮流血了。」

「她說那是被貓抓的，看起來玩得很凶的樣子。反正，她說的就是這樣。至於有沒有遭到性侵，我本人是很難判斷。頂多只能靠X光確認，鼻梁骨塌陷。」

這次，男人站了起來。

「也就是說，如果我想確認的話，就得去找婦產科醫生嗎？」

「要是我的話，先把孩子帶去看耳鼻喉科，那漂亮的鼻子都歪了，不是嗎？正式的調查稍後再委託警察局[2]也不遲。」

男人走進裡面，把用毛毯層層包裹的小女孩抱了出來，沒有再說多餘的話，只以想痛揍一頓的眼光瞪了承煥一眼，就離開了診所。巡警抓住承煥的手臂說：

「安承煥先生，請跟我走一趟分局。」

承煥甩開巡警的手，警察處理的手法真令人費解。雖然他對法律一無所知，但至少知道，自己把受傷的孩子帶來診所的行為，不至於讓他被抓到分局。更何況，孩子已經為自己洗刷了嫌疑，不是嗎？

「請跟我走，既然是你報的案，至少該自己把經過寫下來吧？」

巡警率先走出了診所，承煥只好跟著過去，寫了事件經過報告。壓抑著想把原子筆摔掉的怒氣，忍得手指頭都快抽筋。腦子裡不斷地轉動，想要明白小女孩，和被稱為是小女孩父親的傢伙，以及巡警之間令人費解的言行。小女孩為什麼要說謊？女孩父親為何要抓人頂罪？巡警為什麼不去找對女孩施暴的暴行犯？

承煥確定，除了醫生和自己之外，那三個人的行動都帶有一定的緘默。他們知道施暴的主體是誰。女孩父親不是在回家途中接到電話的。巡警看來也知道這點。承煥在腦子裡把整件事情重建了一番。

世靈因為「某種理由」被她爸剝光衣服打了一頓，好不容易看準機會逃了出來，卻馬上陷入進退維谷的困境。想跑進樹林裡，卻又怕得很；想跑到中央通路去，又裸著身子，最後只好躲到離隔壁家後面房間窗戶最近的一棵樹下。而那個所謂「爸爸」的傢伙跑出來到處找女兒，剛好那時，愛管閒事的隔壁男人跑出來插了一腳。孩子父親看到隔壁男人抱著女兒跑進了家裡，他又從家裡出來前往診所。不久後，他便接到巡警的電話。而巡警很清楚，這孩子習慣性地受到家暴，也猜到隔壁男人在很奇妙的情況下被牽扯了進來。然而，警察卻仍裝作不知道，按照慣例處理掉這件事情。

承煥看來，真相其實很簡單。孩子的父親只是想拿隔壁男人，作為掩蓋自己暴力行為的煙霧彈，這個真相也很令人費解。大韓民國還沒那麼先進，沒有父母會因為打了自己女兒，就被送進監獄。儘管附近的人對此不會有什麼好聽的話，但比起自己插手這件事的後續處理，男人的報復或許來得更可怕。他絕對會是那種嘴裡說要清除蜘蛛網、手上卻揮著一支電鋸的人。自己也得小心，可能會碰上無辜被告的危險。但為什麼會這樣呢？他很好奇。

---

2 譯注：前文提過，這裡只是分局，不是派出所。

對附近的歷史十分精通的朴主任給了他解開此疑惑的線索。那男人現在正在打離婚官司，也同時在進行撫養權的爭奪。巡警所稱呼的「吳園長」不是林園園主的意思，其實說的是「吳院長」。男人是一名自行開業的牙科醫生，也擁有名為「醫療中心」的大樓。這是一棟醫療專業大樓，由包括男人自己的牙科在內，還有十一科自行開業的醫生所組成的聯合醫療中心。不僅如此，他也是水庫設立之前，任意擺布世靈江土地的大地主的獨生子，還是低地村居民飯碗的世靈平野的現任主人。

承煥能夠理解巡警的態度，「吳院長」對水庫保全員，原住民對外地人。光這兩件，從勢力與名氣的層面上來看就具有明顯的差異。更進一步，也能讀懂「吳院長」的暗示：我家的事情，你少管閒事。整個八月都快結束了，「警察局」的調查一點進展也沒有。那期間，承煥又聽到了兩、三次世靈夾雜著「爸爸」的淒厲喊聲。就從他走出家門時，所看到打開窗戶的縫隙時。

那家一〇一號的門牌上，有他的名字——吳英齊。

手機鈴聲響起，賢洙確認了一下來電號碼，是銀珠。一個小時裡已經是第五通了，中間還有幾次短信進來。

瑞元爸，你接電話啊！

你在路上嗎？還是已經到了？

你沒去那裡，和朋友在酒館吧？又喝酒了？

賢洙在喝酒沒錯，和朋友一起。只不過，不是沒去「那裡」，因為他所處的既不是首爾，也不是位在光州的世靈水庫某酒館裡。或許可以看成是，正在去那裡的途中，轉個彎，做了個小動作而已。所以他才沒有接電話，報告了又怎樣，還不是要挨一頓罵。因此他的注意力又轉回到電視畫面裡的職棒比賽。虎隊和獅隊在大邱球場對決，鏡頭對準手按著腰、站在那裡的捕手背影，捕手的臀部像消了氣一樣。虎隊投手，被對手餵了一個三分全壘打。

賢洙有一陣子也曾經站在那裡。不，正確的說法應該是，曾經「斷斷續續」地站過。他曾經以如今已不存在的球隊「韓信鬥士」隊的板凳，也可說是二軍捕手身分，度過球季大部分的時間。一九九八年八月，與熊隊在蠶室[3]的比賽，是他最後的一場遊戲。

手機又響了起來，這次不是銀珠，而是同期進公司的金炯泰。

「你在哪兒？」

才按下通話按鈕，滿是厭煩的聲音，就追究他的位置。

「瑞元他媽打電話給我，我都說了，沒有和你在一起，她硬是要我轉給你接，我都快瘋了！你今天不是要去世靈水庫嗎，怎麼沒去？」

「在路上啊！」

「那你就回個電話這麼說不就好了，你又不是不知道瑞元他媽的脾氣？」

賢洙很好奇，被稱為「瑞元他媽」的姜銀珠，壞脾氣到底傳了有多遠？賢洙站起身來，他的手機還貼在耳朵上。雖然對方已經掛斷電話，但他需要一個藉口離開座位。坐在面前的兩個傢伙，抬眼看著他。他拿指頭，指指手機，似乎表示要到外面去，講完電話再進來。

「請問，您是選手崔賢洙吧？」

大門前面的桌子傳來一名男子的聲音。賢洙正打算開門出去，聽到這話就轉過頭來。一面在心裡想著，竟然還有人記得自己，真新奇，一方面又感到有點驚慌。

「我是大一高中四十五屆的。」

---

3 譯注：首爾蠶室體育館。

一名看起來和自己年歲相當的男人從位子上站了起來。賢洙把手機放進襯衫口袋，伸手和男人握手。並且在男人遞過來、表示要給自己兒子的紙上簽了名。推辭了合桌的邀請，轉而接過對方遞來的燒酒杯，站著一飲而盡。此刻的他只想趕緊走出酒館，不想聽這個根本不認識的高中校友問些亂七八糟的問題。

才打開車門，又有簡訊進來。

你在哪裡喝酒？

這是銀珠最愛問的問題之一，第二愛問的是「為什麼要喝」。然而，賢洙卻從來沒有回答過這兩個問題。問一個酒鬼「在哪兒喝？為什麼要喝」，簡直就等於到公墓去問「你們為什麼要死」，是一樣的。世上的酒館全年無休，而喝酒的理由則如酒館一樣，多到數不清。硬要追究到底的話，他也可以謅出個理由。

「高中擔任投手的一個傢伙，開了家酒館。」

金康鉉比賢洙晚三年脫下球衣，曾經被稱為鬥士隊「核潛艇」的下勾型投手，但最後的兩年，卻在手術台和復健訓練場度過。要不是當初用力過度，那條手臂也不至於那麼快就報銷。就在球團換了母企業老闆的同時，康鉉也跟著脫下了球衣，因為沒有人想買一艘故障的潛水艇。退休後，康鉉嘗試過各式各樣的事業。嘗試的速度也如同他的球速一樣，速戰速決。在光州的一條大學街上開設小酒館，是那傢伙第五回東山再起的舞台。賢洙到那裡逛逛，雖然是理所當然，但卻非早有計畫的事情。本來想的是，搬到世靈湖之後，有機會再過去看看的。而今天給了他這個機會的，卻是銀珠。早上的時候，她這麼問正打算去上班的他。

「瑞元的爸，這裡的工作就上到今天為止嗎？那會早點下班吧？」

賢洙沒多想什麼，隨口問了聲：「怎樣？」

「想叫你過去看看宿舍，我今天還得到學校去。」

賢洙又問了聲：「去幹嘛？」銀珠一臉不以為然的表情說：

「總要知道房子的格局和大小，才能決定要帶什麼東西過去吧？總不能帶過去又丟掉吧！」

「沒什麼可以丟的，坪數大小和這裡一樣。」

「林園小木屋之類的使用坪數都很小，格局也和家庭住宅不同。再說，如果只有兩間房間的話，那又另當別論。」

世靈水庫可不是一般住家附近的蓄水池，而是個開車都得花五個小時以上才能到的地方，實在沒有必要那麼辛苦地過去，一定是有其他的目的。賢洙一面穿鞋，一面試探。

「過去看看房子就可以了吧？」

「不要光看房子，還得跟人家先說一下。不是還有個年輕人住在那裡？那麼，房間、浴室或廚房使用的問題、水電瓦斯費之類的事這些都該先講好，以後住在一起，才不會發生爭執。」

「妳是叫我和那個人面對面坐下來，討論洗衣機是共用，還是分開用？水費各自該負擔多少？把這些事情都決定一下，是嗎？」

「你都過去了，不如和那個年輕人好好說一說，讓他搬到隔壁住算了。和我們一起住，他自己也不方便吧。」

賢洙盯著銀珠看，這女人的厚臉皮是天生的？還是千錘百鍊後的武器？

對他來說，不具備讓「那個年輕人」搬到隔壁去的才能，也沒有那樣的想法。如果他自己說要搬的話，自然毋需挽留。不過不管怎樣，還是先打個電話約一下吧。抵達光州的時間，大概是六點左右。如果按照計畫，送完一個花盆就該出來的，但剛好又碰到三名高中同學，屁股只好被黏在椅子上了。

他的同學裡，沒有一個還在打球的，大家都庸庸碌碌地過日子。一夥人一面吃飯，一面輪著敬酒，就這樣勾起好久好久以前的陳年回憶。要成為人上人的抱負，當個球星的夢想，酸臭汗味沖鼻的集體宿舍天花板，身邊老是有女子高中生圍繞的花美男投手金康鉉，連鳳凰旗準決賽[4]時，擊出再見全壘打的捕手崔賢洙的初戀故事都被拿出來調侃。酒以很快的速度乾了一瓶、兩瓶，最後到八瓶。其中有大半，都是賢洙喝掉的。

就在到達東光州收費站的時候，手機又響了起來。不用說，又是銀珠，一副不接不罷休的氣勢。賢洙乾脆關機，收費站另一端車子長長地排了一列。他想，大概因為是星期五的晚上吧。過了收費站一看，原來不是那麼回事。高速公路的入口處聚集了一堆警車。他感到後頸的寒毛都豎了起來，這下一定會被逮住吧。一旦受到盤查，他可拿不出駕照來。因為酒後駕車的關係，他被吊扣駕照已經第九十三天了。

那天也是和今天差不多的情況，連和同事一起在酒館喝酒，在酒館大電視看了棒球比賽，銀珠透過金炯泰尋找自己的情況，也全都一樣。

就在酒意上來的時候，金炯泰把自己的手機遞了過來。帶笑的眼裡，似乎在說：「你這笨蛋！」賢洙感到臉上一陣紅潮。銀珠很討厭他喝酒，討厭到病態的程度。每次聚餐的時候，只有賢洙每個小時都會接到催促回家的電話。不知道從什麼時候開始，他喝酒時就不再接聽銀珠打來的電話，但現在卻無法不接金炯泰遞過來的電話。才說了一聲「是我」，銀珠就開始發射連珠砲。

「你到底在哪裡，做些什麼？你又喝酒了，對吧？」

「在吃飯，沒喝。」

「那你為什麼不接電話？」

「沒聽到鈴響。不過，妳也不能打到這裡來啊？」

「還不是因為你不接電話，我才打到這裡。」

沒完沒了的嘮叨又有開始的跡象，賢洙只好先發制人。

「有什麼事？」

「瑞元不舒服，一直吐，又發燒。剛才開始就胡言亂語，說爸爸說要帶他去滑雪，要我幫他穿衣服。」

賢洙的心一下子沉了下去。

「怎麼沒帶去看醫生？」

「剛才我打電話叫救護車了。」

他趕緊從酒館裡出來，絲毫沒有酒後開車的自覺。連在醫院附近被交警取締的時候，他甚至忘了自己喝過酒。他向交警求情，說自己孩子生病了。但只換來警察一句「您一定很擔心吧！」的回答，還是沒法不對著酒精測定儀吹氣。機器發出尖銳的嗶聲是理所當然的事情。在他肚子裡的不是腸胃，是酒桶。

交警馬上打開車門，坐上他旁邊的副駕駛座，並要他把車停在路肩上。他好不容易才按捺住就這樣載著交警跑掉的衝動。路肩上停著一台酒駕測定的箱形車，〇點〇九的數值出來，他被警察帶往附近警局。孩子生病的話，在那裡行不通，沒有商量的餘地，他得在那裡寫供詞。在這過程中，又接到了銀珠的電話。

「到底什麼時候回來？你真的要讓我生氣嗎？」

銀珠破開嗓子，尖聲大吼，賢洙只好壓低了聲音回答：

「我正要回去，快到了。醫生怎麼說？」

「說像是腦膜炎，要我們到有電腦斷層設備和小兒科急診的醫院去看。你……」

這下輪到賢洙嗓門大了起來。

---

4 譯注：鳳凰大旗全國高中棒球大賽。

「那還不趕緊去，一直你你你的幹嘛！」

「你凶什麼凶啊，你以為我是笨蛋嗎？我已經叫了無線電計程車，現在要去東亞醫院的途中。我打電話，是要你直接過來這裡。」

警察從通話內容似乎猜到了整個情況，很快地便處理好事情。賢洙接過只有兩天效期的臨時駕照，招了計程車過去。

瑞元躺在急診室最裡面的床位，銀珠握著瑞元的手，坐在旁邊。瑞元先看到了賢洙，無力地喊了一聲「爸爸」。銀珠的第一句話卻是：「哈，你還說沒喝酒？」

「這是在做什麼？」

賢洙站在病床尾端，眼望著瑞元，嘴裡問著銀珠。雖然想走到瑞元身邊，卻走不進去，對一個身高一百九十一公分、體重一百一十公斤的壯漢來說，床與床之間的距離，實在太窄了。他的龐大身軀，除了棒球場之外，別無其他可用之處。

「你說要來，這都過了多久，現在才來？」銀珠反問著頂了過去。

「我問妳這是在做什麼？」

「都是你不在才這樣子的。我不是告訴你，要做脊椎穿刺的嗎？」

「脊椎穿刺？那是什麼？」

「從脊椎……」

銀珠快速地看了瑞元一眼，把話又吞進去。

「醫生說不是多危險的事情，卻要我在切結書上按指印，承諾不管之後瑞元發生什麼事情，都不向醫院追究責任。那種話我要怎麼相信，那種東西我哪敢隨便寫。」

「為什麼不敢隨便寫，反正妳本來就是個什麼事都很任性的女人。」賢洙很想大喊出這句話，終於還是強忍了下來。他很清楚，自己的個子和一身的酒味，如果再加上大吼的話，可能會招來什麼樣的後果。

「醫生在哪裡？」

銀珠垂下眼睛，手往急診室中間的護理室指了指。賢洙吞下上湧的怒火，過去找醫生。小兒科醫生說，有點像腦膜炎，雖然已經使用類固醇，稍微穩定下來，但還是有必要進行脊椎穿刺。這是一種將一根長針刺入脊椎內，抽取脊髓液的處理，目的是要調節腦壓和取得檢驗樣本。要等到檢驗結果出來，才能確定是細菌性或病毒性。

「什麼是細菌性？什麼是病毒性啊？」賢洙問。

「如果是病毒性的話，好好治療就能痊癒。」醫生回答。

「如果是細菌性的話，會怎麼樣？」

「可能會留下後遺症，像是聽力障礙、發育障礙，或癲癇之類的……」

聽力障礙、發育障礙、癲癇……賢洙眼前一片黑暗，腰上的力氣都沒了，腿也開始發抖，根本看不清切結書上面的內容。連自己的名字也沒法好好寫，原子筆滑掉四、五次。

瑞元被移送到檢驗室去，銀珠留在外面，賢洙跟了進去。一個看似輔助員的男子脫掉瑞元的上衣之後，就讓瑞元像蝦子一樣彎起身子側躺。醫生在脊骨下方塗抹消毒藥，隨即就覆上消毒紗布。瑞元的身體開始掙扎起來，輔助員雖然用自己的身體壓住瑞元，但要制伏一個開始感到恐懼的少年，似乎有點力不從心。瑞元被送進檢驗室的時候，就看到了那根又大又長的針筒。當醫生在他背上塗抹消毒藥的時候，他就明白那根大大的針會刺進自己的脊骨裡。瑞元望著賢洙的眼睛裡，充滿了懇切的求救信號。醫生也用同樣的眼光望著賢洙。

「請顧一下孩子吧，檢驗時亂動的話，就糟糕了。」

賢洙蹲在台子的下面，汗流浹背的身體卡在檢驗台和牆壁之間。呼吸也變得急促起來，感覺自己怕得要死。

「瑞元啊，每次你怕怕的時候，爸爸都怎麼跟你說的？」

瑞元停下一直扭動的身子，賢洙乘機追問。

「爸爸說的，你都忘了嗎？」

瑞元迎上賢洙的眼睛，做出吹口哨的嘴形。

「對啦，我們兩個一起吹吧！爸爸吹出聲音，瑞元在心裡吹，等口哨吹完，可怕的事情也全部結束。醫生叔叔，對吧？」

醫生一面用針筒吸取局部麻醉劑，一面回答：「當然啊！」賢洙問瑞元：

「我們吹哪首曲子呢？」

瑞元沒有說話，直直豎起食指和中指。賢洙想起了瑞元喜歡的電影《桂河大橋》裡開場畫面被俘擄的英國軍，一面以口哨吹出〈布基上校進行曲〉，一面朝向日軍俘虜營行軍。雖然不太理解電影的內容，但瑞元卻把這個畫面反覆看了數十次，錄影帶都被拉成像麵條似的。

賢洙把兩手的食指和中指並排豎立在檢驗台的邊緣上，以口哨吹了一個「梭」的音，這是唯有兩人才知道的行軍開始信號。

噓，噓哩哩噓噓噓，噓……賢洙開始吹起口哨，他的一雙手指頭成了雙腿，沿著檢驗台邊緣行軍。行軍時，還會去絆人一跤；也會像尿急似的，撓著大腿；腳跟還會隨著拍子抖個不停。終於，瑞元的臉上顯出淡淡的笑意。

「沿著練兵場，再繞一圈。」口哨一吹完，醫生又加了一句。賢洙差點想對著醫生的下巴揮上一拳，到現在都還沒結束嗎？

穿刺剛結束，瑞元就睡著了。這是因為腦壓下降，整個人開始覺得舒服的關係，醫生這麼解釋。賢洙蹲坐在瑞元身邊，不停地發抖。萬一，瑞元發生了什麼事的話，怎麼辦才好？如果沒辦法聽，沒辦法走，沒辦法騎腳踏車，連攀爬架都爬不上的話……眼睛往上吊，鼻子呼嚕不停，癲癇發作的話……萬一真的變成那樣……真是可怕的一夜，他活了三十七年，從來沒有度過這麼可怕的一夜。一抬頭，就看到銀珠冰冷的眼光像江水一樣淹過來，混雜著憎恨、埋怨、恐懼和眼淚的眼光。他就算有十張嘴，也無話可說。

檢驗結果，斷定是病毒性，但也需要住院將近一個月，因為腦壓不是那麼容易就能降下來的。後來，醫生又做了兩次脊椎穿刺，在瑞元的身體裡，塞入一大堆的藥。賢洙在醫院、家裡、公司三地來回跑，忙得不可開交。要買飯送去給兩母子，處理一大堆雜七雜八的事情，晚上還要守在瑞元身邊。他自然而然就把駕照被吊扣的事情給拋在腦後，也沒有機會對銀珠說。無照駕駛的不安感逐漸淡化下來。到了瑞元出院的時候，他已經幾乎忘了這回事。

一切都沒有改變，銀珠重新開始了原本暫停的高中配餐工作。賢洙照樣喝酒，看棒球，該做的事情被他給忘了，或推延了，連喝了酒，照樣心安理得握著方向盤的習慣，也沒改變。照樣一喝酒就不接銀珠的電話，還有像現在這樣，看到警車停在前面，才有酒後駕車的自覺。

賢洙把頭伸出窗外，遙遙望了望前面。車子分兩列，依序進入匝道上路。很快地，賢洙前面的車子也開了過去，前面空了下來。他心安了，不是盤查，也不是取締酒駕。是出了車禍，似乎是兩台自小客車和一輛卡車相撞所引起的三重連環車禍。警察封鎖了一個車道，正在處理事故現場。他接到通過信號之後，以堪稱模範駕駛的態度，經過警察前面。當然，這種態度也只維持了一下子而已。一開上高速公路，計速儀就又回到酒鬼的平均速度——時速一百二十公里。引擎大聲地轟鳴，車體甚至搖晃起來，但賢洙卻感受不到任何速度感。身體很睏，心情變得十分慵懶。不久前才買的「我的房子」，不，該說是銀珠買下來的「我的房子」，重重地壓著他的腦袋。

十天前，銀珠冷不防地說，要買間房子。賢洙一聽，就先觀察銀珠的臉色。他心想，這女人哪裡有病嗎？不然怎麼會冷不防說出要在一山買一間三十三坪公寓房子的大話。銀珠說，有一間賤賣的房子，因為屋主的事業出了問題，急著想脫手。這間房子本身有就有貸款，所以不需要另外找銀行申請貸款。位置好，學區好，整體居住環境都不錯。

賢洙同意了，既然銀珠說好，那一定就不錯吧。只不過對於錢的問題，他無法同意。以他的腦袋，實在想不出好方法。即使拿回包租房押金[5]，解除定存，全部加起來也還差三千萬元。如果打算再追加申請貸款來湊數的話，還不如放棄算了。再說，不動產登記稅怎麼辦，龐大的貸款利息，又如何負擔？一家三口，又靠什麼吃飯生活。難道要在「我的房子」裡吮手指過日子？還不如租人家的房子住，至少還有三頓飯吃。

「所以你今天才會落得這副模樣。」

銀珠的計算方法，和他根本不在同一個層次上。首先，五本銀行存摺一字排開，展示在賢洙面前。

「這都什麼啊？」

「你看不懂啊？」

怎麼可能看不懂，是錢，足以繳納不足的三千萬和不動產登記稅的巨款。銀珠沒有對此多加說明，反而把每次賢洙喝了酒、她就狂吼的那些話，又念叨了一次。

「我為什麼會這麼小氣，你以為是我自己想過好日子的嗎？我那麼拚命地努力工作，你以為是我力氣多得用不完嗎？你如果爭氣點，我們早就買房子了。」

「貸款利息怎麼辦？」

「把房子用月租的方式租出去就行。」

「那我們住哪裡？」

「住員工宿舍。」

住員工宿舍就代表要他申請外派到偏僻地區工作的意思。賢洙不想離開首爾，他有他自己的理由。不再打棒球之後，他找到的第一份工作就是現在的公司。這是一家專門負責國家主要設施的警護工作，非常穩當的保全公司。他被正式僱用之後的第一個工作崗位，便是位於忠清道某山谷裡的水庫。那裡不僅空氣好，周邊的環境也很祥和，還有免費居住的員工宿舍。問題在於大到瑞元上的幼稚園，小到去超市買東西，所有的便利設施都在山另一邊的鎮上。銀珠只好拿出自己的私房錢，買了一台中古的小車馬提斯給他。雖然心裡很感激，但卻沒顧慮到丈夫獨有的身材大小。坐進車裡，賢洙有種鐵甲包身的感覺。駕駛座椅必須推到最後面，才勉強能開車。賢洙本來想買稍微大一點的車，但想想就算了。說了，又會被劈頭念一頓，只好自己在心裡發發牢騷。搞不懂，為什麼包圍我人生的人或物，都是如此讓人透不過氣，小裡小氣的。馬提斯一整年都被當成救護車來用，因為瑞元一直小病不斷的緣故。從結膜炎到麻疹，所有稱得上流行病的病，那小子都輪番得過。不知道有多少次，大半夜裡載著發高燒的瑞元穿行過山路，碰到下暴雪的日子，更得賭上一家三口的性命。偏遠地區的工作，最大的問題便是醫療設施。

「到底要住多久？」賢洙問。腦子裡，兩種情感互相衝突。一種是名為「我的房子」的單詞所給予的甘甜；另一種則是對於潛藏在未來的「危機」所產生的不安。

「三年。到時大概可以先還上一部分的貸款，就算住進去，也負擔得起利息錢。」

「別那麼辛苦，買小一點的房子吧！不要那麼貪心，我們還是可以擁有自己的房子，也不用過得這麼辛苦。一家人，也就只有三口，沒必要住到三十三坪這麼大的房子。」

5　譯注：韓國包租房一般都支付房價的三分之二左右當成押金，租賃期間不再另付房租，搬離時房東必須歸還全部押金。

「有必要。」

「這一點也不實在，誰知道明天我們會碰到什麼事情……」

「明天會發生什麼事情，我知道。」

銀珠笑著，帶著通曉些什麼的笑容，一臉得意洋洋的表情。

「我要在購房合約書上面簽名！」

沒有一點通融的餘地，銀珠渴望進入「中產階級」的標準，便是一間三十三坪大的房子。面對這點，賢洙的擔憂都成了廢話。在嘴裡打圈的酸澀不安，也只能和著口水吞下去。他提出了偏遠地區外派申請書。一提出申請，派令馬上接著下來。畢竟沒有人自願外派到偏遠地區，大家都擠破頭要留在總公司工作，因此也不算多令人吃驚的事情。工作地點，世靈水庫，八月三十日發出的派令。銀珠還是買下了公寓，當天就出租出去。現在，她覺得礙眼的事情只剩下一件，就是在只有兩間房間的員工宿舍裡，占用了一個房間的那名年輕人。

賢洙看了看表，九點三分，和銀珠口中的年輕人安承煥約好的時間已過了一小時又三分鐘。他從襯衫口袋裡掏出手機，一按下電源開關，就有四通電話留言和一封簡訊跳出來。留言有兩通是銀珠，兩通是安承煥打過來的，簡訊裡則寫著大門電子鎖的密碼。他連忙給安承煥回電話過去，卻無人接聽。

賢洙把手機放回襯衫口袋，稍稍打開車窗，調整了一下坐姿，照後鏡上掛的螢光骷髏吊飾被風吹得搖晃起來。咧嘴獰笑的骷髏，是他三十一歲生日時，瑞元送他的禮物。那用力喊出「生日快樂」的稚嫩童音猶如歌聲，迴盪在他的耳邊。他不自覺地呵呵笑了起來。這孩子除了也是個左撇子之外，全身上下就沒有一處像他，也長得不像銀珠。從外貌到個性，都像極了賢洙逝去的母親，這點是他最喜歡的。獰笑的骷髏不單純是個吊飾而已，也是他對這個一點都不像自己的兒子所感到的驕傲。

才剛經過標示「世靈休息站2公里」的里程牌，從後面就突然出現一輛白色BMW猛打大燈。這是條山路，而且是上坡的路，車道上，還有三輛載運鋼板的大型拖車成列奔馳中。賢洙從後照鏡瞪著後面看，神經病，你想怎樣？

像隻剛睡醒的狗一樣緩慢且蹣跚的白色馬提斯駛到拖車前面去。英齊邊用手掌長按喇叭，邊從馬提斯旁邊飆了過去。看到閃大燈，就該自覺地避開，不是嗎？車慢得跟狗一樣，一開始就應該走外側車道吧。英齊透過後照鏡看了看馬提斯。髒兮兮的前擋風玻璃上，一個螢光骷髏咧嘴獰笑。

英齊的手離開喇叭，腳下用力踩油門，馬提斯逐漸從視線中消失。他的注意力也慢慢轉移，又回到荷英身上。離婚、撫養權、禁止接近一百公尺內、贍養費……妳以為妳是誰，妳想怎樣就怎樣？

今天上午，在S市法院第一次開庭，只有被告吳英齊與原告文荷英的代理辯護律師出庭。英齊當時在參加於首爾光化門一家五星級飯店裡召開的牙齒矯正學的學術會議。律師打電話過來的時候，他剛結束中餐回到房間。律師告知的話，簡直就像金魚吃掉鯊魚一樣，太稀奇了。也可以說是在他的人生裡，從來沒聽到過的話。

「我們打輸了！」

對方是一位名氣響亮的常勝律師，他的話之多，也和他的名氣一樣。說起吳英齊這個神經病，十二年來以各種方式，對妻女進行精神上和肉體上的虐待，口沫橫飛的程度足足可以寫一本書。豐富的資料一股腦兒全列舉出來，荷英布滿明顯鞭痕的裸體照，家裡處處都掛著的一堆鞭子之類的照片。荷英本人的申訴書，從身體外傷到流產，按照日期取得的診斷書。連夫妻之間大吵小吵的內容也錄了下來的錄音帶，還有世靈單獨陳訴的錄音紀錄。那人小鬼大的死丫頭記憶力還挺好的。爸爸對媽媽和自己做錯的事情，何時、何地、以什麼方式給予「糾正」，大大小小的細節全都說了出來。甚至還流著眼淚，說出自己想和媽媽兩個人生活的意願。

荷英習慣性的離家出走，缺乏經濟能力與撫養能力等，英齊方面的主張都使不上什麼力。荷英方面的律師提出好幾份完美無缺的資格證，來作為經濟能力的證明，什麼麵包師、韓式料理師……英齊記得，荷英是從兩年前開始到鎮裡的料理學院去上課的，當時說，是當作興趣去的，出門的時間也很固定，和世靈一起搭美術學院的車出去，再和世靈搭同樣的車回來。因此，英齊也就不再多管。反正沒什麼不方便，也沒什麼可懷疑的地方。老婆廚藝增進，似乎也不是什麼壞事。當時根本沒想到，這是用來為將來的離婚訴訟鋪路。

您大概不是很了解那女人吧。這是律師在長長的辯解之後，丟下的一句話。

英齊覺得後頸變得很僵硬，脊椎下面開始麻了起來。那句話的意思就是說他根本只是和一張皮在過日子。這無能的傢伙，簡直是以侮辱委託人來掩飾自己的慘敗。「那女人」的指稱也讓他很不愉快。到目前為止，還沒有人這麼稱呼自己的妻子。因此，英齊反擊說：「『那女人』的稱呼，你用到自己老婆身上去吧。」他宣告了解除委託之後，就把手機摔在床上，走到窗戶旁邊。二十層樓的下面，車輛和行人按照信號燈的指示，順序行動。他的世界也曾經是如此運轉的，按照他的命令，按照他所定下的規則，井然有序地，至少到三個月前為止是。

荷英是在今年四月失蹤的，那天為了慶祝結婚紀念日，兩人結伴到東海岸旅行。他和荷英在看得到大海的地方吃了晚飯，還喝了紅酒。到這個時候為止，一切都沒什麼問題。問題是從叫了代理駕駛，返回飯店的時候才開始的。司機要求比廣告用名片上所印的價錢還高的費用，說是最近漲價了。自然，他說話就不客氣起來，他可不想被司機當成冤大頭。在這之中，荷英做出了很不尋常的動作。她竟然從自己的皮包裡掏出錢來塞到司機手裡，而且還一副丟臉到家的表情，甚至道歉說：「不好意思，這人喝醉了。」

回到飯店房間以後，便拿濕毛巾打了她一頓。然後隨即退房，開車上寒溪嶺。一到山頂，就搶過荷英的皮包和手機，叫她下車。本來只是叫她好好反省，可不是讓她就此離家出走，向丈夫提起離婚訴訟的意思。

剛開始的兩天，他沒怎麼在意。只要他下定決心，絕對能把她抓回來。大半夜的在寒溪嶺山頂上，一個女人能做些什麼？除了能打對方付費的電話，向娘家人求救之外，還能怎樣？因此，他也沒打電話到岳家，只是心想，如果荷英知錯，能自己回來求饒的話，先給她應得的懲罰之後，就會原諒她。

等到過了一個禮拜之後，都沒消沒息，他才開始有了行動。荷英能去的地方，一隻手就數得出來。他打算把她抓回來之後，打得她幾個月都沒法下床走路。然而，哪裡也找不到。岳家、所有親戚、屈指可數的朋友、近來出現在通話紀錄上的人，能找的地方他都找遍了，卻沒人見過她。在東草的飯店裡，倒是讓他找到了一點荷英的蹤跡。有人從寒溪嶺緊急避難所打電話到飯店去，說出了點事情，要他們派無線電計程車過來，無線電計程車司機甚至還正確地記得荷英的樣子。只要不是痴呆，理當如此。從寒溪嶺到首爾的長途乘客，一年裡還能載上幾個？荷英拿十萬韓元面額的小額支票支付了車費。英齊問，有沒有抄下支票號碼。司機反問，最近還有人把十萬韓元的小額支票當支票看嗎？

英齊於是委託了他偶爾會用到的，名為「徵信社」的「疑難雜症處理中心」。一群自稱專業偵探的傢伙在半個月的時間裡，除了不停地燒錢之外，連荷英的味道都沒聞到。

五月底，以透過法院發送「傳票」的方式，荷英離家出走一個月之後，終於有了消息。英齊發瘋似地大笑，一開始是因為荷英沒有從地球上消失而感到安心，接著就因為傳票內容簡直爛透了而感到好笑。是誰讓一個家電產品修理工的女兒成了灰姑娘？是哪個男人讓她能擁有生來就不曾擁有過的東西？而她就是以提起離婚訴訟來報答這份恩惠的嗎？

他只好僱用律師，不管怎樣，先打贏官司再說，之後再把荷英抓回來。專門負責婚姻問題、通姦、離婚的律師給他提出了幾項方針。首先，不要再「糾正」世靈。如果附近人對他的評價變差的話，絕對會對訴訟造成不利的影響。英齊照做了，至少從來沒有讓外面的人發現過。除了一〇二號那個笨蛋插了一腳，差點破功之外。甚至連不要再找荷英、不要對岳家施壓之類不合理的指示項目，他也一一接納。因此，他根本沒想到，會輸掉這場官司。

英齊從冰箱拿出礦泉水，回到椅子上，一口氣喝掉一半。

荷英會在哪裡呢？那麼多的資料，究竟是怎麼弄到手，保管至今，提交給法院的？不過有一點是很明確的。荷英提出的錄音帶內容都是最近兩年期間的事情。流產診斷書具體明示了錄音開始的時間點，也就是發生小貓事件的前年春天。英齊把那天的每分每秒都切割開來，放在記憶的顯微鏡下觀察。

他不喜歡和人打交道，因此從來不參加同學會，也不去打高爾夫球，也不跟人一起上酒桌。所謂的社交生活，不過是一個月一次，與醫療中心的醫生們一起出去義診罷了，像是孤兒院、康復院、少年觀護所、監獄之類的地方。剩餘的時間，他就會待在自家地下室裡放置的工作台前，構築小而精緻的世界。這件工作從每年春天在別院樹林裡砍下一株筆直乾淨的扁柏樹開始，再來，就是將砍回來的扁柏樹按照預定的長度切成塊狀，再剝去外面的樹皮，放在樹蔭下晾乾。然後將乾透的木塊再細細地切割，做成牙籤粗細的木籤子。這是為第三階段所進行的前置作業，也是整體工程中，唯一必須用到機械的階段。最後，只要有適當大小的松板、工具、膠水和松脂，他就能建造出自己想要的世界。樹林、圍牆、小木屋、教會、小橋……這些東西全都聚在一起，就成了童話世界的村莊，也成了王子與公主居住的城堡。這個興趣是從世靈兩歲的那年開始，一直持續到現在。這是一件講求藝術感、耐心、時間與專注力的工作。每年的聖誕夜，他都會公開作品，看著荷英和世靈臉上充滿敬畏的表情，便足以補償三個季節以來的辛苦。他很快樂，作品擺放在客廳全家福照片下方的時間裡，一直都很快樂。而當年的作品要到第二年春天，開始製作新的作品時，才會被轉移到別院倉庫保管。

三年前，他做出了一個圓頂巨蛋，以一座城市填滿內部。住宅房子、大樓、橋梁、公園，長椅上還坐著一家人。一個抱著幼子的丈夫，還有美麗的妻子，可愛的女兒。這些人偶都是他直接在木頭上削出來以後，刻上表情，再上色的。照射在這一家人身上的路燈裡，甚至還裝了一顆很小很小的燈泡。巨蛋的圓頂上，還以閃爍燈泡排成了星座。他可以斷定，這是歷年作品中最傑出的一件，他所夢想的家庭，全貫注在裡面了。

作品公開的前一天晚上，英齊一夜都輾轉難眠。因為他感覺到，這幾年來荷英和世靈對作品的反應開始變得冷淡。表面上看起來，似乎和以前沒兩樣，但他還沒笨到分不出假意驚呼和真正讚嘆的程度。他是個很敏感的男人，所以這次他滿心期待，一定要讓荷英和世靈發出真心讚美。光想像揭幕場景，他就心跳加速。然而，真的到了聖誕夜，當他打開上面的蓋子之後，反應卻不怎麼熱烈。不，該說是歷來最糟糕的。世靈拍手的聲音一點力氣也沒有，荷英的微笑也僅僅只是禮貌性的，眼裡看不見絲毫笑意。當他詢問，是不是不喜歡的時候，荷英只回答一句「沒有！」在他耳中聽來，就是「什麼爛東西」的意思。

第二天一大早，英齊就把巨蛋撤掉。他在作品上蓋上防塵布，送進倉庫後，再也不看一眼。然後到世靈峰上，砍下赤楊樹新發的枝條，做成鞭子，掛在家裡各個角落。

冬天過去，春天再度降臨。陽光溫暖的四月第一天的早上。英齊打開了冬天裡一直緊閉著的別院倉庫大門，該是開始新作品的時候了。忘掉去年聖誕節時的傷痛，致力於創造新的世界。他吹著口哨，搬出折疊式梯子。拿下立掛在牆上的小型推車，再從工具桶裡取出手斧。這時，不知道從什麼地方，突然傳來奇怪的聲音。像是嚶嚶的聲音，又像是喵喵的聲音。英齊停下動作，豎起耳朵聽，聲音來自巨蛋的方向。

他握住手斧，屏住呼吸，慢慢靠近那個地方。伸出一手猛然掀開防塵布一看，巨蛋下面有一隻看似狸貓的野貓。貓豎起尾巴，弓起上身，發出危險的低吼聲。貓的後面，則有三隻幼貓蠕動個不停。巨蛋的入口碎裂，只剩下一個洞。牆壁處處倒塌，圓頂一角也塌了下來。裡面的城市，甚至被踐踏得看不出原來的樣子。坐在長椅上的一家人，在幼貓腳下，滾來滾去。

身為創造者，他的憤怒可想而知。這是一個無法饒恕的現場，一群無法饒恕的東西。凡是碰了自己東西的傢伙，不管是人，還是動物，都必須受到相應的懲罰。他把手伸進巨蛋裡，抓住了一隻幼貓。瞬間，尖利的腳爪穿透毛料襯衫的袖子，撓向他的手腕。不僅留下了熾痛，也撕裂了他的皮肉和袖子。他不自覺地放開幼貓，抽出手來。一長條撓痕的中間，血珠子滴滴流了下來。母貓在做第二次攻擊的準備，背部弓起，露出獠牙，又開始低吼。

一看到血，英齊戰意頓起。他提起巨蛋圓頂，丟到後面去。同一個時間，母貓也蹬著後腿，用力躍起，往他胸口飛過來。手斧劈開空氣，母貓從空中掉了下來，脖子被砍斷三分之二。他的臉上和襯衫上，被母貓身上噴出的血弄髒了。而幼貓們在瞬間消失得不知去向。

英齊捏住母貓的尾巴，轉身往倉庫大門的方向走去。門前，站著荷英和世靈。兩人的臉上一片慘白。兩人的眼光同時轉向他手上捏著的動物，固定在那裡。他一移動腳步，她們就蹭蹭地向後退。從兩人的眼神和行動看來，彷彿他手上捏著的，不是貓的屍體，而是人的屍體似的。他把貓屍丟在倉庫前面的院子裡。

「把老林叫來。」

荷英沒有回答，連動都沒有動一下。只是和世靈並排著，站在別院前小徑上，愣愣地望著他。他覺得自己應該充分教育過了，不要用那種看似望著「畜生」的眼光看自己。應該趕緊回答「是」，然後在十秒鐘之內執行他叫她做的事情。這麼簡單的規則，荷英和世靈卻老是忘記。他腦中的計時器，滴答滴答地過去，四、三、二……

這兩個賤人運氣還真好，似乎接收到求救電波的管理員老林從別院樹林出現了。要不是老林，可能這兩個賤人就得用自己細嫩的手直接在地上挖洞。英齊把倉庫翻了個遍，找到了兩隻幼貓，連同那隻母貓一起，活埋在老林挖出來的洞裡面。剩下的一隻幼貓，不管他怎麼找都找不到。簡直跟那兩賤人一樣，運氣好得很。

家裡一整天都浸泡在沉默裡，他的情緒已經到了臨界點。一直以來，那兩個賤人從來都不曾貢獻過自己的心力在他最重視的家庭和睦與快樂，那天晚上，氣氛變得更為沉重，是打算讓他的血壓爆表嗎？世靈一對上他的眼光，就猛打嗝。碰一下，就嚇得發抖倒退。到了晚上，荷英竟然以惡劣的方式，惹得他這個聲名顯赫的人發脾氣。應該等在床上的時間，她卻跑到書房打電話。說出「我試試看吧」這句話的荷英，臉上洋溢著盎然生氣。這是幾年來，都不曾出現在她臉上的表情。

「妳要試試看什麼？」

英齊站在門邊，粗聲地問。荷英似乎被嚇到，整個背都縮了起來。

「沒什麼。」

她掛掉電話，轉身回答。英齊感到全身的血液都往上湧，荷英的回答聽起來就像在說「你沒必要知道」。英齊覺得，又到了該「糾正」這個沒規矩女人的時候了。他打算狠狠地教訓她，讓她知道，對丈夫什麼話是不能說的，這次一定要以一種能讓這個愚蠢的女人牢記在心的方式。

「妳什麼意思？」

「我說沒什麼啊！」

她突然睜大眼睛，一臉這才發現自己說了什麼的表情。當然，已經太遲了。他走上前去，一拳打在她的臉頰上。他用盡全力的一拳，讓荷英的小腹撞上書桌的一角，翻滾在地。

「妳再給我說一次。」

「眷村……婦女會打電話來，要我教她們烤蘋果派的方法……」

他一把抓住荷英的頭髮，把她拉了起來，讓她的小腹再一次用力撞擊到桌角上。說謊是不可原諒的。英齊打開手機，查詢通話紀錄。來電號碼隱藏。

「是誰？」

荷英雙唇緊閉，眼中一片空洞。沉默與空洞的眼神是荷英特有的對應方式。從戀愛的時候開始，就是一種讓他發瘋的反應，也是逃脫出他統治權的一條通道。解決的方法只有一種，搧她幾個耳光，消消火之後，再拿鞭子讓她清醒清醒。脫光衣服和鞭子，是讓她不受內傷、又能飽受痛苦與恥辱的道具。他有足夠的力量撬開她固執緊閉的雙唇，坦白說出他想聽到的實話，也有辦法讓她哀求「饒了我吧」。當然，他不會就這麼饒了她。還剩下一個步驟要做，就是讓她屈辱到骨子裡去的，狠狠教訓她的「強姦」。

那天，他也做完了整個相同的步驟。脫光她的衣服，打壞了一整把的鞭條。要說和往常有什麼不同的，就是荷英沒有說出實話，而是血崩了。她沒有哀求說「饒了我吧」，而是抱著小腹痛苦地哀嚎。英齊直到最後的行為都結束後，才發現她不是假裝的。當下，已經到了必須送醫的情況。

懷孕十一週，流產。醫生問，不知道已經懷孕了嗎？荷英回答，月經原本就不規律，所以不知道。從她一臉受到衝擊的樣子來看，可能是真的不知道吧。英齊問了孩子的性別，醫生回答，無法得知。

「都已經十一週大了……」

醫生從椅子上站了起來回答：

「哎，不是女兒，就是兒子啊！」

不是女兒，就是兒子……荷英被推進手術室，英齊坐在門外的椅子上。他也受到不比荷英小的衝擊，不，就衝擊的強度來說，是難以比較的。

他的人生裡，唯一缺少的只有一樣——吳英齊的兒子。為了填補這個缺憾，他已經花了九年的時間去努力。然而，不要說兒子，連懷孕都懷不上。醫院方面說，兩人都沒有任何異常，放寬心等待。近年來，他幾乎都放棄了。「孩子死了」這句話，才讓他意識到他連孩子的存在都不知道。他聽著從手術室裡傳來的呼吸器聲音，全身寒毛也立了起來。感覺到一股疼痛，彷彿自己的身體被砍成一塊一塊的。在這份痛苦中，他確信，死去的孩子是兒子。

把荷英帶回家之後，英齊對於她的不誠實和不注意，造成自己兒子死去的事實做了點說明，也提到了在她麻醉之後，毫無知覺地沉睡之際，他在手術室外，必須獨自一人承擔的衝擊、傷痛和被背叛的痛苦。根據律師的報告，第一卷作為證據的錄音帶，就錄下了他的「說明」。

從那之後，荷英的態度有了改變。話變多了，不是用口語體，而是用文學體。彷彿配音員以旁白說明看不見的情況一樣，這些都被錄在其餘的錄音帶中。荷英在申訴書的結尾，如此寫著：

> 我之所以會過了十二年如此可怕的婚姻生活，是因為我害怕，如果我要求離婚，或帶著女兒逃走的話，我們兩人最後一定都會死在丈夫的手上。如今，我才終於下定決心離婚，是因為我領悟到，如果再不結束這段婚姻，我們母女兩人也跟死了差不多。

是他太不了解荷英了嗎？他感到很慌亂。他所知道的荷英並非一個冷靜或善於算計的人，也不是一個為了贏得官司，甚至利用女兒的狠毒女人。如果她一個人逃走的話，會有什麼事情發生在世靈身上，連英齊自己都很清楚。那樣的女人，怎麼可能會在某一天突然變身為數千萬年前的化石一般，令人難以理解的存在。這種事情怎麼可能會發生？荷英的「害怕」和荷英的「領悟」，在兩者如太平洋般遙遠的距離之間，究竟發生了什麼事情？到底是誰，讓她敢於做出如此的行動？

一定是老丈人，能從世靈口中得到證詞的，除了那老頭，別無他人。世靈是個嘴巴很緊的孩子，是他這麼教出來的。都是因為律師所謂的方針，才會讓他之前即使確定有老丈人的介入，也採取袖手旁觀的態度。現在已經沒有那個必要，官司結束了，律師也被解僱了。

英齊從飯店出來後，就開車到龍仁去。電子商城很冷清，家電產品的修理中心更加沒什麼生意。老丈人本來正和什麼人在講電話，看到英齊進來，急忙掛斷電話。一眼就可以看出，老丈人臉上的表情十分緊張。英齊在椅子上坐下，蹺起了二郎腿。

「荷英在哪裡？」

老丈人從椅子上站起來，用乾布擦拭電視機螢幕。

「她沒跟我聯絡。」

「我已經給您四個月的時間了，本來還期待岳父您能勸勸荷英，把她送回家來，沒想到竟然是您在背後教唆自己的女兒離婚。」

這時，剛好有客人拿著吸塵器進來店裡。英齊便站了起來。

「請轉告荷英，一個星期，如果在一個星期裡不回來的話，她就再也見不到世靈。」

老丈人轉過身來，臉上一點表情都沒有。英齊笑了起來，這老頭子八成是最早得知判決結果的吧，看來他很信任司法。

「判決結果，對我一點意義都沒有。這什麼意思，荷英應該很清楚。」

英齊開進了世靈交流道，他沒有一點要上訴的想法。與其僱用新的律師，不如再給「徵信社」一次機會。不只是大韓民國這塊土地，就算是翻遍十八層地獄，也要把荷英這女人給抓回來。誰也別想碰這女人一根頭髮，誰都不准。荷英是他的，必須回到他所指定的位置，以他所指定的方式接受懲罰。在那之前，得先給家裡那個叛徒一頓處罰再說。

雨絲越來越粗，到家的時候，就已經下得密密麻麻的。英齊撐開雨傘，慢慢走上門前階梯。一打開門，在玄關迎接他的是世靈的一隻後跟被踩扁的球鞋。另外一隻則歪歪地躺在客廳入口。看來就像匹小野馬一樣，踩著鞋後跟脫掉球鞋的樣子。他依次看過散落在玄關地面上的泥塊，印在鞋櫃鏡子上的掌印，隨便甩在玄關隔板下面的室內鞋袋子，以及世靈的書包。一片黑暗的客廳深處，傳來音樂盒子的樂聲。

英齊把雨傘立著放好，進到客廳裡，打開電燈，確認了一下倒掛在玄關隔板上的記事板，上面什麼都沒有。早上他出門前，貼在上面的便條貼有十一張。不可能是被風吹掉的，陽台的落地玻璃門和二樓樓梯間的窗戶都關得緊緊的，連客廳的窗簾也都密密地拉上。幫傭的歐巴桑也很清楚他的喜好，所以問題一定在世靈身上。

不過十秒鐘，他就找到了便條貼的行蹤。掛在客廳沙發後面的全家福照片上，具體的位置是貼在「爸爸的臉上」。

額頭中間貼著的第一張便條貼，「到首爾參加學術會議，預定明天下午返回」。
左眼皮上第二張便條貼，「所有東西物歸原位」。
右眼皮上第三張便條貼，「嚴守規定」。
其餘的八張，則沿著笑得燦爛的嘴唇中間，一字排開。

鞋子在外面弄乾淨再進來
不要把手貼在玄關鏡子上
電話鈴響三聲前，接起來
不准拿媽媽的東西玩

照片中，他的眼皮被貼得像個口袋蓋子，藍藍的舌頭，被拉到肚臍的位置，看起來就像個傻笑的白痴一樣。他彷彿能瞧見世靈享受戲弄白痴的樣子。當然，他也是個懂得幽默的男人。但是，現在卻沒有心情稱讚女兒的幽默。「原來每次我不在家，她就是這樣玩的」，一這麼想，耳後的青筋就噗噗跳得厲害。已經有個在背後捅丈夫一刀的妻子，現在又多了一個耍著父親玩的女兒。這對母女真了不起！

英齊撕下便條貼，走進臥室裡。處處都留下了世靈趁他不在家的時候，專挑他不准的事情做的勇猛行跡。荷英的化妝台上面殘留著白色的粉末，以生疏的手法草草整理過的化妝品，化妝台椅子下面，乳液樣品滾在地上。英齊打開荷英的衣櫃，衣服翻找過的痕跡中間，有一個空衣架掛在上面。他掏出汽車鑰匙和皮夾放在化妝台上，把夾克和領帶掛進衣櫃裡，捲起襯衫袖子走出臥室，朝著世靈的房間走去。一打開房門，他看到了至今從未在自己家裡看見過的光景。

門檻正前方，世靈的短褲呈八字模樣攤在地上。袖子翻了過來的襯衫、一隻捲成球型的襪子、響砲外殼、彩色紙片，還有一堆氣球，占據房間的地板。桌子上點著三枝蠟燭，還有一些易燃引火棒，戴著尖頂帽立在旁邊等候。再過去，是她媽最喜歡開著的音樂摩天輪，不停地轉動，這是他丟棄在雜物室最裡面的東西。雨絲透過半開啟的窗戶打了進來。窗台上還放著一盤燒了一半熄滅的蚊香。世靈躺在床上睡著了，散放開來的頭髮，撲滿了粉的臉蛋，塗得厚厚的睫毛膏，閃亮亮的粉紅色唇膏，剛剛能罩住胴體的她媽的白色無袖罩衫，從罩衫下露出了赤裸的雙腿。看起來，世靈就像電影《計程車司機》裡的雛妓。

英齊深深吸了一口氣，熾熱、猛烈的氣流在胃裡翻攪，像是空腹灌烈酒的感覺。他走近床邊，彎下腰，嘴唇貼在世靈的耳邊。

「世靈啊！」

沒有回答，只有眼珠子在闔上的眼皮微微顫動，看起來似乎還迷失在夢與現實的分界地帶。他張開手掌環住世靈的脖子，拇指撫摸下顎下方的凹陷處。肌膚水嫩嬌彈。

「眼睛張開。」

世靈的眼珠停止蠕動。

「爸爸回來啦！」

英齊直直盯著世靈顫抖不止的眼皮。世靈的呼吸慢慢粗了起來，臉頰上的寒毛彷彿在進行纖毛運動似的，全都立了起來。脖子上的血管，在英齊拇指下劇烈跳動。世靈始終不肯張開眼睛。

「吳世靈！」

他在撫摸著下顎下方的拇指上，加了力氣。意味著他知道世靈已經醒過來，也暗示別期待不可能發生的奇蹟，更是一種警告，如果現在不馬上睜開眼睛，他還會用其他特別的方式，讓她睜開。世靈睜開了眼睛，眼中流露出不安，怯怯地望著他。眼底帶著計算，今晚是否能全身而退。

「生日快樂，小美人！」

他像握操縱桿似地，抓著掌中的頸子，拖著世靈坐起來，「糾正」隨即開始。世靈愣愣地望著對準自己臉上飛來的拳頭，當英齊收回自己的拳頭時，世靈的身體整個後傾，從床上重重地摔落下去，白色的薄被上綻開紅色的斑點。英齊抓住世靈的後腦杓，又把她從地上提起來坐好。揪住她的頭髮，迫使世靈臉朝上。鼻血沿著修長的下顎滴落，從緊閉的嘴唇中間發出呻吟聲。

「度過了一個愉快的夜晚，對吧？」

他把十一張便條貼黏在世靈的眼皮上，世靈不停地搖著頭。

「這麼棒的派對，怎麼可能不愉快，嗯？」

英齊拉著世靈的頭去撞牆，世靈受到撞擊的反作用力，從床上滾落到地板上。張開的嘴裡，迸出兩顆石榴籽狀的顆粒。他想，應該是大門牙吧，順手抬起房間的電燈開關。看不到那兩顆門牙，不知滾到哪裡去了，反正找到了也沒什麼用。他用拇指摁滅了蠟燭燭芯，拔掉摩天輪的插頭，沉沉的重量落在掌心裡，大小正合手掌心。

世靈臀部著地，慌亂地往書桌方向後退，不停地搖著頭。血跡斑斑的浮腫嘴唇抖動著，試圖擠出一個微笑，彷彿在哀求：別這樣，爸爸！求求您，別這樣！

摩天輪掃過世靈的臉頰飛了過去，撞擊到桌角，砰地一聲，成了一堆鐵片，散落滿地。世靈臉上還掛著笑容，整個人卻僵住了。一滴眼淚沿著臉頰流下來，大腿中間淌出來的一股水流，黃黃地弄髒了白色罩衫的衣襬。

「我跟妳說過，不要拿媽媽的東西玩，妳都忘了嗎？」

世靈只剩下一邊的眼皮，還能眨著。英齊想，這死丫頭知道嗎？她能避開那個鐵製摩天輪，不是因為她的運氣好，而是她爸用盡全力，發揮自制力的結果。

「好了，從現在開始，該一一指正妳做錯的地方了。給我站起來！」

他拿出指正錯誤的道具，掛在褲腰上的黑色皮帶。世靈背靠牆壁，歪歪扭扭地站了起來。

「衣服脫掉！」

窗戶那裡，突然傳來砰的一聲，英齊不自覺地回頭去看。一隻貓跳上了窗台，這突如其來的侵入者壓低上身，前腳彎曲，做出跳躍的姿態，正瞪著他看。短短的毛如鞋刷般，全部直立起來。這隻說是貓的傢伙，無論體形還是長相，其實更像狸貓，也讓人不自覺聯想到三年前死去的那隻母貓。就在英齊想起被逃掉的那隻幼貓時，想起那傢伙為什麼會出現在此的瞬間，意想不到的事情就發生了。世靈伸長了手，拿起放在桌上的蠟燭台。

還沒開口問道，妳想幹什麼，一只蠟燭台就飛了過來。他雖然揮手阻擋，卻已經來不及了。蠟燭台擊中他的額頭，滾燙蠟脂翻覆在他的眼皮上。隨即，第二發導彈擊中他的鼻梁。臉上霎時有種被燙熟的辣痛，岩漿順著鼻孔流了進去的感覺。玻璃杯在腳底下碎裂，他雙手掩面，發出慘叫聲。

不知道過了多久，他不停地跳著，挖著鼻孔，掰掉黏在眼皮上的蠟脂。等他鎮定下來一看，房間裡已經沒有世靈的蹤影，連那隻貓也不見了。

英齊抽出面紙，擦了擦臉，又燙、又刺、又痛。臉上的皮也黏到了面紙上，被撕扯下來，這還算沒用力擦拭呢。蠟脂已經在皮膚上形成了一層薄膜，薄膜下面，還是一片熱氣騰騰。

英齊是個從來不跑的男人，總是靜靜地、優雅地移動。但是，現在可不是講究優雅的時候。他跌跌撞撞地跑向廚房的冰箱，動作大得連客廳天花板都搖晃起來似的。一雙手抖抖顫顫地掏出冰塊，放進塑膠袋裡。一面以冰袋按摩臉孔，一面又跑到主臥室裡去。拿起汽車鑰匙，便往外頭奔去。一口氣跳下大門階梯，按下引擎發動按鈕。他沒空慢慢地掉轉車頭，也沒有多出來的手，一隻手拿著冰袋按摩臉頰，剩下的一隻手則放在倒車桿上。咻的一聲，車子倒退著，滑行在別院前面傾斜的小徑上。一抵達大路，隨即掉轉車頭，朝著正門開去。世靈能跑的地方，也只有那裡，因為後門是鎖著的。

英齊的車一接近正門，欄杆便自動升起。車子快速衝上馬路，他可不僅僅是單純的生氣而已。腦子裡充滿了憤怒與衝擊，一直以來都沉澱在底層的鮮黃火焰現在正沿著血管暴走，燃盡了他的理智，也燒光了禽獸與人類之間最後的界線。在他的眼裡，只有找到世靈這件事。全身的感官都在感知世靈的氣息。意識的觸角也只瞄準「該怎麼狠狠地給她一個教訓」這件事。他的脈搏快得像卡爾・路易斯（Carl Lewis）[6]。

英齊沿著正門前面的大馬路開下去，世靈小學的正門緊閉著，診所的燈也沒亮。沒幾家商店也全都拉下了鐵窗，看起來像是因為舉辦思鄉祭的關係，早早就打烊了。還開著燈的地方，只有加油站和分局而已。加油站辦公室只有一個菜鳥在看電視，分局的一名老警察身體沉在椅子裡，腳蹺到桌上打瞌睡。

6　譯注：美國知名短跑選手。

仍沒看到世靈。雖然霧濃又下著大雨，但還不到看不清楚東西的地步。路燈亮了，商店街一整條直直的路通向三號產業道路橋。他是個已經習慣世靈湖大霧的人，也就是說，就算在濃霧中，也沒有什麼東西能躲過他的眼睛。

他在低地村裡繞了一圈，這一帶異常地安靜，一個人都沒有。天公不作美，思鄉祭似乎也早早結束。他開出村子，在三號產業道路橋入口處，打了個電話給林園管理人老林。果不其然，老頭也和平常一樣，在休息站喝酒。他便問，世靈有沒有到上面去。

「沒看到啊！」

破鑼嗓音慢吞吞地回答。英齊把車開往水庫管理局方向的同時，也開始下指令。他要老林馬上從休息站下來，鎖上林園大門，和眷村警衛一起搜尋樹林，一旦找到，馬上聯絡。

英齊把車停在管理局正門的警衛室前面，在別院前小徑上有數面之緣的保全員從旁邊的小窗裡伸出頭來。是稱為朴主任的人吧？

「請問，我們家世靈來過這裡嗎？」

「大半夜的，那孩子怎麼會跑來這裡？」朴主任反問。

英齊又問了一次。

「到底是來過沒？」

「沒來啊！」

英齊眺望著一號產業道路橋，每根欄杆上的路燈都亮起，但除了燈光之外，什麼都看不到。濃霧彷彿一道水泥圍牆，慢慢覆蓋住整座橋。

「可以進去一號產業道路橋裡面看看嗎？」英齊問。

朴主任一臉荒唐的表情嘴裡叨念著：

「小女孩大半夜的，不會跑到這裡來才對。」

英齊火大了，這人的回答怎麼老是雞同鴨講。

「我是要你把產業道路橋入口的鐵鍊放下來，讓我的車開進去。」

朴主任搖了搖頭。

「沒辦法，警衛室不能沒有人。」

這人，連回答的態度都很惡劣。一臉究竟發生了什麼事大家心知肚明的表情，加上斜眼偷看的視線，還有那一副像是在跟附近賣菸小店老闆說話的口氣。英齊好不容易才忍住想教訓這傢伙，讓他記住「我是你房東」的衝動。英齊壓下翻湧而上的怒火，把車掉了個頭，開上林園後門的方向。在一號產業道路橋入口處停車，下了車走上橋。什麼都沒有，他站在熄了燈的閘門警衛室前面，又給老林打電話。老林說，現在還在樹林子裡找，沒找到人。那麼，現在就只剩下一個地方了——內環湖路。

英齊心裡還想，不會吧，一個人如果沒有發神經，應不會跑到內環湖路才對。但在還是去確認一下較好的想法下，開動了車子。霧太濃，即使打開閃亮的大燈，能見度也不到十公尺。比起大馬路上，這裡的霧氣更濃，雨靜靜地下著，他的視線盯在前擋風玻璃上，觀察著四周，轉過一號出入口和第一個轉角。在他開到取水塔的時候，好像看見了什麼。一個模模糊糊的形體，在他的車燈照射下，被捕捉到。不，與其說是形體，更像是一個移動的物體，他把腳換到油門上。在濃霧裡穿著白衣晃動，當然很難看得清。就像也很難看清在泥水中蠕動的泥鰍一樣。

接近第二個轉角，是一個S形彎道。英齊一點減速的意思都沒有，直接轉過去。很快地，碼頭大門出現在眼前。只不過是一瞬間，就在他因為蠟脂碎片跑到眼睛裡，拿手揉了揉眼睛的極短瞬間，他錯過了一個模糊的移動身影。在他的視野中，只剩下被風吹動、如疾風翻飛的霧氣。即使到他掉過頭，又開回被封鎖的世靈牧場出入口為止，這陣霧氣都沒散去。他一面用冰袋按摩開始脫皮的額頭，一面試圖恢復判斷力。看錯了嗎？會不會是把霧氣的流動，錯看成是物體的移動？如果是人的話，不會那樣就消失了。更何況，連在哪裡消失的，都不知道。一邊是鐵絲網圍牆，一邊是突出成峭壁的山腰斜坡。可以利用的路口只有一片漆黑和濃霧覆蓋之處，就是世靈牧場而已。

他拿起手電筒下了車，跑上通往牧場的道路。霧氣遮擋了他的視野，冰冷的雨絲打在他的臉上。穿過赤楊樹林，到達牧場廢屋前面的時候，一股令人難受的靜寂與陰沉的氣氛壓迫著他的呼吸。這是一間屋頂完全崩塌的畜舍，應該不會跑到這裡來吧？他一面這麼想，一面走上廢棄的畜舍。打開畜舍門的同時，便受到腥臭的騷味、牲畜的陳年糞味、雛燕大小的蚊子群猛烈頑強的襲擊而來，卻沒有世靈的蹤影。

英齊又開車轉了回來，朝著碼頭的方向，以千軍萬馬的氣勢倒車。到了鐵門前面，把車停好，就拿起手電筒下車。這裡是那個模糊移動物體消失的地方。鐵門上沒掛著大鎖，他用腳尖推了推門，裡面鎖住了。門的下方有大約三十公分左右的縫隙，以世靈的體形來看，應該鑽得進去。

拿起手電筒，照向鐵絲網圍牆裡面的湖岸斜坡。斜坡地面上滿布著荊棘藤蔓，還叢生著雜木群。如果世靈鑽進了藤蔓下面的話，就很難找到她。從碼頭延伸到水庫的湖岸斜坡有一公里以上那麼長，想要翻個遍，得把全部村民都叫醒才行。但就這樣離去，他又覺得不甘心。於是，他開始喊叫世靈。

「乖女兒，妳在這裡啊！」

果然如意料中的，沒有出現奇蹟。

「妳如果怕得躲在那裡的話，現在可以出來了。只要妳好好反省，爸爸不會再糾正妳的。」

他拚命地壓低聲音，讓聲音顯得柔和一些。

「今天，爸爸發生了很多複雜又傷腦筋的事情。」

潮濕冷風從湖面上吹了過來，荊棘藤蔓的葉子被吹得颯颯作響。他張開雙腿，貼著鐵絲網圍牆站著，手電筒如探照燈一般緩慢地移動，他又接著說：

「可是爸爸一回家，卻看到一屋子亂七八糟的，東西都不在原來的位置上。爸爸還想好好休息，結果……」

英齊閉上了嘴，說著說著，他的怒火又冒了起來。這都什麼跟什麼啊，就因為一個小不點大的死丫頭，讓他拖著疲倦的身軀在大霧裡跑來跑去，現在還得站在大雨中，用著嗚咽聲說個不停。當他再度張開嘴巴，真正想說的話脫口而出。

「是妳惹火我的，妳這個狗娘養的小賤人！」

他把手電筒啣在嘴裡，雙手抓住鐵絲網。把後鞋跟卡進鐵絲網眼裡後，整個身子往上撐起，世靈正看著的話，就會知道爸爸正要翻牆進來抓她。然而，圍牆裡仍舊一片寧靜。等了幾秒之後，還是同樣的情況。

英齊放開手，從鐵絲網圍牆下來，他並不真的想攀爬過圍牆頂端纏繞的鐵絲網圈。就算做出這件他所不熟練的事情，並且承受褲子可能扯破的危險，抓到世靈的機率還是太低，況且在這個下著雨的夜裡，一個十二歲的小女孩躲在沒有路燈的湖岸邊，可能性也不高。他身為一個父親，按照自己對女兒的了解，即便是一個大膽的孩子，也不可能膽大到敢躲在湖岸斜坡裡。躲在樹林裡的可能性似乎還要更高些。他用手掌拍了拍大腿，又高喊了一聲「吳世靈」。

「我數到三，妳趕快出來，那我就當作這件事沒發生過。一、二。」

一片安靜。

「好，想跟我鬥，是吧？那就讓我看看我女兒的韌性有多強，能撐多久。」

他毫不猶豫地便離開了碼頭。老林和眷村警衛老郭也只給他帶來喪氣的結果。連眷村地下室都翻遍了，全都找不到。看來她似乎得到她媽的真傳，學到了什麼藏匿行蹤的祕訣吧。英齊打算回家去，好好地、一寸一寸地再翻找一次。看看是不是漏了哪個地方，還是忽視了些什麼。

異於往常地，英齊把車停在了一〇二號的前面。那家房間的燈沒開，看來世靈在哪裡，現在他心裡有數了。當一個人陷入絕境時，就會奔向對自己表達過善意者的懷抱，這不就是人的本能嗎？英齊踮著腳尖，走上門前的階梯，伸手按了下門鈴。無人應門。他又按了一次，又按了第二次，第三次……到最後都沒有人回應。他走下花圃，朝著客廳方向側耳傾聽。電視機裡的聲音微微地透了出來，表示裡面有人。搞不好那兩人正屏住氣息，偷偷瞧著外面也說不定。不會是……那一〇二號房的王八蛋，真的碰過世靈的身體吧。如果真是那樣，他絕對要那個王八蛋埋骨在世靈峰上。如果那王八蛋現在真的和世靈在一起，他絕對要以誘拐兒童的罪名，讓那傢伙最少吃十年的牢飯。

英齊回到一〇二號的後院，雖然窗戶關著，卻沒有鎖，裡面漆黑一片。他打開窗戶的同時，也一縱跳上了窗台。房間裡空無一人，室內燈雖然關著，從稍稍開啟的門縫裡透出客廳的燈光。他脫掉鞋子，放在窗台上，下到了房間裡來。

窗邊的書桌上，放著一個開了好幾個視窗的筆記型電腦，以及一些雜物。還有兩個喝光了的空啤酒罐、裝滿菸蒂的玻璃瓶、記事本、原子筆和手機。客廳裡，電視機正在自娛自樂。他把主臥室、陽台、浴室、地下室、壁櫃井然有序地翻找了一遍。

什麼都沒有。剛剛還有人在的感覺，怎麼……突然，在他的腦中想起了一個有可能發生的情況，那個王八蛋又把世靈帶去診所了。

這次該不會又找警察來吧，不作聲地讓世靈接受治療之後，再把她帶回來這裡。英齊從桌上的面紙盒裡，抽了一把出來。把從他身上滴落在這屋裡四處的水滴和腳印都擦乾淨之後，再由窗戶跳了出去。

英齊關上窗戶，回到自己的家裡。鎖上世靈房間的窗戶，關掉家裡所有的燈，他拿了把椅子，放在客廳的窗戶旁邊。打算以舒服的姿勢和放鬆的心情，等待那兩人回來。

賢洙不時地揉眼睛，想打開車窗，又怕雨打進來；想關上，又覺得氣悶想睡。冷氣已經無法幫助他保持清醒，意識與感官也早就不受他控制。時速指針一直都維持在一百二十公里上面的位置，但實際感受到的速度卻慢得要命，有點搭著氣船漂浮在無重力地帶的感覺，里程標示牌上的印刷字體成了一掃而過的記號。

進入世靈交流道之後，也是因為整個人都飄起來的感覺，才會錯過了進入世靈湖的道路出口。腦中一片空白地開著車，結果抵達的地方，是世靈湖的調節池「八英湖」。掉過車頭，重新進入世靈交流道，一看時間，一個小時就這麼過去了。

開進通往世靈湖的入口道路時，他又試著和承煥聯絡。但無論是手機還是室內電話，都沒人接聽。既然沒人在，去了也是白去。頂多就是完成銀珠所交代的事情中，看一下房屋內部格局這個項目罷了。仔細一想，說不定這樣還更好。可以不用和承煥說些他其實不想說的話，很好。也可以給銀珠一個交代，更好。我去是去了，只不過遲到了一下，結果那個「年輕人」給我傳了一封短信，留下大門電子鎖的密碼後，自己就外出了。所以，我只看了看房子就回來了。

賢洙把手機放進襯衫口袋裡，繫上扣子，車子正開進商店街一帶。所謂的商店街，其實也沒幾家，而且現在全是打烊關門的狀態。毫無人跡的街道上瀰漫著陣陣霧氣，彷彿一群蠕動個不停的活物般。張狂的濃霧帶著攻擊性地遮斷了人的視野。因此之故，他沒能瞧見就位於商店街起點的林園正門。

當他開到街道尾端的時候，眼前出現了三號產業道路橋，橋的另一端被大霧遮蔽，什麼也看不見。橋的入口處設立的大大的電子螢幕進入了他的眼簾；顯示目前水庫水位、放流量、降雨量等的看板在大霧裡紅光閃爍，那下面正是他找了半天都沒找到的道路標示牌——水庫管理局和閘門，過了三號產業道路橋後右轉。世靈林園的後門則是在三號產業道路橋之前就得右轉。於是，他在三號產業道路橋前，右轉向前開。

從陡峭的上坡路開始，大霧如今已不只是蠕動的程度，簡直像從漆黑的天空裡山崩似地傾瀉而下，視野開始變差，本來看得清的景象現在全部都看不到了，路邊的街燈成了裝飾品。他揉了揉被酒精鬆弛下垂的眼皮，找到了林園後門。道路突然變得十分昏暗，當他察覺到路變窄的時候，急轉彎處已迫在眼前。這是條接近半圓、只有一個車道的道路，而他卻一直固執地保持著酒鬼的速度，時速一百二十公里。車子發出怪聲，吃力彎過轉角。車體沒能贏過離心力，只好以一種側歪的姿勢疾行。第二個轉彎出現，他一頓一頓地急踩著煞車，把方向盤轉向相反的方向。因而，他也錯過了從大霧中跳出來的模糊物體。當他真正看到的時候，這個物體正朝著汽車引擎蓋上飛了過來。

他的腦子瞬間變成一片空白，他的腳反射性地踩下了煞車。然而，已經遲了。他在魂飛掉一半的狀態下，聽到了輪胎劇烈摩擦地面的吱吱聲。靠著緊盯一百幾十公里速度飛來的棒球，練就出來的移動體視力，讓他捕捉到終身難忘的瞬間。

長條型的白色物體遭車的右邊撞擊後，折腰墜落在前引擎蓋上。散亂的頭髮披散在車窗玻璃上。因為反作用力的關係，緊貼在引擎蓋上的身軀又以四十五度的角度彈跳起來，最後掉落到地面上。白色的水花爆炸似地噴濺開來，那個身軀在雨地裡滾了幾滾之後，就停在了他的視野末端。

賢洙依稀聽見短暫的慘叫聲，搞不好，其實是自己的叫聲。車子撞到鐵絲網圍牆後，受到緩衝，停了下來。他的頭被衝擊得向後彎折到座椅靠背上，又彈到方向盤去。安全帶勒住他的肋骨下方，緊緊鎖住他彈起的身體。呼吸一頓，視野也像在湍流中，急遽晃動。這個衝擊讓他花了好一陣子才解開安全帶，坐正身體，更花了兩倍的時間，才讓腦袋恢復清醒。車前燈的燈光中央，那東西就躺在那裡。被他的車撞得飛來飛去的長條型白色身軀，像路霸一樣橫躺著占據了整條道路。

賢洙握著方向盤，久久無法動彈。他眼中看到的，不是眼前這個白色的身軀，而是一個男人破碎的世界。六年前的那一天，又重新回到他的眼前。

蠶室球場，九局上半，一人出局，一壘有人。原本差了三分的鬥士隊急起直追，目前比分相同。教練將先發捕手換成代打。然後，一個雙殺，漫長的攻勢，一棒就結束了。九局下半，更換守備，教練一下子把新的主力都換上了。場內廣播播報：「投手李相哲、捕手崔賢洙。」

走向捕手區的賢洙，期待與恐懼沉沉地壓在他的肩膀上。他抬頭從本壘席前面，看到一壘的觀眾席。球季開始後，丈夫首度被升上一軍的緣故，銀珠還特地大老遠地過來觀賽。才剛滿六歲的瑞元站在媽媽前面，大聲喊叫。喘氣的喊聲穿過觀眾席的噪音，鑽進了他的耳中。

「爸爸！」

賢洙戴上捕手面罩，李相哲開始投練習球暖身。

賢洙也曾經擔任固定的先發選手，他強而有力，且擁有擅於辨識情況的眼力，以這兩項優點而被選拔了出來。但他的缺點，卻是膽量不足，守備能力不穩定。一般認為，如果他能發揮優點，克服缺點的話，一定能成為出色的捕手。但這只是大學時期一般人對他的看法。進了職業球團之後，他的身價就開始滑落。他的優點盡失，缺點卻凸顯了出來。尤其是在關鍵時刻，屢屢出現守備失誤，使他陷入困境。這都是因為左手會突然出現短暫的麻痺症狀所造成的。症狀從高中的時候就開始出現，服兵役期間變得更嚴重。進入職業球團之後，更成了宿疾。每每在重要的比賽，決定勝負的關鍵時刻漏接。這個時候，不管是捕球或傳球都來不及，只能急急忙忙地去抓住那顆錯失的球。對教練或隊友來說，這個失誤是很難理解的。但對他自己來說，則是一種恐怖的徵兆，必須遮掩住的天譴。這種症狀連整型外科醫生也無法解釋，神經外科醫生則診斷是因為心理上的壓力而造成的轉移現象。而醫生的一致處方，則是要他避開壓力源。這個處方，也等於是叫他脫下捕手面罩的意思。投手們都不信任賢洙，外野和內野手一看到他戴上捕手面罩，就顯出緊張的樣子。鬥士隊的粉絲則叫他「勇大傻」。教練也一直不肯把他升上一軍，他為了能升到一軍去，可說用盡了一切力量。二軍比賽的球場上，空無一人的觀眾席與烈日驕陽，經濟上的困窘與可能被釋出或被交易的不安，他都咬著牙忍下來。不是因為他曾經想要成為最強捕手的舊日抱負，而是在他的心中，只有瑞元。瑞元讓他成為了一名戰士，他想讓瑞元看看，成了主力捕手的爸爸。他想對著瑞元慶祝全壘打，想將一個勝利的場面，當成禮物送給瑞元。終於，他抓住了這個可能實現希望的機會，得好好集中精神才行。

對方打者，從一棒開始。賢洙做出滑球的手勢。球擦過打者的頭盔，往後飛去。代價是一壘拱手讓人。第二棒打者擺出短棒準備觸擊。這簡直成了理所當然的程序。打擊準備區裡，比出更換代跑的手勢。游擊手往二壘方向移動，二壘手往一壘方向偏移，準備要封殺先行起跑的一壘跑壘員。賢洙做出外曲球的手勢。然而，李相哲的球並沒有按照手勢的方向投出，落在好球帶之外的球不斷投了進來，形成了四壞球。短短的時間裡，一壘二壘就拱手讓人。三號打者站上了左打者打擊區，一面用腳尖踢著地面，一面試著揮動球棒。賢洙偷偷注視著打者的動作，這名打者喜歡推擊，面對快速直球，直接揮棒。賢洙做出在勝負全看打擊準備區的手勢，也覺得應該如此才對。因為四號打者不只是一名巨砲，也是擅於選球的選手。然而問題卻在於李相哲的情況，李相哲無法將球投向指定的位置。連續兩壞球，第二球甚至是個挖地瓜。就在賢洙抓到用胸口擋住落在地上又彈起的球之際，他的腦中變得一片昏暗。

目前的氣勢很差。這個時候，他該走上投手板，安撫一下情緒激動的李相哲，拐拐氣才對。但賢洙全副注意力，根本不在投手身上，而在自己的左臂上。外野和內野似乎都顯出不安的神色，不知道勇大傻是不是又要出現了。觀眾席上所有人的眼睛，也好像都盯著自己的左臂看。

賢洙做出變速球的手勢。然而，李相哲投出的這個勝負球，形同直球般飛了過來後，卻在本壘板前突然減弱，以近身球的速度，緩慢地飛了進來。球棒毫不猶豫地揮了過去，噠的一聲，球飛到中外野手的旁邊去。雖然是個來不及回到本壘的短程安打，卻已經足以讓二壘跑者順利地跑到三壘。中外野手擲回來的球，直直落進橫擋在本壘前的賢洙手套裡。同一時間，二壘跑者也高高地蹺起一隻腳，滑向本壘。一瞬間，眼前一片漆黑。藉著加速度一路飆來的釘鞋，刺入了他的肩膀裡。賢洙滾倒在本壘區，球從他的手套裡掉了出來。他已經無法阻擋球的掉落，因為他的手臂無法動彈。感覺像有一根燒紅的鐵鈎，正刺壓進他的肩膀裡去。觀眾席上鴉雀無聲。

賢洙從未忘記過這個時刻，一秒，說不定還不到一秒的短暫瞬間，感覺卻如永遠一般地長久。在他的肩膀、願望與生存的意義全都破碎的一刻，漫天襲來的無聲寧靜。還有在這片寧靜中，迸出的瑞元尖叫聲。

「爸爸！」

他移開了放在方向盤上的手，呆坐在駕駛座上，耳中彷彿還能聽到瑞元的叫聲。在襯衫上隨便抹了一下被汗水浸濕的手掌，眼光卻始終沒有離開橫躺在前方的白色物體。他想看到會不會出現一點希望的徵兆，被車撞到的說不定是道路標示板或小動物之類的……然而，他的希望注定要落空，眼前的白色物體是什麼，其實他已經知道。是一個穿著白衣的孩子，一個在意想不到的地方，披散著頭髮，飛奔而來的，幽靈似的小女孩。

賢洙下了車，不是已經做好打算才下車的，甚至連該做些什麼的想法都沒有。只不過是身體，自發自覺的動作罷了。他聽著自己的鞋跟啪嗒啪嗒踐踏著雨水的聲音，穿過濃霧，聞到了遺忘已久的味道。鹹味、大海的味道。這個味道拉開了記憶之鎖。在月光的映照下，血色一片搖曳的高粱地，吹拂過高粱稈的大海味道。從田地邊緣石山的另一側，透過來燈塔明明滅滅的光芒。一個緊抓著父親的鞋子和手電筒，向前走去的少年。

賢洙停下了腳步，三、四步路距離的地方，一個小女孩躺在那裡。長長的頭髮一大半蓋住了臉，剩餘的一半則泡在雨水裡飄動。血水打著漩渦，流入飄動的髮絲下面。白色的衣襬下方露出來的小腿，只有一隻。另外一隻彎曲著，墊在大腿下面。小女孩好似沒有了呼吸。

死了嗎？他無法確認，根本沒想要碰一碰這個小女孩，甚至連看一眼的勇氣都沒有，送醫或打一一九也都在他的意識外頭。胸口一陣氣悶，腦子裡傳來一個熟悉的聲音說，轉過身去，上車走吧！油門踩到底，全速前進，從這個令人不愉快的噩夢裡逃脫出來。

賢洙環顧四周，一個人都沒有，也看不見住戶或車輛的燈光，只有車前的大燈把馬路照得亮晃晃的。他回頭看了一眼馬提斯，透過碎裂的前擋風玻璃，彷彿看見了並肩坐在一起的銀珠和瑞元，就如同他的肩胛骨碎裂的那天，滿臉的衝擊與悲傷。車子後方的黑暗裡有間房子，是傾盡一切，才好不容易到手的薄冰小屋。也是他與銀珠、瑞元將住進的彩虹橋下的小屋。

賢洙轉過身，走向馬提斯，雜亂無章的想法在腦子裡打著轉。殘留在血液裡的酒精濃度，再過一個星期就能領回的駕照，雨和大霧，取水塔。無意識中，他正確地想起瘋狂開車過來時一路的情景，在這條道路上，取水塔是唯一一處沒有架設鐵絲網圍牆的地方。在取水塔與道路相連的橋梁入口處，只用一條鐵鍊攔住。他的第一個工作地點，那處水庫的情況又是如何呢？那裡雖然沒有鐵絲網圍牆，但在取水塔下面有條水道。破曉的時候，水道出口一打開，湖水就會疾速流過山野和道路的下方，最後流到某個都市的地下水管道去。

賢洙停下腳步，背脊升起了一股冷顫，其實自己的想法並非雜亂無章，而是具有一定的方向性，朝著某種情況設想。他轉過頭向後看了看，小女孩還橫躺在馬路中間。那處位置，只要有人經過，就一定會看到。他想逃避的質問突然冒了出來。在離開這條路之前，如果碰到「什麼人」的話，這個人會不會記住，在濃霧中交錯而過的車牌號碼？

熟悉的聲音再度響起。喂，勇大傻，球怎麼辦？你的球。

令人毛骨悚然的聲音。這是個不管他做出什麼選擇，都會支持他的聲音。對他所有的行為，都會予以合理化的幫手聲音。

賢洙又向著小女孩走回去，在小女孩身邊，彎起一隻腳跪了下來。恐怖又怪異的一張臉孔闖進了他的視野。這孩子臉上畫了個大濃妝，眼妝全都暈開的眼皮，看起來就像一個無底黑洞。破裂的雙唇之間，看得到缺了門牙的肉色牙齦。小女孩的身邊，坐著一個正走向毀滅的自己。無照駕駛、酒後駕車、死亡車禍……

這是不對的，是不公平的。他這一輩子，連隻老鼠都沒殺死過，從來沒有犯過罪、沒坐過牢，也從來沒有在背後說過別人什麼壞話。甚至也從來沒有過太大的願望。他只想讓家人一日三餐無缺，好好撫養兒子長大。如果可以的話，還能有點錢，可以喝杯小酒。這些，難道都是奢望嗎？埋藏在恐懼之下的憤怒，燃起熊熊怒火，延燒到小女孩身上。

妳到底是誰，想死就應該去跳湖，而不是來撞一個拚死拚活才好不容易握住一顆玻璃球的男人的車。

賢洙把手伸向小女孩，當他把手伸到小女孩的背下，想將女孩抱起來的時候，他胸前口袋裡的手機，開始響了起來。「噹噹噹盪」，貝多芬的〈命運交響曲〉爆彈似地在他的胸壁上炸了開來，他全身僵硬，脈搏在這一瞬間彈出了最強節奏。同一個時候，無底黑洞似的小女孩的眼睛突然睜了開來。破裂的嘴唇中，吐出一聲驚叫。

「爸爸！」

他不自覺地伸手摀住女孩的嘴，手機鈴聲如驚雷般敲擊著他的心臟。黑暗吞噬了整個世界，孩子的聲音，像一陣回音般，從遙遠的地方傳來，爸爸……

當回音停下的時候，他站在取水塔的橋上，手伸得長長地，全身顫抖，聽著自己的牙關不停地打顫。小女孩和他原本的位置離取水塔不過一百多公尺遠，就在他從那裡移動到取水塔的短短幾分鐘，究竟發生了什麼事情？不，該說在那之前，他究竟幹下了什麼？腦子裡的幫手給了他回答。

在這個夜晚，命運突如其來就投出了一個變化球。這個瀰漫著大霧、下著大雨的星期五晚上，在人煙渺茫、一片漆黑的湖邊，一個原以為已經死掉的小女孩突然睜開眼睛，低低喊了一聲「爸爸」。此時，一通來電的手機鈴聲敲擊著自己的心臟。在這種一般稱作下意識的「渾噩」中，究竟會發生什麼樣的事情，要看看嗎？

賢洙在黑暗的天空裡，看見了一隻翻轉過來、發白的手。那手，試圖抱起小孩，那隻左手，如白色鯊魚般大而有力、又凶猛。那手，一瞬間不受控制，緊緊地摀住小女孩的口，用力壓住。手掌下的小孩如小兔子般掙扎不已。不久後，一切慢慢歸於平靜，小女孩頭歪向一側，手腳也全部垂落下去。

賢洙搖了搖頭，嘴裡發出孩子般的嗚咽聲，那不是我的手！

幫手的聲音又響起，還要再看看嗎？

他看見了抱起整個軟掉的孩子身體，走向濃霧中的自己。還有從取水塔橋梁的欄杆上，被推落湖水裡的，小女孩最後的模樣。他聽見了從湖底傳來的呢喃：

「爸爸！」

承煥在水變得溫暖的地點，停止上升。沒有循著釣魚線一路竄上的關係，他無法正確地判斷自己現在的位置。由於從獨自坐落在村尾的那棟房子筆直上升的緣故，也很難猜測出現在的水深。承煥只能靠直覺來決定停留減壓的地點，他看了看手表。十點五十分，也就是說，氧氣筒裡剩下的空氣，還足夠維持七分鐘。他鬆了一口氣，以站立的姿勢閉上了眼睛。打算就這麼停在這裡，直到空氣全部消耗殆盡。

在水裡，聲音傳達的速度，比大氣中要快了四倍。因此，很難在水裡掌握住聲音的方向。如果說有什麼例外的話，就是聲音本身告知了位置與情況，譬如煞車聲或消防車的警笛聲。

他所聽到的聲音也是屬於那類的。減壓開始不過五分鐘，就傳來了如此的聲音，低而微弱的聲音。

雖然只傳來了一聲，但瞬間卻讓他緊張起來。這種聲音，他很清楚。聲音的主體，只可能有三種。

潛水者、推落的死屍、拋棄的物體。

從入水後，就再無聲音，便足以證明。如果是活物不慎掉落水裡，便會出現本能上的掙扎。就算是投水自盡的人，身體也會在不自覺的情況下扭動。如果是被人推下水的話，那就更不用說了。

這個充滿疑問的聲音，卻讓他得以推測出自己所在的位置。撲通，聲音能擴散到水裡去的話，表示入水的位置很高，至少也高過碼頭浮橋的程度。承煥確定是取水塔的橋。不管是自己的身體，別人的身體，動物也好，垃圾也好，能拋東西到這湖裡的場所，只有那裡。那麼，自己應該在取水塔附近，水溫躍層上方。

承煥張開眼睛望著上面。水中照明燈直直地射向頭頂上方，燈光中央有一個物體，像鼓脹的風帆一樣飄動著。他的第六感告訴他，那東西必然和剛才聽到的撲通聲有關。

承煥不認為自己是個精於處理水難的人，但也從來不覺得自己是個菜鳥。他一向自負，自己擁有諳水性者所要求的資質和能力。但現在，這份自負在幾秒都不到的時間裡就轉變成驚慌。腦子裡一片空白，視線膠著在朝著自己流過來的「什麼東西」上面。順著水流，漂浮在臉孔後方的黑髮，蒼白的臉孔，包裹著身體的白色衣襬，像踢水一樣，直直向上伸直的雙腿。是人！一個頭部向下、筆直入水的小女孩。

這個必然的時刻就此到來。此時，他充滿驚慌，睜大了的雙眼就直直對上了小女孩圓睜的眼睛。他感到自己的呼吸變得紊亂，女孩的眼睛掠過自己的臉，朝著脖子下方沉去。細細的手臂掃過他的呼吸器，光著的小腳，在他的肩膀卡了一下，才又滑溜下去。他想起來了，是那個孩子！

承煥覺得自己的身體像捲入漩渦中似的，腦子裡只有一個想法，下去確認一下。

他頭朝下，往上踢水，一下子忘了自己正處於減壓狀態，忘了要調整浮力，甚至連氧氣殘量都沒有確定。用手摸著四周，朝著混濁的水底潛下去。很快地，他的眼睛捕捉到一堆又長又黑、如水草一樣的東西。是孩子的頭髮。剛才還頭朝下沉入水裡的孩子，現在卻浮立在水中。不過是幾秒的時間裡，身體就像時鐘的秒針一樣，轉了半圈。他伸出手，拉住頭髮。小小的臉也隨之被拉了上來，與他面對面。

是世靈沒錯！雖然眼圈漆黑，雖然缺了門牙，雖然上嘴唇破裂，但毫無疑問地，就是世靈。一陣全身癱軟似的不快感襲上承煥的心頭，黑髮從無力的指頭間隙唰啦啦滑落出去。世靈的臉飄往水流深處，如融冰般慢慢地消失不見。只有一個金屬物體還殘留在他的掌心裡。他沒時間去確認那是什麼，因為他再度出現窒息的感覺。不是情緒上的窒息，也不是來自調節器的抗力，其實是他吸不到氧氣，氧氣已經全部消耗殆盡。

這時他才回過神來，幸好在還能及時處理的時候恢復理智。他趕緊解開重力腰帶，頭向後傾，咬住呼吸器，打開氣管，朝著水面開始緊急浮力上升。用力地擺動蛙鞋，以最快的速度往上游去。他似乎比預想的潛得更深，從呼吸器裡用力吸取到的空氣得分好幾次用，才狼狽地抵達水面。迎接他的，是冰冷冷的雨絲。

把呼吸器換成呼吸管，咬在嘴裡，仰躺在水面上。脖頸僵硬，牙齒噠噠噠地撞擊著。凍僵的身體裡，只有抓過孩子頭髮的手還滾燙著。腦子裡一團混亂，剛才在水底下到底做了什麼？看到了什麼？他就著頭上的照明燈，四下看了看。霧氣太濃，什麼也看不到。按照指南針的指示，碼頭就在他的背後方向。

承煥轉過身來，開始游泳。沒法游出什麼速度，划動的不是手臂，像是兩條鐵棒。游到浮橋之後，他看了一下手表，十一點十五分。他不敢相信，從家裡出來，只是兩個小時前的事情。感覺上，彷彿已經過了整整二十個小時。

他脫下頭盔、面罩和蛙鞋，一股腦地塞進背包。令人放心不下的「某個東西」還留在身後，他卻不想回頭再看一眼。倉促地掏出鑰匙，打開碼頭大門從裡頭鎖住的鐵鍊和鐵鎖。出來外面之後，再按照相同的方式，封閉了大門。承煥馬上離開了碼頭，回想著不久前的場景，蹣跚地走在雨中的路上。雖然他已經盡了最大的努力，卻提不起勁去報警。一想到自己和吳英齊之間的孽緣，他忍不住展開一場戰慄的想像。頭號嫌犯，安承煥。警察一定會問，大半夜的，到禁止出入的湖裡做些什麼？性侵害的冤枉，和那相比，根本就是個笑話而已。如果那時他沒有去確認的話，會怎麼樣？如果他在預定時間內結束探險，回到碼頭來的話？如果今天晚上，沒有到湖裡潛水的話？如果根本不知道世靈村的話？如果沒有聽朴主任說話的話……「如果」所造成的，只有後悔。如果沒有看到的話，那該有多好。沒看到，就等於沒發生。至少對當事者來說如此。

別院樹林裡，悄然無聲。世靈房間的窗戶緊閉著，窗簾拉了起來，房裡黑漆漆的。承煥就跟出來的時候一樣，翻窗進入自己的房間。卸下氧氣筒和背包，屏住氣息，走到外面陽台去。一〇一號前面，停著那台白色的ＢＭＷ。房子裡面，沒有透出一絲光線來。承煥在心裡整理了一下情況。

「小女孩成了屍體，在湖底遊蕩。孩子房間原本打開的窗戶被關了起來。孩子她爸的車，停在家門前，但家裡卻黑漆漆的，沒有一點聲音。」

如果在這裡加入個人主觀的想法，便成了這樣的句子：

「吳英齊施暴打死了自己的孩子，然後丟到湖水裡。」

承煥回到客廳，癱倒沙發裡，仍舊生不出報警的念頭。孩子死都死了，報警也不能讓她活過來。在水底下，只要沒有什麼特別的事情發生，屍體在五天之內就會浮起來。到時候，警察自然會去抓犯人。傷腦筋的事情交給專家處理，自己去睡覺就好。然而，心裡面總記掛著什麼。這個「什麼」，到底是什麼呢？他不知道。

回到房間，一把抓起手機，說不定會對那個「什麼」，有點頭緒也說不定。手機螢幕顯示兩通未接來電，不是儲存在通訊錄裡的號碼，撥打時間是九點三分和十點三十分。好像是新上任組長的手機號碼，但承煥不想去確認。煩死了！整個手刺刺的，背脊痠麻到痛。房子裡的空氣雖然很悶熱，那股寒氣卻仍舊存在。

承煥在浴缸裡放了一些溫水，脫下浮力調整背心。把手伸進口袋裡，掏出指南針。一支鑲著水晶星星的髮夾也隨著掉落出來。承煥有點莫名其妙，口袋裡怎麼會有這樣的東西？掌心裡隱約浮現散亂的髮絲。對了！是世靈的髮夾。當時也沒好好看一下，就隨手放進口袋的樣子。

承煥跨進浴缸裡坐下，肌肉開始慢慢地放鬆，腦子也開始運轉起來。他思考著世靈的流向，如果順著水底暗流，朝著水庫流去的話，會被垃圾過濾網給攔住。如果沉到取水塔水底牆方向的話……世靈水庫不是在閘門，而是在取水塔水底牆下面設置了一個水底管道。雖然不曾親眼看過，但聽說管道的直徑超過一百五十公分。到了清晨，管道的閘門打開，那附近的水勢如何，就沒必要花腦筋去想了。

承煥一股腦兒地滑進了水裡，連臉都沉了下去。從身體裡的某個角落，傳來了堅決的聲音。你什麼都沒有看到！

至於那個記掛在心裡的「什麼」，他始終想不起來。

自從銀珠嘗試透過金炯泰聯絡之後，丈夫的手機就關機，每次都這樣。這表示「因為妳，我成了個孬種」的意思，一個三十七歲的男人還像個青春期小傢伙一樣鬧彆扭。銀珠又打電話給金炯泰。

「他說正開車去世靈湖。」金炯泰回答。

銀珠不自覺地脫口而出：

「你也應該打個電話跟我說一聲啊！」

「妳到底在擔心些什麼？除了黑白無常以外，沒有人會綁架崔賢洙的。」

聽起來像是開玩笑，但絕對不是玩笑話，而是一種委婉表達的厭煩。銀珠不予理睬又追問：

「你真的沒有和瑞元他爸在一起？」

一聲嘆息傳來，過了一會兒之後才聽到回答。

「妳別這樣，乾脆妳自己過來看看吧。來這裡確認一下，也順便跟我喝一杯。」

丈夫只有喝酒的時候，才會不接電話。只要一喝酒，丈夫的行蹤就成謎，這是銀珠最討厭的習慣。而她自己超強大的嘮叨力也是無法根除的天性。

「既然你都說沒有，那就一定沒有！」

銀珠掛斷了電話。她閉上眼睛又睜開，好平息一下肝火。丈夫到底去了世靈湖還是去了酒館，現在已經沒有地方可以追查了。自從他開始上班以後，來往的朋友只有金炯泰一個人，棒球選手時代的同期朋友大部分都四散回鄉了。銀珠心想，或許丈夫已經回家了，便又打了家裡的電話，是瑞元接的。

「爸爸還沒有回來，也沒打電話回家。」

銀珠闔上手機，走進公寓裡，搭上電梯，在十九樓出了電梯之後，腳步停在一道青灰色的鐵門前。一九〇一號。她看著門上貼的號碼牌，暫時將丈夫拋在腦後。因為丈夫所湧起的怒意，一瞬間也平息了下來，眼前有比丈夫更可貴的東西。

第一次來看房子的時候，她當場就覺得「這是屬於我的房子」。這次，則是她首度以「屋主」的身分來到這裡。前屋主今天下午搬走了，明天上午就會有房客搬進來。因此，只有今晚幾個小時的時間，這裡才完全屬於她。

銀珠從牛仔褲口袋裡，掏出一張摺得小小的紙片。二六五六九四〇，前屋主告知的大門電子鎖密碼。指尖照著數字順序在號碼盤上輕按，最後按下星號，嗶的一聲，解開門鎖。一走進屋裡，感應燈就亮了起來。銀珠就像個接受喝采謝幕的明星一樣，站在那裡，環視著四周，直到燈光熄滅。大門和玄關玻璃門之間，有個小小的空間，剛好可以放瑞元的腳踏車，再弄棵小榕樹盆栽，就更好看了。

銀珠打開玄關的玻璃門，在入口的牆壁上摸索了一陣，撥起室內燈的開關。地板上還留著亂七八糟的鞋印，所以她也就不脫鞋，直接走了上去。電燈開關的旁邊是浴室。薰衣草色的瓷磚、浴缸，和裝在蓮蓬頭旁邊的隔水板，這是一間很有品味的浴室，配得上二十一世紀大韓民國的中產階級。大門旁邊的房間，她一直都打算給瑞元當書房。房裡有一道連著前面陽台的玻璃門，景觀也不錯。把陽台打通的客廳，不僅寬，也很典雅。

銀珠花了點時間，細細地看過每一個角落。主臥室、主臥浴室、後陽台、廚房、裝了洗碗機的流理台……「我的房子」真令人滿意。銀珠非常感動，這足以補償她又搭公車，又轉地鐵，花了兩個小時才到這裡來的辛苦。前屋主搬家後的整理，也算做得很俐落，窗戶都鎖上了，也沒有哪一處還開著燈沒關。

銀珠把手提包放在廚房流理台上，走到前陽台去。窗戶下面，遠遠的有一處亮著路燈的兒童遊戲區。那裡有攀爬架、蹺蹺板、鞦韆、單槓、沙地，卻連一個孩子都沒有看到。沙地裡，沒有孩子在打滾，顯得有些蕭條。她想起了過去住在奉天洞時，附近兒童遊樂區的鞦韆，要到太陽下山了才占得到。

銀珠小的時候，很習慣黃昏時的兒童遊樂區，也很習慣沒有了孩子們，失去活力的這個地方。當她才剛滿八歲的時候，每天都會坐在黑暗的兒童遊樂區鞦韆上，背上還背著最小的妹妹。五歲的妹妹英珠會在路燈下自己玩著扮家家酒，兩歲的基宙則會用著軟綿綿的小手拉扯銀珠的頭髮。銀珠不只一次在心裡懇切地祈求，讓這種無聊、淒涼的日子快點過去，自己快點長大，走出煩悶的家。如果把廢棄公車改造一下，裡面放上幾張桌子，賣米酒的小酒館，也能稱得上是一個「家」的話。

「芝妮酒館」的女主人芝妮，是個筷子歌后。唱起〈木浦之淚〉，比原唱的李蘭影更賺人眼淚。身材豐滿，胸部大得把韓服上衣撐得高高的。深深的乳溝，不管是伸手進來，還是塞錢進來，只要是男人，都來者不拒。笑起來，皺起鼻子，連牙齦都露了出來。走起路來就像鴨子一樣，屁股在後面一搖一擺的，不時會和附近女人打起來。連自己身體都管不了的女孩，還要照顧生父各異的妹妹和弟弟。就是這樣一個女人，生下了銀珠。

銀珠一直要到最小的基宙睡著了，才能回家。如果還沒睡著，就回家的話，萬一基宙一哭，銀珠就會被芝妮拽著辮子打。廢棄公車的後面，有一個用三合板圍起來的小空間，就是銀珠、英珠和基宙居住的房間。只要把睡著了的基宙帶回小房間，放在電毯上面，銀珠的任務就算完成，終於到了屬於她自己的時間。這是她作夢的時間，夢裡的舞台，是她只去過一次的好友賢亞的家。那個家十分乾淨，散發著好聞的味道，各有各的房間，是奉天洞最好的兩層獨門獨院住宅。

那是個她無法得到的夢想。僅憑著一臉平凡的長相和大胸部，是無法實現這個夢想的。靠著那些，能得到的，只有生一堆生父都不同的孩子罷了。芝妮不就是一個活生生的例子嗎？銀珠不想像芝妮那樣生活。

國中三年級，大概是上公民與道德課的時候吧，老師在黑板上寫下「自由意志」這個單詞，告訴他們這樣的話：「相信未來的人，才能維護自己的生活。」

那天，銀珠仔仔細細地把自己評價了一番。自己有什麼本錢，會做什麼，能做什麼，該具備什麼，能具備什麼。她望著巴掌大的鏡子，確定自己不是當明星的料。雖然也有些可愛的地方，但還沒漂亮到讓路過男人驚豔的程度。她也不是個讀書的料，看看成績單就知道。藝術和運動方面也不具備什麼才華，在課堂上就已經確定了這個事實。她不僅五音不全，還是個運動白痴，連簡單的一行日記都寫不出來。但她知道自己為什麼要活著，因為她有自己的意志，不願像芝妮那樣生存。她有超越常人的韌性，有不向任何人低頭的自尊心。擁有這些，她就有了足夠的證明，可以相信自己的未來。銀珠開始計畫未來。

到高中畢業的十八歲為止，就姑且依附芝妮家酒館生活。就算要偷芝妮的紅色胸罩去賣，她也要把畢業證書拿到手。還要考到求職所需的全部資格證，一旦找到工作，馬上逃離。三年內要租下一間包租房，再也不回到這輛廢棄公車來。

她做到了！當她在距離首爾最遠最遠的地方——光州的紡織工廠找到會計的工作之後，當天晚上，她就捲了包袱離開。雖然捨不得年幼的英珠和由自己帶大的基宙，但她還是狠下心離開。在女工宿舍裡討好別人過日子的同時，她也存下了包租房的押金。按照計畫，在三年之後包租了一間半地下的房間。然而，完成第一階段計畫的喜悅，卻讓她回想起過去。她把計畫中的最後一項忘得乾乾淨淨。每天晚上，她都思念著自己的弟弟妹妹，好想好想他們，不知道芝妮有沒有讓他們好好吃飯，英珠有沒有去上高中……

最後，她還是搭上了前往首爾的國道客運。帶著買給英珠的洋裝和基宙的手表，回到了廢棄公車。她想，和他們偷偷見個面就回來。然而，就在英珠一看到她，叫一聲「姊姊」就大哭起來的情況下，她還是被芝妮給逮到了。芝妮收拾了英珠的包袱交到銀珠手上，銀珠的另外一隻手則被英珠緊緊地拉著，還一臉不安地問：「姊姊，我從現在開始就在光州上學，對吧？」

帶著英珠生活才一年，芝妮又打著基宙的名義，找上門來。於是，芝妮家酒館的成員就全擠進了半地下的小房間。芝妮一直住到銀珠二十八歲那年的春天，才離開了這個房間。芝妮的人生，在酒和男人的消磨下，最終以癌症落幕。那年，英珠成了國中英語老師，基宙入伍。而她，結婚了。

丈夫是個就生物學上來說，差三歲；就精神上來說，差十三歲，一個心智年齡比她小很多的男人。個子高大，除了棒球之外，什麼都不喜歡、什麼也都不會的幼稚男人。自從不再打棒球之後，終日無所事事，每天沉迷在酒缸裡。為了掐著那男人的脖子，讓他去找工作，教會他在社會叢林求生的方法，擔當起一個做丈夫的責任，她可說三百六十行，行行做過。餐廳服務生、超市收銀員、學校配餐歐巴桑……

對她而言，結婚十二年好不容易才買下的房子，不是單純的一間房子，也不是一個以三十三坪這個數學概念來定義的空間，而是姜銀珠活得不像芝妮的證明，也是和自己悲慘人生奮鬥的證據，更是一個母親對兒子瑞元未來的一大約定。我不會讓你赤手空拳，跳進叢林裡。

銀珠關上陽台的鋁門窗，回到客廳。雖然依依不捨，但也到了該回去的時候。這麼晚了，讓瑞元一個人看家，她也不放心。她站在玄關，用眼睛又環顧了房子一次。三年後，一定能搬進這間房子裡，她心想。為了那一天的到來，一定要盡力而為。她做得到，除了賣身和搶劫，她什麼都做得到。

銀珠從手提包裡掏出眉筆，在大門門檻處蹲了下來。指甲摳了摳門檻下面，把地板紙的一角掀了起來。銀珠在水泥地上寫了大大的字。

姜銀珠　崔瑞元

崔賢洙

猶豫了一下，又寫了三個字，還是寫上好了。

銀珠走出那間房子，搭著電梯下來的時候，又打開了手機。這次聽到的不是您撥的號碼已關機，而是連接上的訊號聲，但依舊無人接聽，原本對丈夫暫時拋諸腦後的肝火又旺了起來。房子所給予她的感動，在走了出來之後，完全消失，現在氣得連頭都痛。如果說這也算一種才華的話，那丈夫還真有才華。不用動一根手指頭，不用說一句話，就把老婆氣得像火車頭一樣直冒煙。

丈夫應該是想和什麼人通話，才會打開手機吧，她猜。可能是金炯泰，也可能是老朋友，或者是她不知道的某個人。現在，這些都不再重要。重要的是，只有自己的電話，他不接。

燥熱的風從道路排水口往上吹。銀珠過了馬路，廣告螢光板上的時針指著十點五十分。好，崔賢洙，要鬥就鬥吧，看看到底誰會贏！

銀珠又按下了通話鍵。

世靈湖 Ⅱ

鬧鐘鈴聲吵醒了賢洙，他打了個寒顫，抬起頭來，慢吞吞環顧了一下四周，才察覺到是手機在襯衫口袋裡演奏交響樂。襯衫口袋的鈕扣鎖得跟銀行金庫一樣牢固，他瘋了似地猛扯口袋，扯掉扣子，掏出了手機。一關掉鬧鈴，就把手機丟到旁邊的位子上，彷彿觸摸了燒紅的煤炭一般。整個手掌都在發熱，全身冷汗涔涔，連氣都喘不過來。過了好一陣子之後，他才看清楚眼前的事物。

外面在下雨，不是滂沱大雨，而是像起霧了似的綿綿細雨。車輛奔馳在白濛濛的空氣裡，撐著傘的行人也稀稀落落地經過，從旁邊的車窗看出去，可以模模糊糊地看到對面的公寓住宅區。這時，他才發現自己究竟身在何處。他在一山，「三十三坪公寓」對面綠地公園附近的馬路，馬提斯的駕駛座上。

置物箱裡放著一張收費站的收據。從收據來看，他從世靈交流道下來的時間，是十一點八分。儀表板上的時鐘指著五點十分。也就是說，已經過了六個小時。那期間他做了什麼？為什麼偏偏跑到這個地方來？

從車上下來一看，襯衫整個都是血。手、手臂、褲腰處也都染滿了血跡。車的前引擎蓋凹陷，前面擋風玻璃也裂成蛛網狀，右前方的大燈破碎。他無法相信，自己竟然會開著這麼慘的車，一身血跡斑斑地就在高速公路上奔馳，還下了交流道，來到這個地方。

「為什麼？」這個問題，好不容易才浮上來，讓賢洙不得不回顧前一天晚上所發生的事情。記憶斷斷續續的，每一個片段都是一場噩夢。大霧、雨、幽靈般飛來的小女孩、煞車聲、小女孩低喊「爸爸」的聲音、自己抱著小女孩走在雨中的背影、取水塔。記憶在這個地點飛向烏雲般的無意識中，然後是手機鬧鈴吵醒了自己，告訴自己，已經在偉大的「自己的房子」前面著陸。

不知道是不是因為下雨的緣故，公園裡一個人都沒有。賢洙打開車子的後行李箱，拿出工作服。腦子這時才終於有了正常的思考。先不去想後續該怎麼辦的問題，還是到前面銀杏樹之間的公廁，解決當務之急再說。

他在坐式馬桶隔間裡，換掉了身上的衣服，染血的襯衫則塞到垃圾桶最底層的地方，然後在洗手台把血跡洗乾淨。確定自己全身乾乾淨淨之後，他才走到公寓的商店街買了一包菸，再回到公園的樹下，點燃了菸。因為怕惹惱銀珠，他已經戒菸半年左右了。但這時候，他渴切地需要熱辣辣的菸味。低下頭深深地吸了一口菸。地面隱約地晃動起來，身體似乎也跟著晃動。他把背靠到樹幹上，「如果」這個問題，如急流般掩面襲來。

如果沒有去世靈湖？如果沒有喝酒？如果不是無照駕駛……如果沒有把被車撞死的小孩丟進湖裡，自己逃走？車子撞死，丟進湖裡，車禍，湖裡……他整個身體都晃動起來，香菸從指頭中間鬆落下來。好不容易，他才恢復神智。「車禍」和「湖裡」中間存在著真相。窒息般的恐怖回憶，難以接受的事實，自己有意遺忘的「某種東西」。那東西一旦被記憶的門檻絆住，巨大的衝擊成倍撲面而來。

賢洙逃也似地上了車，撿起丟在副駕駛座的手機，確認一下未接來電。昨天晚上銀珠總共打了十二通電話。其中七通電話的來電時間，顯示為十點四十八分。再過來是十點五十分。

他想起了更明確一點的情況。手機鈴聲一直響個不停，女孩被自己的手掌用力摀住，直到鈴聲停止。為什麼會這樣呢？如果是因為怕有什麼人聽到鈴聲會過來，那也應該是關掉手機才對啊！然而，自己卻掩住了女孩的嘴。難道「爸爸」的低喊聲會大過手機鈴聲嗎？

他闔上了手機，反正都已經鑄成無法挽回的大錯了。就算重新再來一次，也不能改變些什麼。他必須找到一條路，把昨晚的事抹煞的路。不輸掉本錢，還能賭下去的路。不去世靈湖，也能住在原來地方的路。按照一直以來的生活方式，再繼續生活下去的路。

沒有！

所有的一切，都來到一個完全不同的地方。到了明天，就得搬出現在租住的房子。今天早上，租賃的房客就會搬進馬路對面「我的房子」裡。從昨天開始，公司裡不再有他的位子了。如今，已沒有方法可以逃避世靈湖的工作了。不去世靈湖，就代表辭去工作。辭去工作，就意味著會動搖生活的根基。

他想到了銀珠，當務之急，就是說服她。如此一來，就得說出那件事情。

喂，喂！腦子裡的幫手，又在呼喊他。你要怎麼說？去看房子的時候，一不小心開車撞到一個小女孩。因為她低喊出「爸爸」的關係，嚇得伸手摀住她的嘴，結果給弄死了，然後把死掉的孩子丟進湖裡後，就跑回來了。所以，我們不要去那裡吧！你打算這麼說？銀珠能諒解嗎？

賢洙搖了搖頭，沒得諒解，但一定會有什麼解決方法的。這女人可是個弄了五個私房錢帳戶的女人，不是嗎？說不定，也可以想出五個解決的方法讓他選。搞不好還會和他一起煩惱，甚至對他有一絲憐憫。對，一定會的。兩個人雖然不是多恩愛的夫妻，至少生了孩子之後，也相依為命過了十二年。

上午九點，他把車寄放在附近的修車中心。下午三點左右可以取車，在那之前，他就到附近的汗蒸幕去消磨時間。空腹喝下三、四瓶燒酒後，馬上就睡著了。醒過來一看，都已經下午五點。車子的前半部幾乎成了新車。大燈和前擋風玻璃，保險桿和引擎蓋，哪裡都看不出一點事故留下的痕跡。看到好好的一輛車，一直折磨著自己的絕望也消失得一乾二淨。整件事情，彷彿就如此平息了下來。然而，證據還是存在的。車子的修理費可是一大筆錢，但他很樂意為此掏出私房提款卡。

他的公司不會把加班津貼和年假補償金之類的錢統一匯入薪資帳戶。為了替經濟大權握在妻子手中的員工著想，可以另外匯到自己所希望的帳戶。賢洙也擁有這樣一個帳戶。對於一天只有一萬塊韓元零用錢的他來說，這可是個另闢蹊徑的帳戶。現在，這個帳戶就成了救世主。能自己解決這一部分的問題，簡直就是個奇蹟。等他回到家的時候，更是充滿了莫名的自信。銀珠一定有辦法解決的，不管別人怎麼說，銀珠都會站在「我這邊」。

「還活著啊？我還以為你死了。」

銀珠一打開門，就吐出了這一句話。賢洙看了一眼堆在客廳裡的搬家行李。

「你不接電話，不回簡訊，連家也不回。」

銀珠雙手交叉在胸前，擋在他面前。

「崔賢洙先生最近很行嘛！」

她直挺挺的小身軀，正顯示著沒經過允許，一步都別想踏進裡面的意思。他站在那裡模稜兩可地回答：

「嗯，沒辦法啊！」

他真正想說的話，到嘴邊又嚥了下去。讓我進去，我有話跟妳說。

「人家說你連宿舍都沒去，明明說要去，結果沒去。」

賢洙嚇了一跳問：

「妳和那人通過電話？」

「我有什麼做不到的。」

「妳怎麼知道電話號碼？」

「只要我想知道，就能知道。打電話過去的時候，也順便把話都說清楚了。人家不想搬到隔壁，寧願和瑞元一起住一個房間，我也就同意了。他說要付飯錢，我就說，那就在桌上多擺一副碗筷。房子格局，還有要帶去的生活用品，我也都確認好了。這麼簡單的一件小事情，你都做不好嗎？我都跟你說過，這事情很重要，你還這副德性？你真的是一家之主嗎？」

他感到背脊下方，整個僵住。打個電話就能解決，對吧？那為何還要叫我去？妳可知道，因為妳的關係，發生了什麼事情？銀珠的臉孔越來越遙遠。他感覺雙腳離開了現實，身體飄浮了起來。他的手掃過銀珠的臉頰，銀珠飛落到行李堆之間。她的後面站著瑞元。孩子受到衝擊的眼睛，讓他止住了想追進來的腳步。他握緊拳頭，咬緊牙關。

「你剛才做了什麼？」

銀珠抬起頭問，一邊臉頰已經紅腫起來，感覺上不是被手掌，而是被起重機打了一般。

「你剛才打我，對不對？用那隻左手？」

銀珠的眼神，晃動著不安。她的聲音變得尖細而顫抖，這是她要進入拚死決鬥的前兆。賢洙逃也似地離開了家，為了自己不知道闖下了什麼大禍而害怕。悶頭亂走的結果，最後他走進了附近的燒酒店。酒一下肚，他憶起了一個男人。只要一喝酒就跟人打架，對妻兒施暴的九呎大漢。從越戰回來，勇敢的「崔上士」。

成長的過程裡，賢洙一直努力想要忘掉崔上士。每次崔上士從記憶裡跳出來，什麼亂七八糟的東西就要遭殃。想打開玻璃瓶，不是瓶蓋，而是瓶嘴變得粉碎。開個瓦斯爐，瓦斯爐開關被扭斷。開個門再關上，整個門框掉了下來，甚至還出現一百塊錢銅板，在左手裡被捲成子彈形狀。按照銀珠的說法，他那隻不受控制的左手就像一隻力氣太大、不知如何是好的「猩猩」。這就是崔上士留在他身體裡的遺傳基因，也是一個詛咒的標誌，讓他無論去哪裡、做什麼，都會想起他是崔上士的兒子。

即使如此，他也沒有活得像崔上士一樣。他甚至相信，自己的生活與崔上士完全不同。他一直自負，自己從未曾瘋到對妻兒動手。其實，這只是他的錯覺，太過自信，否則就是他真的瘋了。不然，他怎麼會用那隻弄死一個陌生小女孩、犯下殺人大錯的手，打了自己妻子，這種超現實的事情。如今，他只能承認這點。

自己是個殺人犯，站在通往世靈湖的，唯一的一條路上。

酒氣一上來，現實就離他越來越遠，原本自責與自棄的想法也隨之逐漸淡去。人生在世，什麼樣的事情都會發生。這不就是人生嗎？現在，他該做的事情，就是趕緊回家，洗個澡睡覺。那麼，明天的太陽依舊會升起，他也有勇氣去世靈湖赴任。「左手的回憶」之類的，就丟給附近的野狗，他還是能照吃照過的。嗯，就是這樣！

出了酒館之後，他穿越馬路，開始哼起歌來。

> 越戰歸來的黑大漢崔上士，現在終於回故鄉。
> 緊閉的雙唇，沉重的鐵盔……
> 看到小弟弟，高興地抱在懷裡，把每個人都抱了一抱。

英齊從椅子上站了起來，坐在窗邊度過的夜晚，如夢境般模糊。有種睜著眼睛睡著、又睜著眼睛醒來的感覺。世靈和一〇二號的王八蛋竟徹夜不歸。在英齊的眼中，就是如此。他一直沒有把視線從別院前面的小徑上移開過，也沒有打過瞌睡。只有兩次離開過座位，一次是去化妝室，一次是去喝水。警衛室的老郭和管理人老林都一直守著監視器吧，如果出現了什麼異常，一定會打電話過來。但電話連一次都沒響過，那麼剩下可能發生的情況，就不多了。他們在三人同時離開座位的時候回來，或者經由自己沒能預料到的路徑回來。譬如，從後房間的窗戶之類的。

英齊走到世靈的房間裡，白色的被子和牆壁上還殘留著血跡，房間地板上散落著草綠色的蠟脂和玻璃碎片，仍是昨夜所見的景象。要說有什麼新發現，就是在窗簾下端所發現的血跡。英齊從這血跡裡，看到了世靈用擦過鼻血的手，抓住窗簾下端，借力從窗戶跳出去的樣子。如果那時就發現的話，他就不需要在這附近沒頭亂找，也不用坐在椅子上，緊盯著窗外看。只要直接走到隔壁，就能逮回來。

為什麼沒看到呢？除了「視界變窄」的藉口之外，沒有其他足以說服自己的理由。不，不是視界變窄，而是這實在太細微了。當時，他的身心都被蠟脂和憤怒熊熊燃燒著，這才讓隔壁的王八蛋，有了藏起世靈的機會。

打開窗戶，潮濕的樹木味道迎面襲來，樹林被濃濃的水霧氣所瀰漫。隔壁一片靜謐，連燈都沒開。八成入睡了吧，英齊給老林打電話。

「帶著漏電探測器到這裡，現在馬上過來。」

如果是平常，對老林來說，「現在馬上」這種話，就是「十分鐘以後」的意思。十分鐘的話，足夠英齊淋個浴，再換上乾淨的襯衫。因此，他走進了浴室。然而，出乎他意料之外，老林真的「馬上」就趕過來了。沒有按門鈴，而是開了鎖進來，還看了一圈世靈的房間。當英齊從浴室出來的時候，老林嘴張得大大的，站在世靈房間的門前，一臉想問些什麼的表情，但最後還是什麼話都沒說。英齊走進主臥室，換了襯衫後出門。

一〇二號的王八蛋一臉沒睡醒的樣子來應門。英齊維持著基本的禮節，不管怎樣，他的骨子裡還是很紳士的。

「抱歉這麼早！」

王八蛋用著失焦的眼神，來回打量他和老林。

「他們說這間屋子裡出現漏電的訊號，可以進去全面檢查一下嗎？」

英齊拿下巴指了指老林手上的漏電探測器，這是完全封鎖對方拒絕檢測的利器。王八蛋「啊」的一聲，沒什麼抗拒，就讓開了路。

「快點弄完，我還要睡覺。」

世靈不在這裡。拿著老林和漏電探測器當幌子，把整間屋子都翻了個遍，連一根頭髮也沒有找到。除了多出一個屋主之外，整體與昨晚所見無異。要說有什麼新登場的東西，也就是衣櫃裡多了個背包而已。他本想要求看看背包裡面，但又不想給王八蛋留下嘲諷的把柄，也就算了。

「背包也出現漏電訊號嗎？」

英齊轉過身來，覺得很不值。明明世靈就在這裡，也應該在這裡才對！他勉強站在玄關，又問了一句。

「你一個人住嗎？我記得這裡住的是兩個人。」

「組長被調派到忠州去，明天新的組長才會搬過來。」

一面回答，王八蛋一面拿指尖撫弄鼻邊的油漬，又順手抹在襯衫衣角上。真是髒得讓人看不下去。

英齊把視線轉向客廳的方向。

「一個人一定很無聊吧。」

「哪有什麼無聊的時候，氣都快氣死了，虎隊被獅隊壓得死死的。」

「昨晚去哪兒了嗎？」

笨蛋背靠著門框，站在那裡反問：

「你耳朵有問題嗎？我剛才不是說看了棒球比賽。」

「昨天晚上出現漏電訊號，我用這根手指頭，按了這個好幾次。」

英齊伸出食指，指了指門鈴。

「沒人來應門啊！」

承煥慢吞吞地回答：

「啤酒喝光了，中間去了一趟休息站，怎樣？」

英齊的視線，掃過放在筆記型電腦旁邊的空啤酒罐。他無話可說。突然一個想法浮上心頭，搞不好王八蛋把世靈託給了自己的同事也說不定。

漏電探測器的下一個目的地，毫無疑問地，就是一〇三號。但也是白走了一趟！

英齊開車找上了診所，門鈴按了五分鐘之久，醫生才睡眼惺忪地出來開門。「從昨晚六點以後到現在為止，找上診所的人，你是第一個。」醫生說。英齊斷定，除了診所以外，不可能到其他的醫院去。承煥沒有車，就算打電話叫一一九，自己也會知道。他又打了電話到S市的計程車公司，尋找從昨天晚上到今天清晨進入世靈湖的計程車。但對於個人計程車，就沒辦法確認。抱著一線希望，他又找上了休息站的便利商店查問。

「昨天晚上，有沒有一個眼睛看起來笨笨的年輕男子，到這裡來買啤酒？大概中等身材，瘦瘦的。對了，頭髮還有點少年白。」

店員想都沒想，就頂了回去。

「那樣的客人，一個晚上有好幾十人。」

英齊的頭劇烈地痛了起來，到今天凌晨為止，毫無疑問地，一〇二號王八蛋一定有介入。但現在看來，卻又似乎沒什麼嫌疑。這種情況讓他很不滿意，哪裡讓他很憤怒，感到鬱悶，心情糟糕透了。

他又去了一趟內環湖路和牧場畜舍。同時也依序轉了一圈眷村、低地村和學校，一無所獲。也沒有小孩在放學後還見過世靈，甚至連平常比較有話講的朋友都沒有。按照孩子的說法，世靈被「全校同學排斥」。連上了五年的美術才藝中心，受排擠的情況也差不多。前一天也沒去才藝中心，司機說：「世靈說要開生日派對，沒有上車。」

如此打聽之下，所得到結果只有一個。他的世界裡的世靈，與現實世界裡的世靈，截然不同。他所知道的世靈是媽媽的縮小版，頑固、精明、冒失的丫頭。而世俗裡的世靈卻是個極端內向的孩子。只想躲在老師或同學視線以外的地方，也不想跟他們發生什麼關係。雖然，不同的人有不同的說法，但可歸納為一個評價——蠢鈍無腦的孤僻怪。

查詢世靈手機的通話明細，也只有一個結果。之前的三個月期間，完全沒有使用過手機。最近兩年來的通話紀錄也沒什麼差別。除了和她媽媽，以及家裡之外，沒有和其他人通過電話。英齊的火氣慢慢冒起來，不是對世靈，而是對荷英。忙著離婚訴訟的準備，結果把女兒養成這副模樣。吳英齊的女兒應該是個公主，而不是孤僻怪。

他排除掉「世靈還在世靈湖」的假設，全方位思考可能的情況。他改用目錄形式做成一張表，連自認不可能發生的事情也全部列入，再一項項排除。首先，打電話給岳父，手機裡馬上傳出令人不快的聲音。

「這下，你連孩子都打跑了？」

「沒那回事。」

「那為什麼找我要孩子？」

「在父母不知情的情況下，帶走孩子，算是誘拐，您應該知道吧？」

「如果你是世靈，你能去哪裡？」

老丈人氣得聲音都發抖。

「大半夜的，會跑到這裡來？總得先知道外公家在哪裡吧！」

英齊掛斷了電話，沒必要再繼續聽下去。老丈人提醒了他，世靈從來沒去過外公家，連自己爺爺家也一樣。世靈出生前，傳下大片土地的雙親就已經埋葬在這塊土地裡，而他是第三代的獨生子。最後，他又聯絡了公車公司。除了S市一個小時一班的市內公車之外，就沒有會經過世靈湖的大眾運輸工具了。如果一個光著腳，穿著白色洋裝，臉上化著濃妝的小女孩，大清早搭過公車的話，司機一定不會不記得。然而，沒有司機看過世靈。現在，他敢說，世靈一定還在世靈村。

從現在起該怎麼做，他心裡有了打算。首先，得給醫院事務長打個電話，說今天沒辦法去上班。就算他幾天不去上班，醫院也能有條不紊地運作。那裡有經驗豐富的事務長，還有醫生駐診。或許原本預約好要給院長看診的病患會很生氣，但對他來說，世靈排第一。接下來，他得去警局報案，申報失蹤人口。雖然他對警察搜查隊不抱有什麼希望，也不打算等他們的搜查結果。他印了傳單，貼到村裡各個地方，自己組織了搜索隊，村民二十人和搜救犬訓練場直接空運過來的兩頭狼犬，分成兩個小組之後，一組搜查世靈湖的周邊，另一組則在管理局營運組組長的協助下，派到碼頭去。

營運組的組長，是水庫管理局員工中，英齊唯一打招呼問候的人。兩年前，組長帶著自己的大女兒到英齊的牙科來，兩人之間的交情由此開始。他的女兒是長了一口猩猩牙的小女孩，英齊為她做了價值數百萬元的牙齒矯正，卻只收了僅夠買口香糖的小錢。因為他認為，和中間主管交往，將來一定有用得上的地方。譬如每年和管理局拉鋸的眷村租賃費調整問題，眷村住戶繁瑣抱怨的對應問題之類的。然而實際上，一點幫助都沒有。直到今天，借到了碼頭鑰匙，他才感覺得到了「口香糖」般的回報。英齊拷貝了一支鑰匙備用，他可不想再對著營運組組長油滑的嘴臉說些可憐的話。

搜索行動一直持續到傍晚，世靈村、商店街、內環湖路、碼頭、湖岸斜坡……不管哪個地方，都沒能發現世靈的蹤影。連著下了兩天的雨，把她的痕跡都抹滅了。這場雨的降雨量多到足以把這一帶都清洗得一乾二淨，甚至還有剩。找到的，只有釘在畜舍地板下方的一個木箱。箱子裡鋪著一條沾滿咖啡色毛髮的粉紅色小毯子，上面放了一個空碗和裝了貓糧的袋子。

粉紅色毛毯是英齊非常熟悉的東西，世靈幾近病態地喜愛這條毛毯，不管在家，上幼稚園，去旅行，都如手足般帶在身上。上了小學以後，索性裝在小手提包裡帶去上學。這是連英齊的「糾正」也無法改變的習慣。不管是鞭打還是懲罰，都不管用。如果強搶過來，世靈就會眼睛翻白昏過去，喘都喘不過氣來的情況下，逼得他們只好趕緊送醫。第三次發作那天，荷英全身顫抖地威脅說，如果英齊敢再去搶那條毛毯，她就和世靈一起去死。這下子，英齊不得不讓步。不是因為妻子那點兒威脅，而是他真正想要的，只是教訓女兒，而不是要弄死女兒。但不知從哪一天開始，毛毯不見了。荷英說，世靈自己丟掉了，他也相信了荷英的說詞。然而他想都沒想到，毛毯竟然會鋪在畜舍地板下。

英齊確定，地板下方的箱子必然是昨夜乍然出現在窗台上那隻貓的藏身處。他也確定，一定是世靈瞞著自己偷偷照顧的。不然，那貓沒有理由會跳上世靈的窗台，粉紅毛毯也不可能會出現在畜舍裡。這是荷英也知道的祕密，母女出於何種共同的心態，一起養大了這隻幼貓？他明顯可以想像。「那個劈死母貓，活埋兩隻小貓的男人，與我們不是同種人」，那對母女一定這麼自以為是地想，並且為了能對那男人的邪惡罪行做出彌補，而沉浸在道德優越感裡。他挺直僵硬的背脊站了起來。這兩個女人的背叛，接下來又會從哪個角落裡冒出來呢？還真有意思啊！粉紅毛毯放著沒動，這樣貓才會放心地回到窩裡來。貓是其次，先找到世靈之後再說。貓是要當著世靈的面處理掉的第二號，「第一號」就是藏匿世靈的傢伙。

天暗了下來，搜索隊也只好解散。他回到林園，想再次確認昨天晚上管理室的監視器拍下的情況，一定是漏掉了什麼。英齊在眷村管理室前停下了車，老林坐在警衛室裡面。四天前，警衛中有一人因車禍受傷住院，老林只好來代班。雖然登了求人廣告，但還沒能找到合適人選。只有老得都快動不了的附近老人蜂擁過來。

「找到了嗎？」

英齊從車裡一下來，老林就問。英齊反問：

「畜舍裡的貓窩，是老頭你的傑作吧？」

老林閉上了嘴，英齊點了點頭。果不其然！如果沒有老頭的幫忙，怎麼可能在那裡弄出一個貓窩。他感到胸腔的怒火中燒。林老頭是從父輩時代就管理著林園的老人家，和父親親如友人，卻並非因為這份交情才將林園交給他管理，而是因為他的造景能力、林木知識和對林園的愛護等各方面來看，都找不到比林老頭更合適的人。同時，不管是屋子的修補、水電修理，或是對機械操作的天分，都優於常人，因此也沒必要另外僱用修理工。然而，儘管再有用，他也不會放過一個敢在背後和那對母女勾結，扯自己後腿的雇工。老頭是「第三號」。

英齊走進林園管理室，確認一下監視器的畫面。正如老郭和老林所說，夜裡沒有人從正門進出。一到九點就上鎖的後門則更不用說。腦子裡一片混亂，世靈究竟到哪裡去了？頂著那副怪異的模樣，能去哪裡呢？沒有在畜舍，這是前一天晚上自己直接確認過的事實。就算得到了一〇二號王八蛋的幫助，多少也應該有跡可循才對。在這塊巴掌大的世靈湖附近，沒有地方可讓世靈躲藏過一天一夜。如果說躲在搜索隊沒法找的地方，那也說不定。譬如，湖水底下……

這就是必須以世靈已死的前提為設定。這種假設意味著他將無法可施，因此，最好不要做出這一類的假設。所有的一切都必須物歸原處，荷英和世靈也是。

英齊走出管理室，又上了車。交流道收費站的過路費收據還放在杯座裡，通過時間印著八月二十七日晚上九點二十分。世靈從家裡跑出去的時間，推斷大概就是在九點四十分左右的事情，他看了一下手表確定時間，現在九點二十分，在家門口停車。從現在開始有事要做，就是把自己當成世靈，化身為世靈，摸索世靈的行蹤。每次荷英帶著世靈離家出走，使用這種追蹤方式最有效果。

對於「世靈為何化濃妝，穿上自己媽媽的衣服睡覺」的答案，其實他知道。每次世靈想念母親，就會這麼做。不久前，也因為頂著這副模樣睡覺修理了她一頓。前一天是世靈的生日，她一定更為思念媽媽。因為沒有朋友為她慶生，家裡也空無一人。

英齊找出手電筒、蠟燭和打火機，走進世靈的房間。打掃得乾乾淨淨，連噴濺到牆壁上的血跡，也都看不到了。這是出自清掃能力超群的清潔婦之手，如果她也能同樣給自己的嘴上好拉鍊的話，那該有多好。僱用清潔婦，是從荷英離家出走之後才開始的。為的是要得到所謂的「鄰里評價」，提供給法院參考。這個大喇叭老太婆是「第四號」。

英齊點燃蠟燭，拉上一半的窗簾，窗戶也差不多半開著。然後坐在椅子上，脫掉襪子。昨天晚上，世靈也沒穿襪子。

九點四十分，他從窗戶跳出去，腳掌碰觸到潮濕且冰冷的泥土。雨至今仍舊不停地下著，霧氣比前一天晚上更濃，樹林裡比想像中更黑。埋頭往前走，身體不時會撞上扁柏。然而，他還是沒有打開手電筒，因為世靈當時也沒有手電筒。英齊快速地環顧了一下四周，中央通行道方向完全是一片漆黑。到有路燈照射的地方，距離太過遙遠。一〇二號王八蛋的房間，沒有開燈。雖然前一天晚上，燈還開著，但已經排除在選擇項目之外。這是早上英齊直接確認過，沒有得到任何結果的關係。隱約透出亮光之處只有圍牆小門的方向，小門外，有一條漆黑、可怕的小路。別院前面的小徑雖然近，又很明亮，但很危險，因為「爸爸」馬上會出現。

雖然黑，但圍牆後面小路沒有爸爸；雖然亮，但別院前面小路有爸爸。黑暗與爸爸，心理上的威脅與物理上的危害。哪一邊更有殺傷力？世靈的本能會選擇，前者。她一定會跑向能讓自己有活路的一邊。而且，那條路的終點有自己兩年來一直照顧的小貓藏身處。搞不好，她從一開始，目的地就是那個地方。

英齊打開圍牆小門，走上後面的小路，指尖摸索著鐵絲網圍牆大步向前走。世靈一定也以同樣方式往前奔跑吧。所花的時間比預想的還少，抵達小路終點處時，看看手表，才九點五十五分。他轉進內環湖路，從一號出入口前面開始，他用手扶著鐵絲網圍牆向前走。在第一個轉角處轉彎之後，來到曾經看到模糊移動物體的取水塔附近，再次確認了一下時間，十點二分。打開手機，找出昨晚在一號產業道路橋打電話給林老頭的紀錄。十點一分。一掛掉電話就轉進內環湖路的關係，時間和地點沒有太大的差異，算是相符。模糊移動的物體，是世靈沒錯。

濃霧中，看見逐漸靠近的車子，世靈確定是爸爸。除了全力快跑，她沒有其他的對應之道。英齊把指尖貼著鐵絲網圍牆，以慢跑速度向前跑，很快就到了接近第二個轉角的路。在這處地方，可猜想得到，車前大燈與世靈之間的距離變得十分接近，因為人根本跑不過汽車。但世靈應該預料到，如果轉過彎去的話，就會被自己車子的大燈燈光捕捉到蹤影。那麼，與其逃跑，不如找個地方躲起來。

英齊彎過轉角之後，打開了手電筒。把亮度調到最低，看了周圍一圈。前方兩步距離處，是碼頭大門，也是當時他錯過模糊移動物體的地點。他停下了慢跑的動作，走到大門前。世靈能看到門與路面之間的縫隙嗎？轉而一想，世靈應該早就知道門的位置與縫隙的存在。如果她為了去看小貓，常常進出世靈牧場畜舍的話，必然會知道。或許，還曾經和那隻貓一起穿過這個縫隙，下到湖裡去也說不定。

英齊打開碼頭大門上的鎖，解開鐵鍊之後，走到裡面。為了以防萬一，他將鐵鍊和鐵鎖掛到門內側的扣環裡，再度鎖上。然後背靠大門站著，開始想像。

世靈採取低姿勢，匍匐通過門的下方。身體一進入門裡，他的車剛好開過去。車子經過之後呢……是進到湖岸斜坡？還是下去碼頭方向？

湖岸斜坡上被荊棘蔓藤所覆蓋，其上又有濃霧，雙層覆蓋。他進入斜坡，坐在蔓藤裡。世靈坐在這裡，又做了什麼呢？是不是看到他的車朝著牧場方向逐漸遠去？那麼，應該也猜想到，他必然還會回來。甚至也想到，他會站到碼頭的前面。世靈牧場離碼頭不那麼遠，因為路只修到牧場小徑的入口而已。正如世靈的預想一般，他又開了回來，把車停在碼頭前面。

英齊關掉手電筒，視野變得一片黑暗，整個世界都很安靜。能聽到的，只有朝著閘門放流的水聲。世靈窩在如此黑暗的地方，環繞著爸爸在圍牆前面喊話的聲音，以及手電筒在藤蔓葉片上來回照射的燈光下，必然全身顫抖不已。然而，她卻沒有多餘的情緒去感受這陰森湖水所帶來的恐懼，得等到語帶威脅的聲音和搜尋自己的燈光離開後，她才開始害怕。

有沒有可能不計一切就跑出來呢？會去牧場畜舍嗎？還是去找一個更安全的藏身處？英齊打開手電筒，調高亮度後，照了照湖面。停在浮橋前面的朝聖號，在手電筒的燈光下現形。

英齊下到浮橋，蹲坐在朝聖號的甲板上，從湖岸斜坡正對面的角度，觀察四周。出入口、斜坡、傾斜路、貨櫃、浮橋。突然發現被水垢染黑的浮橋橋墩下，勾著什麼發光物體，看起來不像是廢紙或塑膠袋。他往浮橋跑下去，單膝跪地趴下，把那東西撈了上來，是一根被撕扯下來的白色長布條。撈上布條的位置下方有什麼奇怪的東西閃閃發光。把手電筒靠近一看，可以看到歪歪斜斜漂浮在水底的淡青色銀光物體。像筷子一樣，又細又長。

英齊把身體再往前傾，手伸入水中，指尖隨即撈到一條長長的細線。慢慢地拉扯上來，是一根繫著螢光釣魚浮標和鉛錘的釣魚線，扯到一半，卻又扯不動了。釣魚線似乎在水裡被什麼牢牢地勾住，而另一端則繫在浮橋橋柱上。他盡量把所有的釣魚線扯上來後，用牙齒咬斷，再解開繫在柱子上的線頭。一條長三公尺左右的線，躺在手掌上。浮標以每五十公分的間隔，綁了三個；鉛錘也是三個。沒有釣魚鉤，可能沉在水裡的剩餘部分，也是以同樣的方式掛著浮標和鉛錘。

這不是釣魚工具，而且這些東西既然被繫在橋腳，也不可能是從哪裡漂流而來的垃圾。雖然也有可能是水庫管理局或垃圾處理公司所設置的裝備，但不管怎樣，還是有必要打聽看看。於是英齊便將釣魚線和布條收起，走出了碼頭。從裡面繞住的鐵鍊，再次從外面繞住上鎖。

回到家裡以後，先從布條觀察起。白色真絲，世靈前一天晚上穿過的荷英的罩衫也是白色真絲，那是一年前，荷英生日的時候，兩人一起挑選的。從領口線條到下襬，全是巧妙的皺褶設計的無袖罩衫，拉鍊則開在肩膀上。他還記得，荷英的手拉不到，他還幫忙把拉鍊拉上過。那麼，世靈當然也沒法把拉鍊拉上來。

英齊又把時間倒回到碼頭去，回到他離開時的時間點。

世靈陷進恐慌狀態，被爸爸追趕得一時沒感覺到的黑暗，現在卻讓她嚇得半死。四面八方好像有什麼東西伸長了手過來，想要抓住自己的後頸把她拖進湖水裡。世靈雖然拚命去想其他的事情，卻支撐不了多久。恐怖到了極點時，她發出尖叫，從斜坡裡跑出來。想要從大門下面再鑽出來，卻因為驚慌失措，動作變得更加不順暢。一不小心，衣服就被門的邊角勾住。猛力拉扯之下，衣襬就扯破了。扯破的衣襬，被傾盆大雨沖到湖裡，黏貼在浮橋橋柱上，世靈則跑了出去……

衝出去了嗎？出去的話，又到哪裡去了？

英齊修正了自己的假設，衣服布條不是被雨水沖刷到湖裡去，如果是從一開始就漂蕩在湖裡，後來被浮橋橋柱給攔住的話，那就表示是被某人給扯破的。反過來說，就表示碼頭裡有什麼人扯破了那件衣服。英齊想起了最後見到世靈的模樣，長髮飄散，化著濃妝，拉鍊都沒全拉上，肩膀部分滑落的罩衫，光著腳。

突然，一個疑問閃過他的腦中。昨晚，當他把車停在碼頭前面的時候，門上掛了鐵鍊和鐵鎖嗎？他想起了，自己本來以為門沒鎖，還伸手推了一下。今天早上，和搜索隊進去的時候，大門卻從外面鎖上了。剛才他過去的時候，自己解開鐵鍊和鐵鎖，從裡面反鎖。等辦完事情之後出來，才原樣鎖在門外面的手把上。

他的太陽穴開始突突猛跳，那時已經有什麼人在碼頭上，一個能拿到碼頭鑰匙的人。當他以為門是開的，伸手推門的那個時候，碼頭上有兩個人。世靈當然不知道，那裡已經有一個人在。他瞬間得到了一個讓他全身起滿雞皮疙瘩的假設，那就是世靈遭先姦後殺後，棄屍湖裡。

英齊帶著釣魚線，開車到S市去，在市區裡幾家釣魚用品店轉了一圈。沒有人知道釣魚線到底是做什麼用的，只有從一家店得到一些還算有用的線索。從浮標和鉛錘上都塗了螢光劑這點來看，似乎是潛水員夜間在水裡使用的標誌物。循著這個線索，他又找上了潛水俱樂部。正要打烊關門的俱樂部老闆，證實了釣魚店主的猜測。

「浮標和鉛錘以五十公分的距離繫在釣魚線上，是用來測定水深的。這在山谷水庫或蓄水池一類的地方，十分有用。位於高地的水潭，水深測量器不管用。不管是電子式、機械式，或毛細管式都一樣。從塗了螢光劑這點來看，應該是用於夜間潛水，還可以拿來當成路標。」

「路標？」

「進入水裡後，把這個鬆開來，繫在每個經過的地方，不會在水底迷路，可以循線回到入水點出來。」

英齊點了點頭，難怪釣魚線到後來就扯不動了。

「看起來，不像是初學者做的呢。」

老闆點了點頭。

「但也不是專家做的。」

英齊在地下工作室裡，迎接了清晨。以細木籤疊起城堡的同時，也解開了三角函數——湖岸斜坡、碼頭、釣魚線。這裡也可以代入其他名詞，世靈、世靈湖、潛水者。

世靈湖是禁止潛水的，之所以會選擇夜間進入，原因在此。如果，昨天晚上，世靈出現的那個時間點，那個人也在水底的話……如果這個猜測獲得證實……

他上樓到客廳，沖了個澡，刮了鬍子，換上衣服，再走路到眷村二〇二號去。營運組長一家人似乎正打算開車出去玩，大家都一身外出服打扮，客廳裡還放著大大小小的背包。

「啊，我好像來得不是時候。」

英齊坐在沙發上說。組長的妻子帶著孩子走進房間裡。營運組長看了一下手表，似乎在暗示有話快說。英齊也看了一下手表，九點。

「找到什麼了嗎？」

組長在對面坐下，開口問道。英齊搖了搖頭。

「想請問，員工裡有沒有喜歡潛水的人？」

組長睜大了眼睛。

「難道那孩子掉到水裡了嗎？」

「還沒辦法斷定，也有這種可能。」

組長猶豫了一下後，發表自己的意見。

「您有沒有考慮到被綁架的可能？以院長的財力來說，那方面似乎更……」

「如果是那樣的話，對方早就該有消息過來才對。都兩天過去了。我考慮過所有的可能性，才很抱歉地過來找您。想請問，不知道有沒有員工能潛入湖底幫忙搜索？」

「這不好說！別的水庫好像有什麼潛水同好會的團體，可是我們這裡沒有。」

「這裡離海近，應該有人喜歡潛水吧？」

「如果有的話，怎麼可能沒人有知道？這裡的人連鄰居家有幾根湯匙都知道。」

英齊點了點頭。

「可不可以再拜託您一件事？」

「什麼事？」

「能不能讓我看看管理局的監視器？我想確認一下二十七日晚上九點四十五分以後內環湖路的畫面。」

「這有點困難，檔案保管在中控室裡，那個地方禁止外人出入。」

「據我所知，如果有學生或團體來參觀，中控室內部也會開放。」

「情況有所不同，如果是正式的申請參觀，那就屬於公事。私底下，外人還是不能進入中控室的。」

「我的女兒失蹤也算私事嗎？」

「我充分理解院長您的心情，所以我才會給您碼頭鑰匙的。」

「既然都幫忙了……」

「給您碼頭鑰匙，我就可能會遭受懲戒。」

「我現在申請參觀的話，能讓我看嗎？」

「今天是星期天。」

組長沒有一點讓步之意，英齊只好讓步。

「那麼您看了之後再告訴我，行嗎？只要告訴我看到了什麼、沒有看到什麼就好。」

組長臉上開始顯出怒氣。

「不會看到什麼的，世靈湖的監視器和林園監視器不同，沒有紫外線攝影裝置，在黑暗裡一點也不管用。就跟我們的眼睛一樣。而且昨天霧又那麼濃。」

「那也至少看得到燈光，譬如，手電筒的光之類的……」

「您別這樣，打電話聯絡警察局或一一九如何？那我要處理事情也比較方便。如果有業務上的請求，不管是下到湖底或觀看監視器畫面，都比較可能進行。」

「我已經報了案，但我沒法等到警察出動才這麼心急。您想想，如果是您的大女兒失蹤了，您會怎樣？難道就袖手等著警察幫忙找回來？」

組長突然轉頭，看了看臥房方向。他的大女兒正從臥房裡伸出頭來。

「只要從九點五十分以後的一個小時就行，可以讓我看看嗎？」

一陣沉默之後，組長拿起車鑰匙起身。

「開我的車去吧！」

組長讓英齊在正門警衛室前面下車後，又開車返回管理局。警衛室的執勤人員又是朴主任。英齊走近警衛室，要了一杯水。過了一會兒，盛了水的紙杯放到了邊窗窗框上。英齊一面道謝，一面聊了起來。休假的時候做些什麼？回答睡覺或回家。

「沒有什麼嗜好嗎？聽說很多管理局的人都會去潛水。」

朴主任瞇著眼睛，看了看英齊。你到底想知道些什麼，繞著圈子打聽啊？英齊默默地等著，好一會兒之後才聽到回答。

「管理局的人才會那樣，我們可享受不起那麼奢侈的嗜好。就這麼點兒薪水，養家餬口都不夠了。」

「一〇二號那個年輕人呢？」

「這個嘛，我可沒空管他的愛好，何況我跟他也沒什麼話說。」

接下來，兩人之間就無話可說了。英齊只能站在窗外等。朴主任連進來坐坐的客套話都沒說，光顧著注視監視器畫面，卻突然從椅子上站了起來。英齊轉頭看了看管理局大樓的方向，看到從大門裡出來，上了車的營運組長。

「那天晚上，好像有一輛車進出。」

英齊一上車，組長就這麼說。

「看到什麼車了嗎？」

「畫面上黑黑的，只不過是在十點二分的時候，出現移動的燈光。從速度和樣子來看，應該是一輛車。」

英齊點了點頭。從時間和地點來看，應該是自己的車。

「有點奇怪，一般來說，很少有車會在夜裡開在那條路上。那天晚上竟然有兩輛進來。」

英齊呼吸頓了一下，組長把車停在眷村門口時說。

「第二道燈光出現在十點四十分，移動的速度飛快。然後突然停了下來，過了大約二十分鐘之後才離開。」

「停車的地方和第一輛車差不多嗎？」

「這很難說，畢竟我不是解讀錄影帶的專家。」

營運組長在眷村前面停了車。

「如何，還算有點幫助吧？」

「謝謝您！」

英齊走進管理辦公室。還有第二輛車，停留了二十分鐘左右才離開，這話動搖了他所建立的假設，看來劇情有必要重新設定。他從入住者登記卡裡，找到了一〇二號王八蛋的身分證字號。不管怎樣，還是得從這傢伙的背景開始挖起，他的直覺這麼說。

夜班值勤，簡直就是被流放。從傍晚六點到第二天早上八點，整整十四個小時的時間必須獨自度過。保全小組六名成員裡，一個在閘門警衛室值勤，組長負責一般業務。剩下的四個人則負責管理局正門警衛室的工作。按照日班、夜班、休假的順序，各輪兩天，一天兩班制。今年春天起，開始使用電子化系統，管理局就不用夜班輪值了。閘門或放流量之類的，都由本部系統遠程監控。

按照排班表，承煥每週五、六休息兩天；每週日則必須出去負責日班勤務。之所以與平常排班不同，出來負責夜班工作，好像是因為傍晚時分負責夜班的同事打電話來說出了車禍，他本人沒事，但對方司機受了傷，正在進行事故處理。承煥回答：「喔，這樣啊！」夜班的人說：「我會替你值週日的班。」話裡的意思，其實是，你代我值個班吧，之後，我再幫你值日班。

世靈湖的夜太過寂靜，太過漆黑，時間過得太慢，能聽到的聲音只有蟲鳴和閘門的流水聲。除了巡邏管理局大樓之外，就沒別的事可做。平常夜裡，承煥都會讀讀書，上上網，寫寫小說，來打發時間。然而，這個代人值夜的週末夜裡，卻多了個節目可看。

架設在湖邊的監視器，總共有八台。垃圾攔截網附近有四台。取水塔牆壁上一台。碼頭、寒松脊、內環湖路封閉地點各有一台。這些地點與管理局大樓內部或閘門不同，仍舊使用十年前的舊型監視器。一旦入夜，湖內部的畫面也會進入黑暗狀態，能看得到的，只有偶爾駛進內環湖路的車輛燈光而已。一般的情況，就像雷達的畫面，在黑色平面上出現兩個光點，沿著內環湖路移動。通常都是開錯路的車輛，到了內環湖路封閉地點，就會掉頭出去。從來沒有見過有其他形態的燈光出現。現在，發生在承煥面前的節目，就是這種「少見的情況」。

才剛過十點，泡了一杯咖啡，坐在桌子前面一看，碼頭的監視器畫面上印著一個光點。這是一個模糊的光點，如果不用心看，很容易忽略過去。承煥屏住呼吸，緊盯著畫面看。光點不斷反覆地停止、移動，在黑暗的空間裡轉來轉去，最後消失。不久後，又在取水塔的監視畫面上短暫出現，隨即消失。過了一會兒，又在一號出入口的監視畫面上再度出現，不久後就完全消失。

承煥斷定，是手電筒的燈光。有人跑到碼頭去，又跑了出來。會是誰呢？思路很自然就想到前一天晚上自己的路線。可以想像得到，畫著類似軌跡的光點也曾經出現在畫面上，應該也出現過汽車車燈的燈光吧。吳英齊可不會將自己女兒放在褲子口袋裡帶過來，丟進湖裡。那麼，朴主任是否看到了兩種不同種類的燈光？

他徘徊在管理局中控室前，很想進去打開監視器，確認一下昨天晚上的畫面。然而，中控室的監控器卻讓他猶豫著不敢踏入。監控器會將他收看監視器的情景拍下來，然後在週日上午傳給管理局的職員看。

直到過了子夜，他執著於監視器的想法才終於消失。確認之後，也無法可想的失落，澆熄了他的渴望。他癱坐在桌前的椅子上，突然想起一大早，打著漏電探測器和管理老頭的名義，跑到一〇二號來敲門的吳英齊。很明顯地，目的其實不是為了探測漏電。如果人不是吳英齊殺的，便可能是他以為自己把他女兒藏了起來，藉機過來找人。如果真是他殺的，那就是為了做到完全犯罪而自導自演的一齣戲的序幕。一整天持續的搜索工作，則是正戲的第一幕第一章。

凌晨，雨停了。承煥下了班，正打算返回林園的時候，大霧又起。閘門比平常開得稍微大些，放流量多了起來，使得支流的水流幅度比平常更寬。承煥放輕了腳步，輕輕地走到後門前，就碰上了世靈。

尋找失蹤兒童
姓名：吳世靈
性別和年齡：女／十二歲／世靈小學五年級
特徵：長髮披肩，皮膚白皙
　　左頸後有一塊銅錢大小的胎記
失蹤時間：八月二十七日星期五晚上九點四十分左右
失蹤當時穿著：類似洋裝的白色無袖罩衫
聯絡方式：世靈林園管理室。電話：000-****，手機：000-000-****

世靈的照片像選舉壁報般，又大又顯眼。是掛在世靈房間裡的芭蕾舞照片。承煥從照片上聯想到在湖底看見的世靈模樣。他慌忙地從照片前離開，加足馬力，跑向中央通行道，跑回了家。因為，他這才想到還有些事情沒有處理。家裡存在著會將他拖往地獄的東西。泡在洗衣機裡的潛水服，裝在背包裡的水底相機和閃光燈，還有潛水裝備。雖然英齊的突擊無功而返，但說不定有人在什麼時候又突然闖了進來。首先，新任組長一家人將在兩小時後抵達。

承煥把相機裡世靈村的相片儲存在網路硬碟上之後，便全部刪除。放在客廳裡的東西和潛水服全部裝在背包裡，再將背包裝入紙箱中。想著把紙箱寄到位於水源的二哥家，便寫上了地址後，先推進壁櫥裡。手機響了，是帶著世靈到診所那天遇見的警察打來的。說是有事相詢，但現在獨自執勤中，無法離開，請他過去分局一趟。

「請問，你星期五那天看到世靈嗎？」

一坐下來，警察就這麼問。承煥回答：

「沒有。」

「不就住在你家隔壁，這樣也沒看到嗎？」

「小孩怎麼會大半夜地失蹤，還是先問問她爸爸吧，不要把不相干的人叫來亂套話。」

警察把原子筆用力地拍在桌子上。

「那孩子失蹤了啊，星期五下午以後，沒有人見過她。孩子她爸的心情會怎麼樣？你就沒有一點同情心嗎？」

什麼同情心啊，雞皮疙瘩吧！腦子聰明、長得又好看的菁英分子卻對自己的女兒做出那種事情。承煥垂下目光。

「真的沒看到？」

警察在接近三十分鐘的時間裡，不斷套著承煥的話。承煥開始感到焦躁，新組長預定十點鐘到達，牆上的掛鐘都指著十點二十分了。他把手伸進了褲子口袋裡，該在口袋裡的手機竟然不在，大概是放在家裡了吧。警察瞇著眼睛看著他，好不容易才大發慈悲。

「看你有急事的樣子，今天就先回去吧。」

「不是要叫我再過來的意思吧？」

「我當然不會沒事找你過來，這件事情今天下午已經轉移到派出所去了。只不過，勸你一句話，最好不要跑到太遠的地方，或者離開這裡。如果你不想被人懷疑的話……」

「這話又是什麼意思？」

「就是個勸告而已，你是個外地人，之前又有過牽扯。」

真是不吉利的勸告，感覺上好像把「鄰居叔叔」和犯人畫上等號的味道。如果那時來報案的話，又會如何？這兩天反覆受到質詢的原因終於水落石出，既是鄰居叔叔，又是個外地人，還有過牽扯。光這幾件事情，就足以被拷問個三十分鐘了。如果說法不一的話，會發生什麼樣的事情呢？不用想也知道。

道路上處處貼著尋找世靈的傳單，承煥不想看到，故意低著頭走路。互相衝突的想法在他的腦子裡爭吵。除了她爸以外，誰會把一個在自己房間裡睡覺的孩子弄死後，丟到湖裡去？難道是一個溜進國王城堡裡盜竊的小偷，不小心把孩子吵醒，就搖身一變成了殺人強盜？一個殺人強盜可能辛苦地把自己殺死的孩子拖到湖邊丟棄嗎？會是對脾氣火爆的東主，懷恨在心的管理老頭嗎？承煥曾經在別院林子裡，見過老頭和世靈在一起。世靈窩在老頭腳下，對他說些什麼。老頭聽了好一陣子之後，脫下手上的棉手套遞給了世靈，她用手套擦眼淚，擤鼻涕，還打了好幾個嗝之後，才把手套還給了老頭。老頭接過手套戴好，又默默地繼續修剪樹枝。願意戴上沾了孩子鼻涕手套的老頭，不可能會殺了她。

承煥走進林園大門之後，停下了腳步。通行道公共布告欄前面站著一個陌生的少年，大拇指插在牛仔褲腰帶環裡，挺著胸膛，注視著布告欄。大概在看傳單裡世靈的照片吧，他猜。除了世靈之外，就沒有什麼足以吸引少年的視線了。傳單旁邊，只貼著一張聘用眷村警衛的徵人廣告。通行道對面，吳英齊雙手交叉在胸前站在那裡。少年注視著世靈，吳英齊盯著少年的背影，承煥在十步開外的地方，看著這幅光景。

「小鬼！」

打破靜默的人是吳英齊。少年稍稍抬起頭，轉頭看著吳英齊。

「你在這裡做什麼？看起來不像是我們林園裡的孩子。」

少年轉過身來，與英齊面對面。

「這裡不是隨便什麼人都可以進來的地方，你最好出去。」

兩人的眼光，在通行道的中間交會。這期間，薄薄的一層霧瀰漫開來。承煥掏出香菸，又塞了回去，擔心打火機的聲音會破壞整個局面。他想看看，少年會如何應戰。

「我爸爸是世靈水庫的保全組長，我也不是隨便的什麼人。」

少年回答。果如所料，是新組長的兒子，也是城市裡常見的少年模樣。歪歪戴著的棒球帽，白色運動衫，牛仔褲，還有一種中性感覺的瘦長身軀。

「叔叔，您是誰？」

少年的聲音十分穩重，表情看起來也很冷靜。說是小學五年級，頂多也就十二歲左右。和一個足以當他爸爸的男人，在氣勢上的爭鬥，絲毫沒有被壓倒的跡象。一臉天生如此的表情，是個大膽的孩子。吳英齊的臉上則寫著「成何體統」。儘管看不到眼神，但可想像他以何種方式俯視著這個孩子。

「你這小孩還真可愛！」

英齊的奚落，少年精明地反擊。

「可愛這種話，是用在鴨子身上的。」

「誰告訴你這種至理名言的？」

彷彿是對這個質問的回答一般，後門的方向出現了一輛白色馬提斯。少年轉過頭去，看著馬提斯。英齊的視線也轉向了馬提斯，承煥走向少年。馬提斯停在英齊面前，一個男人從駕駛座上下來。無論是個頭還是體格，都是十分壯碩的男人，給人的感覺不是從車上下來，而是脫下了一件車子形狀的背心。

少年呼喚男人：

「爸爸！」

運動員髮型[1]，曬得通紅的臉，巨巖般的肩膀，原來是運動員出身啊！承煥想。除此之外，別無他想。

「您見到那位先生了嗎？」少年問。

新組長三步就跨越了通行道。

「還沒。」

組長看了一眼傳單後，就趕緊把頭轉向承煥這邊。承煥低下頭行禮，正想說「我是安承煥」，不知何時過了馬路走過來的英齊搶先開口。

「我是林園的主人吳英齊。」

組長沒說話，臉上的表情出奇地僵硬。好不容易等到一句「啊，是嗎？」的回答出來，發紅的臉孔變成了灰白色。眼睛如同找不到配送地點的快遞員一樣，不停地望著四周。瑞元、承煥、路燈、圍牆、樹林和正門、天空，又轉回瑞元身上。

「剛才有搬家公司的卡車開進去，請問，是您僱的車嗎？」英齊問。

組長沒有回答。瑞元一臉「爸爸，你怎麼了？」的表情。英齊砲口於是轉向承煥。

「請你說明一下，這男人是誰？」

承煥面對面地看著英齊，想看清他心裡的打算，冒犯了少年和組長會有什麼後果？承煥決定直接問問看。

「您問這個做什麼？」

英齊的眉毛揚了起來。

「我現在說的是，身為一個房東，竟然對要搬進我家的人，一無所知。」

「你可以到管理室去打聽，該向您報告的人在那裡。」

「我說，年輕人……」

「我是新來的管理局保全組長。」

組長的聲音插了進來，像剛被吵醒似的，聲音很含糊。

「今天打算入住一〇二號。」

「向管理室申報入住了嗎？」英齊問。

組長的視線又朝向不明的地方飄去。眼神看似不安，搖擺不定，臉色仍舊蒼白，汗水涓涓流到太陽穴處，看起來就像臉孔模樣的冰淇淋，融化了往下滴的樣子。讓人不禁懷疑，是不是健康上有什麼問題。不然的話，就是無可救藥的內向性格。少年的眼裡閃動著憤怒、失望、受辱般複雜的情緒。或許是認為，自己的父親怎麼像被這無禮的男人捉住了要害，只剩下眼珠子還能轉個不停。就在大家都認為組長一定又不說話的時候，才聽到一句回答。

「搬完家就去申報。」

1 譯注：只留前面頭髮的男人髮型。

「現在就申報，還得解決林園進出和停車的問題。」

英齊仔細地觀察過馬提斯之後，才走向別院進出道路的方向。組長的眼光轉向承煥，表情似乎在詢問「您哪位」。

「我是安承煥，有點事情，來遲了。」

「喔喔，我是崔賢洙。」

組長伸出手，承煥隨即握住了這隻手。組長的手心涼濕濕的，鬆開手一看，連自己的手也潮得像塊濕抹布一樣。

「我是崔瑞元。」

這次，少年伸出了手。

「喔喔，原來是我的室友。」

承煥握住瑞元的手，輕輕晃了晃。

「是的，我是叔叔的室友。」

瑞元偷眼看了一下正要接近別院前徑的英齊，突然提高了嗓門說：

「我爸的室友，是金康鉉投手。您知道吧？鬥士隊的『核潛艇』。從高中時候起，就和我爸一起搭檔。那時，金康鉉投手打第三棒，我爸打第四棒。」

正如瑞元所願，英齊停下了腳步，轉頭看了看這一邊。瑞元正慢慢地在扭轉劣勢，姿態完美地投了一個下勾球。從瑞元手上投出的那顆沒有實體的球朝著英齊飛了過去，不管誰看，都像是直擊英齊心臟部位的直球。

「而且，我爸是鬥士隊裡最厲害的捕手。要不是肩膀受傷，搞不好還能成為全壘打王。」

瑞元把棒球帽反邊戴，對著英齊翹起了下巴，緊閉的雙唇似乎無聲地說：「我爸是這種男子漢，林園主人有什麼好了不起的？」

英齊一動也不動地站著，迎上瑞元的視線。一臉古怪的表情不像生氣，也談不上有興趣。

「你跟叔叔先上去。」

組長伸出一隻蒲扇般的大手，啪啪地在瑞元肩膀上拍了拍。

「爸爸去辦入住申報，馬上過來。」

瑞元抬起頭看著自己的爸爸，點點頭，看起來已經不氣了。承煥一眼就喜歡上這個開朗的少年，進一步也發現，兩父子長得完全不像。雖然自己不是什麼骨骼學的專家，但還是看得出，兩人的長相和骨架在根本上的不同。而個性上的差別，剛才就已經確認過了。

組長坐上了馬提斯，承煥忍不住擔心，到底知不知道管理室在哪裡啊？不管怎樣，先提醒一下再說。

「請往後門的方向開過去。眷村前面的，是警衛室，管理室則在後面那邊。」

馬提斯咻的一下消失，英齊保持著原來的姿態站在原處沒動。承煥和瑞元並肩邁開大步，朝著別院前小徑走上去。崔賢洙……不記得有這個名字。幾年前東主雖然換成某企業，但如果是鬥士隊的主力捕手的話，至少自己應該聽過才對。會不會是候補的，還是二軍的？金康鉉的話，多少知道一點，是鬥士隊的大砲之一，曾經入選過國家代表隊。有空到棒球網站找找看吧，承煥想。如果從高中時代起就和金康鉉是搭檔的話，一定會留下紀錄。

經過英齊前面時，承煥偷偷瞟了一眼，瞬間後頸打了個寒顫。英齊黑得異常的瞳孔，對著瑞元放大，就像取水塔下方，能吸入一切物體的水下通道一樣。

賢洙抬頭望著天花板，喉嚨發出粗喘。喊著「賢洙啊！」吵醒了他的聲音，現在消失了。然而，夢裡殘像卻不會輕易消失。燥熱的風裡，一望無際的血紅色高粱田，霧氣和海風裡的鹹味，地平線那端明滅閃爍的燈塔光芒。在這一切畫面消失前，他躺在那裡，不斷眨著眼睛。比片刻要長，卻又比許久要短的時間。

又經過了一次那樣的經驗之後，他才發現自己躺在客廳地板上。沒枕枕頭，也沒蓋毛毯，全身浸泡在汗水裡，腰部隱隱作痛。特別是攤在地板上的左手感覺很奇怪，按照大腦的指令，他應該緊緊握住拳頭才對。但實際上，五指就像死掉的海星一樣，攤開在房間地板上，沒有知覺，也使不上力氣。

賢洙坐了起來，左臂連在肩膀關節上，搖搖晃晃地跟著起來。然而肩膀關節連著的，彷彿不是一條手臂，而是一根木樁。他感覺汗唰的一下都全乾了，這種奇怪的症狀所暗示的情況只有一個——勇大傻回來了。

不再打棒球之後，這傢伙也跟著消失，算起來已經六年了，這下又回來了。如果說和以前有什麼不同之處，就是睜開眼睛以後，麻痺還持續著。睡個覺醒來，就成了勇大傻，這樣的情況也是首次發生。

家裡一個人都沒有，餐桌上只擺了早餐。餐桌旁，一堆昨天來不及整理的行李。承煥將這個只有龜殼大小的空間稱為客廳，浴室則在客廳尾端。

賢洙打開淋浴龍頭，把水溫調到最燙。脫掉襯衫，坐在浴缸邊緣上，把蓮蓬頭對準左臂噴。也沒人在後面推，但卻很難維持這個姿勢。身體的重心老是向前傾，頭昏腦脹，鼻子不通，還發著陣陣寒氣。都是因為前一天晚上喝到爛醉，就直接躺在冰涼的地板上睡著了的關係。銀珠連條毛毯也沒幫他蓋，這是他自作孽。但總要給個解釋的機會，他才好說個一、兩句話吧。昨天一整天，光靠意志力實在很難支撐。

來世靈湖之前開始，賢洙就感到全身一點力氣都沒有。前一天晚上的勇氣，要在世靈湖好好過日子的酒後決心，當第二天的太陽升起時，就全部消失不見。來世靈湖，就跟要他的命一樣。在高速公路上，不是在開車，而像是在脖子上套圈，往橋下跳的感覺。筋疲力盡，好不容易到了之後，承煥卻不在家，打手機也沒接，也沒法讓搬家公司的工人一直等下去，他只好解開大門電子鎖，打開了大門。然後，又藉口要去找承煥而出了家門。與其忍耐銀珠的神經質，還不如在陌生的地方徘徊。

他在林園後門看到了傳單，是那個小女孩。雖然照片和記憶中的長相判若兩人，但還是馬上就認了出來。「認了出來」，就等於是「受到衝擊」的同義語。這一瞬間，記憶裡的人物跳進了現實，與他面對面。更有甚者，那孩子竟然是林園園主的女兒。當他在中央通行道的布告欄前面碰到她父親的時候，衝擊轉變成了恐慌。那男人就住在隔壁。

他沒有去林園管理室，而是馬上朝後門跑掉。他不想在那男人的領土，辦理入住申報，只想開著車逃走。對著他說話的，是掛在後照鏡上獰笑的骷髏以瑞元的聲音問他：爸爸，去哪兒？去哪兒呢？無處可去。除了在上交流道前停下車子之外，他什麼都沒法做。於是，他又把車開回了林園。

那一整天是如何度過的呢？賢洙還記得，從銀珠手上接過紙條和錢。紙條上寫著礦泉水、垃圾袋、牛奶、日光燈管、曬衣繩之類的生活必需品。他照著承煥所教的，沿著岔路上到休息站去，但卻不記得自己走下來，只記得瑞元和承煥過來找他。還有一起坐在瞭望台上，以及依稀記得承煥和瑞元扶起自己的事。

是不是說了「組長，你腿上用點力吧」，還說了「哎喲，我們要被壓死了」？

賢洙低頭看著被燙水沖得發紅的左臂，麻木的感覺從指尖退散，知覺似乎回復的樣子，賢洙用力蜷起手指。瞬間，他憶起了濕淋淋的手指，突然橫著張了開來。不，不是記憶，是一種感觸。如軟骨般柔軟、孱弱的什麼，喀噠一聲折斷、扭轉的感覺。

感官恢復後的認知，像是萬花筒似的。五感對每一個瞬間的認知各有不同，那些認知輪番上陣，無時無刻地映照出那件事情，讓他不得不又想了起來。如果不麻痺感官，就無法從那裡脫身而出。賢洙從浴室裡跑出來，卻碰上了銀珠。銀珠手上拿著廚餘桶，才剛走進客廳。賢洙不自覺地把左手藏到背後去。

「去哪兒了？」

話才出口，賢洙就後悔了。真是多此一問，她手上拿著的，又不是購物袋。銀珠不理會他，逕自走到陽台。她垂著眼睛，咚咚作響地用力踏步。這是從上週六起就一貫保持下來的態度。賢洙逃也似地上班去，到達正門警衛室，看了看鏡子，整個下巴都布滿了一片黑黑的鬍渣。仔細想想，他甚至還沒刷牙洗臉。比他早來上班的承煥把刮鬍刀借給他，還無聲地笑了笑，一臉幸災樂禍的表情。

「我從一號開始，在閘門執勤。上星期六代為值了夜班，所以明天輪休。提供給您等一下做九月輪值表時的參考。」

聽完承煥的話之後，賢洙點了點頭。一、兩個小時就如此忙碌地過去了。和隊員們開會，到管理局打招呼，還接受了大樓內部和水庫設施、相關業務的一連串入門訓練。一直到十一點的時候，才有了一點空閒。他從抽屜裡拿出鑰匙串。

「您去哪兒？」承煥問。

「營運組長要我把水庫整個巡視一次。」

「我陪您一起去。」

賢洙侷促不安地擺了擺手。

「不用，我自己去就行。」

他必須要自己去，賢洙想冷靜地再看一次事故現場。有沒有什麼東西掉落在那裡，他想去確認一下。他必須和記憶再度碰撞，雖然令人恐懼，但還是得擺脫掉任何一種不安的存在。由於孩子漂浮在水面上的影像一直占據著腦海，他私心裡也打算順路過去看看湖那邊。然而，儘管下定了決心，他卻沒法正視湖面。遠遠地一看到取水塔頂端，他就開始喘不過氣來。腳步也越來越遲鈍，不想過去和想去確認看看的兩種心思互相高聲爭吵，因此之故，讓他一時沒認出，站在一號出入口前面的人是誰。

「出來巡視水庫的吧？」

英齊主動搭話。賢洙虛咳兩聲，喉嚨下方變得悶悶的。和最不想見到的人，在最不想待的地方，碰面了。賢洙轉過視線，假裝觀察出入大門。鐵絲網門扇上纏著鐵鍊，還掛上鐵鎖，從門的裡面，到湖邊為止，有一條用木踏板鋪成的階梯小路，裝置了垃圾攔截網的鐵柱子上，在東南西北四個方向，各架設了一台監視器。橫貫湖面，一連串漂浮的螢光寶麗龍球就是標示攔截網位置的浮標。

「你帶了大門的鑰匙嗎？」

英齊過來問。賢洙雖然感到詫異，卻沒反問要做什麼。說不定覺得，不該反問。

「你覺得那是什麼東西？」

英齊指著世靈湖的方向問。白皙、修長的手指頭指著垃圾攔截網的尾端。離架設了監視器的鐵柱，還有點距離的位置，漂浮著一件白色物體。

「要聽聽我覺得那個東西是什麼嗎？」

英齊一無表情地隔著鐵絲網眺望。

「那是我女兒的衣服。」

賢洙感覺到自己腋下一片冰涼，這男人的眼睛如此銳利嗎？

「打電話叫警察之前，一起下去確認一下吧。」

「您的意思是叫我進去看嗎？」

他的聲音連自己聽起來都有點畏縮到抗拒的程度。

「我的意思是要保全組長帶頭下去，因為我只是普通的老百姓。」

賢洙打開門鎖，像是硬被推擠般把腳伸了進去，順著長滿荊棘蔓藤的斜坡階梯，與吳英齊並肩走了下去。到了湖岸邊，英齊折了一根長樹枝，靠近鐵柱邊，白色的物體被攔在離鐵柱有兩公尺左右距離的浮標上。英齊一手抓著鐵柱，一手握著長樹枝，向湖的方向伸過去。樹枝似乎觸碰到了白色物體，卻又撈不過來。英齊的身體漸漸傾向湖面，當衣服被樹枝截住的時候，他抓著鐵柱的手指頭，只剩最前端的指節還支撐著身體重量。這種姿勢岌岌可危，如果被人敲了一下手指頭，就可能掉進湖裡。賢洙察覺到自己心底漲滿了某種可怕的衝動。一種想往英齊背後一推的衝動，想把這個人深深投入湖底、別再看見的衝動。舌頭下面，酸澀的口水滿溢，左手痙攣地顫抖。這時，賢洙腳下，突然浮起一件白色的東西。他嚇了一跳，往後倒退一步。英齊不知道什麼時候，已經把腳縮回來，站在地面上。雙眉之間鳥喙般的青筋暴突。嘴角奇妙地向上彎，口裡說出的話直接得讓人發寒。

「現在可以向警方報案了。」

一一九花了二十分鐘左右才抵達，管理局的搜索令也馬上發了下來。從發現衣服的攔截網前面開始，朝著碼頭逆向搜索。救援隊共出動六名隊員，其中有四名是潛水隊員，剩下兩名則待在岸邊擔任拉繩的角色。一條橫穿湖面、還多出數十公尺長的繩索，掛著四個圈狀繩環。四名潛水隊員將手腕套在環裡固定之後，依序下水。

出入大門附近和湖岸斜坡上，看熱鬧的人群開始聚集過來，喧囂吵鬧，議論紛紛。潛水的人只有四個，一旁出主意的人，四十個都不止。有老人拚命叫喊，不可以下到湖底去，還有幾個男人死命扯住老人。

潛水隊每隔五分鐘，就上來水面一次，彼此交換信號之後，再度下潛。拉繩的人向著他們所指定的方向，按照一定的距離移動。賢洙也跟著他們移動腳步前進。腦子裡交織著兩種聲音，一邊勸他趕緊從這裡脫身而出，上車之後，全力逃走，另一邊則要他保持若無其事的樣子，回去警衛室處理業務。然而，這兩個方法賢洙都做不到。

每當潛水隊浮上水面，腎上腺素就在他的血管裡暴走。當他們又消失在水裡時，他緊盯著水面，全身冷汗直流，連自己都能聞到汗臭味。在他聽到「不能這樣盯著看喔！」這句話之前，他甚至忘記了英齊的存在，連承煥來到身邊都不知道。當然也就不明白承煥的話是什麼意思，也不想去了解。承煥像在安撫孩子似地，又接著小聲說：

「人家說，如果視線和屍體眼睛對上的話，就逃不了了，會被緊緊纏住，禍事連連。您還是往遠處看比較好，像是湖對面，或天空……」

突然天空暗了下來，太陽消失，從南邊的天空飄來錫黑色的烏雲，飽含水氣的風也吹了起來。賢洙所站之處不再是湖岸邊，變成了與母親並肩站在高粱田裡的一口古井前。古井裡沒有一點動靜，只有綁在潛水夫背上的粗繩不斷地被吸入井底。站在古井前拉著繩索的男人不停地擦汗。空氣黏濕濕的，充滿了高粱的焦糊味，令人作嘔。背後傳來村民議論紛紛的嗡嗡聲。

「我早就知道有一天會出事。」

「啊，這關別人什麼事？他自己喝醉酒發神經，失足跌到井裡。」

「你亂說什麼，哪有人會跑到井旁邊，脫了衣服失足掉進去？」

「他不是會自己尋死的人，八成是被這口妖井給迷惑，把井看成了池塘，一頭就栽了下去。」

「那現在賢洙他娘怎麼辦？孩子也不少，有四個吶。」

懸在井邊的繩索晃動了兩下，人們的議論聲也停了下來。大霧徐徐向高粱田埂瀰漫過來，不知從哪裡吹來的風，晃動著一整片血色高粱地。母親死死地抓著賢洙的臂膀，他感到有點頭暈，視野變得扭曲、破碎。從虛幻的間隙裡，現實破境而入，傳來拉繩人的喊聲。

「他們說找到了！」

兩名潛水夫浮出水面，他們用著一隻手游泳，慢慢朝著賢洙所站的湖岸邊靠了過來。兩人之間，長長的黑色頭髮如水草般晃動。距離接近的時候，就看得到潛水夫所握住的細長手臂，隨即肩膀和背部也浮出了水面，然後是臀部和雙腿，看得出是一個小女孩被拖上了岸。小女孩全身赤裸，只穿了內褲。潛水隊員將小女孩放在未拉上拉鍊的黑色裹屍袋上。孩子的頭部歪向一邊，記憶裡的臉孔正對著賢洙。漆黑空洞的眼睛望進了他的眼裡。青紫浮腫的雙唇呢喃低語：

「爸爸！」

他赫然停住呼吸，整個世界靜止下來。聲音、動作，連人都全部靜止。在可怕的靜止瞬間，只有他的左手如魚般活蹦亂跳。那段記憶，拚了命想忘掉的那段記憶對準他，如火車疾馳而來。他不自覺地步步後退，不停地眨著雙眼。眼珠像被燒灼般熾痛。孩子的眼睛在他的眼底烙下印記，讓他再也無法故意遺忘，也不讓他潛意識裡有遺漏真相的片刻存在。你不是開車肇事，而是殺了人。

「是我女兒沒錯。」

不知從何處傳來英齊的聲音，將賢洙從烙刑的祭壇上拖了下來。英齊把白布蓋在女兒身上後，站了起來。英齊的眼白如落日般血紅，黑的瞳孔裡，空空洞洞的，和死去的孩子眼睛一模一樣。

「先生，您要抽根菸嗎？」

刑警掏出一根菸問。英齊回答：

「我不抽菸。」

「喔……」刑警將掏出來的菸啣進自己嘴裡，在英齊前面坐了下來。英齊把身體靠在椅子靠背上，盯著四處尋找打火機的刑警。看起來像是四十五、六歲的年紀，全身貼著「高手」的標籤。剃得短短的頭髮，突起的額頭，像水庫閘門似的，又大又結實的門牙，肩膀比遞來打火機的菜鳥更健壯。高手對著英齊長長地呼出了一口菸。彷彿是說，我們慢慢開始吧！

高手和菜鳥這對搭檔，在世靈被撈上岸之後，過了一個小時才出現。原本是隸屬於S市警局的刑警，臨時被派到分局，成立專案小組。從只派出了兩個人的情況來看，世靈的死似乎很難斷定是他殺，還是事故。即使從屍體本身看來，就是他殺。

英齊是第一個被叫來問話的人，警方說，因為需要監護人的供述。

「孩子為什麼會在那個時間從家裡出去？」高手問。

「我在之前報案的時候，就已經說過。」

「再說一次吧！雖然不太容易，但還是請您連最瑣碎的事情都回想一下。」

英齊轉頭望向窗外，太陽正緩緩下山。天要全部暗下來，大概還得等兩、三個小時。

下午四點左右，潛水員和拉繩人慢慢接近取水塔前方十餘公尺的地方。英齊跟著拉繩人移動到一半，看到站在保安組長旁邊的安承煥差點想把他揍一頓，丟到湖裡去。你這傢伙，回去給你好看！

一大清早，英齊從徵信社那裡收到一張傳真。他們至今都沒能追蹤到荷英的蹤跡，但對於英齊新近的委託就顯出了厲害手段。只不過一天就回覆過來的傳真裡，連安承煥穿的鞋子尺寸都記錄得清清楚楚。有趣的故事雖然很多，但吸引住英齊視線的只有兩件。

為職業潛水員之子，十二歲開始潛水。

SSU（海軍海難救援隊）退役。

英齊在這部分下面畫上底線，不僅是特殊部隊出身，還是個天生的潛水員……

不懂潛水，至少他還懂得一點溺死屍體的情況。他不就是出生在世靈江邊的原住民嗎？溺死的屍體如果置之不理，會自己浮出水面三次。第一次浮出的時間，是在第三天到第五天之間。英齊從一大清早起，就守在三號出入口前面，原因也在此。今天因為剛好是世靈失蹤後的第三天，而浮出的地點，他猜測應該是垃圾攔截網一帶。只要不是腳踝上被綁住石頭沉到湖底去，那麼必然會順著水流而來被攔截住。既然只撈到衣服，那就只剩下另一半。這也就等於「世靈會赤裸著，在湖裡漂蕩」的意思。他曾經的猜想，強姦、殺人、棄屍等三個階段一路下來的推測，此刻終於獲得證實。

英齊出於理智，暫且不動安承煥。釣魚線證明不了什麼，就算釣魚線確實出自安承煥之手，也起不了什麼作用。沒法證明那一天、那個時候、那個地點，他曾經在那裡，英齊只能等待。現在，搜索屍體的作業才剛開始，不要心證，要實證。所需要的不是推測，而是招認。把這傢伙痛打一頓，晚一點再說。當然，光是痛打一頓，這件事也不能就此了結。

世靈被打撈上來的地點在寒松脊島水底邊緣尾端。她全身赤裸，端端正正地躺在那裡。

到這時為止，英齊埋首在事件中，還沒認識到本質的問題。雖然他已經預感到死亡，在追查孩子的行蹤之際，卻沒有「我女兒已經死了」的心理準備。直到現在，面對著世靈的這一瞬間，「死亡」才進入了他的認知中。他有種受到衝擊後、暈頭轉向的感覺。背脊晃動，肩膀咯噔咯噔地搖晃不停。整個身體都散成碎片的壓迫感；對自己女兒躺在那裡，赤身裸體暴露在看熱鬧的人群面前，所感到的恥辱感；對自己的世界，竟然以這種方式被破壞所帶來的憤怒感；還有不管以任何方式，都無法挽回的無力感；以及有可能喪失自制力的自覺。這一切都如狂風暴雨般撼動了他。這是他活了四十二年的歲月裡從未經歷過的衝擊。

英齊咬著牙，瞪大雙眼拉上了拉鍊的裹屍袋。寒松脊水下邊緣，是吧……而現在，為了查明死因，應該躺在驗屍台上，讓驗屍官在身體上切來切去了吧。他有種衝動想把世靈拖下來，好好地給她幾個耳光命令她，現在，馬上，睜開眼睛回家。回到妳的爸爸，我吳英齊所規定的位置去。

「先生！」

高手喊了一聲，探索的眼神，打量著英齊。英齊問：

「驗屍報告什麼時候出來？」

「快的話，兩天。慢的話，一週左右。到時候就能判斷出究竟是意外事故，還是他殺。」

高手並沒有收回對英齊審視的眼神，只動了動嘴唇回答。

「您覺得是哪一種？」

「看起來更像是他殺。先生您覺得呢？」

英齊沒有回答。高手又問：

「請問，您早就知道孩子掉到水裡了嗎？保全組長說，在衣服發現的地點碰到您的。」

「我只不過猜測，萬一掉到湖裡的話，應該會被攔截在那裡而已。」

「為什麼是掉進湖裡呢？也可以做其他的猜測啊，譬如說被綁架。」

「請問，您有女兒嗎？」

敲著筆記型電腦的菜鳥抬眼偷看了一下。高手反問：

「直覺。是這個意思嗎？」

「是的。」

「所以您連班都不上，一大早就守在湖邊？」

「是的。」

高手點了點頭。

「讓我們回到最開始的地方。孩子從家裡跑出去，正確的時間是幾點？」

「大概是晚上九點四十分左右。」

「在那之前，孩子在做什麼？」

「在自己的房間裡睡著了。」

「在睡著的狀態下跑了出去？」

「醒過來以後，才逃跑出去的。」

「逃跑的理由是什麼？」

「她不想被教訓吧。」

「教訓，什麼教訓？不是說已經睡著了嗎？」

「我去首爾參加一場學術會議，回來一看，她已經睡著了。但家裡弄得一團亂，就把她叫醒了。」

「是把她打醒的嗎？還是先叫醒之後，才打的？」

英齊雙臂交叉在胸前，垂眼看著自己的膝蓋。思考了好一陣子之後，才回答。

「後者，我記得打了她幾個耳光。」

「也就是說，被打了幾個耳光之後，就逃跑了？但是因為爸爸就守在前面的路上，所以大半夜地往內環湖路逃跑？」

「那孩子很怕挨打，一害怕就具有攻擊性。她把裝著滾燙蠟脂的玻璃杯丟向我，就跳窗跑掉了。雖然我馬上追了出去，卻沒能找到她。」

「孩子是賽跑健將嗎？」

「別院到正門的距離不到五十公尺。還開著的門，只有正門，我當然認為，她往那個方向跑了。於是開了車出去找，在村子裡找了一圈，一直開到後門都沒找到。所以才會判斷，她沒有從前門出去，也沒逃到村子裡。」

「所以是跑進了內環湖路？」

「那個地方，到了晚上，連男人都不敢進去。我只是抱著一線希望過去看看，心裡其實沒有任何期待。也可以說，我是去確認我女兒沒去那裡，卻在取水塔附近看到一個移動物體。我以為是我女兒就追了過去，卻在中途追丟了。我一直追到那條路尾端封閉的地點，都沒看到。」

「沒看到什麼，所以馬上就出來了嗎？」

「出來途中，曾經在碼頭上停了一下。大門下面有一道差不多世靈這麼大的孩子可以鑽得進去的縫隙，您也知道，湖四周架設了鐵絲網圍牆，從別的地方是進不去的。我拿手電筒照了照，還安撫著叫她出來，假裝找到她的樣子。」

「那她出來了嗎？」

「如果出來的話，還會在湖底下被發現嗎？」

「也可能出來以後才死掉的啊！」

英齊正視著高手，這王八蛋到底想說些什麼？

「我最後判斷，內環湖路也沒有，所以決定回家等她自己回來。」

「可是一晚上都沒回來，後來您怎麼做？」

「我去報了案，然後組織搜索隊。動員村裡人和搜救犬，在林園、村子、世靈峰赤楊林、牧場畜舍、碼頭尋找，連湖岸斜坡都細細搜索過。」

「您找到了什麼嗎？」

「什麼都沒找到。」

「既然什麼都沒找到，您又為何能憑直覺知道孩子掉到湖裡了？麻煩請解釋一下。」

「既然地面上沒有，那除了湖裡，還會有別的地方嗎？據我所知，我女兒可沒有飛天的本事。」

兩個小時後，英齊才從分局裡出來。原本寧靜的世靈村街道上擠滿了記者。同行的，還有籠罩了大地的夜。英齊快步穿過他們，回到林園裡。他想休息，想淋浴之後，喝杯烈酒，再躺下來，想讓備受衝擊的沸騰腦袋冷卻下來，讓思考和行動變得井然有序。至少，讓頭腦運作回到平常的程度。

一〇二號前，停著一輛馬提斯。這輛車讓一個汗如雨下的大個子來開，實在小得可憐。如果是大個子那個眼神生得很銳利的老婆開的話，可能還適合點吧。英齊在馬提斯的引擎蓋前停下了腳步。後照鏡上，掛著一個獰笑的螢光骷髏，馬提斯和獰笑骷髏，這組合在哪裡看過？這個問題從前一天起就存在他的心中。也就是星期日早上，碰到那個沒家教的小孩時開始。

小孩不知羞恥地盯著傳單裡的世靈看，英齊一看著他的模樣，忍不住心裡就冒起火來。他不喜歡那小孩看著世靈的眼光，有種女兒遇上了附近遊手好閒混混的感覺。陌生的臉孔，加上和世靈年紀相仿，更加重了那種不快的情緒。英齊甚至想對著他的屁股用力踢一腳。離我女兒能多遠，就滾多遠。

那時，馬提斯出現了。英齊看到了那個獰笑的骷髏，這讓他莫名地感到介意。馬提斯和獰笑的骷髏。明明在哪裡看過的樣子，而且還是最近的事情。

小傢伙對著從馬提斯上下來的大塊頭，喊「爸爸」。英齊因此產生了好奇心，想知道這小孩到底是誰。他想看看，會生出那種沒家教孩子的男人究竟是什麼樣的人，也想記起，到底是在哪裡看過馬提斯和獰笑的骷髏。之所以去招惹賢洙，原因也在此。原來那男人只是塊頭大而已，在孩子面前，受到一個陌生男人的侮辱，也不知道要生氣。就是個臉皮薄，汗流個不停，驚慌失措、膽小怯懦的傢伙罷了。這傢伙必然是個只懂得點頭哈腰、天生賤骨的男人。但是，小孩卻替自己父親報了仇。他所投來的直球，讓英齊真有種心臟受到重擊的扎實感。

世靈是否也曾經如此，不顧一切地站在自己父親這一邊？英齊在記憶裡苦苦搜索之後，決定放棄。站在空無一人的陰暗家門前，拚命尋找死去的女兒是否愛著自己的證據，這什麼德性啊！荷英知道自己女兒死了的事情嗎？世人都在議論世靈之死的夜晚，做一個母親的人，竟然連一通電話都沒打來。應該憤怒卻不見憤怒的情況，打倒了他。他的心情，有種被寒冷的波浪迎面壓下、重重摔落的感覺。

英齊直接坐在台階地面上，愣愣地望著，停在馬提斯前面的自己的BMW。馬提斯、骷髏、拖車。終於，他找到了一個太過細瑣，很容易忽略掉的記憶。搬運鐵板的三台長型拖車，竄進這三台車前面給他讓路的馬提斯。按著喇叭，從馬提斯前面開過去的自己的車。黑沉沉的馬提斯車窗裡面，那骷髏在獰笑著。是世靈休息站附近的道路，第一次遇到一〇二號那個大塊頭，不是在林園裡，而是在高速公路上。而且不是在大塊頭搬來的星期天早上，而是在世靈死掉的星期五那天晚上。

英齊站了起來，所以結論是什麼？經過世靈休息站的車輛，多到難以計數。

那天晚上開進內環湖路的車有兩輛。第二輛開進來的車，速度飛快，卻突然停了下來。過了二十多分鐘之後，才消失。二十多分鐘的時間裡，到底做了些什麼？

突然，被恐怖襲擊的世靈，尖叫著從門下的縫隙鑽出來的模樣浮上腦海。穿著被撕破的衣服，乍然跑到馬路上的世靈，剛好車子疾馳而來……

英齊又沿著通行道走下去，這是個有思考價值的問題。他從後門出去，進入內環湖路。陰暗的天空裡掛著一個黃澄澄的圓月，湖岸斜坡，火紅似夕陽下的田野，從荊棘藤蔓下流瀉出來的霧氣也血似的紅。英齊走在連四周瀰漫的大氣都一片火紅的夜裡，緩慢前行。能聽到的，只有閘門的聲音，和自己的腳步聲。他緩慢地走進了如此寧靜的世界。

承煥走進碼頭裡，本想將鐵鍊和鐵鎖依舊鎖到門內側，卻又改變心意放著沒動，反正最多一、兩分鐘就做完。他走到碼頭盡頭處，站在那裡仔細聽了一下。只有一隻寒蟬在嘶嘶地鳴叫著。

他在碼頭盡頭處跪了下來，彎下腰向橋柱下摸索。什麼都沒摸到，這讓他心裡往下一沉，再去別的橋柱下摸索。雖然記得正確位置，但還是過來找找看。果然沒有！把手伸到水裡，攪了一陣，什麼都沒摸到。打開手電筒，貼在水面上，往水底下照去，什麼也看不到。

承煥茫然失措地跌坐在地，這是四天以來最糟糕的事情。

他半天前，才想起了釣魚線的事情。守在監視器前面，觀看一一九潛水救援隊的搜索過程時，他也全然沒想起這檔子事。他的注意力只專注於世靈會在何時、何處被發現的問題上。從水流的情況來看，世靈應該會在攔截網附近被發現。如果潛水隊靠近取水塔附近仍舊沒有發現的話，那就表示屍體直線沉入自己撞見的地點，也就是世靈村尾的寒松脊邊緣，自己回程時放棄原來的路線、直接上升的地點。一瞬間，他嚇得魂都飛了。碰到世靈的那天晚上，他忘了拿回來的「什麼東西」，這下才想起來。水底下，還有順著村子路線繫上的釣魚線。

承煥找了個適當的藉口向朴主任告假，飛快地跑到湖邊。不是他已經想好了什麼對策，在附近村民蜂擁而至的情況下，他根本無法確認那東西是否還安然存在。如果潛水隊員多管閒事，把那東西撈了上來，他也沒法去阻止，但總不能坐視不管，還是只能過來看看。

組長站在湖岸斜坡上，一臉蒼白，汗如雨下的同時，眼睛還是緊緊盯著湖看。他察覺到了組長的情況，這個看來膽小到怯弱程度的男人，內心正處於如自己塊頭般大的危險之中。這種狀態下去，萬一和屍體的眼睛對上，必然招來致命災禍。過去，他也見過這種人，在觀看屍體打撈的過程中，完全撤下了意識的防禦罩，導致一般俗稱「撞邪」的事情。

他真想拿手遮住組長的眼睛，當時沒那麼做，最終還是造成了問題。組長的眼光被打撈上來的屍體所吸引，受到了預料中的衝擊。陷入了一種現實消失、意識完全集中在一個焦點的被動恐慌裡。這種時候，組長的靈魂只對著世靈開放，彷彿自己成了世靈的爸爸一樣。

承煥當時沒能預料到的是「真正爸爸」的反應。搜索過程中，吳英齊就站在拉繩人後面望著湖面，看起來眼光很平靜，表情很冷靜。然而，當屍體一被打撈上來，吳英齊的態度就有了極端的變化，出現了與組長類似的反應，典型失去女兒、陷入恐慌的父親模樣。

承煥很好奇，冷靜與恐慌，哪一邊才是他的演技？如果說是後者，那麼吳英齊不該做個牙科醫生，而該去當演員才對。萬一，恐慌是真正的情緒表現，雖然無法理解，但也說得過去。這個人，就是拿拳頭來關愛女兒的性格。

他拖著失魂落魄的組長離開了那個地方，才走到正門警衛室而已，就讓他感到筋疲力盡，有種扛著一輛故障戰車的感覺。兩天的時間裡，這已經是第二次了。說得上安慰的，大概就是釣魚線沒有被人發現。說起來，也沒有哪個潛水員那麼有閒情逸致，在水裡艱苦地搜索四個小時的同時，還會為一根釣魚線傷神。

承煥已經打算好了，晚上穿著制服過去。怕的是，萬一碰上某個埋伏在那裡的人，至少也可以給人「工作中」的印象。因此，刻意延後兩個小時下班，理由也在此。他的計畫很簡單，進到碼頭裡，剪斷釣魚線，這樣就夠了。釣魚線上繫了鉛錘，會乖乖地沉下去，而且，這根線尾端也被綁在通往世靈村的各個通路上，不會自行漂浮上來。

可是，找不到釣魚線。

說不定是在自然的情況下鬆開，沉入水裡了。也說不定，剛好村民搜索隊裡有喜歡釣魚的人，就捲了帶走。搞不好，放在背包裡，寄到水源二哥家了……

雖然做了各種「說不定」的設想，其實，他心裡已經有了答案。釣魚線被吳英齊拿走了，還是被搜索隊找到了，不然就是與星期六晚上出現在監視器畫面上的手電筒燈光有關。釣魚線上端三公尺左右的長度可能被剪斷了，也就是將釣魚線繫雙頭嶺樹幹上時多留下來的部分。承煥很想知道，吳英齊從釣魚線上查到了些什麼。釣魚線的用途，繫上釣魚線的人，都查出來了嗎？如果，自己進入世靈村的時候，被吳英齊看到的話……一想到可能「被看到」，他就有了可怕的聯想。

發現世靈的屍體後，在一般的情況下，警方會把英齊當作頭號嫌疑犯。英齊承認，曾經對世靈施暴。然後，就會提出世靈挨揍後，逃出去，被某人抓住，性侵之後殺害，然後遭棄屍的可能性，也會抖出，之前和隔壁男人之間的過節，於是隔壁男人就成了嫌犯。吳英齊再拿出釣魚線做證據，強調隔壁男人喜歡晚上偷偷去潛水，會在碼頭浮橋繫上釣魚線，也是出自這個理由。那天晚上，隔壁男人也在碼頭上，世靈躲在碼頭處，不小心就出事……一齣完整的劇情，就這樣出來了。

承煥真想捶地，腦子裡一團糟。眼前浮現吳英齊面對釣魚線，思考著要如何處理的模樣。現在，自己就等警方的傳喚了。

勉強撐起無力的身軀，承煥差點嚇昏過去，吳英齊就站在他背後。

「你在這裡做什麼？」

吳英齊歪著頭問。承煥沒有回答，他根本說不出話來。太陽穴青筋猛跳，全身的寒毛都豎了起來，沒有驚聲尖叫，就算阿彌陀佛了。如果要舉辦一個國際嚇人競賽，代表大韓民國的選手絕對非這男人莫屬。

「大半夜的，在這裡釣魚嗎？」

「我在進行夜間巡邏，接到管理局的指示，所以過來看一下。」

「是嗎？怎麼巡邏打算巡到水裡去嗎？」

吳英齊擋在承煥的面前說：

「你趴在那裡，手不停地攪來攪去，看到什麼了嗎？」

承煥戴好保全員的帽子，驚嚇過後，難為情、困惑與確定一下子全湧上來。吳英齊跟蹤自己，只為了讓他陷入難以動彈的圈套裡。這樣才說得過去，不然這個時間，這個地點，怎麼可能會碰巧遇上。

「過去，還沒有一一九的時候，也就是二十世紀時有一種專門打撈溺死屍體的職種。」

承煥面對著吳英齊開口說。吳英齊把手插進褲子口袋裡，維持冷靜態度地站著。

「我們稱之為『鱷魚』。」

父親曾經教過他，如果碰上強盜，就把錢包遠遠丟出去，趕緊逃跑。這是遭遇危險時最有效的方法。因此，他決定把吳英齊最想確認的事情，遠遠地丟出去。

「鱷魚族最忌諱的事情有三件，第一，雨夜不要下水，第二，喝了酒不要下水，第三，不要打撈站著的屍體。」

「很有趣的故事，什麼站著的屍體……」

月光照映在吳英齊的額頭上，一片血紅，黑色的眼珠直直地盯著承煥看。

「打撈屍體工作者特有的禁忌吧。如果鱷魚被金錢蒙蔽雙眼，打撈了站著的屍體，活不過一天就會死掉。聽說，被發現的時候，是呈現和屍體手挽著手的狀態。站著的屍體會在原地尋找替死鬼的水鬼，也就是會給鱷魚族帶來災難的水鬼。」

「所以呢，和鱷魚有什麼關係？」

「我只是要告訴您，我就是鱷魚的兒子。我那天晚上在客廳裡，喝著啤酒看棒球比賽。球賽快結束的時候，開始下起雨來。」

承煥朝著碼頭大門的方向，邁步走去。英齊沒有攔住他，也沒有再多問些什麼。看起來，忙著思考些什麼的樣子。釣魚線、世靈、鱷魚三件事之間是否暗藏著什麼玄機？當承煥正要脫離浮橋的範圍時，英齊喊住了他。

「問你一件事情。」

承煥一回頭，英齊大踏步走過來，與他面對面。

「那天晚上，你們組長曾經來過這裡嗎？」

這是超出承煥預料的問題，也是一個令人懷疑的問題。這男人的腦袋裡到底在想什麼？英齊又追問了一句：

「有沒有說要先過來看看房子之類的……」

「沒有。」承煥回答。

「那麼，在這附近是否有他認識的人？」

「您為什麼要問這種事情？」

「嗯，我好像在哪裡曾碰到過他一次。」

「請您直接問他本人，不要像狗仔[2]一樣，做這種繞著圈子打聽的事情。」

承煥隨即轉身，離開了碼頭。既然擊出了一拳，最好趕緊離開現場，才是明智之舉。英齊沒有跟出來，他把碼頭的門從外面鎖了起來。關在裡面的小狗，看是要從門下面的縫隙鑽出來，還是要爬牆出來，隨便！

走到取水塔前面時，承煥從襯衫口袋裡掏出手冊和原子筆。站在發紅的月光下，開始做筆記。

組長和吳英齊在附近碰見過。何時？

他快速翻看著雜亂記下的線索，看來，還是得好好整理一下才行。從最後一次見到世靈的星期五那天下午開始，到剛才的情況為止，所看到、知道、聽到，以及一些瑣碎的感覺。首先，是為了作為保護自己的手段，進一步，也要釐清整件事情的全貌。

「怎麼一個人回來？」

一走進家裡，姜銀珠就問：

「瑞元他爸呢？」

承煥愕然站在玄關裡，從銀珠的表情看來，他一個人回來是不對的。雖然臉上帶著笑容，但看著他的眼裡並不帶笑意。瑞元站在銀珠身後，手指放在耳朵旁邊，做出牛角狀[3]，眨著一邊眼睛，像在對他使眼色，也似乎是告知當前情況與對策的一種信號：媽媽在生氣，你自己好自為之。

「是啊，我有點事情要處理，回來晚了。」

「我還以為你們在一起，瑞元他爸不接電話，你也聯絡不上。」

承煥覺得既荒唐又彆扭，現在這樣，有點像在挨罵似的。住在一個屋簷下，才不過兩天而已。他把手伸進口袋裡，手機是關機的狀態。這才想起，在他走進內環湖路之前，把手機關掉了。走在伸手不見五指的路上，沒有比手機鈴聲突然響起更嚇人的。打開手機電源之後一看，有兩通未接來電，全都是家裡的電話號碼。

「關機了呢。」

「知道瑞元他爸去哪兒了嗎？」

銀珠沒有一點讓開的意思。

「媽，叔叔肚子一定餓了。」

瑞元拉著他母親的手臂說，但銀珠甩開兒子的手。

「晚飯要等爸爸回來才開飯。」

這是前一天晚上也同樣出現過的台詞，意思就是叫他出去找找看。如此看來，搬家過來前，這對夫

2　譯注：也有狗娘養的意思。
3　譯注：在韓國，此舉代表火冒三丈。

妻才吵過架，兩個人都互相不看對方。昨天承煥不得已只好和瑞元一起，到休息站去把組長抓回來。今天，如果他還想吃到飯的話，大概也得去一趟了。

「要我去找找看嗎？」

他才問完，銀珠就轉身走到廚房。

「不用了，他總會回來的。」

銀珠的回答很有技巧，這女人擁有不需要直接拜託、就能把別人支使得團團轉的才能。承煥轉身打開大門，瑞元也馬上跟了出來。

「媽，我跟叔叔去去就回來。」

「去什麼去！」

銀珠轉身大吼，但瑞元已經飛快地從別院前徑跑了下去。

休息站的岔路比內環湖路還暗，這裡沒有路燈，也沒有人家居住，只有世靈峰上面，以及休息站的尖塔上，散發出淺綠色的光芒。

「你媽今天很生氣嗎？」

承煥打開手電筒問。瑞元身體緊貼著他回答：

「因為爸爸又不守約定。」

「什麼約定？」

「戒酒的約定。媽媽說，爸爸喝的酒瓶多到能堆出一座城還有剩。」

瑞元的聲音變得悶悶不樂，承煥趕緊轉移話題。

「學校怎樣？喜歡嗎？」

「每個年級只有一班。」

這是不表露出「喜歡，討厭」的回答，也是他一向的說話習慣。

「有幾個同學？」

「五年級有十三個人。」

「學校真小，大家都很親近吧？」

「才沒呢！村裡的孩子不跟眷村的孩子玩。也不一起吃飯，彼此也不說話。我都不知道要和哪一邊的玩。」

「沒有同學過來跟你講話？」

瑞元點點頭。

「同學說，我是別院的小孩。」

承煥下意識地想到，世靈也被人稱為是「別院小孩」。

「那你一整天都怎麼過的？」

「到處看啊！布告欄裡，貼了一張叫世靈的那孩子畫的畫。名稱是『一二三木頭人』，看起來好可怕，好悲傷。但我覺得，那是一張很……有藝術性的畫。」

承煥不自覺笑了起來。

「是嗎？是怎樣的一張畫？」

「窗戶下面蹲著一隻貓，斜眼偷瞄著自己的背後。背景有樹林，還有圓圓的月亮明亮地照在大樹上。有的樹後面飄出長長的頭髮，有的樹之間有小女孩的小腿，砰砰地拚命跑。還有光著的腳，像是踏著空中階梯似地，走上天空。這是我自己的感覺，那個小孩和貓好像在自己家後面的樹林中，玩著一二三木頭人的遊戲。長頭髮啦，小腿啦，光腳啦，都是那隻貓斜眼偷瞄到的小女孩的樣子。」

瑞元住了口，抬頭望著承煥。

「那小女孩死了，對吧？」

像在說一個祕密似地，小小聲地問。圓嘟嘟的臉頰上，寒毛都立了起來。

「其實啊，我看過那個女孩子。」

承煥有點莫名其妙，他不記得在湖邊曾看過瑞元。

「村裡的孩子嚷著說一一九來了，跑去看熱鬧的時候，我也跟著去了。以前，我也曾經被一一九的叔叔救過喔！不過今天是第一次看到潛水員叔叔，也是第一次看人潛水。」

「從頭看到尾嗎？」

瑞元點了點頭，臉色暗了下來。

「我夾在附近村民的空隙裡，看到爸爸和叔叔站在一起。正想靠過去的時候，那孩子就從湖水裡出來了。」

承煥感到額頭變得冰涼，就像在湖底下對上世靈眼睛的時候。

「我本來不知道是那個女孩。她的臉變得很奇怪，很可怕，看了想吐。所以我就想回家，可是腳卻動不了。那時，有個叔叔從後面用手把我的眼睛遮住，叫我不要動，靜靜地待著就好。等到那個孩子被救護車載走之後，那位叔叔才拿開手，說死掉的孩子就是那個女孩。」

承煥抬眼眺望休息站的尖塔，心裡很亂。

「那隻貓不知道自己的朋友死掉了吧，還等在那孩子的窗戶下面。」

「你看到歐妮了？」

「那隻貓叫歐妮嗎？叔叔怎麼知道？」

「聽世靈那孩子叫過。不過，你怎麼知道那裡是世靈的房間？」

「剛才大概六點的時候，聽到貓叫。我就往外面看了一下，是那隻貓，我馬上就認出來了，長得和圖畫裡的一模一樣。我喵喵叫了兩聲，那貓就望著我，拿尾巴啪啪敲著地。然後我就瞞著媽媽，拿了鮪魚罐頭，跑到那裡去了。我第一次看到那樣的貓，見人靠過去，也不會跑掉，還把我給的鮪魚罐頭全吃光了。以前我住的地方，那些貓只要一看到人靠近就馬上逃走。小貓，不，歐妮在吃鮪魚的時候，我看了房間裡面一眼。窗戶稍微打開了，我就把一隻眼睛湊上去看，看到了那女孩的照片，就是傳單上的那張照片，裝了框掛在牆壁上。於是，我就知道這是她的房間。我本來不想再看下去，卻一點辦法也沒有。那孩子好像想跟我說話似的……」

「好可怕喔！」

瑞元搖了搖頭。

「我本來還想，說不定死的是別的孩子。」

不知不覺間，就走到了休息站。承煥拉著瑞元，往瞭望台走的同時又問：

「為什麼會那麼想？」

「照片裡的那個孩子喔！」

瑞元遲疑了一下，才又接著說：

「很漂亮，就像活著似的。」

路燈照著瑞元的臉，臉頰通紅。

組長光腳站在瞭望台最高的一片地帶，以岌岌可危的姿勢靠著欄杆，注視著腳底下的黑暗，一動也不動。承煥停下腳步，如果是白天的話，往下就能看到世靈湖。現在，霧氣都升到山頭來了。他很好奇，組長究竟在看什麼，那麼專心地連鞋子掉了都不知道。瑞元喊了組長一聲。

「爸爸！」

組長打了個冷顫似地，動了動肩膀，然後才緩緩地轉過頭來看後面。一臉蒼白驚嚇的表情，睜大的眼睛正對著瑞元。然而，那雙眼睛並不像在看瑞元，而像是在湖岸斜坡上看著世靈的屍體。這種眼神很危險，組長處於毫無防備的狀態。

銀珠在休息站路邊攤買了蘋果，剛從果園裡摘下來的，十個一包三千元。這在首爾，簡直是難以想像的價錢。遞過錢去，轉身的同時，不久前在休息站管理部所受的氣，馬上拋到腦後。而且，也感到肚子餓了。

她走到瞭望台，把裝了蘋果的袋子放在遮陽傘的桌子上，自己也坐了下來。挑了一個又紅又誘人的蘋果，在罩衫衣襬上擦了擦。鄉下死丫頭，會不會看人啊，喊我歐巴桑，真沒禮貌……

張大了嘴，一口咬下一大半的蘋果。剛好這個時候，手提袋裡就響起了手機鈴聲。是英珠打來的。嘴裡的蘋果突然就成了礙事的東西，太大了，吞不下去；吐出來，又太可惜。銀珠猶豫之際，還是按下了通話鍵。明明說的是「我啦」，聽起來卻像牙痛患者的呻吟聲。話筒的另一端，英珠問：

「妳到底在說什麼？」

銀珠很不滿，眼睛有兩個，耳朵有兩個，鼻孔有兩個，為什麼只有嘴巴是一個。如果說話一個嘴，吃東西另一個嘴，那該有多好。如果還能有一個長了犬齒的嘴，就再好不過了，那就可以把休息站管理部那死丫頭的大波咬下來。

「旁邊聽起來很吵的樣子，妳在外面嗎？」英珠問。

銀珠趕緊嚼了蘋果吞下去，回答說：

「我在休息站瞭望台上。」

「妳怎麼會去那裡？妳不是一直在罵那裡是酒鬼的集合點。」

這是有原因的。搬家過來後的日常生活整理，在星期日那天就已經全部結束。泡菜啦，下飯菜啦，搬家前就已經充分準備好了。家裡頭的洗洗刷刷、打掃的事情，一個小時不到，就全做完了。

星期二，去了一趟瑞元的新學校。去的時候，還順便打聽配菜人力的現況。僧多粥少！有兩名原住民女子會固定過來給廚師幫忙，但銀珠仍然寫了履歷表，從回收筒裡撿來的生活情報誌中，也找到了能讓她應徵的工作。休息站食堂街收銀員雖然一天要輪三班，薪水也少得可憐，但優點是離家近。薪水高的工作，大部分都在S市。

今天一大早，銀珠就帶著履歷表到休息站管理部。一名女職員獨自坐在裡面，一副狐狸精模樣，穿著紅色針織衫，一對大波簡直有保齡球那麼大。

「放在那裡。」

叫我先放著？還是叫我放下來就可以走了？銀珠搞不清楚。保齡球忙著在那張狐狸臉上抹粉，看都不看她一眼。等了好久之後，銀珠忍不住開口。

「小姐，請問，我已經提交文件了，是不是該給個收據什麼的……」

保齡球闔上粉餅盒，抬起頭來。

「歐巴桑，妳東西放在那裡就好，人可以走了。」

銀珠聽到腦子裡火冒三丈的聲音，什麼歐巴桑！在她的認知裡，歐巴桑是混合了對已婚婦女的隱藏輕視，對強勢、堅韌生命體的不恰當嫌棄，以及年輕人假裝親切、實則無禮的一種稱呼。國語辭典裡所教的「歐巴桑」，是女性長輩的一種卑稱語。銀珠雖然不認為自己還是穿學生制服的年紀，但看起來也沒老到足以當這個胸大無腦保齡球母親的程度。她不明白保齡球憑什麼看輕自己。她又不是來討錢的乞丐，她是一名來提交履歷表的求職者，也是在一山地區擁有「自己房子」的中產階級者。再說氣質上看起來，也還很年輕。銀珠氣得拿回自己的履歷表，告訴保齡球：

「給我聽好，乳牛小姐！我叫姜銀珠，不叫歐巴桑！」

英珠嘎嘎笑個不停，沒有回答銀珠「我看起來像歐巴桑嗎？」的質問。但對自家姊姊夫妻的近況倒顯得很好奇。

「妳和姊夫還在冷戰嗎？」

「嗯，還在冷戰。」

「姊夫沒道歉？」

「他神經病！」

「我覺得，姊夫是害怕才不道歉的。姊姊妳就先去跟姊夫講話吧！」

「喂喂，我告訴妳！世界上最可惡的禽獸就是喝得酩酊大醉，晚上外宿，回家以後還打老婆的傢伙。就算他給我下跪求饒，我也不打算就這樣放過他，還什麼……」

「念在他初犯嘛！而且也只打了一記耳光而已。」

就算是一記耳光，也有分輕重。他那一記耳光，讓她從玄關直接飛到客廳去。如果再打上第二記的話，她不就要飛到黃泉去了。「放過」這樣的話，就等於是「打死也沒關係」的意思。銀珠把一記耳光事件都歸咎在自己身上，所以只要他道歉，自己就會原諒他。明知道他沒法遵守約定，自己還一次又一次地相信他，這才讓丈夫變得越發囂張。銀珠在等待一個時機，等丈夫舉白旗進來的時候，等丈夫說「我們談談」的時候，就是她糾正一切的機會。每天喝得爛醉的酒，最近又開始抽的菸，不負責任的行為，不接電話的習慣全包括在內。這也可以說是，「一記耳光」終結的作戰。

「坦白說，姊姊妳也有不對的地方。明明打個電話就能解決的事情，為什麼偏要姊夫過去？而且，男人喝酒的時候，最討厭家裡打電話緊迫盯人，那是讓老公淪為笑柄的作法。」

銀珠感到自己在保齡球那裡受的氣再度升騰起來。英珠老是這樣，事情就明明擺在眼前，還老是站在丈夫那一邊。比起身為姊姊的自己，英珠和同齡的姊夫更合拍。不管是在對話、性格、思考方式等各方面，都屬於「談得來」的關係。因此，現在自己的火氣，並不純然來自於英珠為姊夫打抱不平的緣故。

銀珠是在二十八歲那年夏天認識賢洙的。中間的介紹人不是別人，正是英珠。當然，這不是出自英珠的本意。才剛當上國中英文老師的英珠，每天都忙著應付約會邀約和介紹對象的邀請，她正值花樣年華，人也長得漂亮，還擁有人人稱羨的工作，不被別人盯上才怪。連週末都閒得沒事做的銀珠，對於英珠令人驚訝的時間管理能力，只能自嘆弗如。暑假開始的時候，英珠與身分不明的「傢伙」去濟州島三天兩夜的旅行。這是一個星期一，銀珠正好也放暑假，趴在電風扇前面吹涼風。中午的時候，銀珠還在煩惱要在泡麵裡放年糕，還是放餃子的時候，就接到英珠的電話，說人在濟州機場。英珠說，自己上了飛機，才想起來傍晚跟人約了見面，但自己又沒辦法讓波音七四七的飛機再飛回去，乾脆就不管了，拜託姊姊幫忙解決問題。聽說是個職棒選手，因為是個剛退伍的新人，只能待在二軍，但很快就會升上一軍。現在雖然沒什麼錢，但會是一個前途無量的「人才」。雖然銀珠對職棒一無所知，但至少還知道所謂「人才」的意思。就和小樹要澆水、施肥，好好培育，才能成為大樹的意思一樣。而且，年紀還比她小三歲。

「妳叫我去跟個小孩見面？」

「哎喲，姊姊，最近女大男小是潮流。再說，又是個職棒選手啊，妳難道沒一點興趣嗎？」

是有點興趣，想知道職棒選手都是怎樣的人。況且還是名門大學出身，這也勾出了她的興趣。雖然是以體育資優生的身分進去，不管怎樣，畢業證書還不都一樣。

傍晚的時候，銀珠坐在無等山山下的一家飯店咖啡廳裡。等著如果有人找姜英珠的話，她就優雅地微微舉起手來。然而，當「某人」出現的時候，她連這個簡單的動作都忘記了。她從未見過一個如此魁梧的男人，就像一根咖啡廳的頂梁柱邁著大步朝自己走來似的。

「請問……是姜英珠小姐吧？」

他走了過來問，靠近一看，才發現個頭實在不容小覷了。乍見之下看似瘦高，其實是因為整體長度的關係。小腿就有銀珠一整條腿的長度，大腿比銀珠的腰還粗。不知道是不是訓練到一半跑過來，運動褲上全是灰塵，從黑色帽子下露出來的臉頰汗水直流。肩膀上還背著一個登山背包，大到銀珠整個人都能塞進去。銀珠站了起來，以端莊的態度背誦似地說出大家都會說的客套話。

「初次見面，很高興見到你。」

就像在對學校老師問候似地，那男人脫下帽子，點了點頭。頭髮剪得很短，臉看起來嫩得像高中生。看到銀珠盯著自己看，趕緊又戴上帽子，靦腆地笑了起來。笑得像個少年一樣的男人，除了是個大塊頭的男人之外，也像個感覺敏銳的人。不同於個頭的溫柔眼神，也讓人印象深刻。才在位子上坐下來，銀珠就很想問：「你到底有幾公斤？」幸好緊急改口。

「體重有多重？」

對方又靦腆地笑了笑。

「不會到三位數吧？」

他用著很沒自信的聲音回答：

「嗯，到……高中的時候為止還沒……」

銀珠很好奇，老虎和貓的床戲演得下去嗎？如果和這男人同寢，自己大概會被壓成貓毯。

「我是姜銀珠。」

賢洙暗暗抬了抬帽沿，一臉訝異的表情。銀珠乾咳兩聲，奇怪，嗓子怎麼不太清爽，連話都說得亂七八糟的。

「也就是說，我是姜英珠的姊姊。她說……沒辦法讓波音七四七停下來……。我其實也很忙……不過還是替她過來了。」

賢洙的反應只有「啊，是嗎？」，就沒了。不管是對英珠還是對面的銀珠，都沒有再多問什麼，於是，整個情況就變成，銀珠不停地問，他都以「是」或「不是」來回答。銀珠心想，該不會是看到年長姊姊出現，覺得倒胃口吧。察言觀色一番，又發現不是這麼回事。好幾次都對上了那雙藏在帽沿下的眼睛，只要眼睛一對上，他就一定臉紅紅地笑了笑。分手之際，銀珠才終於聽到賢洙一句完整的話：

「那個，我明天下午一點有比賽。」

從語氣上聽來，似乎是叫她過來。「明天」是休假的第二天，不去棒球場，還能去哪裡？二軍對陣的棒球場裡，蕭條得如同商家全打烊的夜晚街頭一樣。觀眾席都空空的，選手在驕陽下，打一場沒有觀眾、沒有喊聲、沒有激情的比賽。銀珠獨自坐在外野處的看台上。看不見賢洙的臉孔，不僅因為距離遙遠，也因為戴著捕手面罩的關係。雖然連規則都不懂，無趣又無聊，但銀珠還是一直坐在那裡沒走開，就如同一隻吃飽了在烈日下打盹的母雞。要不是不知從哪裡飛來的球掉落在她腳下，大概就睡死過去了。她嚇得睜開眼睛一看，背號二十五號的選手望著外野跑向二壘，儘管距離遙遠，但她知道那是賢洙。他朝著自己揮了揮手，便以驚人的速度跑過三壘，每跑一步，烈日曬乾的大地都彷彿要裂開了一般。等他跑回本壘，銀珠才察覺到掉在自己腳下的球代表什麼，是一顆再見全壘打的球，銀珠撿起那顆球。

比賽結束之後，賢洙來到外野觀眾席。

「把球給我。」

連句「妳來啦！」的招呼都不打，劈頭就這麼說。銀珠無可奈何，只能把球遞過去。賢洙從口袋裡掏出原子筆，轉眼之間，就把球又還給了銀珠。

「我得去搭球團巴士了。」

銀珠還來不及說些什麼，抬起頭來，賢洙已經轉身朝著出口方向大步走去。球上面則寫了這麼一段話：

I believe in the church of baseball. 一九九二年八月。崔賢洙

接下來的兩天，賢洙都沒有跟她聯絡。銀珠則等英珠一回來，就把簽名球給她看。當然，挨、彼立不、殷、秋奇、卑斯波爾，這種程度的英文，銀珠還是懂的。只不過當這些字都黏在一起的時候，就不知道什麼意思了。英珠如此回答：

「姊姊，那男的，是提姆．羅賓斯？還是凱文．柯斯納？」

這話比英文句子更難懂。

「感覺上啦，比較接近哪一個？」

同樣是一個很難回答的問題。在銀珠的記憶裡，不是凱文．柯斯納那型。不過另外一個叫提姆．羅賓斯的演員到底長什麼樣子，她也不清楚。她甚至不懂英珠為什麼要這麼問。英珠以一種不同的眼光，打量銀珠。

「姊姊又不是蘇珊．莎蘭登，看妳的胸部，只有李子那麼大而已。」

是啦，就妳是波霸啦。銀珠吞下差點脫口而出的話，說了該說的話：

「妳就不能說得簡單一點？」

「我的意思是說，如果把這男的簽名逐字翻譯的話，就是『我信仰棒球這個宗教』。不過，這句話不能單純只當成一個句子來看，有點那個。是《百萬金臂》電影女主角說過的話。」

「百萬金臂？」

「棒球電影啦！蘇珊・莎蘭登扮演一個英國文學講師，愛好是……」

銀珠開始感到有點不安。

「愛好是什麼？」

「帶新人棒球選手上床。」

「也就是說，叫我跟他上床的意思？」

看到銀珠杏眼圓睜，英珠嘎嘎笑了出來。

「不是啦，不是啦！不能這麼說。也可能和那種情況完全無關，就單純地喜歡這句台詞吧。信仰過這世上形形色色的宗教，嘗過各式各樣的男子，能相信的始終只有棒球。不用背負罪惡感，也絕對不會無聊。大概就是這樣的內容。那女的在手上掂量著兩塊糕，這兩塊糕，一塊是提姆・羅賓斯，一塊是凱文・柯斯納。所以我才問妳是哪邊。」

「我不管什麼糕，我只想知道，他要找我上床，對吧？」

「也不一定就是這個意思。妳如果覺得那男的不錯，不如就找個機會再見面，我幫妳看人。」

銀珠緊盯著英珠的表情看。一個以帶新人選手上床為愛好的英國文學講師，一個每週換男人的中學英文老師。她認真地想找出兩人之間有什麼差別。盯著看了三十分鐘，答案還是沒出來。

休假的最後一天，銀珠接到賢洙的電話。說下午要到釜山去，去之前可以見一下面嗎？在旁邊聽的英珠，也跟著去了。

「是提姆・羅賓斯啊！」

看到賢洙的英珠，小聲地在銀珠耳邊說。等到賢洙去上廁所，銀珠馬上問：

「提姆・羅賓斯長什麼樣子？」

英珠以三句話歸納，身高一百九十六公分，少年的微笑，可愛的笨蛋。又追加了一句作為參考的話：雖然還是新人，但具有凌駕凱文．柯斯納的潛質。

賢洙回到位子坐下，銀珠仔細地觀察他。不管賢洙靦腆與否，氣氛是否彆扭，聽英珠那麼說，還真有點像。從簽名球來看，似乎是個戴著少年面具的低級流氓。

英珠首先打破了彆扭的氣氛，帶著甜甜的笑容，唱歌似地開始說話。

「我相信靈魂，還相信男人的那根，女人的屁股，玲瓏的曲線，強大的本性，高級的蘇格蘭威士忌，蘇珊．桑塔格放縱的作品，李．哈維．奧斯華（Lee Harvey Oswald）[4]的單獨犯案，人工草坪，以及指定打擊的條文[5]必須修正。有效擊球面積和甜蜜柔軟的色情文學……」

銀珠感到自己滿臉羞紅，發神經啦！沒地方抹糞，抹到姊姊臉上來，而且還是在提姆．羅賓斯面前。然而，賢洙的反應卻不一樣。盤據在臉上的緊張消失，又綻放出之前那少年似的笑容。厚厚的雙唇間，吐出令人意想不到的言詞：

「我相信，聖誕節禮物不該在前一天夜裡，而應該在當天清晨打開。也相信我能給出一個長長的，慢慢的，深深的，柔柔的，濕濕的熱吻，整整三天。」

英珠捧著半邊臉，裝出要昏倒的樣子。

「喔，麥……」

銀珠這才終於察覺，兩人正在說著電影裡面的台詞。雖然剛才拚命笑著，但她所笑的東西，其實一點也不好笑。對她來說，根本沒有妙招可以扭轉局面。因而對話就以那兩個人為中心，一直進行下去。從電影，到棒球、捕手論。銀珠所知道的捕手就只是接接投手球「打雜的」而已。英珠所知道的捕手則是如此的人。

「是投手的堅實標靶，不管投什麼球過來，都不會躲避的人。擁有能解讀局面的神之眼與藍波的膽量，以及包容內外野手寬大胸懷的人。能記得各個打者在上一個打席是被哪種球解決的，能看出打者在伺機等待哪種球種的人。比賽結束之後，連對手的呼吸聲為何，都可以一一倒帶回去的人。戴著面罩、護膝套、護襠，不斷地移動、支撐九局的人，以全身阻擋奔回本壘跑者的人。」

「聽說捕手所接受的第一個訓練，就是球投到面罩上也不眨一下眼睛，真的嗎？」

英珠笑得連酒窩都出來了，這是能讓男人原諒她一切作為的姜英珠式標準笑容。賢洙一臉感動的樣子，銀珠卻有如坐針氈的感覺。她很生氣，覺得自己成了圈外人，自卑感油然而生，心情也隨之不安起來。英珠完完整整地繼承了芝妮的遺傳，如果說，芝妮教給她的是人生的教訓，那麼英珠所繼承的就是B罩杯的胸部，以及迷惑男人的才能。英珠的學歷比她高，也擁有比她更好的職業，連個性都更親和。這孩子正用著她的酒窩和饒舌在媚惑提姆．羅賓斯，她能不生氣嗎？銀珠想提醒英珠這點，幾乎到了全身冒冷汗的程度。「當初介紹認識的人是我，拿到簽名球的人也是我，不是英珠妳啊！」

道別的時候，賢洙和英珠握了握手說好久不曾如此愉快過，對銀珠則這麼說：

「我下週整個禮拜都在外地，星期六會在大田。」

那天晚上，銀珠問英珠：

「妳以前曾和捕手談過戀愛嗎？」

「沒啊，今天第一次碰到捕手。」

「那妳怎麼那麼了解捕手？」

4　譯注：美籍古巴人，被認為是甘迺迪遇刺案的主謀。

5　譯注：指在打擊順序上，有一位專門擔任打擊任務而不需上場防守的球員。「指定打擊」主要是讓投手專心投球，而不需要上場擔任擊球員，減少投手受傷的機會。

英珠噗哧一笑，好像還嘖嘖兩聲。

「本來不就是要把他介紹給我的嗎？」

「是沒錯啦。」

銀珠不樂意地承認。

「所以，我事先就把某個棒球專家寫的專欄內容背了下來，見面的時候，就可以派上用場。」

銀珠到錄影帶租售店，借了《百萬金臂》來看。就算沒把棒球專家的專欄全部背下來，至少也該知道提姆．羅賓斯是誰。英珠睡著了以後，銀珠一個人坐在電視機前面。

一支名叫達勒姆公牛的二流棒球隊，有一名擁有價值百萬美元的金臂卻頭腦簡單的投手努克（提姆．羅賓斯飾），努克的訓練師是外聘老將捕手克雷斯（凱文．柯斯納飾），還有以培養潛力股為愛好的女球迷愛妮（蘇珊．莎蘭登飾）。電影講述這三個人之間的三角戀情，和努克在克雷斯的訓練下，成長為超級投手的過程。最後以不被看好的捕手克雷斯的最終戰，畫下完美句點。

對著不相信命運的克雷斯，愛妮問：「你相信什麼？」英珠與賢洙對話的台詞，就是克雷斯對這個問題的回答。愛妮聽著克雷斯的回答，到了「熱吻，整整三天」這個部分時，做出了快昏倒的表情，喃喃自語說。也就是英珠對賢洙拋出的台詞「Oh, my……」

銀珠很好奇，女人何時會突然鍾情於一個男人，而男人又會在哪個瞬間愛上了一個女人。英珠和賢洙一眼就鍾情、愛上了嗎？他們才是到了故事結局終究會相遇的一對吧！

週末下午，她為自己找了無數個理由去大田。沒事幹，宅在家裡會發霉。她為自己提出的問題找到了答案。為了不讓提姆．羅賓斯被芝妮的二女兒帶上床……

大田的二軍賽場上，也和光州一樣，沒什麼觀眾。銀珠抵達的時候，空蕩蕩的大田球場裡，鬥士隊正在進行九局上半的攻勢。一、二壘有人的情況下，賢洙上場，第一棒就揮出了一支全壘打。球越過外野，飛到球場外。鬥士隊以七比四打敗了老鷹隊。如同給她簽名球的那天一樣，賢洙對銀珠揮了揮手，表示看到她來了。比賽結束之後，賢洙沒有如昔搭上球團的車，而是得到了教練允准外出的許可。

那天晚上，銀珠一下子知道了很多事情。上次給她的簽名球，是賢洙加入職棒之後，所擊出的第一支全壘打球。他十二歲的時候，父親去世，母親在建築工地裡開了一家小飯館，和他三個弟弟妹妹住在一起，他自己則住在球團宿舍裡。年薪八百萬元，是二軍選手，而薪水的大部分都寄給了母親。在朋友的慫恿下才出去相親，但他目前的處境還不容他有結婚的打算。還有，銀珠也知道了，就算小貓一整晚被老虎壓在身下，也不會被壓成貓毯的事實。

那天晚上所製造出來的孩子，現在已經十二歲了。在這個酷熱的夏天天氣裡，英珠在電話中不停地翻著舊帳，讓銀珠心裡一把火燒了起來。因為她同時也確定了，自己對英珠的嫉妒成倍增加。除了弟弟的身體之外，沒看過其他男人身體的銀珠很明確地發現，她獻上了自己才能得到的男人不是提姆．羅賓斯。兩者唯一的相似之處是，頭腦簡單。

從休息站下到林園的這段路程裡，一直在講電話的銀珠，卻在中央通行道的布告欄前面，停下腳步。那裡貼著一張聘用眷村警衛的徵人廣告。搬家來的那天也看到過，但那時沒多在意。一方面自己沒有擔任過警衛，另一方面，也沒想去做警衛。然而，現在不同了。

「英珠啊，兩小時後再打電話過來。」

銀珠掛斷電話，把廣告仔細地看了一遍。二十四小時輪值，可能因為太過理所當然之故，聘用條件中並未注明限男性。只有年齡限制「五十歲以下」。銀珠猜想，這個條件就是導致至今找不到人的主要原因。在這個到處都是老年人的鄉下角落裡，哪裡會有三、四十歲的人過來應徵眷村警衛。沒必要多考慮，銀珠相信的宗教就是銀行存摺。為了買房子，存摺的錢全都提光了。現在她需要一個新的存摺，因此迫切要找到一個填滿存摺的工作。剛好現在她手上有履歷表，於是便大踏步往林園管理辦公室前進。

管理室裡，只有吳英齊一個人坐在那裡打電話。銀珠站在門口觀察裡面的氣氛，她從瑞元那裡聽說過，那人的女兒遭遇了可怕的事情。如果不小心說錯話，那可就糟了。

「有什麼事情嗎？」

吳英齊結束了通話後問，看起來不像是個幾天前才失去了女兒的人，表情很平靜。捲起了袖子的襯衫，看起來也很整潔。銀珠把履歷表遞過去。

「我看到徵人廣告才過來的。」

吳英齊默不作聲地看著她，久到銀珠以為他是不是睜著眼睡著了，才開口說話。

「這不是一件輕鬆的工作。」

「我知道。」

他瀏覽了一下履歷表之後，就開始即席面試。從表情、態度、行動等各方面來看，這個男人都給人一種很有教養的感覺，如果要說有什麼缺點的話，就是眼睛太過冰冷，時而還會閃過驚悚的眼神。當然，銀珠不會在意這點，發薪水的又不是眼睛，這裡給的月薪，比起超市收銀員還高出兩倍有餘。就算那雙眼睛長得像鯛魚，又有什麼關係。

「什麼時候可以開始工作？」

老闆問，銀珠差點回答「明天就可以」。能在這種鳥不生蛋的地方，而且就在自家隔壁找到工作，真是太幸運了，這也似乎象徵著一切的事情都會有所好轉。然而，就算如此，還是有必要保持一下個人風度。因此，銀珠難得地垂下目光回答說：

「星期日開始可以工作。」

「爸爸，八點二十分了。」

瑞元在浴室外面大聲喊，此時，賢洙正坐在浴缸邊緣，和勇大傻纏鬥中。升級版的勇大傻比以前那個傢伙更可惡，更常出現。短短四天的時間裡，已經出現四次，甚至無法自行消除。不管是泡在熱水裡，還是用力按摩，或覆上暖暖包，都沒有一點好轉的跡象。就算手臂回復知覺之後，也需要好半天的時間，才能恢復握力。

昨早上班之後，勇大傻又出現了。賢洙泡了咖啡，才想在桌子前面坐下來，左手臂就一下子失去了力氣。隨即左手撞擊到桌角，啪地垂落下來。咖啡杯掉落到地板上，摔得粉碎。朴主任驚得睜大眼睛，在軟趴趴的手臂和賢洙的臉之間，來來回回地看著。賢洙脹紅著臉，開始按摩手臂，還邊費力地解釋：

「沒事，沒事！偶爾會這樣，一下子就好了。」

然而，即使過了一個小時，手臂還是絲毫動彈不得。賢洙非常不安，不知道該如何是好。過去一直使用的民俗療法，如今卻發揮不了效果。快下班的時候，朴主任突然拿出一把美工刀，連個招呼都沒打，就抓住賢洙放在大腿上的左手，用刀尖刺進中指去，紅黑色的血珠隨即滴滴答答地落下來。賢洙還來不及驚訝，就感到手肘處彷彿有一道電流竄過似地，恢復了知覺。幾分鐘之後，連握力也回來了。賢洙垂眼看了看手臂，手指握緊又張開，心裡很不是滋味，但又覺得很神奇。

「你怎麼知道要這麼做？」

賢洙開口問。朴主任聳了聳肩。

「我母親有時候也會這樣，不過我母親不是手臂，而是腿。因為父親的關係，母親時常生氣，鬱憤成疾。每次發作的時候，腳尖都動彈不得。這種時候，不管是藥物還是其他什麼的療法，都沒什麼用處。唯有在腳尖刺個小孔，放放血，才是最好的辦法。所以，我不是故意拿刀刺您的。以後有需要請儘管吩咐，我一定會不客氣地為您刺下去。」

朴主任把美工刀收回抽屜，卻突然滿臉疑問地轉過頭來。

「不過，組長也有什麼鬱悶積在心頭嗎？」

賢洙打開浴室裡的櫃子，在急救箱裡翻翻找找，卻找不到什麼可用的東西。剪刀也好，鑷子也好，前端都是鈍鈍的。手臂仍然像條死蛇一樣軟趴趴地垂著，外面有人在敲著浴室的門，稍遠處瑞元像唱歌一樣，不停地催促著。

「爸爸，二十五分了！」

賢洙把手平放在洗衣機上之後，拿起漱口杯用力往洗衣機的邊角敲下去。瓷杯破碎的同時，尖銳的碎片也四下散落在洗衣機和地板上。賢洙撿起其中的一片，用力往中指指尖刺進去。飽滿的血珠迸出來，很快就形成了一條血帶，從手指間隙滴落下來。賢洙不自覺地吐出呻吟聲，堵住血管的某種物質似乎也隨著血一起流出體外，甚至有種像忍了很久的尿，被釋放出來時的奇妙快感。與此同時，賢洙甚至感覺到，手臂的知覺又回來了，被碎瓷片刺破的部位，火辣辣地疼。外面又響起了敲門聲，他趕緊從急救箱裡拿出ＯＫ繃，在指尖上繞了一圈。扭開水龍頭，清洗掉血跡，再把碎瓷片聚攏，丟到垃圾桶裡。一打開門，馬上有人閃電般衝了進去。是承煥。

「要我在外面等你嗎？」

賢洙貼著浴室的門問，裡面傳來用盡全力的聲音。

「您先走吧！」

瑞元背著書包，站在玄關處。銀珠背著身在洗碗，連賢洙換好衣服出來，也對他毫不理睬。這樣的態度反而讓賢洙釋然。之前想對銀珠坦白的想法，從星期一以後，就完全消失不見，只剩下毫無用處的後悔，在心中不斷湧起。就算必須遺憾地離職，也不應該來到這個地方。他太過於相信自己不管怎樣，必能克服一切，其實是一種錯誤的判斷。

那小女孩總是隨時隨地冒了出來。一身是血的模樣，喊著「爸爸」的聲音，左手下方扭動不已的掙扎觸感。似乎有個人無時無刻在提醒他，是誰幹下了那種事情。當他清醒的時候，覺得自己都快瘋掉了。當快瘋掉的瞬間過去之後，他整個人又變得茫然若失。每當如此，他心裡都會升起一陣恐懼，對自己，對未來，對今後不知道又會做出什麼樣的事情來，對已然破碎的人生，再也無法復原的恐懼。

如果沒有酒，他就無法熬過那孤獨又可怕的瞬間。自己就像間小茅屋，孤零零地佇立在不毛之地上。只要銀珠問一句「瑞元爸，你怎麼了？」他一定會馬上跪下來，把所有的事情都說出來。他只想問一句「我該怎麼辦？」如果銀珠說「你去死好了」，他會去死。但如果銀珠叫他去自首的話呢？他做不到。讓人們留下瑞元的爸爸是個殺人犯的印象，是比死還慘的事情。在崔瑞元這個名字的背後，貼上「殺人犯之子」的標籤，是比死更可怕的。如果銀珠說，大家一起死了算了……這種事情，他想都不願去想。還不如和三不五時冒出來，對著自己喊爸爸的小女孩，鬥個你死我活。就像小時候，和從井底傳出，喊著「賢洙啊！」的聲音拚鬥一般。因此，他必須撐下去，時間會解決一切。

「走吧！」

賢洙戴上保全帽，瑞元也戴上拿在手裡的棒球帽。

「叔叔呢？」

「叔叔叫我們先走。」

這是個大霧籠罩的清晨，家門口的路燈還亮著。然而，卻有兩名陌生男子打量著賢洙停在路燈下的車。年紀較長的男人，從前擋風玻璃往裡瞧，較年輕的男人負責觀察車的保險桿。這兩個是什麼人，賢洙一眼就看出來。不安的情緒升起，心裡也一陣火。未經允許，怎麼亂看別人的車。

「在這裡等一下。」

賢洙讓瑞元在大門台階下面等著，自己穿越馬路過來，站到年輕男子的面前。

「你們對著我的車在幹什麼？」

「喔，就看一下。」

年輕男子回答。他的手上秀出警察身分證。

「什麼叫看一下？」

中年刑警站到年輕刑警的旁邊，投射過來的視線如同鉤子，釘住賢洙的眼睛。

「那個吊飾很有意思，竟然是個獰笑的骷髏。」

賢洙試著要表現出泰然自若的樣子，卻很失敗，眼皮痙攣似地不自覺地眨個不停。

「那是兒子送我的禮物。」

「啊，是那個孩子嗎？」

中年刑警用大拇指，指了指瑞元。賢洙沒有回答，對方比著手指的樣子，讓他感到不快。

「對了，你有過來申報入住嗎？」

「星期日那天就去申報了。」

「向我嗎？」

「不是，是向另外兩位刑警。」

「喔喔！」

中年刑警拿手指撓撓鼻尖，又問：

「從什麼時候開始正式上班的？」

「從星期一開始。」

「也就是說八月二十七日……」

「三十日。」

「那之前，沒來過這裡嗎？」

賢洙瞄了一眼瑞元，還乖乖地站在那裡沒動。

「沒來過。」

「喔，那還真奇怪！一般人搬家，都會先過來看看房子。」

「我沒過來。」

「車子什麼時候修理的？」

賢洙好不容易才壓下翻湧上喉嚨裡的驚愕，卻也因此錯過了回答的時機。

「出了車禍嗎？」

「好幾個月前的事情了。」

「哇，那家修車廠的技術還真不賴，幾個月前修理的車，看起來就像三、四天前才修過的樣子。那家修車廠在哪裡？也讓我知道一下，好去光顧光顧。」

「不好意思，我現在要去上班。」

中年刑警點點頭，示意知道了，不再提出問題。

「不過，我說那小女孩啊！在她死前，你有沒有見過她？」

賢洙真想大吼，而實際從他嘴裡出來的聲音，也接近喊叫。

「你這是什麼問題啊？」

「怎樣了？」

「我不是說了，從三十日那天才開始上班的。」

「喔……對對對！」

中年刑警又拿拇指嘟嘟敲了敲自己的腦袋。

「年輕人多體諒體諒，到了我們這個年紀啊，健忘得很！」

「那我以後就不會再見到兩位了吧？」

「這很難說，我們的工作就是到處走來走去地討人嫌。」

兩名刑警轉過身，並肩朝著中央通行道走去。賢洙回頭看向瑞元，動作卻突然停頓。他的耳中傳來中年刑警的喃喃抱怨。

「狗娘養的，又不是他死了，幹嘛一張臉變得死白，一副神經質的樣子。」

從聲音的大小來看，其實只是想讓他聽到「狗娘養的」而已。然而，賢洙感到自己臉上的血色一下子全部褪去，他悄悄地對著車窗瞧了一眼，只看得到他的臉，卻看不到臉色。他感到難以理解，當時自己並不在世靈湖，至少在表面上如此，照理應該不會被列入嫌疑名單中才對。但為何刑警老是在他身邊繞來繞去？那兩個人還在賢洙的視線範圍內走著，中年刑警慢吞吞地移動，正給叼在嘴上的香菸點火。年輕刑警四處張望，嘴裡不停讚嘆「這個園林的造景實在太棒了」。

「爸爸，你還好嗎？」

瑞元的聲音從胸腔下面蹦了出來，位置和時間點都很突兀，賢洙不自覺地大吼一聲：

「爸爸怎樣？」

「沒有，我問一下而已！」

瑞元默默地拉下帽沿，望著前方。一大半被帽沿遮擋住的臉頰上，通紅一片。賢洙感到很後悔，他從來沒有對瑞元大聲過。這是瑞元滿七歲那天之後，第一次對他吼。

那時，他剛結束水庫保全的工作，回到總公司還不到一個月的時間。瑞元跑到兒童遊樂區去玩，天都黑了，還沒回來。賢洙和銀珠瘋了似地在附近不停地找。終於在附近偏僻的一處空地找到了瑞元。被鐵絲網圍籬圍住的空地上，三個小木屋大小的貨櫃箱一字排開放著。貨櫃箱下面，有著足夠貓咪進出的縫隙。瑞元的聲音便從那下面傳了出來。

「爸爸，我在這裡。」

那聲音微弱得如同快熄滅的蠟燭，賢洙把手電筒塞進洞裡，往裡面照了照。貨櫃箱下面，有個浴缸大小的空間，瑞元就蹲在那裡面。賢洙一面喊著「瑞元啊」，一面急急忙忙地把手往裡伸。瑞元馬上抓緊他的手說：「爸爸，我快大出來了。」瑞元的眼裡充滿了信任，相信爸爸來了，就一定能抬起這個貨櫃箱，把自己弄出來，讓他好好大便。然而，賢洙卻不知該如何是好。縫隙太小，如果不把貨櫃箱抬起來，就沒有辦法把瑞元弄出來。真搞不懂瑞元是怎麼挖開那個縫，鑽進去的。按照瑞元的說法，他是跟著小貓後面鑽進去之後，就出不來了。也就是說，進得去，出不來。銀珠不知道從哪裡借來一把鏟子，卻一點都派不上用場。沒法拿來鏟地，把縫隙挖大些。這裡的地不是一般普通的土質地，而是由高低不平的岩盤所構成的窄坡。因為之前的梅雨，原本填補在岩盤之間的泥土被沖刷了，才造成地面與貨櫃底部之間產生了縫隙。瑞元滑進的孔洞，八成也是這樣造成的。

一一九救援隊在十多分鐘後抵達，他們在岩盤上鋪上氣囊，然後用空氣壓縮機將空氣打進氣囊裡。氣囊成了一根支柱，原本沒有起重機就抬不起來的貨櫃箱，開始緩緩向上升起。賢洙的臉頰痙攣似地抖個不停，可怕的幻影，時時在向他挑釁，高粱地裡的水井，喊著「賢洙啊」的聲音，從井底拖出來的崔上士浮腫的臉孔……貨櫃箱向後傾斜了約二十公分，突然間，出現了氣囊砰的一聲爆破，貨櫃箱倒向瑞元頭上的幻影。

「爸爸！」

瑞元的聲音將他從幻影的地獄裡救了出來，一名救援隊員把手伸進洞裡，拉出瑞元的上半身。瑞元出乎眾人的擔心，顯得十分安好。臉頰紅撲撲的，眼睛閃閃發亮。對於一一九出動了救援隊來救自己，興奮得不知該如何是好。看到瑞元這個樣子，賢洙腦袋裡不知道哪根筋不對，就爆發了。

「崔瑞元！」

他緊緊抓住瑞元的兩條手臂，用力地搖晃他。壞小孩，可惡的傢伙，一連串辱罵從他嘴裡冒了出來。「敢再進去這種地方看看，我就把你丟到深不見底的井裡，淹死算了」，連這種狠話都出了口。就算瑞元被嚇得直哭，賢洙也沒停口。他停不下來，也無法控制左手的力量。要不是救援隊隊員合力拉開，他很有可能會弄斷瑞元的手臂。

那天晚上，銀珠把瑞元帶進主臥室之後，就鎖上了門。還大聲咆哮，不准賢洙靠近瑞元，也不准碰瑞元，不接受賢洙的道歉。賢洙只好到瑞元的房間，窩在小床的一角坐著。偶爾，他也會害怕從自己內在裡爆發出來的「某種東西」。他討厭自己無法控制那種東西，也為此感到羞恥，而瑞元便在此時安慰了他。大概是在一個小時之後，瑞元偷偷地過來。

瑞元搗著嘴嘻嘻地笑。

「我說我要嗯嗯。」

「你跟你媽說了什麼過來的？」

「我要和爸爸睡。」

當時的爆發，可以藉口說是作為父母的「恐懼心」，但剛剛他所爆出口的吼叫，卻只是一種遷怒。而瑞元又是懷著什麼樣的心情，守護著這個被侮辱了，卻無力迎戰的父親呢？又是如何看待這個只會對年幼的自己破口大罵的父親的呢？他吞了一下口水，開口問：

「爸爸送你到學校好嗎？」

「隨便！」

瑞元低著頭回答。賢洙從瑞元的背上拿下書包，用一隻手提著。另一隻手，則圈在瑞元的肩膀上。

瑞元的右手提著室內鞋袋子。遲疑了一下之後，才悄悄把把左手放進賢洙褲子後面的口袋裡。賢洙配合著瑞元的步伐，走下別院前徑。路燈把霧氣照得一片昏黃。

剛轉進中央通行道，就看到一隻花貓在過馬路。瑞元高興地喊：

「歐妮！」

貓兒回頭望了一眼之後，就逕自消失在眷村林子裡。

「那隻貓叫歐妮？」

賢洙問，瑞元點了點頭。

「住在眷村裡的樣子？」

「不是，牠自己住，就在世靈牧場的畜舍裡。」

「你怎麼知道？」

「村裡的孩子說的，說牠在畜舍裡有個藏身之處。附近的大人在找那個孩子的時候發現的。」

「哪個孩子？」

「隔壁那個孩子。」

賢洙再也說不出話來。所謂隔壁那個孩子，是指死掉的小女孩嗎？

「歐妮每天晚上都會跑到我們房間窗戶的下面，我趁媽媽不注意，偷拿鮪魚罐頭放在窗台上，牠就會跳上來吃。所以呢，爸爸，你可不可以買貓糧給我？每天偷拿鮪魚罐頭會被媽媽知道的。」

「貓糧要到哪裡買？」

「人家說，鎮上有寵物店。爸爸可不可以中午休息時間去買回來，然後藏在壁櫥裡面？不要讓媽媽知道喔！」

「媽媽如果打開壁櫥看到的話，你要怎麼辦？」

「壁櫥是叔叔在用的，媽媽不會去開的。」

賢洙點了點頭，瑞元開心得眼睛都彎了起來，如彎月般帶著笑意的眼裡充滿了情愛與信任。這是賢洙最愛的表情，也是在黯淡人生裡支撐他活下去的月光。

「那個歐妮啊，人家說，是那女孩的朋友。」

瑞元遲疑了一下，又繼續說下去。

「如果沒死的話，大概就會跟我坐在一起。」

「你是說，你就坐在那孩子的旁邊？」

「現在已經沒有那個女孩的座位了，老師把她的課桌椅搬到後面，另外放著。」

「那不就沒人跟你一起坐？」

「老師說，以後再給我換位子。」

賢洙停下腳步，突然又火大起來。真是個極端麻木不仁的老師，一個才剛轉學過來的孩子，沒別的位子給他坐，竟然安排他坐到一個死去孩子的鄰座。還有撤掉課桌椅的行為，也真是超乎一般人的常識。

「有說什麼時候換嗎？」

「說很快就會換。」

瑞元抬起下巴，仰望賢洙，眼裡充滿不安，怕爸爸又生氣。賢洙想起一時忘掉了的事情，是誰把那小女孩弄死的。

「我聽到同學私下在說，那女孩很可憐。她媽媽逃跑到很遠的地方，所以她被她爸爸打得半死。她逃出來的時候死掉了。那個叔叔是女孩的爸爸，對吧？就是我們搬來那天，想跟爸爸吵架的叔叔。那個人是很可怕的人吧，爸爸你不要跟他來往。」

賢洙陷進混亂中，躲避她爸爸，逃出來的時候死掉了……

「爸爸，我很擔心媽媽，媽媽想去那個叔叔家工作。」

賢洙吃驚地睜大了眼睛。

「你在說什麼啊？」

「我昨天放學回來的時候，看到媽媽從眷村那裡走過來，說她找到工作了，擔任警衛。媽媽大概是看到布告欄上面貼的徵人廣告，就跑去應徵了吧。媽媽說，我們為了買房子欠了很多債，所以要賺錢還債。」

「真的要去做嗎？」

瑞元點點頭。

「爸爸，你和媽媽和好吧！只要爸爸道個歉就好。媽媽氣消了，爸爸就可以好好跟媽媽說。告訴她那個叔叔很可怕，叫她不要去那裡工作。」

賢洙愣愣地說了聲「好」，瑞元一臉放心地，走進了學校。

從昨天開始閘門勤務的承煥，坐在正門警衛室裡，盯著電腦螢幕看。網頁上，顯示著世靈的新聞。

賢洙裝著沒看到，走向洗臉台，問道：

「你為什麼在這裡？」

承煥回頭看了一眼回答：

「朴主任叫我幫忙看一下，他說有事要到郵局一趟。」

「啊……，真討厭！上面要求我們暫時週末要正常值勤。」

「管理局嗎？」承煥反問。

賢洙拿出拋棄式刮鬍刀，在下巴上抹肥皂。

「你ＯＫ就沒問題，反正我也打算過來。」

「他們自己休息，卻叫警衛要正常上班？」

「大概是因為最近記者啦，外部人士常常在附近晃來晃去，看了討厭的關係吧。公司會支付加班費的。」

「組長，您那天為什麼沒來？」

承煥沒有直接回答，反而問了一個毫不相干的問題。賢洙從鏡子裡看著承煥。

「那天突然有事沒法過來，怎麼了？」

「幾天前有人問，組長搬來之前，有沒有先來過這裡。」

「誰？刑警嗎？」

「那個林園男主人。」

賢洙打開水龍頭，沖洗刮鬍刀，心裡卻慌亂得很。不明白為什麼突然間，世上的人都在打探自己的事情。

「你怎麼回答？」

「我說沒來過。結果對方又問，組長的家鄉是不是在附近。」

「他為什麼要問這個？」

「他說，好像在什麼地方碰到過組長。」

碰到過那男人，在什麼地方？賢洙很訝異。他也有耳朵，當然也聽說過吳英齊是個什麼樣的男人。那是個和自己生活在兩個不同世界的男人，會遇見那男人的機率，比起地球和冥王星接頭的可能性還小。即使如此，說不定還真遇到過。賢洙苦苦地在記憶裡搜索，一一回想曾經見過面或擦身而過的每個人。結論卻和原來一樣，他從來沒有見過那個男人。中午時間，他的心情變得開朗起來。那人隨便說說的吧，說不定只是一種客套話。

他懷著稍微輕鬆的心情，去買瑞元拜託的貓糧。剛好管理局有人要到鎮裡辦事，他就不用回去開自己停在家門前的車。回程是搭計程車回來的，雖然心裡擔心會碰到銀珠，幸好家裡空無一人。在壁櫥裡藏好貓糧之後，他就從家裡出來，但卻在家門口的台階上，停下了腳步。英齊的ＢＭＷ就停在他的車旁邊，這讓他忽然記起了承煥說過的話：

「他說，好像在什麼地方碰到過組長。」

賢洙這才發現，自己好像哪裡搞錯了。不是「在哪裡遇到過」，而是「碰到過」。如果承煥原封不動地轉述了那男人所說的話，那麼「遇到過」和「碰到過」便可能有不同的意思。他下了台階，走近ＢＭＷ，在接觸到車子之前，找到了答案。果然如此，是曾經碰到過沒錯。不是那男人，而是和一輛類似的白色小轎車。那天晚上，在世靈休息站附近的公路上。

他感到全身寒毛都豎了起來，那種事情怎麼記得起來？那男人是天才嗎？能記住路上一閃而過的車輛牌照號碼？自己的車，不是ＢＭＷ，也不是賓士，只不過是路上隨便都能碰到的車。他轉頭看著馬提斯，前擋風玻璃裡螢光骷髏在獰笑著。賢洙想起上班時，路上遇見中年刑警的話：

「那個吊飾很有意思，竟然是個獰笑的骷髏。」

「喔，那還真奇怪！一般人搬家，都會先過來看看房子。」

「不過，我說那小女孩啊！在她死前，你有沒有見過她？」

「車子什麼時候修理的？」

黑暗的不安，流淌在他的腦海中。刑警也知道了嗎？是那男人說的嗎？那麼，他們就應該傳喚他到分局調查，而不是在家附近探頭探腦才對吧？難道是從世靈湖的監視器找到了線索？不會啊！按照承煥的說法，在黑暗中，環湖一帶的監視器畫面就是漆黑一片。如此一來，就只有交流道的監視器了，連車牌號碼都能查出來。

他默默地望著骷髏，難道是你告訴他們的？

「請你再複述一次女兒逃走前的情況。」

高手按下錄音鍵後說：

「你上次說，是正在打她，還是在糾正她？不管怎樣，那時候是幾點？」

英齊挺起背脊，深深地坐進椅子裡。兩手交握，放在大腿上，耳朵傾聽著掛鐘的秒針所傳來的滴答聲。

下午三點，英齊接到高手的第二度傳喚。分局裡，除了高手和菜鳥之外，還有一位陌生的刑警。再加上今天早上來過林園正門的那兩人，刑警人數增加為五人。

「孩子是幾點跑出去的，你做了什麼，孩子才會逃跑？」高手問。

「大概是九點四十分左右，因為她不守規矩，我在糾正她的錯誤。」

「你上次說，是用什麼糾正她的？」

「用我們通稱為『手』的東西。」

「在哪些部位進行了糾正？」

「我上次說過，是對臉頰的一側進行了糾正。」

高手把背往後面一靠，無聲地笑了起來。

「也讓我學學那個技巧吧，一記耳光竟然會讓骨盆破裂，頸骨斷裂，整個頭都成了血瓢，有什麼祕訣嗎？以專有名詞來說，就是蜘蛛網膜下腔出血，還是什麼的。」

英齊一時愣住了。

「驗屍報告出來了嗎？」

「昨天晚上出來的。」

「我剛才聽到的就是驗屍報告的結果，對吧？」

「是的。」

「那麼說，是一輛大卡車從我女兒的身上輾壓而過的意思嗎？」

「用不著什麼卡車的，一輛ＢＭＷ就足夠了。」

「你的意思是說，我開車撞死逃跑的女兒，然後把她的屍體丟進湖裡？」

「還有另外的直接死因，是窒息而死。」

「你是說孩子被活生生地丟到湖水裡？」

「先用車撞個半死後，再堵住呼吸悶死。而且呢，還是以一股強悍的蠻力，按壓得連頸骨都扭斷了。」

英齊雙唇緊閉，喉嚨裡傳出粗重的喘息，有種連遭重擊的感覺。高手又說：

「好了，讓我們回到原先的話題。從那天晚上孩子逃跑的情況開始說。」

用車撞了之後，堵住呼吸悶死，手勁大到連頸骨都扭斷。英齊最先想起的，就是承煥的紀錄。海洋救援隊出身的人，一定接受過那種訓練吧。接著，他又想起營運組長看了監視紀錄後所說的話。十點四十分，第二道快速奔馳而來的燈光，在一處地方停留了二十分鐘之後，又消失了。

「先生。」

高手催促著，英齊於是開始確認他想知道的事項。

「沒有遭到性侵的痕跡吧？」

「那是先生您最擔心的部分嗎？」

英齊無視這個問題裡所內含的奇妙語氣。

「因為被發現的時候，全身赤裸的關係。」

「正確來說，還穿著內衣吧！估計外衣是受到了水流的衝擊，自然而然脫下的。因為是一件無袖、低領的成人女性罩衫。」

「也就是說，並沒有遭到性侵的痕跡吧？」

「是的！不過，我更關心那孩子被發現時的模樣。那孩子穿著性感女性的衣服，還化著濃妝，原因何在？先生，您是不是知道些什麼？」

高手兩肘撐在桌子上，上身前傾，充滿期待的視線，馬上射進了英齊的眼睛裡。英齊卻對他的期待，置之不理。他需要好好地想一想，如果不是承煥的話，又會是誰？不是附近的人，只要沒什麼特別的事情，他們不會在那個時間點開車進入內環湖路。外地人的可能性很大，迷路的人，馬提斯，獰笑的骷髏。

「小說裡有時候也有這樣的情節，變態的父親要年幼的女兒化妝，穿上女人的衣服。先生喜歡看小說嗎？」

「你到底想說什麼？」

「呵呵，我只是想知道先生的文學興趣，才隨口問問的。」

英齊改變了心意，決定趕緊結束這次的訊問。他現在只想一人獨處，整理一下混亂的頭腦。

「她在玩假扮媽媽的遊戲，以前也因為這樣，我凶了她好幾次，可是她還是樂此不疲。」

「那時也因為這樣才生氣的嗎？」

「我不喜歡孩子學我妻子，也對女兒明白強調過這一點。那天晚上，發生了更嚴重的問題。她就那副難看的模樣，點著蠟燭睡著了。留到腰部的長髮全部散開，一不小心，家裡發生火災還算其次，還可能會燒到身上啊。之前也說過，我那天控制不住自己，就動手打了她。於是孩子就拿滾燙的燭台丟我，自己逃跑了出去。」

「簡直像在打仗的情況，卻沒有人出來看看嗎？」

「這裡的人，只要天一黑就不太出門。各人自掃門前雪，莫管他人瓦上霜，就是林園這一帶的風俗。」

「還真是了不起的風俗！鄰居家的孩子，有沒有讓自己父親打死，有沒有被車子撞到，有沒有被悶死，根本一點都不在乎……我還聽說，您的妻子也是因為如此才會逃跑出去，提出離婚訴訟的，就是被您那不受控的手打的，這是附近的人全都知道的祕密。而且那天舉行第一次公開審理，聽說您打輸了，消息傳得很快吧？」

英齊恨恨地瞪著高手一口亂七八糟的牙齒，真想一次全部拔下來，換上一排整齊的假牙。

「我對在背後流傳的謠言一點都不關心，因為我的家人才是最重要的。對我來說，保護妻女，讓她們過得幸福，就是我的義務。而我也以自己的方式，盡力而為。我不容許你們對我的方式，給予無謂的批評。」

「哇，好可怕喔！好吧，您不容許，那您想怎樣？」

高手拿原子筆的筆端，嗒嗒地敲著自己的手背。

「請你有點禮貌，我可是以遇害孩子的父親身分，到這裡來的。如果你要把我當成嫌犯來看待的話，請拿出證據來。」

「從監視錄影帶裡發現，那天晚上你的車曾經兩度進入內環湖路，這您要怎麼解釋？」

「只有一次！我跟你們說過，我只在世靈牧場前面停過一次，在碼頭前面停過一次。進去的時間是十點二分，回到林園的時間是十點三十五分。」

「還真精確，難道您每次到哪裡去，都會這樣確認時間嗎？」

「那時沒注意那麼多，都是事後陸續確認的。我們林園裡也設置了監視器。正門、後門、通行道固定間隔、眷村林子、兒童遊樂區都有。檔案都保存在管理室裡，那天雖然霧濃了些，但還是能看清車牌號碼。林園監視器的性能比管理局的還要好，而且晚上通行道上的路燈也亮著。在你們確認我移動的路線和時間點上，會有很大的幫助。」

高手點了點頭。

「那麼，在那之後您做了些什麼？」

「坐在家裡等，我以為孩子會自己回來。雖然不知道我女兒的死亡時間是什麼時候，但如果我在那之後還在外面活動的話，那麼必然會被監視器捕捉到。」

「我聽說，別院林子後面的小路上並沒有設置監視器。」

「你們不是說，死前先被車子撞到。如果想開上後面的小路，就得先經過我們家後院，從圍牆偏門出去才行。我請問你，哪裡有可以穿過我們家後面的林子和偏門的車道？」

「這我怎麼知道，總得看過車子再說。」

高手像嚼草的山羊一樣，撇著嘴笑著。英齊掏出車鑰匙，放在桌上後問：

「我什麼時候可以領回遺體？」

「驗屍工作結束了，您現在就可以領回。」

英齊走出了派出分所，發現自己的車子已經被拖吊走了。路燈下，只有馬提斯停在那裡。車主大概下班走路回去的樣子，車都停在那裡好幾天了。英齊愣愣地望著車裡的獰笑骷髏吊飾，好一陣子之後，打電話把修車廠的技師叫來。

「前面全都換過了。」

三十多分鐘之後才出現的技師說。

「看起來像多久前換的？」

「這個嘛，從上漆的情況來看，似乎是最近的事情。」

「沒辦法知道確定的日期嗎？」

「想知道那個，就得到修車的地方去，看他們的帳簿才行。」

技師離開之後，英齊進入地下工作室。

用車撞得半死後，再以足以扭斷頸骨的力氣，用力摀住口鼻，完全弄死之後，丟棄到湖裡去……

他在一根細木籤上面塗上白漆，疊放到城牆上。城牆上，世靈的臉孔在上面晃動著，英齊的手指尖端不由自主地抖了起來。妳就這麼想死嗎？無懼死活就是要逃出去嗎？

再疊上一根細木籤。承煥沒有車，也沒看過他開車。根據紀錄，他持有駕照，但光有駕照，不能撞死人。有什麼部分，已經脫離了事件的核心。語焉不詳的鱷魚說法，也可以如此解釋。「雖然常常去潛水，但那天沒去。」現在，懷疑承煥的唯一根據，似乎只有自己對那傢伙就是凶手的堅持。他暫時先放下自己的堅持，把整個事件推回原點，開始重新檢視。

他通過世靈交流道收費站的時間是九點二十分。從距離上來看，按照他平常喜歡超越前車的駕駛習慣，碰上馬提斯的時間，應該是九點十五分左右，他推算。監視畫面上，第二輛車出現的時間，是十點四十分。相遇地點，與事故地點非常接近，很難解釋這一個小時以上的時間差。然而，如果轉到什麼地方再過來的話？或者是第一回走這條路的？

第一次來的人，很容易就會錯過世靈湖入口的那條路。如果是大霧瀰漫的夜晚，那就更不用說了。萬一，在世靈湖與八英湖分岔點上，選錯了路的話……這就足以說明那一個小時以上的時間差。難以解釋的是，為什麼會在那個時間，進入世靈湖的內環湖路。若是按照一〇二號那個王八蛋的說法，一〇二號的大個子本來說要過來看房子的，但後來沒來。如果說，有什麼是那個王八蛋不知道的，那麼可能就是這個部分。也就是說，本來要開車下來看房子的，卻不小心開到八英湖，因此浪費了很多時間。再轉回世靈湖的時候，又找不到林園，結果就開進了內環湖路。

英齊推斷，大個子修車的日期應該是星期六，事件發生的時間是星期五的晚上；而大個子搬家過來的那天，則是星期天。或許有必要多了解一下大個子這人，還得確認一下世靈交流道上監視器的內容。當然，不是所有通過的車輛都是開往世靈湖方向的，也有些是要進入世靈鎮，或到八英湖的車輛，還有開上通往寶城或長興方向國道的車輛。但是，如果有了目標的話，情況又不一樣了。就算通行車輛再多，要找出固定目標也只是時間上的問題罷了。但是，最大的問題就在於，他拿不到監視器的錄影帶。說不定，警察已經先拿到手，正在進行確認的工作，這個可能性還更大。那些人根本不知道該找些什麼，但最後還是會找到的。在找線索的領域裡，他們個個都是高手，不是嗎？然而自己，一定要比他們先找出來才行。

他上到客廳去，打電話給「徵信社」。耳邊傳來熟悉的聲音說：「您好，院長！」

「有兩件事情要你們幫忙查清楚……」

銀珠把米放在電鍋裡煮，炒了南瓜，又切了豆腐放進大醬湯裡，再拿抹布俐落地把飯桌擦乾淨。每次手動的時候，肩膀都忍不住絲絲作痛。這都得怪自己，中午的時候，到鎮裡的大賣場，買了一大堆的東西回來。泡麵、雞蛋、鮪魚罐頭、瑞元的零食、醬菜材料等等……

想要出門上班，就得先準備好三個男的食物。對於自己要去擔任眷村警衛的事情，她打算晚上吃飯時再通知一聲。雖然對承煥有點說不過去，但她不想為此感到抱歉。既然下定決心要工作，再覺得抱歉也只是讓自己心裡不舒服而已。吃飯這種事情，他們自己總會弄來吃吧。十根手指頭長在手上，可不是只拿來挖鼻孔的。

正想嘗嘗大醬湯味道的時候，玄關的門打了開來，是丈夫進來了。原本很好的心情一下子消失不見，換成滿心的厭煩。看來，從黃昏的時候起，那傢伙早早就喝了酒，一臉通紅。銀珠轉過頭去，把湯匙放進湯裡。真是令人受不了的酒鬼。

「妳過來一下，我有話跟妳說。」身後酒鬼說。

這個時候才知道來求饒，從上週六至今，都過了六天。當然，銀珠沒打算接受。她把湯匙放在流理台上，解開頭上的橡皮筋，再用力地拉緊頭髮，緊到連眼角都被拉得吊起的程度，才綁起來，然後從流理台的抽屜裡拿出一個信封袋。這是她為了對應這種時候，預先準備好的離婚協議書。不知道從哪聽來的話，一般也稱之為「王牌」。

丈夫走進了主臥室，銀珠也跟了進去，雙手交叉在胸前，就這麼面對面站著，王牌則藏在腰上。崔賢洙，你給我跪下求饒！

「妳不要去做眷村的那份工作。」丈夫說。

銀珠眨了眨眼睛，剛才她聽到了什麼話？

「你說什麼？」

「妳把家顧好就好。」

「我哪有那麼好命，光顧家就好？在家當家庭主婦，有空就去逛街，你以為這種日子我不想過？你有賺過那麼多錢，讓我可以那樣過日子嗎？還是說你有辦法賺那麼多錢回來？」

「不要只想錢，想想別的不行嗎？都到了這裡，妳難道想讓我成為他人的笑柄嗎？」

銀珠雖然不是個一點事情就大呼小叫的人，但性格上也不是很穩重。她是那種被針扎一下，就跳得老高的火爆性子。一旦火上心頭，就什麼都記不得了。因此，此刻，她也忘了那份離婚協議書的存在。

一張開嘴，幾天幾夜都不停歇的槍彈就自動噴射而出。

「喔喔，原來那才是問題所在啊？但是對我來說，比起你的面子，吃飯過日子更重要。這是我在你不幹那不怎樣的職棒選手，整天在家遊手好閒的時候，才領悟到的真理。你讓我重新了解了養家人的偉大。你知道我們以後要付的房貸利息有多重嗎？你難道不知道，如果三年後想住進那間大樓公寓的話，我們就得負擔那一切？現在不趕快存錢，我們永遠都沒法住進去。不只如此，瑞元的教育經費，你打算怎麼辦？大學都別上了嗎？這麼多的支出，你一個人負擔得了？」

「滾出去！」

丈夫的聲音很低沉，銀珠以為自己聽錯了，反問一句：

「你說什麼？」

「滾出去！」

「滾出去？你現在是叫誰滾出去？結婚十二年，我這個年薪一千八百萬元的上班族，對你這個年薪才八百萬元的棒球選手，已經算很好的老婆了。幫你生孩子，幫你精打細算過日子，辛辛苦苦地存錢、工作，還幫你買了房子。現在你叫我滾出去，崔賢洙你竟然敢叫我滾出去？」

「都給妳，妳要什麼都帶走，妳給我滾！」

銀珠說不出話來，全身恍如被火焰所包圍似地熱騰騰的，張不開嘴。什麼都帶走，這話根本就是理所當然，還好意思從嘴裡說出來。剩下來的半句話，也不應該是由丈夫嘴裡說出，而應該是由她來說才對。然而這話不是從每天晚上喝得爛醉如泥的禽獸嘴裡出來的，從丈夫現在正常到極點的狀態來看，也不像在說瘋話，更甚的是，這話也不是丈夫激動之下吼出來的氣話，看起來，他不像喝了酒的樣子。聲音很穩定，語氣也很鎮靜，甚至十分冷靜。臉色雖然通紅，但不能將之視為發酒瘋的證據。銀珠聽到自己嘴裡發出的、失神的喃喃自語：

「你瘋了啊！」

同樣的話，從丈夫嘴裡第三次說出來，如同對耳聾的人一個字一個字地說話似地。

「滾出去！」

銀珠茫然地望著丈夫走出房間的背影，也茫然地聽到大門開了又關上的聲音。這瞬間衝擊大於憤怒，像是科幻動畫似的，讓銀珠難以接受。她甚至懷疑，剛才蠻橫地裝出一副男子漢的模樣，之後就離開了的笨蛋，真的是崔賢洙嗎？銀珠在床的一角坐下，雙腿抖得站不住了。

「他是個思慮深遠的孩子！」

結婚前，第一次去夫家拜訪的時候，婆婆是這麼形容丈夫的。這話確實沒錯，的確是個心思深得根本望不見底的男人。在他的心裡，有些管制區域是從來不讓她窺視，也不公開讓她看的。越想打探，就越會加上層層重鎖。那個死板的人，一點都不懂得通融。看似柔順，其實固執得要死；看似老實，卻一點責任感都沒有。如果她能早點知道這些的話，她就斷然不會開始這段婚姻生活了。不幸的是，結婚前，她的探測天線太短，沒能察覺出這一切。八月認識，十二月就結婚，中間才不過四個月的時間，她的肚子裡就有了瑞元。

她的結婚條件是，不准再給婆家匯錢。不然，就不讓他和馬上要生出來的孩子一起生活。賢洙雖然不樂意，但還是接受了。同時銀珠也接受了與夢想距離遙遠的結婚儀式——在棒球場上搭帳篷舉行的結婚典禮。婚宴則是在啤酒屋舉辦，新房則是銀珠的半地下包租房。英珠已經搬出去，自己獨立生活。蜜月旅行，則是「開到哪，算到哪」。要不是賢洙的朋友借車給他，或許連想都沒想過要去吧。儘管如此，因為有希望，銀珠的心裡還是很踏實。在球季中才加入球團，就擊出十二支全壘打，教練已經對他說過，下個球季就要把他升到一軍去，但也加上了先看看春季集訓的結果為條件。

經過釜山，沿著東海岸公路，一直開到江陵。當他們抵達鏡浦台的時候，夜幕籠罩大地。海邊擠滿了來看日出的觀光客，飯店房間也都客滿。丈夫提議開進江陵市區裡看看，就在狹窄的路口掉轉車頭。突然，車子晃動了一下，整個人像是一下跳升到半空中似的。鎮定下來一看，車子已經倒立在路與沙灘之間的溝渠裡。要不是繫上了安全帶，銀珠的頭大概就會撞上前擋風玻璃，和車子呈現同樣的姿勢了。

原因就出在掩蓋住溝渠的夜色上，丈夫以為道路和沙灘是連接在一起，才掉轉了車頭，沒想到車子就卡進溝渠了。他先脫身之後，才把銀珠也拉了出來。邊問著「沒事吧」的同時，他也一臉寒色，表情彷彿見到了世上最可怕的事情似的。那個表情，銀珠將之解讀為「愛」。鼻端一陣酸楚，她緊緊擁抱住丈夫，告訴他沒事。事實上，除了驚嚇之外，也沒發生什麼事情。當務之急，是把車弄出來。

人群紛紛湧了過來，七嘴八舌地給予建議。有人說，叫拖吊車過來，大概要等一個小時以上。有人說，那要花很多錢。其中一個人則表示了願意用自己的吉普車來拖的善意，另外則有人贊助了粗繩和又長又結實的木板。於是丈夫用粗繩連接吉普車的尾部與自己車的前保險桿，再在車的輪胎下墊上木板。但光憑吉普車，似乎力有不逮，車子晃動個不停，就是拉不出來。後面一輛每站都停的客運車，不停地按喇叭。因為狹窄的一條路，都給吉普車占據了。

客運車司機一發火就下車理論，吉普車只好舉白旗讓道，丈夫也只能道歉了事。司機先生也是個熱血漢子，個頭高大的一名男子，滿身大汗淋漓，看到對方低頭道歉之後，火氣來得快，去得也快。於是，拖吊的車由吉普變成了客運車，繩索也由鐵鍊取代，司機開動客運車。

這次力量太過，雖然一下子就把車子拖了出來，但卻因為沒能控制好力道，車子停不下來。拖曳的餘力讓車子畫出了半圓弧，輪胎打滑的情況下，一不小心就往站在路邊的銀珠撞過來。銀珠愣愣地站在那裡，一動也不動地看著丈夫撲進自己與車子的間隙裡。當車子停了下來時，丈夫也滾倒在地上。

丈夫因為大腿肌肉拉傷，沒能參加那年的春季集訓。作為弄停車子的代價，一條腿算是輕傷了。但失去晉升一軍的機會，對於一個已經得到保證的二軍選手來說，卻是致命性的傷害。作為補償的是，他保住了妻子，也得到了兒子。父子初次見面的場景，至今都還深刻而生動地留在她的記憶中。丈夫大如馬桶蓋的手，顫抖著碰觸孩子的手指尖，臉上交織著幸福、害怕與不安的表情，不斷重複地喃喃自語：

「我的兒子……」

沒錯，是「我的兒子」，而不是「我們的兒子」。丈夫對於有關瑞元的一切決定都不跟她商量，連瑞元的洗澡時間也全按照他自己的規定。每次比賽結束回到家裡，一定看著孩子的眼睛笑，還一整夜逗著孩子說些根本聽不懂的話。一到該餵奶的時間，必須把孩子交過來的時候，就一臉痛恨自己為什麼沒有可以讓孩子吸的乳房。每次遠征外地比賽，大半夜地還打電話回來吵醒她，開口就問：「瑞元在做什麼？」一歲不到的小嬰兒，大半夜能做什麼，除了吃、睡、哭、拉，還能怎樣。

一開始的時候，對如此的丈夫，她滿心感激和踏實。幾個月過去之後，她開始對他那麼重視孩子的行為感到厭煩。瑞元一到她手裡就感到陌生、不開心，於是就開始哭鬧不停。但只要一回到自己爸爸手上，馬上笑得甜絲絲地。銀珠後來才發現，蜜月旅行的時候，丈夫豁出性命要保護的人，不是自己。她曾經開玩笑地確認過。

「老公，你是為了生兒子才跟我結婚的，對吧？」

丈夫睜大了眼睛。

「不然你為什麼對孩子那麼重視呢？」

「那不是重視。」

「就是重視！我還從來沒聽過，有哪個爸爸像你這麼偏執的。一般的男人……」

「我從小就發過誓，絕對不要像我父親那樣對待自己的孩子。」

「賢洙，公公做了什麼？」

銀珠沒有聽到回答，每次只要一提到他的父親，丈夫就閉上了嘴。這是銀珠再怎麼努力，賢洙也不願分享的部分之一。對於「勇大傻」，也是到了瑞元大概四歲的時候，銀珠才知道的，那天，銀珠在丈夫的衣服裡發現了神經科醫生開的藥包。不知道從幾年前開始，她就常常這樣偷偷翻查丈夫的衣服。醫生診斷說，主因來自對成績上的壓力；而心理上的疲累，則引發了妄想症。

雖然無法完全說明她的疑問，但卻讓她確認了一點。丈夫一直無法蛻下「坐冷板凳」外皮的原因，也是未能晉升到一軍的主因。因為成績上的壓力造成左臂麻痺，因此搞砸了比賽，從而又產生了壓力，於是便成了一種惡性循環。與此同時，銀珠也確認了，所謂溫順，其實就是脆弱的代名詞。

在她的認知裡，壓力，只是懦夫的藉口。只要活著，就一定會有壓力。任何威脅到生存的東西都必須去面對，拚命打倒才對，哪怕是當面吐口口水也行，這就是她的「生存法則」。而丈夫卻沒能學會如此的生存法則，反而投入了「勇大傻」的懷抱。當他不再打棒球之後，勇大傻也跟著消失，這不就是最好的證明?!

也是在他不打棒球之後，銀珠才知道丈夫是個成事不足的人。就算借個幾百塊錢，丈夫也沒地方借。沒有人脈，連個小學體育老師的位置都弄不到。拿著一張名校畢業證書，遊手好閒了大半年才找到的工作竟然是去當保全公司的保全人員。進了公司以後，最先學會的就是抽菸喝酒。當然，對此她多少也能體諒一下。男人年紀三十一，從自己的生活也是未來中被趕了出來，一定會感到絕望，這也是在所難免的。但也不是說，就能因此原諒他的無能和酗酒。過去的失敗，都是丈夫自己造成的。但之後只要能好好過日子，多少也能恢復點評價分數。然而負責養家餬口的一家之主，一天到晚酒後駕車，神智不清地回到家來，大聲地拍著大門，甚至還驚動附近的派出所打電話過來，要人把丈夫帶回去。這可就不行了。

銀珠承認，自己人生最大的錯誤，就是和崔賢洙結婚。承認了之後，才能忍受對丈夫的莫大失望與現實的苦難。因此，她沒有怨嘆這份必須承擔的包袱，而選擇背起包袱，向前奔馳。她是個永不屈服的女鬥士，也是自己人生的使徒，時刻不忘過去在廢棄公車狹窄小屋裡，悄然擁有的夢想。

然而啊，就在天下無敵的姜銀珠實現夢想的時刻，一個神智不清的酒鬼竟然在她用盡心力所開墾出來的花園大道上撒尿，不僅對她動了手，發酒瘋，現在甚至要她滾出去。銀珠低頭看了看手中抓著的離婚協議書，現在這張紙不再是王牌，反而成了一張沒有用的梅花牌。要怎麼做，才能解恨？該怎麼做，才能讓那座火山振作起精神？

門鈴響了！銀珠從胡思亂想中回過神來，趕緊出來到客廳。然而，等在外面的，卻是一片悽慘的景象。瓦斯爐上，飯燒焦了，大醬湯也滾得湯汁外溢。飯桌上，她的手機響個不停，大門口，門鈴也吵得像性急的救護車，真讓人有種火燒尾巴的感覺。銀珠趕緊關掉瓦斯爐火，接起電話，話筒裡傳來英珠的聲音。

「是我！」

銀珠一面回答「知道！」一面跑到玄關門前，連確認都沒確認一下，就打開了門。兩名男子站在門前，一個看起來大概四十歲左右，另一個則和承煥年紀相仿。

「不好意思！」

年輕那人向銀珠亮出刑警證，銀珠把手機從耳朵旁拿開。

「請教您幾件事情。」

週末清早，八點五十五分。

承煥和組長並肩站在大門台階上，兩人原本出門要去加班，卻因為開上別院前徑的一整列車輛，而停下了腳步。掛著黑色徽章的白色ＢＭＷ在前頭開路，吳英齊就坐在副駕駛座上，懷中抱著世靈的遺照，接著是靈柩用的凱迪拉克和大型休旅車、電視公司車輛、私人轎車列隊開了上來。

「有打火機嗎？」

組長叼著香菸，翻找了一下口袋之後問。承煥掏出打火機，風吹得火苗晃動不止。組長用包著繃帶的手豎起來擋風，吸氣點火。臉上的表情，一如送葬隊伍般地憂鬱，眼圈下的陰影變得更深刻。

「黎明時候下過雨吧。」

組長望著從潮濕道路上升起的霧氣。

「雨下得很大呢，您不知道嗎？」

「我喝醉睡著了……走吧！」

組長一馬當先走下大門台階，承煥眨了眨眼睛，也隨後走了下去。中央通行道上的路燈彷彿也在表達追思之意，全都亮了起來，潮濕的風從扁柏圍籬縫隙裡，吹了過來。組長叼著香菸，低頭看著地上，大步向前走。承煥配合著他的步伐速度，這男人到底有什麼問題，手哪裡又受傷了？前天是中指，昨天是三根手指頭貼了ＯＫ繃。今天則乾脆整隻手全都用紗布包了起來。難道說，他每天晚上都在瞭望台拿燒酒瓶來淬礪自己嗎？

前一天晚上，組長也喝醉了酒回來。姜銀珠對醉倒在客廳的丈夫，根本置之不理，逕自走入臥室去。這是從他們搬過來之後，每天都會上演的情景。獨眠的巨人，恍如世靈峰廢棄的畜舍，看起來孤獨又荒涼。

凌晨三點左右，正是大雨剛剛開始下的時候。他感覺到客廳裡有人，然後就聽到大門打開又關上的聲音。承煥打開房門，往客廳看了一眼。組長不見了，沙發下面，只剩下一堆野獸毛皮似的毛毯。下著大雨的凌晨時分，究竟去了哪裡？要不要跟著去看看。想想而已，承煥還是回到筆記型電腦前面，畫面上寫著「世靈湖」名稱的資料夾已經打開，他正打算投入下定決心要寫的小說裡。

女孩站在學校前面的公車停靠站上，背靠著站牌柱子，低著頭，用球鞋鞋尖噠噠踢著馬路，看不清長相。能看到的，只有白皙而圓潤的額頭和被風吹起的長髮……

大門電子鎖發出解鎖的聲音，承煥抬起頭來。四點了。聽到砰的一聲，他嚇了一跳往客廳一看，組長倒在沙發底下，他不得不走出來看看。

組長全身都淋得濕透，光著腳，腳踝濺上了濕泥，腳跟處還冒著血。看起來是光腳走路，踩上了尖銳的東西。承煥喊了聲「組長」，組長卻沒有回答。搖了搖他的肩膀，眼睛也沒有睜開。似乎在作著什麼好夢似的，表情和呼吸都十分平靜。真令人費解，有點像在看一道複雜的數學題似的。

承煥也是因此，早上才配合組長一起上班。他想問問組長，前一天晚上究竟去了哪裡。然而，現在看來，似乎沒必要問了，組長連夜裡下過一場雨都不知道。

「那孩子……是打算土葬？」

快走到後門的時候，組長突然問了一句。

「你看過招魂的場面嗎？」

這簡直就是在問賣菜的有沒有看過紅蘿蔔。承煥遞過打火機回答：

「小時候看過。」

「小時候？一般不是不讓小孩子看那種場面的嗎？說會被鬼纏身。」

「我父親以前是在漢江撈屍體的潛水員，每次有了委託工作，我和哥哥就會去幫忙父親。我們三兄弟都是十二歲的時候開始學潛水的，也因此，看過不少。組長您看過嗎？」

「小時候看過一次，但沒怎麼看清楚。」

「今天，您大概就能好好地看清楚了。吳英齊要找的話，不會找個蹩腳的巫師。」

到了閘門警衛室前，組長還回打火機，然後轉頭看了一下後面，就把菸蒂丟進安裝在路燈燈柱上的垃圾桶裡。即使有二十多公尺的距離，還是正確命中。

「待會兒見。」

望著組長走向管理局的背影，承煥拿出放在自己褲子口袋裡的東西，當初如果按照計畫，這是應該沉入湖底的世靈的髮夾。只要像組長處理菸蒂一樣，往垃圾桶一扔，一切就結束。但他每天在產業道路橋上來來去去，卻連那麼簡單的事情都做不到。打算扔掉，從口袋裡掏出來，看了一眼之後，又塞回口袋裡。這樣的動作每天都反覆好幾次，這次也一樣，他又把髮夾塞回口袋裡，然後打開了警衛室的鎖頭。

十點左右，監視器的碼頭畫面裡，出現了低地村男人的身影。招魂儀式開始，頭上綁著白色頭帶的巫師，一面搖晃著竹枝，一面走向浮橋。纏捲在竹枝前端的長布條，在風裡翻飛。英齊手上拿著一個令人驚顫的東西，跟在巫師身後。一根看起來像掃把的身體上面，貼著一張臉，看似假髮的東西，長長地垂了下來，這是一個女孩子的人偶。最後，是三弦六角，連同牙箏和皮鼓的傳統樂隊登場。從規模上來看，不像在招魂，更像是在舉行傳統文化祭典。

承煥打開網際網路視窗，檢索了一下新聞。

在世靈湖，死亡的小學生被推斷係先遭車子撞擊，再鎖喉殺害，之後遭丟棄在湖裡。驗屍結果顯示，生前並未遭到性侵……

在世靈湖，小學生意外的偵查陷入膠著，事件發生已過了五天，卻連一個嫌疑犯也無法掌握……

巫師在浮橋尾端，斬了山雞頭，把血灑在湖水裡之後，就把竹枝伸入水中撥弄。承煥從網路硬碟裡，下載了他拍攝的「亞特蘭提斯」[6]檔案。他打算把冗贅的部分刪減掉之後，濃縮成精華檔。在這因為世靈之死，讓他想去也去不成的現在來說，這個檔案可說是得之不易的珍貴資料。組長出現的時候，正是他剛剛打開視窗之際。承煥急急忙忙將「亞特蘭提斯」藏在新聞視窗下。

「承煥，你帶了MP3來嗎？」

組長問，他的臉上一片通紅，像進了三溫暖的人一樣。

「帶來了，您要做什麼？」

承煥驚訝之餘，多問了一句。因為組長應該剛才看過了灑雞血的場面，才上來這裡的關係。

「就是你和瑞元上次一起用耳機聽過的那首歌，不是也給我聽了一下嗎？什麼什麼之夜，什麼什麼的。就是那個……吼得跟狼嚎似的歌。」

承煥忍著笑，從口袋裡拿出MP3，組長說的，應該是哥德金屬[7]沒錯。

「是組長您要聽的嗎？」

「聽這個，總比聽招魂的聲音要好。要招，就到看不見的地方去招，偏偏在碼頭監視器前面招……」

「幸好沒在寒松脊舉行，如果在那裡招魂的話，這片湖就要成了快艇停泊場了。」

「本來打算要在寒松脊舉行的嗎？」

「不是本來打算，而是孩子她爸希望在那裡舉行。昨天還來找營運組長，吵得很大聲。組長您不知道嗎？」

組長接過MP3的同時，也看了一眼監視器上的寒松脊畫面。

「為什麼一定要在寒松脊舉行？」

6　譯注：指水下的舊世靈村。

7　譯注：重金屬音樂。

「對這裡的人來說，寒松脊就相當於城隍廟。望鄉祭的時候不也是朝著那裡跪拜嗎？就是為了祈求能保持正常水位。」

「寒松脊和水位有什麼關係？」

當然有關係，世靈湖是個比起注入水量來說，面積較小的湖泊。因此，水庫的閘門總是保持固定程度的開啟，讓湖能保持正常滿水位的狀態，寒松脊就是一種水位標示器。正常滿水位的時候，就像一個墳墓。旱季低水位的時候，島下面的紅泥露出來，就像一座丘陵。如果漲到了計畫洪水位的時候，就會完成全沉入水面下。低地村的村民認為，只要和水位相關的，寒松脊比人造衛星還值得信賴。

「所以才打算在湖中央招魂的嗎？」

「還有別的原因。寒松脊附近，有個沉沒到水底的舊世靈村。世靈好像就是在那個村裡出生的，而且遺體也是在那裡被發現。營運組長那時應該有點難為吧，畢竟連望鄉祭舉行的時候，也不允許進去的關係……」

承煥住了口，組長的臉上一下子沒了血色，一陣風似地突然就從警衛室跑了出去。承煥雖然馬上就跟了出去，但組長已經跑出了一大段距離。從背影上看來，就像一頭發了瘋橫衝直撞的犀牛一般。承煥回到警衛室，確認一下監視器畫面。兩個人面對面站著，提著黑色塑膠袋的瑞元，和拿著搖鈴的巫師。剩下的人都退到稍遠處，圍著兩人站著。組長看到的畫面，大概就是巫師對瑞元做出什麼帶有威脅性的行動吧。但是，這個時候，瑞元為什麼會在那裡？他想起了一件事情，或許可以當作解答。

上週四傍晚，承煥過了晚上八點才下班。他忙著檢索和世靈相關的新聞，不知不覺就這麼晚了。家裡安靜得有點奇怪，餐桌上是擺到一半停下來的狀態，主臥室的門緊閉著。瑞元也把房門鎖了起來，承煥一敲門，裡面就傳出「媽媽嗎？」的詢問。

「你的室友！」

聽到承煥的回答，瑞元打開了門。為什麼鎖門，沒有必要詢問。歐妮正坐在窗台上，吃著貓糧。瑞元解釋說，這是爸爸趁中午休息時間，買回來的飼料。媽媽討厭貓，所以才把門鎖起來的。打開壁櫥一看，裡面藏著好大一袋貓糧。瑞元問：

「叔叔，我可以放在這裡嗎？」

承煥點點頭，耳朵裡聽著歐妮啃咬飼料的聲音。喀啦喀啦，令人感到歡快的聲音。大概是自己肚子也餓了，聽著那個聲音，舌頭下面口水都出來了。真想問問歐妮，貓糧好吃嗎？

就在這個時候，連門都沒敲，銀珠便闖了進來。承煥和瑞元一起轉身，用背部遮擋住窗戶，並排站著，兩人很有默契地做出這個動作。

「媽，請妳要敲門。」瑞元說。

「有哪個媽媽進兒子房間，還要敲門的？」

銀珠的眼睛盯著承煥和瑞元的後面。

「叔叔也在啊！」

對她來說，「叔叔」這種微不足道的人物，她根本不想理會。大步走了過來，推開瑞元，看清楚窗台的情況。

「這是什麼？」銀珠看著瑞元問。

承煥斜眼望了望窗台，只有一隻飼料碟子放在那裡，歐妮已經消失了。

「喔，那個！是貓飼料。」瑞元回答。

銀珠雙手交叉在胸前，站在瑞元面前。

「承煥，你養貓嗎？」

一副想挑釁的眼神看著承煥。這次也是瑞元回答：

「不是，那是隔壁鄰居家孩子的貓。」

「也就是說，是那死去孩子的貓？」

銀珠的視線，還是盯在承煥身上。瑞元又回答了：

「不是，本來是野貓，和那孩子是朋友。不久前，也和我親近起來。」

「竟然把只會翻垃圾桶的骯髒動物，帶到房間餵東西吃！你知道會傳染什麼病，知道牠們的毛裡面，帶了多少細菌嗎？」

「爸爸說，可以一起玩的。」

「是嗎？那些飼料也是你爸爸買的吧！」

瑞元回答「嗯！」的聲音，小得幾乎聽不到。銀珠的眼裡突然升起怒火，甚至可以清楚看到，身體因為氣憤而變得僵硬。承煥只好出面收拾殘局。

「不然在窗子外面餵，可以吧？」

「不行！那些東西被餵習慣了，就會成群結隊過來。咬破了垃圾袋，還不是我要清理。我本來想晚點才說的，現在話說到這裡，就順便告訴你們，我從後天開始，要去眷村警衛室工作。」

銀珠說完之後，就轉身出去，只留下一句「吃飯」。

「歐妮肚子一定餓了，都沒好好吃完。」

瑞元都快哭了，聲音裡混雜著對媽媽無禮言行的委屈，和沒法給歐妮餵食的失望。

「以後搞不好都不來我們家了。」

承煥拍了拍瑞元的肩膀。

「你去不就得了！」

「把貓糧帶去？」

「整袋帶去太重，每天帶一點過去就好。」

「叔叔，你會告訴我去世靈牧場的路喔？」

想得到肯定答案的瑞元臉頰上泛開一團桃紅，眼睛裡閃爍著期待與興奮。承煥也開出了兩項條件，只能白天去，不可以在那裡待太久。

今天星期六不用上課，瑞元應該是去找歐妮吧，手上拿著的塑膠袋裡面放的是歐妮的飼料吧。

承煥慌忙鎖上警衛室，跑了出去。從組長剛才跑出去的氣勢來看，有誰要倒大楣了。如果那個「誰」是巫師的話，那就更糟糕了。只要狠下心來，折斷那個瘦巴巴的巫師脖子，就跟折斷一隻筷子一樣簡單。

當承煥跑到碼頭的時候，事情已經發生了。巫師正掙扎著，想要從組長緊握的左手裡，把自己的脖子拯救出來。捏著巫師脖子的組長，臉上滿布著殺意。人們使力要拉開組長的手，亂成一團。瑞元喊著爸爸，不停地跺腳，腳底散落著歐妮的飼料。他把瑞元從人堆裡拉了出來，帶到碼頭大門旁邊去。瑞元甩開他的手，回頭看組長。

「崔瑞元！」

他搖晃著瑞元的肩膀，讓他看著自己。

「叔叔會把爸爸帶過來，但你得答應我，在這裡乖乖地不要動。」

瑞元不再抵抗，承煥便回到浮橋上去。想要靠力氣把組長帶來，得出動起重機才行。但不管怎樣，還是得試一試。承煥拿出手機，按下正門警衛室的號碼。朴主任接的電話。

不久後，取水塔處設置的喇叭，開始發出緊急警報聲。組長反射性地放下了手，轉頭往後看。被放開了的巫師跌坐到地上，不停地咳嗽。人們鬆開組長的手臂，往後退去，承煥趕緊乘機靠近組長。組長眼光迷濛，愣愣地望著自己包裹著紗布的左手，他的眼光彷彿在面對惡魔。承煥扯著組長的手臂，從浮橋脫身而出。幸好組長的精神狀態還沒壞到認不出兒子來。一面甩開承煥的手，一面問瑞元：

「還好嗎？」

瑞元回答：「爸爸，對不起！」爸爸的話，在他聽起來，彷彿是在責問他，為什麼到這裡來。

「你媽呢？」

「出去了，我也不知道她去哪裡。」

組長心慌意亂地看了世靈峰方向一眼之後，就說「走吧」，這對父子手牽著手離開了碼頭。承煥回頭看了一眼，吳英齊一臉奇怪的笑容，凝視著這對父子的背影。

「你可以幫我帶他回去再過來嗎？」

組長在一號產業道路橋的地方，把瑞元託給了承煥。

「我帶回去的話，被瑞元他媽看到，嘴裡又不知道要說些什麼不好的話。我在閘門那裡等你回來。」

承煥從口袋裡掏出警衛室的鑰匙，遞了過去。結實寬大的肩膀卻似被雨浸濕的泥團般，顯得岌岌可危。遠方傳來招魂儀式繼續進行的手鑼聲。

「我們也走吧！」

承煥牽起瑞元的手開始走回去。走進了後門之後，瑞元忽然停下腳步。還沒等承煥問起怎麼了，瑞元就哇哇吐了起來。嘔吐物噴濺到瑞元的牛仔褲和球鞋上，連承煥的鞋子也沾到，酸腐味道充斥在潮濕的空氣裡。瑞元雙手下垂，抬頭望著承煥，都快哭出來了。

「沒關係，回家洗洗就好。」

承煥拿出手帕，擦了擦瑞元沾著嘔吐物的下巴。瑞元臉色白得發青，一身濕冷。看起來，似乎現在才感受到衝擊的模樣。

「要不要叔叔背你？」

「我可以自己走。」

回去的路上，瑞元又吐了兩次，最後還是被承煥背著走。

別院倉庫前面架設了一個大棚帳，裡面擺放了一張祭祀桌，有人在此喝酒吃飯。看起來像是附近村民的幾個女人，端著盛放著食物的托盤，忙碌地來回在一〇一號與大棚帳之間。花圃旁邊，如影子般站著一位陌生的老人，穿著黑色的西裝，手上拄著登山杖，梳得整齊的頭髮，與世靈相仿的容貌，被介紹是世靈的外祖父。聽說，世靈的祖父比世靈更早就到極樂世界去了。

「知不知道你媽去哪兒了？」

承煥站在大門前，低頭問瑞元。瑞元搖了搖頭。

「那要不要跟叔叔一起去診所？」

瑞元又再度搖頭。

「洗個澡睡覺？」

「好！」

承煥把瑞元帶到浴室，幫他洗個澡，又換上了乾淨的衣服之後，讓他上床睡覺。瑞元喊了一聲「叔叔」之後，遲疑了一下。

「那個孩子會一路好走吧？」

「你是說世靈嗎？」

「嗯！」

「你想知道那個，才跑去招魂現場的？」

「不，那倒不是。我本來就要去歐妮那裡，順便過去想送一張卡片……」

承煥在等瑞元下面的解釋。

「那個孩子，聽說是生日當天死的。好可憐喔！班上的同學也不跟她玩，在學校裡也只能自己一個人玩。生日的時候，也沒人送她生日卡，大概沒有人知道那天是她的生日吧。」

「所以你就寫了生日卡要送她？」

瑞元點了點頭。

「寫了什麼？」

「我不知道要怎麼稱呼她，所以就只寫了『生日快樂』，希望她在天國能得到幸福，寫上謝謝她把歐妮送給我。還有，以後不要再來找我了。」

承煥心跳漏了一拍問：

「那孩子出現在你面前？」

「出現在我夢裡，每次我睡著了，就會聽到樹林裡傳來那孩子的聲音。一二三木頭人！拉開窗簾，還會看到那孩子躲在大樹的樹蔭下。頭髮散開，披到腰這裡……」

瑞元垂下眼簾，小聲地說：

「她大概沒有衣服吧，只穿著內褲，光著腳站在那裡。她叫我出來，一起玩『一二三木頭人』。」

「所以你就出去了嗎？」

「沒有，我就躲在窗簾後面看著。我很想跟她說，妳不能再來這裡，該上天國去才對，可是我發不出聲音來。」

「怕嗎？」

「我也不知道！很奇怪地，每次那孩子來，我的身體就不能動，也發不出聲音來。」

「那卡片你想拿給誰？世靈只會出現在你夢裡啊！」承煥問。

「我本來想拿給一〇一號的那位先生，可是被男巫師先搶去看。然後就突然揪著我的後脖頸，大喊大叫的。」

「喊了什麼？」

「喊說不要一個人走，要我跟著一起走。聲音裝得跟那個小女孩一樣，手上搖著鈴，還把臉貼上來，瞪著我看。我也氣得瞪著他看。那女孩的聲音才沒有那麼奇怪呢！她的聲音就像教會聖歌團唱歌的聲音一樣，很高，很清脆。叔叔，你聽過那孩子的聲音吧？」

瑞元仰頭望著承煥問。承煥努力地回想，世靈的聲音到底是什麼樣的。

「嗯，好像聽過。」

「我啊，一點都不怕那個騙子巫師。可是，爸爸……」

瑞元突然停下話來，好一陣子之後，才又開口：

「叔叔，我爸沒事吧？」

「沒事，他是大人啊！」

「大人也會怕啊！爸爸說過，早知道就不要搬過來，這裡真的很詭異。」

「搬來之前，你對這裡一點都不好奇嗎？」

「媽媽比我更好奇！爸爸說要和叔叔住在一起，媽媽就叫他過來看看。說想知道有沒有我的房間，房子有多大什麼的。」

「你爸爸為什麼沒來呢？不然，是不是在叔叔不知道的時候，偷偷來過？」

「我也不曉得，因為這件事情，媽媽和爸爸還吵了一架。爸爸喝醉了酒，第二天傍晚才回家的。」

第二天傍晚嗎……承煥看了看手表。不知不覺間，指針已經指向兩點，得回閘門那兒去了。

「叔叔，請你不要告訴我媽，那個小女孩的事情。」

瑞元祈求的眼珠裡，覆蓋著一層擔憂。

「還有，也不能說我去那裡的事喔！被媽媽知道就糟糕了。」

「你如果再不舒服的話，要怎麼辦？」

「我會給叔叔打電話，可以嗎？」

他是不是聽錯了，為什麼不是打電話給爸爸，而是打給叔叔。

「其實喔，媽媽現在在隔壁。媽媽說，隔壁先生要她幫忙葬禮的事情。可是爸爸叫媽媽不要去做眷村警衛的。」

承煥這才明白，瑞元所說的「糟糕」是指什麼。瑞元不是怕被罵，而是不願意因為自己的關係讓爸爸和媽媽吵架。承煥很驚訝，也很心疼。應該是天真爛漫的十二歲小男孩，卻能理解夫妻吵架的原理，還能加以預測。如果不是曾經有過豐富的經驗，應該沒法擁有如此的洞察力吧！

「好，就這麼辦！」承煥回答。

瑞元一臉放心地閉上了眼睛，不久就進入夢鄉。

別院前面，人比剛才更多了。之前的招魂儀式，已經轉移到一〇一號來。乾禾草在路面上熊熊燃燒，火焰前面，這家的鐘點女傭正用粉紅色的梳子梳理人偶的頭髮，梳髮儀式一結束，巫師就拿著燃火的一紮禾草點燃了人偶，隨著禾草的煙火，人偶的腳開始燒了起來。巫師拿起熊熊燃燒的人偶，放到鍘刀上面。瘦骨嶙峋的光腳，一下一下地踩踏鍘刀的刀刃。低地村的村民圍繞著巫師，注視著招魂儀式。他們的細聲低語不時鑽進承煥的耳中。他們覺得，世靈的死亡是一種不吉利的徵兆，屍體躺在水下的舊村裡的事情也是，一一九潛水員這些外地人進入舊村裡的事情也是。所以他們才會成群結隊地出現在招魂儀式的現場，祈求村子能平安無事。承煥沒看到之前看見的那個老人，就在人群裡張望，結果在倉庫後面的空地上，看到了銀珠。銀珠拿著一根火鉗，坐在放著大鐵鍋的灶台前面，看起來似乎沒什麼精神。

「瑞元的媽！」

銀珠一臉迷茫地轉過頭來。

「請妳回家看一下。」

「怎麼了嗎？」

看似沒想站起來的樣子，承煥只好盡快轉動腦筋。得找個什麼樣的藉口，既不違背和瑞元的約定，又能讓銀珠回家去。

「瑞元自己一個人在家睡著了。」

「我自己會處理。」

銀珠掉過頭去，彷彿在說，「就這麼一點小事，還來找我這個大忙人做什麼？」的樣子。承煥也掉頭走了，再也無話可說。組長八成已經預料到這種情況，才把瑞元託給他的吧。更讓他感到氣憤的是，直覺告訴他，這種混亂的場面是吳英齊有意造成的，雖然難以推測他的意圖何在。

閘門警衛室裡空無一人，鑰匙放在桌子上，電腦畫面上開著網路新聞的視窗，椅子則被向後推到了離桌子有兩、三步距離的地方。組長來過又走了的樣子。承煥正想關掉網路，聽到敲門聲，就回頭看了看。兩名男子打開門，把頭伸了進來。

「是安承煥先生吧？」中年男子問。

「是的！」

站在中年男子身後的年輕男子，掏出身分證來。他們是一對刑警搭檔。

「看來你似乎很關心這個案子，出現了什麼有趣的東西嗎？」

中年男子瞟著新聞視窗說。

「找我有什麼事嗎？」承煥問。

中年刑警未經同意便隨意拉開椅子，坐了下來。

「事件發生的那天晚上，你在哪裡？做了什麼？」

「我已經跟幾天前來找我的刑警說過了，我在家看棒球。」

「不是去世靈湖潛水？」

承煥肩膀倚靠著大門旁邊站著，心想，該來的，終於來了。

「據我了解，事件發生的當時，你在湖裡。從碼頭的浮橋下水，取水塔附近出水。然後再游回下水的地點，離開碼頭。這都是從監視器裡確認過的。」

彷彿親眼所見一般，路線說明得十分精準。即使承煥比任何人都清楚，監視器上根本看不到人，但心裡還是開始隱隱不安起來。菜鳥坐上桌子的一角，留心觀察承煥的表情。

「那就請讓我看看，照出我身影的那個神奇監視器吧！」

聽到承煥這麼說，中年刑警嘿嘿地笑了起來。

「水庫管理局的職員裡面，會潛水的人只有你而已。」

「這附近，可不是只有住著職員喔！」

「我聽說潛水裝備重達四十公斤，體積也很大，還得帶上氧氣筒，就算用拋的，也無法拋過圍牆。同時，也不可能背在身上翻過圍牆。而且門下方的縫隙只有三十公分，能進出的地方，就只有大門。想把大門打開，就得有鑰匙。不是裡面的職員，誰還有可能拿到鑰匙？」

承煥沒有回答。

「我很確定，我們的安承煥先生那天看到了些什麼。」

「我來這裡以後，就沒潛水了。」

「你好好想想吧，或許能想起來。」

「沒有就是沒有！」

中年刑警盯著承煥看，那眼光像是連毛孔都想看穿的樣子。承煥從下巴下面，寒毛一路豎了上來。因為他這才發現，這個中年刑警是個高手。不僅可以把像自己這樣的人整個吞吃入腹，甚至還不需要牙籤剔牙。因此，什麼都不想反而是上上之策。因為不管自己想什麼，都無所遁形。

「我只是要你說出那天所看到的情況，如果連這點都無法協助，那就沒辦法了。」

高手從椅子上站了起來。

「在事件偵查結束前，我也只好把你列入嫌疑犯名單了。」

承煥艱難地嚥下卡在喉嚨裡的粗喘，盡一切努力，維持一副不知情的模樣。這是赤裸裸的威脅！高手和菜鳥拍拍屁股就走出了警衛室。當他們的身影一消失在閘門下方，矛盾就在承煥的腦中拉扯了起來。他真的要一直隱瞞下去嗎？

那天，他只不過是在錯誤的時間，身處錯誤的場所而已。單純的偶然罷了。選擇沉默，只是不想被偶然所拖累。如果還是避免不了相同的結果，那他就得好好算計一下了。

他不禁懷疑，如果把一切都說出來，到底要說些什麼。除掉在水中撞見屍體之外，還有什麼可說。光憑那個，可能在嫌疑犯名單上去掉安承煥這個名字嗎？他的本能告訴他，千萬別自找麻煩。開口說話的那瞬間，或許才是從目擊者身分轉為搭上了嫌疑犯的列車。吃力不討好。

承煥也考慮到，如果一直保持緘默的話會如何。結論就是，只要沒有具體的證據，他們也奈何不了自己。他敢說，刑警在監視器上看到的只是燈光而已，八成是在觀察碼頭和取水塔的畫面時，無意中看到湖邊移動的光點吧，也可能找了潛水專家來，給他看了燈光的位置和鳥瞰圖之後，讓他掌握移動路線的吧。刑警該找來的真正證據，其實是釣魚線才對。他們只要確定，那天下午，在休息站露天攤車裡買了釣魚線、浮標、鉛錘、螢光塗料的人是誰就可以，這比到魚池去釣魚都還簡單。刑警自始至終沒有提及釣魚線，表示到目前為止，東西還在吳英齊的手上。

在世靈湖，小學生意外的偵查陷入膠著，事件發生已過了五天，卻連一個嫌疑犯也無法掌握……

承煥瀏覽了一下網路新聞的頭條標題，如果自己是刑警的話，一定最先懷疑吳英齊。他不認為刑警會比自己笨，所以吳英齊一定會被他們視為嫌疑犯。即是如此，吳英齊還是沒有拿出釣魚線。吳英齊的心裡到底如何打算。難道他看了驗屍報告後，斷定沒有一點可用的價值嗎？在他的想法裡，可用價值的標準又是什麼？足以交給警察的「證物」，與吳英齊的可用價值，有什麼不同嗎？如果解釋成他想親自出馬偵查的話，那前提就是，吳英齊不是犯人。難道……難道，他真的不是犯人？

承煥依序關閉了一個個新聞視窗，只剩下最下面的亞特蘭提斯視窗。這是早上來的時候打開的，一直放到現在都忘了。承煥嚇了一跳，嘴裡忍不住發出「天啊！」的聲音。他竟然開著這個，跟刑警堅持他沒潛水過。之前還把鑰匙交給組長，讓他有興趣可以看看。心急之下，只想打電話問問組長：

「那部影片，您看了嗎？」

休息站冷冷清清的，即使是星期日晚上，開進來的車輛也沒那麼多。連附近平時成群結隊在這裡喝酒的酒鬼們，也不見蹤影。賢洙一個人占據了整個瞭望台，坐在那裡喝酒。

每次上到這裡，他都會告訴自己，這是最後一次。然而，第二天，他又如常地提著酒瓶，坐到瞭望台。看來，他真的變成醉鬼了。然而，這也是無可奈何的事情。醉了，才能讓他引出幫手的辯解。「我沒想弄死她，只是想摀住那孩子的嘴而已。」腦子裡要一片空白，他才能得到解脫。從那三不五時傳來的「爸爸」聲中，從左手所記住的殺人感觸中，從無法回到過去生活的悔恨中，從無法向任何人請求幫助的孤獨中，從一步步接近的警察腳步聲中。

昨天，他碰到了所謂「目擊者」這個變數。那一刻，至今一直壓迫著他的一切，一下子全都平靜下來。

當他走進閘門警衛室的時候，他覺得自己真是昏了頭，才會在招魂儀式上做出那樣的事情。那根本就是在眾人面前，重演殺人手法。把瑞元託給承煥，自己就跑走了的事情，也是因為受到衝擊和心懷羞恥之故。他沒法正視瑞元，甚至不記得自己有沒有打開影片來看。懷著不知道自己又會做出什麼事情來的恐懼，腦子乾涸得像胡桃仁似的。眼睛還張開著，有什麼在晃動，好像是一部電影，看起來是在水下拍攝的。在水下村畫面出現時，他還沒什麼特別的感覺。而「吳英齊」這三個字，即使在播完的最後一刻，甚至是畫面變黑了之後，他才想起了這個名字所代表的意義。吳英齊……突然間，承煥說過的話又在耳旁響起：

「寒松脊附近，有個沉沒到水底的舊世靈村。世靈好像就是在那個村裡出生，遺體也是在那裡發現的。」

賢洙把畫面回放到最後的場面，最下方標注著拍攝日期，二〇〇四年八月二十七日十點四十五分。他把影片從頭再看了一次，攝影鏡頭在經過了長之又長的道路後，到達了村口石碑前面。

歡迎來到世靈村！

賢洙握著滑鼠的手，開始顫抖起來，又想起了承煥說過的話：

「我父親以前是在漢江撈屍體的潛水員，每次有了委託工作，我和哥哥就會去幫忙父親。我們三兄弟都是十二歲的時候開始學潛水的。」

拍攝者是誰，如同村口石碑一般，不言而喻。不用花太多的時間，他就領悟到，拍攝時間、拍攝地點、拍攝者所代表的意義。承煥就是事件發生當時的目擊者。

賢洙逃也似地下到管理局去，一整個下午都埋頭苦思。這也是他難得動腦的時候，他將無數的假設情況，濃縮在兩個範圍內。

一、承煥目睹了一切。

二、他在水裡，所以沒有看到犯人。

但很明顯的是，承煥至今並未向警方舉報。如果他舉報的話，自己早就被戴上手銬，進了看守所。安承煥到底是個什麼樣的人，賢洙回想著承煥平日的言行有沒有什麼奇怪的地方，但他什麼也想不到，或許，這是理所當然的事情。這是一個混亂的星期日，讓人打不起精神來，一個彷彿被波浪不斷席捲，在大海裡不斷徘徊的日夜。他沒有更多的力氣去考慮承煥。因此，賢洙放棄對承煥的分析，只從自己的觀點來解讀情況。如果承煥看到了一切，他斷然沒有理由保持緘默。這對他來說，一點好處都沒有，也不可能是為了想跟上司保持良好關係，才閉嘴不說的。如果上司是個億萬富翁，患了不治之症，又沒有可以繼承遺產的家人，那另當別論。

如果他沒看到犯人，如果他沒有看到當時情況，只是在水底撞見屍體的話，那就有理由保持緘默了。他想隱瞞在禁止出入地區潛水的事實，也想避開自己可能成為嫌疑犯的危險。

週末兩天的時間裡，賢洙無數次打開手機又關上。每次見到承煥，都焦心不已。「和我去喝兩杯」的話，為什麼就如此難以說出口，不停地察言觀色之下，機會就錯過了。或許只有在兩人面對面坐下來喝酒的時候，他能藉著幾分醉意試探一下口風。

賢洙過了半夜十二點才回家，到最後都沒敢打電話給承煥。反而是和腦袋裡的幫手痛快地聊了一陣。順其自然吧，看到又怎樣，有什麼證據證明是我做的？拍攝鏡頭難道還對著我的臉拍下來了嗎？

他癱躺在臥室的睡床上，今天是銀珠上班的第一天。沒有銀珠的臥室輕鬆又舒服。哼，姜銀珠，妳厲害啊！那就多多賺錢回來，讓妳家老爺只管伸腿睡大覺！

賢洙光腳走在高粱地上，一隻手拎著父親的鞋子，一隻手拿著手電筒，走在高高的高粱陰影下。這是個圓月高掛的夜晚，高粱地在月光的映照下，一片紅光，狗叫聲從附近傳來。附近的那些狗似乎是對著月亮嚎叫。他的腳步，停在水井前面。用力地吸了一口氣之後，把一隻鞋子丟進井裡去。鞋子撞擊到水面，發出鈍鈍的摩擦聲，吵醒了睡著的水井。男人沙啞的聲音呼喚他，賢洙啊……他又把剩下的另一隻鞋子也丟進井裡。你就吃這個吧，吃了以後，給我閉嘴。水井張開黑漆漆的大嘴，吞下了鞋子。這次，變成一個少女的聲音，低聲呢喃，爸爸！

賢洙張開了眼睛，雖然眼睛無法聚焦，但還是馬上察覺了自己身在何處。他明明是在臥室睡著的，現在卻躺在客廳沙發下面。起身坐好，左臂軟軟下垂。勇大傻又來過了。就像在點名單上蓋章一樣，每天早上都不忘來這一趟。

打開室內電燈開關，賢洙看了看自己的身體。與昨晚不同的，頭髮和衣服並沒有弄濕。然而，褲腳和腳丫子上，卻沾染著泥巴。手電筒滾在地板上，沾著泥巴的腳印一直延伸到大門前。毫無疑問地，那是自己的腳印。

賢洙走出大門，外面已經天光大亮。剛升起的太陽，讓他看清楚印在每層台階上的腳印。腳印從台階下面，朝著家門前的花圃方向轉去。飽含濕氣、柔軟蓬鬆的泥土上，印著兩種不同形態的腳印。向外走的腳印，往回走的腳印。他跟隨著「向外走的腳印」向前走去。跨過分隔一〇二號與一〇一號之間的低矮樹叢，經過一〇一號後院，朝著圍牆後面的小路走。這是上個禮拜四傍晚，和銀珠吵架之後，他獨自走過的路。腳印最後到達的地方，是取水塔橋上，也是他丟棄世靈屍體的地點。

賢洙頹然坐倒在橋的欄杆下，他的腿軟掉了。可怕的確認，如疾風襲來，撼動了他。過去四天以來，他所做的夢，是夢，也不是夢。夢中的現實，現實中的夢。是對十二歲支配過他的水井記憶。是他在離開高粱地的時候，以為已經擺脫了的夢裡惡靈。勇大傻只不過是個使者罷了。為了粉碎他的人生，真正的惡靈回來了。

即使如此，他還是想否認，怎麼可能如此，這是不可能的事情。

可能的，不管是什麼事情，都有可能發生，最清楚這點的，就是他自己。事件發生的那天晚上，他自己就已經證明了這個可能性。唯一不可能發生的事情，就是他的人生已經無法再返回到八月二十七日十點四十五分以前了。九月六日星期一早上，他唯一能做的事情，就是抬起屁股站起來，回到世靈林園一〇二號。當值夜班的保全出現，詢問他「組長在這裡做什麼？」之前。

承煥站在房間門口，肩上掛著毛巾，嘴巴張得大大的，看著他轉過身來的樣子。滿眼驚訝地望著他軟軟垂下的左臂。他沒有力氣去解釋些什麼，也不知道該怎麼解釋，只慶幸瑞元沒瞧見他這副模樣。

「我先盥洗可以嗎？」

賢洙問，承煥這才愣愣地讓出路來。

「當然可以！」

一走進浴室，他便開始進行讓勇大傻退場的儀式。拿出藏在浴室壁櫃裡的美工刀，右手握住左手，放在洗衣機上面。手掌向上，盡量放平，然後就拿美工刀劃了下去。勇大傻比前一天還惡劣好幾倍，即使劃破了大拇指底部三次，知覺還是沒有恢復。從血浸濕手掌的程度來看，血量還不夠多的樣子。再這樣下去，或許永遠都不知饜足。上週四，他就已經確定了這點跡象。懷著一個等著瞧的想法，硬撐下去的結果，整個上午就在職員的白眼下，成了獨臂俠。這樣的滋味，他可不想再嘗一次。

他把美工刀移到手腕上又綠又粗的動脈經過的位置。力量的調節很重要，盡量小心不碰觸到動脈或韌帶，淺淺地，窄窄地，飛快地。刀刃劃過手腕，皮開肉綻，彷彿在發射水砲似地，血管咕嘟咕嘟噴出血水，順著指尖痛快地滴落下去。賢洙感到一陣奇妙的恍惚，視野逐漸模糊，熾熱、尖銳的知覺沿著左臂神經節奔馳而上。這是勇大傻退場之前，所送給他接近痛苦的快感。

「組長！」

遙遠的地方，傳來承煥的聲音。三件事情，同時發生——從恍惚中驚醒，勇大傻消失，手中握著的美工刀飛向牆壁。承煥緊捉著他握住美工刀的右手，用力拍在洗衣機上。

「我的天，您在做什麼？」

承煥帶著怒氣地喊著，拿起毛巾裹住賢洙的手腕。一面將他推向牆壁站好，一面把他的手腕抬高到胸口處，使盡全力擰緊毛巾。他不情願地把身體的自主權交出去，這人怎麼如此大驚小怪，跟個沒見過血的人似地。

「沒事！」

賢洙覺得自己的聲音彷彿來自遙遠的地平線那端。

「傷口很深。」

承煥剝下被血浸濕的毛巾，又包上一條新毛巾之後，找了止血繃帶，纏在手腕上。

「最好還是去診所縫起來。」

「只不過在靜脈上面輕輕劃過去而已。」

承煥滿眼鬱悶地看著賢洙。

「上星期整個禮拜都包著繃帶，就是因為這個吧？」

賢洙也很鬱悶，他不知道該怎麼介紹勇大傻，他不想被看成一名歇斯底里的患者。但不開口解釋的話，一定會被人誤認他企圖自殺。如果把這瘋狂的行徑與世靈的事件聯繫到一起，才真是糟糕。

「從以前當棒球選手的時候開始，我的左臂有時候就會麻痺。整形外科的醫生說沒什麼問題，但實際上，我的手臂卻動不了，就像抽筋了似地。只要放一點血就能解除，所以我才在靜脈上劃了一下。不是要切動脈的，我也沒有那種想法……」

賢洙說到這裡住了口，自己的辯解一點說服力也沒有，讓他既感羞恥，也很憤怒。看承煥也不相信的樣子，更讓他怒不可遏。

「先去縫了再說。」

「這麼早，診所還沒開門……」

「這裡診所的醫生耳朵很好，才剛上任不久，人非常熱心。只要有人敲門，就一定會出來應門。」

承煥把他帶出浴室，看樣子是要跟著他去診所。站在玄關張望了老半天，打開鞋櫃。

「奇怪！」

承煥一臉不解地歪著頭。賢洙找了鞋子穿上後問：

「怎麼了？」

「我的球鞋不見了，昨天晚上脫下來放在玄關的。」

賢洙遲疑地停下了動作。昨天早上，銀珠也說過跟承煥一模一樣的話。一面嘟囔著「奇怪，我脫在這裡的鞋子怎麼不見了？」一面斜眼瞄著賢洙。那眼神似乎在說：「是不是你故意藏起來，不讓我去上班的？」

「你留在家裡，瑞元快起床了，我一個人去就好。」

他慌亂地打開大門，關門之前，又加了一句：

「不要跟我太太說，她知道的話，會把我送去精神病院。」

沒聽到回答，賢洙回頭看了一眼。承煥站在那裡，一臉複雜的表情望著他。很鬱悶，是吧？說那句話的人自己都覺得心寒，但又能如何？

「怎麼受傷的？」

照了X光之後，診所的醫生問。賢洙默不作聲，拚命想著該如何回答。

「您也知道，如果是自殘的話就不適用健保，也不能自費支付健保負擔的部分，計算標準不一樣的關係。」

賢洙垂下眼睛回答：

「我的左臂偶爾會麻痺，放放血才能解決。」

醫生滿眼難以置信的眼神，一面縫傷口，一面喋喋不休地嘮叨。想切斷動脈，至少得用力到手腕都抖動的程度才行。想死，也不是那麼容易的。百分之九十九的人會失敗，都是因為割腕時不夠用力。刀子沒切斷動脈，只切斷手筋的話，死沒死成，反而害了無辜的手臂，從此就廢了……治療一結束，醫生就拿出臂用吊帶，掛在賢洙的脖子上。

「暫時就先把手臂吊著吧，手要盡量朝上，才容易消腫。」

賢洙接過藥後，走出診所，站在診所的大門前，抽起一根菸。他的視線雖然投向馬路，但他的腦中看著的，只有一個男人。每天晚上把某個人的鞋子插在腰間，走過後圍牆小徑的男人。站在取水塔橋上，把鞋子丟進湖裡去的男人。第一天是室內拖鞋，前天是銀珠的鞋子，昨天是承煥的球鞋。可怕的質疑閃過他的腦中，今天又輪到誰的鞋呢？順序也好，選擇標準也罷，都難以預測。能確定的只有一點，有一雙鞋，是他必須從夢中男子手上守護住的。

去年春天，瑞元帶回從數學競賽大會上得到的獎狀。賢洙刷了自己的私房卡，給他買了一雙Nike球鞋。瑞元還來不及穿上那雙鞋，就被銀珠給搶走了。

「這鞋太小，媽媽明天給你拿去換。」

賢洙訝異地說：

「不小啊，我買的比現在穿的尺寸還大一號。」

銀珠一面把鞋子裝回盒子裡，一面說：

「瑞元的腳長得有多快，你知道嗎？而且，買這一雙鞋的錢，可以買五雙別的鞋。」

瑞元哭喪著一張臉，望著他。賢洙這才察覺了銀珠的居心，馬上大吼一聲：

「讓他穿！」

「問題都出在你身上，就這麼想給孩子買一雙超過十萬塊韓元的鞋嗎？用慣了這種東西，下次就會要求買更貴的，你知不知道啊？」

賢洙從銀珠手裡搶過球鞋，從口袋裡掏出原子筆，在鞋舌內面寫下名字「崔瑞元」讓銀珠沒法再打球鞋的主意。

然而現在，不是寫個名字就能解決的，必須把鞋子藏起來才行。但賢洙卻找不到可以藏鞋子的地方，因為夢裡的男人會通過自己的眼睛看見外面。叫瑞元自己藏起來？順便告訴他，就算爸爸為了找出你的球鞋，把整個家都翻遍了，你也絕對不能拿出來。

賢洙用腳尖踩熄菸頭，感到一陣比暈眩更深沉的絕望迎面襲來。

馬丁尼法則

四

還記得，那女孩舉行葬禮的前一天，我一整天都魂不守舍。六節課的時間，比母親的嘮叨還無聊。也想起了每到下課時間，我就會跑到公布欄附近晃來晃去，偷偷看一眼那女孩的照片。心裡是這樣想的，不用擔心妳的朋友，我會好好照顧他們的。

放學回家一看，母親不在家，只留下一張便條紙貼在冰箱門上。

「媽媽去鎮裡的農協，你回家洗好手，先寫功課。零食在碗櫥裡。」

「我寫完功課了，去找叔叔玩。」

我也寫了便條用磁鐵吸住。我相信，就算媽媽打電話去確認，叔叔也知道該怎麼說。因為是叔叔讓我去找歐妮，也是叔叔告訴我那個狗洞和圍牆後面的小徑，還給了我效果長達七個小時的防蚊擦劑。

從書包裡拿出書本，裝上飼料袋、防蚊擦劑、水桶，還有母親給的零食。再背上沉甸甸的書包，從我房間的窗戶跳了下去。

那女孩的房間窗戶總保持一掌寬地開著，雖然關著紗窗，但還是可以輕易瞧見裡面的樣子。因此，只要有機會，我總會朝那孩子的房間裡張望。那天也同樣地在那扇窗戶前停下了腳步，隨即我看見了照片裡的女孩，又黑又大的眼睛陰森森地望著我，似乎在埋怨我，也在責怪我，自己每天晚上躲在窗簾後面呼喚我，我卻裝著不知道。

我轉過身，離開了窗戶前面。儘管還想再多待一會兒，但一種不好的感覺催促著我離開，彷彿有人從後面抓住了我的後頸似地。每次站在那裡，總會生出如此的感覺。

我很快便找到了狗洞，其他地標也接連出現。世靈湖一號出入口，取水塔，碼頭，道路封鎖地點，世靈牧場出入口，赤楊樹林，牧場廢屋，只結了一個核桃大小柿子的柿子樹。最後便是終點廢畜舍。一推開門，陽光灑了進來，水泥通道露出了灰色的臉孔。通道兩側是一整排的畜舍木地板，承接牲畜糞便的條狀地板下方，用板子圍了起來，地板上面，則以鏽跡斑斑的鐵管欄杆隔開。我毫不遲疑地走了進去，按照叔叔說的，最裡面的角落裡，有個地板凹陷下去的洞。洞裡，便是歐妮的藏身處。

「歐妮，歐妮！」

我站在洞口前小聲喊著，雖然心裡急得想跨過隔板，但還是硬生生忍住了。萬一歐妮被嚇到，跑掉了，那就糟糕了。我只好先打開貓糧袋口，輕輕地從隔板中間推進去。然後開始等待。不到三十秒的時間，歐妮就從洞裡跑了出來。按照叔叔的形容，小傢伙是一隻「小狗貓」，長得一副肉嘟嘟的樣子，個性卻跟土狗似的。只要人對牠好一點，就毫不懷疑地把心交出去。高興的時候，還會陪著一起散步，根本就是像狗一樣黏人的貓。歐妮把貓糧都吃光了以後，就把下巴放在隔板的鐵管上面磨來磨去，似乎暗示你可以來我家玩。

歐妮的家也和叔叔所描述的一樣，空間大又結實得足夠我和歐妮一起坐下來。地板上鋪了一條粉紅色毛毯，這是叔叔沒有提到的。毛毯邊緣用黑線繡了一個光聽就讓人心跳加速的名字——吳世靈。

我背靠著箱子，在身上塗抹防蚊液。即使天氣悶熱，即使四面傳來惡臭，我也一點都沒意識到。現在心情很亂，卻很安心，有種走進了那女孩房間的感覺。陶醉在這種氣氛之下，我忍不住打起瞌睡來。一會兒之後，夢就成了一條通道，讓我得以真實地潛入那女孩的房間裡。

女孩乖乖地躺在床上睡覺，一頭長髮披散開來。白皙的臉頰和只穿了一條內褲的裸身，細長的小腿，整個人就是每天晚上躲在扁柏樹影下呼喚我的樣子。唯一不同的只有眼睛是閉著，兩臂長長地伸展開來，躺在床上的樣子而已。我蹲在書桌上，俯瞰著小女孩。眼睛眨也不眨一下，久久凝視，直到有一隻手把我從夢裡搖醒。

張開眼睛一看，一個男人坐在條狀木地板上，是那女孩的父親。我瑟縮了一下，心中的一角顫抖著，另一角則響起了警鐘。初見時的警惕心再度升起。這位先生為什麼會到這裡來？

原本臥在我的膝蓋上睡覺的歐妮已不見蹤影，可能一看到這個人出現，就躲起來了吧，也可解讀為，歐妮一點也不喜歡這個男人。

「你在這裡做什麼？」男人問。

我爬上木地板去，站在男人面前。

「這裡又不是您家的林園，我為什麼不能來這裡？」

「這裡是我女兒養的貓住的地方。」

他看了看我放在木箱裡的背包，笑了起來。

「還乾脆打包過來呢！你也得到了那傢伙的邀請嗎？」

我啞口無言。現在的心情就好像看到對方舉起拳頭，以為會被打，結果是要跟我握手一樣。我該回答嗎？還是先看一下苗頭？一時我不知該如何是好。

「那叔叔為什麼會來這裡呢？」

「我偶爾也會接到邀請過來。」

他站起身子。

「但我不知道，你竟然在我女兒的毛毯上打盹。」

他臉上的笑容驀然一掃而空，轉為我初次在林園見到他時的那副表情。原來如此，果然還是來挑釁的。我把手放進褲子口袋裡，頭往後仰，與他面對面對視。男人嘴裡說出了令我感到訝異的話。

「明天是我家世靈的葬禮，你知道嗎？」

我知道，但我沒有回答。

「早上十點，在碼頭舉行招魂儀式。」

不知道他為什麼要說這些，我保持沉默。

「我是為了謝謝你照顧我女兒的朋友，才請你過來的。等到葬禮結束之後，你想再偷看我女兒的房間，就很難了。我會把那個房間封鎖起來。」

我有種燥熱從腳底紅上頭頂的感覺，這讓我想起了，每次站在那扇窗戶前面時，都能感覺到那種毛骨悚然的戰慄。這讓我不禁猜測，他一定是守在樹林的某個地方觀看著一切。我拿起背包，背在肩上，從隔板間隙裡脫身而出。我用盡了全身的力量，才忍住自己想跑的念頭，走在畜舍通道上。才剛剛走到門的前面，他的聲音就逮著了我的後頸。

「你會來吧？」

我遲疑了一下才轉頭看著那個男人。

「而且，這件事情最好只有我們兩人知道。」

我接受了他的邀請，也決定連叔叔都不說。那時，我還以為這全都只是偶然發生的事情。如今，讀到小說的此刻，我才明白那場偶遇，其實是吳英齊有意為之。他利用自己死去的女兒和我來挑釁父親。

然而，至今無法得知的是，他究竟目的何在？只是單純地想要挑釁父親？抑或是為了下一個行動做安排。

除此之外，還有很多很多的疑問唧尾相隨。刑警來找母親究竟問了些什麼？吳英齊要徵信社調查的「兩件事情」，到底是什麼？蟠踞在水井與父親之間的惡靈到底是什麼？父親如此執著於我的球鞋的理由，又是什麼？

或許答案就在小說剩餘的部分裡，但我不想再讀下去，因為這只會讓我的好奇心變得更加濃厚。叔叔為什麼要寫這本小說？難道只是想出版一本作品？但裡面所有的人物，甚至連叔叔本人在內，都冠以實名的方式來看，又不像是那種目的。為了寫給我看？那麼又是想給我看什麼？「真相」？別說是真相了，連從哪裡開始，到哪裡為止是真實的，我都不知道。掩藏在真實與真實之間的故事，又該如何找出來？尤其是吳英齊的部分，幾乎就是出於個人想像。父親和母親的部分則是可能透過採訪得知。姑姑、叔父、英珠姨、小舅舅，還有父親本人，只要他們願意開口說的話，真實性就毋庸置疑了。然而，吳英齊這個人不同。到底是誰竟然連他的內心世界都能表達得出來。當事人和女兒都已死亡，而根據小說情節，他的妻子當時並不在世靈湖，甚至在女兒的葬禮上也沒有出現。難道是叔叔和鬼打交道得知嗎？

好吧，就算如此，就算是鬼告訴他的好了。就算那證實了父親所犯下的罪行，是無法翻盤的「事實」，是難以撼動的「真相」，那麼躲藏在字裡行間的故事又具有什麼意義？

我沒再繼續翻看小說的下一個章節，而是翻開了剪貼簿，裡面將當時報紙所報導的消息按照日期順序，整理得很詳細。這些是我從沒見過的消息，但所有的消息都沒能脫離《週日雜誌》的範圍。除了提及關於母親與吳英齊之間的報導。

在事件發生後四天，母親被發現陳屍於距離世靈湖六十公里的世靈江河口堤堰處。死因是頭部受到重擊，如果按照記者的報導，是父親以鈍器敲擊母親的頭部，導致她當場致死，再棄屍在二號產業道路橋的下面，就如同扭斷小女孩的頸骨後，棄屍湖裡一般。檢察官推斷，吳英齊也被以同一凶器殺害。在父親被逮捕的時候，現場發現的木棒上還沾染著吳英齊、叔叔和父親的血跡。報導裡寫著，父親是在失去意識的狀態下被捕，雖然馬上被送往醫院，但處於有生命危險的狀態。右手手腕出現複合性骨折與韌帶肌肉損傷。鼻骨骨折，下顎骨凹陷骨折，牙齒斷裂。後來還因為事件發生前兩天，腳背上所受到的開放性骨折引發了敗血症。報導的最後以警察還在全力尋找吳英齊的屍體作為結束。

剪貼簿的後面貼著父親在加護病房住了十天的消息，以及父親度過了兩次死亡危機，好不容易才恢復意識的訊息，然後是出院後，被送到看守所。後面便全是一些後續審判過程的報導。一直到最後一頁，都沒有出現找到吳英齊屍體的新聞。如果這些報導是叔叔毫無遺漏地整理出來的話，那麼吳英齊就不能歸於死者的行列，而是失蹤者。

我闔上剪貼簿，翻看著一整疊的信件。全都是寄到海南郵局信箱的，寄件地址是法國亞眠，寄件人是文荷英。這個名字我在叔叔的小說裡看到過，是吳英齊的妻子，應該是個和叔叔一點交集都沒有的人。我開始感到混亂，這女人為什麼寄信給叔叔？而且還寄了九封。

打開第一封信。

我已經好幾天都沒睡好，夜裡總在不吵醒仁雅的情況下，小心翼翼地走出院子，靜靜地站在蘋果樹下。仁雅滿臉不安地注視著如此的我，似乎已經看出來我正處於煩惱堪慮的狀態下。昨天，她對我說：

「荷英，妳想做什麼就去做，不為別人，只為妳自己。」

「好！」我回答。

那件事情發生之後，我就不再提起我的女兒。因為我很明白，這就像是一處池塘，只要有一絲洩漏，就會潰堤而出，淹沒了我。然而，我還是決定要說出一切。

但我也很懷疑，自己究竟能說些什麼？當時，我不在女兒的身邊，什麼都幫不上忙，甚至連女兒身上發生了什麼事情，都不知道。當我明白什麼都無法挽回的時候，才真正感受到女兒已經死了。我這個當母親的人，一點都不知道女兒正遭逢著什麼樣的命運，還跑到卡薩布蘭卡，試圖申請延長法國居留簽證的時間，徘徊在異國陌生的港口上，怨嘆人生帶給我的傷痛與苦惱。

葬禮結束之後，我才聽到女兒的消息。我食不下咽，寢不能寐，一想到她有多麼孤單，多麼害怕，多麼痛苦，我就覺得自己的苟活是多麼難以赦免的罪。在數度自殺未遂之後，我才好不容易找到了活下去的方法。我以對殺害我女兒的人所懷的憤怒和憎恨，來覆蓋掉讓我難以呼吸的愧疚，即使明白那會讓我變得逐漸消沉。

你寄來給我的第一封信，又讓我感受到另一波的憤怒。因此，我將你當成一個不要臉的人。說自己是小說家，說要將那件事情寫成小說，要求我說說有關女兒和丈夫的事情等等，這一切都讓我覺得你很無恥。但另一方面，我也害怕。我的地址連我丈夫都不知道，你是怎麼知道的？你該不會是我丈夫的幫凶吧？這不會是我丈夫想要讓我現身的伎倆吧？

想到這裡，我忍不住給娘家打了個電話，父親才告訴我，你是從很久以前就珍藏著我女兒遺物的人。這時，我心中的不安才終於消散，但憤怒依然存在。就算是個對女兒再友善的人，也不該對我提出如此無禮的要求。至少我心裡是這麼認為。

看到你寄來的第二封信，我陷入了莫大的混亂。在如辭典般厚厚一疊未完成的草稿裡，寫滿了我所不知道的殘忍真相。我不禁要想，這個人為什麼要寫這個故事？為什麼要如此折磨我？想藉此發財嗎？還是想博得一個作家的名聲？還是懷抱什麼野心想把世人所不知道的事情，誰也不想知道的真相，公諸於世？然而，即使我燒了這疊稿子，文字也不會就此消失，我的女兒經歷過的事情彷彿在眼前真實發生一般，鮮活地重現。女兒最後的樣子，讓我有種墜入地獄的感覺。我忍不住憎恨起你，下定決心，如果你再寄信來，我連拆都不拆，直接燒掉。

你真是一個很聰明的人！當第三封信寄來，我看到貼在信封上那張小小的照片時，真以為在太平洋的彼方，你已經看透了我的心。我無法撕掉那張照片，也無法燒毀那張照片。照片裡的背景是我無比熟悉的地方。也是每當我想起女兒，就一定會連帶想到的地方。霧氣重重的別院前徑，路燈，扁柏圍籬。朝著中央通行道並肩走去的男人和少年。一眼看得出來，是一對父子的背影，這也讓我忍不住拆開了這封信。

你說，這個孩子就是他的兒子。

你說，這孩子已經被逼到絕境。

你說，想讓孩子知道事情的真相。

你說，想讓孩子得到真正的自由。

不行，我無法接受，我要把他逼到比絕境更殘酷的地方。我要把繩索套在他的脖子上，吊在懸崖邊上，久久，久久。我要他痛苦地活著，一如我如此痛苦地生存一般……我如是想。

昨天夜裡，我也站在這棵蘋果樹下，一直站到天際發白為止，我一動也不動地望著黑暗。黑暗中，我看見了一個少年，與我女兒年紀相仿，從沒見過的，甚至連該如何在世上生存下去都不懂的少年，與我女兒的模樣重疊。我的女兒，是被一個人所殺害。但這個少年，卻處於將遭世上眾多雙手所殺害的處境裡。與信件一起寄來的《週日雜誌》、無數次反覆轉學和休學的紀錄、丈夫將少年逼到絕境的殘忍手段、卡在少年脖子上的責難、憤怒與詛咒的雙手。而我的雙手，也夾雜其中。

這封信，將以回答你所提出問題的方式書寫。但在那之前，有件事情必須先告知。

我和丈夫一起生活了十二年，一如丈夫對我的了解，我也深知丈夫這個人。雖然如此，但從我的觀點來闡述丈夫這個人，卻不一定有所助益。因為我一定會先站在對自己有利的角度說話。苦思之後，我決定化身為丈夫，以丈夫的口氣說話。也就是說，從現在開始，你不是在向文荷英，而是向吳英齊提出問題。換言之，你可以想成，不是從我而是從吳英齊那裡，得到了答案。

還有一件事要拜託你。當這本小說完成，請記得送給我一本，我也很想知道真相是什麼。

樓下仁雅喊我吃早飯了。

就此擱筆下樓。

文荷英　敬上

我把信紙裝回信封裡，信封上的郵戳日期，是今年的一月二十日。我沒有繼續看完剩下的信件，因為我害怕，害怕在那麼多年的歲月流逝之後，才抵達我面前的那女人沉痛的悲傷，以及我所無法理解的，對我的憐憫與寬容。我真想大聲吶喊，不要憐憫我，也不要寬容我，我對妳沒有任何一點期待。

感覺像是不小心碰上了，一直以來有意逃避的無數犧牲者的眼淚。

為了躲避那些眼淚，我坐在窗邊，望著窗外。久久地凝視著沾上了白灰灰鹽粒與灰塵的窗戶。心裡突然升起一股奇妙的感覺，透過這扇骯髒的窗戶，我看過了藍天、白雲、月亮、彗星、雨絲、雪花、大海和燈塔。忽然覺得肚子有點餓。

我走出房間，到廚房去。鍋子裡接了水，放到瓦斯爐上。打開碗櫃，卻迎來一陣煩惱，我到底想拿什麼？看到一旁乾硬扭曲的抹布，似乎是從三個月前就放在那裡的樣子。也就是從青年會長的妻子，婦女會長離開世上的去年初秋時起。

拿起抹布，我跑出了大門。站在風裡，擦拭房間的窗玻璃。結晶鹽在抹布下面，嘩啦嘩啦地磨來磨去。玻璃變得越來越髒，我的腦子也變得越來越混濁。吳英齊還活著嗎？文荷英似乎如此相信著。有什麼證據，才讓她如此堅信？還是從不可能會死的信念裡深深相信的呢？叔叔是否知道，在背後追趕我的人是吳英齊？從文荷英的信裡來看，似乎是知道的。吳英齊為什麼沒有傷害我？要說到機會，過去數年來，機會多得是。但他到底出於什麼樣的理由要把我逼上絕境？

「孩子啊！」當我聽到聲音時，不禁停下了動作。青年會長站在大門邊上。

「你在那裡做什麼？鍋子還在爐子上放著呢！」

我這才想起，剛才想從碗櫃裡拿的，不是抹布，而是泡麵。

「鍋子燒焦了嗎？」

「哪只鍋子燒焦了？你這個小渾蛋！幸好我睡覺起來，覺得哪裡奇怪，出來看了一眼。要不然，連房子都差點燒掉了。」

我回到房間，早就忘了飢餓，也早就忘了自己從房間出去之前在做什麼。習慣性地，我又在書桌前坐了下來，愣愣地望著保持原狀開著的筆記型電腦畫面。

世靈湖。資料。

打開名為「資料」的資料夾，檔名為「亞特蘭提斯」的影片檔出現在最上面。下面則全是MP3檔案。我打開檔名為「一」的檔案。一開始是一段雜音，接著一個男人低沉、渾厚的聲音傳了出來。

想像瑞元的成長過程，是我最喜歡做的事情。我把你每年那孩子生日時寄給我的照片，全都貼在牆上。真是越看越神奇，十五歲時，還是個少年的人，怎麼十六歲時，就一下跳成了青年。如果我一直都在孩子身邊，或許就無法看到那如魔術般的跳躍。那孩子第一天上小學的模樣，至今仍舊歷歷在目。大禮堂裡數百名孩童中，沒有一個像我們家瑞元一樣有氣質，我多麼為他感到驕傲。日後，當那孩子成長為一個男人的時候，請務必告訴他這句話……

我急忙關掉檔案，指尖不停地顫抖。那是我用盡全力想要忘掉的聲音，或許真的已經忘掉了。聽了好一陣子之後，我才發覺說話的人是誰。或許這也是理所當然的，因為我對父親聲音最後的記憶，便是從手機裡呼喚「瑞元啊！」的聲音。

我順勢把筆記型電腦也關機了，我不想再聽到那個聲音，也不想再讀那個小說。對我來說，確認父親所犯下的罪行，是一件太痛苦的事情。如果我這麼說的話，一定是在撒謊。因為真正讓我痛苦的，其實是父親。他不再是我記憶中的巨人，只是一個愚蠢、軟弱的懦夫。我不想面對那個矮小、沒出息的男人，對名為崔賢洙這個男人落魄的一生而感到鬱悶。然而，即使關掉檔案，關閉電腦，還是無法隔絕那男人的聲音。

「瑞元啊！」

我轉身背對書桌，打開小冰箱。握著門把，動作靜止下來，又忘了要拿什麼，都是因為那聲音的關係。

「瑞元啊！」

關上冰箱，我蹲到房間一角。風呼呼地吹過窗外，他在風中呼喚。

「瑞元啊！」

我以為自己不會再驚慌，我以為再也沒有會讓我感到驚慌的事情發生。但，我錯了！因為他突破所有防衛的聲音，讓我像個嚇破膽的孩子一樣，不知該如何是好。我現在的心情，只想跑到路上去，隨便抓一個人就問，我該怎麼辦才好？我該怎麼做，才能讓那聲音停下來。

五

對「吳影帝」這個綽號感到好奇？看來你去找過我表兄弟了吧？除了那個蠢蛋之外，沒有人敢這麼喊我吳英齊。好吧！聽說你最近想賣車？雖然這不是我該擔心的事情，但我可希望你別因為知道了一個吳影帝的綽號，落得把好好的車給換掉的下場。

或許你已經知道，那個綽號是那傢伙他娘取的。從戶籍上來看，那是我母親的親姊姊，對我來說，則是姨母。藉著這層關係，我曾經在他家短暫地住過一段時間。那是位於堂山洞的一間五層公寓的頂樓。那時，我大概十二歲吧，因為我正就讀於世靈小學五年級。母親是個信念堅定的人，深信如果想上明星大學，尤其是醫學院，就必須從小學開始努力用功，趕上首爾學生的水準。於是，我便在非自願的情況下被轉學到首爾去了。可笑的是，母親本人便是世靈小學的老師。您還大言不慚地跟自己學校的孩子說，只要努力用功，便能達成願望。但看來，連您自己都不相信自己說的話。不然，您怎可能冒著父親的反對，把三代單傳的獨子送到首爾？

首爾的生活並不是那麼順利。首先，我得和名為表兄弟的蠢蛋，共用一個房間。光是這點，就已經讓我很不高興，何況那傢伙還亂動我的東西，我最討厭別人碰我的東西。再者，學校同學還公然當我是鄉下人。世靈村？那裡有電嗎？有電視嗎？路上有車子在跑嗎？級任老師那女人更可笑，竟然叫我去掃廁所。轉學的第一天，我就和鄰桌同學打架。我稍微教訓了一下他的那張賤嘴，這傢伙挨打活該！那天，我穿著母親在S市為我訂做的新西裝。那傢伙竟然扯著我的領帶，笑我是不是把父親的衣服改小了穿來？

我可是號令世靈江百里地的大地主之子，每天早上，父親都會牽著我的手，巡視那片廣袤的平原。然後對我說：「英齊啊，這些地都是你的。」每當此時，母親就會在一旁潑冷水：「鄉下地主，誰認得啊？」母親這個人啊，每次都覺得自己嫁給父親，是「被騙了」。聽說是祖父看上了剛來世靈小學任教的年輕女老師，慫恿她和父親結婚的。母親結婚以後，才知道父親的最高學歷只有農高畢業。不管怎樣，最重要的是，我從一出生就是世靈村的「少爺」。在學校是老師的兒子，也是家長會會長的兒子。學校的同學都很清楚誰是老大。

我把這點告訴了級任老師，問她是不是不清楚我是誰，才會叫我去掃廁所。那女人竟然對我說，這裡不是世靈村。還說，今天是轉學的第一天，我不熟悉環境，才會和人打架，這次就算了，但以後如果再發生同樣的事情，就讓我去掃一個禮拜廁所。然而，第二天又發生類似的事情，級任老師要我選擇，掃廁所還是跪下。我跑出教務處，收拾書包，便回家去了。果然，那女人好像打了電話給阿姨。阿姨像啄木鳥一樣，對我不停地叨念，我都快瘋了。

來首爾才兩天，我就想回世靈村了。然而，我卻沒辦法回去。就算打電話給母親，講來講去還不就那些。把我放在這個家的時候，母親就數度交代過我，首爾不是世靈村，就算有不如意的地方，也要多忍耐。

我這個人啊，不管是那時還是現在，都最討厭忍耐，我只想住在一切都隨我意的世界。

有一天，當我筋疲力竭走進房間裡一看，放在我書桌上的火柴盒模型屋壞了。那是我花了好幾個月才做出來的。當我質問是誰弄壞的時，蠢蛋涼涼地回答，是蝴蝶看到蒼蠅，一興奮蹦跳之下弄壞了。蝴蝶是那家養的貓，眼睛是黃色的，背部有著黃色條紋。就算是貓幹的事情，也不會有什麼不同，主人還是必須負擔道義上的責任。我一拳打在蠢蛋的鼻子上，蠢蛋哭喊著流鼻血了，阿姨那個女人因為這樣不給我吃晚飯。說是要等我認錯求饒之後，才給我飯吃。

我只好餓肚子，而且也忍著不睡。因為在那家人都睡著之後，我還有事要做。客廳裡有個像是旅行用行李箱模樣的東西，那就是蝴蝶的窩，那傢伙就趴在裡面睡大覺。我以最快的速度，拉上上蓋拉鍊，提到外面去，然後站在樓梯平台上，拉開拉鍊，開口朝下從窗戶往下倒，蝴蝶就應該像隻蝴蝶一樣飛走才對。接著我把行李箱放回原位，走進房間裡。這時，我才覺得稍有睡意。

第二天清早，當然是一片天翻地覆。阿姨那女人又不給我飯吃，忙著找蝴蝶，根本不把我的早餐放在眼裡。還不只如此，我想去上學、找衣服穿的時候，卻發現不管是褲子還是襯衫，都還原封不動地放在母親買給我的衣箱裡。不要說燙了，連掛都沒掛在衣架上。那也算是衣服嗎？我只好自己拿出來換上，在兩頓沒吃，連提去學校的便當都沒有的情況下，出門上學。丟臉死了，簡直跟乞丐一樣。在家裡，母親可是連我的內褲都燙得好好的，才讓我穿。

學校裡，也有讓我不爽的事情。級任老師那個賤女人竟然叫我到走廊去。她說，要離開教室，可以隨便你；但要進來教室，就要有我的允許。我當然沒出去，火力全開，瞪著那個賤女人看。突然那賤女人滿臉通紅，扭著我的手臂往外拖。這個時候，不知從哪裡冒出咯咯的笑聲，回頭一看，是我鄰桌的傢伙，拿書遮著臉在那裡笑，真是火上澆油，我全身都冒著火，眼前一片通紅，肚子裡的炸彈爆炸，轟隆，轟隆！

等我醒過來一看，竟然躺在保健室裡。保健室老師說，我發病了。眼睛翻白，咬著舌頭，哐噹倒了下去。級任賤女人嚇了一跳，趕緊把我送進保健室。大家都以為，我得了癲癇。午餐時間，級任老師過來這裡，讓我早退回家。說我父母已經北上，叫我和父母一起去醫院看病。

我飛快地跑回家，才打開大門，就發生了讓我頭痛的事情。父親和母親的面前擺著蝴蝶的屍體。阿姨那個賤女人口沫橫飛地痛罵，說是我幹的好事。說表兄弟那傢伙睡覺的時候，看到我出去。說是聽到我走出去的聲音而醒了過來。沒多久我又走進來睡覺，自己也才睡著。她也是聽了這話之後，跑到公寓後面一看，蝴蝶已經摔死在花圃裡。

父親問我，這是真的嗎？我回答，我從來沒做過那樣的事情。母親責備我，難道阿姨會說謊？你一定做了什麼事情，蝴蝶才會變這樣，對不對？這是一個母親對兒子該說的話嗎？我忍不住眼淚嘩啦嘩掉了下來，嘴巴如決堤般開始告狀。因為和表兄弟打架，阿姨就罰我不准吃飯，餓了我三頓。我肚子又餓，又委屈，好想好想父親，想到睡不著覺。怕被表兄弟聽到，只好出去外面走道上，看著黑漆漆的天空，一直哭到眼睛都腫了起來。早上也沒飯吃就去上學。級任老師又無緣無故把我趕出教室。

語言這種東西，具有奇妙的力量。只要說點悲傷的話，就會真的變得悲傷起來。當我說完話，全身的力量放鬆，反而有種筋疲力盡的感覺。我試著把在學校做過的事情，照樣再做一次，結果效果意外地好。效果太好的關係，我甚至還被送到了醫院，這雖然有點問題，但該檢查就檢查，該打針就打針，我把演技發揮到了極致。

那天，我又回到了世靈村。那天，母親被父親狠狠地打了一頓。第一個理由是，誰叫妳把「我兒子」送到外面去，弄成了神經病。第二個理由是，妳竟然不相信「我」兒子，反而站在「自己姊姊」的一邊。那是父親第一次對母親動手，從此之後，動手的事情幾乎每天都在發生，直到幾年後，母親罹患乳癌去世時為止。真是不幸的人！而我也是在母親的葬禮上才知道，那家人稱我為「吳影帝」。

我摺好信紙，塞進信封裡。破曉時開始看起文荷英的信，現在只剩下兩封了。不是我想看才看的，而是為了逃避父親的聲音，不得已才看的。光從目的來看，實在是一個最佳的選擇。如果說父親的聲音，是把球勉強送過網的水準的話，那麼文荷英寄來的吳英齊心聲，則是殺球等級了。

在兩個月之內，七封信如暴風雨般漫天捲來。叔叔的問題十分多樣化，文荷英化身吳英齊所寫成的回答則非常坦率。從看待戀愛、結婚、欲望、妻女的角度，到日常生活、性愛取向，都讓人有種是吳英齊所寫的錯覺，和小說裡的吳英齊如出一轍。最令人驚訝的是吳英齊的想像力。文荷英在提起離婚訴訟之前，曾經兩次帶著女兒逃跑。但是兩次都不到兩天的時間，就被踩住了尾巴。吳英齊能坐在書桌邊化身為文荷英，追尋出她母女二人的行蹤。整個追蹤過程如此精密、準確，讓人不寒而慄，甚至在精神亢奮的狀態下，將此告知文荷英。

我放下信紙，側耳傾聽。父親的聲音已不再傳來，即使過了十分鐘、二十分鐘、三十分鐘，也都悄然無聲。也可以說，吳英齊好好地封住了父親的嘴。要說有哪裡很吵的話，就是我的腸胃。我的胃裡咕嘟咕嘟地沸騰著，噁心想吐，湧上灼熱的酸水。這讓我想起了去年冬天的某一天。那天，我站在便利商店門前，為了拿到工資，在寒風裡等了兩個小時。現在的症狀與那時相仿。這次，我所需要的量不是給首爾車站前流浪漢吃的分量，而是足以餵給牛群吃的那麼多。但冰箱裡只有兩個雞蛋，吃剩的鮪魚罐頭和一瓶礦泉水。便利商店雖然遠在三十哩外，我仍舊決定去一趟。如果吃能解決一切，那就該多吃一點。

剛從後院牽出腳踏車，就看到郵差在大門邊徘徊。

「這裡有名叫崔瑞元的人嗎？」

聽到郵差的詢問，我的心一下子沉了下去。從昨天開始，送來給崔瑞元的東西，為什麼這麼多？

「我就是。」

郵差遞過來的，是一封電報。寄件人「首爾看守所」。

當我愣愣地站著時，郵差走掉了。雪花飄落到我手裡的電報單上，天空一片灰白，空氣如春天般溫暖。我把腳踏車又牽回後院裡放好。我並不想看那封電報，但也找不到任何藉口不去看那封電報。我只能走進房間，在書桌前坐下來。「首爾看守所」幾個字為什麼如此令人害怕？足足花了三十分鐘的時間，我才拆開信封。

十二月二十七日〇九時，死刑犯崔賢洙的刑罰已經執行完畢，特此告知……

電報變得如此遙遠，後面似乎還有些什麼內容，但我已經看不清楚了。舌頭下面，微溫的口水流動著。我握著電報，膝行到冰箱前面。拿出水，整瓶往嘴裡灌，像在喝著從熔爐裡倒出來沸騰滾燙的鐵水似的。突然，我變得坐也不是，站也不是。坐著，肚子就灼燒得讓我忍不住慘叫，站著，雙腿顫抖，沒一下子就跌倒。不得已之下，我只好靠牆而立，努力看完剩下的內容。

請遺屬於……二十八日〇九時以後……認領遺體……

電報單老是從手裡滑落，撿起又滑落，不知道反覆了多少次。視野先是變得模糊，最後則是什麼都看不見，甚至連耳朵都聽不見了。世界與聲音同時消失，我跪坐在黑暗與寂靜裡，試圖憶起剛才看過的內容。而記憶卻讓我想起了是吳英齊所趕走的聲音。

如果我一直都在那孩子身邊，或許就無法看到那如魔術般的跳躍。

我內心裡的聲音說，不就是按照預期死了嗎？那又如何。

我多麼為他感到驕傲。日後，當那孩子成長為一個男人的時候，請務必告訴他這句話……

到底怎麼死的？如我夢裡一般，在絞首台上被吊死的嗎？死前的心情如何？害怕嗎？是否就此了解死在他手裡那孩子的恐懼？顫抖嗎？後悔嗎？悲傷嗎？是否毅然決然地赴死？許多許多的日子裡，無數的時間中，你是否知道自己在兒子手上死了又死？在最後一瞬間，你說了什麼話？是否哀求著放過自己？是否祈求得到寬恕？不會，不會是，呼喚我的名字吧？

「瑞元啊！」

結果，他的呼喚又回來了，聲音如同在骨髓深處點燃火焰般熾熱。我找出潛水服換上，收拾了潛水裝備，將叔叔交代過在沒有搭檔的情況下，不要下水的警告，也置諸腦後。我必須熄掉那把火。

青年會長不在家，我打開主臥室的門，在電視機上摸索。一摸到鑰匙圈，就毫不猶豫地拿走了。

海上下著鵝毛大雪，微風，浪也比平時要靜。走到燈塔下面，我放船出海。脫離了礁石群之後，就開始超高速前行。雖然下雪影響視線，但不重要，連在石島附近所形成的長波帶，我也置之不理。開始高速前行的身體裡，火焰完全破壞警報系統。

船隻抵達西側上岸地點，我泊好船後，隨即下了水。一到了峭壁欄杆處，便選擇直壁飛身而下。下降同時所遭遇到的粗暴潮流捲住了我，比起我所熟悉的水流，還要強大二十倍。這是一道下向潮流，也是將相機男推向死亡深淵的傢伙。呼吸開始混亂，腦子裡一片空白，如瀑布般的水柱，將我直插入海底。

我放棄了任何的抵抗，連浮力調整背心都沒解開，也沒試圖尋找可藏身的峭壁，甚至沒有確認水深計量器。就算死亡已經掌握住我，我也絲毫沒有抗拒的意圖。就讓自己被水柱帶起的白色泡沫緊緊纏捲著，完全放鬆身體。連口中咬著的呼吸器也懶得吸入。

某個瞬間，與水的接觸感開始變得模糊，肩膀以上變得無力，壓迫住身體的力量突然消失，像是踩了煞車似地下降的速度停了下來。白色的水柱朝著我的額頭上方向上捲去。很快地，便消失在我的視野中。

升降梯在莫名其妙的樓層放下乘客之後，就自行離去。我抵達了一個類似古代被棄置的城垣之處。洞開的鐵門，荊棘藤蔓纏捲的車輛擋桿，那上面有灰色魚群梭巡。鏽跡斑斑的鐵絲網圍牆裡，長滿了高大的扁柏，蔓藤如電線般延伸而去。這裡是世靈林園。過了擋桿，就進入中央通行道。砂土被沖積而上，黑腐的樹幹堆得處處都是。我沿著水泥地隆起的通行道游過去。很快地，布告欄便出現了，上面貼著一張傳單。

尋找失蹤兒童
姓名：吳世靈

正如七年前的那一天一樣，我目不轉睛地盯著那女孩的照片。要不是如編鐘般的叮噹旋律演奏曲傳來，我大概會永遠忘記還要動作。音樂聲來自別院方向。

Fly me to the moon. And let me play among the stars……

我走上了別院前徑，看到屋頂塌陷的一〇三號。牆板掉落，客廳的窗玻璃碎裂，轉過台階下陷的一〇二號前面的花壇，走進一〇一號的後院。接著，在我曾經佇立過的窗戶前面，停下了腳步。急流席捲的舊林園裡，只有那女孩的房間還保留著當時的舊貌。窗戶只打開一掌距離的縫隙，女孩的照片仍舊掛在原來的地方。書桌上，燭火燒得紅豔豔的，戴著尖帽的小熊維尼前面，唱著歌的摩天輪不停旋轉，氣球如肥皂泡沫般，在房中飄浮。

我推開窗戶，進入房間。床上，那女孩沉睡著。就如記憶中的模樣，長而黑的頭髮，白皙的臉頰，細瘦的小腿，光著腳。疲倦突如其然襲來，我閉上眼睛，全身放鬆下來。於是，我乖乖地躺在那女孩身邊，把我的手覆蓋在女孩的手上。月光透過窗櫺照了進來，空氣暖暖的，女孩的手軟綿綿的，平靜降臨我的心中。好想睡覺，彷彿只要閉上眼睛，就能永遠睡去。

「瑞元啊！」

男人低沉的聲音將我從睡夢中喚醒。我雖然張開了眼睛，身體卻動彈不得。意識朦朧，水氣在視野中升騰而起。即使如此，我還是很清楚，是誰把我喚醒的。是父親。

「瑞元啊！」

父親的聲音，如爆炸般在耳中響起。我感覺到臉頰被掌摑的刺痛完全清醒了過來。看了看四周，女孩不見了。沒有床，沒有摩天輪，沒有氣球，沒有月光。魔法消失的空間裡，只餘下無盡的黑暗。氣有點喘不過來，極端的寒冷鋪天蓋地而來。我想站起身來，卻不知哪裡被卡住了，動彈不得。我該好好思考，卻不知道自己該思考些什麼，也不確認自己究竟身在何處。脖子上架著的圓形物體，已經不是頭，而是一粒爆米花。聲音再度響起。

「停下來，想一想，再行動。」

這次不是父親，是從我開始學習潛水時起，就一直聽到的叔叔的直接命令。我停下了掙扎起身的動作，調整好呼吸，觀察了一下周圍。前後兩側全都被黑色的岩石所包圍。頭後仰，看了看上方，高高的上空中，有一條長而不規則的裂縫。從裂縫中間所仰望到的空間，遠比我所坐著的地方，要明亮多了。裂縫邊緣，覆蓋著珊瑚礁的陰影。我看了一下手腕上所戴的潛水表。總潛水時間是二十四分鐘；現在水深四十八點五公尺。氮氣壓力圖以驚人的速度疊起紅色的磚石，此時，我才終於掌握住自己目前的情況。水柱將我卡進了如冰裂般的岩石深縫裡，我就在被卡住的情況下出現氮氣麻醉症狀。如果按照「水深每十公尺，就相當於空腹喝了一杯馬丁尼」的「馬丁尼法則」，我已經一口氣喝了五杯馬丁尼，所以才會作了一個如此恍惚的夢。

不管怎樣，先把自己從岩石縫裡弄出來再說。但處於蹲踞姿態的我，似乎連能否上浮都無法確認。我伸出手摸索著四周，終於找出能著力的突起岩石。先把手撐在那裡，再將身體往上一挺，蜷起從石縫中脫離而出的雙腿慢慢地上升，爬上岩石上站好之後，先確認空氣殘量。五十一巴。眼前一陣暈眩，考慮到平時我所消耗的氧氣量和絕對壓力只能支撐三分鐘。我後知後覺地想起，上次潛水之後忘了填充氧氣，隨後也想起了連備用氣瓶都沒帶來，我心中泛起一股絕望。不要說排除氮氣的時間，連想浮上水面都很緊迫。我趕緊開始往上升去，但可能是因為緊張，氧氣消耗量比平時大得多。在水深十五公尺處，氧氣筒就已見底。我解開重力帶，咬著呼吸器，保持呼吸道暢通。這是我學潛水以來，第一次嘗試緊急浮力上升。

這十五公尺，恍如永遠。當我冒出海浪之上的瞬間，肺部有種要爆炸的感覺。骨頭和肌肉因劇痛而蜷縮，對可能罹患潛水夫病的恐懼衝上心頭。我啣著水下呼吸器，漂浮在波浪中，呼吸著從管子裡傳進來的冰冷空氣，一面用手指輕拍海浪。終於可以動了，晃晃我的腳，看得到蛙鞋前端也在晃動。這瞬間，我才好不容易脫離了全身麻痺的危機。

大海被鵝毛大雪所籠罩，白茫茫的空氣中只有燈塔的大霧警報燈，忽明忽暗地閃動著。我望著船的右舷燈，往前游去。全身一點力氣都沒有，連感覺都快消失的時候，才終於翻身上了船。十五分鐘之後，我抵達燈塔下方。峭壁邊緣，有個人站在那裡。雖然看不清長相，但絕對不是叔叔或青年會長。

當我爬上峭壁上方時，男人已經消失不見。只有汽車輪胎的痕跡，如火車軌道一般，朝向道路延伸而去。我回到了家，換上乾爽的衣服，用毛毯包裹全身之後，拿出攜帶用氧氣瓶和氧氣罩。吸著氧氣的同時，又看了一次電報內容。

十二月二十七日〇九時，死刑犯崔賢洙的刑罰已經執行完畢，特此告知……

上面說，明天就能去領回遺體。後天則是父親的生日。

我放下電報，撿起印刷好的原稿。

直到如今，我還是無法清楚地知道父親被送上絞首台的原因。

世靈湖 Ⅲ

英齊在醫療中心的地下停車場停好了車。他在隔了一個星期之後才開始上班，要不要在世靈三虞祭[1]時也請假？很快地，他又改變了主意，算了，還有很多事情要處理。

上午的時間如急流洶湧，很快便過去了。預約患者的診療，雜七雜八的文件裁示，回函給送了奠儀的人謝卡上的詞句，整理名單……一直忙到中午，英齊才有空喘一口氣。從手提包裡拿出崔賢洙的身家調查資料。這是之前的四天裡促使他覺醒的資料。

出生、成長過程、性格、生活的點點滴滴……崔賢洙的人生，一如他所預料的一般，分毫未差。唯一發光的時期，只有在高中的時候。自那之後，就開始走下坡。在各方面，他都是個失敗者。作為一個男人也好，作為一個家長也好，甚至作為一個人也一樣。如此的一個人，竟然殺死了他吳英齊的女兒。其中有幾項，讓他可以如此肯定地斷言。

1 譯注：出殯後的第三次祭祀。

事件發生的當時，崔賢洙因為酒後駕駛，駕照正被吊扣中，這是一點。在無照駕駛的情況下，還習慣性地酒後駕車，這也是一點。以及他最近買了一間房子，這是最後一點。

除了房屋貸款之外，為了買這間房子，他已一無所有。下個月開始就得繳納的房貸利息，就超過了崔賢洙月薪的一半。他在這點上標注了星號。如果崔賢洙被拘留，或因此失去了工作，他們兢兢業業堆積起來的城堡就會崩潰。此處，又追加了兩項推測。一是崔賢洙當天曾經來過世靈湖，二是最近曾經修過車。

只不過，仍舊存在無法理解的部分。從上面的情況來看，崔賢洙雖然無法收拾情況，事實上卻仍有機會脫身而出。事故現場是一處人跡罕見的湖邊，崔賢洙具有不被事件牽連的條件，只要放著世靈不管，她自己就會死。崔賢洙只要把車子掉個頭，這件事就算解決。然而，他卻選擇了殺死世靈、棄屍湖中這種最極端的作法。為什麼呢？發生了什麼事情？

英齊想起上班途中看見的崔賢洙。獨自站在診所門前，望著下面的道路抽菸。從他左手手腕上纏著繃帶的樣子來看，他應該才剛接受完治療。而由他的手還吊著吊帶的樣子來推斷，應該不是什麼小傷。但手臂沒上石膏，那就不是骨折之類的傷害。英齊撥了世靈診所的電話。

「我是早上去過診所的崔賢洙的弟弟。」

診所的醫生不是回答「啊，您好！」而是說了些模稜兩可的話。看來是只報名字，也想不起是誰的樣子。

「就是那個左手受傷的病患，個子很高，您應該還記得吧。」

「喔喔！」

「他的情況還好嗎？我嫂子很擔心，可能我哥什麼都沒說的關係。」

「電話裡說不太方便，可以請她直接來一趟診所嗎？反正這麼近。」

「不好意思，剛好最近不太方便。嫂子身體不舒服，我現在又剛好在外地出差。」

醫生又含糊地「喔喔」兩聲，吳英齊按捺住冒了上來的火氣。

「我們就是想說，如果有什麼大問題，要不要帶他去大醫院看看，所以才打電話給您的。」

「你是他的親弟弟嗎？」醫生問。

英齊報上從身家調查資料上所記錄的崔賢洙弟弟的名字和崔賢洙的個人資料。

「左手手腕上的靜脈，被切斷了一條，傷口還很深。動脈和韌帶沒事，出血的程度也還不算嚴重。」醫生說。

「是自殘嗎？」英齊又問。

「這很難說。他本人說，偶爾會發生原因不明的左臂麻痺現象，這點你們知道嗎？」

「左臂麻痺？」

「似乎不是骨科方面的問題，他自己說，這種症狀存在已久，只要放點血，就能解除。」

「您是說，他為了解除麻痺症狀，自己切斷靜脈？」

「據他本人解釋，這次是個意外。他的左腕上，類似的傷痕有好幾處，傷口看起來都是最近才造成的。」

「您看，他是自殘嗎？還是意外？」

「切斷靜脈和在指尖切個小口，兩者之間的差距，很難用意外來解釋，後續再次發生的可能性很大。由此看來，也很可能會造成相當嚴重的後果。」

「您是說，有必要看看精神科醫生嗎？」

「依我的淺見，有這個必要。」

「好的，我會試著勸他的。不過，我哥可能會拒絕我的建議又上您那兒去。果真如此，請不要告訴他我打過電話來，他會不高興的。他那個人不僅固執，還很敏感。」

掛斷電話之後，英齊又把崔賢洙的身家調查資料，再看了一次。崔賢洙在手腕上割了一刀……賢洙的病歷紀錄並沒有自殘的前例，也從未接受過精神科的治療，倒是有神經科的治療紀錄。病因正是他向診所醫生所解釋的左臂麻痺症狀，但他卻隱瞞這點，開始了球員生涯。於是，理所當然地，守備上的失誤從未間斷。因此，他才會得到「勇大傻」這個綽號。如果再加上崔賢洙是個左撇子這一點，秤錘就更往意外的方向傾斜。如果他真的想自殺，自然會以左手握刀，被割破的就應該是右手手腕。

世靈的事情結合崔賢洙內向的性格來看的話，他的行為或許更接近企圖自殺。究竟是企圖自殺？還是意外？如果是前者，就很可能又有下一次，那時，成功的機率就很高。就算是意外，結果也是差不多。意外不斷重複之下，總有一天會成為無法挽回的意外，但不管是哪一邊都違背了他的計畫。

他的計畫是這樣的，「崔賢洙坦承一切，吳英齊舉杯狂歡」。英齊想知道，崔賢洙會因為兒子而瘋狂到什麼程度。調查結果，讓他十分滿意。崔賢洙只因為一個簡單的刺激，就大大地發狂，甚至在眾人面前，重演他是如何殺死世靈的手法。頸骨差點被扭斷的巫師，索取了比當初約定還多上一倍的金額，他二話不說就支付了。

對英齊而言，剩下的課題只有如何取得確鑿的證據，一個無法推卸的證據，因此，他必須找到崔賢洙在八月二十八日修車的修車廠。徵信社為了執行這個任務，現在正翻遍了首爾每一寸地，只要他們一找到，他就可以訂下發動攻擊的日子。因為萬一不是崔賢洙的話，他就白費力氣了，當然這種可能性很小。但如果崔賢洙死了，才真的會讓他這一切的苦心完全付諸流水。因此有必要修正一下他的計畫，從「找到證據，再定日期」，改為「先定日期，再找證據」。

英齊翻開手冊，確認了一下自己的行程。本週五上面打了一個勾。那天是和醫療中心的醫生一起到惠化育幼院義診的日子。那天姜銀珠休假。於是他聯絡了徵信社，通知他們，他已經定好了這個星期六的日子，這也是給他們一種壓力，不管採取什麼樣的手段，都必須在星期六下午前，找到那家修車廠。

中午吃飯時間，他約了醫療中心裡的醫生。在禮貌性的慰問與致謝交流之後，英齊對週五義診的事情提出自己的意見。所有人都很贊成，也沒有人不參加。儘管還是有人擔心，英齊正遭逢事故是否仍有餘力處理，而惠化育幼院的院長也心懷感激地接受了英齊的提議。於是英齊便和活動企畫公司聯絡，也訂好了一輛遊覽車。

下午四點，英齊開車到世靈小學。按照他所拜託的，級任老師已經把世靈的遺物都收拾出來。室內鞋、直笛、美術用品、班上同學為她求冥福的信件。還有一張放在畫框裡的圖畫，畫題是「一二三木頭人」。英齊才看了一眼，級任老師就說了一大堆話。同學都很喜歡這幅畫，有一個同學還時常盯著看。這張畫被拿下來，讓那孩子十分捨不得。

「那孩子是誰？」

英齊只是禮貌上地問了一句，卻從級任老師口中聽到很有趣的回答：

「一個叫崔瑞元的孩子，或許您也認識，他也住在世靈林園裡。」

老師把畫框放進黑色塑膠袋。英齊從學校裡出來，朝著管理局而去。正門警衛室裡，崔賢洙一個人坐在裡面。

「我來找營運組長。」

英齊在警衛室小窗前停下車後說，賢洙二話不說，拿起電話聽筒。左肩無力地下垂，掛在吊帶裡的左手，一片紅腫。臉色卻比那還要紅，連雜亂叢生的鬍鬚下面也泛起一片紅雲。緊張的情緒溢於言表，讓人懷疑他真的是捕手出身的嗎？這種完全不知隱藏內心的人，又是如何面對打者的？難怪在他職棒六年的生涯中，一次都沒能擔任先發捕手。

「麻煩把身分證押在這裡，就可以開進去了。」

賢洙放下聽筒，拿出簽名簿。英齊遞過駕照，寫下姓名和身分證字號。管理局的職員一看到英齊出現都神色驚慌。也確實必須如此，因為他們沒有一個人出席世靈的葬禮。營運組長也是驚慌人群中的一個。

「您突然過來，真令人意外。」

「本來想過去您府上，想想您應該還沒下班，就直接過來這裡了。」

有人送上了兩杯綠茶，營運組長一口氣就把還沒泡開的綠茶都給喝了，還勸英齊也喝。英齊無視他的殷勤，直接進入正題。

「我們醫療中心每個月都會去進行一次義診，這個月計畫去S市的惠化育幼院。但因為我個人的因素，計畫有了改變。」

「那是當然的，令嬡的事情到現在都還沒有解決。」

營運組長點了點頭，豬眼似的小眼睛問著：「這種事情跟我講幹嘛？」

「那天我們不打算出去義診了，取而代之的行程是邀請孩子們到林園來玩。」

營運組長又拿起了綠茶杯子。

「我在想，不如讓眷村孩子也一起同樂，因為我們打算採取花園餐會的形式，既輕鬆又愉快。不過在餐會開始之前，我們想讓孩子參觀一下水庫管理局的內部，給他們留下一個美好的回憶。當然，所有的準備工作全部都由我們來負責。」

「這個嘛，參觀當然不是什麼難事，主要是餐會的問題，有點太突然了。星期五下午，大家都有各自的行程。」

「如果不方便參加餐會，那讓孩子來參觀就好。」

「這倒是沒什麼難的，反而是吳院長您比較不方便吧，畢竟至今都還沒抓到犯人……」

「那些孩子都和我們家世靈很親近，我也常常帶著他們一起玩。這次的邀請，是世靈在年初春天的時候就跟同學約好的。我只不過想代替她，履行這個約定而已。」

營運組長的臉上，這才出現理解的表情。

「您剛才說什麼時候？」

「這個星期五。」

「想要參觀的話，最遲得在下午三點抵達管理局才行。」

「好的。對了！我還有一件事情想拜託您。」

才剛舉起臀部的營運組長，只好又坐了回去。

「明天是世靈的三虞祭。」

「啊，已經到了這個日子嗎？時間過得真快。」

「所以我才想跟您拜託，明天能不能讓我進去湖邊。」

營運組長一臉為難的表情。

「對於這個部分，我以為上次已經獲得彼此的諒解了呢。寒松脊是不能進去的，連望鄉祭的時候，我們也都裝著沒聽到村民的要求。」

「我不會做出什麼事情的，只是想在寒松脊周圍繞一圈。這次如果能得到您的諒解，以後我絕對不會再拿世靈的事情來麻煩您，十分鐘就夠了。如果我這個做爸爸的連送都沒能送她一程，我女兒該有多孤單。我真的想跟她道個別。」

「吳院長，我能夠體會您的心情……但船也是個問題啊！清潔公司的職員來了，才能開船。那邊的情況怎樣，我們也不知道。那天又不是定期清掃的日子，況且他們又不是只負責我們一個水庫而已。」

英齊感覺到眼角發熱，從眼球後面爆發出類似偏頭痛的鬱悶。這啤酒肚明明自己就能解決的問題，卻偏偏裝出一副自己也無可奈何的態度，一定要對方跟他低頭才肯答應的壞習慣。這種壞習性需要好好被教訓一下，英齊將營運組長列為黑名單上的「第五號」。

「組長您叫他們過來，他們不就會來嗎？他們要多少報酬，都由我來支付。」

營運組長以呼嚕嚕飲下綠茶的聲音，作為回答。英齊等待著，心裡確定對方會給個肯定的答覆。

「您預定幾點舉行？」

綠茶都喝完之後，營運組長問。

「中午十二點。」

「好。不過，不能再像上次那樣帶巫師去。」

英齊從座位上起身，頭也不回地走出管理局，開車回別院。在自家門前停好車後，抬頭看了一下一〇二號。不管是客廳的窗簾、陽台窗戶都開得大大的。藉此正好可以看到拿著吸塵器走來走去的姜銀珠。英齊從後座拿起要給瑞元的禮物，走上一〇二號台階，按響門鈴。銀珠一臉驚訝地打開了門。

「您來這裡有什麼事嗎，吳院長？」

「令郎現在在嗎？」

「不在，剛才去找他爸爸玩了。您找我家瑞元有什麼事嗎？」

英齊想起了上星期五下午的光景，萌生更愉快的想像。不知道如果告訴銀珠，她兒子現在正在牧場廢畜舍和貓一起打滾的話，這女人臉上會出現什麼樣的表情？她似乎毫不懷疑地相信，兒子去找他爸爸了。

「啊，可以請妳代為轉交嗎？」

英齊把帶過來的禮物遞了過去。銀珠並未馬上就接過來，而是先顯出訝異的表情。

「這是什麼？」

「一幅畫。」

「一幅畫？」

英齊從夾克口袋裡掏出一張生日卡片。

「葬禮那天，在湖邊進行招魂儀式的時候，令郎給我的。要看嗎？」

銀珠遲疑地接了過來，讀到卡片上寫的字，臉上的笑容一下消失，臉色變得蒼白，甚至連眼皮都簌簌顫抖起來。

「這幅畫便是我對令郎卡片的回禮，請讓他自己打開來看，他應該會喜歡的。」

銀珠態度勉強地接過畫，一點都沒有想道謝的樣子。收下禮物的態度，和荷英一樣恬不知恥。英齊的手差點忍不住想把畫搶回來。

「您就是為了這個過來的嗎？」

銀珠假意撩起根本沒垂落下來的劉海問。像被牛踩過、低平凹陷的額頭，真是礙眼。不，這女人整個讓人看了都礙眼。薄得像張羊皮紙的臉頰、膚淺的表情、刺探對方的狡猾眼睛，最糟糕的是那爛白菜葉似的軀殼。和這種女人上床，還不如跟在牛肉塊上鑽的洞做算了。如果性格純真，還可以不計較太多，但偏偏這人心裡的算計比曬乾黃豆表皮的皺紋還要微細得多。當初面試的時候就是一點都不帶有求職者的自覺，還擺出一副「我可不是簡單女人」的樣子，即使薪水已經比一般公寓大樓的警衛高很多，還要一一計較工作條件。獎金、健保、工作範圍，連權利和休假日數都不放過。他當初之所以會僱用這麼一個毫無魅力的女人，也只是為了保險起見的墊背而已。這人和安承煥住在一個屋簷下，又是崔賢洙的老婆。他對這兩人，都懷有深深的疑慮。現在回想起來，自己還真具有令人讚嘆的先見之明。從各方面來看，用得到這人的地方還真多。想要撩撥崔賢洙的神經，沒有比這人更好的了。有必要的話，還能把她從丈夫和兒子身邊拉過來，這點也再好不過了。

「那倒不是，我還有些話要說，就順便過來一趟。」英齊回答。

銀珠摸著卡片邊角，正面注視著他，眼神中傳達出「你說吧，我聽聽看」的意思。英齊覺得自己嘴角的肌肉都僵住了，如果老郭敢對他這個樣子，他一定炒他魷魚，讓他回家去打老婆。

「星期五晚上，林園要舉辦一場餐會，邀請的是我所援助的一家兒童福利院的孩子。餐會雖然會由專業的活動企畫公司負責，但孩子的秩序還是得由我們自己來管。管理員老林的脾氣比較孤僻，如果小孩弄壞了林木，那老先生一定會搞砸這個餐會的。」

銀珠毫不猶豫地就回說：

「那天我休假。」

「如果老郭休假，他就一定會負責這件事情，但眷村警衛室不能沒人看守。」

「我也有自己的生活，如果要我做些工作時間以外的事情，我就得犧牲自己的生活。」

英齊讓自己眼裡飽含溫柔的笑意，心裡咒罵，死賤人，話這麼多，叫妳做，妳就做。

「加班費這個項目，自然有它的用途。」

他向銀珠伸出手。

「請把我的卡片還給我，好嗎？」

十分鐘了，承煥一直盯著監視器裡的寒松脊畫面。只有在打掃季節才出現的朝聖號在寒松脊周邊轉了一圈之後，現在正朝著碼頭回航。距離太遙遠的關係，看不清臉孔，但他可以確定，站在甲板上的那個男人是吳英齊。他向營運組長承諾，什麼都不會做，也真的什麼都沒做。彷彿被固定住了似地，一動也不動地站在那裡，船一接近碼頭，隨即消失在監視器範圍外。

承煥又回頭去做自己的事情，把這個禮拜四在門口所拍攝的組長和瑞元的照片，轉成ＪＰＧ檔案，設定成電腦桌面。真是一張不錯的照片，不管是構圖、氣氛，還是雅致的色彩，看起來一點不像是用數位相機，而是像用類比相機照的。乾脆也把這張照片，設定成手機的待機畫面好了。承煥就把這個影像檔儲存在網路硬碟上，然後在入口網站的檢索欄上，敲下「崔賢洙」三個字。找不到公開的個人履歷資料，他想，應該也是如此吧。畢竟鬥士隊早就已經不存在，組長也不是現役選手。Google搜索到的網路資料太過龐雜，他都不想看了。同名同姓叫崔賢洙的人超過數萬名，在關鍵字裡再多加個「金康鉉」，找到的資料數量才終於少了一點，至少不會多得讓他想打退堂鼓。他花了將近一個小時的時間翻找，才終於在某個棒球網站找到一篇貼文。

悲劇的捕手，聽過勇大傻嗎？

貼文上傳的日期，不過是十天前。點擊一下標題，先是出現一張讓人印象深刻的照片。組長把手放在捕手面罩上，臉上帶著笑容，不知望著何處，像是正要戴上捕手面罩時所拍下的，看起來很青澀。照片下方，有一串很長的文字。

大概沒有人不知道，鬥士隊時期被稱為是「核潛艇」的金康鉉投手吧。他從球隊退下來之後，從事過不少工作，最後才終於安定下來。聽說他在光州一處大學街上開了一家燒酒店，於是我們就決定在那裡開同學會，預約了昨晚八點的位子。大家都是同個學校出來的，肥水當然不落外人田。在那家店裡，意外地遇上了一個人。雖然一身平凡的上班族打扮，我卻馬上認了出來。坦白說，那麼高大的身軀，要不讓人認出來才難。那個人就是選手崔賢洙。對二十多歲的棒球迷來說，這個名字大概很陌生。因為在職棒比賽中，他不是個多麼受人注目的選手。但是從光州大一高中畢業的三八六[2]一定都還記得。大一高中真正的風雲人物不是金康鉉，而是捕手崔賢洙。當他擔任第四棒的時期，曾橫掃全國高中棒球聯賽。他是個爆發力很強的選手，曾經在一次聯賽裡，擊出兩支再見全壘打。然而，他真正的價值不是在打擊上，而是戴上了捕手面罩，蹲在捕手位置的時候，才得以完全發揮。那個時期，他的外號不是勇大傻，我們稱呼他「崔神」。不是「拍手部隊」的拍手，而是指男巫[3]。因為球場上的他像是被神附身似地，操縱整場比賽，所以我們才給他冠了這個外號……

讀到這裡，不得不停了下來，因為監視器上取水塔橋上出現了一個男人。承煥按下放大鍵，鏡頭照出靠著橋上欄杆站立的男人身影。花白的頭髮、黑色西裝、登山杖、筆直的姿勢。承煥的腦中，閃過一個老人。他將貼文和組長的照片，存在網路硬碟裡之後，就鎖上警衛室的門，快步離開一號產業道路橋。正好趁機確認一下，他有沒有記錯。

老人還在那個位置上，連頭都沒有轉過的樣子，也一直維持筆直的姿勢。

「難得今天沒有起霧呢！」

承煥走近老人身邊。

「你是水庫的員工嗎？」老人連看都沒看他一眼問。

「如果您是指管理局，那我不是。我是這裡的警衛。」

「喔！」

「您是世靈的外公吧？」

老人抬起頭，望著承煥。承煥心想，八成沒錯。

「我在葬禮上見過您。」

「是嗎？我不記得跟你打過招呼。」

「不是的！因為您和世靈很像，所以才猜想，您是她外公吧。據我所知，世靈的祖父已經去世了。」
「你和我家世靈很熟嗎？」
老人的臉上，同時出現警戒與迷惑。
「不是很熟，幾個月前，在一個不太好的情況下認識的。」
承煥低頭望著自己腳下，一根樹枝被卡在繞著橋柱的小漩渦裡。
「世靈躲在家後面的樹林裡，流著鼻血，不停地發抖。而且還是在半夜的時候。」
他說出了診所事件，老人在聆聽的時間裡，臉上的警戒與迷惑慢慢消失，轉而換上憐憫、痛苦與愧疚。
「不管犯人是誰……」
老人的尾音顫抖著，滿是皺紋的眼角發紅。
「我想，那孩子會死，都是她父親造成的。」
承煥的手伸進口袋裡，撫摸著髮夾，如果能把這交給老人，會是最好的處理方法。但因為心理的不安，不敢痛快地拿出來。一個不小心，或許會成為禍根，遭人懷疑。
「這個……」
他做好心理準備，拿出髮夾，遞給老人。
「是世靈的東西。不知怎麼回事，就留在我這裡，一直找不到機會還給她。我想您應該會很珍惜

2　譯注：三八六世代，指三十多歲的年紀，學號是八開頭、一九六〇年代出生的人。也就是指一九六〇年代出生，一九八〇年代上大學，現年三十多歲的人。
3　譯注：韓文中「男巫」的發音，與「拍手」相同。

的。」

老人接過髮夾，攤在手掌上，望神地凝視了好久。

「年輕人，你叫什麼名字？」

老人問著這句話，臉上卻絲毫沒有懷疑的表情。大概以為是在診所事件時不小心留下來的吧。

「我叫安承煥。」

「謝謝你了，我不會忘記你的。」

老人留下了一個電話號碼，就離開了。承煥站在那裡，看著腳下的湖水。那根樹枝還卡在漩渦裡不停地旋轉著。

那天晚上，組長為什麼沒有過來呢？那天晚上之後的一整天時間裡，究竟在什麼地方？真的是因為左手麻痺才割腕的嗎？為什麼會喝那麼多的酒？每天凌晨又去了哪裡呢？是在有意識的情況下做出的行動？還是夢遊呢？

昨天晚上，組長獨自坐在客廳裡看電影。承煥為了想跟在後面看看，等了三個多小時，最後撐不下去睡著了。組長早上穿了登山鞋上班，憔悴的臉上顯示出，雖然難以理解，但一看就能看出的安心。

承煥很好奇，組長看了世靈村的影片嗎？看了的話，總該有些什麼樣的反應才對。朴主任說，組長幾乎就是個電腦白痴。不只沒摸過電腦，連上網都沒興趣。那種人會找到藏在資料夾裡面的影片來看嗎？而且還是在這種為了兒子的事情昏了頭、精神不濟的時候。

「組長，接電話。」

賢洙睜開眼睛，朴主任已經把聽筒送到自己的下巴下，看來自己靠著椅背睡著的樣子。

才「喂」了一聲，聽筒裡就傳來金炯泰的問候：

「過得還好嗎？」

賢洙回答：「老樣子！」眼眶裡還殘留著睡意，這是昨天晚上和睡魔戰鬥的結果。想不作夢，就最好不要睡覺。為了不睡覺，只好坐在電視前面，手裡按著遙控器殺時間。但要找到一個能集中精神去看的節目，還真不容易。事實上，什麼都看不下去，畫面和聲音各玩各的。最後，他還是睡著了。幸好瑞元的鞋子還如前一天他所藏的一樣，好好地放在洗衣機裡。而銀珠至今尚未察覺到他的「夢中男人」，也讓他感到慶幸。

「你沒發生什麼事情吧？」

出乎意料的問題，也是讓他心裡一沉的質問。

「我昨天傍晚想要修個車，就到修車廠去了一下。結果從修車廠的金老闆那裡聽到一件奇怪的事情。」

「什麼事情？」

「上個禮拜五，警察來找過他。」

睡意一下子消失，賢洙不自覺地坐正了姿勢，瞄了朴主任一眼。腦子裡浮現之前曾經觀察過自己車子的那兩名刑警身影。

「來了兩個？」

「不是，老闆說只有一個來。對方要求看帳簿，老闆就給他看了。翻來翻去以後，就問上個月二十八日，你有沒有來這裡修車。」

賢洙吞了一口氣，有種被一拳打在肋骨上的感覺。

「老闆怎麼回答？」

「他說，所有來修理過的車都記錄在帳簿上。你真的沒去那裡吧？是不是你車出了什麼事？」

「沒有。」

賢洙無力地回應。

「是嗎？那就好！如果有什麼事，趕緊趕緊解決掉，別讓事端擴大。」

沒法解決啊！事端已經擴大了。賢洙抽了張面紙，擦擦額頭。

「對了，這個星期四，技術小組要下到那裡去。」

「為什麼？」

「好像是要把監視器換成夜間可拍攝的，還要裝設濃霧探照燈，說會另外發公文給管理當局。」

「怎麼突然……」

「那裡不是發生殺人案嗎？因為那事的關係，我們還被管理局念了好久，要我們增加保全人員。我們公司就用這些來做點補救工作。」

賢洙掛斷電話後，坐在椅子上，好一陣子動也不動一下。他也盡力想要解決掉問題，但心裡卻越來越鬱悶，簡直到了無法喘息的地步。看來，崔賢洙這個名字最後還是上了嫌疑人名單。刑警會到修車廠，不就代表是去尋找物證？既然已經開始追查，遲早總會被找出來的。還剩下多少時間？在被找到之前，自己總該做些什麼才行。每天凌晨，提著鞋子到湖邊去的夢中男人，該怎麼辦才好？住在同一個屋簷下的目擊者，又該怎麼處理？面對種種需要解決的問題，賢洙只能束手無策地坐在這裡。

一直到快下班的時候，他才總算提起勇氣去做些什麼。算來，這還是最簡單的事情，就是打開手機撥電話給承煥。承煥接了電話：「喂，組長！」遲疑了幾天幾夜的話，終於脫口而出：

「一起去喝兩杯吧？」

賢洙在休息站的便利商店裡，買了兩瓶燒酒和幾罐百威啤酒。啤酒放在瞭望台遮陽傘下面，他靠著欄杆，一個人喝起了燒酒。滿滿一紙杯的酒，一口氣就乾了兩杯。望著腳下的光景，等待酒意慢慢上來。如果緊扼住脖頸的恐懼，能被遮掩到酒的陰影下的話，他大概就敢問出口了。猶如閒聊般輕鬆地，別人家的事情似地，隨口一問，那天晚上，你看到了什麼？

都過了四十分鐘，承煥還沒出現。賢洙開始感到焦躁，不斷地變換著念頭。一下想著幹什麼到現在還不來？一下子又改變心意，算了，不來正好！一下子又考慮，要不要在他來之前，走掉算了？他不知道見了面又能如何。現在這樣，根本就是把自己的底牌攤開在別人面前。殘忍的是，如果承煥是打者，自己絕對毫無勝算，他對承煥一點也不了解。更甚的是，離開棒球場之後，自己的腦子，有就跟沒有一樣，完全用不到。或者說，是他一直逃避「必須用到」腦子的情況。

「抱歉來遲了。」

七點左右，從後面傳來他苦苦等待的聲音。

「我去看了一下瑞元才過來的。」

承煥拿起一罐啤酒站到賢洙身旁。賢洙這才想到，瑞元自己一個人在家。問了一句「他在做什麼？」之後，整張臉都紅了起來。太無恥，太慚愧了。他甚至相信，對瑞元來說，不管這人是什麼來歷，都比自己更可靠。至少現在是如此。

「吃了晚飯，正在看電視。我說要去見你爸爸，他要我轉告您，他想吃甜甜圈，要有灑草莓粒的。」

賢洙點點頭，承煥提起百威啤酒晃了晃。

「您怎麼知道我喜歡這個？」

「我在你書桌上，看到過兩、三次。」

這次換成承煥點頭。

「喔，原來如此！」

一時之間，尷尬的沉默瀰漫在兩人之間。承煥喝著啤酒，眺望灑滿銀色月光的世靈峰。賢洙絞盡腦汁，想找個話題。

「你為什麼會來這裡？」

「不是組長叫我來的嗎？」

「不是，我不是說這個……」

賢洙有點慌亂，不知道該怎麼起頭，才能把話題轉到他想說的地方。

「我的意思是說……」

承煥嘿嘿嘿地笑起來，明明知道自己要說什麼，故意裝蒜的樣子。賢洙覺得自己的臉都僵住了，差點罵道現在不是說笑話的時候。

「其實，我自己也不太清楚。」

承煥收起笑容，眼睛裡透著憂鬱。

「不久前，我還以為自己很清楚。」

賢洙將視線轉向腳下，覺得有點意外。他還以為承煥是個非常清楚自己在做什麼，自制力很強的人。

「小時候家裡環境不好，坦白說，不只是不好，簡直是到了沒飯吃的程度。又不是天天都有人溺死，偏偏我父親除了潛水之外，別無所長。都是我母親去別人家幫傭，才讓我們不致挨餓，慢慢把我們撫養長大的。即使如此，我還是很喜歡我父親。因為他帶我去了水底世界。我的哥哥卻不這麼想，貧苦的家境讓他們心中有恨。我高二的時候，二哥入伍。說潛水是不學無術，只不過那麼討厭潛水的二哥卻自願申請海軍的海難救援隊。入伍的前一天吃著晚飯時，他對父親說無論如何一定要送我去念大學。如果有人能將我們一家從討厭的水裡撈出來的話，那個人非我莫屬，他會負責我上大學的學費。當時真是把我嚇呆啦！就連駕駛潛水作業船的大哥也贊成。父親點頭的時候，我有種受寵若驚的感覺。因為上大學這件事，我連想都不敢想。我只想著如果能讀到高中畢業，就謝天謝地了。事實上，二哥多少也有點太看得起我了。他把我在作文比賽或文學季上獲獎，都看成大事，甚至還喊我錢德勒。不是說我像錢德勒一樣寫得很好，而是我二哥除了錢德勒以外就不知道其他的作家了。我哥的偶像可是偵探馬洛[4]呢！」

賢洙掏出菸盒，遞給承煥，承煥抽出了一根。

「成為一家人的希望，在家人的犧牲下上大學，這代表了什麼，您知道嗎？」

知道，我當然知道！賢洙湊著承煥遞過來的打火機，點燃了菸。他自己也是母親的希望。高中畢業以後，雖然已經得到職棒球團的青睞，但母親反對他進球團。那個時代，大學畢業以後，再進軍職棒，才算是菁英。母親希望自己的兒子成為菁英。母親的選擇，就是他的選擇；他的失敗，也就是母親的失敗。母親在他退出職棒之後的第二年，毫無預警就突然去世了。

「就像穿上盔甲跑一百公尺，簡直喘不過氣來，真想脫離跑道。退役之後，就因而進了鐵路局。兩年不到，我就落跑了。上班，下班，領薪水，拚晉升。我的面前，就擺著一個得扛起家庭支柱的未來。雖然，這就是人生，但這真的是我想要的嗎？我一直深信，『我』和『我的人生』應該是一致才對。」

賢洙愣愣地望著，在自己指尖下明滅的菸頭。這世上「人生」與「自我」一致的人又有多少，人生、個人、命運總是各玩各的。大部分的人都是如此活著。

「我只是隨便亂說而已。」

承煥撓了撓頭，無所謂地笑了起來。

「我只是厭倦了上班族的生活而已。有一天，當我煩得快瘋掉的時候，一個年輕女人跳進了正在奔馳的列車前面。後來，葬儀社的人過來收拾屍體的時候，不管怎麼找，都找不到缺了的一根手指頭和一隻耳朵。因此，我只好拿著長夾子和塑膠袋，沿著鐵軌開始尋找。當天色漸漸暗了下來，我才終於在枕

4　譯注：錢德勒筆下的小說人物。

木下面找到了耳朵。那時，突然有了一種想法。不管是只有高中畢業、在漢江裡打撈屍體的父親，或者是大學畢業、在鐵軌上尋找屍體耳朵的我，兩人的人生有什麼不同？還不如做我想做的事情，過完這一生。在我改變心意之前，趕緊就遞了辭呈。大概有兩年，我都到處亂晃，最後就到了這裡，等於是讓父親挨了悶棍，自己也抖落了華麗的尾毛。等我打起精神來一看，自己又拿著長夾子，站在形態不同的鐵軌上。這是十天前，我才赫然發現的覺悟。」

承煥仰著頭，一口氣乾掉剩下的啤酒。賢洙也一口乾了剩下的燒酒。

「瑞元好像在讀你的書，書名是《大屠殺》的樣子?你原本想做的，不就是那個嗎？」

「我大哥是潛水作業船的船長，所以我開過船，也下去潛水。曾經超過半年的時間，我都跟在他屁股後頭。那本書就是當時寫的小說，也可以說是我的文壇出道作，替我出版的那家文藝雜誌社還推選我為新人作家。所以我就帶著這本書，以大將軍凱旋歸來的姿態回家，結果差點被我父親打死。」

「為什麼？」

「他要我別給他看書，給他看錢。」

說完這句話之後，承煥就沉默下來，只是靜靜地望著他。那是一雙以冷靜又專注的眼神，觀察對方的眼睛；也透露出想知道他叫自己過來這裡，真正目的何在。賢洙慌亂地轉移視線，最後落到了遮陽傘下。到底該怎麼說才能不露痕跡地說出來呢？拾起兩罐啤酒之後，他就再也沒有說話的勇氣，甚至懷疑自己是否曾經有過。

承煥轉過身去，背對他眺望著腳下，抬起腳跟，胸口靠著欄杆的背影，看起來岌岌可危。賢洙突然感到一陣暈眩，眼前彷彿立起了一道黑幕。在黑幕上，虛幻的放映機正在運作。主角是他的左手，摀住半死少女尖叫的左手，連帶地連頸骨也扭斷了的蠻力左手，將事件目擊者推到欄杆下面去的黑暗左手。賢洙聽到承煥的聲音，從昏暗的山腳下傳了開來。

「那天晚上，我看到你了。」

賢洙吃了一驚，不自覺地退後一步。回過神來，黑幕消失，現實的畫面回到眼前，承煥的背就在他伸手可及的地方。他望著自己吊在吊帶裡的左手，有種在承煥背後與惡魔交易的感覺。

「您在做什麼？」

承煥轉過身來問，賢洙慌忙走到承煥身旁，遞過去一罐啤酒。腦子裡，幫手的聲音慫恿著。就是現在，快問，那天晚上到底看到了什麼。

「那個。」

「那個。」

承煥接過啤酒，笑了起來。

「您先說。」

賢洙有點驚慌，雖然一直想問問這件事情，但心理上沒做好任何準備。那段影片，是你自己拍攝的嗎？不，還是該問「那段影片是什麼」？或者再加上我無意間看到的，這樣會更好些吧？

手機鈴聲打斷了他的思緒，承煥從褲子口袋裡掏出手機。接聽之後，女人哭鬧的聲音便冒了出來。嘴裡應著「喔，是嗎？」的承煥臉上，漫開驚慌的樣子。瞄了賢洙一眼之後，說了一聲「我知道」，接著又應了一聲「好的」。賢洙這才發覺，承煥通話的對象是銀珠。

「我被罵說怎麼可以讓瑞元一個人在家？」

收起手機的同時，承煥不好意思地笑了笑。其他的話，他沒說。賢洙心知肚明，一定是叫他們不要再喝下去，馬上回家。

對於銀珠來說，丈夫就應該在她決定好的地方，做著她決定好的事情才對。這是她如同與生俱來的血型一樣，根深柢固的信念。之所以會打電話到酒桌上，都是源自那個信念之故。如果超過晚上十二點才回家，她一定按下大門安全閉鎖裝置的行為，也源於那個信念。那種情況下，大門已經不是門，他要面對的是以銀珠的聲音說話的鐵板。「滾！」

坐在會說話的鐵板前面過夜的賢洙，也曾經有過一些甜蜜的幻想。如果那女人夜裡心臟麻痺死了的話，會有什麼樣的事情發生。腦子裡隨即出現的，是趴在自己肩膀上的女鬼，在自己的後腦杓插上操縱桿，連一天上幾次廁所都要掌控。從那以後，他就不再做這些「甜蜜的幻想」，坐在大門前打瞌睡都比那好上一百倍。對他來說，姜銀珠不是個女人，而是他既不愛、也無法擺脫的人生掌控者。

「走吧！」承煥說。

賢洙點了點頭，最終仍舊沒能提起影片的話題。

瑞元開著電視，在沙發上睡著了。賢洙抱起瑞元放到床上，再把買回來的甜甜圈，擺到他的書桌上。承煥洗好澡走進來，他就到客廳把瑞元的鞋子藏在洗衣機裡，像昨天一樣。再把手機上的鬧鈴，設定在凌晨兩點，以便在夢中男人出現之前把他叫醒。為了以防萬一，他把餐椅都拉到臥室裡，在門前堆成了一道封鎖線。如果不小心跟著夢中男人走的話，腳馬上就會被絆住摔跤。

準備完了之後，他就躺在床上，閉上了眼睛。銀珠不在的日子，他以為自己至少可以睡上兩、三小時，然而天總是不從人願。當他拚命想保持清醒，睡意卻不斷闖進來，當他躺下來想好好睡覺的時候，睡意卻又如同受到驚嚇的野馬般拚命脫逃。瞭望台上未能解決的問題，讓他後悔不已。無論如何，都該提起影片的話題才對。也可以拿出身為上司的威嚴，責備並追究一下。你啊，那天晚上在湖裡，對吧？為什麼擅自跑到禁止區域？看又能看到什麼？以後你要怎麼辦？這件事情如果被管理局知道了，吃不完兜著走，你想過嗎？

腦中的幫手問他，你問了又能怎樣？如果他真的看到了什麼，你要怎樣？如果他回答「我看到組長你了」的話，你要怎麼辦？難道你也打算將這個人滅口後，丟進湖裡嗎？既然他沒說出自己是目擊者，一定有他的理由存在。他既然不說，你就裝著不知道，這才是最佳選擇。

他轉身面向窗戶躺著，窗外的光景一覽無遺。BMW和馬提斯在霧裡並排停靠。兩車之間，出現了一個場景。插進拖車裡讓道的馬提斯，和猛按著喇叭，飛速而過的BMW。賢洙無意識地發出了呻吟，那是他開錯了路，到了調節池水庫的時候。早知道就原路開回首爾就好，如此一來……黑洞似的女孩眼睛突擊般地闖進他的視野裡。他趕緊閉上眼睛，等待那雙眼睛消失。此時，他已無力對抗愧疚，甚至沒有力氣去後悔。能動彈的空間，只有刀片厚薄的幅度。用盡了力氣死撐的結果，不是被捕，就是在那之前瘋掉。除此之外，還有一條最簡單的路，就是自殺。

賢洙翻了個身，別院前徑上的路燈燈光照射著對面的牆壁。模糊的燈光裡，世靈村立石緩緩浮現。立石旁邊，有一株逐漸腐壞的古木，古木樹枝上，掛著一個空蕩蕩的繩圈。他轉過身，平躺在床上。與此同時，從黑暗的天花板上，一個頸子吊在繩圈裡的男人突然落了下來，他好不容易才壓下差點從喉嚨裡蹦出的慘叫。戴著頭巾的男人，臉孔歪向自己，身體就像鞦韆一樣，盪來盪去地擺動著。每回一擺動，就發出嘎吱嘎吱的聲音。他用兩手摀住耳朵，聲音仍舊在耳邊迴盪，而且越來越大聲，越來越清楚。那不是鞦韆的聲音，而是一個男人頸骨折斷的聲音，嘎吱嘎吱……

賢洙吞了吞口水，有種口乾舌燥的感覺。腦子裡一片空白的同時，酒杯出現在眼前。只要一杯烈酒，就能將雜亂的幻影趕出自己腦中，也能如預想般，睡上兩、三個小時。他清理掉堆在房門前的椅子，走到客廳。打開壁櫥門，搬出鬥士隊制服的箱子。頭盔裡藏著一瓶卡瓦多斯白蘭地酒，不，該說是應該要有吧。這是為了假如像現在這種情形時，渴望喝「一杯」的時候，瞞著銀珠偷偷藏起來的。

幾個月前，小舅子夫婦到歐洲轉了一圈回國，過來家裡一趟時帶來的伴手禮就是這瓶卡瓦多斯白蘭地。小舅子說，這酒在韓國不常見，想到姊夫，就買了一瓶回來。他當然心懷感激地收下，但等小舅子夫婦回去以後，銀珠就大發雷霆。發怒的真正原因，其實就是不服氣。一想到「連房子都沒有的傢伙，還發什麼神經，跑到歐洲去玩」，心裡就嗆得難受。啟動憤怒的引擎，是對酒的嫌棄；燃燒的能源，則是對一個連自尊心都沒有的酒鬼，還好意思接過酒瓶的憎惡。酒鬼卻連一點察言觀色的能力都沒有，還在她的憤怒上澆油，數落她那是人家的生活，管那麼多幹嘛，甚至拒絕了叫他交出酒的命令。代價就是他的酒被搶走加一頓辱罵，那是個滴酒沒沾，卻爛醉如泥的暈眩夜晚。什麼學那些傢伙一樣過日子，老了正好當乞丐；再大的泰山都給你坐吃山空；什麼抱著一瓶酒醉醺醺的你，就是個「多了兩顆睪丸的芝妮」等等。怒火如奧林匹克聖火一樣，熊熊燃燒，直到點出了她的意圖，才終於勉強熄火。

沒有房子的人，就沒有資格享受人生。在買房子前，想都別想喝這瓶酒。

第二天晚上，賢洙在百貨公司酒品專櫃買了一瓶卡瓦多斯白蘭地。雖然價格貴得嚇人，他還是很有氣勢地掏出了私房錢。對銀珠的反感，讓他自己也昏了頭。等到回家以後，才算回神過來。他很煩惱自己一時昏了頭做出的事情，回神之後，才發現後果不好收拾。想去退貨，覺得沒面子；喝掉嘛，連瓶蓋都不敢打開。最後只好藏在箱子裡，像個把錦衣藏在衣櫥裡不穿的老頭似的。

然而，他小心珍藏的東西不見了。他在壁櫥裡翻找，熨斗、燙衣板、電熱毯、塑膠容器、矮飯桌、去年中秋時買的攜帶式除草機……他把亂七八糟的雜物全都翻了出來，就是找不到那瓶酒。拉開冰箱、流理台、客廳的抽屜，甚至跑進臥室，連衣櫃和化妝台都翻遍了，最終還是找不到那瓶酒。

全身的血都湧上了賢洙的頭，犯人是誰，不做第二人想。就是銀珠！私房錢特搜高手，怎麼可能會找不到私房酒。他發洩似地狠狠關上化妝台的抽屜，卻不小心夾到手指頭，痛徹心扉。這有多痛，讓他結婚十二年以來，連作夢都不敢說出來的這句視死如歸的話——可惡，他X的賤女人……

以這句話為起點，感情的洪流改變了方向。一直以來壓迫他的恐懼和對酒的渴望，讓他對銀珠的憤怒衝到了極點。憤怒的步伐太大，讓他頭暈得想吐，心臟吹起出征的號角。他吸吮著刺痛的手指，走出了大門，打算去眷村警衛室。把丈夫的話當耳邊風，把丈夫當成是個沒出息的人，把丈夫的那兩粒不當回事的無知，這種惡劣的婆娘，抓起來搧她幾耳光，把她抓起來倒掛，晃到自己氣消為止，然後再買一瓶燒酒，到瞭望台上，朝著世靈湖大聲宣告「一切都結束了」。彷彿這麼做的話，那些左右了自己人生的手就會從此消失。那麼，他的心也能夠得到平靜。

他慌亂地想穿上鞋子，無意間抬起頭來，卻感覺到有一道冷硬的視線正射向他的太陽穴。轉過頭一看，那個男人出現在鞋櫃上的鏡子裡。怒髮衝冠，雙眉間跳動的粗大青筋，閃爍的血紅眼珠，因憤怒而顫抖的蒼白嘴唇，以及挺直的肩膀。是崔上士，同時也是崔賢洙自己。

賢洙轉頭望著後面，壁櫥裡拉出來的雜七雜八東西，被拉開或翻倒在地板上的抽屜，擺滿餐桌上的廚房用品，還有透過開著的臥室門縫，看到已經亂成一團的房間內部。這偉大的景象是他從小就已經熟悉的樣子，但現在，這不是父親的傑作，而是他自己的作品。鏡子裡的父親奚落他。

不是說絕對不要活得像我這個父親一樣嗎？現在還不是一樣了？

啪的一聲，理智的最後一根弦繃斷了，賢洙看到脫離自己內在而出的「夢中男人」。現在那男人正在觀賞著自己在借用他身體行動的時間裡，這副身體終於展開精采復仇劇的畫面。家裡的景象彷彿碎片，四散開來。賢洙的眼裡，只剩下男人與鏡子裡的父親。賢洙真心希望那男人將他的左手從吊帶裡抽出來，然後愉快地看著左拳朝著父親用力揮過去，再以痛快的心情，凝視著父親的臉孔在尖銳的破裂聲響起的同時，片片潰散。他充滿期待地望著，從一片狼藉中找到攜帶用除草機的左手。夢中男人並沒有受到勇大傻的控制，是個左撇子超人。

賢洙跟隨著男人，閃身往大門的方向而去。但突然，身後傳來「爸爸」的叫喚聲。他回頭一看，如拉開拉鍊似地，橫在他眼前的黑幕也拉來了一掌縫隙。從縫隙裡，露出了瑞元和承煥的身影。然而夢中男人已經跑下台階，賢洙的身體在男人的引力之下，毫無防備地被拉著走。

男人跑下後院圍牆後徑，這是個並不怎麼漆黑的夜，彎月照亮了男人前面的路。在月光映照下閃閃發光的柵欄，如前導燈一般，指引著男人跑向湖邊。賢洙知道男人在想什麼，男人想把那該死的高粱田全部夷平。想讓那張黑洞似的大嘴，再也無法呼喚「賢洙啊」，再也無法低喊「爸爸」！

男人開動除草機，跑進了高粱田。血月高懸，空氣裡瀰漫著大海的鹹味。除草機嗡地一聲，高粱開始窸窸窣窣地發出聲音。賢洙啊……

「閉嘴，給我閉嘴！」

男人像劈柴似地，拿著除草機四處亂揮。高粱在利刃前端，紛紛倒下。血色腦袋向後折斷的同時，還低喊著「爸爸」！

除草機噴發出藍煙和汽車似的嗡嗡聲。烏黑的長長形體不斷扭曲，撕砍著高粱，切割虛空，砍斷空氣。風中亂舞下，突然從男人的手裡，如離弦之箭般脫手而畫出一個大大的圓弧，落到彎月之下。咣噹一聲，一切歸於靜寂。男人彷彿融入了黑暗中一般，消失不見。

賢洙如夢初醒，四下環顧。發生了什麼事情？為什麼會來到這裡？他所發現的，是一個光腳站在被劈砍得如爛草般荊棘藤蔓裡的狂人。在湖水映照下的自己，整個就像惡靈。頭髮亂翹，如被砍斷的雜木殘株。手上的吊帶空蕩蕩地掛在脖子上，左手無力地垂懸到大腿下面去，如雨的汗水，弄得全身黏膩膩的。皮膚上，沾滿了藤蔓的碎屑和葉片。

一股寒氣包圍住他，最終還是發狂了的自覺，以及對以後不知又會做出什麼事情的不安，會不會拿著只是形體不同的除草機攻擊他人的恐懼席捲而來。賢洙癱坐在湖邊，身體不斷地顫抖，把頭深深埋進膝蓋間。在掩面而來的絕望與自我憎惡中，他試著打起精神想好好打一場仗。一件件拾起過去的回憶，努力想找出能夠有點幫助的事情。也因此，他終於可以開始做些自八月二十七日晚上以來，最踏實的事情。好好想想自己究竟到了一個什麼樣的地步？接下來他該做些什麼？能做些什麼？上上策又是什麼？

星期三快下班的時候，英齊接到了負責尋找荷英的徵信人員的電話。

「五月一日出境前往法國，在戴高樂機場下機，但沒有入境紀錄。」

什麼！法國？從寒溪嶺失蹤之後，才過兩天就出國了？英齊雖然也懷疑過荷英可能避到國外去，但卻沒想到是法國。從時間上來說，這也太快了吧。徵信人員問：

「那裡有認識的人嗎？還是親戚之類的？」

「據我所知，沒有！」

「朋友呢？關係密切到能幫忙辦理長期居留的人。」

有那種關係密切的朋友嗎？英齊從來沒有見過荷英的朋友，只有在婚禮上和一些看上去差不多的女人打過招呼，也是唯一的一次。

「我得好好想一想。」

「想到什麼，請再跟我們聯絡。」

英齊一回到家，就上到二樓書房去。從抽屜裡拿出結婚相簿，S市的一家教堂最先躍進眼中。以聖母瑪利亞像為背景，荷英獨自站著，臉上卻一點笑容都沒有。荷英在那一天裡，笑都沒笑過一次，即使在握著自己父親的手，走在鋪了白色地毯的教堂走道上，也一直低著頭。許下結婚誓言時，黑色的睫毛膏在眼角暈開。為什麼哭呢？有什麼問題嗎？她可不是被野獸劫持，不得已結婚的啊！

英齊是在一九九一年的秋天認識荷英，那是他修完醫學院課程並結束實習之後，在江南的一家牙科，以外聘醫生的身分，累積資歷的日子。有一天準備搭電梯上班的時候，他第一次看到荷英。荷英手上抱著成堆檔案夾和紙袋，嘴裡大喊「等一下」，跑進即將關上門的電梯裡。雖然只穿著一件寬鬆的針織上衣和一條破舊的牛仔褲，但他卻一眼就看出來，那裡面包裹著一具美好的身軀。兩人視線一接觸，荷英不好意思地笑了一下。但英齊沒有笑，他沒有餘力笑，這輩子他首次找到了一個看得上眼的女人。

隨便紮起的頭髮，靈活的眼珠，還有一個比任何人都完美的下巴。一口貝齒，如同剛矯正過似地潔白、光滑、整齊。他真想伸過舌頭，嘗嘗那女人的牙齒味道。當然，在品嘗那口牙之前，他得先知道這女人是誰。

這女人在七樓下了電梯，僅此一點，就足夠他後續追查。年方二十五歲，美術大學畢業，在七樓動畫製作公司擔任原畫繪製人員，家裡的長女，父親是電器修理工。雖然有個尚餘半年就退伍的男朋友，但英齊對此一點都不在意。

不到一個月的時間，他就把荷英弄到手。她的身體比英齊所想像的更充滿活力。看似文靜，卻十分開放，擁有一種令人難以預料的驚喜。是誰教的？是誰如此調教了這副胴體？不會是在軍隊裡的那個菜鳥吧？

他嫉妒得幾乎要發狂，兩人做完之後，荷英的態度讓他更不愉快。她就那樣平躺在床上，動也不動一下。即使他用力地擁抱她，也恍如迷失在遙遠深處似地，愣愣地望著天花板。對於英齊的呼喚，也不回答。她的世界裡，不存在他這個才剛分享過激情的男人。

就此說再見吧！英齊如此決定。然而，這個決定在上班不到一個小時之後，就宣告推翻。荷英不是個該放棄的女人，而是該糾正的女人。一個早上才剛分手，中午就想找回來的女人；一個讓他想拉到辦公大樓安全梯狠狠蹂躪紅唇，才能替自己充飽電的女人，是他說什麼也無法放棄的。他決定暫時先忍下來，人生很長，糾正的機會多得很。首先，得讓她進入他的世界。接著，再糾正她不專心的習慣。

與荷英婚後的次年二月，她的肚子裡有了世靈。剛好父親去世，他就回到故鄉世靈村，服滿三年喪期。在這期間，他在繼承遺產之一的林園裡蓋了別院，S市市中心的五層建築則弄成了一棟名為「醫療中心」的醫療專業大樓。所有的一切都很順利，他的人生正按照自己的計畫逐步完成，也順著自己的決心向前行進。如果說這其中還有什麼令人不滿意的，只有一點，就是荷英。

荷英明顯是個學習能力低下的學生，在應用能力方面，簡直就是低能兒的水準。動不動就違背他所定下的原則，辯稱「我不知道」。她所不知道的事情，真是多到難以盡數。整個人累得要死回到家，卻看到餐桌上堆滿世靈的粉蠟筆和圖畫本。荷英則對著住在隔壁的保全員笑得像個妓女一樣。當身為丈夫的自己，望著林園女主人的表情，問她是不是有些什麼事的時候，她卻只會回答「沒什麼」；該回答「是」的時候，卻以沉默代言，讓他的心裡很不是滋味。其中最令他難以忍受的，就是視線。面對著丈夫，視線卻神遊天外。在她所存在的世界裡，排斥該是那個世界主人的自己。那樣的視線也是當他第一次擁有她的那天，就曾經見過的空洞、恍惚。

相簿裡的第一張照片，荷英便是以那種眼光望著相機。那時，相機後面，站著一個女人。那女人在兩人許下結婚誓言之前，突然彎著腰偷偷靠近過來，在荷英手裡塞了一條手帕。新娘花束也被那女人接走，好像是荷英大學同學的樣子。

英齊翻看相簿裡的照片，在朋友團體照裡面，那女人也在。個子小小的，臉很白的一個女人，他記得自己問過這女人的事。好像是從婚禮籌備公司拿到結婚相簿的那天吧。荷英當時回答，她準備出國留學。對那女人的話題，就到此為止。叫什麼名字，記得是很少見的姓，殷？閔？慕？……

他給徵信社打了個電話。

「能想起來的朋友，只有一個，不知道名字，只記得姓『明』的樣子。好像是我妻子的大學同學，你們找得到嗎？」

徵信社回答「當然找得到」，這讓英齊有種酒意醺然的興奮，心臟激烈跳動到連椅子都坐不住。這下，終於捉住了荷英的另一條尾巴，運氣好的話，說不定就能捉住她這個人。果真如此，英齊打算親自把她抓回來。先等這邊的事情結束之後……突然，他驚覺門鈴在響，大門外的台階上，老林站在那裡。

老林遞過一根截成手臂長短的扁柏樹幹，這是他昨天晚上交代的東西。

「最近常下雨，很難找到合適的木頭。」
「沒關係。」
英齊接過木頭，正想關上門，老林卻站在那裡沒走。
「有什麼話要說嗎？」
英齊問，老林馬上指了指一〇二號。
「我昨天晚上，在圍牆後面小路上，看到那家的男人。這已經是第二次看到了，第一次是上個星期五。上次，那個男人拎著一雙男人拖鞋，昨晚則拎著一台除草機。」
「那時大概幾點？」
「那時我才剛開始巡夜，大概是半夜兩點左右吧。我感到很奇怪，就跟在後面去看，結果……」
「他跑到哪裡，做了些什麼？」
「跑到取水塔橋下面的斜坡上，在那裡割草。」
這話簡直比說在月夜下做日光浴更荒唐，說出這種話的老林，自己也一臉荒唐的表情。
「如果到此為止就不再有其他動作的話，我頂多當他是神經病，但那個人卻毫無預兆地把除草機丟到湖裡去，然後癱坐在地上哭。就跟孩子一樣，嚎啕大哭。我以為他哭過之後，大概就會安靜下來。結果這次卻飛奔到橋上來，往圍牆後面的小路上跑。光著腳跑在黑漆漆的小路上，那壯碩的身軀卻跑得比鬼還快，快到我都以為自己看到鬼。我還在猶豫要不要跟那家的女人說，因為我跟那個女人搭不上什麼話，也有很多不方便的地方。想來想去，還是請院長您代為說一下。如果您碰上那男人，還請幫忙轉告，他到湖邊去做什麼，我可以不管，但不要夜裡在圍牆後面的小路上遊蕩。放著亮如白晝的中央通行道不走，到底在做什麼？而且他敢碰樹的話，就算是什麼大力士，我也會打得他腦袋開花。」
英齊到地下工作室，開始剝除扁柏樹皮。兩、三個小時後，樹幹開始呈現出平滑的肌理，是一段筆直、結實的好木材。看起來只要剝掉外皮，刨製形態，再用砂紙磨平，塗上松脂之後，就會成為一個棒透了的東西。兩天後，必然會成為一件美麗的物品。他走上來，回到客廳，覺得自己必須好好睡個覺。將手機上的鬧鈴設定為兩點，便走回房間裡。

兩點三十分，英齊走進世靈的房間。穿著黑色的長褲，黑色的防水夾克，口袋裡裝著一支手電筒。只要林老頭不是隨口亂講，那麼崔賢洙應該快出來了。別院林子裡，粗大的雨絲傾盆而下。或許是遲來的梅雨吧，最近幾乎每天都下下停停的。氣象局預報說這樣的天氣還要再持續一段時間。對英齊來說，雨無疑是第二個「偵探」，暗示著一切都能如願。他伸出手掌，掃過放在窗下的迷你冰箱，裡面安放著世靈的遺骸。

英齊曾經深信，圍繞著自己世界的圍牆又高又堅固，是世上的一切所無法摧毀的。然而現在，擺在自己面前的，只剩下世靈的遺骸和回憶的殘骸而已。一如用卡片堆起來的高塔般，在其中一片被抽掉的瞬間，嘩啦啦崩潰。他絕對無法原諒造成這一切的那個人，絕對不接受一個廢墟。所有的一切都必須回歸原位，回到他所決定的位置，他所決定的樣子。

首先，便是要讓週末的餐會圓滿成功。然後，只要把荷英抓回來，一切就能恢復原狀。對此，他深信不疑。

三點，就在他認為林老頭根本就是亂講話的時候，窗下突然閃過一個白色物體。英齊把頭伸出窗外想一探究竟，是崔賢洙沒錯。雨下得那麼大，崔賢洙卻連把傘也沒撐，雨衣也沒穿。只穿著一件白襯衫，還光著腳。頭上戴著頭夾燈，一隻手掛在吊帶裡，另一隻手拎著一雙鞋，只看著前面走去。英齊罩上防水夾克的帽子，腳套上橡膠雨鞋之後，就跳窗而出。

崔賢洙的腳步非常慢，光是走到圍牆小門，就花了將近十分鐘。在這之間，一次也沒有回頭看過，也沒有四下張望，更沒有看過腳下的路。如此一來，哪有可能不被小門的門檻絆倒。崔賢洙腳下一個趔起，重重摔出門外，整張臉都貼到了泥漿裡去。彷彿魚雷炸開似地，水柱沖天，混濁的泥水，噴得崔賢洙滿身。五百年左右樹齡的扁柏樹倒地的時候，大概也就是這副光景吧。英齊躲在樹後面，看著從泥漿裡抬起頭來的崔賢洙。

崔賢洙手上拎著鞋子不放，以手肘支地而起，彷彿什麼事都沒發生一般，又繼續往前走。像是被下了咒術移動的人偶似地，僵硬而遲緩地動著。全身泥水滴滴答答的，他卻一點都不在意。

接近內環湖路的時候，霧氣變得更濃。崔賢洙停下腳步的地方，是取水塔橋前面。距離三、四步距離，緊跟在後的英齊也停下了腳步。於此同時，頭夾燈的燈光也正對著英齊的臉孔照了過來。賢洙毫無預兆地轉過頭來，看著背後。英齊一動也不敢動，全身緊繃，開啟防禦狀態，觀察對方的反應。

賢洙慢慢地轉動頭部，彷彿在四下查看，接著便走上了橋。英齊一頭霧水，有點不知所措之外，甚至覺得這一切還很虛幻。就算霧氣越來越濃，風雨也迷濛了視線，但兩人之間僅僅距離不到三、四步，頭夾燈的燈光又對準了對方的臉孔照過來，怎麼可能沒有看到？

賢洙的腳步，在取水橋正中央再度停了下來。英齊有種成了透明人的感覺，朝著賢洙走去。賢洙仍舊一副對跟蹤者視而不見的眼神，直挺挺地站在欄杆前面，瞪著被大霧席捲的湖水。不久後，便將手上拎著的一隻鞋，往湖水裡丟。剩下的另一隻鞋，也隨即消失在大霧中。

撲通聲響起的同時，賢洙也轉過身來。在英齊無從預料，也避無可避的情況下，與之前視線相接時同樣的情形，再度發生。唯一不同的只有，這次不是視線的碰觸，而是物理上碰觸。英齊個頭不算小，但肩膀撞上賢洙的瞬間，像被車撞上一樣，飛向橋外。背脊撞上路面的同時，英齊不自覺地發出一聲短暫的慘叫。等他打起精神來一看，只剩自己隻身躺在黑暗中。

當他沿著圍牆後徑往回走，一路上都有種被人尾隨在後的感覺。他奇襲似地轉頭看，也用手電筒照過好幾次，除了大霧、雨絲和閃著藍光的閃電之外，什麼都沒看到。當他走到圍牆小門時，他又再度回頭看了一次，還是一樣。他走進一〇二號的前院，燈光透過客廳窗簾，流瀉出來。他站在陽台下方的紫薇樹陰影裡側耳傾聽，卻感覺不到有人走動的氣息。睡了嗎？難道是夢遊？是嗜睡症？還是發酒瘋？

不管是哪一種，對英齊來說，都是一次大有斬獲的跟蹤，光是體驗了賢洙爆炸性的體能與速度，就很足夠了。也可說是事前先掌握好，自己將面對的是個什麼樣的人。別說是身體上的毆鬥，光是接近崔賢洙一公尺，都會很危險。崔賢洙根本就是個人形戰車，被戰車撞到的肩膀至今還抬不起來。對他來說，早上多出了兩件事要做。一件是一上班就去照X光，另一件就是得先把車子引擎的某個部位弄壞。

吳英齊走進自己家以後，承煥才從別館後院走了出來。悄無聲息地走向屋前，站在一〇二號和一〇一號之間。一〇一號裡一片黑暗，客廳、各個樓層都關著燈。只有朝著花圃方向開的地下室窗戶，裡面還開著燈，這是常見的光景，承煥每次看到，都很好奇。現在正好藉機確認，那個人每天晚上到底在地下室做什麼？承煥走進一〇一號花圃，靠在地下室窗戶旁邊，貼身站著。

果然是富貴人家，連窗戶都異於常人的大。室內足足有一〇二號地下室的四倍之寬，百葉窗遮住了窗戶的三分之二左右。承煥透過百葉窗，看到英齊的背影。像在打撞球似地，整個人趴在桌面上。腳邊四散著刨花、木屑和碎木片。

承煥蹲了下來，以手支地，把臉靠到窗戶下方。這個讓他好奇不已的地下室全貌，終於一覽無遺。足足有一〇二號客廳那麼大的空間裡，放著一張撞球檯大小的原木桌。窗邊角落裡，擺著一個夾在鉗子裡的原木塊。英齊背靠窗戶，正彎身刨木塊。桌子的正中央有一座模型城堡。乍看之下，製作得十分精緻。大小足以供兩、三個孩童進入。外觀上看起來也很堅固，就算兩個孩子在裡面跑跳，應該也不成問題。承煥原以為那是切割木板製作出來的，但看到城堡四周堆積的木籤，才知道不是這麼回事。這是以木籤層層堆積起來的城堡，從牆下還放著木塊和木工用的機械來看，連木籤都是英齊自己做出來的，真嚇人。把切割原木，做成木籤，再堆成一個不小的城堡，過程需要多少耐性和集中力啊？如果將那種執著的力量用來毀滅某個人，結果會如何，光想都令人毛骨悚然。承煥想到不久前，自己還曾經被列為對象，不禁感到一陣惡寒。如今，這對象變成了誰，稍早前他已經得到了答案。只不過，吳英齊現在在削切的東西，看起來似乎不是木籤。如果不是一根原木只做一支木籤的絕對精選主義的話，那麼這有成人手臂長短和粗細、刨成圓柱狀的東西，所暗示的只有一個。

當承煥腦中想到「木棒」的時候，裡面握著刨刀的手也停下了動作。英齊抬起頭來，看向窗戶。承煥慌忙把臉從窗戶上移開，站起來緊貼著牆壁。馬上就看到英齊走近窗邊，透過百葉窗的縫隙往外張望。這瞬間，承煥從來沒有如此感謝過世靈湖惡劣的濃霧。

不知道過了多久以後，英齊的臉孔從窗邊消失，不知是又回去繼續未完的工作，還是出來查看外面的情況，承煥難以判斷。但他也絲毫不敢再蹲下身來，觀察一下裡面的情況，視線所及之處，只有擺著切削到一半的原木段和木籤的桌子一角。於是，他選擇了離開花圃，不是從大門，而是從後院窗戶，跳進自己房間裡。到他關上窗戶，拉起窗簾為止，一〇一號那頭還是一點聲響都沒有。倒是瑞元把他嚇了一跳，這個時間早該上床睡覺的瑞元卻坐在床上，看著他進屋的模樣。瑞元的雙腿之間，歐妮全身繃緊地蹲在那裡。

承煥脫下沾滿爛泥的雨鞋，噓了一聲。瑞元也跟著噓了一聲，在承煥表示「別出來，就坐在床上別動」之後，瑞元點了點頭。

組長在電視機前面睡著了，連頭夾燈都沒關，濺滿泥漿的身體，縮得跟隻蝦米一樣，嘶嘶地呼著氣，面容看起來十分平靜。承煥在玄關放好雨鞋，正想走到組長身邊，卻突然停下腳步。主臥室門檻上，姜銀珠雙手環胸站在那裡。

「你們倆一起去喝酒了嗎？」

銀珠問，冒著火的眼睛從上往下打量著承煥。承煥也不自覺地往下打量自己的身上。和組長一個德性，差別只在一個躺著，一個站著而已。

「是的！不過，不是喝酒，我們在瞭望台……」

銀珠逕自走回房裡，砰的一聲甩上門。瑞元從門縫裡偷看到了這樣的景象，一和承煥對上眼，便連忙從房裡跑出來，走到組長身旁坐下。組長從頭到腳，沒有一處是乾淨的。頭髮索性染成了土黃色。承煥在瑞元的幫助下脫掉組長的衣服，用毛巾粗魯地擦拭沾在臉孔和身體上的泥巴，也擦乾淨落在地板上的水漬。在這之間，瑞元拿了承煥墊著睡的床墊。承煥像推樹幹一樣，把組長推了過去，讓他躺在床墊上。瑞元又回房去拿被子，承煥則到浴室去。

「叔叔，我爸爸是不是生病了？」

沖完澡出來，才剛換好衣服，瑞元就這麼問他。滿懷不安的眼神，努力想望進他的心底。

「做了噩夢而已。」

「就像我每天晚上都會夢到那個女孩一樣嗎？」

承煥看了一眼竄上瑞元衣櫃上的歐妮，點了點頭。姜銀珠也和瑞元一樣，全都一無所知嗎？

「我是不管那女孩怎麼喊我，都不會出去。可是爸爸卻跑出去了，對不對？」

瑞元又再追問，原先藏在眼裡的不安擴大到整張臉上，顯出對父親怪異舉動的恐懼，彷彿預感會有某種不吉之事發生。承煥心想，應該是為了昨天清晨的事情吧。

「沒錯！」

瑞元趕緊點點頭，臉上的神情顯出對承煥的絕對信任。承煥自己也很想相信，這只是一種嚴重的睡眠障礙症，沒有其他的原因。這樣想，雖然能讓自己安心，但他非常清楚，真相並非如此。

傍晚的時候，組長和銀珠高聲爭吵。但因為主臥室和後方的臥室的門都關著的關係，聽不清在吵什麼，只能感覺出兩人的情緒都很激動。瑞元把耳機塞到耳朵裡，眼睛盯著書看，明顯就是不想聽的樣子。承煥也把眼光放在筆記型電腦上，最後只聽到組長甩門出去的聲音，銀珠還在房間裡，沒有出來。

過了午夜，組長都沒有回來。應該在瞭望台上吧，承煥雖然心裡這麼猜想，卻因為外面的傾盆大雨，沒有特別把這件事放在心上。深夜一點都過了，承煥才想到自己該去把人帶回來。卻又突然想起一件事，打開網頁，找到了棒球網站。有關組長的那篇貼文還留著。承煥確認了一下日期，八月二十八日星期六，上午十點〇五分。冷風從胸口吹過。

組長對二十七日沒能如約過來的解釋是，「突然有點事，沒法南下」，但貼文的男人卻是二十七日晚上八點，在光州的酒館裡碰到了組長，甚至還拿到簽名。那裡到世靈只有一個半小時的距離。根據組長的駕駛習性來看，可能一個小時就開到了。組長第一次打電話過來的時間是九點〇三分，第二次電話是十點三十分，猛然間，各式各樣的想法開始在承煥的腦子裡競走。

搬家過來的那天，與吳英齊初次碰面之際，組長表現出來的過度謹慎；世靈被打撈起來的時候，組長所表現出來的恐慌症症狀；吳英齊說曾經在附近遇見過組長的話；世靈的葬禮當天，組長在碼頭上做出嚇得眾人目瞪口呆的極端行為；以及這一週來的怪異舉止……

沒有實體的直覺卻緩緩構築出整件事的來龍去脈。承煥被自己一筆畫出的這幅圖給嚇了一跳，連忙拿出手電筒，穿上雨衣，還多帶了一把雨傘。他必須停下猛然衝擊而出的想法，這個問題得循著時間與證據，一步步追查下去。

瞭望台上冷清清的，組長獨自坐在遮陽傘下打瞌睡。全身都被傾盆而下的雨絲淋得濕透。光著的腳也浸泡在雨水裡。桌子上，精空的燒酒瓶、他的鞋子，還有襪子滾來滾去。眼前的這幅畫裡，不難看出有被當作下酒菜的襪子，還有化身酒杯的鞋。

「組長！」

承煥一出聲，組長就睜開了眼睛。但不是酒已醒來的神色。他認不出眼前的承煥，自己從桌子上找著鞋子，拎在手上，又搖搖擺擺地起身走掉。承煥一下子就明白了整個情況，引領著組長行動的，不是酒勁，而是夢。組長不是在家裡，而是在瞭望台上，飛進了夢之國度。組長尋找著渺茫目標的視線與東倒西歪的步伐，說明了這一點。呼喚他，不會回頭；叫他，也叫不醒。在他自己從夢裡走出來之前，胡亂做些什麼，搞不好還會自己惹禍上身。看著組長在毫無知覺的狀態下行動，承煥只好把頭夾燈拿下來，套到組長頭上。他現在所能做的，就是讓組長不要行走在黑暗中。

組長緩緩地走下小路，碰到林園正門的擋桿卡住腰部，便彎下上半身，從下面鑽過去。走上別館前徑之後，穿過一〇二號和一〇一號中間，走進後院。承煥隔著幾步的距離跟在後面，卻突然在一〇一號側面牆角處，停下了腳步。世靈房間的窗戶裡，吳英齊跳了出來。身上穿著黑色的防水夾克，腳上套著黑色雨鞋，手上拿著手電筒，怎麼看都不像是一個在死去女兒房間裡哀悼的父親。看來，應該是專程在等組長。

奇妙的情況就此展開，組長在最前面，英齊尾隨在後，承煥則跟在兩人後面。英齊與組長在取水塔橋上所發生的衝突，給了承煥選擇的餘地。他選擇了英齊，其結果，讓他明確看清楚了英齊的目標。承煥決定將對組長的疑慮挪後，先探討英齊內心的想法。他想得到一些線索，是什麼促使吳英齊將目標瞄準組長？為什麼他沒告訴警察而選擇隱密地行動？到底發生了什麼事情？偷看地下室所得到的結果，只是讓他感到更加混亂而已。跟蹤和木棒，就如同太空船和洋蔥一樣，是距離遙遠的兩個單詞。

承煥關了燈，在瑞元身邊躺了下來。想起了昨天下午朴主任所轉達的話。星期五下午三點，吳英齊所招待的兒童福利院院童要來參觀水庫管理局和閘門。參觀行程結束後，會在林園裡舉行花園餐會什麼的。在他聽著這件事情時，就有種突兀的感覺。現在想想，似乎也屬於拼圖中的一片。跟蹤、木棒、參觀水庫……

整夜輾轉反側的關係吧，承煥很晚才起床。慌慌張張套上衣服，就出來客廳。組長一家人圍著餐桌坐在一起，全都一副食不下咽的樣子。組長的臉色看起來雖然憔悴，鬍子卻刮得很乾淨，左手臂還是套在吊帶裡。姜銀珠隻字不提昨晚的事情，組長也是，瑞元也是。餐桌上的氣氛迴盪著一股炸彈似的寧靜，只要有人一開口，就會爆炸。

這股沉默延續到上班的整條路上。承煥和組長並肩走在大霧瀰漫的一號產業道路橋。組長穿著雨鞋，承煥穿著登山鞋，兩人都沒穿正常的鞋子。兩人心裡都很明白其原因，也都不點破對方。組長在閘門警衛室前，回頭看著承煥，眼神彷彿有話要說。承煥等待著，然而組長遲疑了一下，還是轉身朝著管理局走下去。

「早上要去打掃綠林圖書館的事情，別忘了。」

老郭邊收拾吃光的便當盒邊說。銀珠心不在焉地回了聲：「知道了！」

「這裡的太太們很龜毛，妳可得好好打掃，別被罵了。」

「知道了！」

「讀書會的聚會時間也都不固定，全隨她們自己高興，所以一定要在中午以前打掃好。」

老郭嘮叨完了就走出警衛室。銀珠打開手機，傳了簡訊給英珠。

「可以打電話過來嗎？現在。」

電話隨即就打了過來。

「怎麼了？」英珠問。

銀珠長長地吸了一口氣，告訴自己，現在不是要面子的時候。她相信，英珠一定能冷靜地判斷情況，告訴她一個連她自己都找不出來的答案。

「昨天晚上……」

昨天晚上，丈夫遞給她一份離婚協議書，很認真，且煞有介事地說：「我們離婚吧。」她嗤笑一聲，這人喝酒喝到昏頭了。但丈夫一直在說離婚什麼什麼的，她忍不住多問了一句：

「為什麼要離婚？」

「不想再跟妳一起生活下去。」

好哇，不想再一起生活下去？銀珠開始哈哈大笑起來，難忍從肚裡上湧的笑意。笑到連眼角都流出淚來，簡直像在痛哭似地狂笑。

「我已經找代書提交了離婚申請書，只要妳幫個忙，就可以越過緩衝期，馬上進行處理。離婚申請事由，寫的是丈夫的家暴和發酒瘋。」

銀珠嘴角肌肉跳動，笑聲被吞回喉嚨裡。

「瑞元、房子、家具家電都給妳。以後，我可能沒法支付贍養費，但只要我有能力，我就會撐下去。在我還可能撐的期間，我會把薪水全都匯給妳。我相信，妳一定能把瑞元好好撫養長大。」

銀珠這才察覺，現在的情況不是隨便的嚇唬。丈夫從口袋裡掏出了一個信封袋和一本存摺。

「這是我全部的財產，一個是現金，一個是靈活金貸款存摺[5]，密碼和薪水存摺一樣。在首爾可能會有點困難，但應該夠在京畿道買一間套房了。」

套房？銀珠終於張大了嘴。

「離婚？誰同意了？你以為我喜歡跟你住在一起嗎？我是為了瑞元，才一直忍耐的。你到底知不知道？」

5　譯注：先向銀行貸一筆錢，用多少算多少利息，不用就不計息。

「知道，我清楚得很。所以，妳可以不用再忍了！」

丈夫清清楚楚地說出這樣的話，銀珠也努力想要說清楚。

「你該跟我說的話，不是我們離婚吧！而是對不起，我會打起精神，好好過日子，請妳原諒我！如果你崔賢洙還算正常的話……」

「妳到底有沒有在聽我講話？我說，只要妳在我身邊，我就沒法正常過日子。我看到妳的臉就怕，聽到妳的聲音就想發作，和妳上床簡直比死還恐怖，每天、每小時，我都覺得自己快發瘋了。妳饒了我吧，別讓我真的瘋掉。」

痛苦的衝擊浪潮，對著銀珠的小腹襲來，就像生瑞元的那天似地，撕心裂肺的痛，讓她喘不過氣來，有種在火焰中呼吸的感覺。銀珠拿起信封袋，取出裡面的錢。目測大約有一百萬元左右的一疊萬元鈔，在她氣得發抖的手心裡，捲成一團。

「你怕我？」

她用那一疊錢，甩了丈夫一個巴掌。

「因為我的關係，你快瘋了？」

第二個巴掌又掃了過來。

「我很恐怖？」

第三個巴掌被丈夫一把接住，整疊錢從手心裡掉落，四散在房間地板上。丈夫空洞如雪原的冰冷目光對上了她的眼睛。

「滾，妳明天就帶著瑞元給我滾出去！」

丈夫的聲音，就如同不顧一切落下的擋桿一般。

「妳如果不滾，我就把妳拖出去。」

丈夫推開她的手，逕自出了房間。銀珠全身無力地癱坐在地上，在四散的紙幣之間，陷入精神錯亂的狀態。崔賢洙說要離婚，他竟敢向我提出離婚的要求。

過了半夜十二點，丈夫都沒有回來。銀珠在客廳和臥室之間，走來走去，等著丈夫回來。對面的房間很安靜，只有檯燈的燈光從門縫裡微微地透出來。

凌晨兩點，大門開啟的聲音響起，卻不是丈夫回來的聲音，而是承煥出去的聲音。銀珠心想，大概是出去找丈夫回來吧，她便在客廳裡等著。然而，丈夫卻是獨自回來，隨意看了她一眼，便一頭栽在客廳裡睡著了。全身像在泥水裡打過滾似地沾滿泥漿。銀珠卻只能站在房門前望著丈夫，什麼都做不了。比起憤怒，更多的是感到迷惘。

不知過了多久以後，承煥從對面的房間裡出來，模樣與丈夫沒什麼兩樣。明顯就是出去找到丈夫以後，兩人又一起喝到爛醉的樣子。

「不會是在外面有別的女人了吧？」

英珠第一句話就是如此。銀珠回答：

「我不是笨蛋！」

「我不是說姊姊妳是笨蛋……」

「連外面有沒有女人都管不住，那還叫老婆嗎？」

「那就是出了什麼事情吧！」

「什麼意思？」

「我是說，像賭博或挪用公款之類的，不然就是喝了酒打人。反正就是闖了什麼難以收拾的大禍才會那樣，也是有這種可能性吧？」

「妳姊夫連花牌都不會打，還什麼挪用公款，他根本沒那個本事，也沒有那個條件。他也從來沒有喝醉酒跟人家吵架，更沒打過人。」

「上次他不是打了姊姊妳嗎？」

銀珠火冒三丈，上次是誰說過一巴掌算不上打人。偏偏現在又這麼說，究竟居心何在？銀珠好不容易忍下想把電話掛掉的衝動，只因她現在迫切地需要幫助。

「反正不是出了什麼事情。他這個人啊，如果出了什麼事情，一定會先跟我說，要我收拾殘局。」

「妳不是說，姊夫說全部的財產都給妳，自己沒辦法支付贍養費。還說不知道自己能撐多久，但在還撐得下去的時候，薪水都匯給妳，要妳好好撫養瑞元長大？姊姊，妳覺得姊夫是會把瑞元交給妳撫養的人嗎？就算把他所有的一切都給妳，姊夫也不可能會把瑞元交出來的，所以一定是出了什麼事，而且還是一件無法挽回的事，這樣才合理啊。妳想過有什麼可能會扣押財產的情況嗎？站在保護妻兒的立場上，離婚才是上上之策。不是嗎？他不跟姊姊說清楚是很奇怪，但妳不要光只會生氣，冷靜下來，好好打聽一下吧。跟他同事或朋友，假裝打個問候電話，好像稀鬆平常的聯絡一樣，輕描淡寫地問看看。姊夫做不了的事情，姊姊好歹也要出面解決一下。」

銀珠想起了上禮拜四晚上找上門來的刑警，說是來詢問和世靈事件相關的事情，還說只是一種例行性的查訪。銀珠當時在準備晚餐，就叫他們快點問。第一個問題就是，搬家過來之前，是否來過這裡？銀珠一回答「沒有」，他們馬上仔細地盤問起來。像是不會先過來看看以後要住的房子啦，丈夫難道沒有先過來看看？車子似乎最近修理過，是出了什麼事故嗎……雖然之前因為這件事情，兩夫妻大吵一架，到現在都還冷戰中，但銀珠並不想把這些事情告訴刑警。因此，她只是很公式化地回答刑警的問題。車子掛在自己名下，如果車子出了什麼事故送修的話，保險公司一定會通知自己。所以，自己沒有道理不知道那樣的事情。刑警即使聽到了回答之後，也還是不肯離去，還囉囉嗦嗦地又問了三十多分鐘。

當時，銀珠並未將刑警的來訪看成多嚴重的事情，然而現在想想，這哪是例行性的查訪，根本就是不折不扣的盤問。

銀珠最先打電話給金炯泰，詢問丈夫最近是否出過什麼車禍？金炯泰回答：「沒有吧！自從酒駕被吊扣駕照之後，他開車就一直很小心。」銀珠聽到自己心底警鈴大作的聲音。什麼酒駕？什麼吊扣駕照？銀珠又打電話給丈夫高中同學金康鉉，聽到丈夫八月二十七日曾經過去的回答。幾個人一起喝到晚上八點，連金康鉉自己都不知道丈夫何時離開的。銀珠又打電話到丈夫常去的修車廠，詢問最近是否送修過？老闆反而問她，發生了什麼事嗎？怎麼刑警也來問過同樣的事情。

銀珠闔上手機，不敢再打聽下去。每個打電話過去的地方，都給了她想都想不到的回答。酒駕、吊扣駕照，從金康鉉的酒館離開之後，到星期六下午回家為止，無跡可循的一整天，刑警的暗中追查……丈夫到底做了什麼事？銀珠突然想起了，搬家來的前一天，在陽台晾衣服時，所聽到的那首歌。

越戰歸來的黑大漢崔上士，現在終於回故鄉。

爛醉酒鬼在唱歌，卻是丈夫的聲音。打開窗戶往下看，她看到了歪歪扭扭走著的丈夫。她火冒三丈地走進房子裡。然而，現在回想起來，不禁感到很奇怪，丈夫在家從來沒唱過那種歌，再仔細想想，她根本從來沒聽過丈夫唱歌。除了酒和棒球之外，那個男人別無其他嗜好。除了瑞元之外，也沒有其他足以讓他笑的事情。

衝擊她的憤怒和混亂，逐漸平靜下來。取而代之的，卻是一連串不祥的問題，一個接著一個湧入她的腦中。丈夫以前曾像現在一樣，每天喝到爛醉嗎？曾對自己動過手，或口出暴言嗎？過去兩個禮拜以來所發生的事情，如果看作是異常舉止，或許就解釋得過去。最後，銀珠撥了承煥的電話，詢問他那天晚上丈夫是否真的沒來過。承煥回答「沒來過」，銀珠長長地呼了一口氣。是啊，那是不可能的，絕對不是，也不可以是。

敲門聲傳來，一個頭髮又直又長的女人，正敲著警衛室的窗戶。銀珠掩著聽筒，拉開了窗戶。

「歐巴桑，麻煩妳現在去打掃一下圖書館行嗎？今天十一點，讀書會要在那裡聚會。」

直髮女踏著小碎步快走，消失在眷村區裡。這女人是每天傍晚穿著短褲，在林園中央通行道上慢跑的女人之一。銀珠拿起吸塵器，到「綠林圖書館」去。

圖書館不僅是眷村孩子們的室內遊樂場，也是圖書館，還是眷村婦女們聚會的場所，似乎也是基於這些目的才蓋的。扁柏原木牆和地板，朝南的向陽窗戶，各式各樣的遊戲機和玩具，塑膠遊戲器具、鞦韆、塑膠球池、排得滿滿是書的書架。角落木箱裡，還放著室外運動器材，籃球、棒球、鋁製棒球棒、棒球手套……

眷村婦女把這個地方當成孩子學習的地方。閱讀、考試申論題、英文、漢字等提供與專業補習班不相上下的各種課程。上課的老師則由眷村婦女輪流擔任，以準備資料為藉口，常常在此聚會。老郭曾經告誡她，這個聚會其實就是八卦中心，如果不想被人議論，就不要和她們多講話。

銀珠打開吸塵器，把書架各個角落的灰塵吸乾淨。為了擺脫掉腦子裡的胡思亂想，她用力地擦地板，擦到手臂痠痛。就在打掃即將結束之際，一群女人蜂擁而入。其中有人問了她一句：

「大姊，妳家孩子沒事吧？」

是個鼻梁上長滿雀斑的女人。

「聽說，巫師抓著妳家孩子。」

「您這話在說什麼？」

看銀珠一臉訝異，雀斑女反而顯出吃驚的表情。

「妳還不知道啊？我說，孩子的媽媽難道什麼都不知道嗎？附近的人全都在議論紛紛呢！」

「您說的巫師，是那個小女孩葬禮上來的那個男巫師嗎？」

雀斑女將音量提高了兩倍，大聲嚷嚷。

「哎喲，看來妳真的不知道啊！那天，妳老公還掐著巫師的脖子不放呢！多虧跟你們一起住的那個年輕人阻止，才沒出什麼大事。妳老公回家沒說嗎？」

「您在說什麼，我一點都聽不懂……」

「其實我們也沒親眼看到。」

直髮女站了出來，澄清她們也只是聽人說的前提下，把上星期六碼頭上發生的騷動說給銀珠聽。

「那是老郭巡邏途中看到的，你們家那年輕人背著孩子，拚命地跑回家去。妳那天不在家嗎？」

銀珠感覺到，臊熱從腳底升起。她想起葬禮那天，承煥來找過自己，要她回家看看，也想起了，星期日早上，老郭突然問她「孩子還好吧？」的事情。還有吳英齊帶來那幅畫，因為做了什麼虧心事的關係，他八成是來打探瑞元的情況吧。瑞元說，那幅畫是死去的那個小女孩畫的，這讓銀珠打消原本想把畫給他的念頭，直接把畫丟到垃圾袋裡。那種不吉利的東西不能掛在瑞元的房間。因為這樣，瑞元到現在都不跟她講話。每次銀珠跟他說話，他只是冷冷地看著她，根本不回答。這個時候，瑞元的眼睛就跟他爸爸的眼睛一模一樣，讓人感到萬分羞愧，淒涼無比。

銀珠好不容易壓下來的憤怒，再度復活。附近的人都知道的事情，竟然只有自己不知道。丈夫和承煥，還有瑞元，到底懷著什麼樣的居心，竟然都瞞著自己不說。他們竟然把自己弄得像個白痴一樣，這還得了？她該嚴刑逼問丈夫嗎？還是追到閘門去質問他？不，或許應該先打電話給吳英齊，追究他把死去女兒的畫當成禮物送人的意圖何在？當銀珠轉身想要出去的時候，雀斑女卻叫住了她。

「大姊，那邊那個抽屜裡有清潔劑。既然妳手上都拿著抹布了，就順便把玻璃也擦乾淨吧。之前那些歐吉桑都只打掃看得到的地方，現在玻璃上的污垢都堆了一層白白的。」

銀珠垂眼看著雀斑女，記得老郭稱她夫人。哪家的夫人？會是管理局長的夫人嗎？怎麼說話那麼不客氣？

銀珠緊咬著嘴唇，找出清潔劑來。那群女人聚到書桌前坐下，果如所聞，這群名門閨秀嘴裡說出來的話都是些男人的八卦。世靈家的人，當然是話題重點。女兒的骨骸不拿去放在靈骨塔，而放在自己家冰箱裡；警察懷疑吳英齊是凶手什麼的。

「我就說嘛，遲早會查出那孩子其實是死在她爸爸手裡的。那家的女人真是下對決心了，如果不逃的話，誰知道會不會跟她女兒一起被弄死。」

直髮女說，雀斑女咋舌。

「妳唷，說話小心點！不知道隔牆有耳啊！」

雀斑女斜眼瞧了瞧銀珠。銀珠轉過身來，雙手環胸，瞪著雀斑女。這女人說誰是牆後面的耳朵啊！

「站在那裡幹什麼？都擦完了就去做妳自己的事情。」雀斑女說。

銀珠走出圖書館，氣得腿都在發抖，怒火沖天。這股怒火，源於她終於認清自己只是個警衛的屈辱感；也來自於她被理所當然視為警衛的衝擊。都是丈夫的錯，自己才會被人如此對待。雖然她從來沒期待過能像曾是同隊球員的妻子一樣，出入時裝秀場的生活，但至少也該讓自己不必忍受如此的侮辱過日子。如果丈夫盡到一家之主的責任，那麼這種工作送給她，她都不做。

銀珠煮了兩包泡麵，一個人全吃掉。吃完之後，氣也消了不少。但不安又隨後而至，最後，她只得打電話給丈夫。

「是我！」

手機的另一端，丈夫回應，聲音很低沉。銀珠說：

「我只問你一件事，你那天，也就是我叫你過來看房子的那天，你到底有沒有來過這裡？」

長長的沉默化為地獄之火，焚燒著她。

「沒來。」丈夫終於回答。

銀珠放下心來，也告訴自己，與其去打聽發生了什麼事情，不如選擇盲目地相信。

「那就好！」

銀珠掛了電話，走了出去。有什麼老是閃現在眼睛裡，是在一山公寓玄關水泥上，自己所寫下的名字：姜銀珠、崔瑞元、崔賢洙。收拾好回收物，打掃過垃圾場之後，銀珠又把廚餘桶各個角落清洗得乾乾淨淨，再把眷村前徑掃乾淨，連眷村台階都拿拖把拖了一遍。再也找不到可清理的地方之後，她才提著拖把，走上圖書館，這已經是今天第三次了。

星期四下午，總公司技術小組到來。賢洙擁有了與他們一同登上禁地「寒松脊」的光榮。這座小島的面積和形態都與投手板差不多。草叢覆蓋的土地上，中間立著一株孿生松樹，軀幹之粗有他身體三倍之大。監視器的支柱就和松樹並排站，上面裝置了兩台可一百八十度回轉拍攝周邊景象的紅外線鏡頭。賢洙站在孿生松樹下，打電話到警衛室。

「看得到我的臉嗎？」

電話裡傳來透了有趣的聲音。

「連鼻毛都看得清楚。」

碼頭上的監視器也被換掉，取水塔頂端還架設了大型探照燈。賢洙懷著紊亂的心情，圍著監視器和探照燈看了一圈。這些東西會把他的夢公諸在眾人面前，他不禁暗自擔心，今晚該如何度過。他只能期待好運，自己一整個晚上都保持清醒，或出現足以遮蔽探照燈和紅外線的超大濃霧。

技術小組離開之後，賢洙吞了兩粒止痛藥，他頭痛得厲害，眼睛裡充滿了血絲，耳朵裡也轟隆作響，甚至連肌肉也跟著痛起來，像發燒了似地令人不舒服，全身乏力，不知道是不是患上了流行性感冒。每天晚上淋著雨，像條瘋狗似地到處亂跑，就算患上更嚴重的病，他也是無話可說。

晚上七點一到，夜幕與濃霧便開始籠罩大地。一直留在正門警衛室裡東摸摸西摸摸的賢洙，這時才離座起身。一面往外走，一面對值夜的朴主任透露說：

「我回家路上順道去內環湖路瞧瞧，你可以幫我看一下監視器畫面嗎？看看是最新裝備厲害，還是大霧厲害。」

朴主任回答：

「您一到碼頭，我馬上跟您聯絡。」

賢洙在一號出入口前面，就遇上了耀眼白光，看來是探照燈首次啟動的樣子。那是一種如燈塔光線一般，能見光距離非常長的光線。從光的軌跡來看，屬於可三百六十度旋轉的探照裝置。如果不是崎嶇不平的地形阻擋了光線的照射，估計探照距離可遠達一號產業道路橋。賢洙轉過轉角，走過取水塔。他一到碼頭，朴主任的簡訊就傳來了。

裝備勝出。

賢洙走上進入世靈牧場的小路，這裡是瑞元每天下午都會過來的地方，說是帶貓糧給貓吃。

「你一個人去，會怕吧！」

賢洙這麼擔心地說，瑞元卻笑得連鼻子都皺起來，彷彿在說，爸爸你把我當成什麼啊！

「一次多給些不就好了，不用每天都去。」

「歐妮會很失望的，牠每天都會出來在牧場小路上迎接我。」

賢洙對孩子一個人進出破敗的畜舍，覺得很掛心。也很好奇那到底是個什麼樣的地方，既然來了，就上去看看。他走上小路時，探照燈橫掃過赤楊樹叢四、五次。每次掃過時，賢洙都會轉頭往後看，總覺得有人在黑漆漆的湖面上探頭出來看著自己，就是那位令人忘都忘不了的某個人。

他如潛行般，進入畜舍，裡面雖然也是一片昏暗，但他很快就找到了歐妮的小窩。地板上鋪著粉紅色毛毯，上面放著兩個塑膠盆子，裡面的貓糧和水都只剩下一半左右，旁邊還有一瓶防蚊擦劑和一把小手電筒，應該是承煥給的吧。賢洙拿起手電筒，按下開關。手電筒體積雖小，亮度卻很強。他關掉手電筒，放回原處之後，就從畜舍裡走了出來。雖然不是個人來人往的遊樂場，不過看來也沒什麼危險。

天色還沒完全暗下來，賢洙在柿子樹下的涼床上坐下，頭越來越痛。從襯衫口袋裡掏出兩顆止痛藥，沒水喝，只能勉強嚼一嚼吞下去，連舌頭上的一股麻木味，也毫無保留地一併吞入。如此一來，他很明確地感受到止痛藥的藥性在空空如也的胃腸裡擴散開來。背靠樹幹，賢洙閉上了眼睛，深深呼吸著傍晚陰涼的空氣，想起了早上的事情。

聽到鬧鈴聲，賢洙睜開眼睛，馬上察覺到自己還帶著濕意的身體上蓋著一條毛毯。想來，應該是承煥的手筆。賢洙其實很怕承煥，自己每天凌晨到哪裡去，他自己的球鞋消失在什麼地方，這個人應該都知道，但卻什麼都不問。這讓賢洙很想問他到底居心何在？為什麼不開口問？另一方面，他又對承煥感到抱歉。在他的心底深處，對這個人同時懷著期待與憎恨。他期待或許這個人會成為自己的盟友，讓他可以訴說連對母親和銀珠都沒有說過的話。他想在這個才認識沒多久的第三者面前，放下二十五年來獨自背負的包袱。他想尋求這個人的幫助，但也知道這是一種毫無由來的信任，和不可能實現的希望。因為同時，他也深切地明白，能幫助自己的人，只有自己。

他能做的事情不多，能讓瑞元擺脫可能遭遇的「殺人犯之子」的罩頂烏雲，唯一的方法，就是讓銀珠和瑞元離開他的身邊。一旦兩人離婚手續辦理完畢，就算不是百分之百，至少也能成為一把保護傘。自己的去處，到那時再決定也不遲。自首也好，或是撐到被捕，抑或死了算了。

一整天，他不斷檢視自己的計畫，並付諸實行。他開了一個靈活金貸款帳戶，把私房錢帳戶裡的錢全都取出來，趁著同事不在位子上的空檔，透過網路找了代理離婚訴訟業者。他懷著一絲在大海中放出求救信號用玻璃瓶的心情，填好了協議離婚文件。他其實明白，想得到銀珠的同意不是件容易的事情。

在她明白原因之前，絕對會像監獄大門一般文風不動。銀珠這個人，是個連讓她明白他一天一萬塊錢的零用錢用在哪裡都很難的人。

想要達成離婚協議，除了坦白一切的事情之外，別無他法。坦白之後，就算她無法理解，至少願意離婚的可能性大增。只要是和瑞元有關的事情，她就會變得比超人更勇敢。然而，他明知如此，卻也無法向銀珠坦白說出事實。對一個聽到他提出離婚，也只會哈哈大笑的女人，他還能坦白些什麼？其實，他做過一些不相干的告白。但或許，他還是應該把早已夢過無數次的告白說出來才對。因為他也已經無數次想像過，自己把那句話說出來的樣子——我再也不想和妳一起生活了。

午飯時，銀珠打來的電話就如同突出地面的樹根，讓他一整天都惴惴不安。

「我只問你一件事，你那天，也就是我叫你過來看房子的那天，你到底有沒有來過這裡？」

他感覺出來，銀珠終於嗅到些不尋常的氣味，他總算得到坦白真相的機會。然而，面對外送過來的午餐，和一群坐在一起吃飯的同事，這個時間點上似乎不太適合坦白什麼。他勉強嚥下嘴裡的馬鈴薯塊，回答一句「沒去」。電話掛斷了，說出真話的機會也永遠消失。因為那女人絕對不會再問第二次，明顯表露出安心的聲音裡，訴說著如此的話——「我不想再聽到任何其他的回答」。

天下無敵的姜銀珠也有束手無策的時候。碰上恐怖的真相，是一件太過驚人、自己無法承擔的事情時，就想假裝沒看到。這或許就是名為人類的靈長類所擁有的天性。

「好久不見！」

聽到這句耳熟的聲音，他從胡思亂想裡回過神來。一睜開眼睛，英齊拿著手電筒站在面前。

「哎呀，怎麼會這樣？」

英齊指著賢洙的左手問。

「想吸點血，就自己弄了個洞。」

賢洙看著英齊的眼睛頂了回去，英齊呵呵地笑了起來。聽起來很爽快的笑聲裡，卻似乎隱藏著奇妙的鋒刃。

「似乎沒看起來那麼嚴重的樣子，看您還能開玩笑呢！」

「您來這兒有什麼事情嗎？」

賢洙的聲音低沉而穩重，腦子裡很鎮定，心臟的脈動也是。

「心情煩亂，所以出來走走。對了，聽說今天寒松脊島上換了監視器，照得清楚嗎？」

「還不知道，要夜裡起了霧才知道。」

賢洙站起身來，朝著牧場入口的方向走去。

「先走了，我只是下班順道過來而已。」

他眼望前方邁步走，後面的事情不看也知道。英齊的視線，正如同鉤子般緊緊盯著他的後頸。他連自己怎麼走下來的，都沒有一點記憶。驀然四顧，才發現自己正提著燒酒瓶，站在休息站瞭望台上。望向手裡抓著的酒瓶，這又會是一個灌再多酒，也醉不了的夜吧。但他卻不能喝，喝了酒就糟了。酒醉的情況下，就無法對抗夢裡的男人。心底有兩種聲音在拉鋸，一個高喊別再硬撐下去，死了算了。一個則勸說，既然死都不怕了，乾脆自首算了。他把酒瓶丟到欄杆下面去。

過了午夜之後，賢洙才從瞭望台走了下來。走進正要關門的錄影帶租售店租了兩部恐怖片，雖然今夜銀珠不在家，但他再也不想躺在臥室的床上。坐在客廳裡，一個人度過漫漫長夜似乎還好一些。

客廳裡黑漆漆的，瑞元房間的燈也關了。玄關裡放著瑞元的籃球鞋和承煥的登山鞋。賢洙把瑞元的籃球鞋放進洗衣機裡，再在盆子裡盛滿水，壓在洗衣機蓋子上。如果試圖打開蓋子，盆子就會掉下來，發出驚人的響聲。不管睡意再怎麼沉，噪音和冷水總會讓自己醒過來吧。雖然想如前一天晚上一樣，在大門前堆起椅子路障，但考慮到承煥的存在，只好放棄。取而代之的是，設定手機上的鬧鈴，每隔三十分鐘響一次。為了不讓鬧鈴聲外洩，還特地插上耳機，放在襯衫口袋裡。接著，就只剩下看電影一事了。儘管不能永遠不睡覺，但好歹現在必須睜著眼睛。他把錄影帶放進去，音量調到最小，靠坐在客廳沙發上。

電影並未達到他所期待的效果，不是能讓頭腦保持清醒，趕跑睡意的電影。這是一部殭屍成群結隊出沒，吃著令人作嘔東西，到處亂跑的電影。另一部電影的主角是一名高智商吸血鬼，但也是一點用都沒有，整個內容無聊極了。眼睛變得有點痠，不久後，連字幕都看不清楚。眼睛的焦點渙散，連不斷像針刺般的頭痛也消失到後腦杓外了。當鬧鈴第三次響起，賢洙伸直腰坐好。鬧鈴第四次響起，他的頭往前垂落，開始打起瞌睡來。不久前，他還需要依靠喝酒才能入睡。現在想想，那時多好啊。自從夢裡的男人出現之後，只要時間一到，睡意就不請而來。不分場合就算了，有時甚至連走路時都不放過。賢洙想要抬起變得如地球般越來越重的頭，拚命把注意力集中在畫面上，再撐兩個小時就好……那時天就亮了。只要天一亮……

賢洙感覺到，男人在自己身體裡忽然起立的動靜。男人一手提著一隻鞋，輕輕擺動雙手，躡手躡腳地走下台階。賢洙銜尾而去，在大霧裡，很多東西一掃而過。別院前的路燈，紅花燦爛的前庭紫薇樹，被雨淋濕、看似深黑的一〇一號側牆，還有窗戶。透過窗戶，似乎還看到了吳英齊的臉。賢洙一點也不吃驚，因為在他還沒來得及驚訝之前，那張臉就已消失。男人不知道什麼時候已經走出了小門外。賢洙追了過去，往小門外看。

大霧神奇地消散一空，天上掛著一輪紅月。月光照射下的高粱田，也如火焰般一片豔紅。高粱地之間出現的小路，彷彿一條通往天國的階梯，發出白色的光芒。男人站在路的中間地方，對他做著手勢：到這裡來，往門外跨出一步就行。

賢洙欣然把腳往門外踏去，瞬間，兩排尖銳有力的牙齒咬住了他的腳背。撕心裂骨般的物理性疼痛一下子就將他拖回現實。讓他忍不住發出慘叫，張開了眼睛。

濃霧包圍著他，手機傳送出吵人的起床命令。頭頂上一盞孤燈亮著，他那隻正踏向小門外的光腳正被一具捕獸夾緊咬住，那是一具利如鱷魚牙齒的尖銳、牢固的捕獸夾。鋪天蓋地的疼痛不只吞沒了他的腿，甚至往上延伸到腰部來。他抱住腳，跌坐在地上，努力想扳開捕獸夾。但他卻做不到，因為勇大傻又回來了。儘管還記得自己提著鞋子，擺動雙臂，如遊行般行走的事情，但左手卻紋絲不動，只像一根鐘擺，掛在肩膀前端晃動著。光靠一隻右手什麼都做不了。越想扳開來，捕獸夾就越發咬進肉裡去。泉湧而出的鮮血，染紅了他整隻腳，滲入覆蓋著霧氣、灰濛濛的地裡。賢洙不得已只好放手，雖然咬牙忍耐，還是忍不住發出一陣嗚咽。

「組長，您還好嗎？」

背後才傳來小心翼翼的詢問聲，就看到承煥出現在眼前。接著便是一連串「我的天啊！」承煥立起手電筒，拉開捕獸夾的虎口，拔出他的腳之後，隨即脫下襯衫，綁在血流如注的傷口上。

「請站起來看看。」

承煥把他的手臂搭在自己肩膀上，努力扶著他站起來。賢洙自己一點都幫不上忙，他感到一陣暈眩，樹林整個顛倒過來，意識渙散到縹緲的地平線了。

「拜託，站起來！」

地平線的另一端傳來承煥的低語。

「我沒辦法背著組長跑。」

組長並未試著想站起來，反而甩開承煥，伸長手摸索著腳底。剛才還行動自如的左臂無力地垂落在大腿之間。摸索著地面的右手所找到的東西是瑞元的籃球鞋，一隻在門框旁邊，一隻則在稍遠一點的樹底下。組長一找著鞋子，就閉上了眼睛，呼吸的氣息裡像是打鼾般帶著雜音，不知道究竟是回到睡眠狀態，還是昏了過去，承煥也分不清楚。但明確的是，自己沒辦法背著組長跑，因此必須把組長弄醒，讓他自己走才行。

承煥跑向一〇二號的後面庭院，跳進開著的窗子裡。瑞元坐在床上等他，一副高度警覺的模樣，像極了遇上刺蝟的蛇。

「爸爸呢？」

「小門那邊。」

沒有時間說明情況，連脫鞋的空檔都沒有。承煥穿著球鞋跑到客廳，開始摸索組長掛在沙發椅背上的制服上衣。如果料想沒錯的話，車鑰匙應該在襯衫裡，組長是個什麼東西都往襯衫口袋放的人。皮夾、便條紙、名片、手機……就是沒有車鑰匙。褲子口袋裡則放了兩三枚百元硬幣。承煥開始焦急起來。

「您在找什麼？」瑞元走過來問。

「知道你爸車鑰匙放在哪裡嗎？」

「在流理台抽屜裡，被媽媽搶走了放在那裡的。媽媽說辦公室這麼近，不要浪費汽油，叫爸爸走路上下班。」

「幫我找一下可以嗎？」

一下子，車鑰匙就被放到承煥手裡。

「叔叔，我也要去。」瑞元說。

承煥想了一下，不管是對自己還是對組長，都需要某個人的幫忙，而這「某個人」絕非在眷村警衛室裡的姜銀珠。組長應該是在深層睡眠狀態下移動時被捕獸夾夾住的吧。在承煥看來，比起受傷，無意識下受到的傷害才更危險。如果外部刺激加大，說不定會像一道龜裂的防火牆完全倒塌。如果要帶上某個人去，就必須是一個能給予組長安全感的存在。最適合的人自然是瑞元，希望這個判斷是對的。

「你答應我保持鎮定，我就帶你去。」

事實證明，這是多此一舉的要求、可笑的擔心。瑞元即使看到自己爸爸倒在小門邊，也沒衝動地猛撲過去。就算看到整隻腳血淋淋的，也沒有嚇得大哭大喊。只是在自己爸爸身旁跪了下來，嘴裡念著如咒語般的低語，試著喚回父親的意識。

「爸爸，張開眼睛，站起來，我們一起去診所。」

承煥有種看到奇蹟的感覺，本以為已經神智不清的組長竟然睜開了眼睛，抓緊他伸出的手，站了起來。雖然是倚靠著他的肩膀，勉強拖著腳，但好歹還是以自己的雙腳走出後院，上了車。

敲了不到五分鐘，診所的門就打開，整個治療過程卻花了兩個小時。生理食鹽水倒了三瓶，連傷口裡面都清洗乾淨。腳背和腳掌縫了一圈，拍了X光照片，打上石膏，驗血，接上點滴瓶，再打了五針之多後，組長才得以在診療室後方的注射室裡躺下來。瑞元守在虛脫睡著的爸爸身邊，承煥不得不穿著汗衫，坐在診療室裡的椅子上，回答醫生的詢問。

「你總是大半夜帶傷患過來呢！該不會這次，又是不認識的人吧？」

醫生的記憶力真好，連三個月前的事情，都記得清清楚楚。承煥找了個最方便回答的關係。

「那是我哥。」

「喔，那麼上次那位是老二吧？請問，你沒聽到什麼嗎？」

承煥一臉訝異地望著醫生。

「上次電話裡，我就已經說過了，要注意這位患者的情況。」

「這個，我不懂您在說什麼……」

「割到靜脈的那天，有一位說是崔賢洙弟弟的人打電話過來。他問是否是企圖自殺，我回答可能是習慣性的自殘，建議去精神科看看。你們帶去看精神科了嗎？不過看起來，似乎沒去。」

承煥狐疑地歪著頭，組長的弟弟聽說住在首爾，那天大清早的，怎麼知道自己哥哥受傷，還打電話來問？看起來也不像是組長自己說出來的。

「不管怎樣，這種程度還算幸運。雖然傷口很深，連骨頭都裂了，但幸好不是粉碎性的，韌帶也沒有受傷。有些小動物被捕獸夾夾到，連腳踝都夾斷呢！」

「上次說是弟弟的人，叫什麼名字？」

承煥問，這次換成醫生一臉驚訝。

「怎麼了？有什麼問題嗎？」

「我哥只有我一個弟弟。」

「那……那個人會是誰呢？我不是連身分都沒確認過，就隨便告知患者病情的人。那個人可是把他自己跟病患的身分證號碼都一字不漏報出來了呢。」

「請問，您是否抄下來電號碼？」

「沒抄下來。不過是四天前的事情，答錄機的紀錄上應該還留著。」

「可以請您找一下嗎？」

醫生一臉不爽地開始調弄答錄機。

「從時間上來看，應該是這個，我記得正好是在午飯時間前打來的。」

答錄機上顯示出九月六日十一點五十分，S市的區域號碼，承煥把那個號碼存在自己的手機裡。不知不覺間，時鐘的指針走到了六點五十分，該把瑞元送回家，也到了該喊銀珠的時候。承煥一走進注射室，坐在椅子上的瑞元就站了起來，表情問著：醫生怎麼說？

「打了止痛針，很快就不痛了。傷口很深，可能需要長一點時間的治療。」

「要在診所住院嗎？」

「得到有骨科的大醫院接受正式的治療才行。」

瑞元點點頭，承煥便給了瑞元一個任務。

「你去找媽媽，把叔叔說的話一五一十地告訴她。慢慢說，不要嚇到媽媽。」

「好！」

「就說爸爸早上去樹林裡散步，不小心被捕獸夾夾到腳。現在治療結束，爸爸吊著點滴睡著了。知道了嗎？」

瑞元點點頭。承煥把瑞元送到診所門外之後，才走進公共電話亭。按下存在手機裡的電話號碼，女人的聲音接起電話。

「吳英齊牙科，您好！」

承煥掛掉電話，感覺自己已經摸清整個情況的輪廓。在完全不同的層面上，吳英齊和組長處於程度相似的危險中。吳英齊是孩子慘遭殺害的父親，也是一輛朝著衝突地點狂飆的飛車。組長很可能是凶手，是一艘沉沒中的遇難船。在兩個極端之間，正發生著「什麼事情」。但究竟是什麼事情，他一點頭緒也沒有。沒有任何可推測的線索，所以才更令人恐懼。

承煥回到恢復室，賢洙正低聲呻吟，混雜著淚眼，發出嗚咽的聲音，一臉被噩夢追逐的表情。承煥輕輕推了推賢洙的肩膀。

「組長！」

組長睜開眼睛的同時，身體變得僵硬，視線定著在半空中，似乎連呼吸都停止，張著嘴，卻不想吐出喉嚨裡的呼息。就如同一個打著呼，進入呼吸停止狀態的人一樣。

「組長！」

組長的視線緩緩在半空中移動之後，才對上了承煥的眼睛。眼神中帶著才浮出夢境表面的迷茫，隨即從乾裂的雙唇間洩出尖銳如笛聲般的嘆息，氣息酸腐、炙熱。

「您還好嗎？要找醫生過來嗎？」

組長的眼睛盯在承煥身上，一動也不動。那雙眼睛訴說著複雜的情緒。憤怒與恐懼，渴望有人能從現實中拯救自己的急迫，以及在黑暗中奔跑的絕望。承煥把手放在組長肩膀上，胸口透不過氣來。

「可以給我一杯水嗎？」

長長的沉默之後，組長說。承煥在桌上的紙杯裡倒滿水，組長起身坐好，一口氣喝乾。沉默再度來臨，從組長的姿勢來看，沒打算再躺下來的樣子。而從表情上來看，似乎想說些什麼。承煥豎起枕頭，枕在組長的背後。

「承煥，你看過一望無際，延伸到地平線去的高粱田嗎？」

「沒看過，只看過山腳下小田地。」

「長在平原上的高粱，稈子高，穀粒也飽滿。用不到三個月的時間就成熟，變成黑紅色。每當月亮高掛，風起的夏夜，高粱田就像一片翻湧著血色浪潮的大海。在我出生長大的地方，就有一片那樣的高粱田。黑色的石頭山擋住了平原盡頭的地平線，那是一片荒地，乾枯龜裂的土地上大霧如煙飄盪，空氣裡瀰漫著鹹味，因為地平線的另一邊就是大海。我曾經和同伴們一起爬上石頭山，眺望遠處的大海。山下有一座小村莊，在漆黑的層岩峭壁上，有一座白色的燈塔……」

組長頭靠牆壁，眼睛望著窗外。雨又開始下起來。

「我們把那個地方叫作燈塔村。」

組長的眼睛又看進了黑暗裡。

「每當無月的黑夜裡，我常會獨自走到高粱田的盡頭，想去看看地平線另一邊明滅閃爍的燈塔燈光。十二歲，也是我在學校選了棒球作為課外活動的時期。那時，我發瘋似地想成為真正的棒球選手。附近的大人都再三交代，沒有月亮的夜裡，不要走進高粱田。高粱稈長得超過兩公尺，會讓人看不到前面的路。那裡的溝渠又多又複雜，像我們這樣的小孩很容易就會迷路。以為是這個地方，走過去，卻是那個地方。以為是那個地方，走過去，卻又是另一個地方。一旦在高粱田裡迷了路，一整天都別想走出來，這是常有的事情。再者，高粱田正中央有一口古井，井的外圍高約一公尺，井底則深不可測。即使撲在井邊，使勁往井裡看，仍舊只有黑漆漆一片，什麼都看不到。這口井從什麼時候開始有的，誰也不知道，都以為是高粱田主人挖的，還告誡孩子不可以把鞋子丟到井裡。把鞋子丟到井裡的孩子，一定會被古井叫魂。在我們家搬到那裡之前，曾經有孩子掉到井裡死掉吧。那件事情發生之後，大人就跑去找地主，要求填平古井。但高粱田主人並未聽從，反而辱罵他們，要他們別跑到別人家的高粱田裡。那個高粱田主人是鎮裡的人。」

組長咳了兩下之後，有點渴的樣子。

「你聽過高粱竊竊私語的聲音嗎？」

「沒有。」

承煥在新的紙杯裡倒滿水，遞了過去。

「一到盛夏，四下靜寂。豔陽高照的時候，空氣就變得像被鎖在玻璃瓶裡一樣，悶熱無比。蟬聲和孩童聲都突然靜止，在這寧靜的瞬間，一絲風都沒有的高粱田就會發出奇怪的聲響。刷刷的聲音像是海浪聲，也像是颱風掃過大樹的聲音，還像是數十隻貓一起嚎叫的聲音。人家說，那就是古井叫喚丟鞋人的聲音。被這種聲音所迷惑，跳進古井裡的人，骨骸在井底堆了數十具。而我，卻傻乎乎地跑到那裡，而且還是獨自一人。白天裡，弟妹總是跟著我後面跑。母親則在鎮裡的製粉工廠上班，因為她必須代替父親賺錢養家。父親參加越戰後失去一條手臂，成了傷兵回來。除此之外，父親還有別的稱號：流氓、酒鬼、賭鬼、遊手好閒的混混、獨臂人、狗雜種。家裡總是充滿殺伐之氣。我所知道的父親是這麼一個人。愛憎分明，但如此的愛憎會隨情況與對象而改變。譬如說棒球吧，那時是高中棒球最盛的時期，只要在舉行全國棒球聯賽期間，電視有實況轉播的話，父親可以連賭場都不去。父親把一公升裝的燒酒擺在褲衩中間，一面看轉播，一面不停地喝酒。然而，當自己兒子開始打起棒球，曾經如此熱愛的棒球就成了父親最憎恨的東西。那時，家裡一切的事情都是我在做，不僅要照顧弟弟妹妹，還要打掃家裡，準備父親三餐，直到母親下班回來，才得以放鬆。問題是，當我開始打棒球之後，回家的時間越來越晚。於是，父親的日常生活就變得不方便。每次我運動完回家，就會被打得半死。我真的不明白，母親為什麼會和那樣的男人結婚？我的母親是一位再累再苦，也不會對子女發脾氣的人。反觀父親只要一喝酒，逮到人就死命地打。不管是妻子兒女還是來攔阻的鄰居，他根本不管，又踹又打。只有兩個時間，他不喝酒。一個是刷牙的時候，一個便是睡著的時間。那個人喝了酒回家的時間，鄰居都很清楚。大老遠就看到他拔下橡皮手，如風車般掄在另一隻手上轉，大聲地唱著歌。越戰歸來的黑大漢崔上士，現在終於回故鄉。緊閉的雙唇……」

組長如背詩似地，慢慢唱著歌。

「我的願望便是有人讓那張嘴緊緊地閉起來，非常緊，非常緊，甚至永遠都不要張開。對弟妹們，我也感到十分厭煩。對一個剛開始瘋狂著迷於棒球的十二歲小男孩來說，要承擔三個孩子的重量，實在太重了。發生什麼事情，都怪在我身上。妹妹弄壞父親的收音機，怪我；才剛學會爬的小老么在木地板上撿了東西亂吃，拉了肚子，也怪我；甚至連母親下班晚了，都怪我。不管什麼人的錯，都是我在挨打。如果訴苦，母親便會抱著我，不斷拍撫，說是我家裡的支柱，對弟妹而言，我就是他們的母親，母親只指望我過日子等等。但我呢，不管是母親的替身也好，作為家裡的支柱也好，都覺得討厭。但我卻沒法拒絕這一切，因為母親必須外出去賺錢，不然我們就要淪落為乞丐了。大半夜跑到古井邊，也是出於這一點。高粱田裡的古井就是我背負所有責任的墳墓，但我又怕真的會死掉，實際上不敢把鞋子丟到裡面。只不過是站在井邊，想著最好能消失不見的那些人，把我心中的鞋子丟下去。父親的，大弟的，妹妹的，甚至是老么的幼兒膠鞋。在我的想像裡，沒有什麼是不能丟的，有時候，連我們家都整個被我丟下去。當我將心裡所有邪惡的東西都拿出來丟光了之後，愧疚之心又油然升起。如此一來，我才稍微能真心一點對待弟妹或父親。大概在暑假快結束的時候，那天是星期天，負責棒球班的體育老師打電話到家裡來。母親接到了電話，老師要媽媽讓我去一下學校。母親為我換上體育服，叫我趕緊到學校。到了那裡一看，有一個個子非常高壯的男人在那裡等我。那人是光州一所小學的棒球教練，聽到棒球班老師說有一名可用的捕手人才，特地找了過來。那是我生平第一次穿上正式的捕手裝備，戴上真皮製的捕手手套。那名教練讓我接球、投球、擊球之後，什麼也沒說明，劈頭就問我幾歲。我回答十二歲，教練就說想見見我父母，再晚的話就不行了。我連這話什麼意思都不知道，懷著不安的心情把教練帶回家來。一面擔心，父親在家的話怎麼辦？一面又安慰自己，反正母親在家沒關係。那天，父親正好在家沒出去，教練對父親說出令人出乎意料之外的話，他想帶我走，讓我正式接受棒球訓練。教練說，我的體格條件很好，天生就具有打棒球的才能，再晚的話，就很難有出息。他也聽說了一些我家裡的情況，只要把孩子給他，他就把我帶走，還負責我的吃住和訓練。母親問，這孩子的條件真的可以嗎？父親卻揮舞著橡皮手，把教練趕了出去。而我，就跟著教練到停車的地方。小小的心靈裡，希望教練能瞞著父親把我帶走。教練一臉惋惜地看著如此期盼的我，坐上了駕駛座之後，又下車從後面的行李箱裡拿出捕手手套遞給我，就是在學校裡戴過的那副手套。教練說，如果父母親改變心意，就讓我趕緊去找他，還把電話號碼寫在手套上。這簡直就像一場夢，美好到讓我整晚都睡不著覺。我在手套上抹油，擦拭得光亮，放在床頭上，一晚上不知道摸了多少次。也下定決心，說服母親後，去找教練。然而，當我早上醒來一看，那東西不見了，跑到外面一看，手套已經被剪成一塊一塊，根本看不出本來的樣子，丟得滿地都是。那人喝了酒回來，就拿剪刀剪的。我不自覺地淚湧而出。」

組長停下話來，口乾舌燥地吞了一下口水，眼睛也發紅。

「那天晚上，父親很晚都沒有回家。大概過了午夜的時候吧，我瞞著母親偷偷跑到高粱田裡，手上提著父親根本不穿，穿了也沒地方去，卻還要我時時擦得雪亮的皮鞋，以及手電筒，走到一片漆黑的高粱田。大霧籠罩的夜裡，大海的味道更濃，高粱的竊竊私語更加嘈雜。彷彿從哪裡傳來父親唱歌的聲音，我心裡好害怕。我嚇得快瘋掉了，路越長，我也越發憎恨起來。站在古井前，我似乎聽到了父親的聲音，賢洙啊，賢洙啊，賢洙啊！我朝著古井丟下一隻鞋子，大喊給我閉嘴，不要再回家來。這下真的聽到父親的聲音了，賢洙啊，賢洙啊……像是痰卡在喉嚨裡的聲音，時低時高地瘋狂地叫喚我的名字。我以為是古井在說話，因為孩子都這麼說，說這口井是活的，是一口會用話語迷惑人的井。我全身顫抖，把剩下的一隻鞋也用力地丟了下去。給我死，現在馬上就死，不要再回來家裡。父親的聲音如天雷般巨響，賢洙啊，賢洙啊……我遮住雙耳，往後退了幾步，轉身就跑。但我跑了又跑，卻總不見附近人家出現。不管我再怎麼跑，也沒法擺脫『賢洙啊！』的聲音。彷彿向前跑一步，就被拖回兩步，一整夜，不，是永遠都走不出高粱田似地。然而，突然間，我發現聲音不再傳來，回頭一看，原來是在自家門前。在孤燈下一看，我的模樣慘極了。全身大汗淋漓，衣服髒得要死，褲腳不知道被什麼給勾破，腳底還冒著血。」

組長再次停下話來，一臉想要安撫下激昂情緒的表情。

「次日清晨，我才知道，原來不是古井在說話。走進高粱田裡的工人，在古井附近發現了父親的鞋子和衣服。附近的人都湧到高粱田，里長用手電筒照著井裡，說好像看到水裡浮著一個人的臉。里長要我們過去看，母親和我嚇得根本不敢靠近。下了古井的人，是從燈塔村裡來的潛水夫。過了沒多久，那人扯了兩下垂落的繩索，人們便開始拉上繩索。接著，父親上來了。我不敢再看下去，父親張得大大的眼睛似乎在瞪著我。掉落到古井裡，時昏時醒之際，一定不停地呼喚過我吧。古井雖深，但水似乎沒那麼多。潛水夫說，只有大約兩公尺多的高度而已。在我丟下鞋子的時候，不是古井，而是父親真的在喊我吧。人們說，這真是奇怪的事情，不知道父親為什麼會跑到裡面。從父親脫了衣服下去的樣子來看，也不是失足跌落的。而且根據父親的個性，也不是個會想自殺的人。最後，只好以意外身亡結案。母親會離開那個地方，也是因為我的關係。我只要一睡覺，就會作夢。一作夢，就會出現看不清臉孔的男人把我拖到外面去。每天晚上，我都如幽靈般徘徊在高粱田裡，還把稱得上是鞋的鞋子，全都帶過去，丟到井裡，讓家裡人連雙鞋子都沒得穿。附近的人都吵著，要母親在我真的發瘋之前，趕緊帶我去看醫生。夢裡的男人一直到離開了那個村子之後才消失。取而代之的是，勇大傻出現了。即使如此，至少到大學為止，我還能和那傢伙相抗衡。而且，也不是時常出現的關係，還能以打擊來遮蓋。進了職棒球團之後，這種均勢便被打破。迎接全盛期的不是我，而是那傢伙。在我不再打棒球之後，那傢伙也才終於消失。然而，從每天晚上都做出如此可惡的事情來看，那些傢伙現在一下子全都回來了。如今我才明白，過去的六年，是我一生中最安穩的時期，雖然失去了夢想、欲望和人生的意義，但我還有瑞元。那孩子是我人生裡剩下的最後一顆球。」

組長臉上顯出遲疑的神色，承煥默默地等待著。

「可以等一下嗎？等我把那孩子……」

恢復室的門砰的一聲打了開來，銀珠突然闖進來。組長閉上了嘴，承煥從椅子上站起來。銀珠身上還穿著制服，應該是一下班就跑過來的樣子。她在床邊站定之後，就往下看著組長。組長垂下眼睛，手上擺弄著紙杯。

「承煥，這是怎麼回事？」

銀珠嘴裡問著承煥，眼睛仍舊盯著自己的丈夫。

「啊，這個……」

「承煥，你上班不會遲到嗎？」組長說。

「會，這下可真是大遲到了。」

承煥裝著看表，趕緊轉身出去。

「等點滴打完，我再過來帶您去。」

就在門打開的一刻，組長的聲音再次貼上了背後。

「承煥，你看到瑞元的球鞋了嗎？」

組長，您拿走了啊！承煥正想這麼說，卻突然打住。仔細想想，來診所的時候，組長兩手空空的。再往前想，當自己帶著瑞元回到組長身邊時開始，似乎就沒看到那雙鞋了。

「應該在車上吧，我會收起來的。」

車子裡沒有，從車子到小門之間的路上，也沒有。連小門附近都沒有。承煥一吋吋地往回想，在他回家拿車鑰匙之前，組長的手上還一直抓著球鞋。那麼就是在自己離開組長身邊的時候，鞋子才不見的，也就是在組長失去意識的短暫時間裡。是誰？會是設置了捕獸夾的那個人嗎？為什麼非要拿走瑞元的鞋子呢？難道那個人知道鞋子代表了什麼嗎？自己也是現在才知道而已，那傢伙怎麼會知道？為什麼要知道？有種烏雲罩頂的感覺，現在到底發生著什麼事情？

保護好瑞元的鞋子，不讓夢裡男人搶走，應該是組長的首要課題。因為瑞元的鞋子如果被丟進了湖水裡，就代表了兒子的死亡。前一天晚上，將瑞元的鞋子藏在洗衣機裡，又在洗衣機蓋子上壓上裝滿水的臉盆，都應該是出於那種意志而做出的行為。問題是，夢中男人卻能透過組長的眼睛，看到這一切。

黎明時分，當門外砰地響起一聲巨響時，瑞元從床上，承煥從椅子上，同時起身。他噓了一聲，瑞元馬上點了點頭。然後他便躡手躡腳地出了房間，走到客廳。組長在浴室裡正從洗衣機裡拿出瑞元的鞋子。一如既往地，對站在浴室前面的承煥視而不見，毫不在意地從他旁邊經過，打開玄關大門，走了出去。承煥心裡非常不安，交代瑞元在家裡等，便從窗戶跳到後院。出來以後，也沒能立刻追過去，心裡擔心英齊會出現，只能躲在紫薇樹陰影處，等了好一會兒。因為這樣，當組長淒厲的慘叫響起時，他才會急急忙忙地跑過去。原來，等著組長的，不是英齊，而是一具捕獸夾。

承煥打電話給朴主任告訴他事情經過。還說了可能會晚點到之後，便衝動地把車開往S市的方向。開到一半，便開進了最先入眼的一家汽車修理廠。他對出來迎接的技工問：

「可以看出這車是什麼時候修理過的嗎？」

「打開前引擎蓋，一看就知道了。」

承煥打開前引擎蓋，技工看了看接縫處的鐵質部分後說：

「還不到一個月。」

「一個月？」

「把時間算得充裕一點，就是那樣。」

「如果算得緊緊的話呢？」

「半個月左右吧。不過，今天您來，是想修理哪裡呢？」

說不是來修理的，似乎有點不好意思，承煥在技工手裡塞了一張萬元鈔票。

……今天是九月十日，八月二十八日是十二天前。如果按照他的直覺製成的月曆來看，那天是組長唯一可能修車的日子。因為來到世靈湖之後，組長就再沒有開過車。如果想努力忽視直覺，在那之前，也就是說，時間算得充裕一點，一個月前，也可能修過車。承煥很想忽視自己的直覺。

承煥把車停在閘門警衛室旁邊，想要去載組長回來的話，最好把車停在近一點的地方。

「還以為你一整天都不會來，竟然來了！」

前一天看守閘門的夜班保全員走了出來，是兩週前的星期六，承煥替他值了夜班的老油條。看來他已經把那件事情都忘得乾淨，一臉不耐煩的樣子打量了承煥一眼後就消失了。承煥靠著書桌坐下，把想到的事情都記在手冊裡。

打電話到醫院，假稱自己是弟弟。跟蹤組長，知道了夢遊症。在適當地點安放捕獸夾，造成嚴重卻不致命的負傷。撿走了瑞元的球鞋。今天下午，受到邀請的育幼院院童要來，預定參觀水庫，舉行花園餐會。

打電話到醫院，假稱自己是弟弟，表示對組長進行了身家調查。否則不可能連組長弟弟的身分證字號都知道。然而，讓英齊開始懷疑組長的決定性線索究竟是什麼？明顯已經確認組長是犯人，這也意味著他已握有證據。而英齊不將證據交給警察，這點最讓承煥掛心。這是和他先前發現釣魚線時，一脈相通的行為。表示他要親手把組長處理掉嗎？那麼，以捕獸夾弄傷組長的腳便可算是一種事前的整理工作吧？用意在事先廢掉組長的力量，一條腿不能動的話，如果再加上左手也不聽使喚……

然而，最不可思議的部分是育幼院的院童。參觀水庫、花園餐會，都和到目前為止的所有情況連貫不起來，簡直就像離本土十萬八千里外的一個小島似的。

但最令人感覺不快的，是瑞元消失無蹤的籃球鞋。瑞元和賢洙是一對特殊的父子，從男巫的事件中，英齊也知道了這一點。反過來說，或許也是為了想知道這點，才有計畫地引出那場騷動。不會是想利用瑞元吧？消失的籃球鞋難道是對此的一種暗示？突然間，有什麼一下閃過腦海，速度太快了，捉也捉不住。像是平飛球越過圍牆，成了全壘打似的想法。搞不好，是因為太過恐怖，反而被自己故意忽略過去的想法。不管是哪一種，現在再也想不起來，反而是組長最後說的那句話浮現在腦海中。

「可以等一下嗎？等我把那孩子……」

承煥決定等一等，打開網頁，從網路硬碟裡下載了「世靈湖」檔案，開始重新檢討整個事件的紀錄。整件事情的脈絡，以組長為中心，朝著吳英齊的方向發展，走向越來越複雜，越來越混亂的狀況。核心的問題有兩點，兩個人碰撞的接合點，在哪裡？那個地方又有些什麼？

為了尋找線索，承煥不停地來回移動滑鼠想確認是否有遺漏之處，是否有哪裡錯過了，是否有更具體的標示……猛一回神，他突然停下動作，背脊下升起一股戰慄。自己現在檢視的，不是紀錄，而是一部架構已經成形的小說。只要再添上些血肉，就能成為一個完整的故事。他無法否認這點，在需要填補血肉的地方，他以紅字輸入了採訪方案。手冊中，密密麻麻寫滿了不時浮上腦中的想法。網路硬碟裡，也整整齊齊排放著世靈的網路新聞、一有機會就上網搜尋組長的資料，以及對英齊的採訪紀錄。

承煥忽然全身無力，放開手上的滑鼠。現在，自己到底在等待些什麼？吳英齊的復仇劇？名為崔賢洙的殺人犯，這個一步步走向滅亡的男子，如何守護自己人生的最後一顆球？

星期五下午，正準備下班的英齊，接到去了首爾的徵信人員電話。

「找到汽車修理廠了。」

「是嗎？在哪裡？」

「一山。」

「你是說崔賢洙買的公寓附近？」

「是的！我翻遍了首爾都沒找到，突然想起那裡，就找了過去，結果一下子就找到了。公寓附近就只有那一家，八月二十八日清早把車寄放在那裡之後，下午才開走以信用卡結帳的。不過，好像警察那裡也有了點動作。」

英齊正想脫掉外袍的動作停頓下來。

「什麼意思？」

「去一山前，順路經過的一家店裡說已經有人先去查問了。兩個人，一個大約四十多歲，一個則是乳臭未乾的小菜鳥，行動路線跟我們差不多的樣子。這次我雖然早了一步，但他們遲早也會找到。」

英齊想起了好幾天前便不見蹤影的兩名刑警，高手和菜鳥搭檔。

「汽車修理廠職員的嘴，封了也沒用吧？」

「當然沒用，都記在帳簿上了。」

英齊重新坐進了椅子，覺得事情有點糟糕。高手和菜鳥如果今天就跑到一山的話，自己做的一切就成了替他人作嫁。留在派出分局裡的刑警一接到他們的訊息，不用一分鐘的時間，就會過來逮捕崔賢洙。但計畫又不能提前進行，而自己也不可能在這兩天心急如焚地期待那兩名刑警在首爾一無所獲吧。只不過現在，除了心急之外，別無他法。

「在那裡潛伏到十二日凌晨，期間刑警出現的話，馬上跟我聯絡。」

「我哪有辦法認出刑警啊？」

英齊將高手與菜鳥搭檔的車牌號碼告訴了偵探，也就是說，只要這輛車一出現，就算撞他們車，也要把他們引到別的地方。除此之外，他想不出其他的方法。至少，現在如此。英齊掛好脫掉的外袍，把幾個五毫升針筒和一盒精神科用鎮靜劑放在手提包裡，這是上星期一他向製藥公司職員訂購的。還不忘收拾了些研磨成粉後放進膠囊裡的安眠藥。

管理局正門前，停了一部觀光巴士和十餘輛小客車，孩子正從車上下來，列隊站著。英齊把車停在正門警衛室前面，朴主任和另外一名警衛在值勤。英齊一面在來賓登記簿上簽名，一面佯裝隨意地問：

「組長去哪裡了？」

「今天沒來。」朴主任回答。

「老大平日也會排假啊？」

「不是，腳受了點傷，請了一天病假。」

「怎麼會這樣！看來不是一點，而是滿嚴重的樣子，才會請病假吧。」

「今天休息一天，明天晚上開始值班。」

英齊把登記簿還了回去，又問：

「不是說受傷了嗎，怎麼還值夜班？」

朴主任把登記簿放在書桌上，盯著英齊看，眼裡透著「您什麼時候開始這麼關心我們老大啊？」的反問眼神。

「我想邀請他等一下參加花園餐會，孩子說想見見保衛水庫的勇敢保全老大。」

「那恐怕有點困難了。」

崔賢洙選中了英齊期待的結果裡最好的一個。如果，他選擇了繼續請假的話，一個無辜警衛就得替他背黑鍋了。英齊帶著可惜的表情退開。

「明天週末，大家一定更辛苦了！」

「沒辦法啊！因為令嫒的事情，從上個禮拜開始，就只有保全小組得執行特別勤務。」

朴主任抬起手，指著管理局中央大門處。

「您請進去吧，次長已經下樓了。」

參觀行程從水庫展示館開始。修建世靈水庫時淹沒的村莊，以影像方式保存的資料、這一帶的地形鳥瞰圖、水庫修建的方式、穩定性與防護體系等等，聽著營運組長打官腔，就過去了三十分鐘。水力發電廠裡又消耗了三十分鐘。

「這裡乃以示範方式，引進遠程遙控系統的無人發電廠。今後也會有許多發電廠，引進這種無人系統，而我們則搶先……」

孩子們排著隊，隨著如一環框架般包圍住渦輪機的二樓通道，繞了一圈。充滿好奇心的眼睛俯瞰著腳下的各種機械設備。

「小朋友，有沒有什麼問題？」解說完畢的次長問。

一個長相清秀的小孩舉起了手。

「沒有人的話，誰來操作發電廠？」

「總部會下命令。別的發電廠是由工程師輪值操作發電機，但我們的發電廠則由電腦代勞。」

聽到次長的解釋，孩子都哇的一聲發出讚嘆。聰明的小孩緊跟著又問：

「您的意思是說，總部可以看到這裡所有的情況嗎？」

「是啊！低軌道人造衛星可以將這裡的情報以影像的方式傳送過去。」

「人造衛星連水庫裡面都看得到嗎？」

「當然啊！連這一帶的氣候和降水量都能接收到。哪裡都不用去，只要坐在書桌前面，就能看到人造衛星送來的影像資料，不管是流速檢測還是放流量之類的問題，都能解決。」

孩子又哇的一聲。英齊不動聲色地插了進去說：

「等一下，我們水庫的管理老大就會讓我們看一看人造衛星所傳送的資料喔！」

次長並未糾正英齊嘴裡亂說的「老大」稱呼，臉上也看不出有任何不快的神色。孩子跟在「老大」身後，往中控室所在的管理局大樓二樓移動。老大用著比在水力發電廠時明顯親切的語氣，介紹中控室外圍的辦公室。水質檢測裝置、標示降雨量和水位等標示窗、低軌道人造衛星管轄區域的鳥瞰圖、洪水預報警報網圖……

「在進入中控室之前，有幾點注意事項。不可以觸摸中控室裡的機械，只能用耳朵聽，用眼睛看，手貼在大腿旁邊，啪！」

孩子們齊聲大喊：「啪！」

中控室門開著，工作人員一看到參觀小組進來，連忙出去外面的辦公室。這是個沒有窗戶的房間，面積不是很大，大概二十坪左右。一邊的牆壁被一堆大型機器所占領，次長說明這些機器分別是人造衛星影像傳送裝置、防護系統、遠程遙控裝置、警報設備、形如保險箱的閘門遙控監測站。對面的一面牆則被監視鏡頭顯示器和五具保險箱所占據。顯示器托架下裝了輪子，可以自由移動。進門對面的牆上，一連放了五張桌子，每張桌子上，都放了電腦顯示器、印表機、文件和文具等等，餘光可以看到幾株小的仙人掌盆栽。門邊的牆壁上，則安裝了中控室內部用監視器和洪水預報警報網圖。警報網圖下方有兩台用途不明的機器，房間正中央，在兩個單人沙發之間，擺了一個小圓桌。

孩子對從人造衛星上傳送過來的影像傳輸系統和閘門遠程遙控監視面板，表現出極大的興趣。兩台機器之間，由傳送帶和粗細相同的圓柱支撐。次長站在圓柱前，開始說明。

「各位，世靈水庫是將世靈江攔腰截斷所修建的水庫，大家都知道吧？」

「知道！」

「世靈水庫屬於水量充沛的湖泊，因此我們管理局就必須特別注意通過閘門所排放出去的水量。如果排放量比平時多或水位變高的話，就會自動發出避難警報。各位在進來這裡的時候也看到，三號產業道路橋入口的螢光面板，便擔任了顯示目前水位的角色。我們水庫不管是洪水期或乾旱期，都努力維持在四十一公尺的正常滿水位。而執行控制閘門開關任務的，就是我身後的這台遠程遙控檢測站。世靈水庫共有五個閘門，由三重防護系統維持著。第一層，由這台監測站控制；第二層，由總部透過人造衛星，進行遠程遙控。在科技化系統完成之前，這些都是由等會兒各位要參觀的閘門直接控制……」

次長結束對閘門遠程監測站的說明之後，就帶著孩子到監視器前面。在他將分割成十二個的畫面一一放大，說明水庫各部位之際，英齊和其他醫生同事則站在閘門遠程遙控監測站前。這是一台體積龐大，操作卻看似簡單的機器。在主控按鈕下方，排列了一排從一號閘門到五號閘門的按鈕。各閘門按鈕下，又有五個啟動按鈕。啟動按鈕旁邊，則緊跟著標示±符號的數字按鈕。除此之外，就沒有其他的按鈕或裝置。

參觀管理局的行程一結束，載送孩子的巴士便往閘門所在的一號產業道路橋開去。安承煥慢悠悠地走出來迎接參觀小組。次長可能喉嚨痛吧，站在橋的入口處猛喝礦泉水。皮膚科診所所長站在他身邊不停提問。英齊站在皮膚科診所所長旁邊，聆聽兩人的對話。這是修建了水庫之後，他首次近距離觀看水庫。當然，也是首次進入管理局中控室。

閘門的規模比想像的還要龐大，設置在產業道路橋以下，看來有數十公尺深的地方。往內距離一公尺左右，還有一道停止裝置的緊急閘門。兩門之間，掛著以滑輪移動的數股粗大鐵索。水泥牆上，放著一架維修用梯子。閘門上方的平台處則架設了可照射各門的探照燈和監視器。閘門與緊急閘門的手動升降裝置也在那個地方。爬上平台的出口，則上了鎖。

「如果洪水氾濫，五個閘門都必須打開的話，洩洪量一定很驚人吧？」皮膚科診所所長問。

次長笑了起來，臉上顯出「不會有那麼一天」的泰然表情。

「洩洪量每秒將達到二千五百噸左右。」

「哇，真厲害！只要十分鐘，就能放出超過一百噸的水量，是吧？那麼，世靈江下游是否能承受那麼大的水量呢？」

「那種事情不會發生的，在那之前就會發送避難警報，採取適當的措施。」

「警報自動發送嗎？」

「不是，洩洪警報必須由人工手動送出的。」

「這麼說的話，如果管理局裡面沒人，警報不就不會響了嗎？譬如晚上或週末的時候。」

「總部電腦會進行遠程遙控，比起人工操控，在管理上更徹底。」

「喔喔，警報響了以後，才開始避難的話，時間上來得及嗎？」

皮膚科診所所長的臉上浮現出不安的神情。接下來，次長的話讓身為S市市民之一的他放下心來。他說，水要流到十一公里外的地方，所費時間需要一個小時三十分鐘。接著又補上一句，S市雖然離此只有十四公里，但地勢比世靈湖高，絕對有充分的時間可以疏散。

「那麼林園和低地村不就成了問題嗎？」

這次是英齊問的，次長很有自信地回答：

「剛才也說過，這種事情絕對不會發生的，因為當洪水氾濫時，我們便會進行預備洩洪。正常滿水位即使只上升一公尺，本身的防護系統和總部的遠程遙控系統就會進入緊急共控狀態。」

次長指著開啟的緊急閘門說：

「就算萬一碰到什麼意料之外的事故，造成閘門突然開啟的話，那也沒什麼問題。平時緊急閘門都像這樣開著，但緊急時就會自動降下來，切斷水流。我們水庫的三重防護裝置不僅安全，也很完善。」

皮膚科診所所長用力地點了點頭，次長也點點頭，兩人都一臉滿足。孩子也都一副滿意的臉孔用力拍手。不知道是滿意參觀行程，還是對參觀行程終於結束而感到滿意。英齊也很高興，於是大家便從閘門處下來了。然而，如果有誰不滿意的話，那就是承煥。當他觀察著緊急閘門和閘門的升降裝置，感覺有道視線，回過頭來時，發現是一雙呆呆的眼睛正專注地看著自己。就算視線被逮著了，那雙眼睛也沒有任何的尷尬，甚至沒有轉開，乾脆就大大方方地觀察自己的舉止，盯住不放。即使到了上車之前，承煥回頭一看，那人仍舊站在那裡望著他。

林園眷村林子的噴水池前面，已做好餐會的準備。自助取餐桌擺得長長一排，另一邊則有廚師開始燒烤。銀珠扯著一個個到場孩子的手臂，安排他們在桌子旁邊坐下來。一邊還叮囑他們，在安排位子的時間裡，不要吵鬧，也不要亂跑。她的形象，像是不該出現在餐會上，而是該出現在太平間的地獄勾魂使似的。毫無血色的一張臉，身上穿著黑色的洋裝，連腳下穿的短靴都是黑色的。表情凶得讓人畏懼的，心臟弱一點的人根本不敢跟她講話，彷彿她一開口，跳出來的不是話，而是刀。多虧了她，餐會氣氛跟葬禮沒什麼兩樣，變得相當莊嚴。喇叭裡發出的舞曲音樂，聽起來像送葬曲，搞得誰都不敢出聲說話。就算孩子肚子再餓，也沒有人敢起身去自助取餐桌。不得不說，銀珠真是個厲害的女人。英齊走到前面，抓住麥克風。

「歡迎各位小朋友來到世靈林園。」

稀稀落落的拍手聲傳出。

「現在開始我們愉快的時間，協助我們舉辦餐會的活動企畫公司準備了伴唱機和各類遊戲，甚至還準備了舞台燈光。請大家盡量吃，多上台演唱，多玩玩遊戲，多跳幾支舞，帶著永難忘懷的美好回憶回家。」

英齊帶著坐在前排的孩子走到取餐桌邊。活動企畫公司的員工算好時間開始放砲。雖然是稍微早了點的煙火，但在喚起孩子的熱情上，還是達到了效果。十餘分鐘後，餐會會場響起了一波波沸沸揚揚的聲浪。眷村孩子並沒來參加餐會，平常一到週五傍晚，眷村一半以上都成了空巢，大部分不是回老家，就是一家人去旅行。一般要到星期日下午才會回來。今天也空了三分之二左右，停車場裡只有幾輛車，連營運組長也趕著時間離開了林園。

英齊也悄悄地脫離會場，跑回自己家。他約了協助「狂歡嘉年華」的兩名徵信人員見面，雖然不希望與對方面對面，但這卻似乎是無可避免的事情。因為雙方有必要對時，連幾秒都必須精確對準的程度。

六點正點一到，英齊和兩名徵信人員在客廳隔桌對坐。從體形上來看，看起來十分值得信賴，雖然不確定他們的腦袋是否也一樣可靠。

他拿出兩個小包袱，交給了他們。一個是三安瓿的精神科用鎮靜劑和三支針筒；另一個包袱裡則放著碼頭大門鑰匙和「朝聖號」的鑰匙。朝聖號的鑰匙，是世靈的三虞祭那天，向前來的清潔公司員工借了鑰匙拷貝的。清潔公司員工十分能體諒一位父親想把女兒的遺骸埋在寒松脊島上的心情，當然，英齊塞過去的一個厚厚的信封，也起對這份體諒了很大的作用。

「我會打開後門。監視器聽說預定關閉，也不會有什麼問題。監視器錄影在管理室進行，我可以先拿掉錄影帶。做完事情之後，你們就開車到休息站，在那裡等我的電話，我還得收拾善後。」

兩名徵信人員都點了點頭。

「事情的順序都很清楚了吧？」英齊問。

兩名徵信人員沒有回答，反而笑了起來。

「有沒有哪裡不明白的地方？」

一名徵信人員摸著裝了鎮靜劑的信封袋說：

「不能按照我們的方式去做嗎？其實不必用上這種東西……」

「一定要按照我的方式去做。」

英齊打斷徵信人員的話，語氣絲毫沒有考慮。一〇三號裡住著四名健壯的男人，眷村裡也有一部分的人留了下來。而首先，他們所要面對的當事人更是不容小覷。名義上，怎麼說也算是特種部隊出身的，不是嗎？發生正面衝突的機率很大。時間拉長或引起他人注意都會把事情搞砸。

「如果做了多餘的事情，就別想拿到錢。」

週六一早，又開始下起雨來。英齊又確認了一次計畫，一面在心裡模擬計畫的進行，一面忍耐著半天的無聊時間。到傍晚雨停的時候為止，都沒發生什麼值得擔心的事情。看來高手和菜鳥還在首爾遍尋不獲，一直都沒接到人在一山的徵信人員電話。大概就是如此沒錯。英齊打電話到管理室，找了林老頭過來。

「你馬上到安東去一趟。」

林老頭一臉的訝異。

「那裡有個長沙林園，說有一株五百年的銀杏樹，好像要投入競標的樣子，你過去看一下。看看是否還有用，能不能移植回我們林園來。」

「馬上就得出發嗎？」

「我也是才剛聽說這個消息的。」

「明天去不行嗎？銀杏樹又不會長腳跑掉，等等我和附近的老人……」

「現在就去一趟。」

「就算現在去，到了那裡也都半夜了。黑漆漆的，要怎麼看樹……」

「我就要你先在市區裡住一夜，第二天一大早過去，不動聲色地到處看看，不要顯出是去看樹的樣子。看完之後，馬上打電話給我。」

林老頭一臉不情願地走出了房子。時針指向七點，英齊把安眠藥膠囊放進口袋裡，拿了手電筒之後，就走出圍牆小門。稀軟的地面上，印著一個個的腳印。從大小來看，應該是一〇二號小孩的。那小孩和貓仔在地板下面箱子裡打滾的模樣，閃過他的眼前。英齊的心裡一陣痛快，能夠結伴度過長長的黑夜，兩個小傢伙不知道會有多歡喜。

畜舍裡，兩個小傢伙的小窩空空如也，貓仔也不見蹤影。不是去赤楊木林捉小鳥，就是看到有人進來，躲了起來吧，英齊想。塑膠盆裡，還留著一半的貓糧，另一個盆子裡，則盛了超過三分之二的淨水。英齊把水倒掉，只留下約五分之一，打開膠囊，將安眠藥粉混在水裡。

從畜舍出來之後，他慢慢地走在內環湖路上。大氣裡還殘留著暑熱，風很悶熱，空氣很潮濕，皮膚上冒著酸汗。湖上瀰漫著傍晚大霧，寒松脊孿生松樹在霧氣裡看起來分外黑沉沉的。寒松脊就如同一個無人照顧的墳墓般淒涼孤單。他在取水塔前停下了腳步，抬頭望著監視器，心裡好奇崔賢洙來上班了沒？這時，從口袋裡響起手機的鈴聲，讓他無端緊張起來。從一山打來的嗎？

「好友的名字叫明仁雅，對嗎？」

是負責尋找荷英的徵信人員。他在嘴裡咀嚼了幾遍那個名字，明仁雅，明仁雅……

「好像是。」

「這人現在在法國，但無法確認尊夫人是否也在一起。」

英齊聽到從肋骨下響起的號角聲，是吶喊著進攻的心臟鼓動。他花了點時間，按捺下這份心急，這期間徵信人員也閉口不說話。

「她住在哪裡？」英齊問。

「住在一個名叫盧昂的地方，距離巴黎大約一百公里左右。」

「你應該也已經對那女人做了身家調查吧？」

「是的，那女人目前在一家精神病院擔任美術治療師。要我過去確認一下嗎？」

「不用，以後再說。你先把那女人的身家資料傳真給我吧。」

英齊掛斷電話，站在玄關處，全身熱血沸騰。很好，女兒死得只剩下一把骨灰，妳這個當母親的賤人，還在法國玩著「Bonjour, Mademoiselle!（早安，夫人！）」的遊戲。他連忙離開了取水塔。

別院前徑上，姜銀珠站在那裡。英齊飛快地擦身而過，沒事找她，也不想裝熟。然而，姜銀珠似乎變得有點不一樣。她一聲「院長」喊住了他。英齊在自家門前台階上停下了腳步，轉過身來。

「啊，這個時候有什麼事嗎？今天不是輪到妳值勤嗎？」

「我回來給孩子做一下晚餐。」

「喔喔……那妳忙去吧。」

英齊轉過頭去，卻又聽到一聲「院長」的呼喚。

「我有點話想跟您說。」

「什麼話？」

「可不可以在別院裝設監視器？」

沒在別院裝設監視器，是有他的道理的。他不想讓自己的生活被管理人或眷村警衛看到。這女人真是多管閒事。

「沒裝監視器有什麼問題嗎？」

銀珠樂呵呵地笑著，向他走了過來。

「眷村那頭有圖書館、遊戲場、樹林子，到處都安裝了監視器。但別院這頭卻一個都沒有。我們家瑞元晚上一個人在家的時候很多，昨天凌晨我丈夫還在林子裡傷了腳，我卻連這都不知道。要想安心工作，至少也要裝一個才好。」

銀珠在台階下面停住了腳，抬頭望著他，眼神專注，卻也很厚臉皮。英齊沒辦法，只好裝出吃驚的樣子。

「在樹林裡受傷了？」

「在樹林裡散步的時候，被捕獸夾夾住了。院長您對捕獸夾有研究嗎？」

真是很突兀的質問，臉上的表情更突兀，明白顯示出我曉得你知道。英齊說：

「那我把老林叫來問看看。對了，妳丈夫受傷嚴重嗎？」

「腳上縫了二十五針，骨頭有點裂開，上了石膏，也流了很多血，打了三瓶點滴。」

「啊，怎麼這樣！」

「林園裡頭，就算是一根樹根都屬院長所有吧？」

英齊瞇起眼睛望著她。

「那麼，捕獸夾也是院長的東西，不是老林的吧？醫藥費自然也要算在院長身上了。被狗咬了，狗不會自己支付醫藥費的吧。」

英齊沒有回答，反而笑了起來。他很想問她，這種程度的腳傷，相對於我該向妳老公討回的債，連利息都算不上，妳知道不知道？

「知道了，我考慮一下再說。」

還以為這樣回答，銀珠大概就會退下去，沒想到她又再度提起監視器的事情。

「還是請您在別院進出道路、屋子前後，都先安裝一下吧，不會花太多錢的。」

英齊有更要緊的事情要去做，他得進去收傳真，打聽飛法國的機票，還要做好旅行準備和行程安排，那麼寶貴的時間卻被這女人說著不要臉的話給浪費掉。就為了想觀看自己丈夫和兒子的動態，要求裝設監視器？以為這裡是她家嗎？

「啊，我從沒想到要裝，也就沒計算過費用。」

「為什麼呢？以前不是還有世靈在嗎？」

他抬頭望天，因為他發現自己臉上的表情正洩漏出內心真正的情緒。這女人真有本事，竟能觸動他的神經，翻攪他的心情。

「妳的意思是說，就是因為別院沒有裝設監視器，我們家世靈才會慘遭不幸？」

那女人裝出萬分驚訝的表情。

「不是，您怎會這麼想呢？我是以警衛的身分，為了別院眾人的安全，才提議……」

英齊打斷銀珠的話。

「下個禮拜我再計算看看。」

「不能明天算嗎？」

「明天是星期天。沒別的事了吧？」

他才剛轉身，又是一句「院長」，英齊差點打起嗝來。

「那，那幅畫。」

不知道她想說什麼，英齊轉過頭來看了一眼。

「就是您送給我們家瑞元的那幅畫，不好意思，我沒有拿給他。我不小心弄破了，就放到垃圾箱裡，結果被燒掉了。不是有什麼特別意義的畫吧？」

英齊差點伸出手掐住女人的脖子，為了忍住這股衝動，他緊緊地握住了拳頭。

「沒關係，妳去忙吧。」

他兩階一跳，上了大門台階。趕在那女人再喊住他之前，用力地關上了大門。如果再聽到一聲「院長」，他一定會忍不住掐緊那女人的脖子。

「正門的攔截桿，可以早一點放下來。」

林老頭站在警衛室前面說，一副遠行的模樣。背上背著背包，身上穿著登山夾克，手上拿著帽子。

銀珠站在桌前問：

「您要去哪裡？」

「到安東去一下……」

林老頭戴上帽子，又追加了一句話：

「不用去巡邏了，一天不巡，也不會出什麼事情。」

想想，又多說了一句：

「把警衛室的門鎖緊，不認識的人，連窗戶都不要開。」

林老頭是個寡言木訥的老人，這次卻前所未有地囉嗦起來。銀珠有點意外。

「為什麼？」

「只有妳這個年輕婦女一個人在啊！」

林老頭消失在黑暗裡，窗外傳來林老頭臨走前的一句話，餘音嫋嫋：

「所以我才說，女人不行的……」

沒事幹嘛說女人怎樣啊？有哪天晚上，我不是一個人在這裡？有什麼好奇怪的！嘴裡還抱怨的時候，突然她想到，實際上，她並不是一個人在這裡，警衛室旁邊緊鄰著管理室，林老頭就住在管理室裡。只要她一按呼叫鈕，林老頭就會像彈簧刀一樣，喀啦一聲從那裡彈出來。

冰箱嗡的一聲運轉起來，銀珠嚇了一跳，抬起頭來，卻對上了路燈站在大霧裡的昏黃臉孔。眷村裡，沒燈開的窗戶上，樹影黑幢幢地晃動著。她的耳朵裡，動脈咚咚鼓動起來。平時不怎麼在意的樹林景象，卻突然讓她神經過敏，無端緊張起來。如今才自覺到獨自一人的事實，打破了她內心的安穩。銀珠挺直了腰板坐好，向窗外看去。

她從來沒想過，為什麼吳英齊願意僱用自己。當初在面試時，當場便決定僱用，因此她也從沒想過還有管理人員會反對之類的事情，她只以為是求人者和求職者之間剛好的合拍罷了。找到工作，讓她放下心來，也就放鬆了警覺。然而，即使如此，在開始工作之後，多少也該想一想才對。

作為眷村警衛來說，老人和女人都不合適。從需要膽量、體力和對人的防衛能力等方面來看，確實如此。林園的森林如此遼闊荒涼，半夜裡，卻必須一個人拿著手電筒巡邏。還得把突然冒出來的醉漢或外人，趕到林園外面。不僅要守好時時處於開放狀態的正門，眷村車輛半夜裡總是進進出出的，還要隨時升降攔截桿。因此不管是五十歲以下的年齡限制，還是比一般公寓警衛還高的薪水，箇中都有其原因吧。

每次她輪值的日子，半夜林園巡邏的事情，都是林老頭代勞。操縱大門攔截桿的人，在管理室裡以監視器監看不速之客的人，也全是林老頭。夜裡，銀珠做的事情，就是坐在警衛室裡看電視，或是和英珠打電話，再不然就是在行軍床上闔眼睡覺而已。對於老人的辛苦，銀珠往好的方面想，因為她是個女人，所以多多照顧。然而現在，當她自覺到老人不在的這一瞬間，她才明白「知道」和「認識」兩者之間的差別。

「知道」，可用下面這句話來取代，「老人很辛苦」。

「認識」，則是換成「我的存在本身，是個漏洞」。

與吳英齊面試的時候，老人不在那裡。後來必定曾經出面反對過，銀珠猜想得出。因為填補自己漏洞的人會是誰，可想而知。但吳英齊無視管理人員反對的行動，則不尋常。而自己把「知道」視為理所當然，絲毫不理會「認識」的存在，則是蠢之又蠢。首先，是自己搞不清楚狀況，把有人笑就必定有人哭，當成天經地義的事情。陶醉在自己是笑的一方的幸運裡，該投出去的東西卻忘了投，也就是「為什麼」這個問題。

銀珠想，或許丈夫的問題也是出於此。她把自己的行為都視為理所當然，卻對丈夫和他身邊所感受到的異常徵兆，故意視而不見。然而，無關問題意識，她本能上，仍跟不上現實的腳步。當英珠來電，詢問她是否打聽出什麼的時候，她本能地就脫口回答：

「打聽過了，但我還是不明白，到底什麼跟什麼。」

英珠不放棄地追問：

「姊姊，妳只管把打聽到的說給我聽就是。什麼跟什麼，等我聽完了再說。」

銀珠遲疑了一下，英珠忍不住催促她。

「不管怎樣，我看事情比姊姊妳更冷靜。」

「看事情更冷靜」這話，讓銀珠起了反感。再也遮掩不了的核心問題，或許就此一擊命中的恐懼；卻又期待，或許英珠會將核心問題判斷為「姊姊自己的妄想」。因此，她先將自己「打聽到的事情」說了出來，然後才說星期五那天的事情。

瑞元早上七點出現在警衛室，孩子說爸爸清晨去樹林裡散步，被捕獸夾夾住腳。叔叔和我一起開車載爸爸到診所，腳上縫了好幾針，還打上石膏，打了兩支大針，三支小針，現在在注射室裡打著點滴睡著了。醫生叔叔說，皮肉傷比較嚴重，骨頭只有傷到一點，沒有傷到「韌帶」，可是需不需要住院，得去大醫院看了才知道。叔叔說，他會陪著爸爸，媽媽不用太擔心。

瑞元說話的語氣，彷彿在背誦著某個人寫給他的台詞一般，努力想要一句不漏地轉述過來。那個某個人是誰，沒必要問，一定是承煥。銀珠聽完之後，先是震驚，然後開始擔心丈夫現在的情況，最後就開始生氣。到底怎麼回事，林老頭怎麼會在人來人往的林子裡，放置捕獸夾？大清早，天都還沒亮，丈夫沒事到那裡去做什麼？承煥為什麼沒有馬上跟自己聯絡？

她很想當場就追到診所，但這個時間，眷村裡的人開始活動，她得守在這裡才行。她問瑞元，能不能自己去上學？話還沒講完，瑞元就搶著說：「我去上學了。」接著轉身回家。銀珠馬上打電話到管理室，林老頭說他沒有在林子裡放捕獸夾，也不曾買捕獸夾回來過。不僅是最近，他從事林園管理員工作四十年來，從來沒有放過捕獸夾。

老郭一來接班，銀珠馬上跑到診所。這次她打算，一定要忍住不發脾氣，哄了丈夫說出心裡話。受傷的經過，從來世靈湖之前起就持續行為異常的原因，還有要求離婚的真正理由。此外，她還想確定這所有的一切，都不是因為那件讓她感到不安的事情所引起的。為此，她還把台詞練習了好幾次。

瑞元的爸，到底發生了什麼事情，你說說看吧！我可是姜銀珠啊，只要下定決心，什麼都做得到的女人。我是站在你那一邊的，所以你不要有任何隱瞞，不管發生了什麼事情，都說出來，我會替你解決的。

診療室和注射室相鄰，診療室前面的椅子上，有三位老先生坐在那裡待診。銀珠決定晚點再去找醫生，便走進了注射室裡。丈夫坐在病床上，承煥坐在椅子上。要不是這裡是醫院，不是自己家，她會以為兩人正在說她的壞話。這兩個男人一看到她，就以各自的方式躲開。承煥從注射室裡走出去，丈夫則躺下來，閉上眼睛。

銀珠看了丈夫的腳，石膏打到小腿上來，只剩下還染著血跡的腳趾頭，露在石膏外。似乎是因為血液不流通的關係，皮膚呈現黑色壞死的樣子。負傷的情況，看來比她想像得還嚴重。

「瑞元的爸！」

她按照之前的練習，盡了最大努力，溫柔地喊了一聲。丈夫卻沒有回答，只是肩膀微微動了一下。

「瑞元的爸！」

終於有了回答，卻讓人倒盡了胃口。

「離婚文件，最晚今天得送交代理業者。」

接著，便是一連串長長的沉默。丈夫看似睡著了，均勻的呼吸，平靜的表情。然而，銀珠很清楚，自己不是站在丈夫前面，而是站在一堵打死不開的大門前。因為那是她每次和丈夫吵架都會看到的表情，也是讓她看了就發瘋的表情。在她吵吵嚷嚷的時候，不，是她越吵，丈夫就越躲到那種平靜的表情下，一動也不動，閉上嘴，摀住耳朵，如磐石般撐著，這是丈夫比打棒球更厲害的本領。氣盛的她，明明知道這點，卻又非要吵出個結果來。這樣子的丈夫總是讓她氣得跳腳。現在，她也忍不住一下子提高了音量。

「崔賢洙！」

有反應的不是崔賢洙，而是護士。打開門，只探個頭進來看，用手指了指牆，牆上貼著一張大字報——「安靜」。

又過了三十分鐘，銀珠決定從丈夫身邊退場。她努力想打開那張嘴，卻還不如從他身邊打探後，再去推敲他葫蘆裡到底賣的是什麼藥，還來得快些。診療室前面一個人都沒有，銀珠敲了門，便直接打開門。一名穿著醫生白袍的男人坐在書桌前，抬起頭來。銀珠走了進去。

「您是哪位？」醫生問。

「我是注射室病患崔賢洙的妻子。」

醫生並沒有請她坐，但銀珠自己走到桌子前坐了下來。

「我聽說清晨的時候，是您為我丈夫治療的，想請問究竟是怎麼回事？」

「您沒聽他弟弟說嗎？」

「弟弟？我小叔不在這裡啊。」

醫生放下手上的病歷表，從眼鏡後方打量了她好一陣子。過了一會兒之後，才開口說：

「崔賢洙先生的家族關係怎麼這麼複雜？幾天前有人自稱是他的弟弟，打電話來詢問，我就告訴了對方病人的情況。今天又有一位自稱是他真正弟弟的人，帶著崔賢洙先生過來，還說除了自己之外，沒有其他弟弟，我只好又賣力解釋一番。現在又來了一位說是他妻子的人，說他弟弟不在這裡。我真怕下次是不是又會有誰過來，說崔賢洙根本沒有老婆。」

把丈夫帶過來，自稱是弟弟的人，原來是承煥啊！銀珠猜想。但就不知道之前假稱是弟弟的人，又會是誰？

「帶我丈夫過來的人，是住在一起的人，另外一個是誰，我就不知道了。在您告知病人病情的時候，不是該先確認對方身分嗎？」

「我說，這位太太，我是醫生，不是鎮公所戶籍科職員。家族關係您自己慢慢去整理，如果要詢問病患病情，請推出代表之後，再到我這裡來。每次來一個人，我就得解釋一次，到最後我都沒力氣了。」

醫生又把病歷表拿了起來，銀珠卻賴著不肯走。這人是不是瞧不起女人，明明就願意把丈夫的情形，解釋給假稱是弟弟的身分不明人士和承煥聽，為什麼就對我這個做妻子的人閉口不說。而且那句「幾天前」，又是什麼意思？難道說，今天不是第一次來？銀珠想起了丈夫左手腕上纏著的繃帶。

「那個，請問一下幾天前打電話來，自稱是我丈夫弟弟的男人……」

醫生快速地抬眼看了一下，銀珠指著放在桌上的自動答錄機。

「這裡面應該還留有電話號碼吧？」

「這個，第二個假稱是弟弟的人已經問過了。」

醫生仍舊一副沒好氣的樣子，銀珠吞了下口水，壓抑心中的怒火。

「如果我能證明自己真的是他的妻子，您是不是就能告訴我了？譬如身分證字號之類……」

「第一個假冒的人也報了地址和身分證字號，連哥哥的身分證字號都流利地報出來。」

銀珠驚訝地闔不上嘴，一時間還以為真的是自己小叔。但隨即確定絕對不是，因為連她自己也報不出英珠的身分證字號。就算兩個人每天打電話聊天，但誰沒事會去記自己兄弟姊妹的身分證字號啊！這是非常不尋常的事情。

「醫生，可不可以讓我打個電話，我證明給您看。」

銀珠不等醫生同意，就逕自將電話機轉到自己面前，按了小叔的手機號碼後，打開免持聽筒。不久後，小叔便接了電話。一說「是我，瑞元的媽」，電話另一端便回答：「喔，嫂子，您好！」

「不好意思，想請問你，你哥和你的名字，漢字是什麼意思？」

「為什麼要問這個呢？」

「瑞元學校裡的作業，我不是很清楚，所以才想問一下。」

「原來如此……」電話裡傳來一陣笑聲，接著便是崔賢洙與崔正宇名字的涵義。醫生在旁邊靜靜地聽著，於是銀珠又問：

「還有喔，幾天前，不知道你有沒有因為哥哥的事情，打電話到這裡的診所來？」

「沒有啊！那裡還有診所之類的地方嗎？」

「喔，沒，沒什麼，我下次再打電話過去。」

銀珠掛斷了電話。

「幾天前我丈夫為什麼會來這裡？哪裡不舒服？您對那男人說了些什麼？那男人的電話號碼幾號？現在我丈夫的情況怎樣？請您再跟我說一次，這對我非常重要。」

「妳丈夫左手的問題，妳知道嗎？」

醫生以質問代替回答，表情也軟化下來。

「我丈夫說那是勇大傻症狀。」

「勇大傻？」

「我丈夫是職棒選手出身，在他擔任選手期間，偶爾也會出現這樣的症狀。到了他不再打棒球之後，就好了很多。難道幾天前來這裡，是因為勇大傻的關係？」

醫生將當時的情況詳細解說到令人滿意的程度，還打開自動答錄機，讓她看了儲存在裡面的電話號碼，銀珠感到自己眼前一黑。本來只是抱著確認看看的想法，確認了一下。沒想到醫生給她看的電話號碼，竟然與她在手機裡以「老闆開的店」為名儲存的號碼一致。她闔上手機，茫然地聽著醫生對丈夫病情的說明，茫然地走出診療室，茫然地繳納醫藥費，茫然地回家去，腦子裡擠滿了各種不祥的想法。

吳英齊為什麼對丈夫產生興趣？他連小叔的身分證字號都知道，表示暗中做了調查。丈夫被捕獸夾夾住腳，純粹是偶然的嗎？葬禮上的男巫事件和死去小女孩的畫又意味著什麼？承煥為什麼要抄走吳英齊的號碼？

過了下午兩點，丈夫都沒有回來。打電話到診所詢問，護士說還在打點滴。銀珠又和承煥聯絡。

「承煥，瑞元他爸發生了什麼事情，對吧？你知道是什麼事情吧？」

承煥沉默了好一會兒才回答：

「我也在等呢！」

「等什麼？」

「等著知道到底是什麼事情。」

掛斷電話之後，銀珠的心情變得更複雜。丈夫從什麼時候開始喜歡凌晨出去散步，這是一個疑問。勇大傻從什麼時候又開始出現？為什麼只有自己一無所知？警衛的工作，也不過才開始一個禮拜而已。這麼短的時間裡，她有種已經被家人排除在外的感覺。取代自己的，則是承煥。

自責的聲音響起，妳也有錯，丈夫睡在客廳也好，每天泡在酒缸裡過日子也好，手上纏了繃帶也好，妳都不關心一下，也不想知道原因。

自我辯解的聲音也跟著響起，沒有適當的機會詢問啊！一個每天都喝得爛醉的人，開口說要離婚的人，說和老婆一起生活太可怕的人，手上纏了點繃帶而已，有什麼大不了的？在當時的氣氛下，難道還要溫柔婉約地去問「手是在哪裡受的傷」嗎？

當花園餐會舉行時，這兩種聲音一直不停地在爭吵。等到餐會結束，一切收拾好，回家一看，丈夫看起來一點事都沒有。坐在瑞元放在客廳的電腦前面，跟著承煥學棒球遊戲。過了午夜十二點，電腦前面就剩下丈夫一個人。一直到今天早上為止，丈夫都還在玩遊戲。傍晚時候，銀珠回家煮晚餐，卻發現家裡一個人都沒有。想了想，打電話到管理局大門警衛室，正好是丈夫接的電話。

「家裡一個人都沒有，所以我打電話看看是不是在哪裡……」

「大家剛才都在這裡，現在都走了。」丈夫說。

「你在那裡做什麼？」

「值夜啊！」

「你這個組長腳都受傷了，還值什麼夜？那些好好的組員在做什麼？」

「妳少管閒事，叫妳做的事情趕快做。」

電話被單方面掛斷，銀珠瞪著聽筒看。什麼叫少管閒事，每次開口，就是文件文件的，難道真的得離婚嗎？銀珠用力扔下聽筒，剛從家裡出來，就碰上了吳英齊。去試探試探他，也是因為有必要確定些什麼的緣故。她想確定自己對丈夫與這男人之間有牽扯的直覺，是錯誤的。然而，她所得到的，卻只是確定了吳英齊這男人在說謊而已。

「姊姊，姊夫會不會……」

銀珠一說完話，英珠就開口，銀珠聽到一顆心往下掉的聲音。

「會不會是什麼？」

「不是啦，我是說，會不會……，姊夫會不會，和那件事有關？」

英珠說出了她最恐懼的話，銀珠不覺冒火。

「妳在胡說些什麼？」

「如果不是的話，刑警就沒有理由追到汽車修理廠了。吳英齊那個男人也不會對姊夫……」

「不是的！」

「搞不好真的是！我覺得最奇怪的，就是『瑞元拜託妳了』這句話。姊夫這個人，就算天塌了，也不會讓瑞元離開自己。妳就哄哄姊夫，讓他說實話吧。老實人只要一闖禍，通常都是大禍，這道理妳不知道嗎？」

英珠的語氣，從「該不會？」過渡到「就是如此」，讓銀珠心裡很不舒服。

「沒那回事，我敢保證。」

然而，銀珠心裡明白，「那回事」也是可能有的。總結所有的情況來看，正指向那個方向。銀珠想起了某天清晨，在客廳裡看到的丈夫怪異模樣。不知道去了哪裡回來，衣服整個都濕了，腳上沾滿了泥巴，手上纏著繃帶，鬍子雜亂的臉孔憔悴到了極點。他就以這副模樣沉沉睡去，似乎叫都叫不醒。那時候，她就應該察覺有些什麼不對勁才對。在他說出「滾出去」的時候，她就應該多思量一下。丈夫這個人，除非瘋了，不然不會說出那種話。從這點來看，丈夫從那個時候開始，就已經發瘋了。對丈夫的憤怒、不斷累積下來的失望、憎恨的心情，一層層蒙蔽了她的眼睛。其實真相早就已經在她的手中。

如果有人問丈夫，有沒有「某個人」是他願意付出自己一生守護？丈夫一定會回答有。就算問他，為了守護「某個人」，是否願意捨棄包括自己在內的一切？回答也是一樣的。最終，如果問他，捨棄「某個人」，是保護這個人的唯一一條路，那麼他是否會捨棄？聽到的答案也必定是「Yes」。叫她把瑞元帶走，就是基於這種窘境。因為如果不捨棄瑞元，就沒有辦法保護他。

男巫事件、死去小女孩的畫、捕獸夾、丈夫的負傷、值夜、林老頭突如其來的出差……銀珠握著聽筒的手，開始顫抖。肚子裡的胃液也開始咕嚕咕嚕地沸騰。「丈夫到底做了什麼事情？」對她來說，已經不再重要。她想知道的是，「究竟有什麼事情會發生？」不，也不是這個。正確的說，應該是：「吳英齊究竟想對我們一家做什麼？」

「姊姊，妳有沒有在聽我講話？」

英珠在電話裡叫喚，窗戶外面傳來車聲，負責林園的保全業者C-Com公司的車子停在警衛室外面。兩名穿著制服的男人從車子前面的座位上下來。

「妳等一下，保全公司的職員突然來了。」

銀珠把聽筒貼在耳朵上，打開窗戶的扣鎖，視線不經意看向監視器的畫面。後門的畫面轉暗，前門的擋桿則已經放下來。有點奇怪，一向好好的後門畫面，為什麼突然看不見了？這輛車又是從哪個地方進來的？還是說，她忘了鎖上後門？林老頭的警告言猶在耳。

「不認識的人，連窗戶都不要開。」

銀珠睜大了眼睛，終於將眼前的情況與一切的線索全部連接起來。今天晚上，就是現在！然而，今天晚上，就在她察覺到一切的現在，她根本一點辦法都沒有。面對一個扯著她上衣的男人，她只能毫無防備地被拖走。那隻強勢的手讓她的上身趴在窗台上，用力壓住她的頭和背。銀珠想大聲喊叫，卻不知道為什麼，聲音出不來，整個世界變得越來越遙遠。

遊戲在第二關就結束了，賢洙把眼睛從顯示器前面移開。

「快的話，明天晚上就能把第三關也過了。」

這是昨天晚上，承煥教他玩棒球電玩《超級英雄》時說的話。果然，遊戲不是那麼容易就能通關，再加上只能使用不熟練的右手來玩，結果可想而知。幸好，他整整一天都保持清醒，連一點睡意都沒有。雖然肩膀痠痛，但這點不舒服他還撐得住，問題在於稍早前開始感到刺痛的左手。從耳朵裡嗡嗡作響，口乾舌燥，視線變得模糊的症狀來看，似乎又在發燒。

他一大早跑到診所去，也是因為疼痛和發燒的關係。醫生量過體溫後，歪了歪頭。驗過血後說，白血球數值太高。再從石膏的腳背部分切開名片大小的開口觀察，表示有點發炎的徵兆。處方很簡單，去找專門的骨科醫生看看。

賢洙默不作聲地低頭看了看腳背，從石膏面上所開的小窗看得到裡面紅腫的傷口，腳趾頭的顏色也由紅轉黑。

職棒選手時期，賢洙去看骨科就跟到便利商店一樣頻繁。所謂久病成良醫，他對「發炎的徵兆」可說是經驗豐富。骨科醫生一定會建議他住院，對他來說這是不可能的。不管是時間上、心情上，還是就現狀來看，都沒有意義。他所需要的，是無痛無燒的一個晚上。

「醫生，您幫我看看不行嗎？」

賢洙話才說完，醫生就面露難色。

「我只是急診科的醫生，這傷口放著不管的話，就有可能引發敗血症。」

「今天一天就好，您幫我看看，明天我就去骨科。現在實在有點事情，不方便過去。」

醫生望著賢洙好一陣子，才終於動手治療。把前一天晚上糊上的石膏都切開丟掉，用混合抗生素的食鹽水清洗傷口，撒上消炎粉，再裹上厚厚的紗布之後，上好到小腿部分的半邊石膏，以彈力繃帶固定住。最後，還為他拆除了手腕上的縫線，傷口癒合得很好。從治療開始到結束的過程，醫生一句話也沒有詢問賢洙究竟有點什麼「事情」。他似乎知道，就算問了也沒什麼用，還不如問候一下勇大傻。拿起針，冷不防地刺了食指幾下，賢洙卻連一點感覺都沒有。

「今天下午到明天傍晚，再來診所也沒什麼用。我一個月也總要有一次回去探望父母，不在這裡。如果今天晚上情況惡化，你就得到大醫院去急診。去了的話，就順便連左手都看看。」

賢洙把左手套回吊帶裡，點了點頭。醫生為他打了抗生素和止痛針劑之後，就開了口服藥給他。

「我會多開一些止痛藥給你，每隔四小時吃兩顆。」

他大概晚上九點左右，第一次吃了止痛藥。現在壁鐘指著十一點二十五分，他掏出手機按了承煥的號碼，才響一聲，承煥就接起電話。一聲「是我」，疼痛似的安心感往頸子下面擴散。

「還沒睡？」

「在看電影。」

「瑞元呢？」

「剛睡了。」

聽了這話，他胸口宛如刀割，但願瑞元永遠都能如此平靜地入睡，記得「崔賢洙」是他的父親，而不是一個殺人犯。有可能嗎？

「知道了。」

他掛掉了這通或許是最後一次的電話，雖然很想聽聽瑞元的聲音，還是強忍住了。他覺得，這樣就好。賢洙並不打算和銀珠聯絡，要是銀珠一喊「瑞元的爸」，他好不容易才建立起來的自制力會因此破碎。曾經有一段時間裡，銀珠給他的只有痛苦，但現在不是了。堅如鋼鐵的她，這個只要是為了兒子，隨時都能變得不要臉、變得毒辣的姜銀珠，如今他對她滿懷謝意，充滿信賴……也深感愧疚。

賢洙又回去玩遊戲，不管怎樣，得打發時間才行，不過遊戲到了第二局就玩完了。接下來，一局就完蛋。因為疼痛的關係，很難集中精神。手上的動作也越來越慢，他放開了鍵盤，身體靠在椅背上。才閉上眼睛，刺刺的眼皮裡出現了颱風前夜的景象。

烏雲密布的天空裡，空氣沉悶靜默，烏雲下出現像鎢絲般的微弱光線，閃閃爍爍。賢洙把這看成是一種緊張，也可說是等待者的一種不安，也可能是想聽到來者腳步聲的一種掙扎。

然而，進入他耳朵裡的不是腳步聲，而是銀珠的呼喚，「瑞元的爸」。

這是在記憶裡呼喚的聲音，被捕獸夾夾傷的那一天，闖進診所，呼喚他的聲音。有點像「只要你老實跟媽說，天大的事媽都會原諒你」的聲音。喉頭哽咽了一下，他差點脫口坦承一切。當她第二度喊出

「瑞元的爸」之時，他的胸口翻滾著。如果她再喊一聲「瑞元的爸」，說不定他就真的把事情都說出來。然而，一聲惡狠狠的「崔賢洙」反而讓他安下心，重新找回平靜。閉上眼睛，摀住耳朵，好好地思考。現在，在他的背後，究竟有什麼事情正在發生。

被捕獸夾夾住之前，賢洙所煩惱的是「該如何說服銀珠」。他所能想像最糟糕的情況，便是當著兒子的面被逮捕。在最糟糕與奇蹟之間則存在著自首與自殺的選項。他自以為是地認為，至少還有選擇的機會吧。然而，當他一個人在圍牆出入門前面昏倒時，才總算醒悟到，那只是一種毫無由來的樂觀。

他不是完全昏迷不醒，意識昏昏醒醒的。當他失去意識的某個時間裡，瑞元的球鞋不見了。在他覺醒的瞬間，疼痛的同時，他也察覺到了。有人看準時間和地點放置了捕獸夾。那個人不可能是承煥，他的直覺指向英齊，這個人有理由將痛苦加諸在自己身上，似乎也可以猜到他的目的何在。然而自己面對動向如此明確的情況，卻是束手無策。前一段時間裡所埋首的煩惱、內心的痛苦，甚至是警察的追查，與此相比，似乎都變得微不足道。

他告訴承煥夢中男人事情的同時，他也找到了面對現實的勇氣。當他要求承煥等一等的時候，他知道了自己該怎麼做。他一面熟悉棒球電玩，一面努力想找回注意力。他將承煥所說吳英齊的事情當作線索，試圖了解整個情勢，掌握住事情的發展。向診所醫生假稱是自己弟弟，跟蹤夢中男人，還有在地下室切削的棒子……

賢洙對不上拼圖的最後一塊，為什麼要安排育幼院院童參觀水庫。除了這部分之外，其他都與在小門前面所得到的結論相同。吳英齊想要討債，而自己必須按照吳英齊所決定的方式償債。瑞元消失的球鞋只是一個警告，如果拒絕償還，會發生什麼事情的「預告」，也就是告訴他，誰才是整個情況的支配者。賢洙之所以自願值夜，原因也出自於此。然而，至少他想自己決定地點，在離瑞元和銀珠多少還算遠一點的地方。

他現在以肉身站在本壘板前，等待英齊滑回本壘的那一刻。他還沒決定好該如何對應，他只想著，當那一瞬來臨，自然就知道了。他只有一個原則，兩人的事情就在兩人之間解決。彼此交換所想要的，或是一起走向毀滅。

賢洙動了動身體，忍不住呻吟起來。整條左腿開始痙攣，再次看看壁鐘，十一點五十五分。時間如霧般流過，疼痛如火焰般燃起。他從襯衫口袋裡掏出止痛藥，塞進嘴裡，從椅子上站起來，把重心放在右腳上，探身朝向飲水機的方向。就在這時，他突然嚇了一跳，停下了動作。視野中，似乎捕捉到了什麼。慢慢地轉頭確認，吳英齊就站在小窗前面。賢洙嚼了嚼止痛劑，和著口水吞下去，打開了小窗。英齊先開口跟他說話。

「還好嗎？臉色看起來很蒼白。」

英齊一身漆黑，帽子、防風夾克、長褲，連手上拿著的塑膠袋全都是黑色的。他囁嚅了半天才問：

「有什麼事嗎？」

「我擔心你，所以過來看看。」

「您指什麼？」

「聽說你在別院林子裡，被捕獸夾夾到腳。」

話是這麼說，但英齊的眼光卻停留在他掛在吊帶裡的左手。

「傍晚的時候，聽你太太說的，聽說醫藥費花了不少錢，我總不能袖手旁觀吧。不管怎樣，我都該負責。」

賢洙深深地吸了一口氣，鎮定，鎮定！

「所以您才會大半夜地跑來這裡負責嗎？」

「所以我才會大半夜地到別院林子裡去發現了這個。」

英齊從塑膠袋裡拿出瑞元的籃球鞋。

「從尺寸上來看，似乎不是組長你的鞋，所以我想，會不會是令郎的。」

這是他已經猜到的事情、猜到的台詞。然而，他卻有種被一拳擊中要害的感覺。

「是瑞元的，沒錯！」

賢洙好不容易才擠出聲音。

「喔，真的是啊！」

英齊把球鞋放上窗台，賢洙用右手撐著桌角關注著對方的動向。

「我可以借用一下電話嗎？」

英齊緊貼小窗站著。

「我的手機掉在林子裡，得跟管理室聯絡一下。」

賢洙垂眼看著電話機，下定決心，不管對方使出什麼手段，他都奉陪到底。叫他出去，他就出去；說要進來，他就開門。想要抓住機會，就得接近英齊身邊才行。「我給你你要的；但你也要保障我所要的」，他想找到能提出這種交易的機會。雖然現在左邊的手腳都算廢了，但他並不認為就沒有機會，因為對方並不擅長打鬥。然而，借用電話，難道他想叫來能解決問題的幫手？不會就近在眼前吧？

賢洙按捺住懷疑和戒心，用右手拿起電話，再以右腳穩住傾斜的身體重心，只轉過上身將電話放到小窗外側的窗台上，英齊伸手去拿電話。瞬間似乎有人推了他的一下，賢洙的身體朝著小窗傾斜過去。當他察覺情況的時候，右腿已經被架到半空。砰的一聲，鼻梁骨似乎被撞碎的衝擊襲來，所有的想法從他腦中消失。英齊出其不意地抓住他的手腕，拔河似地把他往窗外猛拉。

賢洙頭往後仰，手臂往內扯，試圖要離開窗邊。這是出於反射性的抵抗，也成了對對方有利的防禦行為。每當賢洙從窗邊抬起頭來，英齊就抓著他的手臂，一下一下地往外猛扯。抵抗所拉開的距離越大，加諸在額頭和鼻、唇、下巴上的衝擊也越猛烈。這是凶狠殘暴的角力，緊抓著他手腕的英齊，手上的虎口就如同鱷魚下巴似地強勁。原本可以保護他的不鏽鋼窗框和強化玻璃，如今卻成了英齊的武器，不時地刺痛他快承受不了的眼皮，擊打他的鼻梁，輾壓他的嘴唇，撞斷他的牙齒。疼痛漫天而來，賢洙停下了抵抗，臉頰貼著窗戶，吐出喉嚨裡滾燙的血水。趁此時機，英齊從褲子後口袋裡拿出木棒，當賢洙看到，無奈為時已晚，木棒已經朝著他的手腕直擊而下。一瞬間，賢洙有種木棒如鐵鍊般緊緊纏住手腕骨的感覺。棒子撕裂筋肉、敲碎骨頭的聲音，擴散到全身。碎骨尖端刺穿皮肉的粗暴痛感，蔓延到整隻手臂。不久後，整個世界便在手腕部位爆發。他的皮囊成了一團火，意識也沉向黑暗的深淵。同時，不明的無力感襲向他的四肢，肌力瞬間喪失，疼痛與熾熱也同時消失。

賢洙從下滑的眼皮縫隙裡，看到自己斷裂搖晃的手腕，看到了插在小臂上的針筒。也看到一片夕陽般火紅的視線被一分為二，再分為四，接著無數次的分裂，最後世界成了粉碎的一片崩塌。在失去意識之前，他的腦子裡閃過一道螢光，但卻被黑暗遮蓋，他也失去了意識，整個視窗都關上了。

夜裡，圓月高掛。地平線的另一端，燈塔的光芒明明滅滅。血色波浪連綿不絕的高粱田上，大霧漫湧而來。賢洙站在田野正中，聽到瑞元的聲音。

「爸爸！」

恍如黑魔術的呼喚，穿刺後頸的聲音。即使他提醒自己這不是真實的，但還是被拖向了古井。一縷繩索垂向井中，井裡又深又黑，卻清晰可見。吊在繩索上的，是瑞元。細瘦的身體就如掛在屋簷上的風鈴一般，轉啊轉地，轉個不停。逐漸消失的聲音，敲擊著井壁。

「爸爸！」

賢洙開始拉扯繩索，瑞元，爸爸來了，爸爸在這裡。他想跟孩子說話，但聲音發不出來。繩索唰唰地被拉扯上來，但吊在尾端的不是瑞元，而是一只空的吊桶。最後，孩子終於爬上井緣，他伸出一隻手臂，抱住孩子的身體。冰冷潮濕的臉孔貼上了他的臉頰，喃喃低語搔著他的耳垂。

「爸爸！」

聲音不一樣，賢洙把臉頰拉開距離一看，不是瑞元，是那小女孩，以那雙黑洞般的眼睛凝視著他，張開帶血浮腫的牙齦，嘻嘻一笑，細長的雙腿纏繞上他的腰。賢洙掙扎著，想要將小女孩扯下來。孩子攀爬上他的胸口，朝著古井外抬起身來。迫切的聲音低喊著：

「爸爸！」

「崔賢洙！」

誰在叫他？孩子像被刀切除似地從他胸口掉落下來，但他沒有因此回到現實，從夢境脫身而出的路途還很遙遠。濃濃的睡意從四面八方席捲而來，他睏得醒不過來。

「崔賢洙，睜開眼睛！」

聲音再度喚醒賢洙，他擺脫了睡意，卻睜不開眼睛。黏稠的血膜覆蓋在他的眼皮上。耳邊響起嗡的一聲機械音，這裡是哪裡？

穿著登山鞋的腳，對著賢洙左腳背用力往下踩，腳背傳來被釘上鐵樁似的劇痛。原本睡著了的各種痛覺一下子就讓眼皮睜了開來。被毀容的臉、打斷的鼻梁、斷裂的手腕，讓他忍不住發出憤怒的吼聲。疼痛的巨流，一下子就擊垮了他。

「怎樣，終於醒了？」

賢洙咬著牙，停住呼吸。慢慢睜開被血水凝上的眼睛，觀察自己的處境。一開始，他發現自己坐在一張椅背很高的椅子上。兩條手臂被拉到椅背後面綁住，身體貼著椅背，大腿貼著椅墊，兩隻腳踝則被交叉綁住，塞在椅子下面。如此捆綁，就算是魔術師，也很難解開。先不管這些，這裡到底是哪裡？椅子雖然是警衛室裡的，但場所卻非警衛室。

「過了這麼久，怕你忘了，我還是告訴你一聲，我就是那個被你這傢伙扭斷頸骨弄死的小女孩父親。」

英齊的聲音十分冷靜，語氣像在說怎會是你殺了我女兒，真令人感到遺憾似的。

「怕你不知道，我告訴你，我稍稍對你的手腕做了一點緊急處置，纏上止血繃帶，止住了血。不管怎樣，雖然主要是給人看牙齒，我好歹名義上還是醫生。」

賢洙試著動了動右手指尖，一陣刺痛隨著小臂傳了上來，慘叫聲幾乎脫口而出，硬生生被他壓了下來。他用舌頭舔了舔原本有門牙的部位。空空的，就像樹被拔光的禿山一樣。這樣還敢大言不慚，說什麼上夾板，止血？

「在遊戲開始之前，搭檔就血流個不停，那就不好玩了。這可是個絕妙的週末夜晚，不是嗎？」

沒錯，這是個絕妙的週末，正好拿來死的晚上。賢洙並不怕死，因為他已經有了死的覺悟。不管是自己去死，還是死在債權人手上，都沒什麼兩樣。從瞭望台上跳下去也好，被木棒打得稀巴爛死去也好，他一點都不在乎是哪種方法。只不過，在這副不值錢的肉體終結之前，有項交易是他必須做的。然而，從現在的情況來看，似乎不怎麼樂觀。

「抬起頭來。」

英齊說，賢洙裝作抬不起頭。失去意識前，曾經閃過腦海的螢光又浮現出來。究竟是什麼？似乎是很重要的問題。

「沒聽到嗎？要不要我從後腦杓給你開個耳洞？」

賢洙抬起頭來，張開眼睛，四下看了看。英齊後退兩、三步，似乎是在體貼他，叫他好好看看。幸虧如此，他才能好好觀察，了解整個情況。他所在地方是系統中控室。吳英齊能將自己捆在警衛室的椅子上運來，是因為他在椅腳加了輪子的關係。想要搬動將近一百一十公斤的肉塊，確實有必要用上輪子。而只要有手，誰都能從警衛室書桌的抽屜裡，拿出保險櫃的鑰匙。而只要有眼睛，也就能從保險櫃裡，挑出主鑰匙。有了主鑰匙和輔助鎖鑰匙，只要有點腦子的人，就能輕易打開中控室。

賢洙看了看掛在對面牆上的時鐘，一點四十九分。遭不明藥物擊倒之後，已經過了將近兩個小時。自己現在的位置是中控室值勤人員書桌前面。原本擺放在房間正中央的一張單人沙發和桌子被推到牆角，在那位置上，一台監視器被拖來放著。英齊走向剩下的一張單人沙發，坐下來蹺起二郎腿，一隻手上拿著監視鏡頭遙控器，一手拿著木棒。也可說是債權人和債務人之間，直線距離三、四步，面對面坐著。

「精采好戲即將播出。」按下遙控器，吳英齊說。

賢洙感覺到了背後所竄起的涼意，比起打斷自己手腕的木棒，那是一句更讓人不舒服的話。就文字來說，雖然他只寫過自我介紹，但對於「看」和「做」的差別，還是清楚的。如果是「做」，那麼英齊的對象就是自己。但如果是「看」，則表示另有其他對象和舞台。也就是說，自己是舞台之外的觀眾。在哪裡？發生了什麼事情？難道自己到目前為止所了解的情勢，不是實體，不過是影子嗎？

顯示器上，隨即出現十二個分割畫面。英齊挑選其中一個，放大為全畫面，卻只看見白茫茫的大霧。賢洙斜眼觀察中控室裡的各種機器，閘門遠程遙控監視面板、警報裝置、防護系統、衛星裝置……啟動狀態的藍光點亮著，表示狀態沒有問題。他的腦子有點凌亂，為什麼選在中控室？不可能只是為了給他看監視器，才這麼辛苦地把他搬到這裡。

好不容易才終於算是解開了一道謎題，打著育幼院院童的名義來參觀水庫，其實是為了要事先觀察中控室才搞出來的藉口。問題又回到原點，「為什麼要觀察中控室？」打開大的箱子，卻發現裡面竟是模樣相同的小箱子。賢洙勉強撐住快要失去的意識，努力思考「為什麼」。

為什麼要觀察管理局的中控室？想在中控室裡做些什麼？該問，為什麼偏偏是中控室？什麼事情，是唯有在中控室才能做到的？控制！閘門、警報裝置、防護系統……

在這些控制裝置中，擁有能引發嚴重「結果」力量的機器，只有閘門遠程遙控監視面板。賢洙再度將視線轉到閘門遠程遙控監視面板上，藍燈依舊閃爍著。不會是想打開閘門吧？想像一下那結果。

完全開放狀態下，一個閘門的放流量是每秒五百噸，五個閘門同時打開的話，每秒就是二千五百噸。這龐然大物最先會衝擊到的，便是位於支流斜坡上的水庫管理局建築物。接下來，便會吞噬掉支流兩側的林園、低地村、商店街、溫室區和田野。站在英齊的立場來看，也就是自己的性命和財產一下子全都完蛋的場面。那不叫對仇人的復仇，而該叫害己。

如果是打算關閉閘門的話……世靈湖是一個比起入水量，容量相對少的水庫。加上過去兩個禮拜以來，一直下雨，再過不了多少時間，就會到達計畫洪水位。放著不管的話，就會漫過閘門，水庫很可能撐不下去。雖然管理局一直宣稱是銅牆鐵壁，但世上哪有不會倒的牆壁？不管是開放也好，關閉也好，最終的結果都一樣，只有時間上的差異而已。

他陷入混亂中，自己和閘門之間，存在著什麼？如果以確實存在什麼為前提，問題的範圍就能縮小。吳英齊的目的，如果是二者之一，那麼會形成問題的部分是什麼？

是屬於總司令官地位的總部系統！一旦捕捉到水庫水位出現異常，便會立即介入干涉。然而，與發號施令體系相反，在控制權限上，現場中控室的權限先於總部。但比起現場中控室，位於閘門平台上的閘門手動開關裝置，權限更高。這也表示，只有在現場無牴觸的情況下，總部系統才有可能進行。想要中斷干涉本身，只能在不受到總部系統懷疑的範圍裡運作，或是製造出無法進行干涉的情況。

他設想過，以操作閘門的方式，引發滔天大水的結果。

如果打開閘門，瞬間就到低水位；關閉閘門，幾小時內，就會到計畫洪水位。

低水位，計畫洪水位，賢洙突然想起從承煥那裡聽來的話。正常滿水位時，會露出水面上三十公分高；旱季低水位時則會露出長長的稜線。如果到達計畫洪水位時，便會沉到五公尺下面去，舊世靈村後山、寒松脊島……賢洙心跳加速，但一片烏雲卻遮斷了他的思緒。寒松脊會怎麼樣……賢洙淺淺地睜開眼睛，瞇起眼睛，看著監視器畫面。

「等一等，舞台燈光就會亮起，在這之前，你得先回答一個問題。」英齊說。

「你用車撞到我女兒的時候，至少那時她還活著。雖然活著，也跟死了沒兩樣吧。放著不管，她自然就會死去，為什麼你非要殺死她？」

為什麼非要殺死她？賢洙自己也很想知道，這個問題他也問過自己數百次。如今，他很想問問吳英齊，你告訴我吧，我為什麼非要殺死她？你這傢伙不是無所不知的嗎？你就用你的聰明腦袋把答案告訴我。不然，也給我幾個例子吧。

英齊拿著木棒，從位子上站了起來。

「我問你為什麼？」

木棒猛敲在賢洙的下巴上，這次連慘叫都發不出來。眼睛往後腦杓的方向轉過去，剛剛拚命想出來的線索一下子都被打斷了。下巴裡傳出喀啦喀啦的聲音，不知道是碎裂的下顎骨還是斷掉的牙齒，混合著一股溫熱的液體沿著食道流下去。賢洙全身瑟瑟發抖，頭垂了下去。張開的雙唇中間，又有血水嘔吐出來，地板一霎間被染成鮮紅色，其中只有自己的雙腳，看起來是白的。一隻是光腳，一隻是打上了石膏的腳。但為什麼脫了他的鞋子呢？因為要綁住腳踝？完好的腳上，原本穿著什麼？皮鞋？雨鞋？球鞋？

烏雲似的意識下方，開始閃爍著火光，是他一直努力想燃起的微弱火火。賢洙暫時忘了下巴的疼痛，不，是已經消失得乾乾淨淨。取而代之的是，逼人的恐懼如蝗蟲罩頂。他的心臟開始劇烈跳動，終於察覺到在他失去意識之前，那閃過腦際的螢光。瑞元的籃球鞋！消失的籃球鞋，不是英齊的警告，而是暗示著祭品。把自己拖到中控室的原因也在此。他想讓自己看看，如果閘門關上的話，會發生什麼事情。也就是水位指標的寒松脊島。

賢洙瞪著監視器畫面，原本昏暗、模糊的畫面上，開始出現細微的變化。隨著微光跳躍，從畫面一角出現一絲光亮。接著，探照燈的燈光劈開大霧的壁障，畫面開始變得明亮起來。看不到寒松脊，如投手板一樣浮在水面上的大地、覆蓋在大地上的水草也全部都消失。只看得到孿生松樹，昭示著寒松脊的存在。賢洙的視線緊跟著如秒針般移動的探照燈燈光，燈光閃過松樹向四方伸展的樹枝，照在大樹底部。照出了樹底下一個身體被捆綁住的人形，也照出了一雙充滿恐懼的眼睛，被膠帶貼住嘴巴繞了一圈的臉和上升到胸口部位的水面。是瑞元！

賢洙雙目暴突，頸上青筋直跳，血液穿透心臟，噴湧而上。被困在湖水中央的兒子，無聲的哀嚎劈開了他的喉管。兒子所經歷的恐怖正張開青森森的牙齒，一縷縷撕碎他的身體。

「你為什麼殺死我女兒？」

英齊不知何時回到沙發上坐了下來，賢洙找到了水位標示窗。哎呀，在中控室外面的房間。標示水位的中控室內部畫面，離他的視野太遠。他又再度瞪著監視器看，呻吟聲從緊咬的牙齒縫隙裡洩了出來。明明在眼前，卻是他伸手難及之處，瑞元被當成祭品；自己被綁在中控室裡，瞪著監視器畫面看；英齊則追問著他殺人的理由。安承煥，你到底在哪裡？

探照燈的光線從畫面上消失，大霧又籠罩在瑞元的身影上。類似哀嚎的喘息在喉嚨裡動盪，原本浮上眼裡的熾熱往喉嚨深處流去。這是報應，但應該報應在犯了罪的人身上，而不是此刻應該在自己房間睡覺的罪人之子身上。

「你放了孩子，我就全說出來。」賢洙說，本想一個字一個字好好說，但卻無奈地成了哽咽。

「等我說完，我可以裝成自殺的樣子死給你看。你叫我做什麼，我就做；你想要什麼，我都給你。」

英齊陰冷冷地笑了起來。

「你當然要這麼做，不過，順序上有點錯了。我要你用你的眼睛，看著我怎麼把你兒子弄死，一邊告訴我，我女兒是怎麼死在你的手上。而我呢，我打算聽完你說的話，從畫面上確定湖水已經收下你兒子之後，就打開閘門，慢慢把水放出來。你最好不要期待總部的幫忙，在那群傢伙開始干涉之前，你兒子坐著的高度可能不足以支撐到那個時候。等洩洪完了，我會乘船上到寒松脊，去收拾你兒子的屍體，再用你的車運屍，當然還有你老婆。但讓一家人生離死別，不是太殘忍了嗎？」

一波巨浪襲來，將賢洙沖上浪尖，又甩了下來。竟然忘了還有銀珠。

「所以你呢，會載著家人全速衝進湖水裡，成了因為無法承受內心的愧疚，決定在坦承一切之後，帶著全家一起自殺的殺人犯。真是個令人感動落淚的故事，不是嗎？」

英齊從口袋裡拿出錄音機亮給賢洙看。

「怎樣，對我的計畫還滿意嗎？」

突然到來的餘波打在賢洙身上，壓得他難以動彈，憤怒與絕望將他拖往無底深淵。他掙扎著想吸一口氣，為找回冷靜與昏昏沉沉的自己，展開殊死戰。

「快說！」英齊說。

賢洙瘋狂地在記憶中摸索，學期開始的時候，瑞元的個子是一百五十八公分。坐下來的高度會是多少？七十七公分？七十八？八十？水現在滿到哪裡了？雖然可以看到水位標示窗，但他看不懂。即使如此，還是要奮力一搏。

「叫你說，你沒聽到嗎？」

英齊拿起木棒，在他面前晃了晃。

「還是你想再挨個巴掌？」

賢洙抬起頭，看了看監視器畫面。探照燈再度進入監視器的畫面裡，瑞元比之前看起來更朦朧，身影也比剛才模糊。但可以看出與稍早前有點不同。孩子很害怕，但神智仍舊保持清醒，眼睛張得大大的，頭抬得高高的，不住張望著湖水。而且，他還看到了在瑞元腦袋後面，一對閃著紅光的眼珠。尖利的牙齒，像貓頭鷹一樣蹲坐著的身體，垂在身體旁邊的長尾巴。如果他的判斷正確，那是每天下午，把瑞元召喚到牧場畜舍，名叫歐妮的那隻貓。

「崔賢洙！」

吳英齊僵硬的聲音傳來，他感覺到掃過臉頰邊緣的一股寒氣。在探照燈的燈光橫過畫面的時間裡，他的憤怒很快便冷卻下來。當畫面再度進入灰濛濛的狀態時，他一直渴望著的冷靜終於來臨。崔賢洙升起一股戰鬥的決心，靠拖延戰術得不到什麼，想要砸碎吳英齊這塊大石頭，也很困難。他得說些什麼，才能捉住一點機會。

「當時一切的情況都很糟糕。」

賢洙開了口，頭靠著椅背，眼光從監視器畫面上，轉到英齊的臉上。暫時，他不想再看顯示器，也無法期待承煥的協助。反正是兩者之一，不是被關在哪個地方，就是死了，雖然他懇切希望不至於如此。能終結局勢的人，只有自己。必須保持冷靜，一切才有可能。看著瑞元，他什麼都做不到。

「當時，霧太濃了，我迷了路，也喝了酒，有了睡意，再加上天雨路滑。」

英齊把身體深深地埋進椅子裡坐著，賢洙彎了彎被綁到椅背後面的右手食指，力氣沒法達到指尖，而且光這樣做，就讓他痛得像是眼珠子都快爆裂出來似的。這麼做的同時，也讓他發現了一件一直以來都沒意識到的事情，左手正支撐在被打斷的右手手腕下面。什麼時候開始能動的？不管怎樣，真是太好了！重要的是，勇大傻在背後暫時進入了休眠狀態。得抓緊時間，在那傢伙醒來之前，解決掉眼前這傢伙。

「有個彎道，角度簡直跟噩夢一樣。一轉過彎道，車子就開始打滑，沒法好好控制方向。那時，濃霧之中，那孩子像幽靈一樣跑了出來。穿著一身白衣的孩子，對著我的車飛了過來。」

英齊把二郎腿換了個方向，肘尖架在扶手上，拿手撐著下巴。

「雖然馬上踩了煞車，但為時已晚。」

賢洙用左手摸索到桌角緊緊抓著。

「你看過人被車撞到的場面嗎？」

英齊睜著眼睛，一動也不動，自然也沒有回答這個問題，只有眼白如夕陽般慢慢紅了起來。

「我是第一次看到，人像在擁抱車子一樣，張開雙臂，緊貼在前引擎蓋上，像條濕毛巾。當然，這只是一瞬間，短短地連一秒鐘都不到。當時，我嚇得愣愣地看著孩子的臉撞擊在前擋風玻璃上再反彈起來，從車上滾落，掉到馬路上。水花噴濺起來，大霧如暴風雪般打起了漩渦，那孩子就躺在中間，一動也不動，腦袋像個被砸破的西瓜……」

賢洙盡可能使用最煽動的描述，一面觀察英齊的表情，一面將被綁住的臀部一點一點往椅背的方向挪過去。纏繞在大腿上的繩索，如鋸齒般深深嵌入肉裡，傷口部位的疼痛如猛獸般撕扯著他的身體。

「我以為孩子死了，一開始只想到自己撞死了人，後來想到將會受到的懲罰，還有今後會失去的東西。那時我才因酒駕被扣押駕照，卻又喝了酒開車。從車子上下來，走向孩子的一段路上，我只想著我的兒子、我的妻子、工作，還有好不容易才買下來的房子……」

賢洙記起了六年前，以肉身擋住本壘板站著，等待滑壘過來的跑者那一瞬間。自己和英齊的距離有兩公尺多，臉部的位置距離自己這邊還很高。

「我想把孩子丟到湖裡，自己跑掉，於是把手伸向孩子那邊……」

黏膩膩的血老是凝在睫毛上，視野裡晃動著紅色斑點。賢洙用力眨著眼，想甩落凝血。看不清楚標的的話，那就麻煩了。機會只有一次，就是英齊衝動起來的那瞬間。

「卻不料孩子睜開了眼睛，以充滿恐懼的眼神望進我眼底，嘴裡低低地喊。」

英齊放下托著下巴的手，放到了扶手上。賢洙好不容易才終於甩掉了睫毛上的血塊，視線變得清楚多了，至少能看出英齊眼中的情緒。他的眼睛在問，「孩子說了什麼？」

「她的話不是對我說的，而是把我當成了你。」

賢洙將左掌用力貼住桌角，臀部也向後靠緊椅背。

「那麼可怕的話，是我這輩子從來沒有聽過的。」

英齊放下二郎腿，兩手全都放到了扶手。

「過去的兩個禮拜，那句話我聽過了數百次。睡著的時候，在夢裡聽到；醒著的時候，也產生幻聽。」

「到底說了什麼？」

英齊終於忍不住問，賢洙卻閉上了嘴，兩人之間一陣沉默。

「我問你到底說了什麼？」

「你覺得到底說了什麼？」

英齊上眼皮簌簌地抖動著，黑漆漆的眼珠看起來像要跳出眼眶的樣子。賢洙嘴唇幾乎沒有張開，低聲說了句：「過來啊，你這狗娘養的。」

「你說什麼？」

英齊兩手抓著沙發扶手，像要站起來的樣子，抬起臀部，臉對著賢洙靠過去。就是現在！

賢洙使盡力氣將桌子向後推，身體向前朝英齊滑了過去。不用轉動椅子輪子或改變方向，直直對準英齊的臉，撞了過去。英齊雖然馬上擺出拳擊選手的防衛姿態，但還是慢了半拍。賢洙以額頭撞擊英齊的兩眼中間，他的額頭畫出完美的弧形，中央呈球面突出，硬如頑石，這是一記承載了前衝加速度力量，再加上體重的重擊。英齊連嘴都來不及張開，就和沙發一起往後翻了過去。賢洙抬起被捆住的腳踝，用力踢在翻倒的沙發上。沙發的重量形成一股反彈力，椅子再度轉回桌子前，賢洙又恢復之前背靠桌子的姿勢。

現在，該解開手上的繩索了。賢洙背著手拉動桌子抽屜，鎖住了。他用手抓住桌角，移向旁邊的一張桌子，也一樣還鎖著。打開的抽屜，只有閘門控制裝置旁邊最後面的一張桌子。賢洙伸長左手，在抽屜裡摸索。原子筆、尺、計算機……終於摸到了一把美工刀。他切斷繩索，終於脫離被綁了幾個小時之久的椅子。

英齊背靠沙發，癱在對面的牆根下，死了似地，沒有呼吸。賢洙拖著麻木的雙腿，走到監視器前面。探照燈的燈光掃過畫面，緩緩地，從左邊往右邊。緊接著，便到達寒松脊，卻只看得到瑞元的脖子和頭。霧氣雖然罩住了脖子下方，從頭高高抬起的模樣來看，可猜測出肩膀以下都浸泡在水裡。賢洙身體裡的發條發出「噠」的一聲，斷裂開來。一瞬間，整個世界彷彿全都靜止。

他飛身到閘門遠程遙控監視面板前面，站在機器前，有種眼前一黑的茫然。他不知道如何操縱按鈕，之前雖然也幾次進出過中控室，卻從沒注意到這個笨重的機器。他忍住快脫口的哀號，快速看過啟動按鈕。按鈕個數不多，主按鈕下方，有個ON／OFF鈕，再下去，是啟動各閘門的金屬手把，和一排ON／OFF按鈕。手把往上撥，是ON；往下撥，便是OFF。手把下方又有五個指令按鈕——Raise、Lower、Stop、EMG/Stop、LT。

指令按鈕旁邊，又有幾個標示數字與加減符號的按鈕。賢洙按下一號閘門的Raise按鈕，又各按了一次數字和加號。數字從一變成了二。他又按了一次數字，卻沒有變成三。又按了一次加號，這才變成了三。有點明白了操控方式，每調整一個數字，就要按一次加號鈕。他的手速變快，不敢想像自己現在行為的後果，現在他最需要的，只有按鈕時所用的一根手指。第二閘門打開，第三閘門也打開，第四、第五閘門也陸續打開。不過一、二分鐘的操作時間，對他來說卻如數億光年的距離般長久。打開五個閘門的過程太過緩慢，他忍不住像個孩子般跺腳。

操作一結束，他馬上回到監視器畫面前，該是激流奔湧的水面，仍舊一片平靜。不會是操作錯誤了吧？他的胸口劇烈跳動。賢洙放大閘門畫面，閘門專用探照燈，照射著隱藏在大霧之後，正緩緩上升的五個閘門。不是操作上的錯誤，而是閘門有問題。該如瀑布奔湧而出的水連一滴都沒滲出來。他所能想到會造成此種狀態的情況，只有一個，就是緊急閘門被關上了。

一回到監視面板前，他開始抓狂。緊急閘門的啟動手把竟然脫落，不見了。這一定是英齊已經預先設想的事情，而故意使緊急閘門無法在中控室裡操作。得馬上過去閘門那裡才行。

賢洙飛快地往中控室大門方向跑去，正伸手抓住門把時，左耳後方飛來一記木棒的重擊。他痛得啊了一聲，反射性地低下了頭。與此同時，衛星傳送裝置與警報控制裝置中間的圓柱後面，跳出一張滿是血污的臉孔。第二次的木棒攻擊瞄準了他的頭頂而來。賢洙的左拳也擊中了英齊的心窩下方，木棒掃過賢洙的耳朵，掉落到地板上。看來是賢洙的拳頭更快了一步，不然木棒就會敲破他的頭頂。英齊蜷縮在圓柱下。

賢洙撿起滾落在地板上的木棒，如果英齊又想站起來，他就要做個了結，讓英齊再也站不起來。英齊一動也不動，用木棒的頂端戳他的臉，也如同死了似地，沒有呼吸。用腳一推他的身體，吳英齊的身體翻了個身，從褲子口袋裡掉出兩支鑰匙。一把是自己所熟悉的主鑰匙，也就是自己拿著的那把主鑰匙。但這東西為什麼會跑到吳英齊的口袋裡，賢洙沒有多想。他只想到，如果要打開閘門平台的通道，就需要有主鑰匙，加上自己的腳也不方便，這時，才想到自己曾經把馬提斯開出來，現在就停在停車場裡。他把兩把鑰匙放進口袋裡，拿著木棒，走出中控室。

吳英齊的手段，真是計算得十分精細。馬提斯的一個前輪像被斧頭劈開的樣子，破了一個大口，應該在車後行李箱裡的備用輪胎卻不見蹤影。但就算有，現在的情況，也不容他能做些什麼。他發出野獸般的怒喊，滿腹的怨恨，連腸子都一段接著一段爆炸似的。我到底能怎麼辦？狗娘養的傢伙！

管理局到閘門的距離超過四百公尺，而且還是傾斜的上坡路。走完這段路，瑞元還能平安無事嗎？

他一瘸一拐地跑了起來，左腳腳趾頭彷彿一個個都掉了下來。斷裂的手腕骨打到大腿的時候，每每讓他忍不住吐出呻吟。腳掌踩在地面上時，被木棒擊傷的下巴就喀啦喀啦像要掉下來似地。呼吸變得很急促，視線也漸漸模糊起來，意識就像血一樣流了出去。現在，讓他保持移動的，不是他的腿，也不是精神力量，而是「腳步聲」。緊緊抓著瑞元，拖往寒松脊下方的，世靈湖的腳步聲。

承煥扭動著手指頭躺著，剛剛才開始恢復了一點力氣，身體甦醒過來，也可說是終於脫離了藥物的控制。即使已經從睡夢中醒來，他也沒能很快地恢復神智。就像發高燒的時候一樣，完全不連貫的場景不斷地冒出來，錯雜混合，然後消失。心臟怦怦跳動著，身體卻如死章魚般，四肢垂落，一點力氣也沒有。

瑞元在哪裡？答案自動跳了出來，總之不是和自己在一起。

組長打電話來的時候，他正坐在書桌前面。雖然嘴裡說他在看電影，其實是打開了放在筆記型電腦裡的「世靈湖」檔案，記錄下班時候的事情。組長問「瑞元呢？」那時瑞元兩手手指交握，正乖乖地躺在床上睡覺。看得到眼皮裡的眼珠子在動來動去，看來睡得很熟的樣子。組長說「知道了」的聲音，十分低沉，有點道別似地露著淒涼的語調。電話就這樣掛斷了，承煥又讀了一次稍早前所寫下的當天紀錄。

日落時，瑞元出現在鬧門，說剛從畜舍那裡過來。

「歐妮呢？」我問。

瑞元笑得眼睛呈半月形說：

「追松鼠去了。我叫牠不可以啣到家裡來，牠好像聽不懂吧。」

想到昨天的事情，我也忍不住笑了。

聽說當一隻貓必須獨自生存時，會靈活運用三種方法。打獵、翻垃圾桶、依靠善良人士的好意。歐妮就是積極活用了第三種方法的傢伙。瑞元每天帶貓糧和水到畜舍，但牠並不滿足於此，一到夜晚，毫無疑問地會出現在窗戶下面呼叫瑞元。如果窗子開著，便會跳上窗台，蹲在那裡不停地撓紗窗。瑞元便會悄悄地打開窗戶，把歐妮弄進來。如同世靈曾經做過的，瑞元也開始會瞞著自己媽媽，讓那傢伙睡在自己床上。黎明一到，歐妮便會從床底、衣櫃上面，或瑞元的兩腿之間爬出來，半酣地伸過懶腰之後，就消失在樹林裡。一人一貓，就像才剛開始談戀愛的青澀少男少女。

昨天，瑞元沒去畜舍。一半是因為全副精神都放在自己腳受了傷的父親身上，另一半是因為整座湖被來參觀的育幼院童吵得不得安寧。下班回來一看，銀珠去花園餐會維持秩序不在家。組長在主臥房裡睡覺，瑞元則在自己房間做功課。我脫下制服，掛在衣櫃裡，回頭一看，歐妮正蹲坐在窗台上，比平時稍早登場。我打開紗窗，直到那傢伙安全降落在房間之後，才知道牠嘴裡啣了個什麼東西。

是一隻春雞大小的野鴿子，還好端端地活著，但翅膀部位的羽毛被歐妮爪子抓掉了一把。雖然鴿子使勁撲著翅膀亂飛，卻仍舊無法從房間飛出去。說不定是隻瞎鳥，才會沒想到要往窗戶方向飛。撲搧著羽毛掉落的翅膀，反覆做出緊急降落和迫降的動作，卻只是在狹窄的房間裡轉圈而已。瑞元抱著抓了放飛的想法，在後面追著鴿子，不是身體空撲在床上，就是撞上衣櫃，弄倒房間裡的東西。被一陣騷動驚醒的組長，打開門伸頭進來看。沒想到野鴿子竟然趁隙飛到了客廳裡，騷動也因此擴大到整間房子。野鴿子如下雪般亂撒著殘剩的羽毛，在沙發上方橫衝直撞。瑞元伸長手臂，追在野鴿子後面跑。一急之下，我就找出瑞元的補蜻蜓網，追在一人一鴿的後面助陣。不趕快抓住鴿子放出去，整個家裡就會變得一片狼藉。騷動的元凶歐妮蹲坐在餐桌上，一臉無聊地觀看這場亂糟糟的追擊戰，好像盼著快點結束這場戲，稱讚一下自己的禮物。

我停下了追擊，不是因為歐妮，而是因為組長。把這一場追擊說成是一場鬧劇，也不為過。站在房門前的組長臉上，笑意如水波般擴散開來。接著，忍不住吐出「呵」的一聲，最後背靠房門，哈哈地放聲大笑起來。一個魁梧如山的大漢、滿臉黑鬍鬚的男人，一霎間看起來像瑞元。我的腦中一片凌亂，如此笑著的男人怎會犯下殺人罪？要我等一等，這話是不是有別的涵義？不是犯下了殺人罪，而是掉下了陷阱，所以要我等一等，給他時間找出證據……

「爸爸上班了嗎？」瑞元問。

我看了看時鐘，五點四十分。

「現在這個時間，應該已經來上班了。」

「那我可不可以在這裡等？我問一下爸爸還有沒有發燒再走。他到現在還在玩遊戲，真令人擔心。」

「你怎麼不跟他在一起？」

「他說，我在旁邊，他遊戲就玩不成了。」瑞元沮喪地回答。

「沒事的，你爸如果真的不舒服，你媽會帶他去診所的。」

話是這麼說，但我很懷疑，銀珠會去多看一眼嗎？早上吃飯的時候，兩夫妻也都互相看都不看對方一眼，各想各的心事。

「叔叔，我想吃杯麵。」

瑞元往下看著湖水，水面上籠罩著一片火紅的夕陽光。

「肚子餓？」

瑞元點了點頭。

「這裡沒有杯麵了，都被叔叔吃光了。我們去找你爸要，他那裡應該還有幾個吧。」

組長坐在電腦螢幕前，臉上真是一言難盡。憔悴的容顏上，眼白紅似火，熱氣蒸騰的表情，看起來像幽靈一樣朦朦朧朧的。瑞元說，回家路上順便過來看看，組長點了點頭。問他，燒退了沒？也只是點了點頭而已。問他，吃晚飯了沒？回應也是一個樣子。瑞元問：「我可不可以在這裡吃完杯麵再回家？」組長一句話都不說，在杯麵容器裡加入滾水。拿給瑞元以後，又在椅子上坐了下來，眼光卻沒有離開過瑞元，一直看著他吃麵。聽到瑞元說「吃飽了」，才高興地笑了笑。瑞元起身說要回家，組長才拍了拍瑞元的肩膀，就像一個忘了怎麼說話的人似的。

和瑞元一起，從大門警衛室出來之後，大概走了十步左右，我回頭一看，組長把臉貼在玻璃窗上凝視著瑞元的背影。雖然隔了一點距離，但還能明顯看得到組長眼裡滿含的悔恨，一個男人站在動盪生命末尾的危殆，說是哭泣也好的痛苦。正看著瑞元的眼神裡，如此訴說著。

承煥想，應該是因為組長如此的模樣吧。組長他的「知道了」這句話，聽起來就像道別。以組長來說，會採取什麼樣的行動呢？承煥試著在筆記型電腦裡記下。自首、逃亡？不可能是自殺。會自殺的人，不會說出「要守護的球」這種話。要我等一等的意思，是表示「給他一點整理的時間」吧？那麼「自首」應該最接近正確答案。以承煥的立場來說，就算組長要逃走也沒有阻止的道理。

自從說了等一等之後，組長就不再提起那件事，看起來是相信自己會等待的樣子。承煥也不再過問，雖然很想看到更具體一點的表示，卻沒有去詰問對方究竟打算如何。

雖然組員都勸組長多休息，但他卻不聽從，還自請值夜班。承煥猜想，他應該是害怕在家裡會睡著吧。但也不能一直玩遊戲不睡覺，所以如果說是值夜的話，就算跟著夢中男人跑出去，也有解釋的餘地。如果是穿著制服被監視器照到，可以以巡邏中來自圓其說。雖然大半夜的，沒幾個警衛會去湖邊巡邏。

這也是承煥沒有阻止他值夜的原因，除了對吳英齊的一舉一動都豎起雷達觀察之外，沒有其他的方法可以幫得上忙。承煥為了不知道吳英齊又在搞什麼鬼，而感到焦躁不安。他想掌握罪證，向警方告發？或是計畫對組長施壓，讓他自己崩潰？還是打算直接要組長血債血還？

喀啦的聲響，將承煥從沉思中拉回現實。「歐妮？」承煥喊了一聲，回頭看著窗戶。窗簾貼著紗窗，被風吹得獵獵作響。剛才似乎是窗簾邊緣的磁鐵拍打在窗台上。他將視線再度轉回電腦畫面，這次卻是大門門鈴響了起來。承煥訝異地站起來，這個時間沒有人會來啊！如果是銀珠回來看看，不會按門鈴，而會直接按大門電子鎖密碼進來才對。客廳的大門對講機監視畫面上，出現兩名穿著C-Com制服的男人，身後則停了一輛應該是他們開來的保全公司車輛，還閃著警示燈。

「有什麼事嗎？」承煥問。

短髮的男人回答：

「警衛室的大姊說，這家的緊急呼叫鈴老是亂響，所以我們過來看看。」

承煥瞄了一眼對講機上的緊急呼叫按鈕，打開了大門。當他想到，為什麼不先跟家裡聯絡，就叫這些人過來的時候，已經來不及了。兩個男人闖進來，一把將他推到鞋櫃上。他感覺到有什麼尖銳的東西，刺進自己的手臂。與此同時，雙腳變得無力，舌頭麻木，接著便失去了意識。

醒來一看，自己被丟在自家地下室台階下面，雙臂被綁到背後，腳踝交叉被繩索捆住。透過對面的牆壁上，蘋果紙箱大小的窗戶，照進來的路燈燈光，讓他得以認清自身處境。四面堆滿了眼熟的東西，他用過的舊型洗衣機、之前放在陽台上當作菸灰缸的陶甕、一圈橡皮管、塑膠水桶，還有放在階台下面的客廳裝飾櫃。這些全都是組長一家人搬來的那天，在銀珠的命令下，他移放到這裡來的物品。

承煥判斷，那些人是專家。自己會被亂塞在地下室，那麼他們的目標應該是瑞元。僱用他們的人是誰，可想而知。組長是絕不可能找專家來綁架自己兒子，那麼剩下來的人選，不言而喻。C-Com是專門負責世靈林園的保全業者。他們穿著C-Com的制服，是為了不受他人懷疑地接近目標。還有他們所宣稱的，警衛室大姊之類的。

承煥吞了一口口水，一切的情況，都如「百川入海」的真理一樣明白，吳英齊已經開始了回收債務的行動。

吳英齊想要的，不只是組長一個人，而是他們全家。組長知道這點嗎？這是承煥始料未及的。不，不會吧，或許那人已經那麼做了。雖然沒將那人看作正常人，但確實也沒料到那人會瘋到要拿人家一家人的生命來還債。

瑞元在哪裡？銀珠呢？兩人在一起嗎？一家人是否集合在吳英齊面前了呢？

承煥努力按捺住一發不可收拾的挫折感。看別人被打針，可以轉換心情。但自己被別人而且還是專家打了一針，這不只是一件令人不快的事情，也意味著死亡或逼近垂死的情況。只要活著，就算是一個人，也代表還有機會。為什麼到現在還沒死，這個問題以後再想。現在，該起身反擊了。也該試試拖著死章魚的手腳，能做些什麼事情。承煥轉過身，平躺了一下，像做仰臥起坐一樣，彎背坐起，腰硬得跟市政府大樓一樣。

他四下看了一圈，物品雖然多，卻看不到一件能割斷繩索的東西。如果有面鏡子就好了，天花板大約高兩公尺，窗戶就在天花板正下方。不用量，就知道是自己頭頂搆不到的高度。手腳被綁住的情況下，那個位置是怎麼都沒辦法上去的。他需要一個墊腳的，看起來放在階台下面的客廳裝飾櫃是最合適的。那是銀珠帶過來的東西，因為客廳太小，才放棄安放的物品。他還記得，為了把這東西搬下來，費了好大一番功夫。雖然從階台到窗口還有一段距離，但對他來說，已經沒有更多的選擇。

承煥一點點挪著臀部，往階台下方移動。過去一看，這下辛苦是免不了的。兩座裝飾櫃竟然是貼壁並排，而且一如記憶中的該死地沉重。力氣還沒完全恢復，這也是個問題。光是把腳尖塞進裝飾櫃的後面，拓開一個縫隙，到連人都能坐進去的程度，就花了足足二十分鐘的時間。身體在還沒開始動作之前，就已是大汗淋漓。他的背貼緊牆壁，以牆為受力點，用被捆住的雙腳，開始推移裝飾櫃的背面。使盡全力推動的結果，也不知道有沒有移動三十公分。好不容易把裝飾櫃推到窗戶下面時，如匍匐在十里碎石路上移動的感覺，讓他真想癱倒下去算了。

他跨坐在裝飾櫃上，兩腳向上抬高。背靠著牆壁，一面小心抓住身體重心，一面站了起來。以肩膀抵住窗框，後腦袋的正中央一碰到玻璃窗，心裡就開始數數。一、二、三……以後腦用力撞擊玻璃之後，快速移開腦袋。尖銳的破裂聲響起，玻璃碎片四散到後頸和裝飾櫃上。他以起身時相同的方式，蹲了下來，背著手在裝飾櫃上面摸索，手上摸著了一片玻璃碎片。

繩索很快便被割斷，出去的問題也輕而易舉地就解決。雖然地下室的門由外反鎖，但窗戶還是開著。承煥把窗框從窗台上拆了下來，收拾好周圍四散的碎玻璃，平安通過窗洞，終於把腳踏上了地面。承煥就站在花圃上，向陽台裡面張望。客廳的燈沒開，瑞元的房門開著，房間裡只有檯燈還亮著青光。家裡一個人都沒有的樣子，四周安靜得讓人生氣，也可能是因為別院一個人都沒有，才會這麼靜。組長輪了週末夜班，一〇三號的同事早就飛奔回家人的懷抱了。如果一〇一號有人在的話，聽到玻璃窗碎裂的聲音，一定會馬上跑出來看。

承煥解開大門電子鎖，走了進去。玄關處還放著瑞元的白色室內鞋，這是自從籃球鞋不見了之後，臨時穿著上學的鞋子。他俯身看了一下放在室內鞋旁邊的自己的登山鞋，便走上客廳裡。家裡的樣子與平日別無兩樣。客廳裡，連一個腳印都沒留下。窗戶開著，紗窗關著。床上的棉被整理得好好的，床下還鋪著承煥睡覺用的褥子。筆記型電腦的畫面也開著之前還在處理中的頁面。電腦旁邊，放著他的手機。

承煥拿起手機，打開通訊錄，想打電話到派出分局報案，但卻突然停下了動作。周圍的安靜太不尋常，從地下室逃脫出來起，就瀰漫著一股怪異、令人不快的靜寂。他暫時不動，站在那裡，側耳傾聽四周的聲音。遮蓋住窗外景觀的大霧後面，草蟲高聲鳴叫。被風掃過的樹枝，發出颯颯的聲音。遠處也傳來犬吠聲。這不是靜寂，而是接近完全失聲的狀態。

承煥想著，支配世靈湖一帶的聲音是什麼？一張開眼睛，就會鑽入耳朵裡的聲音……水聲，對了！少了從閘門流出去的水聲。「沒有水聲」，就代表著「水不流動」，也就是「閘門關著」的意思。

來到世靈湖之後，他從沒見過閘門關閉的情形。聽周圍的人說，上次水庫閘門關閉，還是兩年前的八月，旱象嚴重的時候。再說，前兩個禮拜所下的雨，讓世靈湖的放流量漸漸多了起來。在他下班的時候，閘門比前一天開的數量還多。由此推斷，不大可能是總部以遠程遙控關上，一定是有人故意關上的。不會是管理局的職員，而是能進入中控室的某個人，或是曾經進去過的人。但是，為什麼要關？

水庫管理局的參觀行程、瑞元消失的籃球鞋，承煥瞬間大受衝擊。遺世孤島般的最後一塊拼圖終於完成。為什麼會那樣？為什麼會沒想到？到處都散落著暗示情況的線索，不是嗎？

吳英齊的目的，不在於殺死一家人，那只是過程收尾的階段罷了。他真正要的是組長父子。英齊打算讓世靈所遭受的事情，原封不動地還到瑞元身上，就當著他爸爸的面前。

承煥的脈搏加劇，心急得幾乎沒辦法再想下去。瑞元在組長伸手無法觸及之處，但組長卻在能看得到他的地方。有監視器和探照燈的地方，關上閘門後，影響最大的地方，寒松脊！

壁鐘指著一點三十分，從他失去意識的時候算起，已經過了兩個小時。在這中間，水滿到何種程度？一思及此，下巴下面不禁升起一陣戰慄。水到不了計畫洪水位，對吳英齊來說，他所需要的，只是比正常滿水位再高一公尺。從最近的降雨量、入水量、容量來看，已經超過紅線的機率很大，寒松脊早就已經淹在水裡。

承煥握緊手機，拿起放在書桌上的頭燈，從窗戶跳了下去，緊接著便朝著圍牆出入門飛奔而去。站在房間裡所浪費掉的時間，讓他痛心極了。希望不會太遲，還能趕在世靈湖吞沒掉瑞元之前到達。跑得耳朵都快掉了，速度卻仍舊提不上來。林間小路凹凸不平，腳下如掛著千斤重擔，心臟都快爆炸了。每踏出一步，就有種瑞元與死亡的距離縮小一分的感覺。覆蓋在瑞元身上的黑暗與恐懼，也緊緊扼住了他的呼吸。就算瑞元是個再怎麼膽大的孩子，但也無法寄望他能忍受住這一切。瑞元才不過十二歲，他唯一能期盼的恩典，是瑞元被下了藥，不省人事，至少不要讓他知道自己被丟在什麼地方。

承煥到達碼頭時，正確來說花了五分鐘。在這中間，他只打開過一次手機，確定了一下時間之後就闔上了。報警的事情，稍後再做也不遲。

他爬過鐵絲網圍牆，取水塔的探照燈正從湖水處慢慢地往碼頭內側照上岸邊。多虧如此，才能看清往斜坡路漫上來的水面。浮橋已經淹在水裡看不到了。濃濃的大霧間，「朝聖號」只剩下形體還依稀可見。湖面安靜得嚇人，彷彿在訴說有個陷入恐慌、神智不清的孩子在這裡。

探照燈的燈光掠過碼頭大門，往內環湖路而去。承煥把手機放在碼頭大門下方後，就往斜坡路跑了下去。一走到水淹大腿的位置時，他大致推斷朝聖號所在位置後，便開始向著它游過去。能不迷失方向、正確碰觸到朝聖號，真是莫大的幸運。他覺得這是個好兆頭，代表了瑞元平安無事。

承煥往船艙方向爬了上去之後，以頭燈撞向艙門上的玻璃窗。玻璃一擊而碎，他伸手進去，解開門。打開室內燈，觀察了一下周圍。映入眼中的，是牆上一個放著緊急逃生用橡皮艇的玻璃櫃。這是要拯救瑞元的必備物品。

他用同時看到的一把破壞用手斧敲碎玻璃，拿出橡皮艇，再把拖曳繩掛在小艇環鉤上之後，就將橡皮艇丟到湖上。小艇一浮上水面，承煥接著就朝小艇上扔毛毯和手斧。最後，把與小艇連接的粗繩繫在自己腰上，跳進湖水中，開始朝著大致推測出寒松脊的所在方向游過去。

天上一顆星星都沒有，湖水被黑暗與大霧籠罩著。頭燈的燈光連一公尺都照不到，可視範圍小得可憐。每當探照燈掃過湖面時，承煥就必須停下動作，藉此觀察前方。寒松脊一點都不見蹤跡，能看見的，只有製造出冰山般龐然大壁的濃霧到處瀰漫著。難道已經連孿生松樹都淹沒在水裡了嗎？就在承煥感到一股絕望壓迫在背上的時候，他聽到了難以置信的聲音。那是從霧牆背後傳來的聲音，像激昂又高亢的發春貓叫聲。

他循著聲音游了過去，感到自己找對了方向。貓叫聲越來越大，越來越激烈，終於聽起來就在眼前。與此同時，他也一腳踏上了陸地。探照燈轉回湖上，正朝著他的附近過來。他隨即看到躲藏在濃霧之後的一個又大又圓、全身發黑的形體，聲音就是從那處傳出的。

「瑞元啊！」

他把橡皮艇朝自己身前拖了過來，一面大聲喊叫。彷彿回應就在這裡一般，探照燈的燈光為他照亮了躲在濃霧後方的孿生松樹。瑞元就在松樹前，水漫過他的脖子下方，嘴被封箱膠帶貼住，身體則被綁在樹幹上。然而，瑞元卻沒有失去意識，也沒有陷入恐慌狀態，而是在水裡高高地抬起頭，眨著眼睛，望著靠近過來的他。就在這陰森黑暗的死亡當中，清醒地忍受恐懼的折磨。承煥用力吞下湧上喉頭的酸澀。你做得很好，真的太棒了！

瑞元的背後盤腿而坐的形體是歐妮，就像隻守夜的貓頭鷹一般。牠跳上孿生松樹的樹杈，蹲坐在上面，不停地嚎叫，將他引導過來。歐妮怎麼會在這裡，承煥猜不到，也沒時間去猜。

「瑞元，現在還不能亂動，叔叔把你放上小艇之前，都靜靜地不要動。」

瑞元點了點頭。承煥把橡皮艇推到瑞元前面，把頭燈放在小艇底部固定，燈光盡量朝向瑞元。接著，便握住手斧，蹲在樹幹下方。在水下三十公分處，摸到了綁住瑞元的繩索。他像釘釘子似地，用手斧在繩索上敲幾下劈斷繩子。繩索一圈圈牢牢捆綁，但打結的手法並不複雜，只要弄斷一股，就滑溜地從瑞元身上落了下來。

承煥站起身來，深深地吸了一口氣之後，向瑞元伸出手來。瑞元的身體硬邦邦地都僵掉了，承煥有種不是抬著一個人，而是將一塊木頭放上小艇的感覺。他在緊縮雙腿、倒了下來的瑞元身上，圍上毛毯，撕掉膠帶。瑞元全身抖個不停，視線卻一直黏在他身上。彷彿在說如果我不看著你，你就會消失一般。歐妮則靠自己的力量從樹上下來，爬進了小艇。

「我們現在要去碼頭，在我們抵達之前，你躺著就好。」

瑞元以眨眼代替回答。承煥在瑞元的頭上套上頭燈，接著開始游泳。遮天大霧裡，他只能以朝聖號船艙裡恍恍惚惚的燈光作為指標，不停地划動四肢。游不到一半，就有點喘不過氣來，身體重得像要沉下去似的，游到朝聖號附近時，他連肩膀關節都快轉不動了。

承煥拖著橡皮艇，上到斜坡路，這次也是歐妮先跳上了地面。瑞元撐不起身體，只能維持承煥把他移過來時的姿勢躺著，下巴喀啦喀啦直打顫。承煥一把抱起瑞元跑向大門方向，當他讓瑞元靠著門坐好，包裹在毛毯裡的細瘦身體馬上如暴風雨中的小樹般開始晃動。承煥抱緊瑞元，不斷地拍撫他。

「沒事了，沒事了！瑞元真棒，幸好你撐下來了！」

瑞元點了點頭。只是這樣而已，沒有正常該出現的反應，像是大哭大叫，或至少嗚咽一下什麼的，他的衝擊似乎有點後知後覺，身體繃得緊緊的，一句話都不說。承煥心裡發慌，不管以什麼方式，現在都該爆發出來才對。如果不那樣的話，瑞元或許就得一輩子獨自忍受恐怖和痛苦。世靈湖會成為瑞元的古井，比他爸爸的更黑、更深、更有力的一口古井。

「想哭，就哭出來，放聲大哭都沒關係。」

他拍了拍瑞元的背，瑞元才終於開了口。

「最近在世靈峰那裡出現的紅色星星，您說是木星，對吧？」

「是啊！」

承煥看著瑞元回答。頭燈下方，冰藍如北極星的眼睛凝視著他。一股涼意掃過他的後頸，深夜被獨自關在湖中心的孩子，怎麼會出現這樣的眼神？這已經超越異常，接近不可思議的程度。

「當我一張開眼睛，我看到了木星。」

說完之後，瑞元就開始打嗝，像打噴嚏一樣，一連打了三個。在這之中，還一段段地說出令人不解的話。

「起初，我以為那裡是別館林子。」

「時針和那小女孩一起移動……」

「我一直在當鬼……」

承煥不自覺地抬頭望著天空，天上連一顆星星都沒有，只有如爛泥灘般一片黏膩混濁的黑暗。他聽不懂瑞元的話，卻也無法當成是一個嚇壞了的孩子隨口亂說。寒松脊上，究竟發生了什麼事情？

他鬆開瑞元，以後還會有機會好好問問的，現在該做的事，是讓警察出動到管理局的中控室。他在大門下方摸到手機，一拿出來，就按了派出分局的電話號碼。巡警接了電話，承煥才說要找朴刑警，一名自稱是刑警隊長的人就把電話接過去，說朴刑警出差去了。

「有什麼事嗎？」

承煥瞄了瑞元一眼，瑞元埋在毛毯裡看著自己腳尖，但承煥知道，瑞元正豎起耳朵聽著通話內容。承煥沒有那個本領，說出只有刑警隊長才聽得懂的話。

「水庫保全小組的組長被當成人質，關在管理局系統中控室裡。」

電話的另一端，傳出呼吸停頓的聲音。

「你是說崔賢洙先生嗎？他被誰抓住了？」

承煥沒法回答，從產業道路橋方向突如其來地傳出奇怪的聲音。彷彿水壩整個垮塌下去的轟隆巨響。搖晃大地的震動接連而來，朝聖號原本對著碼頭方向的燈光，一晃就轉到一號產業道路橋的方向去。探照燈的燈光在湖水上打轉，照出了打起漩渦的水面。平靜無波的水面突然出現漩渦，朝著湖心方向傾斜過去。恐怖的場景閃過他的視野，他聽到胸口發出砰的一聲，沉了下去，忍不住爆出連自己也聽不懂的一句慘叫。以此為起點，他的腦裡成了一片慘不忍睹的地獄。

承煥把手機放在瑞元手裡，讓他握緊，再將包在毛毯裡的瑞元從碼頭大門下面滾了進去，自己再翻牆過去。到底要去哪裡，翻牆之際，他有了結論。不可以到湖的外面去，那裡有比吳英齊更可怕，用什麼都無法對抗的東西正撲向整個世界。

背著瑞元，是怎麼跑上了世靈牧場陡峭的上坡路？日後他也一直記不起來。只有撼動著赤楊木林的湖水咆哮、在樹木之間徘徊的明亮探照燈光，還有壓在背上的瑞元重量久久留存在他的記憶中。

一打開畜舍的門，黑暗裡一股酸腐的惡臭迎面而來。歐妮已經穩坐在畜舍木地板下面，自己的小窩附近。承煥把瑞元推進那裡，包上毛毯。

「叔叔馬上就回來。」

瑞元點了點頭。

「你和歐妮待在這裡，雖然叔叔也很想和你在一起……」

「叔叔得去救爸爸。」

瑞元替承煥說完剩下的話，承煥一時說不出話來。如果閘門是吳英齊關掉的，打開閘門的人就是組長。如果是在中控室裡，以遠程遙控開啟的話，他就一點辦法也沒有了。只能在所有的一切都被沖走之後，關上緊急閘門。但如果是從閘門平台上，以手動方式開啟的話……

「叔叔，我和歐妮也是您救的啊，對不對？」

瑞元的眼睛閃著不安，想要一個確定的回答。承煥點了點頭。

「你保證，在叔叔回來之前要勇敢地待在這裡。」

「我會的！」

如此回答的瑞元，眼裡的自信又回來了。承煥站了起來，頭也不回地出了畜舍。他怕自己一回頭，就邁不出腳步。把一個才剛脫離死亡威脅的孩子，獨自放在畜舍裡離開，和把孩子綁了起來，丟在一處等死，同樣殘忍。要不是有歐妮，要不是有瑞元展示出來不可思議的勇氣，他根本不敢有離開的念頭。即使湖外的世界，已經消失得無影無蹤。

走上內環湖路的同時，承煥把瑞元丟在腦後。探照燈掃過湖水上，岔分為數十股的水流高高地昂著頭，朝著水庫奔馳。原本是坡地的位置已經被漩渦吞噬，白色的浪花翻湧到鐵絲網圍牆外面。這裡已經不是一座湖，而像被海嘯侵襲的小島邊緣。當他穿過長長的道路，踏上一號產業道路橋時，他才驚覺，自己到了地獄的入口。

水壩邊緣下面，什麼都沒有，管理局、低地村，連商店街的路燈也全都不見。放眼望去，能看到的只有從黑暗底下噴湧而出的數十公尺高水柱。再過去，白色泡沫如蕈狀雲般升騰而起。彷彿要劈開大地的轟鳴，撼動著整個天地。水柱所掀起的爆炸性氣浪，甚至翻捲到產業道路橋上，氣漩帶出來的浪花，如暴雨般傾盆而下。

承煥感覺到了橋的晃動，耳朵裡什麼都聽不到，全身無力，人也快昏倒。站在那裡，有種滿目瘡痍的感覺。短短不到幾秒的時間裡，亂七八糟的想法閃過腦海。在眼前一切都完蛋的時候，在組長和吳英齊、水庫管理局、村民，甚至整個村子都消失不見的此時此刻，他往白色深淵裡跳進去，有意義嗎？去了又能怎樣？就算去做了什麼，又有什麼用？也不能像超人一樣，逆轉地球，把時間倒回去。一旦進去，可能永遠也跳不出來。

送來答案的，是架設在閘門平台上的探照燈。不管黑沉沉的閘門下面有沒有出什麼亂子，依然按照既定軌道，既定速度轉動的白光，讓承煥想起他跑來這裡的理由：得立刻爬上平台，降下緊急閘門。

他跑了起來，只看著前方，拚命跑。一直跑到產業道路橋中間一帶，才首次回頭看了看後方。感覺有什麼掠過自己，形體像是一種烏黑的、穩穩蹲坐著的大型野獸。但這一回頭，除了大霧和波浪之外，什麼也看不到。到了平台出入門，他才後知後覺地發現，不是有「什麼」掠過自己，而是自己掠過了「什麼」。這個「什麼」，其實是一個人，一個倒在產業道路橋上的人。出入口大門上還插著一把主鑰匙，說明那個人是組長。後知後覺發現的事情還有一件——他忘了報警叫大家疏散。想要報警的話，還得到閘門警衛室。

他一口氣跑上閘門平台，報警的時間都用來按緊急閘門的下降鈕上。如果是平時，會發出「嗡」的一聲滑輪啟動音，然後傳出鐵鍊喀啦啦的摩擦聲。但在聽覺到達飽和狀態的此時，他什麼都聽不見。他跑到有著閘門和緊急閘門的觀察廊往下觀看。世靈湖的緊急閘門，是一道一次就可以阻斷水閘門的一體式閘門。為了確認那道笨重的大鐵門是否在下降，他連有人從背後靠過來都不知道。承煥耳後閃過什麼花白的東西，出於反射，他低頭往地上一滾。空中一聲咻的聲音，掃過頭頂。

承煥一直滾到平台中間，才抬起頭來。組長正走向滑輪開關，一邊的肩膀下垂，一邊的腳像掃把一樣一步一步拖著。暴露在探照燈下的模樣，足以說明之前發生過什麼事。臉上血水橫流，眼睛、鼻子和嘴都腫得看不出原來的樣子。纏著繃帶的右手垂落在大腿下方，傍晚時還動不了的左手上，握著沾滿血跡的木棒。

「瑞元還活著！」

承煥站起來大喊，但聲音卻傳不過去。他的喊聲完全被水柱的爆炸聲、緊急閘門啟動的聲音、大樹連根崩斷的轟鳴聲所埋沒。

「瑞元還活著！」

組長用握著木棒的左手伸向滑輪開關，承煥盯著組長的脖子，飛身過去。得告訴組長瑞元還活著，想告訴他的話，就必須把組長壓在地上才行。壓住之後，還得先抓住那隻孔武有力的左手，才能馬上對著他的耳朵把聲音送進去。但承煥的手還沒碰到組長的脖子，棒子就已經先掃過他的側腰。承煥一下子栽倒下去，眼前發黑，沒辦法呼吸。這一擊的力道完全超出他的想像，簡直是在面對時速一百五十公里的球時，才會揮出的球棒速度。真是一記充滿了力量和發狂的打擊，恐怖得讓人再也提不起勇氣。然而，不是只有這一記，每當他一將身體挺起，木棒馬上又對著他的腦袋飛了過來。

承煥像滑壘一樣，將身體往地面滑去，卻完全躲不過這一擊。木棒掃過他的耳畔，哐的一聲打在了啟動裝置所在的牆壁上。承煥嘴裡有種炸彈爆炸的感覺，他的眼前閃過自己半個腦袋被打爛的幻影，同時也確定，組長想打死自己。就在劇痛到意識變得朦朧之際，他聽到了組長所發出的嗚咽吼叫。模糊的視野中，抓住了組長彎腰想撿起木棒的身影。不知道是不是看不清棒子，手不停地在地上到處摸索。承煥的腦袋晃來晃去，險險地站了起來，朝著組長用來支撐重心的右腳，就像在冰上曲棍球裡會做的身體阻截（Body Check）動作般，衝了過去。他的肩膀撞到組長右腳的瞬間，組長的高大身軀崩潰般地向前撲倒。承煥趕緊將他的左手扭到背後壓住，爬上去坐在他的背脊上。然後把嘴靠近組長的耳邊，大聲喊叫：

「瑞元還活著！」

組長的頭瑟縮了一下，停下了掙扎，彷彿耳洞上被插了根錐子進去似的。

「瑞元還活著！」

轉過頭來，組長望著承煥的眼睛裡，閃過難以置信的神色。

「還活著，我給你聽他的聲音，你可以和他通話。」

組長的樣子，似乎努力想睜大腫得不像話的眼睛，來觀察承煥的表情。承煥壓低聲音：

「相信我！瑞元手上還拿著我的手機。」

組長不再抵抗，但也沒放鬆身上的力氣。承煥用盡全力，扭住組長的手臂壓在身下。滴答滴答，時間慢慢過去，先放鬆力氣的人是組長。承煥放開組長的手臂，站了起來。

「起來吧，到警衛室去，我讓你自己確認。」

承煥從腋下架起組長，扶他走下平台樓梯。組長彷彿在一個看不見的拳頭下，挨了一記重拳，不停晃動，雖然走神，卻沒有昏倒。配合著一階階的樓梯一步一步踩著下去，似乎想全力維持住快要失去的意識。看起來，就像一座快倒塌的塔似的。

主鑰匙還插在平台出入門上。承煥拔出鑰匙，往產業道路橋走下去。緊急閘門似乎已經完全降下，從平台下來的時候，閘門周邊靜得嚇人，只有隱約聽到某處傳來的警報聲。

承煥走進警衛室裡，拿起電話機。組長沒有坐在椅子上，只是擋在門框前，像門板般站著。組長的眼睛裡這麼說，如果你敢騙我，你就死定了。承煥感到眼前發黑，電話打不通。雖然按了重撥鍵，還是一樣。不管是電力還是電話，都已經是不通的狀態。

承煥瞄了一眼組長，組長總是放著手機的襯衫口袋，映入眼中。「那個，借我一下。」

承煥指著襯衫口袋，組長兩眼失焦地望著他。

「打開襯衫鈕扣，把手機拿出來。」

組長笨手笨腳地摸著襯衫口袋，突然看著承煥。一副連他自己都不知道有沒有那種東西，承煥怎麼會知道的表情。

「給我吧，快點！」

組長解開鈕扣，掏出手機，遞了過去。沒有關機，電池的電力也很足夠，承煥打開通訊錄。手機鈴聲才一響，瑞元就立刻接起電話。

「是爸爸嗎？」

承煥還來不及說些什麼，組長就搶過電話。默默地聽到聽筒另一端傳來瑞元「是叔叔嗎？」的聲音後，遲疑地開口。

「瑞元啊！」

瑞元的聲音突然充滿了活力，滿溢到聽筒外面來。

「爸爸！」

組長的身體像中了麻醉槍的野獸般，頹然傾倒。

「爸爸！」

組長沒法回答，他已經失去了意識。

一二三木頭人

六

那天晚上，我陷在現實、幻想與夢境重疊的同心圓裡。同心圓的軸心是取水塔的探照燈，我所在的地點，則是寒松脊孿生松樹樹下。從我恢復意識的瞬間起，到叔叔來找我的時候為止，是唯一不變的兩件事情。除此之外，其他的一切時時刻刻都在改變，連周圍的景象、情況和時間的流動也一樣。

我還記得被丟在那個地方之前的事情。當我正睡著的時候，聽到奇怪的聲響，一睜開眼睛，就被穿著制服的男人摀住嘴巴，像打預防針一樣，手臂一陣刺痛，接著就失去了意識。不知道過了多長的時間，我被一陣聲音吵醒。

「一二三木頭人！」

白皙、細長的小腿如幻影般從我的視野裡飄過，只留下砰砰蹦著的光腳殘影，那讓我從睡夢裡一下子清醒過來。

幾棵高大的扁柏樹，圍著一個有學校運動場大小的圓形空地。我的正面是一座高塔，塔頂有一座探照燈轉動著。光照距離很長的白色光線按照順時針方向移動，剛好照到空地上的關係，我才得以看清周圍的景象和我所在的位置。

圓形空地的中央有一座塔。越過塔，看得到一顆紅色的星星。我想起叔叔跟我說過，那顆星叫木星。因此，我也發覺，以扁柏樹圍繞的圓形空地，可視為時鐘文字面板現象。以塔身為針軸，探照燈的白光是秒針。紅星、塔和我呈一直線排列。紅星是十二點方向，我是六點方向，九點方向是北極星，三點方向則是一群不知名的星群，散發著冰冷尖銳的光芒。天空帶著如黎明時的空氣般，青森森的顏色，高得望不見頂。

在我觀察四周的時候，白光秒針在空地繞了一圈，來到十二點方向。有什麼隨之飛快地掃過我的後頸，那是如風般輕微的感觸，剎那之間的接觸，我以為那是幻覺。與此相比，從塔那端不斷傳過來的聲音，更讓我在意。像山谷回聲般高亢清亮的聲音，是夢裡聽過的小女孩聲音。

「一二三木頭人！」

這裡是哪裡？問完自己之後，隨即揚起一陣雞皮疙瘩，這是一個讓人感到莫名恐懼的問題。這是夢境，因為那孩子正呼喚著我。應該是別館林子裡某個地方吧，我所不知道的那女孩的空間。不可能不是，我的心堅持著。就算記憶裡，我是被穿著制服的兩名男子所抓來，就算我五個感官已經掌握了我的處境。

一分為二的巨大樹幹，黑沉沉地浸泡在水裡，上面是朝著四方伸展的松枝。我所在的地方，是寒松脊彎生松樹樹下。我的嘴被封箱膠帶纏繞住，身體被綁在樹幹下方，兩腿伸長，坐在地上。而我的大腿上，有什麼小而溫暖的物體正呼嚕呼嚕地喘息著。是歐妮！

我的腦子還是一團亂，如果這是現實，如果有彎生松樹，那這裡就應該是湖心，而不是扁柏樹圍成的林中空地。

「一二三木頭人！」

在三點鐘方向發現了那孩子，文風不動地站在扭曲下垂的長樹枝下。距離雖遠，我還是很明顯地看得到她的模樣，又黑又長的過肩頭髮，尖尖的下巴，凝視著我的黑眼珠，垂落在大腿兩側的手臂，白色的內褲，細長的雙腿，還有踩在地上的光腳，是我經常在夢裡見到的樣子。這讓我稍稍感到安心，是夢沒錯。

秒針掠過那女孩，下到四點鐘的方向。那孩子的樣子如同影子一般漸漸變得淡薄，最後被黑暗所埋沒。

「一二三木頭人！」

歐妮開始扭動身軀，雙腿伸直，嘴咧到耳旁，打起了呵欠，發出哼哼的難受聲。我不出聲地喊牠，歐妮，睜開眼睛，快醒醒！

秒針走到了我的正面位置，黑暗與閃光交替般，位置變了。我睜大眼睛直接看著閃光，有種暴露在驕陽之下的感覺。因為光線，眼睛什麼也看不到，因此必須靠聽的，來聆聽響在光線後方的腳步聲。不是走在地面上的聲音，而是像鹽粒之類，又小又輕的東西，在水面上奔跑似的聲音。蹦蹦蹦！歐妮突然變得緊張，立起身子，站了起來。

「一二三木頭人！」

歐妮把我的肩膀當成踏板，跳到樹枝上，發出如嬰兒哭聲般的鳴叫聲。那是對象明確的叫聲，朝著黑暗裡的聲音「打招呼」。從五點鐘方向傳來回覆。

「一二三木頭人！」

秒針往九點鐘方向遠去，我的周圍又如鮟鱇魚口裡一樣變得黑暗。腳步聲現在從正面傳來，但就算我再怎麼睜大眼睛，除了閃光留在視網膜上的殘像之外，什麼都看不到。歐妮用爪子搔爬耳尖，發出激昂的聲音。

秒針到達十二點鐘的方向，又有種奇妙的觸覺掠過我的後頸。比稍早前更緊密的觸感，接觸到的部位也更大。往後頸下滴落的水珠，告訴我這觸感是「真實的」。我雖然很想當作是樹枝上滴落的露水，但身體卻先察覺到了。是那女孩濕淋淋的手，彷彿在說這次也是你當鬼，冰冷、潮濕的手輕輕地撫過我的後頸。

風吹動樹枝，掠過我頭上。冰冷的氣流往兩頰擴散，不安襲向我的腹部。水滴的觸感、夜風的觸感、空氣的清爽觸感、踏著樹枝跑的歐妮鳴叫聲。五感的認知太過於真實，但情況所提供給我的情報卻太過虛幻。這裡到底是哪裡？寒松脊？還是別院林子？制服男人到底是什麼人，從哪裡過來的？叔叔也被抓走了嗎？爸爸知不知道我被那些人抓來這裡？媽媽還在眷村警衛室裡嗎？到我睡覺時都沒出現的歐妮，又是怎麼跑到我身邊的？

「一二三木頭人！」

我在三點鐘的方向看到了小女孩的身影，她正走在只有一片披薩大小的光波裡。有種越來越接近的感覺，可以看清一些新的東西。空地地面上，被水覆蓋。女孩的腳下帶起一畦水花，長長拖行的腳印彷彿在水面上奔跑到一半，被光絆住停了下來似的。

秒針越過那小女孩，往我所在的位置移動過來。我這才發現林中空地已經變成湖面，眼前看到的塔，就是現實裡的取水塔，原本紅星所在的位置則隱約地露出世靈峰的稜線。

「一二三木頭人！」

那孩子的手再度撫過我的後頸。這次也是你當鬼！新的混亂又增加，這與我所熟悉的「一二三木頭人」規則不同。當鬼的我被捆綁住，而那孩子飄忽地移動，每當喊過十二次「一二三木頭人」，秒針來到十二點鐘位置的時候，就會摸到我後頸，宣布這次又是你當鬼，這根本就是一個當鬼的人卻什麼都做不了的遊戲。我從來沒聽過像這種單方面訂規則的遊戲，連罰則是什麼，至今也是一無所知。除了摸上後頸的那隻手外，到底還有什麼是真實的？

「一二三木頭人！」

我猛然發現，圍繞著四周的扁柏樹群突然往我面前靠過來，也發現樹木變得更高大，山稜線和取水塔也比之前看起來更接近。秒針的移動速度加快，旋轉一圈的時間確實變短了，而找到女孩的時間也隨之縮短。現在，連停下站著的動作都看不清了。不知從何處傳來蹦蹦蹦的聲音，而我卻連方向都摸不清。歐妮還在枝椏間如飛鼠般飛來飛去。聲音越來越大，越來越狂暴。我的身體忍不住冒出一粒粒的雞皮疙瘩，背後也升起一陣寒意。這不是虛幻的感覺，而是實際的感受。經過一段時間，水已經升到了腰部。

「一二三木頭人！」

如歌響起的水滴般聲音，我卻被迫不得不聽。蹦蹦蹦，奔跑的腳步聲擾亂了我的感官，戲弄我的聽覺，在黑暗裡玩得很開心。扁柏樹群越來越近，一下子長得更高了，真是奇怪的樹木，水升得越高，樹長得越大。我不知該如何是好，四下張望了一下，在四點鐘的方向看到了什麼。反射著殘光的水面一掌深度之下，有個黑色物體正打著漩渦。這是水草叢被暗流卡住所形成的現象。歐妮飛身往朝著那個方向伸展的樹枝上跳，剛好秒針也到達了那附近。瞬間，一股寒氣堵住了我的氣管，水草叢中，一雙圓黑的眼睛仰看著我。

「一二三木頭人！」

新的一輪又開始了，景觀也開始有了變化。樹木全都向後退，樹高也比之前矮了很多。原本漲到腰部的水也嘩嘩地降到屁股下面去。歐妮朝著九點鐘的方向飛身而去，我感覺到浪潮準備被劈開的鬼祟動靜；隨即看到在浪花中間，一個如鯊魚背鰭似的白色額頭冒了出來。水下的一雙眼睛，躲了起來。白光的秒針，像是說好了似地，正好照在那個地方。

秒針停到十二點鐘的位置，湖水又慢慢變回坑坑窪窪的林子空地。樹木也回復原本的高度，取水塔再過去，木星發出紅色光芒。

這時，我才終於學會遊戲規則，這是一個對女孩絕對有利的遊戲。她能在黑暗與水裡自由來去，還能躲藏起來。一旦被光線絆住，只要站著不動就可以。就算被我的眼睛捕捉到，也不會受罰。但我卻必須在秒針走完一圈之前，動用所有的感官去捕捉女孩的動向，把她找出來才行。一旦找到了她，就必須一直盯著她的眼睛，直到秒針照射到我們為止。女孩輕撫我的後頸，不是你當鬼的意思，而是你輸了，必須受罰的意思。永遠都是我當鬼，一個抓不到就要受罰；捉到了，可以不用受罰的鬼。

每次輸了，寒松脊就會下沉一掌的深度。水會上漲到那個高度，林中空地也會變成湖面。空地縮小，扁柏樹漸漸變大，女孩的聲音越來越快，秒針也跟著越走越快。只要找到那孩子，寒松脊就會上升，上升多少，水退多少，地面重新露出，回復成林子空地的樣子，秒針和聲音也會恢復原來的速度。如果拒絕玩遊戲或中途放棄，會受到的最後懲罰，自不待言——湖水會吞噬掉我。

「一二三木頭人！」

要我集中精神似地，那孩子又用著清脆的嗓音念起咒語。我贏了三次，輸了三次，歐妮幫了大忙。只要歐妮踏著朝向那孩子所在方向的樹枝移動，我就能在黑暗中睜大眼睛探索，捕捉到女孩的動向。

「一二三木頭人！」

木頭人無休無止地走走停停，從某個時候開始，我再也無法奪回林中空地。水面以她的腰為警戒線，起起落落。那孩子如白海豚似地突然躍出水面，再從半空中滑降而下，沉沒到水裡。歐妮累了趴下去，也因此那盤我輸掉了。小女孩移動得太快，以我的動態視力來說，根本捕捉不到。水位上升到我的肩膀，一陣急寒襲來，牙齒喀喀打顫，耳朵裡嗡嗡響，視線也變得模糊。湖水縮到只有一口井的大小，樹木變大，變大，不斷地變大，完全遮蔽了天空。取水塔在我腳底下如怪物般支撐著。孿生松樹環抱著我，不斷下沉。就在我的意識也快要沉沒之際，我聽到了叔叔的聲音。

「瑞元啊！」

我打了個寒顫醒過來，四下張望，不斷尋找那孩子的蹤影。但除了霧氣之外，什麼也看不到。那孩子、圍繞著我的扁柏樹群、取水塔，還有白光秒針，都消失了。

「瑞元啊！」從濃霧之外傳來的，的確是叔叔的聲音。撥開大霧，出現在我面前的，不是那女孩，而是叔叔。這是虛幻的？還是真實的？我睜大眼睛，望向推著橡皮艇，靠近過來的叔叔。

從那個時候開始，一直到抵達畜舍時為止的記憶，都和叔叔的小說內容一致。

我想都沒想到水壩會被打開，只是從叔叔和警察的通話中猜測了一下情況。爸爸被制服男子抓走了啊！媽媽呢？我希望媽媽也像我一樣躲在什麼地方。叔叔沒有提到媽媽的事情，也讓我抱了一絲希望。雖然我討厭又得和歐妮兩個被單獨留下來，但也不想黏著叔叔不放。叔叔得趕緊過去，才能救出爸爸。警察不會去救爸爸的，他們輕蔑地稱爸爸是「婊子養的」的那天早上，我永遠也忘不了。

我打開手機又蓋上手機，不知重複了多少次。我想傳簡訊給媽媽，但卻猶豫不決，這樣做可以嗎？如果被制服男人攔截到，我的位置就會被發現。最後，我闔上手機，把歐妮拖過來抱著。歐妮在我的懷抱裡呼嚕呼嚕打著呼睡著了。有這傢伙，我的體溫就不至於往下掉。碰觸著歐妮，讓我忘了害怕；對叔叔會救出爸爸的信念，讓我得以按捺住痛苦的焦躁。小女孩沒有再出現，如果連在畜舍裡都得玩「一二三木頭人」的話，我想我大概就無法忍受那看不到盡頭的等待。

手機鈴聲響起的時候，還在小睡的我看到畫面上顯示爸爸的手機號碼，差點把頭撞上箱壁。聽到爸爸喊「瑞元啊！」的聲音，我真想從箱子裡跑出去。當叔叔獨自出現在畜舍時，我幾乎要哭出來。爸爸沒有一起來，就表示在爸爸身上出了什麼問題。

「沒事吧？」

叔叔把我從地板下拉上來之後問，我則先問起自己心急的事情。

「爸爸呢？」

「還好吧！」

「我爸受傷了吧？所以叔叔才自己一個人來。是不是？」

我沒發現叔叔也在流血，不是因為四周一片黑暗，而是我沒有時間去打量叔叔。

「是啊，現在大概被送到醫院了吧。」

「您會帶我去找我爸爸吧？我們現在是不是要去找他？」

「現在不行！」

「為什麼？」

我的聲音裡帶著不自覺的哽咽。

「現在你和我還有別的地方要去。」

「要去找媽媽嗎？」

不管怎樣，我用盡全力想聽到一個比較有希望的答案。叔叔無情地搖搖頭。

「媽媽也晚點再去找。」

我突然把手機遞給叔叔，生氣了。叔叔接過手機，很為難地接著說下去：

「很快就會看到爸爸的，叔叔保證！」

這個約定，最終還是沒能做到。當我在親戚家輪流寄居的時候，也沒人帶我去看爸爸。當我剛開始和叔叔住在一起的時候，爸爸卻拒絕會面。在死刑定讞之後，我自己也拒絕去會面。「你就去一次吧！你去的話，說不定願意跟我們見面。」即使叔叔苦口婆心地勸說，我也不想聽他的。

那天晚上，是我最後一次聽到爸爸的聲音。和歐妮也沒能好好道別，那傢伙坐在柿子樹的樹枝上，望著上了警車的我們。距離雖遠，卻足以讓我感覺得到小傢伙的視線。我數度回頭看，但歐妮卻始終沒有追過來。或許，因為是警車的關係吧。

從那之後，我就再也沒有去過世靈湖。一方面是沒機會去，一方面也是沒有心情去，也沒辦法去。低地村的村民連個避難的時間都沒有，就在睡夢中慘遭橫禍。連派出分局出動的刑警也全都死了。而我，就是犯下如此滔天大罪的男人之子。這是我想忘也忘不了的事實，因為我根本沒有餘力去忘記，時到今日，還一直為此付出代價。就算如此，我也要努力活下來，因為我認為，自己只是那個瘋狂男子的代罪羔羊罷了。叔叔的小說卻連我這卑微人生的名分也奪走，讓我不得不全盤接受這一切——其實我的人生，是與無數人的生命交換而來。

為什麼？為什麼叔叔要寫這個故事？出於什麼理由，要告訴我殘忍的真相？而且還是沒有結尾的情況。原稿就在「承煥的章節」處戛然而止，從情節上來看，後面章節應該接的是母親的故事。

我打開叔叔的筆記型電腦，猜想或許還沒印出來吧。插上隨身碟，確認「世靈號」檔案的內容。也一樣結束在承煥的章節。當我點選名為「初稿」的檔案，一個一百七十頁的原稿出現。但這份初稿也在同樣的地點結束，唯一的不同，是在最後一頁加了標題的空白頁。

姜銀珠

無數的疑問湧上心頭，叔叔為什麼不寫完最後的一章。吳英齊如何逃出那場災難，母親又是遭誰殺害後棄屍江中？

採訪手冊裡，記錄著受訪者清單。清單下方，有的畫了紅線，有的還附上簡短的評論，但卻沒有與母親和吳英齊行蹤相關的線索。剩下的，只有兩封文荷英的信和語音檔而已。語音檔檔名全用數字，從一號到四十五號，因此也無法猜出檔案內容是什麼。這是按照什麼標準所排列的編號呢？時間順序？採訪受訪者順序？我不敢爽快地打開錄音紀錄，遲疑之際，才突然發現，時至今日，我仍然害怕面對父親。

點擊了一下二號檔案，因為一號是父親的語音檔，我想著二號檔案裡會不會也傳出父親的聲音，結果不是。出來的，是一個我耳熟能詳的女人聲音。

姊姊的婚姻，其實並不幸福。南下世靈湖之後，更是如此。每天晚上，她都會傳簡訊給我，要我打電話過去。她想跟我訴苦，又怕手機通話費太高，不敢打電話過來。我姊就是那種人！

三個檔案都是英珠姨的錄音檔。大部分都是小說裡提到的內容，沒多說什麼特別的話。五號檔案則錄下了林園管理人老林的陳述。

……那天，我出發前往安東之前，也去了警衛室一趟。很奇怪地，那女人讓我有點掛心，雖然平常我們根本也很少講話，所以我就告訴她，放下擋桿，也別去巡邏，不認識的人，就不要給人家開門。沒想到竟然發生那種事情，我第二天看新聞才知道。急急忙忙趕了回來一看，真的什麼都沒有了。那個地方，現在就是一座死村。水庫，也由八英湖那裡一起管理。活下來的人，拿了很微薄的賠償金後都離開了，那裡沒法再蓋新房子，就算想繼續住在那裡，也沒法住。林園成了凶宅，荊棘藤蔓把那片廣袤的林地都覆蓋了，茂盛到人們想進去還得帶上鐮刀，劈砍出一條路才行……

六號檔案，是刑警的採訪錄音。

……我們一直到九月十一日都沒能找到那家汽車修理廠。這時才突然想起一山，到那裡一看，果然，公寓附近就有一家汽車修理廠，不過早就關門打烊了。一看表，已經是凌晨一點。一想到還要等到早上，就一點力氣都沒有。肚子也有點餓了，索性到路邊攤點了碗麵，喝杯小酒。有好一陣子的時間，我都很難過，如果能早一點點找到的話，就能阻止慘事的發生。當我知道事情演變成這樣，簡直不知道該說些什麼。幹了二十年的刑警，這還是第一次碰到小組同事全都死光的情況。調查進行的同時，莫名有一種怪異的感覺。崔賢洙手上拿著的木棒，什麼人的血跡都有，就是沒有姜銀珠的。不只是木棒，連崔賢洙的全身上下也檢驗不出來。吳英齊的屍體到最後都沒有找到。我也曾經提出異議，卻被擱置不理。那時案子已經送到首爾地檢署，上面的人當然希望快點結案。來自輿論、媒體、政治圈的壓力大到讓人受不了，崔賢洙也在生死線上轉了好幾圈。是那小孩和你的供述吧？事件發生的情況已經很明確，如果把你或小孩的供詞加進去，就會出現矛盾。而且供詞內容也令人難以置信。大半夜，小孩子一個人在湖心裡，而且還被綁在樹幹下。水都淹到脖子了，還能好好支撐過幾個小時，這種事情誰會相信？不管怎樣，案子已經結案，算是完全結束了。本人說了什麼話？都什麼時候了，為什麼現在才說？是因為被判死刑，突然覺得自己很冤枉嗎？

刑警的話到這裡就戛然而止。這是目前我所聽到最短的一段紀錄。有種應該後面還說了什麼，卻被故意刪減的感覺。

七號到二十五號的檔案裡網羅了各方人士的聲音。從為那件事引咎辭職的管理局營運小組組長起，到奇蹟般生存下來的村民、當時在診所工作的保健醫生、參加了花園餐會的育幼院院長和教師、活動企畫公司、當時在吳英齊的牙科診所裡工作過的牙醫、製藥公司職員、吳英齊的親友、文荷英的娘家父親……

有積極協助的聲音，也有充滿憤怒的聲音，也有拒絕接受採訪的聲音，還有威脅著不許繼續進行採訪的聲音。不管怎樣，採訪紀錄和手冊上的受訪者清單大概都對得上。採訪紀錄裡沒有的人，只有兩個——徵信社和當時醫院祕書長，這也表示，始終沒找到這些人。這也加重了這些人到目前為止，仍與吳英齊有密切關聯的猜測。然而，卻沒有任何線索顯示母親的死與他有關。

我重新架構了小說的最後場景。父親以為吳英齊死了，便走出中控室，連手上拿著什麼都不知道，就爬上了水閘門。吳英齊在父親出去之後，才打起精神站了起來。很快便察覺到父親趕往一號產業道路橋，以及之後會發生什麼樣的事情，因此趕緊跑出中控室，朝二號產業道路橋而去。因為過了橋之後，再穿過林園，是前往休息站最短的路程。休息站那處，必然有偵探社的車輛在等著他。在他跑過產業道路橋的時候，父親正爬上閘門上的平台，叔叔將我從寒松脊帶出來，而母親呢？

我也曾經假想過，母親也像叔叔一樣被綁在某個地方，後來自己逃了出來。隨即為了找我，朝著管理局中控室過來。為了萬一發生的情況，手上可能還握著什麼防禦用武器。如果被捆綁的地方是綠林圖書館的話，按照母親的個性，一定會挑選一根棒球棒。如果母親走上二號產業道路橋的時間，和吳英齊走下這座橋的時間一致的話，兩人便會在橋上碰面。所以母親和吳英齊扭打起來了嗎？

從二十六號檔案起，是父親在說話。藉由父親的聲音，小說裡的故事情節井然有序地再度重現。父親的嗓音始終都很低沉，時而緩慢，時而遲疑，有時語帶顫抖，有時也以沉默代替發言。為了將那些聲音，只當成資料來聽，我也花費了一番心力。

……到我清醒後，才知道自己闖下了什麼滔天大禍。我還有什麼好說的，難道要說，為了救我兒子，才打開水壩閘門嗎？為了兒子，我完全瘋了，才沒想到村子裡的人嗎？連我自己都認為，我殺死了吳英齊。也覺得，我的妻子也等於是我殺死的。我真是太傻，太蠢了……所以現在，我所能做的，也只有保持沉默。過去的七年裡，總無數次地反覆想起那天晚上的事情。總是設想著「如果我……」，但就算時光機能將我再次送回那個時候，我大概還是會做出同樣的事情。如此衝動又蠢笨的野獸，就是我這個人。夢中男人這種事情，從一開始就不存在。如果有的話，那就是從我內心中脫逃出來的惡魔。當然，我也想過自殺。每天，每刻。我之所以沒有做出那種事情，是因為我想得到自我的救贖。拒絕接受宗教信仰，也出於類似的原因，至少我擁有不讓神救贖的自由。而我所等待的，不是救贖，而是命運放過我，讓我能夠脫離這個人生，得到全然自由的時刻……

窗外暗了下來，父親的話，也快說完了。

你說古井嗎？我現在還去，每天、每晚都去。崔上士仍舊喊著「賢洙啊」，小女孩也低喃著「爸爸」。有時，世靈村的村民也會一起合唱。每當那時，我就會懷疑高粱田古井的傳說，其實是我自己創造出來的。偶爾，也會經過古井，走到小路盡頭，望著地平線那頭的燈塔燈光，直到天明，就像個預知夢一樣。到了早晨，我的心就會瘋狂地跳著，今天是不是有死刑要執行？然而實際上，幾天前，這裡的死刑犯還全體接受健康檢查呢！聽小道消息說，會在三個月後執行。如果是真的，我想，我一定首當其衝。如果是我，那該有多好！瑞元嗎？如果能和瑞元……道別的話……你能不能幫我保管好，到時交給他。沒有牙齒，不知道吹不吹得出來。

父親開始用著忽大忽小的聲音吹起口哨。是〈布基上校進行曲〉！我頭抵著書桌，趴了下去，耳朵埋在兩臂之間，用力地閉上眼睛，努力抗拒口哨所帶出來的，屬於父親和我，在夢裡閃過的一幕幕回憶。

打開文荷英的信，是過了一個小時之後的事情。第八號的信裡，文荷英回復到她本人的語氣，說明她的離婚準備與躲避過程。在信尾，她寫著「現在，似乎再也沒什麼好寫的了。該寫的，都寫完了」。這也表示是最後一封信的意思。但她又寫了第九封信。是相隔了半年以後，在十一月一日寄來的。

我讀完了您寄來的稿子，發現沒有最後一章，應該是那孩子母親的故事吧。我想，您大概是因為還沒查出來或缺乏足以確認情況的證據，也因此，我才知道，自己還有些部分沒說出來。

我是在那件事情發生兩個月之後，才知道丈夫還活著。那時，我還沒振作起精神，也因為筋疲力盡的關係倒了下去。當時，仁雅在盧昂一家綜合醫院的精神科擔任美術治療師。我在那家醫院的內科住院，正接受治療的第二天上午，我打著點滴睡著的時候，聽到有人喊文荷英，就醒了過來。醒的瞬間，我也發現有一隻手正撫摸著我的喉頭。我馬上變得全身僵硬，因為會撫摸我的喉頭喊著文荷英的人，在這世上只有一個。這也是丈夫把我從睡夢中叫醒的方式，每次他生氣或很晚回家，卻發現我和世靈已經先睡了，就會這樣對付我們。我不敢睜開眼睛，以為這是一個夢。

隨即又聽到「文荷英，給我睜開眼睛」，才知道這原來不是夢！睜開眼睛，丈夫帶著溫柔的笑容，站在我面前。我不知道他是怎麼找上這裡的，對此也一點都不想了解。我只想到，該怎麼做，才能從丈夫的手裡活著逃出來。在那天之前，我還是個一心求死，不吃不喝的女人。丈夫捏住我的頭，強迫我抬起頭來之後，問：

「妳不想念世靈嗎？」

我嚥下一口氣，不知道他這麼問是什麼意思，直到一張照片放進了我手中。那是一張入殮的照片，也就是穿上壽衣，戴上頭巾，放進棺材裡的照片。我不自覺地跳起來，像敲鐘一樣，猛拉緊急呼叫繩，開始大叫。連我自己都不知道，我的聲音大到把丈夫都嚇了一跳。丈夫扯著我的上衣，拳頭就往我臉上飛了過來。我摘下點滴瓶，往丈夫的額頭砸過去。在過程中，我一直不停地哭喊嚎叫。那是哽咽，也是恐懼的哀嚎，甚至是充滿憤怒的吼叫。怎麼可以為了要折磨自己前妻，就把死去女兒的入殮模樣照下來。

護士和男看護跑了進來，我用蹩腳的法語大喊那男人侵入病房，想強姦正在睡覺的我。丈夫一點也不會說法語，應該是在翻譯人員的協助下，才得以到病房裡找到我。然而，在那種情況下，就算有翻譯的人在，也很難脫身而出。因為他是趁著護士不在，偷溜進病房。我的上衣扣子全都脫落，頭髮也一團亂，而且被丈夫的拳頭打得嘴唇都破了。

丈夫被帶到警察局，仁雅也隨即奔進了病房，我們甚至連行李都沒能好好收拾，就離開了盧昂。因為如果丈夫被放出來，我一定會死在他手上。

至於我們在亞眠這個地方扎根的歷史，似乎也沒必要多說。重要的是，從那之後，我就再也沒有碰上丈夫了。然而，我卻無法過上正常人的生活，我不敢一個人出門，連出門買菜都做不到。為了延長居留期限必須去北非的時候，也一定要有仁雅的陪伴才行。我害怕那個紅著眼，到處尋找我的丈夫，所以只敢躲在房間裡過日子，一直到你寫信給我為止，就這樣過了七年。

以丈夫的口吻，寫信給你的那段時間裡，我終於可以理解我的丈夫。不，該說是對人性有了更直接的了解。不知在哪裡，我曾經讀過這樣的故事。一個人如果帶著槍，就會想開槍射人，這就是人的天性。再者，這也是一個正面扳倒背後靈的機會。我就像一個懷抱著對女兒的愧疚，與丈夫不知何時又會突然出現的恐懼，一輩子只能躲在房間裡的影子一樣。每當我面對這可憐的影子，心頭就會想起那位少年，這也是促使我寫這封信的最大原因。

我的丈夫在世上最珍惜的便是家人。起初，我以為那是一種對家人的愛。後來我才發現，那其實是一種對「占有」的病態執著。對他來說，妻子與孩子便是「占有」的核心。家人必須站在自己指定的位置上，是確認自己權威、影響力和掌控力的對象；是只能接受自己的施捨，給出自己所要的存在；是按照自己方式動作的手指頭和腳趾頭。如果那被動搖了，便表示自己世界的核心受到損害。對丈夫來說，這是絕對不可以發生，也絕不允許存在的事情。當那受到傷害，造成無法復原的情況時，丈夫會做出什麼事情，連想都不用想。從您寫的小說來看，相信您已經經歷過一次。另外，從稿子內容來判斷的話，事情應該還沒有結束。

您之前說過，近來又開始執行死刑。到目前為止死刑執行的件數，最多的是十二月。您還說，對於最近死刑犯接受健康檢查的事情感到不解。那麼，少年危險了，您也一樣。七年來，丈夫以幽靈人口的身分生活，緊緊地盯著少年，一點一點將他從這個世界推出去，卻不曾把手直接伸向那少年。那表示他要對少年和少年的父親一次討還血債的意思。丈夫在等待死刑的執行。我也不知道他是以什麼方式打聽到執行日期。我只知道，這對丈夫來說不是那麼困難的事情。或許他會以過去的失敗為借鏡，一併解決掉礙事的人。這也表示，您已經無牌可打。王牌，掌握在少年手上。

希望您能代為向少年轉達，最好能反過來利用情況。必要的話，也可以利用我，這是一張足以引誘對方吃下的牌。我可以告訴您我的手機號碼0033.6.34.67.72.32。

昨天我特別高興。仁雅結婚了，就在我每天都會去的蘋果樹下。仁雅沒有穿婚紗，只是穿了一直珍藏的一件洋裝，拿著我為她編的玫瑰花束，和菲利浦交換戒指。菲利浦是仁雅的男朋友，我們來到亞眠之後便住在一起。他是一位動漫業者，主要負責對原畫部分的投標、交貨。託他的福，我不必拿到就業資格，也不用外出，就能得到一份工作。他現在是仁雅的丈夫，也算是我的老闆。

我打算明天出發去法國，這次或許不會只是一次為了延長居留而進行的短暫旅行。雖然我仍舊畏懼獨自外出，但也打算嘗試一下。我想看看，一旦去掉背後靈後，我還有什麼剩下來。還沒決定好要去哪裡，只是不想再回到這個地方。

今天是個陽光普照的日子，從現在開始，我打算下樓到庭院看看，順便收拾攤在日光浴椅子上的棉被，也順便跟那棵讓我們能烤出一堆派，用在婚禮喜宴上的蘋果樹道別。

文荷英敬上

十一月一日

我和父親都想免除死刑的話……這不是理所當然的事情嗎？七年前就如此，現在還會有什麼不同？我愣愣地望著放在書桌上的電報。

十二月二十七日〇九時死刑犯崔賢洙的刑罰已經執行完畢，特此告知。家屬請於二十八日〇九時以後，做好葬禮準備，前來簽領故人……

我突然有種喘不過氣來的感覺，就像被人一腳踢在小腹上的感覺。叔叔消失在昨天下午，電報是今天早上被送來。而接引父親的日期，是明天上午。我又把文荷英的信讀了一遍。

或許他會以過去的失敗為借鏡，一併解決掉礙事的人。這也表示，您已經無牌可打。王牌，掌握在少年手上。

文荷英叫我反過來利用，也說可以利用她，還說了自己的電話號碼。至少目前我很難明白她的意思，能明白的，只有這點。

昨天下午，礙事的人已經被處理掉了。

七

我一再重讀文荷英的信，時間就這樣過去了。即便已經過了十點，叔叔仍舊沒有回來。這是可想而知的事情，時間越晚越可以確定，但卻讓我越來越難接受。或許明天早上，叔叔就會好好地出現在我面前，說不定他一個人獨自東奔西走，忙著準備葬禮的事情。兩天不回家，以前也不是沒有過。

這只是一種不足以安慰，也難以支撐的堅持。直覺和理論全都指向一個方向，找不到答案的疑問如蝙蝠般在我腦裡亂飛。

是誰寄來叔叔的小說和資料，目的何在？吳英齊在哪裡？是他殺了母親，對吧？叔叔不會被「處理掉」吧？吳英齊為什麼會讓我好好地在燈塔村過了一年？他用了什麼手段，能提早知道執行死刑的消息。

風吹動窗櫺，我掀開窗簾角，看不清楚外面。窗框的四角都堆上了雪，剩下中間圓形部分，也被霜花覆蓋。

回到書桌前坐下，現在我似乎知道窗外看不清的是什麼了。是一隻手！擺布著我的人生、那隻吳英齊的手。而我，就是卡在他手指頭上的溜溜球。拋出、拉扯、捲起、握住之後，送到遠遠的地方。他已經等了七年。他的首要目的就是不讓我在某個地方安定下來，我被排斥，才能在我消失之後，也不會有人問起，額外還能享受小小報復行為所帶來的樂趣。他才不會讓殺害自己女兒凶手的兒子逍遙度日，天下哪有這麼便宜的事情。只要時機一到，他就會親手收拾。而我，就算拚命地逃，根本從頭到尾一次也沒有擺脫掉他。直到現在我才領悟到這個事實，叔叔應該很早就知道了吧。吳英齊也應該知道叔叔在追查他的底細。或許連叔叔把那件事情寫成小說，也一清二楚。

我燒了開水，泡了一杯苦澀到極點的濃咖啡，把吵鬧的蝙蝠都抓起來，丟到腦後。連對叔叔的擔憂也先不管。取而代之的是，全盤接受文荷英的建議。

希望您能代為向少年轉達，最好能反過來利用情況。必要的話，也可以利用我，這是一張足以引誘對方吃下的牌。我可以告訴您我的手機號碼。

Nike籃球鞋便是吳英齊的邀請函，等天亮了以後，就會化身成尋找我的獵犬。我無意等待他們的大駕光臨，也不想如七年前一樣，睡到一半被他們抓走，更沒考慮要逃走。

拿出白紙，握住原子筆。不到十分鐘，我就把該寫的都寫完。這些都是過去我無數次在心中寫下又抹去的內容，因此更接近於聽寫似地。一般來說，這樣的文件被稱為是「遺書」，但我則稱之為「雪橇」，把獵物送到獵人面前的雪橇。

我把文荷英的信、叔叔的小說和資料，都放進一個紙箱裡。要說哪個地方最適合藏東西，首選便是化妝室天花板上的通風口，桌上只留下那雙球鞋和叔叔的筆記型電腦。硬碟裡裝的，只有代筆的檔案而已。房間整理完畢之後，我隨即拿起針線，先拆開牛仔褲腰部的縫線，在裡面放入從拋棄式刮鬍刀裡弄出來的刀片，然後用平針縫的方式縫起來，稀稀鬆鬆地縫，盡量能一扯就掉。最後留下約一根手指頭長度的線，在穿上褲子的同時，塞進裡面去。我把叔叔的錄音表戴在手上，披上防風外套，把遺書放在口袋裡，戴上帽子，再把防水手電筒夾在帽沿上；用手摸了摸桌上的潛水刀，想想又放回原處。我的人身安全不會受到威脅。離接引遺體還剩下九個多小時，在那之前，我就是拚了命想死，也死不了的。

午夜時分，我走出家門，揹成圈狀的潛水用夥伴繩背在肩膀上，朝著燈塔走去。塔台的燈光在海面上明滅舞動，有種風在晃動光線的感覺。閃爍的光線中間，水平線黑漆漆地起伏。我想起了站在時間背後的十二歲少年。站在高粱田盡頭，望著山那頭燈塔燈光的少年在夢想著什麼？呼吸著埋在大霧裡的海水味道，正想像著什麼？是什麼，將少年的靈魂深鎖在高粱田的古井裡？是父親的父親嗎？還是如父親所言，是父親自己？那麼，父親如今得到解放了嗎？

燈塔後方，是茂密的赤松林。通往樹林的小路路口，還留著汽車的胎痕。半天前，當我從石島回來時，胎痕就已經存在了嗎？我想不起來，只想起有個男人，站在燈塔旁邊俯瞰著我。

我想走進樹林，確定一下車在不在，但還是忍了下來。我得做出失魂落魄的樣子，確認了監視者的位置後再行動。我的感官全集中在燈的後方，卻沒能捕捉到什麼氣息。那麼，不是在燈塔裡，很有可能就是在樹林裡觀望。

燈塔的大門沒鎖，鉸鏈像是上了潤滑油似地輕易便開啟。裡面一片黑暗，一開燈，入眼便是一座倚牆而上的螺旋形梯子。我踏著樓梯，上到二樓去。門鎖上了，於是再朝三樓上去。我曾經一個人來過這裡一次，當時只是無聊，隨便上來看看而已。如那時所見，三樓有一個帶陽台的房間，是以前還有人看守燈塔的時期，在此生活的看守人住過的房間。

指尖輕推，門呀的一聲開了。我把腳踏了進去，反手關上門，把裝在牆上的室內燈開關往上推。意外地，燈竟然亮了。根據記憶，房間裡有三個門。我進來的那個門，上去燈塔的門，旁邊是通往陽台的鐵門。陽台門上半部，開了一個可以探看外面的小窗，還掛了一扇百葉窗。房間裡到處都是看守人用過的物品。簡易發電機、墊了軍用毛氈的折疊床、木頭椅子和書桌。進出燈塔門的對面牆壁上，有一個尺寸足以烤一整隻鴕鳥的鐵製暖爐，形狀像個長方形箱子，旁邊堆了些柴火，蓋子則固定在向上翻起的狀態。暖爐裡，還留著燃燒後剩下的柴。除此之外，還能看到一些時下才有的物品。電熱器、放在洗臉台上的香皂、掛在牆上的毛巾、裝了些便利商店便當盒的垃圾桶。

我鼓足勇氣走向陽台，一打開門，便受到海風砲彈般攻擊。掛在肩膀上的繩索打在臉上，我的背不由得向後彎曲。關上門，蹲在陽台下面，搖了搖鐵欄杆上其中一支杆子，結實得讓人安心。我把繩索的一端綁在鐵杆上，另一端結了一個繩套掛在脖子上。一站起身體，風往我的腰撞過來。我不自覺地貼身緊抓住欄杆，往下面看去。

我的計畫是這樣的，把陽台欄杆當成搭檔，來個背躍式高空彈跳。這個帥氣十足的自殺計畫全被風給破壞了。照這樣的情況，我根本無法站在欄杆上，看來得翻過欄杆才行。從欄杆外把腳尖卡在鐵杆中間後，只要放開手，就能背過身來。張開雙手，風就會帶著我撞向燈塔牆壁。會先撞破頭？還是屁股先開花？

我感覺到後頸一道緊盯著我的視線，從房間裡穿過小窗延伸出來的視線。我不再拖拉，抬起一條腿，跨出欄杆。放掉支撐在地上那條腿的力氣，將身體重心移到外面。疾風衝撞著我的背脊，臀部打滑，身體側歪，呼吸從喉嚨被擠壓出去，雙腳浮升到欄杆上。這時，就在風把我吹飛了之前，從肩膀後方伸出一隻手臂，以一股鎖喉般的強勁力量攔腰抱住了我。那是一個高大的男人。

我開始反抗，吐出一連串髒到極點的國罵，不停地扭腰掙扎。對方則一直調整自己的手勁，不讓我脫身。對方也對我口出穢語，不過與我相反的是，他用盡了全力，只想把我扯回陽台裡。何時該停止反抗，我甚至不需要多想，當我感到自己被拉進了陽台裡，往下扯的瞬間，專家的手刀一記打在了我的後頸上，我被打昏了。

我心想，應該會在車裡睜開眼睛吧，預料終點會是七年前的那個地方——世靈湖吧。雖然沒有證據，但八九不離十。然而，大錯特錯！不管是車子還是世靈湖，都猜錯了。我仍在燈塔裡，與稍早之前唯一的不同是，我的雙臂被綁在背後，腳踝也被綁住，正靠著照明塔出入門坐著。與預期相符的只有，吳英齊蹺著二郎腿坐在書桌前面的椅子上。專家則以稍息的姿勢站在房間出入門前面。

「醒啦？」

短短的頭髮，彷彿只有黑眼珠的眼睛，端正的下巴線條，高眺的身材，吳英齊和我記憶中的樣子完全一致。彷彿從那時起，年紀就不再增加。我感覺到頸動脈劇烈跳動，不管怎樣，總算見面了。

「真是好久不見，有七年了吧？」

聲音比記憶裡更溫柔，要不是呼吸急促，我甚至沒能察覺出他的亢奮。書桌上放著我的斜背包，大概是把放在桌上的東西全都掃進去的樣子。從大小來看，放在化妝室通風口的東西，並沒被接收過去。

「你剛才打算想來個高空彈跳？」

我摸摸右手手腕，抓到了手表。手指擠進腰帶裡，摸到了線頭，那表示刀片也沒事。

「衝擊很大嗎？」

吳英齊看了一眼電報。

「就算如此，你也沒必要那麼急躁，明天早上還有事要做呢！」

「我沒什麼事要做。」

我努力維持不在意的表情，視線看向書桌的一角。

「不會吧？那是你老爸啊！」

「我不認識那種人。」

吳英齊無聲地笑了，臉孔奇妙地扭曲起來。

「什麼那種人……你以前不是很喜歡你爸嗎？」

「在外面流浪了七年之後，什麼情都沒有了。」

「男子漢怎麼可以這麼小心眼，這可會要了一個無辜人的命。」

他指的是叔叔嗎？我抬眼看過去，吳英齊又開心地笑了起來。

「就算那人是個蠢蛋，好歹也是把你這個走投無路的傢伙養大的恩人吧。你總該報答一下，人家費盡千辛萬苦撫養你的恩惠吧。你明天早上得和我們一起到義王市走一趟，認完屍，送去火化之後，就到世靈湖去。」

「我不去！」

「你一定會去的，因為你叔叔也打算和我們一起去呢。」

吳英齊對守在門口的專家，說了一句話。

「帶過來！」

一分鐘之後，專家肩上扛著一個像是叔叔的綑包走了進來。他走到我對面，也就是鐵暖爐旁邊，把叔叔扔了下來。叔叔的身體軟綿綿地癱在地上，手臂被扭到背後，以手銬銬住，腳踝上也以繩索捆住，整個人昏迷不醒。這是我曾經預料過的事情，但當我親眼確認時，還是受到比預想更大的衝擊。我腦子裡好不容易才維持住的冷靜就此破裂。

「還沒死，只是讓他好好睡個覺而已。只要你做完你該做的事情，他大概就會醒來。」

我這才重新意識到，吳英齊是一名醫生，而且還是喜歡用藥的牙科醫生。腦子裡突如其來浮現一個想法，七年前的那天晚上，吳英齊迷倒歐妮，丟在寒松脊島上的原因何在？不可能是怕我一個人無聊，一定有什麼目的，才會多此一舉。我以叔叔的小說為本，試著猜測吳英齊的算盤。

想弄瘋一個人，沒有比世靈湖更好的地方了。如果還想看到一個人在高度恐懼下，像隻被馬蜂追逐的青蛙，飛快跳進湖裡的模樣，更是非此地莫屬。而那個「人」如果是一個十二歲的少年，那又更不在話下。我，就是個非得在父親面前溺死在水裡不可的傢伙而已，如果我早早就陷入恐慌之中，自己尋死的話，對吳英齊來說，將會是件喪氣的事情。捉了歐妮丟在那裡，也出於同樣原因吧。反正他早想找機會把那隻畜生送走，這豈不是一舉兩得。若非如此，就無法解釋歐妮為什麼會睡在我身旁了。小說裡，吳英齊跑到畜舍去，在歐妮的水盆裡下藥的場面，也是基於如此的猜測才描寫出來的吧。醫生要拿到藥，就如同富翁要撈錢一樣，輕而易舉。然而，這男人現在也還在當醫生嗎？

那個「專家」男人站在大門前，似乎在等待下一個命令。向前聚攏的肩膀，簡直有汽車引擎蓋那麼寬。我無意義的好奇心發作，那名專家是七年前穿制服的兩人之一嗎？幹這種事情，可以賺多少錢？是論件計酬嗎？還是計時收費？或者是按照事情的難易度來計算？還是整個算作一個案子來簽約。要問一下吳英齊嗎？

「到門外去等一下。」

男人低頭行禮後，走到外面去。吳英齊拿出我的遺書來看，似乎覺得很有趣的樣子，看的時候，一直哈哈笑個不停。我則觀察了一下叔叔，連一根手指頭都沒動過，保持著被扔下時的姿勢，趴在那裡。

從家裡出來的時候，我的腦中有過如此的算計。對吳英齊來說，我是必要的人，因為除了我之外，沒有人可以簽領父親的遺體。如果出了自殺這種亂子的話，監視我的人，形跡就會敗露。因此必須阻止我自殺。既然他的存在已經被我發現，那也只好讓吳英齊把我帶走。只要能見到吳英齊，也就能見到叔叔，我如此期待著。我計畫從吳英齊的口裡聽到他坦承殺害母親，並且錄下來。到了上午，就按照他的交代去簽領遺體。一旦走進監獄，就算吳英齊緊跟在側，我總有向警察告發的機會吧。雖然此舉很有可能會讓叔叔陷入危險，但對我來說，我找不到比這個更好的計策，就算不夠完美，也已經算是最好的了。然而，當我實際上看到叔叔之後，我懷疑這真的是最好的嗎？我很想搖醒叔叔問問他，到底要不要這麼做？

「我有問題要問你。」

我偷偷地挪動手指頭，按下手表上的錄音鍵。吳英齊瞥了我一眼。

「我突然很好奇，那天晚上，你是打算怎麼處理我父親的？弄死他，會被人發現是他殺，你便是頭號嫌疑人，因為叔叔還活著。」

「你還真奇怪，竟然會替我擔心這個。」

他歪了歪嘴角笑了起來。

「你叔叔根本不足為慮，只要一切按照計畫完成，你叔叔也只不過是一名小保全，根本沒什麼分量。所有的罪名都會推到你爸身上。」

「那你為什麼要對我母親那樣？」

「你媽？我從電視上聽到，是你爸殺死的。」

「我是問你為什麼要纏著我母親？」

「我纏你媽？」

吳英齊哈哈笑了起來，就像稍早前讀我遺書的時候一樣。

「每次我媽輪值的日子，你就會在半夜出現對她胡攪蠻纏。」

「誰說的？你媽說的？」

「她在家跟我姨媽打電話的時候，我聽到的。我媽說，每天晚上你都會跑到警衛室來挑逗她，她都不想再做下去了。所以管理人林爺爺才會在我媽輪值的日子替她到處巡邏，還幫她做東做西的。而且還交代她，就算是你來，也要關上窗戶，不要打開。」

「你媽那張臭嘴真的這麼說？說我吳英齊挑逗她？」

吳英齊把交叉的二郎腿換了一邊，氣憤的神色一點一點從表情上透露出來。看起來，不是因為被人疑心是跟蹤狂，而是因為不滿意跟蹤對象，所以才發的火。

「我母親非常不高興，說不知道你究竟把她看成了什麼人。我還聽說，你曾經問我母親想要什麼，對嗎？」

「你知道你媽那個賤女人的問題是什麼嗎？」

吳英齊放下遺書問我。

「就是那張臭嘴！我早就想把那張臭嘴撕下來，掛到她耳朵上了。」

我嘿嘿地笑了起來。

「我可以理解你的心情，我媽比外表上看起來還要死心眼。你被拒絕了，一定很傷自尊心吧！」

吳英齊臉上的肌肉緊繃，鼻翼大張，幾乎要看到鼻孔。

「小鬼，我告訴你，你給我聽好。我從來沒對你媽有過任何的興趣，反而多次想殺了她。那天，你爸從中控室出去之後，我也從管理局跑了出來，就在二號產業道路橋上碰到了你媽。如果她乖乖地窩在綠林圖書館裡睡覺不就好了，偏偏要挑了一把棒球棒跑出來。一見到我，就要拿她那條不值錢的命跟我拚，還用她骯髒的臭嘴罵髒話，我還真拿她沒辦法。說什麼要我交出她兒子，竟敢跟我吳英齊要人？到那時為止，我都忍下來，只想一走了之，我可不想浪費時間。反正她老公會把她送到大海去，我才懶得理。可是那賤女人卻拿著那支棒球棒從我背後偷襲，害我摔斷了鼻梁。加上本來心情就不好，又正忙著，自然不想跟她多糾纏，那賤女人活該被我打死。」

我猜對了！母親也和叔叔一樣，解開縛繩之後，逃出來到處找我，才會碰上吳英齊。而母親也的確是會做出那種事的人。

「也就是說，是你殺了我母親，對吧？」

「那不能說是殺死，應該說是『永久性的糾正』。」

我默不作聲地望著吳英齊。

「我也有件事要問你。」

這次，他拿出來的東西，是籃球鞋。

「這東西從哪兒跑出來的？我還以為那天晚上，已經被水沖走了。」

我瞪大了眼睛，說不出話來。你的意思是說，這不是你寄來的？

腦子裡一片混亂，到底是誰寄的？難道是……我望著躺在對面的叔叔。一瞬間，我懷疑自己看錯了。叔叔放在背上的一隻大拇指正在打著漩渦。拇指應該不會自己打轉，如果是遵照主人的意志動作的話，那麼拇指漩渦便是以我們之間所使用的潛水手勢來解釋——豎起求救香腸[1]。我垂眼望著自己的褲襠中間，不會指我的吧？那就應該是讓吳英齊的「香腸」豎起來的意思。可是，我哪有什麼辦法？然而答案比我的預想更快出現。

「放了叔叔，我才把父親交給你。」

我丟出一句沒什麼誘惑力的話。吳英齊打開筆記型電腦。

「小鬼，你現在沒資格跟我討價還價。」

「那文荷英呢？」

吳英齊本想按下電源開關的手，突然停下了動作。

「我拿文荷英跟你交換。」

叔叔還沒什麼動作，吳英齊卻開始放聲大笑，彷彿在表示活了這麼久，還沒聽過這種笑話的意思。

「那女人，現在大概過得很幸福吧！」

他的笑聲停了下來。

「一個月前，和一個名叫菲利浦的法國人結婚，就在庭院裡的蘋果樹下。」

果然，文荷英是吳英齊的燃點，瞬間就能點燃他的怒火。從外套口袋裡不知掏出了什麼，踏著方步向我走來，對著我的太陽穴揮打下去。我的腦袋一陣暈眩，視野嘩地晃動起來，有什麼溫暖的東西沿著

1 譯注：Safety Sausage，意指做出水面緊急浮力棒的手勢。

臉頰流了下來，眼前也冒著金星。等到星星都消失了之後，才看見那個對準我的腦袋打下來的東西。那是電影裡常見的道具，一支裝了消音器的手槍。

「你那兩片嘴皮子剛才說了什麼？」

我想起了文荷英的第八封信，一面也給自己洗腦，吳英齊手上握著的東西其實只是一支水槍。

「你不是追到盧昂去了嗎？還給人家看了死去女兒入殮的照片，結果被警察從醫院帶走。聽說，菲利浦就是當時協助她逃走的人。你在警察局裡忙著找翻譯員、找律師，被強制出境的時候，他們正陷入熱戀，經由卡薩布蘭加，到盧森堡……」

一點耐性都沒有的鏢客[2]又再度揮動手槍，而且還對準剛才打過的部位又打了下去。這下可不只疼痛，連意識都變得有點模糊了，連他絕對不會拉開保險栓的自信都有點動搖了，還是找些別的能產生良性影響的興奮劑較好，我先閉上嘴再說。但吳英齊卻想聽到更多的樣子。

「繼續說。」

叔叔保持趴倒的姿勢，像做瑜伽一樣，把腳彎向後背。不知道是不是想以被手銬銬住的手，解開腳踝上的繩索。比起用腳趾頭解開手銬，這樣做的確會比較簡單，也算是善用了我用挨打為他換來的寶貴時間。我斜眼瞪著手槍。

「要是你，這種時候還說得出話來嗎？我差點都尿出來了。」

話還沒說完，鏢客的拳頭就揮到了我的下顎上。二十公分都不到的距離，還是用握著槍的那隻手。酸水往上顎翻湧，腦袋裡冒出飛蛾撲翅的聲音，全身打了個寒顫，我真心怕起這個瘋子。不是怕被他打，而是怕他不懂怎麼用槍。怕他對抽打我的脖子上了癮，一不小心就拉開了保險栓。文荷英是怎麼和這瘋子一起過了十二年呢？

「你以為自己很了不起？」

鏢客的聲音從遙遠的地方傳了過來。

「你以為我容忍你講話這麼沒禮貌，是因為自己長得很可愛嗎？」

不然呢？我費力將失去焦點的眼睛對上鏢客的臉。期間還瞥了一下視線外的光景。叔叔還在努力嘗試中，但似乎不很順利，讓人看了覺得他想曲起的不是腰，而是一塊滑水板。

「如果你不想明天早上手腳打著石膏到監獄的話，就把你所知道的現在全部說出來，從你怎麼知道這些消息開始說。」鏢客說。

「你打在我的喉嚨上，我說不出話來。」

我的聲音確實啞了，幾乎接近喃喃自語的程度。吳英齊一把扭過我的下巴問：

「你說什麼？」

「你的前妻和我通電子郵件。」

「什麼電子郵件？」

「我跟她說，我想多了解你這個人，她就以你的語氣寫信給我。」

我開始「舉證」的階段。

「對『吳影帝』這個綽號感到好奇？看來你去找過我表兄弟了吧？除了那個蠢蛋之外，沒有人敢這麼喊我吳英齊。好吧！聽說你最近想賣車？雖然這不是我該擔心的事情，但我可希望你別因為知道了一個吳影帝的綽號，落得把好好的車給換掉的下場……」

練習了好幾次的效果出現了，這些話從我口中很流利地說出來。在我朗誦的時候，吳英齊的衝動多少安定了一些。至少，不再是想拿槍頂著我腦袋開槍的表情。

---

2 譯注：意指電影《黃昏雙鏢客》（*For A Few Dollars More*）裡帶槍的鏢客。

「你怎麼會和她通起電郵的？」

質問的聲音，也一起軟化下來。

「你聽了郵件內容後，自然會知道。同時也會知道她是怎麼從韓國離開的。」

短暫的沉默之後，吳英齊又回到椅子上坐下來，手槍對準我的臉，他又蹺起二郎腿。在這期間，叔叔又回歸原本的姿勢。

「現在我要背出來的，不是以你的語氣，而是用她自己的語氣寫的。」

吳英齊卡嗒卡嗒地玩手槍。

「你背吧！」

「這已經不是我第一次從丈夫的身邊逃離了，加起來一共有三次。前面兩次我帶著女兒，而最後一次，我自己一個人。前面的兩次，才出來一個禮拜就被丈夫派出的『偵探』給抓回去。那些偵探不過花兩天的時間，就打聽到我和女兒的行蹤。丈夫明明已經知道我們在哪裡，卻還要讓我們在一個禮拜內飽受不安和恐懼的折磨，在心裡產生掙扎。他等到我開始後悔離家，身上的錢也都用光了，對於該怎麼帶著孩子一起生活而茫然無措的時候，才把偵探派過來。回家以後，丈夫會和藹可親地來迎接我們。在丈夫自稱『恢復期』的時期，他不會動我一根汗毛。他會和顏悅色地對待我，讓我自己後悔離家出走，也為此感到抱歉。除此之外，還會伴隨昂貴的禮物攻勢。一旦恢復期結束，比以前更可怕的地獄就會開始，那就是丈夫馴服我的方式。對丈夫來說，要找出我的行蹤，不是一件困難的事。世靈鎮很小，想走出去就一定得搭車。丈夫買過很多東西給我，就是沒買過汽車，甚至也不准我去考駕照。我如果想去什麼地方，就得搭公車或計程車。還有一點，我沒有經濟權。我只能靠丈夫給我生活費過日子，甚至不讓我從事任何經濟活動，連瞞著丈夫外出都不行。十二年來，在如此方式的糾正之下，我成了一家寵物貓，連在家門外捉一隻老鼠的能力都沒有。逐漸習慣了在家暴中的安定生活。」

吳英齊臉上的肌肉緊繃，瞳孔一下子放大。現在，他看似已經不再懷疑電郵的真偽，而且顯出對後面內容更為好奇的表情。

「仁雅察覺出我的情況之後，將此告知了我在娘家的父親。父親向我確認之後，就透過律師開始尋找具體的方法，即可以保障我和女兒的安全，並獲得女兒撫養權和贍養費的方法。我開始將律師的建議付諸實行，一切的計畫是從孩子流產的那天晚上決定的。我把時間拉長，有條不紊地慢慢準備。」

叔叔終於弄彎滑水板，成功地抓住了自己的腳踝。我把手指頭塞進牛仔褲裡拉緊假縫的線頭。縫線綳開，我馬上把刀片捏在手裡。

「我蒐集了錄音、診斷書和照片之類的證據寄給父親。申請護照，考取資格證，開立銀行帳戶，準備好律師費用。費用準備的方法是一點一點從生活費裡抽出來，或是把丈夫買給我的高價物品賣掉，這兩種方法而已。我藉口要上烹飪班，和女兒一起搭著繪畫班的車子到S市去，把我的珠寶、皮包、金飾，甚至連手表都賣掉。當然，賣掉之前，會先買好類似的仿冒品。兩年來，我一直做著這樣的事情，但仍舊沒法下定決心行動。我怕，雖然我也很怕丈夫，但更怕我自己。怕自己沒法克服現實的困難，又再度回到丈夫身邊。怕這僅有一次的機會，會因為自己的愚蠢和懦弱而永遠錯過。」

我不動聲色地滑動刀片，叔叔則專心在背後動手腳。吳英齊的情緒狀態現在已經攀到最高點，可以說是到了「奔騰」的層次，完全把還趴在暖爐前面的男人忘得一乾二淨。

「結婚紀念日那天，我終於下定決心逃跑。被打得半死的夜裡，我找出緊急避難所的電話，摸黑走在寒溪嶺的山路上，我還能想些什麼？我的人生比寒溪嶺的黑暗，更加黑暗。或許放任自己被打死的恐懼，讓我連女兒都置諸腦後。只要是那個人伸手無法觸及之處，就算是地獄我也敢去。更何況，我連要去的地方都早已準備好了。搶走手機和錢包之後，把我丟在偏僻地方一走了之，是丈夫繼強姦之外，最愛用的糾正項目，也因此我才會養成全家外出或去旅行的時候，在鞋墊下面藏應急金的習慣。只要離家越遠，金額就越高。那天，我的鞋墊下面藏了幾張十萬元面額的現金支票。我在郵局的信箱裡也放了可提取現金的提款卡。到了首爾，我馬上買好到法國的機票，把所有的事情都交給父親之後，趁著自己還沒回心轉意之前，搭上飛機……」

叔叔已經將腳踝上的繩索完全解開。

「……今天只能寫到這裡了，菲利浦在樓下叫我下去吃晚餐。啊，差點忘記！我下禮拜要搬到亞眠去，一到那裡，我就會去申請網路。不過這裡不像韓國會馬上過來裝設，所以短時間內可能收不到電郵。如果有急事的話，直接寄信到亞眠還比較快。地址是……」

說到這裡，我就住口不說，繩子也差不多割斷了。吳英齊緊咬著嘴唇，一副突然屏息的表情。

「我不會法文，不知道怎麼念。」

我默不作聲地看著吳英齊從外套口袋裡，掏出原子筆。

「把拼音給我。」

他把手槍交到左手握住，把死刑通知書當成便條紙，準備好要聽寫。

「24, rue de la Libération 80000 AMIENS FRANCE. 文荷英。」

在吳英齊的正後方，叔叔悄無聲息地支起身子。雖然手上仍然銬著手銬，但要動動腳似乎沒什麼太大的問題。現在只剩下倒數計時的時間點了。

「對了，她還告訴我手機號碼。」

原子筆從吳英齊的指頭上掉了下來。我問：

「這個也要說嗎？」

「快說！」

他說話的尾音顫抖著，拿出手機的指尖更明顯抖了起來。我短短地吸了一口氣，在腦中確定了一下號碼。

「0033.6.34.67.72.32」

吳英齊按下號碼，瞪視著我，眼圈整個發黑。手槍瞄準我的額頭，彷彿是說敢騙我，你就死定了。房間裡一片沉默，只聽到話筒另一端的接線鈴聲，如火警警報般響徹雲霄。終於，話筒另一端傳來女人的聲音。說了什麼我聽不懂，只看到一陣狂喜覆上吳英齊的臉。他用力推著椅子站起來，喊了女人的名字：

「文荷英！」

手上的繩索已經完全被割斷，叔叔的腿也對著吳英齊握著手槍的手臂飛踢過去。吳英齊喝地吐出一口氣，轉身向後看。與此同時，叔叔穿著皮鞋的腳尖也踢中了他的下巴。吳英齊後頸一折，往後跌了下去。手槍飛到出入口大門前，掉了下去。我保持腳踝被綁的姿勢，擺出滑壘的架式，飛身撿起手槍，然後背頂著出入門坐下來，割斷腳踝上的繩索。門外聽到慘叫聲的徵信人員，開始用力推門。可能是用肩膀撞門，鐵門被撞得咚隆咚隆響，我的背也跟著咚隆咚隆地震動著。應該要把門鎖起來，但門把上的鎖扣卻壞掉了，我只好以雙腳緊抵著地板，用背頂著門，靠身體來支撐。萬一門被推開來，後面會發生什麼樣的事情，根本不用想就知道。握著手槍的我，是個連附近射擊場都沒去過的人，只要沒有拿反，就屬萬幸了。而叔叔這個神槍手卻戴著手銬。門外不停撞門的徵信人員至少有兩個人，而他們鐵定也一樣是神槍手。

在我和門框拉鋸的時候，叔叔的腳正就這兩天一夜的鬱悶在對吳英齊洩憤，絲毫不給對方一點喘息的機會。吳英齊試圖站起來，隨即遭受兩度的下巴攻擊，後腦撞上暖爐的洞口，在暖爐前跌了下去。一跌下去，腰部馬上又被踢了兩腳，最後只能四肢癱軟地躺在地上。叔叔對著地上的吳英齊猛力踢滾了幾下，把他塞進了暖爐的洞裡。接著用手肘撞擊上翻固定住的蓋子把手，將蓋子掀下來之後，再用同樣方式，拉起把手，扣緊蓋子。被推進暖爐裡的吳英齊，沒有發出一點聲音。相反地，門後面的勢力卻越來越粗暴，越來越吵鬧。光是大喊「開門」的吼聲，就驚人得足以吼掉門框。叔叔來到我身邊，站著把背頂在門上面，一起用力。

「站起來，數到三，一起抽身往門旁邊避開，然後拿槍對準他們。」

等我一站好，叔叔就開始數數。

「一、二。」

在數到三的時候，我們就一起抽身避到旁邊。門像要垮了似地往裡撞開，兩名男子拿著槍對準我們闖了進來。我也拿槍對準他們，槍槍相對之下，有種奇怪的感覺。這兩個人和之前打過照面的專家長得一點都不像。我的記憶正以缺乏自信的微弱聲音提醒我，他們好像是高手和菜鳥搭檔。叔叔無力地說：

「還來得真快啊！」

八

叔叔和我上了一一九救護車，高手和菜鳥搭檔也一起上了車。十五分鐘之後，救護車抵達海南鎮內的一家醫院。我的額頭雖然破了口，但還不到必須縫針的程度。問題是叔叔，藥物中毒症狀嚴重，必須住院治療。我懷疑，在燈塔裡把吳英齊踢到躺平的腳，不是叔叔的，而是神的！

我不知道高手對醫生說了些什麼，醫生在緊急處置結束後，就馬上把叔叔送上二樓的病房，門上掛著「隔離室」的牌子。這是一個可以透過窗戶，看見醫院後方樹林的病房，護士則在外面門把上掛了「禁止探視」的牌子。

叔叔掛著兩瓶點滴，躺在病床上，是混合了利尿劑的生理食鹽水和電解質溶液。高手和菜鳥坐在病床旁邊的看護椅上，我則靠著散熱排葉片上坐著，開始供述。從我打開叔叔的東西那個時間點開始，一直到高手闖進來之前為止。我解下錄音表，交給高手，也說出了藏匿叔叔物品的地方。

「我到現在都不知道那是誰寄來的，球鞋好像也不是吳英齊寄的。」

聽了我的話，高手看了叔叔一眼，叔叔則盯著自己的腳尖。

「是我叫人拿給你的。」

「叔叔嗎？」

吃驚的人只有我，高手和菜鳥臉上的表情都沒出現變化。

「我從家裡出來的時候，拜託了青年會長，請他假裝是快遞送來的，晚點再交給你。」

反射性地，一句「為什麼？」就脫口而出，有種被某處擲來的石塊打中後腦的感覺。叔叔看看我，又看看高手，暗示我倆私下再說。高手點了點頭，我閉上了嘴。

「從家裡出來後不久，車子就在燈塔附近的地方爆胎。我下車一看，前天晚上還好好的後輪，竟然被戳破了一個洞。我打開後門，正想拿出備胎的時候，有輛吉普車疾駛而來，緊貼在我車後停了下來。看到兩名大漢從車兩側下來，我就有點明白了。等我被那兩傢伙抓住肩膀，事情就結束了。我的後頸一陣刺痛，全身力氣消失，人也失去了意識。後面我就不知道了，看來是會把我丟在燈塔裡，讓我一直昏迷不醒的樣子。我想都沒想到是燈塔，還以為是世靈牧場或畜舍。」

叔叔的話到此為止，只說明了情況，卻毫無脈絡可循，然而高手和菜鳥卻似乎能夠理解。他們的表情上隱約顯出肯定的意思。

「這點，我們也差不多。」

「接到了你的電話之後，我們就開始在八八藥局附近埋伏。兩個追蹤器的位置都沒有超出燈塔村的範圍。過了午夜之後，甚至就不動了。我們一直監看了一個小時之後，才恍然大悟。每次我直覺是嫌疑犯的人，果真都有問題。要不是想到這一點，就真的被人當成睜眼瞎子耍著玩。明明近在眼前，我還一直等著他移動。組員全都在S市附近待命，只好向海南西側請求支援，闖向燈塔去，但附近似乎有人在松樹下看哨，躂躂躂地往林子裡跑，我們追了過去把他抓起來，才看到樹林裡藏著你的箱形車和他們的休旅車。不過，你知道那輛休旅車裡有什麼嗎？」

叔叔不吭聲。

「有吳英齊的藝術作品，也就是你的小說裡出現的細木籤作品。在過去的一段時間裡，作品的世界有了十分獨創性的改變。不再是童話裡的城堡，而是一具棺材。在黑色大理石板上堆疊起來的棺材，棺蓋上還立了個牌位『崔瑞元學生　神位』，用大理石板做底，不就是想沉入水裡的意思嗎？因為不能和崔賢洙一樣火葬，只好選擇水葬。不過呢，你連個棺材都沒有，八成打算在你的腳踝上綁顆大石頭，沉到水裡去吧。無辜的S市居民，注定要喝泡了屍體的水呢！」

高手將手冊塞進口袋裡，又問了一句。

「不管怎樣，我們還是要進去看看才行，有什麼要拜託的事情嗎？」

「麻煩把我的箱形車送到這裡來。」

叔叔回答：

「這裡？你想去義王市？」

「當然要去。」

「跟著靈柩車去，不是更好嗎？該準備的事情還多著吧？」

「遺照和壽衣不久前就已經準備好了，如果吳英齊沒有動手腳的話，應該在箱形車裡。再請幫忙找兩件喪服送過來。」

高手點點頭，又走到我身邊，突然抓著我的外套領子，把拉鏈拉了下來。從連衣帽折疊塞入的部位，掉出一個打火機大小的東西。在我不明所以的時候，兩個人一下子就從病房裡走了出去，消失了。我望著叔叔，意思要他有話快說。還有別忘了告訴我，剛才從領子裡掉出來的東西是什麼，但叔叔卻愣愣地看著牆壁。

「文荷英小姐還好嗎？應該受到很大的驚嚇吧？」我說。

叔叔張開口，好像有什麼話要說。然而，叔叔說出來的話，卻牛頭不對馬嘴。

「你自己決定吧，要火葬，還是土葬。」

這回換我說不出話來。

「如果想要土葬的話，這裡的後山上有合適的地。我已經跟地主接觸過，只要條件吻合，大概就會賣。」

地……將我帶回現實的一個單字，我是喪家事主。

「如果是我，我不喜歡被埋在地底下。」

於是叔叔打電話到碧蹄火葬場，得知傍晚五點有空的火爐，預約完之後，沉默再度降臨。叔叔似乎決定好了，在我先開口詢問之前，什麼都不說。

「您為什麼要寫那小說？」我問。

「有人拜託我寫下來。」

叔叔回答的時候，仍舊看著牆壁。

「是誰拜託了這種事情？」

「組長！」

我又無話可說了。被叔叔稱為「組長」的人，據我所知，只有一人。我連問都不想問是否是我想的那個人。

「一開始是那樣。」

我把手放在膝蓋上，腦子裡一片混亂，也感到一陣驚慌。怎麼會是父親？

「如今，你也應該知道，我在世靈湖的時候寫的是什麼。如果當時我好好勸組長去自首，或者去舉報的話，就不會發生那樣的悲劇。然而，我卻一直在等。即使後來發現組長要我等一等的要求，不是要我給他時間，而是要我等他下定決心去自首，我卻還是向自己堅持就是那樣。我不知道，自己當時為什麼會那麼想。那天晚上，在警察局裡供述事件經過的時候，才猛然領悟。負責那件案子的刑警給了我答案——『你啊，原來是想知道小說的結局！』這個衝擊太大了，不是因為刑警的話，而是這就是真相。有一種症狀，叫藍晶圓症候群，是一種發生在大海裡的廣場恐懼症。當一個人意識到自己獨自處於又深又遼闊的海底時，就會被恐懼所裹脅，意識便會集中在恐慌的情緒上。不要說減壓，連吐氣都會忘掉。那件事情所留給我的影響，就是如此。當我打開筆電，想寫點什麼的時候，開啟在我面前的，不是word畫面，而是藍晶圓。想找到一條路，卻發現越走越寬，越走越深，變成一個廣袤的空間。我就在那黑暗的藍色宇宙裡，迷了路。我開始代筆寫出這本小說，也是出於這個原因。只要有人丟給我一個故事，讓我整理，我就會沒事。就像在附近的森林公園裡跑步一樣安穩，不用擔心會迷路。知道自己還能寫，也為此感到安心，同時還能賺到吃飯錢，多少也算是一種成就。雖然心裡難受，無法接受自己只有這點本領，但只要一想到才出版過一本小說，自己的小說家生涯就得結束，我就快瘋了。因此，每次陷入這種低潮的時候，我就會把你的事情寫下來。這是唯一能讓我覺得沒有迷失方向，還能寫下去的證明。今天讀了什麼書，寫了什麼讀後感，吃了什麼，喜歡什麼，討厭什麼，鬧彆扭、生氣或難堪的時候，會有什麼不一樣的舉動，潛水學得怎樣，這次過了多久才轉學。每個月月底，我就把這些紀錄寄給組長。然而，組長即使收到，也從來沒有回信過。」

我從來不曾畏懼過大海，也沒有進入過藍晶圓的經驗，更沒寫過小說。因此，我也無法理解作家在白紙宇宙裡迷路的痛苦。然而，只是為一對短時間曾經住在一起的父子，僅憑叔叔所感到的內疚，實不足以成為讓他在這麼長的歲月裡竭盡心力的理由。而且還是單方面的付出。

「我很早就懷疑，吳英齊是不是還活著？追蹤在你後面的人是不是他？因為除了吳英齊以外，我想不出還有其他什麼人。當初沒有發現他的屍體，說不定這些都是他發洩憤怒的手筆。如果他還活著，絕對不會饒你不死。只要下定決心，多得是機會。然而，在這幾年的時間裡，他卻連你的一根手指頭也沒動過。只像在驅趕老鼠似地把你從這世上趕出去。這更奇怪，也更危險。只要有時間，我就會去打聽吳英齊的下落，卻從來沒有人見過他。親戚、醫院事務長、林園管理員、附近村民……直到去年七月，我們經過泰安的時候，我睡到一半突然想起吳英齊的財產。抱著一絲希望，我在網路上查閱所有權狀，才發現醫療中心已經被賣掉了。這就表示，財產權的行使還是有效的。仔細想想，在事情都已經過了這麼多年，沒有人會注意到吳英齊的存在。他既沒犯法，也沒有家屬出面註銷身分證。就在這個時候，也收到了組長的信。」

父親初次寄來的信裡，全部只有一句話。

「我有話要說。」

叔叔把這句話解讀為「我想見你」，因此，他就去申請會面。出現在會面室裡的人，是一個頭髮花白，身軀佝僂，齒牙掉光，皮膚如羊皮紙一樣薄的黃皮老人。一個雙臂被皮索捆縛，拖拉著一隻腳走過來的四十三歲老人。叔叔回想起來，覺得那真是一個「無比陌生的時刻」。他只記得那時，從父親眼裡讀出了「未盡之言」。悔恨、痛苦、愧疚、羞恥、悲傷、思念，還有壓制這一切的自制力。坐在叔叔面前的男人，不是叔叔所熟悉的「組長」，而是在世靈湖不曾見過的，名叫「崔賢洙」的人。

「吳英齊還活著，你知道嗎？」

先打破沉默的一方，是父親。

「每個禮拜會來這裡治療我的牙齒一次。」

叔叔沒有回答，他沒想到，自己一直懷疑的事情，竟然會從父親嘴裡得到確認。有這種可能嗎？叔叔自問自答，有的！一個能夠行使財產權的人，沒道理不能來監獄義診。反正監獄方面也不知道吳英齊是什麼人，也沒必要知道。他就是一個不折不扣令人敬佩、感恩的人物。

叔叔看到，父親的一口牙齒就像炸彈炸過的樣子。後槽的牙齒大部分都掉了，或爛得快沒了。還能保持完整模樣的牙齒，上下加起來，只有六顆。父親本來牙齒就不好，這是棒球生涯附贈的禮物。只要戴上捕手面罩，就會習慣性地咬緊牙關，結果便造成牙齒和下顎關節損壞。那一口脆弱的牙齒在和吳英齊對決的那天晚上，失去了大概三分之一。監獄裡的生活，連剩下的幾顆牙也全完蛋。

去年六月中旬，父親聽說有牙科醫生要來義診，就抱著拿點止痛藥的想法，去了趟醫務室。

「當時覺得醫生有點面熟，就算戴著帽子和口罩，也有這種感覺。而且心臟跳得異常厲害，突然有種不安的感覺。醫生打手勢，要我躺在治療椅上。那修長的手指頭似乎在哪裡見過。我心裡一面想，一面在椅子上躺了下來。醫生朝我臉的方向，拉近椅子坐下來，當我們眼光對上的時候，我往上看，他往下看，這一眼就讓我認出他是誰了。那雙眼睛，我認不出來才奇怪。就算只挖出眼珠子，丟在沙漠裡，我也認得出來。」

叔叔說，他能理解，彷彿實際看到似地，那雙眼睛活生生地重現在他眼前。眼睛裡的瞳孔張開時，就如門開的瞬間，漆黑又空洞。

「很久以前開始，每當我看到你寄來的信，多多少少總有點懷疑，這個人會不會還活著？會不會那個時候，他活著逃出了世靈湖？因為會如此執著地追逐瑞元的人，除了他之外就沒有了。也就是說，我的懷疑在那時獲得了確認。那是一個很大的衝擊，我怕得連下巴都打顫。抬起頭望向那人的臉，他在口罩裡無聲地笑著。」

「你們之間沒說什麼話嗎？」

「他說，不用這麼早就害怕，根本還沒開始。等治療完全結束之後，他會幫我裝活動假牙。我當然不想接受治療，就算牙齒全都爛光了，我也不想再看到他，甚至不願再想起他這張臉。我只想，如果那傢伙想看看死刑犯崔賢洙，一次也該夠了。回到房間裡，我面牆坐下，看著貼在牆壁上瑞元的照片。十四歲、十五歲、十六歲、十七歲……平常這樣看，我的心裡就能找回平靜。當愧疚、痛苦、後悔和悔恨向我襲來，當我夢見高粱田，醒來後的清晨，我都會看著那些照片。那樣我就像吃了迷幻藥，飛升到另一個世界去，也就是你寄來信裡的世界。我如幽靈般飛往那裡，望著男孩一下子長成了男人。然而那天，我卻去不了那裡，夢裡的世界不再，取而代之的是一片森然可怕。直覺告訴我，那孩子身邊有什麼事情發生了。那時，我才明白，我該做些什麼，可以做些什麼。你還記得，我在球員時期擔任的位置嗎？」

叔叔點點頭。

「是能重演之前的比賽，找出敗因的人，是能解讀賽勢，調整方向的人，是能分析站在打擊區上的打者，預測其行動、判斷勝負時機和方法的人，是以全身死守本壘板的人。這就是捕手！而我，是從十二歲起就被培養擔任捕手的人。然而，我卻在不打棒球之後，忘記了這個本能。因為我以為，我的人生裡，再也不會出現需要一決勝負的事情。就是這樣，才會發生世靈湖事件。從殺死那個小女孩的那一刻起，到打開水門的時候為止，我一直都不太正常。連我身上發生了什麼，自己做出了什麼，都不知道。一直到最後的瞬間為止，我的眼睛只看到球，我該守護的球，絕對不能拱手讓出的球。然而，現在不是了。過去七年，你知道我在這座監獄裡做了些什麼嗎？我反覆想著在世靈湖的兩個禮拜，重演當時的情況。每天，每時，如果這麼做的話，如果那麼做的話……如此下來，果然看出了幾件事情。吳英齊是個什麼樣的人，我的妻子是怎麼死的。我沒有殺死我的妻子，雖然是我置她於死地……至少，不是我親手殺死她的。」

叔叔說，他首次在父親的眼中看到了情緒，泛紅發脹的眼睛，足以說明過去一段時間裡，他有多痛苦。

「吳英齊出現之後的一整個禮拜，我都在想一個問題。他為什麼現在才出現在我面前？為了得到線索，我每個禮拜都去接受吳英齊的治療。」

「猜到什麼了嗎？」

「聽說在監獄擔任義工工作，能知道一些事情。一旦死刑執行命令下來，會先聯絡牧師、神父，或葬儀師之類的義工。如果獄警打電話來，拜託明天早上早點過來的話，人們直覺上就知道是怎麼回事了。因此，他從事義工活動的目的之一，應該是想在監獄裡外累積人脈吧。」

「知道那回事想做什麼？」

「因為一切還沒結束。」

「什麼？」

「繼續七年前那天夜裡的事。吳英齊想在執行死刑的那天，把我和瑞元同時弄到手。在那之前，會先對付礙事的人。礙事的人是誰，不用說也知道吧。讓你和瑞元無法在一個地方安定下來，就是為這個時候布局，一定要讓你們漂泊不定，有一天即使人不見了，也不會有人尋找。我所猜測的只能到此為止，沒辦法解讀出全局。有很多部分，是我想像不出來的。」

面會時間結束的鈴聲響起。

「你把拼圖拼完吧，如果可以的話，我……」

獄警一接近，父親就從椅子上站了起來。

「這是我最後一次當捕手了。」

第一次會面就此結束，從第二次會面起，父親開始敘述自己的故事。叔叔一面聽，一面錄了下來。回家以後，找出以前的檔案，在裡面插入父親的敘述，重新拼湊事件的原貌。代筆進行的過程裡，只要有空，就會出外找人。其中幾位的敘述填補了事件中的空缺。冬天的時候，故事差不多已經成形，這就是叔叔寄給文荷英的稿子內容。有關吳英齊的部分，一直稀稀落落地沒有寫完，而文荷英的協助讓這個故事朝著真相奔馳而去。夏天快到來的時候，叔叔終於擺脫了藍晶圓症狀。

今年秋天，父親終於收到裝訂成冊的原稿。也是父親接受健康檢查，預感到自己死期將近的時候。然而，那份原稿裡同樣缺乏最後一章，因為找不到有關母親行蹤的證據。

「最後一章，我寫不出來。」

聽了叔叔的話，父親點了點頭。

「事情已經很清楚了，但卻找不到線索。也不能光靠前面的部分來完成最後一章。」

「那部分，吳英齊會親口說出來。」

「對我嗎？」

「不，是對瑞元。」

父親說出了他的計畫，就是把小說和採訪資料送交給我，作為開始的計畫。父親已經預料到，叔叔將被綁架，而只要我看了小說，不管採取何種方式，必然會和吳英齊見面。因而需要有人從背後幫忙解決如此的情況。

「去找高手，我想他一定會幫忙。死刑宣判後，那名刑警曾經來找過我。他問我，那天晚上，我和吳英齊之間究竟發生了什麼事情？問我是否真的殺了自己的妻子？再這麼繼續沉默下去的話，死刑就會定讞。但我還是什麼都沒說，也沒什麼好說的，我已經不想再活下去。因為那時，我以為事情全部結束了。」

叔叔搖搖頭。

「高手是刑警，不是組長您的辯護律師或幫手。就算他願意協助，也沒辦法讓瑞元去做那樣的事情。那孩子現在還不到二十歲，活得很辛苦。這樣做，只會把那孩子推上懸崖。」

「棒球很單純，投球、擊球、接球。打者一旦站上打擊區，投手就必須投球，捕手則必須引導出決勝球。七年前，那孩子我是必須守護的球，但現在不是了。現在，他是捕手最好的搭檔。我做暗號，他投球。不管那孩子對我所送出的信號，是拒絕還是接受，那都是他的選擇。不過，握有球的人，是你。給那孩子一個選擇的機會吧！」

「好，您說的都沒錯。但卻沒法保證吳英齊會先處理我啊！也可能會一起綁架我和瑞元，那也等於瑞元沒有機會接收到您的信號。整件事情可能會朝完全不同的方向發展。」

「不會的！他會讓瑞元直接收到死刑執行通知書，等到簽領遺體當天才會出現。在那之前，他會旁觀孩子的痛苦。想想七年前，他就曾經讓我直接從監視器畫面看著瑞元被困在湖上，快樂地旁觀我痛苦的模樣。我可不認為，他會變得比那時更有人性。」

「除此之外，還有很多問題。我沒法先打聽到那……那個的執行日期啊！」

「吳英齊會告訴你的，不管以什麼方式，你都會收到信號的。」

「可是組長，如果你對情勢的判斷有誤的話……」

「不是沒有這種可能，但不管怎樣，結果都是一樣的。什麼都不做的話，吳英齊就會大獲全勝。如果我們做了些什麼，剛好做對，然後再加上一點運氣，我們就能終結那漫漫長夜。我們應該這麼想才對。」

叔叔在十一月初，找上了S市的警察局。叔叔說，是文荷英的最後一封信讓之前遲疑不定的他，有了具體的行動。高手在過去的那一段時間裡，已經升任為組長。叔叔並沒有花太多的時間，就說服了升任為組長的高手。僅僅花一週的時間，就檢視完所有採訪資料和小說的高手，表示願意協助這個在他刑警生涯裡最「掛心的事件」。他對吳英齊殺害母親的猜測，以及父親的劇本都表現出頗為理解的樣子。

然而，要逮捕殺害姜銀珠的嫌犯有個先決條件。必須讓我或叔叔被那名嫌犯綁架，否則就沒有名義為嫌犯戴上手銬。雖然有殺害母親的情節，卻缺乏可佐證的證據。就算抓到他，也無法拿到逮捕令。唯有等父親的死刑執行完畢，才能決定事情是否會發生。事情發生之後，才可能逮捕吳英齊。在這之前，也得不到調查小組的正式支援。一旦確定事情發生，就能得到調查小組的援助，逮捕吳英齊，進行姜銀珠案件的調查。這是高手的想法。

組織作戰的人，提供兩顆追蹤器的人，都是高手。叔叔說，他偷偷塞進我的外套領子裡，做過實驗，可以用手機正確追蹤到我的位置。當然，我對此一無所知。

二十六日下午，叔叔接到電話，有人委託代寫自傳。他覺得有點奇怪。正常的情況下，如果是沒什麼交情的人，代筆委託通常會由出版社出面聯絡。一陣茫然之後，叔叔才驚覺，原本以為不可能的事情竟然真的發生了。電話，便是吳英齊的信號。

見面的地點，由對方決定。叔叔在和高手聯絡之後，就按照既定計畫開始進行。他將小說、資料、《週日雜誌》和Nike籃球鞋一一裝進紙箱，交給青年會長，假裝是快遞送來的。籃球不是我原先那雙，而是在鎮上翻環保回收箱找出來的鞋子。叔叔先在上面寫下我的名字，再用酒精棉把字跡弄得模糊之後，放在箱形車裡。這也是出自父親的要求，父親預料，我不會去讀那篇小說。因此，籃球鞋不是吳英齊的邀請函，而是父親要我「讀小說」的信號。

高手的作戰策略是如此的。叔叔從家裡離開之後，他便帶著菜鳥埋伏在世靈湖附近的花源面[3]，一

3 譯注：位於全羅南道海南郡。

面確認我們兩人身上的追蹤器，一面決定在S市待命的組長下一步行動。然而，兩天一夜的時間裡，兩顆追蹤器的位置一直沒有出過燈塔村。高手覺得很困惑，懷疑他們是不是白跑了一趟。當初預測吳英齊會把我們帶去世靈湖或林園，打亂了他們的判斷。

叔叔的話說完了，我沉默地坐在椅子上不動。心裡有一把火在燒，不知道對誰，不知道原因，不知道如何澆熄的一把火。也是在我收到死刑執行通知書時，驅使我跳入大海的那把火。

九點左右，高手打電話到病房裡，說已經讓人將箱形車停在醫院後方的停車棚裡，還附帶地說記者馬上會湧到醫院來，讓我們在離開前看一下YTN新聞。我打開電視，電視上正在播放新聞快報。

首先報導崔賢洙執行死刑的消息，接著便是S市警察局長的事件簡報。簡單地提及失蹤的吳英齊還活著，以藥物迷昏崔賢洙的兒子和監護人安某，綁架並意圖殺害兩人，當場被捕。從車裡搜出「崔君」的牌位和棺材。吳英齊被以殺人未遂、施暴、綁架監禁、違反醫療法的罪名遭到逮捕，偵探的命運也和他相關。但簡報裡卻未言及殺害母親的嫌疑。

我關掉電視，崔賢洙死了，但他仍舊是個殺人魔。儘管早晚會洗清殺害妻子的罪名，但世人對他的評價也不會因此有所不同。吳英齊被逮捕了，而我依然是崔賢洙的兒子。因我而死的靈魂，成了我的背後靈，難道我得背著這些靈魂過一輩子嗎？

叔叔拔掉點滴針頭下床，開始脫病袍。

「真的要去義王嗎？」我問。

叔叔把毛衣反穿上。

「你剛才沒聽到急診室醫生的話？」

叔叔瞟了我一眼。

「他說沒什麼異常。」

明明不是這麼說，醫生說的是，除了急性藥物中毒症狀、中樞神經系統抑制症狀、心電圖有心律不整的現象，還有輕微的呼吸障礙，除此之外，沒發現其他的異常症狀。叔叔找了鞋子穿上，我十分不安。我很擔心，以叔叔現在的身體能開車嗎？但我也沒有上前阻止的勇氣，如果沒有叔叔，我就得和高手找來的司機一起去。不然，就是等到叔叔身體沒事了再去。前者，我不要；後者，不可能。從海南到義王的距離，就算是噴射機，至少也得飛上五小時才能到達。碧蹄火葬場預約的時間，是下午五點，現在時鐘指著上午九點二十分。

我們出了病房，在箱形車後面找到一個大大的紙箱和兩套黑西裝。我打開箱子一看，裡面放著壽衣和遺照。這些東西是什麼時候準備的？難道叔叔已經預見了父親的死亡嗎？遺照用的是小說裡描寫的那一幅，戴上捕手面罩之前，望著某處微笑的照片。喉嚨有些哽咽，想起父親的校友所上傳的貼文最後一句話。

那雙年輕的眼眸，究竟望著什麼微笑呢？

誰知道？不過，我敢說，那雙年輕的眼眸曾經望著的「什麼」，絕對不會是絞首台。

「換上衣服吧。」叔叔說。

我愣愣地轉頭看著叔叔，黑色的西裝顯得如此陌生，對那幅遺照也很陌生，一如對照片裡那個微笑的年輕捕手一般。我放下手上的遺照，叔叔坐進駕駛座，我們便離開了醫院。

「我父親認為……」經過南原附近的時候，我才開口說話：

「只要處理完吳英齊，事情就全部結束，對吧？」

「不是的，他只是希望你能主動處理那件事情。」

「為什麼？」

「組長怕你心裡留下的陰影……」

叔叔望著前方好一陣子之後，才說：

「那會讓你殺死自己或殺死別人，甚至把你變成一個怪物。」

「我心裡的陰影又是誰造成的？是誰讓我必須一步步經歷那個過程？是我父親！殺死自己，殺死別人，自己變成怪物的人，就是我父親。」

「是那樣沒錯！」

我閉嘴不再說話，一股淒涼掃過胸臆。叔叔說：

「所以……才不希望你重蹈覆轍。」

尾聲

「沒有留下遺言，也拒絕了宗教儀式。」獄警說。

我打開放在桌上的父親遺物箱。一本老舊的書，上面放著六張我的照片，全部只有這麼多。

「連一句話都沒說嗎？」叔叔問。

「行刑前說了句什麼，聲音太低，聽不清楚。請他再說一次，他反而閉嘴不說了。旁邊給他戴頭巾的職員聽起來像是……」

獄警垂下眼睛，看著棺材。

「好像在說，謝謝。」

我一個一個讀著用白色粉筆寫在棺蓋上的數字，應該是囚號吧。

「要見故人最後一面嗎？」獄警問。

我沉默不語，心裡卻害怕去面對。不，該說是害怕去確認。

「可以換上壽衣了嗎？」叔叔問。

葬儀社的義工似乎已經在待命，獄警往某處打了個電話之後，兩名穿著黑色西裝的男人走了進來。

叔叔把壽衣交給葬儀社的人，解開捆住棺材的七個結之後，打開棺蓋。包著頭巾的臉出現，一陣天旋地轉，我被胸口別著的囚號撞中了心窩。

聽叔叔說，父親的身體萎縮，形銷骨立。然而，對躺在裡面的父親來說，這口棺材實在太窄小了。不像是躺在棺材裡，而是拿松木板貼著身體，釘成棺材的樣子。這讓我想起了父親的馬提斯，還有父親以不舒服的姿勢屈身窩在駕駛座的樣子，以及自己在一旁憂心忡忡，深怕父親的腦袋會穿破車頂的模樣。

這名巨漢崔賢洙的世界為何總是如此狹小？靈魂拘禁在高粱田的古井裡，人生被關在鐵窗裡，屍體則被困在如馬提斯駕駛座般的壅塞棺材裡。

如果說，這是父親自找的命運，我無話可說。如果說，這是父親必須付出的代價，那麼我也只能認了。但如果指著我的鼻子說，就是你這個傢伙一次又一次把繩索套在自己父親的脖子上，那我就有話要說了。我要解開的繩索，不是從殺人犯，而是一個名叫「崔賢洙」的不幸男人脖子上；從被拘禁在古井裡逐漸死去的大個子的生活裡；從一個要我投出決勝球的捕手手裡；從我父親的心坎裡。

伸出手，我撫摸著父親的囚號，死亡的觸感在指尖纏繞。肉體冰涼，心臟不再跳動，呼吸也停止。然而，表情卻十分安詳。我一放手，葬儀師便上前替父親更衣。小殮一結束，棺蓋便被放了下來。我抹去棺蓋上寫著的囚號，在那個位置上，用從獄警那兒借來的簽字筆，寫下墓誌銘。

I believe in the church of baseball.

父親搭上了叔叔的箱形車，我們從監獄的後門駛離。然而，還有一道門，是我們必須通過的——世界之門。聽到消息，蜂擁而來的採訪記者完全把路堵住了。這是一次相隔十幾年才執行的死刑，死囚是崔賢洙，而運送靈柩的車子就近在眼前，同時，前一天才因綁架事件成為世人話題的崔賢洙之子也在車子裡。他們全然沒有讓路的道理，我們只好停車。

叔叔把手肘支在方向盤上，凝視著外面，一臉糟糕的表情。離火葬預約時間，只剩下一個多小時，不加緊趕路，我們或許就得露宿街頭。因為這個世上，不會有哪家住宿業者願意答應連死刑犯的屍體都一起入住的。

「我出去看看。」

從車子下來的瞬間，風掀翻了我的帽子，吹到遠遠的地方去。昏暗的空氣裡，照相機的閃光燈開始炸開。我沒有低頭，如果說七年前的那時，是夜的開始，那麼現在，夜也該結束了。我端正地捧著父親的遺照，走進採訪記者的中間，我必須跨越這片光海，這個世界才會放過我和父親。

我一步一步地向前走，人們湧向我的身旁。前面密不透風，只聽到接二連三的高喊，有種被數千隻看不見的手搧了耳光的感覺，閃光燈的光亮如槍尖刺痛了眼睛。耳朵裡一陣轟鳴，臉上一片火辣辣的。我的肩膀晃動，我的後腰虛浮，膝蓋被動地彎曲。人們跟在我身後，為了共同的目的，盲目地移動著。一股絕望襲來，世界之門如同看不見盡頭的路一般遙遠。我乾脆停下腳步，屏住呼吸，閉上眼睛，穩定晃動的身軀。如果我一直走下去，一步一步踏出去的話……

高喊聲突然停住，連剛才還喀嚓不休的照相機快門聲、咻咻響著的風聲全都消失。周圍暗如深夜，深藍色的天空裡升起一顆又一顆的星星。不知從何處，傳來如山谷回音似的聲音。

「一二三木頭人。」

沒有光線秒針，也感覺不到那孩子的動向，甚至沒有一隻涼冰冰的手碰觸我的後頸。只有聲音傳了過來，就像引導方向的信號聲正面清楚地傳來。我才發覺，這不是遊戲，而是要我跟著聲音走的訊息。

「一二三木頭人。」

一步，朝向前方，我踏了出去。

「一二三木頭人。」

再一步。

越走下去，聲音變得越遙遠。黑暗漸漸淡薄，最後終於看見光亮，再也聽不到小女孩的聲音了。或許，是我的想像也說不定。我踏在半空中，看見那孩子朝著天空那端逐漸遠去的白色小腿。那孩子留下的模糊腳印上，昏暗的下午擠了進來。世上的秒針再度轉動起來，滴答，滴答，滴答，滴答……

叔叔的箱形車駛到我身旁，我回頭看了一眼，漫漫長夜，沉沒到光海裡去。

五點，父親進入火焰中，火爐關上爐門。我一動也不動地站在門前，用盡全力想理解父親，父親的生，父親的死，父親最後的一句話。他想感謝什麼？感謝誰？感謝獄警？感謝死亡所贈予的解脫？或是對於能向我打出最後一個暗號的感激？還是在脖子套進繩圈之前，父親就如其所留下的書名一樣，不顧一切，向生命說了Yes？[1]

我無法理解，而我究竟能理解些什麼？又該如何去理解？我所能理解的只有那男人是我的父親，這個事實而已。

花了一個小時，父親才從火爐裡出來。我從火葬場職員手中接過骨灰盒。很輕，也很重，散發火焚的味道。外面下起了鵝毛大雪。

午夜之際，我們抵達了燈塔村。青年會長的船等在燈塔下方的絕壁處。海上一片漆黑，風平浪靜。青年會長小心翼翼地駕著船，穿梭在燈塔光線、鵝毛大雪和黑暗之間。我坐在甲板上，直接換上潛水服。一旁愣愣看著我的叔叔說：

「我和你一起去，到絕壁那裡就好，不行嗎？」

我很想頂回去一句，你最好照照鏡子，看看自己半死不活的樣子。我可不想一天裡把兩名男人送進大海。

「二十分鐘之後，開始退潮。」

叔叔說，我點點頭。

「在那之前一定要上來。」

我再次點頭。船在石島西側的定點處停了下來，我拉緊浮力調整背心的口袋，打開手電筒，把亮度調到最大，再把父親的骨灰盒放進鐵魚簍裡，別在腰際。咬住呼吸器，看了看手表，十一點五十五分，以站立姿勢入水。

水很冰冷，但潮流如小溪般溫柔，如原野微風般甜美。我一面調整浮力，一面放鬆身體，託付給下降水流。過了峭壁欄杆之後，便朝著陡峭的海面下滑。經過了散發著紅光的夜行性魚群、海松群、在海草之間晃動的裙帶菜、在石頭裡睡覺的比目魚，深深地，往更深處下沉。

零點，碰觸到深淵。視野裡一片黑暗，一切都沒有色彩。灰色的魚群，如烏雲罩頂。我從鐵魚簍裡拿出骨灰盒，以插在小腿上的匕首割開捆住盒子的塑膠繩，打開蓋子。白色的粉末嘩地在魚群裡浮了起來，又隨著潮流四散而去，彷彿雪花飛揚。

四十四年前的今天，男人呱呱墜地的日子，天上也下著雪。十三年前的今天，我記得，也是個下雪的日子。男人的肩膀和世上的一切全都崩塌的那年冬天，男人入院接受肩膀手術，在醫院迎來了第三十一次生日。那天下午，男人在病袍外披件外套，瞞著護士跑出醫院，帶著六歲的兒子到遊樂園去。動物園門關著，探險小火車停在月台上沒開。不知該如何是好的男人，從自動販賣機裡給兒子買了一杯加了

1 作者注：「不顧一切，向生命說了Yes！」這句話，引自維克多・弗蘭克（Viktor E. Frankl）《向生命說Yes！》一書。

冰塊的可樂。那時，天空昏黃如沙漠，蠟白的雲層下面捲起了風雪，行道樹颯颯地拉起中提琴。兒子把一個從路邊抓娃娃機裡吊起的獰笑骷髏遞給了他。男人接過骷髏握在手上，咻咻地吹起口哨。冷清的廣場上，響起了男人所吹的〈布基上校進行曲〉。兒子用力擺動手臂，跟在男人身後開始行進。霸邦，霸巴巴，霸霸霸。霸邦……

就如那天，如六歲時遞出獰笑骷髏的那天下午一樣，我對父親說：

「生日快樂！」

附錄

作者的話

站在已無退路的懸崖邊緣，無論如何也要守護「什麼」的故事

命運，有時會向我們送來甜美的原野微風，有時會餽贈溫暖的太陽光；有時又會在生命溪谷裡，吹起名為「不幸」的疾風，震撼我們的世界。我們只能倚靠最佳——至少我們如此判斷——的選擇，來避開疾風，或面對疾風。「但是」，明明眼前就有一張最好的牌，我們卻拿到了一張最爛的牌。如此難以理解的情況，也時時常發生（占領了報紙社會版裡的大大小小事件，就是明證）。

我總認為，事實與真相之間，總存在著「但是」。一個說不過去，或說不出的「某個世界」；也是一個雖然不自在又很混亂，我們卻必須窺視的世界。若問為何如此？我只能回答，因為我們全都是無法繞開「但是」而生活的存在。

這本小說，是關於「但是」的故事。是一個男人因為一時的失誤，而在毀滅的路上停不下腳步的故事；是任何人都可能存在於內心，一個地獄的故事；也是一個站在已無退路的懸崖邊緣，賭上自己的生命，也要守護「什麼」的故事。

寫完小說的那天，我趴在書桌上，誠摯盼望著。「但是」，我們所有人，都能像維克多·弗蘭克所說出的那句名言一樣，不顧一切，「向生命說Yes」！

我屢屢感覺到，小說是無法靠自己一個人的力量完成的。在此，我要對所有在我寫這本小說的過程中，曾經給予我幫助的人，表達感激之意。

感謝教給我深度的專業知識和生動的現場經驗，並負責原稿審校的朴柱煥檢察搜查官、一一九救援隊潛水教官金明坤先生，以及土木施工技術人員鄭運基。還有，也要感謝不想具名的水庫管理局工作人員J。感謝我的家人，感謝一直以來給我最大支援的學妹芝榮。還要向每每在拿到一團亂的草稿後，能仔細分析，為我去蕪存菁的作家安勝煥先生，表達我的敬愛與謝意。還有對不吝提攜青澀後輩的文壇前輩趙容浩先生、朴範信先生都致以最高的謝意。今後，我將一步步、不停歇地專心致志向前走。

小說裡的舞台，世靈湖和燈塔村都是虛構的。完全來自於想像的空間，如有雷同之處，純屬巧合。過去兩年裡，我一直擔任著這兩處陰慘、荒涼村落的里長。就如同世上所有的里長一樣，我也深深地愛上了兩處地方。即使任期屆滿，仍依依不捨離去。每天晚上，都懷著淒涼的心境，徘徊在村落周圍。聽到韓國出版社編輯部在書裡附上村落地圖的想法，讓我喜不自勝。世靈湖將成為實質的存在，顯現在世人面前。對於曾經擔任過一陣子里長的我來說，沒道理不為其感到高興。也對本來就已經很厚的書，還費心附上地圖的編輯人員，表達遲來的謝意。

本書作者專訪

足以左右命運的自由意志

第一次翻開小說的那個晚上，根本沒辦法輕易地放下書，因為實在太精采了。首先是對《七年之夜》書中場景的好奇，究竟是如何構思出這個村子的呢？

一直以來我都在別的訪談裡回答，這個村子的發想並沒有什麼範本，其實是因為我怕講出來會對村子帶來無謂的傷害，事實上就是位在光州近郊的住岩水庫，而且住在附近的居民也都知道我將那裡作為故事背景，S市則是順天。在那附近的確有個被淹沒的村莊，書裡的村莊地圖就是以它的地形作為基礎所描繪出來的。以前住岩水庫剛蓋好的時候，我常常會半夜開車去，在那裡總是有轉彎都過不好的記憶；起霧的時候，可視距離連兩公尺都不到。有時候寫小說需要一點可怕的場面時，我就會揪著老公跟我一起去住岩水庫，因為如果有老公同行的話，緊張度更是加倍，然後好好維持住這種感覺（笑），回來之後總是可以振筆疾書。

聽說您寫小說之前都會先畫好地圖，如果像這部作品的話，您總共畫了多少張素描呢？

算是滿多的，寫小說之前大概畫了三本素描本吧！開始準備寫初稿之前，在小素描本又重新畫了一次。很多人聽到我會在寫書之前畫畫，都會說「那你一定很會畫畫」、「一定有很多點子」等等，完全是誤會一場！我根本不會畫畫，我最近才學會用水彩，所以就是畫個框、畫個線條然後再用水彩上點色而已；因為太想畫了，差點都不想放下畫筆了（笑），希望下部作品能用更完整的地圖跟大家見面。

讀者似乎分成了對故事角色好、惡兩派。每個角色都有他們獨特的個性？

我自己愛上的角色是主角崔賢洙，他把該做的事情都做完。最後死去的人，令我最難受的是姜銀珠；她是一個很堅毅的人物，不單純只是一個潑辣的歐巴桑，我比較希望大家把她視作拚老命，與自己命運搏鬥的角色。起初的時候並沒有想要把她的部分做這樣的處理，雖說糾葛一層疊著一層才會讓角色更有立體感，但是一直下去只能寫出頑強、潑辣的氣氛如此而已，所以我大概鋪陳了六個月的時間才終於真的進到銀珠的內心深處，只不過真的創造出這個角色之後，我想要賦予她更大的力量，一種使人心煩的能力。直到最後一刻，最讓我費心的人物，始終還是姜銀珠。

故事中銀珠的死訊是從別人嘴裡聽回來的。一個生命力如此強韌的女人的死訊，怎麼會想要藉第三者的聲音說出來呢？

我常常都在苦惱到底要不要把姜銀珠的篇幅就此打住，認為她的故事已經交代很多了，所以最後我決定透過第三者來傳達銀珠的死訊是最好的選擇，因為我覺得她已經夠累了。之前有考慮過是不是要多加一點武打場面給她的，不過就把這一切都留在想像裡就好。

關於承煥這個角色，您之前提過「單憑崔賢洙一個人是不可能跟吳英齊抗衡的，因此才需要瑞元，也才多需要另一個角色」？

事實上為了要賦予承煥這個角色擁有更多的可能性，我做了很多的努力；小說需要結構，像是小說開頭的時候就要呈現出某個角色的欲望，可是某個角色想要的東西卻因另一個角色的阻撓而得不到，這個就是小說的最小公倍數。吳英齊和崔賢洙的對決給人一種不斷在空轉的感覺，所以我認為他們需要一個「引擎」，某種預料外的東西，一個幫手。在我找到的潛水相關資料裡，提到以前還沒有一一九的時候，有一群叫作「鱷魚」的人負責要搜索漢江裡的溺水屍體。「鱷魚」有三個禁忌：第一個是酒後不能下水，第二個是雨夜不能下水，第三個是不可以觸碰站立的屍體，雖然就科學角度來說，屍體也可能會站著，但是他們認為那是鬼怪，所以他們有著不能觸犯的禁忌。傳說中，如果有人觸怒了站立的屍體，必死無疑。看著看著，我的靈感就來了。

崔賢洙的高粱田故事令人印象很深刻。

我小時候住的地方是平原，有些地方土質肥沃，所以種植稻米，但是我長大的地方種的是高粱，而且有一口很深的井，大人都說如果我們隨便跑去那裡的話，會讓水鬼抓去吃掉，所以我沒有去過。小時候真的對那些話深信不疑，也因為相信，所以變得更想去了！只有白天去過，晚上沒去過還真遺憾啊（笑）。

您是不是很喜歡棒球和貓？

每天完成手頭上的工作之後，我都會做同樣的事情，那就是把飼料放進包包裡，然後偷偷跑到小巷子接濟牠們，現在貓咪也已經認得我了。餵完牠們就去爬山，那裡有一些住了很久的野貓，而牠們就是我最後的客人了。不久之前，家裡沒了電視。我是那種上午看大聯盟，下午看韓職和日職，晚上再看體育新聞的棒球狂（笑），就是因為這樣我才把電視搬走的，不過最近我又開始用網路看了……真是比毒品更強勁啊！最近李承燁選手打得很好，我也覺得很開心！

您在小說的轉折處給了讀者很強烈的快感，所以我想，您在寫作的時候是不是會從轉折的地方開始著手呢？還是以其他的方式？

如果對小說的開頭跟結尾沒有想法的話，我是沒有辦法開始寫這個故事的。要先把開頭跟結尾完成，才能作為故事究竟是直線前進或是迂迴曲折前進的指標，如此一來才能讓所有的角色依據他們應該前往的方向做出行動。寫完初稿之後，我會反過來再寫一遍；初稿完成之後，花了一年的時間修正，順向讀一讀，再逆向讀一讀，將相互吻合的部分重新整理。再者，如果決定不了結局的話，我是不會提筆寫這個故事的。

您提過貫通《我人生的春訓》、《射向我心臟》、《七年之夜》三部小說的主題是「自由意志」，其中又以《七年之夜》最突出，我覺得小說裡的角色好像有一點走不出他們身處的情況似的。

沙特曾經這麼說過：「人類直到死去的瞬間為止，都在做選擇，這是一種詛咒。」我認為一個人的選擇代表的就是他自己；對於死刑犯而言，自由意志會幫他選擇究竟該如何接受自己的死亡，所以我一直都覺得這樣的自由意志是一種足以左右某人命運的意志。我的看法是，一個人的一生當中應該要擁有兩個「東西」，其一是「自己」，其二是為了追求「什麼東西」，死也無妨的那個「東西」，而「什麼東西」就是自由意志。自由意志的發揮可以從《我人生的春訓》略見一二，而要看自由意志如何具體呈現可以從《射向我心臟》下手。想要試著將自由意志付諸行動讓我寫下了《七年之夜》。尋找小說主題的時候，作家會選擇一些還沒有出現過的議題，一方面想要知道結果，一方面也想看看可以用什麼方式將其形象化。基於這樣的脈絡，想要簡單用一句話來形容這本小說的話，那就是「集結了各種光怪陸離的事件」。

有沒有什麼話想對準備從事寫作的年輕讀者說呢？

我曾經下定決心要從事寫作，卻懷疑自己是不是真的具備天賦或能力，因為我在公開徵文比賽裡落榜太多次了。能夠一直寫到最後一刻，是我寫作的動機，一定要堅定於「我為什麼要寫作」的答案：「究竟我是想當作家呢？還是真正想寫作？」如果答案是後者，那我想無論遇到什麼樣的逆境，你都能堅持的！老實說，能夠留在文壇的人，終究都是堅持下來的人。咬牙苦撐的時候一定要記得帶著「我為什麼要寫作？」的答案。我想，能夠苦撐、堅持也是一種天賦。

（摘自http://ch.yes24.com/article/view/18025　王品涵譯）

Hit
暢／小說
056

七年之夜

●原著書名：7년의 밤●作者：丁柚井●譯者：游芯歆●特約編輯：王品涵●封面設計：莊謹銘●責任編輯：巫維珍●編輯總監：劉麗真●總經理：陳逸瑛●發行人：凃玉雲●出版社：麥田出版／10483台北市中山區民生東路二段141號5樓／電話：(02)25007696／傳真：(02)25001966●發行：英屬蓋曼群島商家庭傳媒股份有限公司城邦分公司／10483台北市中山區民生東路二段141號11樓／書虫客戶服務專線：(02)25007718；25007719／24小時傳真服務：(02)25001990；25001991／讀者服務信箱E-mail：service@readingclub.com.tw／劃撥帳號：19863813／戶名：書虫股份有限公司●香港發行所：城邦（香港）出版集團有限公司／香港灣仔駱克道東超商業中心1樓／電話：(852)25086231／傳真：(852)25789337／E-mail：hkcite@biznetvigator.com●馬新發行所：城邦（馬新）出版集團【Cite (M) Sdn Bhd】／41, Jalan Radin Anum, Bandar Baru Sri Petaling, 57000 Kuala Lumpur, Malaysia.／電話：(603)90578822／傳真：(603)90576622／E-mail：cite@cite.com.my●麥田部落格：http://ryefield.pixnet.net●印刷：前進彩藝有限公司●2015年04月初版●2015年05月初版二刷●2018年04月初版三刷●定價NT$399

本書由韓國文學翻譯院資助發行。'7년의 밤'（七年之夜）is published with the support of 'Literature Translation Institute of Korea (LTI Korea)'.

國家圖書館出版品預行編目資料

七年之夜／丁柚井著；游芯歆譯. -- 初版. -- 臺北市：麥田出版：家庭傳媒城邦分公司發行, 2015.04
面； 公分. --（暢小說；RQ7056）
ISBN 978-986-344-208-0（平裝）

862.57 104000738

城邦讀書花園
www.cite.com.tw